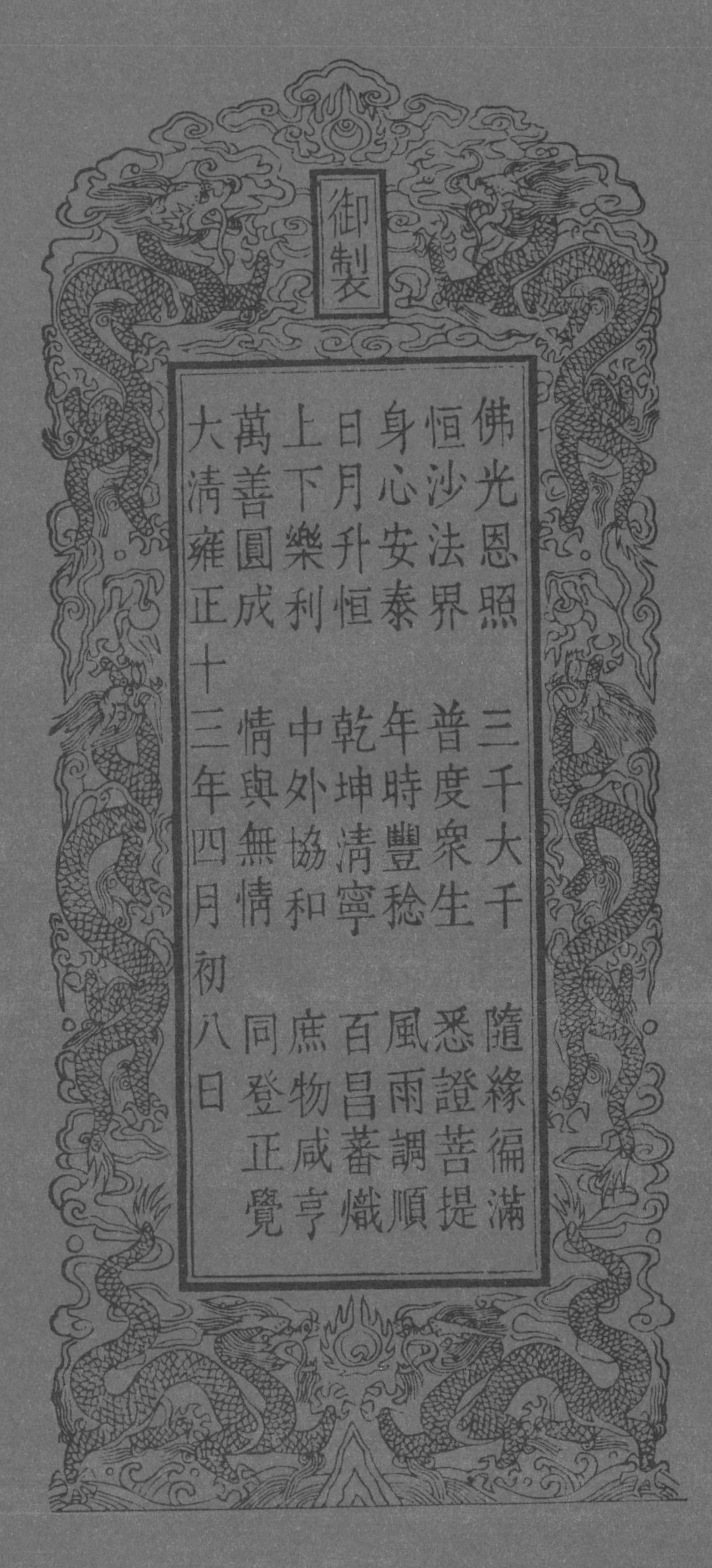

御製

佛光恩照　三千大千　隨緣徧滿
恒沙法界　普度衆生　悉證菩提
身心安泰　年時豐稔　風雨調順
日月升恒　乾坤清寧　百昌蕃熾
上下樂利　中外協和　庶物咸亨
萬善圓成　情與無情　同登正覺
大清雍正十三年四月初八日

第九六册　小乘論（八）

阿毗達磨順正理論
唐三藏法師玄奘奉詔譯

清刻龍藏佛說法變相圖

阿毗達磨順正理論卷第七十一

尊者衆賢造

唐三藏法師玄奘奉詔譯

辨賢聖品第六之十五

廣說諸道差別無量謂世出世見修道等今應思擇於諸道中略說有幾可能遍攝頌曰

應知一切道　略說唯有四　謂加行無間解脫勝進道

論曰加行道者謂此無間無間道生無間道者謂此能滅所應斷障解脫道者謂已解脫所應斷障最初所生勝進道者謂除無間加行解脫所餘諸道何義名道謂尋求依依此尋求涅槃果故由此一切修苦智等無不皆爲尋求涅槃或此道名目涅槃路三乘賢聖涉此夷途速達二種涅槃界故道於餘處立

通行名以於諦中能善通達復能速往涅槃城故此有幾種依何建立頌曰

通行有四種　樂依本靜慮　苦依所餘地
遲速鈍利根

論曰經說通行總有四種一苦遲通行二苦速通行三樂遲通行四樂速通行此四通行有差別者依地依根建立異故云何依地建立差別謂依根本四靜慮中所生聖道名樂通行任運轉故如乘船筏任運轉者由此地中止觀雙行無增減故又此諸地所有等持攝受五支四支成故依餘無色未至中間所生聖道名苦通行雖道非苦苦受相應艱辛轉故亦名爲苦如依陸路乘馬等行艱辛轉者由此地中止觀雖俱而增減故謂無色地觀減止增未至中間觀增止減又此諸地所有等持不攝五支四支成故有餘師說未至地道難可成辦故立苦名謂有先來都未得定多起功用方得現前此既現前爲勝加行根本靜慮易起故樂靜慮中間同一地攝異心品滅異心品生極爲艱辛故亦名苦譬如以木析木極難謂一地中有尋有伺麤心品滅無尋唯伺細心品生多用功力諸無色定亦甚難成故亦名苦極微細故謂無色定行相眇然不易測量修難成辦又從靜慮起無色時五蘊定滅四蘊定起極爲難辨故立苦名云何依根建立差別謂即苦樂二通行中鈍根名遲利根名速二行於境通達稽遲說名遲通翻此名速或遲鈍者所起通行名遲通行速此相違或趣涅槃有遲有速由根鈍利如後當辨此行五蘊四蘊爲性由依色定

無色定别而名通者顯慧勝故如見道位雖具五藴以慧勝故偏立見名如見道邊諸世俗智金剛喻定亦以五藴四藴爲體立智定名然有經中説四通行五根爲性亦就勝説慧勝中勝故立通名爲諸有性無中根者而今但説遲速行耶有一類言無中根者如契經説諸利根中唯有指鬘最爲第一諸鈍根中唯有蛇奴最爲第一此經不説别有中根故知非有又於三道各説二故謂見道中唯見説有隨信法行二道差别修道位中唯見説有信解見至二道差别無學道中唯見説有時及不時二道差别若許有中根應各説三道若爾應與契經相違如説有情世間生長有利中鈍三根差别此不相違依佛出世彼有情類初中後時入道不同作是説故初入道者如阿若多憍陳那等後入道者如善賢等中謂所餘或據有情種解脱分有上中下故説無違然理定應有中根者謂隨法行一種性中有大聲聞獨覺大覺不可説彼根品無差又契經中説隨法行是鈍根攝如説五根增上猛利極圓滿者名俱解脱乃至廣説然通行中不别説有中品行者不明了故於世典中亦隨明了唯見顯示上下非中由此已釋道唯二意又彼所引根第一經已定證成有中根者謂既説有第一利根知更有餘利而非極但對鈍者説之爲利又既説有第一鈍根知更有餘鈍而非極但對利者説之爲鈍故應決定許有中根經中明説有三根故依根立道必亦有三但不分明故唯説三然中根性攝在二中以利鈍中有非極故

應知通行隨此相說唯立遲速無別處中然上所言由根利鈍於趣圓寂有速有遲此據等修勤加行說若不據等則鈍利根趣向涅槃遲速不定又契經說有現法遲身壞速等四句差別此約加行有勤不勤不約轉根及有退說以諸聖者若已經生不退不轉根不生上界故大覺獨覺到究竟聲聞依何通行入聖證極果大覺唯依樂速通行謂以第四靜慮爲依由極利根入正決定證得無上正等菩提於獨覺中麟角喻者如大覺說餘則不定於到究竟二聲聞中舍利子依苦速通行及樂速通行入聖證極果彼依未至入正決定依第四定得漏盡故目連唯依苦速通行謂依未至入正決定依無色定得漏盡故二聖先來樂慧樂定故證極果依色無色許到究竟諸大聲聞法爾唯應漸次得果故彼入聖道皆依未至地道亦名爲菩提分法此有幾種名義云何頌曰

覺分三十七　謂四念住等　覺謂盡無生
順此故名分

論曰經說覺分有三十七謂四念住四正斷四神足五根五力七等覺支八聖道支盡無生智說名爲覺隨覺者別立三菩提一聲聞菩提二獨覺菩提三無上菩提無智睡眠皆永斷故及如實知已作已事不復作故此二名覺三十七法順趣菩提是故皆名菩提分法此三十七體各別耶不爾云何頌曰

此實事唯十　謂慧勤定信　念喜捨輕安
及戒尋爲體

論曰此覺分名雖三十七實事唯十即慧勤

等謂四念住慧根慧力擇法覺支正見以慧爲體四正斷精進根精進力精進覺支正精進以勤爲體四神足定根定力定覺支正定以定爲體信根信力以信爲體念根念力念覺支正念以念爲體喜覺支以喜爲體捨覺支以行蘊攝捨爲體輕安覺支以輕安爲體正語正業正命以戒爲體正思惟以尋爲體如是覺分實事唯十前五即是信等五根由境等殊分爲三十更加喜捨輕安戒尋戒分爲三復總成七幷前合成三十七種毗婆沙師説有十一身業語業不相離故戒分爲二餘九同前念住等三名無别屬如何獨説爲慧勤定頌曰

四念住正斷　神足隨增上　説爲慧勤定

實諸加行善

論曰四念住等三品善法體實遍攝諸加行善然隨同品增上善根如次説爲慧勤及定何縁於慧立念住名慧由念力持令住故何故説勤名爲正斷於正修習斷修位中此勤力能斷懈怠故或名正勝於正持策身語意中此最勝故何縁於定立神足名諸靈妙德所依止故經主此中作如是説有餘師説神即是定足謂欲等彼應覺分事有十三增欲心故又違經説如契經言吾今爲汝説神足等神謂受用種種神境分一爲多乃至廣説足謂欲等四三摩地此中佛説定果名神欲等所生等持名足無如是失彼許等持體即是神亦是神足彼所言足謂欲等者爲顯等持有四種故舉因顯果説欲等言然諸等持總有二種一於善根加行位勝二於善根成

滿位勝前名神足後名爲神故契經言由欲增上所得勝定名欲等持此言即説加行位定復言方便爲斷已生惡不善法乃至爲令已生善法安住增廣由前欲定生起於欲發勤精進攝心持心此説善根成滿位定攝心謂慧持心謂定能攝持心是彼相故復言如是欲勤精進攝心持心乃至廣説云何欲等由欲等持此言爲明後起欲等是等引者修欲等持加行成時所證果義復言此位若欲若勤若信若輕安若念若正智若思若捨皆名勝行依何修造立勝行名依修造神故名勝行由如是理故次説言如是勝行及前欲定合名欲定勝行神足所言神足者是神所依義以前欲定是前生定因後起欲等是俱生定因故勝行中不復説定因定果定無容俱故俱生欲等於所修定有何功能若離俱生欲等諸法定不生故以定於彼俱生聚中最殊勝故説是所修起先欲定爲加行者本爲求得後勝定故由如是理彼説等持體即是神亦是神足故無覺分增欲心失又彼亦無違契經過故彼自釋此契經文言以神聲説於神果如遍知果説遍知聲如是所言定爲應理由此經説云何名爲趣修神足道謂八支聖道順清淨經説言大德我今定説有如是神然如是神性是下劣諸異生類本所成法非聖非聖性非通非通性不能得菩提不能得涅槃由是不應修此神足是八聖道所應趣求但爲斷除能證根本靜慮定障便爲應理雖定即神而此經説神果變現事相名神欲令尋麤悟入於細兼爲顯定是彼近

因故作是言無違經過何緣信等立根力名以增上故難屈伏故何緣此五先說爲根後名爲力由此五法依下上品分先後故又依可屈伏不可屈伏故下品信等勢用劣故猶爲所治同類屈伏上品翻此故得力名所說覺支爲有何義能覺悟義名爲覺支若爾覺支唯應有一不爾念等是擇法分皆順擇法從勝爲名或覺之支是覺支義若爾應許覺支唯六不爾擇法是覺亦覺支所餘六種是覺支非覺所說道支爲有何義尋求依義名爲道支若爾道支唯應有一不爾餘七是正見分皆順正見從勝爲名或道之支是道支義若爾應許道支唯七不爾正見是道亦道支所餘七種是道支非道當言何位何覺分增頌曰

初業順決擇　及修見道位　念住等七品
應知次第增

論曰初修業位說念住增謂此位中爲息顛倒由念勢力於身等境自相共相能審了知壞二種愚慧用勝故於煖法位說正斷增謂此位中見生死過涅槃功德遂能勇猛發勤精進不墜生死速趣涅槃勤用勝故於頂法位說神足增謂此位中能制心識趣不退位終不匱乏信等善根定用勝故於忍法位說五根增謂此位中永息惡趣終不退墮速入離生增上義成根義勝故世第一位說五力增謂此位中不爲煩惱之所屈伏力義勝故雖忍位中亦容如是然非決定是故不說或此位中不爲一切餘異生法之所屈伏故於此位力義偏增修道位中近菩提位助覺勝

故說覺支增或此位中斷九品惑數數覺故覺支義增見道位中所有道義皆具足故說道支增謂尋求依及通往趣二義具故說名爲道見道位中二義最勝謂見道位聖慧初生如實尋求諦理勝故又於此位不起期心能速疾行往趣勝故隨數增故於契經中先七後八非修次第有餘於此立次第言行者最初由慧勢力於身等境自相共相如實了知導起衆善如有目者將導衆盲是故最初說四念住由四念住了衆境已於斷惡修善能發起正勤故於第二說四正斷由正勤力令相續中過失損減功德增盛於殊勝定方能修習是故神足說在第三勝定爲依便令信等與出世法爲增上縁由此五根說爲第四根義既立能招惡趣惡業煩惱不能屈伏由此五力說爲第五力義既成能如實覺四聖諦境無疑慮故說七覺支在於第六既如實覺四聖諦境猒捨生死欣趣涅槃故說道支以爲第七於中一一辯其次第如釋經論應正思求今此論中思擇法相於次第理無勞煩述今於此中應辨覺分幾唯無漏幾有漏耶頌曰

七覺八道支　一向是無漏　三四五根力

皆通於二種

論曰此中七覺八聖道支唯是無漏唯於修道見道位中方建立故謂修道位七覺支增隣近菩提謂治有頂故覺支體一向無漏一切覺分皆助菩提唯此獨標覺支名者以最隣近菩提果故由此理趣證七覺支應知但依治有頂說此爲上首類治下地唯於無漏

立覺支名若不許然寧不通二或於一切菩提分中依近菩提立覺支號道中修道位近菩提性近菩提唯是無漏故無漏修道方立覺支名見道位中八道支勝故此一向無漏性攝雖正見等亦通有漏然彼不得聖道支名聖道支名目無漏故又諸論者許覺分法覺支後說定是無漏若說在前便通二種既覺支後方說道支故八道支一向無漏所餘通二義准已成謂覺分中前位增者彼於後位勢用亦增後位增者非於前位故毗婆沙作如是說從初業位至盡無生念住常增乃至廣說此三十七何地有幾頌曰

初靜慮一切　未至除喜根　二靜慮除尋
三四中除二　前三無色地　除戒前二種
於欲界有頂　除覺及道支

論曰初靜慮中具三十七於未至地除喜覺支於下地法猶懷疑慮未能保信故不生喜又未至定初現前時未能斷除下地煩惱後雖已斷而類同前故起彼時皆無有喜有說一切近分地道皆力勵轉故無喜義第二靜慮除正思惟彼靜慮中已無尋故由契經說彼地無尋彼上等持轉寂靜故由此二地各三十六第三第四靜慮中間雙除喜尋各三十五前三無色除戒三支幷除喜尋各三十二欲界有頂除覺道支無無漏故各二十二如是諸地隨其所應覺分現前少多無定謂隨位別後必兼前可一體上義分多種故有多種俱時起義惟四念住必不俱生以約所緣分為四故尚無二慧俱時而生況有一時四慧並起不可一慧約境分多以若總緣法

念住攝必無一慧於一刹那緣四境生四行相故由此理趣初靜慮中總而言之具三十七然於一念頓現在前極多但容有三十四如是未至第二靜慮極多但容有三十三四中間極三十二前三無色極二十九欲界有頂極唯十九一切皆除三念住故其中減者隨位應思何故心王不立覺分理亦攝在念住等中彼實攝諸加行善故然不別立如慧等者心於雜染清淨分中勢用均平無所偏黨覺分唯在清淨分中勢用增强是故不立有餘師說覺分多緣諸法共相心王多分緣自相生是故不立有餘復說修習覺分本爲對治一切煩惱然諸煩惱心所非心故能治法非心唯所障治相翻而建立故有說覺分輔佐於覺覺是心所慧爲體故不可心王輔佐心所如王不可輔佐於臣所以心王不立覺分有餘師說心導世間於界趣生輪迴無絶修習覺分爲斷生死由此心王不立覺分有餘師說無始時來心爲衆多煩惱雜染馳散諸境憹戾難調爲調伏心修習覺分非所調伏即是能調是故心王不立覺分何緣諸大心所法中唯立四法爲菩提分實總攝在念住等中彼實攝諸加行善故然別建立念定慧者由此三種順清淨品勢用增强可立覺分想思觸欲於染分中勢用增强故不別立於假想觀勝解偏增覺分唯攝順眞實觀由此勝解非覺分攝有餘師說至無學位勝解方增經但立爲無學支故菩提分法有學位增由此爲因力能引起三菩提故所以勝解非覺分攝作意勢力能發動心令於所

緣易脱不定覺分於境審諦觀察令心專一與彼相違是故作意非覺分攝若爾寧立尋爲覺分尋於境界雖策發心而欲令心推求至理非令於境浮飄易脱於諦觀察有策發能說此力能策正見故由此作意不可例尋有餘師言若染若淨初取境位作意力增說爲非理如理作意至境相續彼勢力微故不立爲煩惱覺分煩惱覺分要於至境相續位中方增盛故受於雜染清淨分中勢用俱增故立覺分由此流轉緣起支中立爲受支及於還滅菩提分中立喜覺支有餘師說受於雜染雖是增上而與淨品作饒益事亦有功能如旃荼羅性雖鄙劣能與豪族作饒益事故於靜慮爲饒益支菩提分中立覺支號何緣三受皆通無漏覺分唯喜非餘二耶覺分

所爲行相猛利樂捨行相遲鈍故非有餘師言樂捨二受爲輕安樂行捨所覆相不明了是故不立何緣大善心所法中唯立四法爲菩提分實亦總是念住等攝彼實總攝加行善故然別立信勤安捨者由此四種順覺强故如何此四順覺用强發趣菩提信爲上首將修衆行信爲初基清淨果因以信爲本若無信者修趣不成故立信根以爲覺分有餘師說如清水珠置濁水中水便澄潔令諸有目鑒衆色像如是以信置心品中能令俱生心品澄淨由此能見四聖諦理漸次增長成三菩提故信最應立爲覺分勤於衆行偏能策發令其速趣三乘菩提若無正勤雖已發趣中間懈廢終無所成是故立勤以爲覺分有餘師說無始時來所以不能見四聖諦都

由懈怠不樂聽聞如理思惟四聖諦理勤能治彼令樂聽聞如理思惟四諦理故能見四諦速證菩提故勤亦應立爲覺分輕安息務令心調適行捨正直令心平等故能增長諸出世行令其速趣三乘菩提故立安捨以爲覺分有餘師説無始時來惛掉亂心不見諦理由此不證三乘菩提輕安捨昏行捨止掉由斯見諦速趣菩提故此亦應立爲覺分若爾慚愧自性善攝於衆善品得白法名亦應立爲菩提分法彼不應立以無慚愧唯與一切惡心相應於散戒中爲勝障礙於見諦理爲障力微與彼相違名爲慚愧自性善攝得白法名雖於散戒有勝功力而於定善爲助力微菩提分中取順定善助覺諦理故彼不立若爾應立無貪無瞋彼是善根自性善故亦不應立以諸貪瞋六識相應徧通五部是隨眠性發麤惡業爲勝加行斷滅善根障散善强違見諦劣翻彼故立無貪無瞋得善根名自性善攝於散善業功力雖强助定善中勢用微劣菩提分法取順定善助覺諦理故彼不立若爾不放逸應立爲覺分不放逸故衆行皆成佛每勸令修不放逸亦不應立於散位中放逸令心馳散五欲能違施等散善用强非定位中此障用勝翻對彼故立不放逸但於五欲能防護心令不馳散專修施等故於散善力用雖强助定善中勢用微劣菩提分法取順定善助覺諦理故彼不立若爾不害應立覺分害能逼惱無量有情墮三惡尋彼能治故亦不應立害緣事生惱諸有情障修散善不害翻此助定力微故亦不應立

爲覺分有餘師說大善法中若所治强自性勝者立爲覺分餘則不然所治强者謂與一切染心相應自性勝者謂助見諦如先所說信勤安捨具足二義慚愧等六無具二者謂慚愧等五二義並無不放逸一種唯闕自性勝何縁欣猒非覺分耶理實亦是念住等攝彼實總攝加行善故然不別立爲覺分者由此二種行相相違俱不徧縁四聖諦境無一地位容恒現前心品狹少是故不立有餘師說夫欣猒者由慧觀境勢力引生覺分謂能順生覺慧義相違故不應別立何縁尋伺二種皆容有加行善及有無漏而於覺分一是一非實亦俱通義如前說然別立尋不立伺者尋於聖道策正見强由彼起時行相猛利尋求諦理有助見能立爲道支伺則不爾以行相起極微劣故有餘師說二俱行時尋行相麤映蔽於伺惟伺起位行相轉微故覺分中不別立伺策發正見自有正勤何更立尋以爲覺分勤策正見有異於尋故道支中應並建立謂勤策彼令速進修尋力策令速觀聖諦何縁表業不立覺分覺分唯是順定善法心俱無表有勝順能表業不然是故不立何縁不立不相應行以爲覺分彼於助覺無別勝能不相應故非如無表雖不相應而於道輪有爲轂用故於覺分不別建立有餘師說二無心定能滅心故與覺相違四相及得於所相成有遷成用此於染淨起用平等菩提分法順淨用增故不別立何縁不立信爲覺及道支初發趣時信用增上已入聖位立覺道支信於爾時勢用微劣故不立在覺道支

中何緣於覺支立喜輕安捨非亦立彼在道支中彼偏順覺不順道故云何順覺且修道中地地各修九品勝覺如如於諦數數覺悟如是如是發生勝喜由生勝喜復樂觀諦如人掘地獲寶生喜由生喜故復樂更掘故喜於覺隨順力增要由輕安息諸事務及由捨力令心平等方能於境審諦覺察故立安捨在覺支中云何此三不順於道速疾運轉是聖道義此於速運少有相違並能令心安隱住故何緣於道立尋戒支於覺支中非亦立彼彼偏順道不順覺故云何順道且見道中尋策正見令於上下八諦境中速疾觀察戒能爲轂成見道輪令於諦中速疾迴轉故尋及戒俱立道支此復云何不順於覺且尋於諦不寂靜轉於聖諦理尋求相故覺已見諦安靜而轉故尋於覺少有相違覺是相應有所緣境所依行相戒此相違故於覺支不建立彼通運名道不可爲例何緣覺分不攝聖種分別論者許覺分攝故彼宗建立四十一覺分我許攝在念住等中而不立爲别覺分者以諸覺分在家出家俱能受行及有欣樂聖種唯有諸出家人受行欣樂在家有樂必無受行故不别立有餘師説若許聖種總是無貪如前已釋若許第四體即是勤在覺分中無勞徵難何緣證淨非覺分攝實亦攝在念住等中而不立爲别覺分者以諸覺分進修義增數習方能證菩提故四種證淨證得義增見聖諦時漸頓得故由此證淨非覺分攝有餘師説此即信戒隨應亦在覺分中攝

阿毗達磨順正理論卷第七十一　説一切有部

音釋

伺息利切察也　匱乏匱求位切竭也乏房法切空也　數數所角切頻也　懵戾懵力董切戾郎計切懵戾多惡不調也　轂古祿切車轂也　掘其月切穿也

阿毗達磨順正理論卷第七十二

尊者衆賢造

唐三藏法師玄奘奉詔譯

辨賢聖品第六之十六

修覺分時必獲證淨此有幾種依何位得實體是何法有漏無漏耶頌曰

證淨有四種　謂佛法僧戒　見三得法戒見道兼佛僧　法謂三諦全　菩薩獨覺道信戒二爲體　四皆唯無漏

論曰經說證淨總有四種一於佛證淨二於法證淨三於僧證淨四聖戒證淨具見道位見三諦時一一唯得法戒證淨見道諦位兼得佛僧謂見苦時得聖愛戒及法證淨於何等法如何而得法證淨耶謂唯於苦達唯有法無實有情生決定信如是次第見集諦時亦唯如前得二證淨達唯集法能爲苦因無內士夫生決定信從此無間見滅諦時亦唯如前得二證淨達唯滅法是眞涅槃誠可遵求生決定信從此次後見道諦時兼於佛僧得二證淨於佛相續諸無學法得佛證淨於僧相續學無學法得僧證淨兼言爲顯見道諦時亦得聖戒及法證淨達唯道法是證滅因誠可遵求生決定信然所信法略有二種一別二總總通四諦別唯三諦全菩薩獨覺道菩薩道者唯有學法獨覺道者通學無學若無漏信緣別法生名不雜緣於法證淨若無漏信兼緣佛僧名爲雜緣於法證淨故見三諦唯得二種見道諦時具足得四見道諦位爲於現前得佛法僧三證淨不非皆現得見道諦時現行總緣諸道諦故應知現在唯

有雜緣一法證淨乘此勢力修得未來多刹那信於中有別緣佛法僧或有總緣二三寶者諸別緣者名三證淨諸總緣者法證淨攝道類智時修八智故亦得三諦法戒二種道法忍等三刹那中未來唯修道諦四種由所信別故名有四應知實事唯有二種謂於佛等三種證淨以信爲體聖戒證淨以戒爲體故唯有二若七支戒實唯一者如何覺分中實事有十一應唯有十種或十六或多以覺分中身語二業說有差別及相有異正命一種雖有別說離身語業無別體相依有別相前覺分中說言實事有十一種雖身語業一一有多然種類同故各立一如四念住前三證淨謂慧與信若不雜緣隨所緣別雖有多種而類同故各立爲一此亦應然今證淨中

依身語業聖戒相等及契經中同說不缺不穿等故總立爲一隨身語業類別分二聖戒相同總立爲一故二與一無相違過爲依何義立證淨名如實覺知四聖諦理故名爲證正信三寶及妙尸羅俱名爲淨由證得淨立證淨名正信是心清淨相攝可名爲淨尸羅不是清淨相攝寧立淨名此四皆是清淨相攝離不信垢破戒垢故又此四種唯無漏故離垢無漏故立淨名此四何緣次第如是餘三以佛爲根本故佛於正說有功能故於彼證淨立在最初正說功能由悟法故於彼證淨立爲第二現觀法藏唯聖僧故於彼證淨立爲第三觀法藏能依聖戒故聖戒證淨立在最後有言佛是正說法師是故最初立佛證淨佛何所說愛盡涅槃是故第二立法證

淨爲誰說法爲向果僧是故第三立僧證淨僧依聖戒而得建立是故第四立戒證淨有說此四猶如導師道路賔旅及所乘乘故說此四次第如是經言學位成就八支無學位中具成就十學位亦成正脫正智何緣於彼不建立支正脫正智以何爲體頌曰

學有餘縛故　無正脫智支　解脫爲無爲謂勝解惑滅　有爲無學支　即二解脫蘊正智如覺說　謂盡無生智

論曰有學位中尚有餘縛未解脫故無解脫支非離少縛可名脫者非無解脫體可立解脫智故有學位不立二支謂立支名依勝助用在有學位既有餘縛雖有解脫無勝助用無勝解脫故彼勝智亦無故此二支非在有學無學已脫一切縛故依内解脫生二智故有勝助用理可立支有學不然故唯成八解脫體有二謂有爲無爲有爲解脫勝解爲體無爲解脫惑滅爲體前復有二謂學無學依七聖身說名爲學依第八聖立無學名唯有爲中無學解脫可得建立爲解脫支惑滅無爲無支用故支攝解脫復有二種謂時不時有差別故有說慧心有差別故應知此二即解脫蘊經主此中意作是說非唯勝解得此蘊名若爾是何謂眞智力能永除遣貪及瞋癡即心離垢名解脫蘊以何爲證如契經言云何解脫清淨最勝謂心從貪離染解脫及從瞋癡離染解脫於解脫蘊未滿爲滿已滿爲攝修欲勤等此何所證若唯勝解是解脫蘊經不應言謂心從貪離染解脫及從瞋癡離染解脫於解脫蘊乃至廣說由此證知即

心離垢名解脫蘊非唯勝解此不成證謂經亦說云何名心清淨最勝謂離諸欲惡不善法乃至安住第四靜慮於等持蘊未滿爲滿已滿爲攝修欲勤等非心離垢即名等持差別品中已廣成立如由欲等衆行功能令諸等持圓滿而起等持圓滿名心清淨等持令心離穢濁故非心離垢即名等持如是亦由欲等勢力令解脫蘊圓滿而生解脫圓滿說心解脫解脫令心離穢濁故非心離垢即名解脫故我所立不違契經又如增上慢相應邪勝解名邪解脫不可說此即增上慢所染污心如是離此慢相應正勝解名正解脫不可說此即是離慢所得淨心又若此中即心離垢名解脫蘊無別解脫經不應前說心清淨最勝清淨離垢義無別故又此經說解脫蘊言理實亦非唯是勝解意取勝解及同聚法總說名爲解脫蘊故由此彼說非唯勝解名解脫蘊於我無違是故所言二解脫蘊體是勝解其理極成如是已說正解脫體正智體者謂離正見如前覺說即盡無生前名菩提今名正智所言無學心解脫者心於何位正解脫耶爲於未來現在過去頌曰

無學心生時　正從障解脫

論曰如本論說初無學心未來生時從障解脫且應思擇本論此文說未來言應成煩重說生時言義已顯故此責不然隨問答故謂先問者問無學心於何世中正得解脫是故今答言在未來恐彼謂通未來一切復爲簡別言是生時或但應言住時解脫然或有謂生時是現在爲遮彼故言未來生時現是已

生非生時故或就相續立解脫名則一切未來皆名正解脫若就行世立解脫名則唯生時名正解脫爲別顯二義說未來生時諸頌重言必顯別義理應推究無容非撥依如是義故有頌言

文於義已足　而復說餘言　非無義有文應思求別義

論曰雖於此位諸所有蘊皆得解脫而但說心然不可言有缺減失以心所等隨從心故染淨法中心爲主故雖無有我而可於心假說縛者脫者等故若已說勝義已說餘或於此中如舉喻法舉心一法令類思餘雖諸學心亦於生位從障解脫而論但說初無學心生時脫者據無餘斷證解脫故又此唯說純解脫故此中有心是自性解脫非相續解脫應作四句有學無漏無學世俗無學無漏餘世俗心如次應知四句差別此中雖舉正生刹那而實未來皆得解脫與正生者生障同故依此勢力所修未來世俗善根亦得解脫依淨相續彼得生故爲重顯示初無學心未來生時從障解脫是故本論復作是言謂無間道現趣已滅及解脫道現趣已生爾時無學心名從障解脫無間道者謂金剛定弁定眷屬臨過去位立以現名次後施設過去名故趣已滅者顯在正滅隣次必入已滅位故以現名次後施設現在名故趣已生者顯在正生隣次必入已生位故言爾時者謂正滅生時無學心者初盡智俱起從障解脫者非唯煩惱障色無色界感生果業亦是爾時所

脱障故此業亦障阿羅漢得由此古昔諸大論師咸作是言業於得忍不還應果極爲障礙作如是釋本論所言則已釋經心解脱義

道於何位令生障斷頌曰

道唯正滅位　能令彼障斷

論曰唯言爲顯正滅非餘如生未生道俱解脱非滅已滅俱令障斷寧知正滅位能斷障非餘以説道正生正從障脱故道未生位未得解脱道已生位已得解脱俱不可立正解脱名若道正滅時不能斷障如何道生位得正脱名故正滅時道能斷障於前後位斷用定無如何未生亦名解脱與正生者生障同故如世現見開水路時近水遠水皆言離障如是既見能斷惑道身中已生亦應可説近心遠心皆得解脱或如正起初無學心有得正生名正解脱如是彼類未來所修無漏心等有得起故定不生法尚得名爲正得解脱況當生者此中所説正解脱言顯已解脱心令正得解脱如是所説豈不相違已解脱言據自性解脱令解脱言據從障解脱所望各異何義相違或已解脱言據本有解脱據在身行世説令解脱言由此所言無相違失諸行世者皆解脱耶不爾要勤破出障者有餘師説正解脱時亦得名爲心已解脱性是已捨煩惱障故理必應然以解脱道依無煩惱相續轉故已出障故名已解脱令行世故名令解脱由此所説互不相違經説心從貪令得解脱此所言解脱其義云何爲是令心與貪相離爲令貪性不復緣心心名有貪爲相應故爲所緣故爲得隨故若相應故應惟染

心名得解脫便違自宗說離貪心得解脫故又若此法與彼相應必定無容令此離彼心應畢竟不解脫貪若所緣故應染污心亦得解脫理不應說貪相應心名爲解脫又彼貪性若緣此心無暫不緣及餘緣義如何可說心脫彼貪若得隨故應有學心亦名有貪依止貪得所隨相續而現起故正理論者作如是言唯離貪心令得解脫何等名曰有貪離貪二種心相謂心若與貪相應者名有貪心若不相應亦不爲貪同類因者名離貪心乃至有癡離癡亦爾旣說離貪心得解脫即立解脫唯不染心然不染心總有四種謂有漏中分善無記及無漏中分學無學言離貪心令解脫者令解脫有二謂行世相續諸有漏心一切皆有相續解脫加行得者亦許兼有行世解脫諸無漏心一切皆有行世解脫無學攝者亦許兼有相續解脫諸有說言若心悟入清淨安住得解脫者應知此辯行世解脫諸有說心正善解脫者應知此辯相續解脫諸有說言阿羅漢果成就正智及正解脫如是名爲正解脫滿應知此辯自性解脫由阿羅漢二解脫滿故說名心正善解脫謂諸聖道皆名正性解脫依彼名正解脫諸阿羅漢證無缺減故說彼心正善解脫如是所辯三解脫中諸染污心皆無容有故彼不可名得解脫外離染者可具說二謂正解脫及邪解脫然不可說心正解脫由彼身中闕聖道故亦不可言心不解脫於當地染具足離故又雖許彼有正解脫不許名心正解脫者非如聖者如理轉故謂若諸聖於五部結能正

分析漸次而斷是故說名心正解脫外離染者於五部結不正分析總以世道俱時而斷故雖斷結而不應名心正解脫然許名爲正解脫者以實能斷諸邪縛故如世尊言貪等煩惱雜染心故令不解脫由此證知貪等斷故不染汙心名得解脫如濁水滅後水生時離濁澄清名爲淨水如是與染俱行心滅依淨相續諸心轉時離縛而生名爲解脫未離染者不染汙心依有染身似變異轉如雜血乳不名解脫諸有學心雖是無漏而由相續不清淨故非如無學心名相續解脫如依病眼有昧識生眼無病時發明淨識而無眼識自性轉過如是煩惱所損相續依之雖有善淨識生由煩惱力不明利轉離煩惱時識便明利由彼相續順煩惱生故能依心不名解脫若彼相續違煩惱生此能依心方名解脫故離染者身相續中不染汙心所依相續昔被貪等之所損害今離貪等故亦名今解脫若與貪等相應之心必不可令解脫貪等故依正理諸論師言唯離貪心令得解脫分別論者作如是言唯有貪心今得解脫如有垢器後除其垢如頗胝迦由所依處顯色差別有異色生如是淨心貪等所染名有貪等後還解脫聖教亦說心本性淨有時客塵煩惱所染此不應理刹那滅法如器垢除不應理故謂垢與器俱刹那滅不可轉有垢即成無垢器但緣合故有垢器滅無垢器生名器除垢又器與垢非互爲因容可計爲垢除器在貪心相望必互爲因如何從貪心可解脫又道與惑有俱行過謂彼不許實有去來不可

言心住彼解脱若於現在有有貪心道復現行令心解脱豈不道惑俱時現行過失必隨不可得離若謂道起斷貪隨眠説與彼俱亦無有過執隨眠體非心相應説何有貪心今時得解脱又隨眠體彼執非貪以彼自言貪是纏故爲説何等名有貪心而言今時從貪解脱故彼所説朋助惡宗又彼不審思引頞胝迦喻理實彼體無異色生隔頞胝迦見顯色故謂如彼體不攬他形如是亦無攬他顯理而共於彼見異顯色隔彼見他所依顯故設許彼體有異顯生亦不應言頞胝迦實本體恒在有異色生前餘色俱頞胝迦滅後與餘色俱新生故由此彼喻輕爾而立所引至教與理相違故應此文定非眞説且應徵詰諸有染心云何名爲本性清淨彼言心性本是不染若爾與染心所相應爾時此心轉成染者是則煩惱應轉成淨由與清淨心體相應此彼別因不可得故又心性淨理無被染先後與俱皆不成故謂若先有自性淨心後煩惱生方被染者應淨心體非剎那滅若先有惑後淨心生被先已生惑所染者應此惑體非剎那滅若心與惑俱時而生則不應言心本性淨有時客塵煩惱所染許心與煩惱是一時生一果一等流一異熟法而説心本淨煩惱爲客塵是戾王言非應理論又於三世推徵煩惱畢竟無力能染淨心過去未來無作用故現在俱墮一剎那故又若説心以淨爲性後與煩惱相應位中轉成染者應失自性既失自性應不名心故不應説心本性淨有時客塵煩惱所染若抱愚信不敢非撥

言此非經應知此經違正理故非了義說若爾此經依何密意依本客性密作是說謂本性心必是清淨若客性心容有染污本性心者謂無記心非慼非歡任運轉位諸有情類多住此心一切位中皆容有故此心必淨非染污故客性心者謂所餘心非諸有情多分安住亦有諸位非皆容有斷善根者必無善心無學位中必無染故此心有染非唯淨故如言河水本性澄清有時客塵坌少令濁如是但約心相續中住本性時說名爲淨住客性位容暫有染此釋與教正理無違寧執染心本性是淨至除染位名得解脫豈不心起貪得所隨皆名有貪心非但貪俱者此不應理非心隨得可名有貪補特伽羅可說隨得名有貪故謂諸得起得所得法不令屬餘法但令屬有情故諸有情由得勢力名爲有戒有貪者等心心所等法則不然要與彼俱方名有彼若異此者諸有貪心亦應得名有瞋癡等有瞋等者應名有貪又尋得俱諸心心所應皆可說名爲有尋則應畢竟無無尋唯伺定又先已說先說者何謂應有學心亦名有貪故許亦何過若是有貪應是所斷非真對治不應聖者爲永斷貪修有貪心爲真對治又如佛說有尋伺言依尋伺相應非彼得俱起如是佛說有貪心言唯依貪相應非貪得俱起若爾有漏及有隨眠應唯漏相應隨眠相應法此不必爾以諸色等亦名有漏有隨眠故由二有言義通多釋謂隨增漏與漏法同俱得名爲有漏法故若於是處隨眠隨增及隨眠相應名有隨眠故又諸有爲法隨

因緣生滅不隨因緣本性轉變若此法性隨因緣生即此法性隨因緣滅非貪勢力令不染心轉成染污但有自性染污心起與貪相應由貪相應得有貪號心性是染本不由貪故不染心本性清淨諸染污心本性染污此義決定不可傾動如契經中說有三界謂斷離滅於前所說二解脫中此何爲體如是三界差別云何頌曰

無爲說三界　離界唯離貪　斷界斷餘結

滅界滅彼事

論曰斷等三界即分前說無爲解脫以爲自體然三界體約假有異若就實事則無差別云何名爲約假有異謂離貪結名爲離界斷餘八結名爲斷界滅餘一切貪等諸結所繫事體名爲滅界何緣三界如是差別謂有漏法總略有三一者能繫而非能染二者能繫亦是能染三者非二順繫染法斷此三法所證無爲如次名爲斷等三界有餘師說唯斷能繫別有無爲斷餘不爾彼說能繫有緣八結有緣愛結有緣餘事斷此三種所證無爲如次名爲斷等三界有餘師說唯斷能染別有無爲斷餘不爾彼師說愛有緣八結有緣愛結有緣餘事斷此三種所證無爲如次名爲斷等三界隨所繫事別得擇滅故三說中初說爲善此中上座作如是言但隨已情作此分別建立聖諦涅槃等中唯以愛爲門說斷衆惑故如契經言云何集聖諦謂愛後有愛乃至廣說云何滅聖諦謂諸愛斷離滅云何名涅槃謂諸愛斷離滅若於色等已斷欲貪我說彼名已斷色等一切行斷名爲斷界

一切行離名爲離界一切行滅名爲滅界佛所説經皆是了義無別意趣不應異釋此説不然先已説故謂我先説若就實事如是三界體無差別然一一體假説爲三由此無爲是無相法假立名想必待有爲謂此無爲一一自體斷八結得故名斷界離愛結得故名離界滅彼蘊得故名滅界隨所待異假立三名理實無爲體無三別於一一體具三義故雖於離愛所得義中世尊亦言是斷是滅然依近治唯説離聲雖滅諸蘊所得義中契經亦説是斷是離而諸經中多言蘊滅故於此義唯説滅聲雖斷餘結所得義中契經亦言是離是滅然離滅名別目前二故於此義唯説斷聲或以無爲隨所繫事有多種故體實有多三界由斯體實各別然依合立一涅槃性故説三界展轉相即是故經説一切行斷名爲斷界乃至廣説理實此經定非了義非一切行皆是應斷亦非皆是所應離事然此經説皆斷離言故知此經待別意説若謂餘處已簡別言諸有漏法一切應斷此雖總説一切行言准彼即知此唯有漏故無此經非了義失此不成救筏喻經中説無漏道亦可斷故如言我説筏喻法門法尚應斷何況非法不可由此便作是言無漏行斷亦名斷界勿説斷界即三界體聖道亦應是所離事以所離事唯貪所緣故彼所言經皆了義無別意趣理定不然現見此經別意説故彼復於此異門説言若從諸行貪愛永斷諸行爾時皆名斷故名爲斷界如契經説若於色等已斷欲貪我説彼名已斷色等若於諸行煩惱

不生諸行爾時從貪得離故名離界即一切行不復轉時名爲滅界如是上座於斷等三建立差别極爲雜亂如貪斷故色等名斷如是亦應由貪離故色等名離由貪滅故色等名滅是則唯依貪愛永斷說斷離滅如說於色無餘斷愛離愛滅愛乃至廣說故從諸行貪愛斷時即應具成斷離滅界無勞復計餘法離滅又於諸行煩惱不生諸行離貪既名離界愛餘煩惱所以不生由諸行中煩惱已斷何緣不許亦名斷界此不生法有離界名無滅界名斯有何理諸不生法最應名滅以契經言由無明滅諸行滅故又涅槃時諸行不轉既名滅界未涅槃時諸煩惱滅寧非滅界要由離愛餘煩惱斷行方不轉名般涅槃應滅界中有斷離界如是三界應無差别若謂此三雖復雜亂由少因故無爲界中約分位殊立三界别何緣不許對法諸師如前所明三界差别若假若實俱無亂故是故上座率自妄情謗斥我宗言隨已見如是自愛憎背他言談正理時不應收採准此已釋諸契經中斷離滅想三相差别或初業地我當斷想名爲斷想若離染地我正斷想名爲離想若已辦地我已斷想名爲滅想或於已受蘊重擔中見不捨過起欲捨想名爲斷想以捨與斷名差别故若於餘蘊不復生中見勝功德起欲求想名爲滅想不生與滅名差别故既得離染清淨相續於諸蘊法無所顧戀於般涅槃見靜妙想名爲離想無戀與離名差别故若事能猒必能離耶不爾云何頌曰

猒緣苦集慧　離緣四能斷　相對互廣狹

故應成四句

論曰唯緣苦集所起忍智説名爲猒餘則不然四諦境中所起忍智能斷惑者皆得離名廣狹有殊故成四句有猒非離謂緣苦集不令惑斷所有忍智緣猒境故非離染故應知此中先離欲染後見諦者苦集法忍及見道中苦智集智但名爲猒緣猒境故忍不名離惑先斷故智不名離非斷治故幷修道中加行解脱勝進道攝苦智集智但名爲猒緣猒境故不名爲離非斷治故有離非猒謂緣滅道能令惑斷所有忍智能離染故緣欣境故應知此中未離欲染入見諦者滅道法忍及諸所有滅道類忍幷修道中無間道攝滅智道智但名爲離是斷治故不名爲猒緣欣境故有猒亦離謂緣苦集能令惑斷所有忍智應知此中未離欲染入見諦者苦集法忍及諸所有苦集類忍幷修道中無間道攝苦智集智有非猒離謂緣滅道不令惑斷所有忍智應知此中先離欲染後見諦者滅道法忍及見道中滅智道智幷修道中加行解脱勝進道攝滅智道智

阿毗達磨順正理論卷第七十二 説一切有部

音釋

撥（北末切除也）胝（陟離切）攬（盧感切取也）詰（苦吉切問也）坌（蒲悶切塵坌也）補特伽羅（梵語也此云數取趣謂數數往來諸趣也）斥（昌石切棄也）

阿毗達磨順正理論卷第七十三

尊者衆賢造

唐三藏法師玄奘奉詔譯

辯智品第七之一

如是已依諸道差別建立賢聖補特伽羅所依道中作如是說正見正智名無學支故於此中應審思擇爲有慧見非智及有慧智非見而別建立見智二支亦有云何頌曰

聖慧忍非智　盡無生非見　餘二有漏慧
皆智六見性

論曰慧有二種有漏無漏唯無漏慧立以聖名此聖慧中八忍非智性所以者何非決斷性故唯決斷義是智義故如何八忍不能決斷自所斷疑得隨相續生故或求見境意樂止息加行奢緩說名爲智諸忍正起推度意樂加行猛利故非智攝而名見者推度性故盡及無生二智非見性推度意樂一向止息故所起加行極奢緩故而名智者決斷性故所餘皆通智見二性已斷自疑推度性故謂前八忍盡無生餘有學八智無學正見一一皆通見智性攝豈不忍餘諸無間道亦自所治或得隨生無非正趣推度意樂加行猛利應非智攝盡無生餘解脫道等此相違故皆應非見此難不然餘無間道無自品疑得隨相續生故又彼唯見曾所見境非如八忍極違智故餘解脫等非全息求所起加行非極奢緩以皆於後有所作故由此一切皆通二種並具推度決斷用故諸有漏慧皆智性攝於中唯六亦是見性謂五染汚見世正見爲六有餘師說能發身語五識所引及命終時

意識相應善有漏慧亦非見性外門轉故如能引故勢力劣故此亦不然不應許故非決定故契經說故謂不應許唯内門轉方是見性勿聖慧中外身念住非見性攝然契經說於外身循身觀是見性攝亦非決定如五識身所引意識如是性轉以彼善等所引意識有時亦是不善等故由此不應所引意識同能引五識是無分别性如契經說有命終時得正見俱善心心所故說所有意地善慧皆見性攝於理爲善如是所說聖有漏慧皆擇法故並慧性攝智有幾種相别云何頌曰

智十總有二　有漏無漏别　有漏稱世俗

無漏名法類　世俗徧爲境　法智及類智

如次欲上界　苦等諦爲境

論曰智有十種攝一切智一世俗智二法智三類智四苦智五集智六滅智七道智八他心智九盡智十無生智如是十智總唯二種有漏無漏性差别故如是二智相别有三謂有漏智總名世俗瓶衣等物性可毁壞顯在俗情故名世俗此智多取世俗境故多順世間俗事轉故從多建立世俗智名非無取勝義順勝義事轉然是愛境無勝功能息内衆惑故非無漏或復出世引發世間得世俗名體即無智智隨屬彼得彼智名意顯此名自有漏智有説諸趣名爲世俗此智多是往諸趣因從果爲名名世俗智有説此智無始時來生死身中顯現而轉由此故立世俗智名或諸有中隨流無絶名世俗智以一切時隨順諸有相續轉故或復此智於一切境能徧映發得世俗名獨能徧

緣一切法故後無漏智分爲二種法類二名所目别故此二名義如前已釋然有師釋類謂比類以所現見事比不現見境比量所攝得類智名此釋不然説實見故謂非比量智可立實見名諸契經中總説法類若如實見苦則定見非我於四聖諦如實見故能如實見四聖諦故有如是等無量契經又聖位中等決定故謂見迹者等決定知諸行非常諸法非我涅槃寂靜非真現見可與比知等是決定謂以此類彼名爲比智彼非決定然亦有異故由此真見與比度知理不應言等是決定非諸聖智有比度理故有智者必不應言有聖諦境比智所證又聖應無緣滅智故謂若類智比智攝者則應緣滅法智亦無以滅總非現見事故然許現量總有三種依根領納覺慧别故依根現量謂依五根現取色等五外境界領納現量謂受想等心心所法正現在前覺慧現量謂於諸法隨其所應證自共相此中若就依根領納説類智境非現見事則滅法智理亦應無滅非依根領納境故若就覺慧則不應言類智所緣是比智境是故一切如理所引實義決擇皆現量智類智既然故現量攝是名二智相别成三定心相應聖行相轉有漏無漏二智何别無漏於境行相明利彼有漏智與此相違如竭地羅餘木二炭於所燒練勢用不同及勝劣香能熏用别皺鐵草火熱勢有殊二智相望差别亦爾或俗智後起增上慢無漏不然故有差别又世俗智與法類智境有寬狹故有差别謂世俗智徧以一切有爲無爲爲所緣境以

契經說有善俗智能徧知苦廣說乃至徧知虛空非擇滅故亦有以非我行相總緣一切法爲境以契經說諸行非常一切法非我涅槃寂靜故然有經說能以正慧觀一切法爲非我者雖一切法實皆非我而此一切聲非總目諸法唯目苦諦所攝法盡故次復言此能猒苦有餘於此作是釋言此慧實能緣一切法然此行相本爲猒果故偏依彼說猒苦言如爲燒舍而縱於火然火起時亦燒餘物此不應理此經復言此道力能得清淨故聞思二慧亦能徧緣作一切法非我行相此道豈能得清淨果若謂說此能得清淨不言即此是能清淨故無有過理亦不然如遮餘道說此言故如契經說唯有此道能得清淨更無餘道豈可於彼亦作是言能得清淨非是能淨故知此經說以正慧觀一切法爲非我者唯目苦諦所攝諸法非取餘法說一切聲如言諸行皆非常苦而非聖道是苦非常故諸行言唯徧苦諦此亦應爾唯觀苦境起非我行非觀餘諦除此以外必應別有總觀諸法非我行相諸觀行者現所知故謂觀行者必應先修觀一切法非我行相淨治身器令有堪能依之趣入緣三義觀若不爾者一合我相所擾亂故應不能修建立諸法無相雜觀法智但緣欲界四諦以本論說法智云何謂緣欲界繫諸行無漏智緣欲界繫諸行因無漏智緣欲界繫諸行滅無漏智緣欲界繫諸行能斷道無漏智及緣法智緣法智地無漏智是名法智豈不法智緣四諦境何故復言及緣法智緣法智地無漏智耶此三亦緣

道諦爲境以前所説緣欲界繫諸行能斷道無漏智言不能目一切緣道法智但說能緣能斷道故爲攝緣餘加行解脫勝進道攝法智爲境及已離欲身中所起法智法忍爲境法智復説緣法智緣法智地言或前所言緣斷道智但目緣未至能對治欲界見修所斷爲境法智爲攝緣餘五地法智品爲境法智復說後二言若爾彼文應作是說緣欲界諸行對治無漏智若作是說總攝能緣一切法智品爲境法智盡以對治言目多義故不爾應有非愛過故謂緣色界繫爲境無漏智亦應名法智有色界行是欲界行對治攝故豈不所言緣欲界行能斷道智亦有此失彼無此失能斷道言已遮色界欲對治故謂此依諦辨法智境道言即顯是道諦攝非汝所說

亦有道言故此過失在汝非我又設許彼更置道言亦不能攝諸法智盡法智通能治三界故又亦應許緣類智品諸無漏智是法智攝類智品亦爲欲遠分對治許對治言目多義故由此本論所說無失類智能通緣上二界四諦由此三智境有差別即於如是三種智中頌曰

法類由境別　立苦等四名　皆通盡無生

初唯苦集類

論曰法智類智由境差別分爲苦集滅道四智何緣俗智亦緣苦等作苦等行相而非苦等智由彼先以苦等行相觀苦等已後時復容觀苦等境爲樂等故又得如是世俗智已後緣諦疑容現行故如是六智若無學攝非見性者名盡無生此二初生唯苦集類以緣

苦集六種行相緣有頂蘊爲境界故金剛喻定若緣苦集與此境同緣滅道異苦爾豈不至教相違如說於盡有初智生從此無間能自了達無違教失此於盡言是有第七聲非境第七故謂有煩惱無餘盡故有初智生非此智生緣盡爲境何所違害彼言意顯有惑身中無此智生要有惑盡於前所說九種智中頌曰

法類道世俗　有成他心智　於勝地根位去來世不知　法類不相知　聲聞麟喻佛如次知見道　二三念一切

論曰有法類道及世俗智成他心智餘則不然豈不道智離法類無應但言三成他心智理實如是爲顯他心智但知同類境故作是言謂爲顯成此法類智知他無漏心心所法是道智攝非苦集智以無漏智決定不能知他有漏心心所故他身無漏心心所法細故勝故非已有漏他心智境其理可然何緣已身無漏他心智不能知他有漏心心所於有漏境無漏智生行相所緣異此智故謂無漏智緣有漏時必是總緣猒背行相是故決定不能別緣他心心所成他心智以諸聖智緣有漏時必於所緣深生猒背樂總棄捨不樂別觀緣無漏時生欣樂故既總觀已亦樂別觀如有見聞非所愛事總緣便捨不樂別緣於所愛中則不如是總見聞已亦樂別緣是故於他有漏心等必無聖智一一別觀成緣有漏心無漏他心智以他心智決定於他心心所法別別知故豈不亦有三念住攝苦集忍智雖有而非但緣一法緣多體故又他心

智有決定相謂不知勝去來二世并法類品不互相知勝復有三謂地根位地謂下地智不知上地心義唯能知自地下地根謂信解時解脱根智不知見至不時解脱心位謂不還聲聞應果獨覺大覺前前位智不知後後勝位者心義唯能知自下根位然他心智及所知境根地既殊知亦有異所知有漏心心所法曾未曾得各有十五謂欲四靜慮各下中上根能知但除欲界三品曾未曾得各有十二所知無漏及彼能知皆除欲三各有十二具諸有漏曾未曾得下根所攝他心智生隨其所應能知下地三根心品自地下根中品亦知自地中品上品緫了自下地三無漏下根他心智起唯知自地下地下根中亦知中上兼知上何緣有漏無漏智生知下地心多少有異有漏三品可一身成無漏隨根立聖者別尚無有一成二品根况有成三故有差別如何説一補特伽羅成九品道斷九品惑此道差別非根有異由因漸長後道轉增如次能令多品惑斷或諸種性各有九品成一九品必不成餘故前後言無相違失故依上地起下根心有上根心依下地起地根互勝必不相知地位位根相對亦爾此他心智不知去來本為知能緣心心所法故法類二品不互相知此二如次以欲上界全分對治為所緣故此他心智見道中無緫觀諦理極速轉故然皆容作他心智境三乘聖者起此智時中下二乘必須加行聲聞加行或上或中麟喻但須下品加行佛無加行隨欲現前若諸有情將入見道聲聞獨覺預修加行為

欲知彼見道立心彼諸有情入見道位聲聞法分加行若滿知彼見道初二念心若為更知類分心故別修加行至加行滿彼已度至第十六心雖知此心非知見道是故說彼唯知二念麟喻法分加行若滿知彼見道初二念心若為更知類分心故別修加行至加行滿知彼第八集類智心有餘師言知第十五有說麟喻知四刹那謂初二心第八十四此言應理所以者何許從知初二念心已唯隔五念知第八心若復更修法分加行經五念頃加行應成何不許知第十四念有餘亦說知四刹那謂初二心第十一二佛於一切殊勝功德隨欲現前心自在故於十五念能次第知以佛世尊三無數劫精勤修習無量資糧故獲難思殊勝妙智具大勢用隨欲能知雖此智生亦知心所然修加行本為知心如空處等名他心智脇尊者曰引此智生要先知心後方知所從初但立他心智名引此智時修何加行先應觀察身之顯形所樂言音表心差別謂彼行者初修業時為欲審知他心差別先審觀察自身顯形所樂言音因何有別遂知顯等差別由心次復審觀他身顯等亦由心異有差別生由此後時離欲身意調柔清淨引勝定生依定發生有威德智此智真實照見他心如明珠中種種色縷差別之相了然可得是名修世俗他心智加行若修無漏他心智時以觀無常等苦智為加行此加行位通緣色心至成滿時緣心非色又加行位緣自他心至成滿時緣他非自盡無生智二相何別頌曰

智於四聖諦　知我已知等　不應更知等
如次盡無生

論曰如本論說云何盡智謂無學位若正自知我已知苦我已斷集我已證滅我已修道由此所有智見明覺解慧光觀是名盡智云何無生智謂正自知我已知苦不應更知廣說乃至我已修道不應更修由此所有廣說乃至是名無生智由本意樂二智轉時力能引起如是解智非於無漏二智轉時作如是解無分別故謂出二智後得智中方作如是二類分別此二分別二智後生是盡無生力所引故此二俗智是彼士用果故舉二果表二智差別理必應然說由此故依爲此義說由此聲即是爲此所有智義不爾應言如是所有諸觀行者本修行時定起如斯要期意樂謂我當證阿羅漢時要應起此自審察智故今出觀此智必生爲令此生所起之智隨應建立盡無生名即後智生所依止義故言此釋理必應然豈不二智非見性攝如何乃言智見明等有作是釋乘言便故然實二智是於後時所起見因故亦名見謂離盡智後出觀時必不現行審察見故先不動性及後練根得不動時離無生智後審察見亦不現行故此見名從果而立或如見故假立見名如立光名現照轉故光是色處智體非光照用如光名光無失如是二智實非見體現照如見立以見名或諸世間決解名見如言我見齊爾所時此日月輪當被侵蝕定故名見此亦應然即由此因經作是說解脱智見蘊謂盡無生智要有解脱此智得生以智爲體

名解脫智由前因故亦得見名故此蘊名解脫智見何緣本論作如是言見云何且諸智亦是見然有見而非智謂八忍豈不應說見外有智如說智外有別見耶應知此中說亦聲故見外有智其義已成若謂不然彼論應說所有智皆是見既言亦是明知有非謂盡無生俗智一分然智外見分明顯說不分明說見外智者爲遮僻執譬喻部師說於下智立忍名想或如前說有多種因盡無生等亦得名見何緣論說無生智中復作是言我已知苦等理但應說不復更知等二行不應俱時轉故若次第轉前與盡智無差別故不應重說應知此說意爲遣疑恐有生疑如是解脫先起盡智後得無生如是應許不時解脫先起無生後得盡智爲顯一切盡智先起故復先說已知等言或先但言我已知等顯時解脫唯有盡智後復重言我已知等顯不時解脫盡後起無生故雖重言而無有失無生智者何謂無生正理師言謂非擇滅有無生故此智得生智託無生名無生智滅雖常有而得非常得彼滅時此智方轉要由得起方名有滅於有滅位此智方生或無生言因彼滅得如涅槃得亦名涅槃經說以涅槃置在心中故有彼得位此智方生智託無生名無生智有餘於此作是難言若託無生名無生智則無生智緣非諦法是則所說違害自宗無漏慧生唯緣四諦彼不審察設此難詞我上已言於出觀後方起如是分別智故或此託聲是有第七非境第七如盡智故或許此智緣無生得此苦諦攝非非諦故如是十智

互根攝者謂世俗智攝一全一少分法類智各攝一全七少分苦集滅智各攝一全四少分道智攝一全五少分他心智攝一全四少分盡無生智各攝一全六少分何緣二智建立爲十頌曰

由自性對治　行相行相境　加行辦因圓
故建立十智

論曰由七緣故立二爲十一自性故立世俗智以世俗智爲自性故二對治故立法類智全能對治欲上界故三行相故立苦集智此二智境體無別故四行相境故立滅道智此二行相境俱有別故五加行故立他心智非此不知他心所法本修加行爲知他心雖成滿時亦知心所而約加行故立他心智名加行如前已具分別六事辦故建立盡智事辦身中定初生故七因圓故立無生智一切聖道爲因生故謂有盡智非無生智爲因故生無無生智不以盡智爲因故起如上既言法智類智全能對治欲上界法爲有少分治上欲耶頌曰

緣滅道法智　於修道位中　兼治上修斷
類無能治欲

論曰修道所攝滅道法智兼能對治上界修斷望欲界法四諦法智全能對治於欲見斷法智亦爲持對治故能治所治皆得全名望上俱缺俱名少分何緣唯有滅道法智兼治上界非苦集耶所緣寂靜出離同故謂欲上滅及能治道展轉相望相無別故以諸擇滅皆善皆常一切聖道皆能出離所緣苦集欲上不同少多細麤上下別故又苦集智緣所

猒境無容猒彼於此離貪理猒此地時斷此地煩惱若許異猒異離貪應異離貪異解脱若許不猒色無色界而能離彼界貪習猒離貪理則應壞滅道二智不緣猒境緣下治上亦無過失又如不淨觀及欣涅槃欲謂不淨觀緣欲界境唯能令心猒背欲界欣涅槃欲現在前時普能令心猒背三界如是緣欲苦集智生唯能令心離欲界染緣欲界法滅道智生普能令心離三界染故許滅道法智品增乃至得成金剛喻定由此大聖妙善了知依全治門立法類智法智少分有治上能類智必無能治欲界要於自界所作已周方可兼爲他界所作非諸類智巳事成時他事未成有須助義故無類智治欲界法豈不第十六道類智生乗此便則能治欲界惑將斷欲惑類智不行設許現行由自界障所拘礙故必無勢力能助成他法智所作由此類智無能治欲於此十智中誰有何行相頌曰

法智及類智　行相俱十六　世俗此及餘

四諦智各四　他心智無漏　唯四謂緣道

有漏自相緣　俱但緣一事　盡無生十四

謂離空非我

論曰法智類智一一具有非常苦等十六行相十六行相後當廣釋世智有此及更有餘能緣一切法自共相等故謂世俗智或有具作十六行相如於煖頂忍等位中或有不具如世第一重三摩地及現觀邊世俗智等或有別作非聖行相如不淨觀息念慈等俗智此等行相無邊苦等四智一一各有緣自諦境四種行相他心智中若無漏者唯有緣道

四種行相此即道智一分攝故若有漏者取自所緣心心所法自相境故如境自相行相亦爾故此非前十六所攝如是二種於一切時一念但緣一事爲境謂緣心時不緣心所緣受等時不緣想等若爾何故薄伽梵說如實了知有貪心等非俱時取貪等及心如不俱時取衣及垢有貪心等三對心相心解脫處已辨差别毗婆沙師作如是說聚心者謂善心此於所緣不馳散故散心者謂染心此與散動相應起故經主謂此不順契經經言此心云何内聚謂心若與昬眠俱行或内相應有止無觀云何外散謂心遊涉五妙欲境隨散隨流或内相應有觀無止西方者釋乃順契經謂眠相應說名爲聚餘染污者名爲散心而無染眠俱心通聚散失不許眠俱染名爲散心故不審經意妄爲褒貶此彼二經意各别故此經中說有貪等心爲令知心染淨品别謂爲如實了知諸心黑品白品差别理趣說有貪心離貪心等彼經中說聚心散心爲令了知修神足障由彼經說自審已心勿太沉勿太舉勿内聚勿外散謂彼行者修神足時應自審察修神足障此心懈怠此心掉舉此心昬眠此於色等非理作意所引流散此彼經意所爲既殊不可引彼經遮釋此經相彼經但說修神足時心於内外太聚散失不欲分别心染淨相此經所說與彼相違雖諸染心皆有怠等爲顯諸染過失差别隨其增位立沉等心立策等心應知翻此故我宗釋符順契經亦善分别諸心異相傍論已了應述本義如何他心智有行相所緣而說

不觀所緣行相以不觀他心所緣行相故謂但知彼有染等心不知彼心所染色等亦不知彼能緣行相不爾他心智應亦緣色等又亦應有能自緣失無漏他心智應緣苦等境是則亦應許空無相相應既不許然知不觀二諸他心智有決定相謂唯能取欲色界繫及非所繫他相續中現在同類心心所法一實自相爲所緣境空無相不相應盡無生所不攝不在見道無間道中餘所不遮如應容有盡無生智除空非我各具有餘十四行相由與出觀心轉相違故在觀中無二行相謂從二智出觀後時必自了知我生盡等此中意說盡無生智雖是勝義而涉世俗我生盡等是世俗故空非我是勝義必涉勝義此觀後決了知空非我故由此二智離空非我爲有無漏越此十六更是所餘行相攝不頌曰

淨無越十六　餘說有論故

論曰對法諸師有一類說無越十六無漏行相離此所餘不可得故豈不有說盡無生智必自了知我生盡等此不相違前已說故謂前已說無漏觀後世俗智中作此行相非無漏智此行相轉由盡無生引起俗智推功於本言彼了知故許此智離空非我本意樂力令此二智後必引生我生盡等非由觀內此行相轉令於後時起此行相我等行相觀內雖無而由不愚自證解脫義言此位必已應有我生盡等行相勢分由先世俗行相引生能引後時世俗行相故離十四無盡無生若謂此應言離十六無者此不應理除十四餘有盡無生非極成故謂離十四有依密說計

我生盡等爲盡無生智遮彼故説離十四無餘不極成寧對遮此若爾既有無漏他心智應越十六有無漏行相謂他心智皆以一實自相爲境道等行相皆以聚集共相爲境彼此既殊知離十六決定别有無漏行相非定許故所難不然謂我所宗非決定許共相行相但緣聚集許有受心二念住故如觀一受體是非常此智生時以共相行相觀一實自相爲境極成如是寧不許無漏他心智以共相行相緣一實自相謂知他心是眞道等即緣一實是道等相若謂應如受心念住總緣三世所有受心爲非常等共相行相無漏他心智亦總緣三世他無漏心等爲道等行相便違自宗他心知起唯緣現在一實自相此亦不然加行異故此智加行爲欲知他現能緣心有貪等别修非常等念生加行爲總猒背諸有漏法由前加行勢力有殊至成滿時現總緣别是故無有應相例過若謂非常非受自體故應觀受爲非常時非緣一實自相爲境寧可引此喻他心智則彼應許受非非常不應於受起非常觀如受與心其體各别必定無有觀受爲心雖即觀受以爲非常而無一物有多體過領納非常體無别故如損益等非離領納所餘行相餘法亦然若爾應與至教相違如説於身住循身觀應言法智乃至廣説又説觀老死應言是四智俱不相違且初所説非顯法智等離十六行相住循身觀觀身爲身但如實觀爲非常等我先已許共相行相亦以一實自相爲境故彼所説於我無違後老死聲總目取蘊觀五取蘊爲

非常等是四智攝何所相違若爾如說受樂受時如實了知受於樂受如何是法類世俗道智攝此應思擇受現在時必不了知不自緣故亦不可說了知去來去來不名受樂時故而契經說受樂受時如實了知受於樂受故知此說別有密意釋此密意如盡無生謂出觀後時方起此行相故無漏行相越十六外無有一類言有越十六本論說故如本論言頗有不繫心能了別欲界繫法耶曰能了別謂非常故苦故空故非我故因故集故生故緣故有是處有是事如理所引了別此證不成迷論意故論顯不繫行相衆多於中有緣欲界繫者依容有說有是處言有是事言顯無顛倒即由此故餘無此言謂彼論中復作是說頗有見斷心能了別欲界繫法耶曰能了別謂我故我所故斷故常故無因故無作故損減故尊故勝故上故第一故能清淨故能解脫故能出離故惑故疑故猶豫故貪故瞋故慢故癡故不如理所引了別除此無容有餘行相由此不說有是處言由皆顛倒轉不言有是事故淨行相無越十六理教無違不可傾動

阿毗達磨順正理論卷第七十三 說一切有部

音釋

奢緩 奢式車切侈也緩胡管切舒遲也　朅 丘竭切　脇 虛業切　縷 力主切綫也　蝕 乘力切侵虧也　褒貶 褒博毛切揚美也貶甲檢切譏也

阿毗達磨順正理論卷第七十四

尊者衆賢造

唐三藏法師玄奘奉詔譯

辨智品第七之二

所言行相有十六者爲但名別實亦有異何謂行相能行所行頌曰

行相實十六　此體唯是慧　能行有所緣　所行諸有法

論曰有說行相名雖十六實事唯七緣苦諦境治四倒故名實俱四緣三諦境名四實一如是說者實亦十六所治所行相有別故言所對治相有別者爲治常見故修非常行相爲治樂諸行故修苦行相爲治我所見故修空行相爲治我見故修非我行相爲治無因論故修因行相爲治自在等一因論故修集行相爲治轉變因常因論故修生行相爲治知爲先能生論故修緣行相爲治歸自在爲涅槃論顯諸蘊求滅是涅槃故修滅行相爲治執自體所有解脫是雜染或苦不正見故修靜行相爲治執涅槃如被呪詛遂致殄滅是弊壞論故修妙行相爲治執解脫還退見故修離行相爲治執無解脫道故修道行相爲治苦行是真道見及謗真道是邪論故修如行相爲治不修道生死自淨及世間離染是真道故修行行相爲治嘗遭不永離染道所誑惑於真聖道亦不敬故修出行相言所行境相有別者苦聖諦有四相一非常二苦三空四非我有生滅故非常逼迫性故違聖心故苦無主宰故空違我相故非我集聖諦有四相一因二集三生四緣能生法故因有

多種故集恒孳產故生各別助故緣滅聖諦有四相一滅二靜三妙四離息衆苦故滅三有為相三火滅故靜有餘師說衆苦息故靜如說苾芻諸行皆苦唯有涅槃最為寂靜善故常故離一切災患永解脫故極安隱故離道聖諦有四相一道二如三行四出能通尋求諸法性相至解脫故道無倒轉故如如實趣故行有餘師說定能趣故行如說此道能至清淨餘見必無至清淨理一向趣法決能至故出如是所治及所行境相有別故實有十六如是行相以慧為體豈不心心所皆名有行相如是無慧與慧相應如何可言慧有行相非有行相唯慧相應心等皆名有行相者是心心所等於所緣品類相中有能取義若依唯慧得行相名則慧之餘心心所法與行相等名有行相如等漏故得有漏名是與漏體同對治義如是所餘心心所法等與行相行於所緣是俱時行無前後義或心心所有行相者多如已知根總名有行相或依無間亦說有聲如有所依故無有過謂如心心所皆名有所依意識相應諸心所法與所依識亦俱時生識之所依唯無間滅有行相理應知亦然無間滅慧於現何能此於現有能如無間滅意若爾應受等得有受等名許亦無違然非所辨此中經主依附他宗作如是言諸心心所取境類別皆名行相理未必然應思何等名心心所取境類別若謂境相品類差別一切能像理必不成境有善常等衆相差別故或諸色法亦行相收色法亦能像餘相故若謂能取境差別相則應五識行相

不成不能取境差别相故有分别識方能取境青非黄等差别相故然非所許故理不成由此我宗所釋爲善謂唯諸慧於境相中揀釋而轉名爲行相慧及諸餘心心所法有所緣故皆是能行此能行名應唯因慧行相體故餘心心所既非行相寧是能行若謂所餘名能行者以與行相相應起故是則慧等與受相應應名能受雖有此語而理不然謂慧異門稱爲行相能行即是取境别名非能行言偏爲詮慧寧以受等體非行相便作是難應非能行如於境中慧能揀擇便許説慧名爲能行既於境中想能取像識能了等寧非能行故能行名通目取境故應受等亦是能行所行名通一切有法若實若假皆所行故由此三門體有寬狹慧通行相能行所行餘心心所唯能所行諸餘有法唯是所行頌諸有言應隨除一隨説一種義已成故如世尊言一切法者謂十二處唯此是有故説諸法是所行言已説所行唯是有法或説有法是所行言已説所行是一切法諸假有法不離所依亦隨所依諸處攝故爲攝有盡俱説無失已辨十智行相差别當辨性攝依他依身頌曰

性俗三九善　依他俗一切　他心智唯四
法六餘七九　現起所依身　他心依欲色
法智但依欲　餘八通三界

論曰如是十智三性攝者謂世俗通三性餘九智唯是善依他别者謂世俗智通依欲界乃至有頂他心智唯依四根本静慮不依近分静慮中間此智所緣極微細故謂依彼地

道力微劣不能了達他相續中現在微細心心所法亦不依無色無此加行故又通性故餘地非依五通所依止觀等故法智通以六地爲依謂未至中間四根本靜慮不依餘近分彼唯有漏故亦不依無色此緣欲界故所餘七智九地爲依謂下三無色及前說六地總說如是然有差別謂此所說七種智中類智決定依九地起苦集滅道盡無生智若法智攝六地爲依類智攝者通依九地依身別者謂他心智依欲色界俱可現前不依無色彼自無故不起下地他心智者此智隨轉色彼無容起故法智但依欲界身起非上二界入出此智諸有漏心唯欲有故又法智隨轉色所依大種唯欲繫故又此能治起破戒惑破戒唯欲非上界故餘八智現起通依三界身已辨性地身當辨念住攝頌曰

諸智念住攝　滅智唯最後　他心智後三
餘八智通四

論曰滅智攝在法念住中他心智後三攝所餘八皆通四如是十智展轉相望一一當言幾智爲境頌曰

諸智互相緣　法類道各九　苦集智各二
四皆十滅非

論曰法智能緣九智爲境除類智類智能緣九智爲境除法智道智能緣九智爲境除世俗智非道攝故苦集二智一一能緣二智爲境謂俗他心世俗他心盡無生智皆緣十智滅智不緣唯以擇滅爲所緣故十智所緣總有幾法何智幾法爲所緣境頌曰

所緣總有十　謂三界無漏　無爲各有二

俗緣十法五　類七苦集六　滅緣一道二
他心智緣三　盡無生各九
論曰十智所緣總有十法謂有爲法分爲八
種三界所繫無漏有爲各有相應不相應故
無爲分二種善無記別故俗智總緣十法爲
境法智緣五謂欲界二無漏道二及善無爲
類智緣七謂色無色無漏道六及善無爲苦
集智各緣三界所繫六滅智緣一謂善無爲
道智緣二謂無漏道他心智緣欲色無漏三
相應法盡無生智緣有爲八及善無爲頗有
一念智緣一切法不不爾豈不非我觀智知
一切法皆非我耶此亦不能緣一切法不緣
何法此體是何頌曰
俗智除自品　總緣一切法　爲非我行相
惟聞思所成
論曰以世俗智觀一切法爲非我時猶除自
品自品謂自體相應俱有法何故不緣自體
爲境諸對法者立此因言諸法必無待自體
故此言意顯諸法生時隨其所應得四緣性
隨有所闕法則不生不闕便生立爲緣性諸
法無有闕自體時故畢竟無闕不生義寧可
建立爲所待緣若謂體應如虛空等由無障
礙可立爲緣理亦不然以虛空等望所生法
他性極成法爲他緣理極成故又由現喻顯
諸智生必不能緣自體爲境謂見刀刃指端
及肩如次不能自割觸負又邪見他心智及
念住苦智等皆有建立不成過故若謂如燈
自他俱照智應爾者理亦不然燈之照體不
成實故謂顯色聚差別名燈眼識生因說名
爲照闇相違故說爲能壞瓶等障因由有此

故瓶等可了名照瓶等除假說外無實有照能照自體猶如鹽等唯彼自體如是轉故又若許燈是能照故便許自照亦能照他如是應許闇是障故力能自障亦能障他火能燒故自燒燒他彼旣不然燈云何爾若謂燈力破障瓶燈及了瓶燈二覺闇故應俱名照理亦不然闇與瓶燈合不合故謂闇瓶合可曰障瓶今雖有瓶而覺不起由此說闇能障瓶覺燈生闇滅瓶顯覺生故世說燈有照瓶用曾無有闇與燈合時勿不相違無相治失故不可說闇能障燈旣無有燈不能生覺亦不可說闇爲覺障故燈生時雖令闇滅而不可說被照如瓶復有何因執智知用但如燈照非刀割等謂見何理執智與燈法喻寘然非與刀等故引燈喻爲證力微有作是言智於自體不知自相共相可知理亦不然已辨自體不以自體爲所緣故於自自相旣永不能取則定無有以自爲所緣旣非所緣寧取共相故應於此立比量言自相亦應爲自體境自體相故猶如共相或應共相非自體境自體相故猶如自相故緣共相理亦不成又智現前若緣自體應許自體亦是所依若許自緣及自依者則應自體能自建立自建立故應許是常常故應無能緣他義又智所知應無別故必無有智能緣自體若謂自共相如次能所緣理亦不然前已說故謂前已說旣不自緣自相爲境自體相故亦不應緣共相爲境即由此理不緣相應以與相應一境轉故許緣相應者便應許自緣亦不能緣俱有法者以俱有法極相近故如眼不見無眼根

色契經亦說一刹那智不能頓知一切法境如契經說無有沙門婆羅門等於一切法頓見頓知義准唯漸此智唯是欲色界攝無色界中雖有此類而緣法少非此所明此通聞思修所成慧皆能除自品緣一切法故然經主說非修所成以修所成地別緣故若異此者應頓離染此不應理言修所成唯他別緣非極成故謂我宗許靜慮地攝修所成慧有能總緣隨所依身自上境故厭下欣上方能離染此既總緣唯欣行相故於離染無有功能故彼所言甚爲非理已辨所緣復應思擇誰成就幾智耶頌曰

異生聖見道　初念定成一　二定成三智
後四一一增　修道定成七　離欲增他心
無學鈍利根　定成九成十

論曰諸異生位及聖見道第一刹那定成一智謂世俗智第二刹那定成三智謂加法苦第四六十十四刹那如次後後增類集滅道智諸未增位成數如前故修位中亦定成七如是諸位若已離欲各各增一謂他心智唯除異生生無色者然異生位及見道中唯可成就俗他心智道類智時具成二種爾時初得不還果故兼得無漏以成果體餘修位中皆具成二生無色者便捨世俗諸時解脫定成九智謂加盡智不時解脫定成就十謂增無生於何位中頓修幾智且應思擇何謂爲修謂習善有爲令圓滿自在非染無記者無勝愛果故非善無爲者不在相續故又無爲無果故已辨修義本問應答且於見道十五心中頌曰

見道忍智起　即彼未來修　三類智兼修
現觀邊俗智　不生自下地　苦集四滅後
自諦行相境　唯加行所得

論曰見道位中隨起忍智皆即彼類於未來修然具修自諦諸行相念住何緣見道唯同類修所作所緣俱定別故有說此種性先未曾得故唯苦集滅三類智時能兼修未來現觀邊俗智於一一諦現觀後邊方能兼修故立斯號由此餘位未能兼修自諦所爲未圓滿故有言若此於法智位修應說名爲現觀中俗智經不應立現觀邊名三位所修何勝何劣若據相續後勝於前因增長身起彼得故若就界說上皆勝下故前所修色界繫者界勝身劣後位所修欲界繫者界劣身勝此有四句如理應思道類智時何不修此此智唯是見道眷屬彼修道攝故不能修此意說言修七處善爲種子故見道得生故見道生時說彼爲眷屬或世俗智從無始來於三諦中曾知斷證未曾修道故今不修或由今時見真道故僞道羞避故非所修或現觀邊方修此道智無邊故此位不修謂三諦中依事現觀容一行者總得其邊必無有能遍修道者異根性道不能修故於自根性雖容得修百千分中不起一故雖見道位未遍斷集未遍證滅而於當位斷集證滅其事已周道類智時迷道諦惑諸對治道亦不遍修以種性根有多品故由此於三諦世尊說邊聲如契經中說有身邊有身集邊有身滅邊曾無經說有身道邊無能修道至邊際故此世俗智是不生法於一切時無容起故此起依身定

不生故謂隨信行隨法行身容有爲依引此智起在見道位此無容生故此依身住不生法依不生故此必不生若爾依何說有修義依得修故說名爲修謂於爾時起得自在餘緣障故體不現前即由此因說名爲得以證彼得起自在故以有諸法得即現前如盡智等或有諸法先得後現前如無生智等或有諸法得永不現前如此智等或有諸法不得而現前如外色等無有情數法不得而現前故雖不生而有修義經主此中作如是詰既不能起得義何依故所辨修理不成立如古師說修義可成彼說云何由聖道力修世俗智於出觀後有勝緣諦俗智現前得此起依故名得此如得金礦名爲得金此但有言所詰等故如何此智不現在前言得起依說名爲得非得此依故可名此現前勿此所依即此體故若謂於後位見不見功能故有差別亦不應理所許起依不久住故非起依已捨有此現前時故捨起依必不現起後如何見能起功能諸有起依必可現起有起依位寧不現前既不現前起依寧有故彼所說既不能起得義何依爲非理詰自許不起亦名得故隨依何地見道現前能修未來自地下地謂此俗智七地爲依即未至中間四靜慮欲界若依未至見道現前能修未來一地見道二地俗智至依第四見道現前能修未來六地見道七地俗智苦集邊修四念住攝滅邊修者唯法念住隨於何諦現觀邊修即以此行相緣此諦爲境謂若苦諦現觀邊修即以緣苦四種行相若欲界繫緣欲界苦色界繫

者緣上苦諦若於集諦現觀邊修即以緣集四種行相若欲界繫緣欲界集色界繫者緣上集諦若於滅諦現觀邊修即以緣滅四種行相若欲界繫緣欲界滅色界繫者緣上滅諦此世俗智唯加行得即由見道加行得故欲界攝者是思所成色界攝者是修所成非聞所成彼微劣故智增故立智名若幷隨行以欲四蘊色界五蘊爲其自性次於修道離染位中頌曰

修道初刹那　修六或七智　斷八地無間及有欲餘道　有頂八解脫　各修於七智上無間餘道　如次修六八

論曰修道初念謂第十六道類智時現修二智謂道及類名異非體未離欲者未來修六謂法及類苦集滅道離欲修七謂加他心有頂治故不修世俗先已離欲入聖道者何緣見道中不修他心智以他心智遊觀德攝依容豫道方有修義見道位中爲觀諦理加行極速故不能修無間道中義亦同此今第十六道類智時容豫道收故修此智斷欲修斷九無間道八解脫道俗四法智隨應現修斷上七地諸無間道四類世俗滅道法智隨應現修斷欲加行有欲勝進俗四法類隨應現修此上未來皆修七智謂俗法類苦集滅道斷有頂地前八解脫四類二法隨應現修此於未來亦唯修七然除世俗加他心智斷有頂地九無間道四類二法隨應現修未來修法類苦集滅道六斷欲修斷第九解脫俗四法智隨應現修斷上七地諸解脫道四類世俗滅道法智隨應現修斷欲修斷第九勝進

斷上八地諸加行道俗四法類隨應現修斷上七地有頂八品諸勝進道俗四法類及他心智隨應現修先所修道容現前故此上未來皆修八智謂俗法類四諦他心四類不能斷欲界染苦集二法非上對治何緣起彼治此智未來修若許兼修非對治者離有頂染等應兼修世俗此難非理唯同對治於未來修非所許故謂亦許有相屬故修如見道中修世俗智或由因力相資故修如斷欲時兼修四類斷上染位修苦集法若斷欲染不修類智斷上不修苦集二法則漸次得不還果者應無容起類智現前阿羅漢應無起苦集法智先所得者皆已捨故先未得者非所修故由約種類若先已得爲同類因力引等流智生此智由先彼智引故於彼智類復能爲因故此智生因力資彼雖非同治亦未來修

次辨離染得無學位頌曰

無學初刹那　修九或修十　鈍利根別故
勝進道亦然

論曰無學初念謂斷有頂第九解脫苦集類盡隨應現修緣有頂故勝進九十隨應現修未來隨應修九修十謂鈍根者唯除無生利根亦修無生智故次辨餘位修智多少頌曰

練根無間道　學六無學七　餘學六七八
應八九一切　雜修通無間　學七應八九
餘道學修八　應九或一切　聖起餘功德
及異生諸位　所修智多少　皆如理應思

論曰學位練根諸無間道四法類智隨應現修未來修六四諦法類似見道故不修世俗能斷障故不修他心諸解脫道四法類智隨

應現修未離欲者未來修六四諦法類已離欲者未來修七謂加他心有餘師言解脫道位亦修世俗諸加行道俗四法類隨應現修未離欲者未來修七已離欲八謂加他心諸勝進道若未離欲俗四法類隨應現修未來亦七若已離欲俗四法類及他心智隨應現修未來亦八無學練根諸無間道四類二法隨應現修未來修七四諦法類盡不修世俗如治有頂故五前八解脫四類二法隨應現修未來修八四諦法類他心及盡四第九解脫苦集類盡隨應現修未來修九最後解脫苦集類盡隨應現修未來修十諸加行道現修如學未來修九諸勝進道鈍者九智隨應現修未來亦九利者十智隨應現修未來亦十學位雜修諸無間道四法類俗隨應現修未來修七諸解脫道唯四法類加行增俗諸勝進道又加他心隨應現修未來皆八無學雜修諸無間道現修如學未來所修鈍八利九諸解脫道唯四法類加行增俗隨應現修未來所修鈍九利十諸勝進道與練根同學位修通五無間道現修俗智未來修七宿住神境二解脫道五加行道現修俗智他心解脫法類道俗及他心智一切勝進并苦集滅隨應現修此上未來皆修八智無學修通五無間道現修如學未來所修鈍八利九解脫加行現修如學未來所修鈍九利十諸勝進道與練根同天眼天耳二解脫道無記性故不名爲修聖起所餘四無量等修所成攝有漏德時現在皆修一世俗智有學未來未離欲七已離欲八無學未來鈍九利十除微微

心此於未來唯修俗故若起所餘無漏功德靜慮攝者四法類智隨應現修無色攝者唯四類智隨應現修未來所修同前有漏異生離染現修俗智斷欲三定第九解脫及依根本四靜慮定起勝進道離染加行未來修二謂加他心所餘未來唯修世俗修五通時諸加行道二解脫道現修俗智一解脫道現俗他心諸勝進道二隨應現未來一切皆修二種五無間道現未唯俗依本靜慮修餘功德皆現修俗未來修二唯順決擇分必不修他心以是見道近眷屬故依餘地定修餘功德皆唯世俗現未來修諸未來修爲修幾地諸所起得皆是修耶頌曰

諸道依得此　修此地有漏　爲離得起此

修此下無漏　唯初盡徧修　九地有漏德

生上不修下　曾所得非修

論曰諸道依此地及得此地時能修未來此地有漏謂依此地世俗聖道現在前時未來唯修此地有漏以有漏法繫地堅牢難修餘故隨依何地離下地染第九解脫現在前時亦修未來所得上地根本近分有漏功德離下地縛必得上故聖爲離此地及得此地時幷此地中諸道現起皆能修此及下無漏謂隨何地有漏無漏加行等道正現在前爲欲斷除此地煩惱未來修此及下無漏下於上染同能治故雖下聖道斷煩惱時諸上地邊有能同治然由有漏繫地堅牢未離下時未能修彼隨依何地離下地染第九解脫現在前時亦修未來所得上地及諸下地無漏功德隨起此地世俗聖道現在前時未來皆修

此及下地無漏功德唯初盡智現在前時力能徧修九地有漏意地所攝聞思修所成不淨觀等無量勝功德謂隨何地盡智現前通修未來自上下地何緣唯此初盡智時力能徧修諸有漏德創能殄滅無始時來一切善根煩惱怨故如有摧伏國所共怨一切俱來慶賴稱善又煩惱縛斷無餘故如能縛斷所縛氣通又彼心王登自在位一切善法起得來朝譬如大王登祚灑頂一切境土皆來朝貢然此生上必不修下謂身在欲得阿羅漢通修三界九地善根至生有頂唯修一地初盡智言顯離有頂及五練根位第九解脫道皆捨前道創得果故於見道位三類智邊雖亦能修自下俗智先已說故此不復論諸所言修唯先未得今起今得是能所修謂若先時未得今得用功得者方是所修若法先時曾得棄捨今雖還得而非所修非設劬勞而證得故若於先時未得而起極用功起勢力勝故此方能修未來功德若先已得今起現前彼不能修未來功德非多功起勢力劣故修用止息故不能修未來若曾得現前能修未來者則薄伽梵得盡智時應未具修一切功德為具證得應更進修便同二乘功德不滿為唯約得說名為修不爾云何修有四種一得修二習修三對治修四除遣修如是四修依何法立頌曰

立得修習修　依善有為法　依諸有漏法

立治修遣修

論曰諸未曾得功德現前及得未來所餘功德新修得故皆名得修曾得未曾功德現起

現修習故皆名習修此二但依善有爲立未來唯得現具二修於身等法得能治故所治身等名對治修故於身等得對治時即說名爲修於身等餘有漏法類亦應然緣身等境煩惱斷故說身等法名除遣修故緣身等煩惱斷時亦說名爲修於身等餘有漏法例亦應然此二但依有漏法立故有漏善具足四修無漏有爲餘有漏法如次各具前後二修有於此中約當修義分別諸法具修多少有法具四名爲當修有法具三有法具二有法具一有法全無謂善有漏未永斷時可得可生具足四種此未永斷故當具治遣修以可得故當具得修是可生故當具習修已得可生具三除得可得不生具三除習已得不生及不可得已生具二謂治遣修染及無記未

斷亦爾若善有漏已永斷時可得可生具一謂習二可得不生具一謂得已得可生具一謂習有爲無漏應知亦爾除前所說皆是全無謂無漏法中已得不生等若不生法不住身中但由得故即名修者應許擇滅亦名爲修無差別故此難非理彼同類法住身中故謂不生法雖不住身同類住身名修無失又彼由得爲果住故謂未來世不生善法由令得生表爲果住義言我等闕緣不生非謂今時不蒙招引擇滅異此不可爲例又未來世不生善法亦有因力攝益現身擇滅不然故無修義又由擇滅唯是果故謂修本爲獲得勝果滅非有果故不應修又由擇滅無增減故謂可修法依下至中依中至上擇滅不爾於修無用故不可修

阿毗達磨順正理論卷第七十四 說一切有部

音釋

逼迫 逼彼側切窘也迫博陌切近也

孳産 孳即移切生息也産所簡切産業也

礦 古猛切金鐵朴也

殄 徒典切滅也

祚 昨故切位也

阿毗達磨順正理論卷第七十五

尊者衆賢造

唐三藏法師玄奘奉詔譯

辨智品第七之三

如是已辨諸智差別智所成德今當顯示於中先辨佛不共德且初成佛盡智位修不共佛法有十八種何謂十八頌曰

十八不共法　謂佛十力等

論曰佛十力四無畏三念住及大悲如是合名爲十八不共法唯於諸佛盡智時修餘聖所無故名不共且佛十力差別云何頌曰

力處非處十　業八除滅道　定根解界九
徧趣九或十　宿住死生俗　盡六或十智
宿住死生智　依靜慮餘通　贍部男佛身
於境無礙故

論曰佛十力者一處非處智力具以如來十智爲性爲依何義立此力名佛於經中自作是說苾芻諦聽如來於處如實知處如來於非處如實知非處乃至廣說知一切法自性功能理定是有名爲處智知一切法自性功能理定非有名非處智此智通緣情非情境與一切智皆不相違恐於略說少功難悟故復此中析出餘九如薄伽梵多界經中自廣分別處非處義身等惡行感非愛果定有是處感可愛果必無是處乃至廣說於彼經中所未說者我依餘教復略分別謂諸如來猶有誤失諸應分別而一向記無力無畏三念住等不共功德必無是處諸聖猶起見所斷惑覆罪墮惡必無是處造無間者現身見法墮邪性者現入正性外道法内有眞沙門有

雖受生而無有死有不還者復欲界生有阿羅漢更受後有有捨二種識猶現行處有十三界有十九蘊有第六世有第四諦有第五必無是處如來所使有能遮遏世尊使者事未究竟正在慈定滅盡定中隨信法行者有能爲損害北俱盧死墮惡趣中及有中夭必無是處諸行不滅涅槃無常異生有能斷有頂惑於一相續二心俱行無漏爲因招異熟果五識得與覺支相應眠夢位中有生有死得果退等必無是處有五識身無尋無伺緣名過未離世爲境有鼻舌識有覆無記有生上界入現觀者有耳見色有眼聞聲舌齅香等必無是處如是等類得非處名與此相違皆名是處豈不處智已知非處諸非處智亦已知處何勞雙說處非處名雖理實然而雙說者爲欲遮止無因論故說是處名爲欲遮止惡因論故說非處名依一智體雙說無失寧知於一處非處力中恐略難悟析出餘九力以餘皆有此力義故謂如實知惡行能感可愛異熟妙行能感非愛異熟必無是處與此相違定有是處又如實知順退分定能逮勝德順勝進分能引退墮必無是處與此相違定有是處又如實知若此品根能證此果此根未滿此果已證必無是處與此相違定有是處又如實知下劣勝解鄙惡喜樂能逮勝德必無是處與此相違定有是處又如實知諸有情類界性各別而情契合必無是處與此相違定有是處又如實知趣生死行能證涅槃趣涅槃行能招生死必無是處與此相違定有是處又如實知前際有始必無是

處與此相違定有是處又如實知未斷生結死已不生或彼已生畢竟不死或彼不往善趣惡趣必無是處與此相違定有是處又如實知非理作意能得漏盡必無是處與此相違定有是處我於如是一力中略與方隅顯處非處若盡其事言論無窮故應皆名處非處力恐略難悟別立異名二業異熟智力八智爲性除滅道智謂善分別如是類業感如是類諸異熟果無罣礙智名業異熟智力或說名爲自業智力謂善分別如是類果是自所造業力所招非妻子等所能與奪如是類業必招自果不可貿易無罣礙智名自業智力又佛自說此力相言苾芻諦聽佛於過去未來現在諸業法受別處別因別事別果皆如實知乃至廣說諸業有三法受有四業

及法受故名爲業法受或業之法故名業法即是諸業之品類義此顯如來於過去等諸業品類處等差別及所受果能如實知此中別處者是別方所義知於某處造如是業當於某處此業方熟謂知此業天等處造此業當於人等處熟是名如實了知別處言別因者是別緣義知如是業遇此緣熟或知此業由此緣造是名如實了知別因言別事者是別物義知如是業至成熟時力能引生色等別物或即知業自性不同名知別事謂知此業此物爲性餘則不然是名如實了知別事言果別者即別異熟義知如是業定感異熟果此業不定能感異熟此業異熟經爾所時有不爾者此業異熟尚有所餘有無餘者如是等類異熟差別極細難了而能了知是名

如實了知別異三靜慮解脫等持等至智力四根上下智力五種種勝解智力六種種界智力如是四力皆九智性唯除滅智謂如實知諸靜慮等自性名得方便攝持味淨無漏順退住進決擇分等無罣礙智名靜慮等智力又佛自說此力相言苾芻諦聽佛於靜慮解脫等持等至離染清淨安立皆如實知乃至廣說靜慮等相定品當辨雜染謂能障證靜慮等清淨謂即此諸法清淨諸淨法住名為安立或順退分名為雜染順勝進分順決擇分名為清淨順住分名安立若如實知諸有情類能逮勝德根品差別無罣礙智名根上下智力又佛自說此力相言苾芻諦聽佛於有情諸根上下皆如實知乃至廣說此意顯佛知諸有情諸根勝劣無有謬誤雖有中根而待勝劣是劣勝攝故不別顯此中根名為目何法謂目信等斷善根者總相續中亦有去來信等善法或目意等若如實知諸有情類喜樂差別無罣礙智名種種勝解智力又佛自說此力相言苾芻諦聽佛於有情種種勝解皆如實知乃至廣說此意顯佛知諸有情喜樂種種品類差別喜樂勝解名差別故若如實知諸有情類前際無始數習所成志性隨眠及諸法性種種差別無罣礙智名種種界智力又佛自說此力相言苾芻諦聽佛於世間種種界非一界皆如實知乃至廣說種種界者顯各別義非一界者顯衆多義應知此中界與志性隨眠法性名之差別如是四力並緣有爲故十智中唯攝九智七徧趣行智力或聲顯此義有二途若謂但緣諸

能趣道九智除滅若謂兼緣道所趣果十智爲性謂如實知生死因果及知盡道無罣礙智名徧趣行智力又佛自說此力相言苾芻諦聽佛於一切徧趣行中皆如實知乃至廣說此意顯佛能如實知趣生死行趣涅槃行趣生死中有趣地獄乃至趣天趣一一中復有多種趣涅槃行有三乘別趣一一中復有多種依總說一徧趣行名八宿住隨念智力九死生智力如是二力皆俗智性此二力相有差別故謂如實知自他過去宿住差別無罣礙智名第八力若如實知諸有情類於未來世諸有續生無罣礙智名第九力又佛自說此二相言苾芻諦聽佛於過去種種宿住一生二生乃至廣說佛天眼淨超過於人見諸有情乃至廣說廣辨此二如六通中十漏

盡智力或聲亦顯義有二途若謂但緣漏盡爲境六智除道苦集他心若謂兼緣漏盡方便十智爲性理應如是以辨相中言於盡及爲盡無罣礙智二種俱名漏盡智力又佛自說此力相言苾芻諦聽佛漏盡故於諸無漏心慧解脫自現通達具證領受能正自知我生已盡乃至廣說此後三力即是三通以六通中此三殊勝在無學位立爲三明在如來身亦名爲力神境天耳設在佛身亦無大用故不名力且如天眼能見有情善惡趣中異熟差別由此能引殊勝智生亦正了知能感彼業由此建立死生智名神境天耳無此大用是故彼二不立爲力然不別說他心力者義已攝在根等力中以他根等中有心心所故又薄伽梵具一切智於工論等亦得自在

而於佛事齊此已成餘智於中無別勝用是故雖有亦不別說唯依徧覺十種所知佛所應爲皆圓滿故何等名曰十種所知謂諸法中因非因義多分散地業果差別定地功德品類不同所化有情根解界異所治能治因果差別前際後際經歷不同離染不續方便有異但由覺此佛事已成餘設有無不致益損故唯十種得名爲力又佛觀察所化有情設教應機唯須十智謂由初智觀所化生於諸乘中堪無堪異由第二智觀所化生於相續中業障差別由第三智觀所化生於靜慮等有味無味煩惱爲障輕重差別由知此二因亦知異熟障由第四智觀所化生趣清淨品功能差別由第五智觀所化生於證淨品加行差別由第六智觀所化生於證淨品稟志性別由第七智觀所化生諸所施爲有益無益種種差別正勸修止由第八智觀所化生過去世中所集差別由第九智觀所化生當來世中結生差別由第十智觀所化生所證解脫方便有異於此十智若隨闕一便不具足化有情事多復無用故不增減已辨自性依地別者第八第九依四靜慮餘八通依十一地起欲四靜慮未至中間并四無色名十一地諸勝德地總有爾所已辨依地依身別者皆依贍部男子佛身唯此堪爲力所依故如是十智二乘亦有何故在佛方受力名夫受力名謂無礙轉佛智於境無礙轉故得名爲力餘則不然以諸二乘尚不能見諸有情相續順解脫分善況復能知所餘深細如舍利子捨求度人不能觀知鷹所逐鴿前後

二際生多少等大目乾連不能觀見業風所引諸鬼差別是故二乘天眼通等觀界遠近與佛有殊非無礙故不名爲力二乘與佛漏盡既同彼智何緣唯佛名力唯世尊有徧達有情一切漏盡別相智故謂薄伽梵於諸有情一切漏盡品類差別智無罣礙二乘不然是故力名唯屬於佛又唯諸佛智猛利故如何猛利佛智力能速斷煩惱并習氣故如强弱力補特伽羅執利鈍刀斬截草等諸有情類蘊相無別佛如何觀有種種界諸有情類蘊相雖同而於其中非無差別謂彼諸蘊體雖無異而有無量品類不同佛如量知都無罣礙故世尊得有種種界智力或諸如來名稱高遠希有智慧妙用無邊唯佛能知非餘所測於餘所了無別相中何惟如來能知別相已辨諸佛心力方隅當辨菩薩時亦所成身力頌曰

身那羅延力　或節節皆然　象等七十增此觸處爲性

論曰佛生身力等那羅延有餘師言佛身肢節一一皆具那羅延力理實諸佛身力無邊猶如心力能持無上正等菩提大功德故大覺獨覺及轉輪王肢節相連如其次第似龍蟠結連鎖相鉤故三相望力有勝劣那羅延力其量云何十十倍增象等十力謂凡象香象摩訶諾健那鉢羅塞建提伐浪伽遮怒羅那羅延後後力增前前十倍有說前六十十倍增敵那羅延半身之力此力一倍成那羅延力有餘師說此量如千鵶羅伐拏天象王力此象王力其量云何三十三天將遊戲苑

象王知已化作諸頭種種莊嚴往天宮所諸天眷屬數有多千乘已騰空如持樺葉速至戲苑隨意歡娛天大象王力勢如是此力千倍等那羅延於諸說中唯多應理如是身力觸處爲性此應總是諸觸差別有說唯是大種差別有說是造觸離七外有有說力是重劣者是輕如是名爲佛生身力佛四無畏相別云何頌曰

四無畏如次　初十二七力

論曰佛四無畏如經廣說一正等覺無畏十智爲性猶如初力二漏永盡無畏六十智性如第十力三說障法無畏八智爲性如第二力四說出道無畏九十智性如第七力何緣諸佛無畏唯四但由此量顯佛世尊自他圓德俱究竟故謂初無畏顯佛世尊自智圓德第二無畏顯佛世尊自斷圓德此二顯佛自利德滿爲顯世尊利他圓德是故復說後二無畏第三無畏遮行邪道第四無畏令趣正道謂佛處處爲諸弟子說障法令斷除即是令修斷德方便又於處處爲諸弟子說出道令正行即是令修智德方便此二顯佛利他德滿但由此四隨其所應顯佛自他智斷圓德至究竟故唯立四種如何可說無畏即智應言無畏是智所成理實應然但爲顯示無畏以智爲親近因是故就智出無畏體夫無畏者謂不怯懼由有智故不怯懼他故智得爲無畏因性唯佛四妙智是四無畏因謂諸如來於一切法一切相妙智是初無畏因若諸如來一切煩惱并習氣斷妙智是第二無畏因唯我世尊由具此故侵毀不感供讚不

歡雖恒違拒而常饒益雖加斫刺而深憐愍雖有殊勝輔翼神通智慧伎能而不傲慢於欲離背不起瞋嫌於樂親承不偏憐愛雖行攝事不求輔翼雖行訶責不願乖離雖暫驅擯不以麤語雖永擯黙不令墮邪雖無所畏而不麤獷雖常親愛而不生貪雖顯自德不徇名利雖顯他過不爲恥辱雖攝門徒不成自黨雖訶邪侶不壞他朋族望有情數來親附但示正法不與交遊此等皆由漏盡妙智故此妙智爲第二因若諸如來知弟子衆有損有益妙智是後二無畏因或無畏體即四妙智怯懼名畏此即於法無所了達懷恐怖義智於此畏有近治能與畏相違故名無畏豈不非無智即是畏體如何說智體即是無畏此責不然智與多法爲近治故如即無疑謂智如能近治無智亦於怖畏有近治能故得智名亦名無畏如治無智亦能治疑故得智名亦名決定所治無智雖不即疑而智無疑名二體一如是無智雖與畏殊而無畏名即目智體一善能斷多惡法故有說無智亦攝畏體故於此中不應爲難力與無畏有何差別此無差別體俱智故然於智體別義名力復依別義立無畏名謂不屈因說名爲力不怯懼因說名無畏或初安立說名爲力立已不動說名無畏或非他伏說名爲力能摧伏他說名無畏有餘師說譬如良醫徧達醫方說名爲力善療衆疾說名無畏有說驍健說名爲力勇悍不怯說名無畏如是二種義亦有別謂成辦事義是力義不怯憚義是無畏義佛三念住相別云何頌曰

三念住念慧　緣順違俱境

論曰佛三念住如經廣說諸弟子衆一向恭敬能正受行如來緣之不生歡喜捨而安住正念正知是謂如來第一念住諸弟子衆惟不恭敬不正受行如來緣之不生憂慼捨而安住正念正知是謂如來第二念住諸弟子衆一類恭敬能正受行一類不敬不正受行如來緣之不生歡慼捨而安住正念正知是謂如來第三念住雖有所化不敬受行而佛世尊亦雨法雨由此方便彼於餘時或餘有情入正法故非前說四今復說三可總說言念住有七今三攝在前四中故謂在緣外法念住攝然此三種體通念慧謂由安住正念正知於三境中不生歡慼不可見有諸大聲聞於三境中不生歡慼便謂此三種非佛不共法惟佛於此弁習斷故善達有情種姓別故或弟子衆隨屬如來有順違俱應甚歡慼佛能不起可謂希奇非屬諸聲聞不起非奇特故唯在佛得不共名諸佛大悲云何相別頌曰

大悲唯俗智　資糧行相境　平等上品故　異悲由八因

論曰如來大悲俗智爲性普緣一切有情爲境作苦苦等三行相故非無漏智有如是理此大悲名依何義立依五義故此立大名一由資糧故大謂大福德智慧資糧所成辦故二由行相故大謂此力能於三苦境作行相故三由所緣故大謂此總以三界有情爲所緣故四由平等故大謂此等於一切有情作利樂故五由上品故大謂最上品更無餘悲

能濟此故有餘師說由大加行所證得故唯大士身所成就故入大功德珍寶數故能拔有情大苦惱故立大悲名悲與大悲有何差別此二差別由八種因一由自性無瞋無癡自性異故二由依身通餘唯佛依身異故三由行相一苦三苦行相異故四由所緣一界三界所緣異故五由依地通餘第四靜慮異故六由證得離欲有頂證得異故又悲爲先離染時得惟離染得有差別故七由故濟希望事成救濟異故八由哀愍平等不等哀愍異故有餘師說諸佛大悲遠細徧隨能普饒益聲聞等類所起悲心不能悲愍色無色界佛於上界起極悲愍心過於二乘悲愍無間獄巳辨佛德異餘有情諸佛相望法皆等不頌曰

由資糧法身　利他佛相似　壽種性量等
諸佛有差別

論曰由三事故諸佛皆等一由資糧等圓滿故二由法身等成辦故三由利他等究竟故由壽種性身量等殊諸佛相望容有差別壽異謂佛壽有短長種異謂佛生刹帝利婆羅門種姓異謂佛姓喬答摩迦葉波等量異謂佛身有小大等言顯諸佛法住久近等如是有異由出世時所化有情機宜別故諸有智者思惟如來三種圓德深生愛敬其三者何一因圓德二果圓德三恩圓德初因圓德復有四種一無餘修福德智慧二種資糧修無遺故二長時修經三大劫阿僧企耶修無倦故三無間修精勤勇猛剎那剎那修無廢故四尊重修恭敬所學無所顧惜修無慢故次

果圓德亦有四種一智圓德二斷圓德三威勢圓德四色身圓德智圓德有四種一無師智二一切智三一切種智四無功用智斷圓德有四種一一切煩惱斷二一切定障斷三畢竟斷四幷習斷威勢圓德有四種一於外境化變住持自在威勢二於壽量若促若延自在威勢三於空障極遠速行小大相入自在威勢四令世間種種本性法令轉勝希奇威勢威勢圓德復有四種一難化必能化二答難必決疑三立教必出離四惡黨必能伏色身圓德有四種一具衆相二具隨好三具大力四內身骨堅越金剛外發神光踰百千日後恩圓德亦有四種謂令永解脫三惡趣生死或能安置善趣三乘總說如來圓德如是若別分析則有無邊唯佛世尊能知能說要留命行經多大劫阿僧企耶說乃可盡如是則顯佛世尊身具有無邊殊勝奇特因果恩德如大寶山有諸愚夫自乏衆德雖聞如是佛功德山及所說法不能信重諸有智者聞說如斯生信重心徹於骨髓彼由一念極信重心轉滅無邊不定惡業攝受殊勝人天涅槃故說如來出現於世爲諸智者無上福田依之引生不空可愛殊勝速疾究竟果故如薄伽梵自說頌言

若於佛福田　能植少分善　初獲勝善趣
後必得涅槃

已說如來不共功德共功德今當辨頌曰

復有餘佛法　共餘聖異生　謂無諍願智
無礙解等德

論曰世尊復有無量功德與餘聖者及異生

共謂無諍願智無礙解通靜慮無色等至等持無量解脫勝處徧處等隨其所應謂前三門唯共餘聖通靜慮等亦共異生雖佛身中一切功德行相清淨殊勝自在與聲聞等功德有殊然依類同說名爲共且共餘聖三功德中無諍云何頌曰

無諍世俗智　後靜慮不動　三洲緣未生
欲界有事惑

論曰有阿羅漢憶昔多生受雜類身發自他惑由斯相續受非愛果便作是念有煩惱身緣之起惑尚招苦果況離煩惱具勝德身思已發生如是相智由此方便令他有情不緣已身生貪瞋等此智但以俗智爲性緣他未來修斷惑故非無漏智此行相轉若無諍體是智所攝如何說習無諍等於此不相違一相應品有多功德隨說一故如一山中有種種物隨舉一種以標山名理應無諍是智所攝護他相續當來惑生巧便爲先事方成故然一切諍總有三種蘊言煩惱有差別故蘊諍謂死言諍謂鬬煩惱諍謂百八煩惱由此俗智力能止息煩惱諍故得無諍名此智但依第四靜慮違苦因故第四靜慮樂通行中最爲勝故不動應果能起非餘餘尚不能自防起惑況能止息他身煩惱此唯依止三洲人身非北及餘性猛利故緣欲未起有事惑生勿令他惑緣我生故諸無事惑不可遮防內起隨應總緣境故已辨無諍願智云何頌曰

願智能徧緣　餘如無諍說

論曰以願爲先引妙智起如願而了故名願

智此智自性地種性身與無諍同但所緣别以一切法爲所緣故如何願智能知未來審觀過現而比知故如觀稼穡有盛有微比知其田有良有薄若爾何故立願智名有學異生亦能知故不爾所知定不定故而聞傳說諸大聲聞說未來事有不定者非起願智有此謬知餘俗智觀所記别故或彼所記無不定失但觀於始不觀終故如先降雨未至地間爲羅怙羅之所承稟先所懷孕其實是男彼於後時轉形成女王舍城鬼初戰得勝後爲廣嚴諸鬼摧伏人欲相伐鬼先戰故或實願智方見未來然加行時先起比智觀過現世准度未來引願智生方能真見即由此故能知無色謂先觀彼因行等流有比智生引真願智或觀欲色死生時心比度而知所生從處引生願智方能實知或比智知亦無有失以證比智所緣必同若比不知如何能證是則願智應不可言力能徧緣三界三世不時解脱諸阿羅漢欲於彼境正了知時先作要期願我知彼後入邊際第四靜慮以爲加行從此無間如先願力引正智起於所期境皆如實知邊際定言如後當釋此願智力能知過去與宿住智差别云何願智通知自相共相諸宿住智知共非餘知共相中亦有差别願智明了宿住不然於現所緣對他心智辨差别相如理應思

阿毗達磨順正理論卷第七十五 說一切有部

音釋

遏 烏割切止也　齅 許救切以鼻擸氣也　貿 莫候切交易也　謬 靡幼切誤

也

垩礙垩古賁礙五漑切

蟠蒲官切伏也

樺胡化切木名也

擯黜擯必刃切斥也黜丑律切貶也

獷古猛切麤惡也

療力嶠切治疾也

驍古堯切猛也

悍胡笴切有力也

怯憚怯去結切畏懦也憚徒案切忌難也

企丘體切

髓息委切骨中脂也

稼穡稼古訝切種也穡所力切斂也

阿毗達磨順正理論卷第七十六

尊者衆賢造

唐三藏法師玄奘奉詔譯

辨智品第七之四

已辨智無礙解云何頌曰

無礙有四　謂法義詞辨　名義言說道
無退智爲性　法詞惟俗智　五二地爲依
義十六辨九　皆依一切地　但得必具四
餘如無諍說

論曰諸無礙解總說有四一法無礙解二義無礙解三詞無礙解四辨無礙解此四總說如其次第以緣名義言及說道不可退轉智爲自性謂無退智緣能詮法名句文身立爲第一趣所詮義說之爲名即是表召法自性義辨所詮義說之爲句即是辨了法差別義不待義聲獨能爲覺生所依託說之爲文即是迦遮吒多波等理應有覺不待義聲此覺不應無所緣境此所緣境說之爲文文謂不能親自於義但與名句爲詮義依此三能持諸所詮義及軌生解故名爲法即三自性說之爲身自性體身名差別故三與聲義極相隣雜爲境生覺別相難知故說身言顯有別體若無退智緣一切法所有勝義立爲第二義即諸法自相共相雖名身等亦是義攝而非勝義有多想故謂有如義有不如義有有義有無義有依假轉有依實轉了此無間或於後時諸所度量名爲勝義爲欲顯示義無礙解所緣之境非語及名故此所緣說爲勝義謂此但取依語起名名所顯義非取況爾心之所行說名爲義若無退智緣諸方域俗

聖言詞立爲第三即能了知世語典語於諸方域種種差別若無退智緣應正理無滯礙說及緣自在定慧二道立爲第四即於文義能正宣揚無滯言詞說名爲辨及諸所有已得功德不由加行任運現前自在功能亦名爲辨此能起辨立以辨名了辨及因智名辨無礙解即前所說能正宣揚善應物機不違勝義所有言說名應正理即前所說無滯言詞不待處時及有情等辨析自在名無滯礙即上所言已得功德不由加行任運現前名爲自在定慧二道又能所詮相符會智名初二無礙解謂達此名屬如是義及達此義有如是名名能所詮相符會智達時作等加行言詞名第三無礙解達所樂言說及自在道因名第四無礙解又色等六所知謂義即此善等有爲無爲色非色等差別謂法即詮此二言說謂詞三智即前三無礙解即緣三種無罣礙智名第四無礙解又達世俗勝義二諦名初二無礙解此即行者自利圓德能善宣說如是二諦名第三無礙解於此善巧問答難通名第四無礙解此即行者利他圓德有說愚癡猶豫散亂是於宣辨有滯礙因由解脫此三得現法樂住及由此故利他行成此智名爲辨無礙解若得如是定能宣說符會正理無滯言詞及得現前自在功德又於名等勝義言詞無滯說中各得善巧如次建立四無礙解前三善巧說名爲因由境不同故有差別第四名果能說無滯又由四分利他事成謂巧於文了達於義妙閑聲韻定慧自在故無礙解建立有四此即總說無礙解

體兼顯四種所緣差別契經略舉此數及名諸對法中廣顯其相又經列此先義後法諸對法中先法後義此爲顯示二智生時或義因名或名因義故經與論作差別說謂聽法者先分別名既正知名次尋其義正知義已欲爲他說次必應求無滯說智依此次第故名在先然此四中義智最勝餘是助伴故義在先謂於義中若正了達次應方便尋究其名既已知名欲爲他說次應於說求巧便智是故此四次第如是辨無礙解若緣說時何異第三詞無礙解第三了達訓釋言詞如有變礙故名色等此達應理無滯礙說有說詞詮諸法自性辨能顯示諸法差別有說於法直說名詞展轉無滯分析名辨緣此二種三四有別四中法詞俗智爲性非無漏智緣名身等及世言詞事境界故法無礙解通依五地謂依欲界四本靜慮上地中無名身等故彼不別緣下名等故詞無礙解唯依二地謂依欲界初本靜慮上諸地中無尋伺故彼地必無自語言故此因非理所以者何非發語智名無礙解勿無礙解定中無故由此不應作如是說無尋伺故上地中無無斯過失因義異故何謂因義謂此意言尋伺二法能發語故相不寂靜自性麤動上無此故寂靜微細詞無礙解緣外言詞亦不寂靜麤動類攝是故此解上地中無初靜慮中亦有尋伺故於定內亦有此解由此極成但依二地義無礙解十六智性謂若諸法皆名爲義則十智性若唯涅槃名爲義者則六智性謂俗法類滅盡無生辨無礙解九智爲性謂唯除滅緣

說道故此二通依一切地起謂依欲界乃至有頂辨無礙解於說道中許隨緣一皆得起故通依諸地亦無有失然於其中但緣說者唯依二地與第三同有說盡無生非無礙解攝以無礙解是見性故彼說第二或四或八第四唯七准上應知此四應知如四聖種隨得一種必具得四非不具四可名爲得隨欲現起或具不具有餘師言有不具得無理得一必令得四有說此四無礙解生如次慣習算計佛語聲明因明爲前加行若於四處未得善巧必不能生無礙解故理實一切無礙解生唯學佛語能爲加行要待前生久習名等四種善巧今乃能修無礙解名釋有多義謂於彼彼境領悟無礙名無礙解或於彼彼境決斷無礙名無礙解或於彼彼境正說無礙名無礙解有餘師說鉢剌底是助聲目現前義如鉢剌底日火鍾來是日火鍾現前來義三目無倒毗陀目智此言意顯於境現前無顛倒智名無礙解四無礙解三乘俱得何故經說唯我世尊獨名成就四無礙解無相違失經自釋故謂彼經言唯佛無謬成就無上故作是說聲聞獨覺自分境中智無退故名無礙解諸佛世尊於一切法圓滿知故名無礙解有餘師說無別第四即依前三總集建立此說非理緣法義詞與緣說道智相別故此四依地自性所緣與無諍別前來已辨種性依身如無諍說謂不動種性依三洲人身如是所說無諍智等頌曰

六依邊際得　邊際六後定　徧順至究竟
佛餘加行得

論曰無諍願智四無礙解六種皆依邊際定得邊際定力所引發故邊際靜慮體有六種前六除詞餘五少分及除此外復更有餘加行所得上品靜慮名邊際定故成六種詞無礙解雖依彼得而體非彼靜慮所攝邊際名但依第四靜慮故此一切地徧所隨順故增至究竟故得邊際名由此不應亦通餘地云何此名徧所隨順謂正修學此靜慮時從初靜慮次第順入乃至有頂復從有頂次第逆入至初靜慮從初靜慮次第順入展轉乃至第四靜慮名一切地徧所隨順云何此名增至究竟謂專修習第四靜慮從下至中從中至上如是三品復各分三上上品生名至究竟如是靜慮得邊際名此中三乘非無差別而各於自得究竟名此中邊名顯無越義勝無越此故名爲邊際言爲顯類義極義如說四際及實際言如是二言顯此靜慮是最勝類定中最極殊勝功德多此引生樂通行中此最勝故有言無諍體即是悲哀愍有情修無諍故趣入無諍以悲爲門如何異悲別有自體此說非理不決定故謂修無諍非定由悲於諸有情拔苦行相但爲令彼煩惱不生寂靜思惟爲門而入設許決定以悲爲門亦不可言以悲爲體勿慧由定發體即是定故若住無諍能息他惑則應世尊不住無諍氣噓指髮等緣佛生惑故實非無諍恒現在前以佛世尊具無量德隨時所欲起一現前寧一切時偏住無諍佛於聖住多住於空先由此門入離生故能引捨故極微妙故最難修故是不共故佛於梵住多住於悲最能濟拔

有情苦故無諍不然故多不起世尊對彼具壽善現饒益他志雖勝無邊而不恒時住無諍者爲欲永拔彼煩惱故初縱令起後方調伏如是可謂眞實哀愍願智爲先方起無諍非起願智無諍爲先謂要先知諸有情類由我安住如是威儀煩惱便生餘則不爾然後方起無諍現前願智無緣由無諍起雖俱邊際靜慮爲先加行智殊得有差別有說此二展轉相攝理不應然行相別故謂別行相爲息他惑起別行相爲了所知若加行中爲息他惑後從定起他惑不生如是即名無諍事辨若加行位爲了所知後起定時了所知境如是名曰願智事成行相既殊如何相攝如是所說無諍智等除佛餘聖唯加行得非離染得非皆得故唯佛於此亦離染得諸佛功德初盡智時由離染故一切頓得後時隨欲能引現前不由加行以佛世尊於一切法自在轉故已辨前三唯共餘聖德於亦共凡德且應辨通頌曰

通六謂神境　天眼耳他心　宿住漏盡通

解脫道慧攝　四俗他心五　漏盡通如力

五依四靜慮　自下地爲境　聲聞麟喻佛

二三千無數　未曾由加行　曾修離染得

念住初三身　他心三餘四　天眼耳無記

餘四通唯善

論曰通有六種一神境智證通二天眼智證通三天耳智證通四他心智證通五宿住隨念智證通六漏盡智證通雖六通中第六唯聖然其前五異生亦得依總相說亦共異生如是六通解脫道攝慧爲自性如沙門果解

脱道言顯出障義勝進道中亦容有故如是通慧無間道無此位定遮他心智故勿阿羅漢捨無間道即名亦捨漏盡通故品類足説善慧是通二應非通無説性故義各别故此彼無違彼説所知及所通法舉諸智慧爲能知通以顯所知及所通法雖諸智慧皆能知通而且説善勝徧緣故所知所通雖無廣狹而能知外有别能通故説所知已復説所通法此所辨通唯勝定果通無記慧與彼何違又彼但言通謂善慧不言唯善故亦無違如説能知謂諸善智豈惡無記皆非智攝彼此通别應作四句有彼非此謂除四通所餘善慧有此非彼謂解脱道二無記慧有彼亦此謂即四通有非彼此謂除前説除他心漏盡餘四俗智攝西方諸師説宿住通六智謂俗法類及苦集道俗智能了過去俗事餘隨所應各緣自境然觀經意唯俗智攝如説隨憶無量宿住謂或一生乃至廣説非無漏智此行相轉他心通五智攝謂法類道世俗他心漏盡通如力説謂或六或十智由此已顯漏盡智通依一切地緣一切境前之五通依四靜慮不依無色近分中間彼無五通所依定故要攝支定是五通依非漏盡通亦不依彼諸地皆能緣漏盡故不待觀色爲加行故前三通境無色不能緣由此三通但别緣色故修他心通色爲門故修宿住通漸次憶念分位差别方得成滿於加行中必觀色故依無色地無如是能若爾中間及五近分亦容緣色應有五通不爾由前所説因故謂攝支定是五通依若不攝支等持劣故又彼止觀隨

一滅故若爾何緣有漏盡通樂苦遲速地皆能盡漏故五是別修殊勝功德要殊勝地方能發起若宿住通不依無色應不能憶無色界事契經何故説佛世尊無上法中言佛能憶過去有色無色等事此是決定比智所知非宿住通故無有失謂諸外道若見有情欲色命終不知生處執有情類死已斷滅見生欲色不知所從便執有情本無而有聲聞獨覺見彼命終二萬劫中不見所在便謂彼歿至八萬劫中不見所在便謂彼歿生於非想非非想處而或生下地經二三生等見生欲色時謂所從亦爾世尊觀彼死時生時如實比知所生從處有盡壽量有中夭者雖亦比知非不決定故與餘聖比知有別修神境等前三通時思輕先聲以爲加行成已自在隨所欲爲諸有欲修他心通者先審觀已身心二相前後變異展轉相隨後復審觀他身心相由此加行漸次得成成已不觀自心諸色於他心等能如實知諸有欲修宿住通者先自審察次前滅心漸復逆觀此生分位前前差別至結生心乃至能憶知中有前一念名自宿住加行已成爲憶念他加行亦爾此通初起唯次第知慣習成時亦能起憶諸所憶事要曾領受憶淨居者昔曾聞故從無色歿來生此者依他相續初起此通所餘亦依自相續起如是五通境唯自下且如神境隨依何地於自下地行化自在於上不然勢力劣故餘四亦爾隨其所應是故無能取無色界他心宿住爲二通境即此五通於世界境作

用廣狹諸聖不同謂大聲聞麟喻大覺不極作意如次能於一二三千諸世界境起行化等自在作用若極作意如次能於二千三千無數世界如是五通若有殊勝勢用猛利從無始來曾未得者由加行得若曾慣習無勝勢用及彼種類由離染得若起現前皆由加行佛於一切皆離染得隨欲現前不由加行三乘聖者後有異生通得曾得未曾得者所餘異生唯得曾得約四念住辨六通者約境約體二義有殊有說二通即天眼耳所餘四種以慧爲性彼說眼耳通是身念住境餘四皆是法念住境然實六種皆慧爲性經說皆能了達境故由此皆是法念住境若約體辨則六通中前三唯身但緣色故謂神境通緣外四處天眼緣色天耳緣聲若爾何緣說死生智知有情類由現身中成身語意諸惡行等非天眼通能知此事有別勝智是通眷屬依聖身起能如是知是天眼通力所引故與通合立死生智名他心智通三念住攝謂受心法緣心等故宿住漏盡經主欲令一一皆通四念住攝通緣五蘊一切境故而實宿住法念住攝雖契經說念曾領受苦樂等事是憶前生苦樂等受所領衆具即是雜緣法念住攝漏盡如力或法或四不應定言四念住攝若約善等分別六通有餘師言六皆是善而實眼耳唯無記性餘之四通一向是善經主於此作是釋言天眼耳通無記性攝是眼耳識相應慧故若爾寧說依四靜慮隨根說故亦無有失謂所依止眼耳二根由四靜慮力所引起即彼地攝故依四地通依根故說

依四言或此依通無間道說通無間道依四地故此釋不然六通皆是解脫道攝眼耳二識是解脫道理不成故應作是說四靜慮中有定相應勝無記慧能引自地勝大種果此慧現前便引自地天眼天耳令現在前爲所依根發眼耳識故眼耳二識相應慧非通但可說言是通所攝如契經說無學三明彼於六通以何爲性頌曰

第五二六明　治三際愚故　後眞二假說

學有闇非明

論曰言三明者一宿住智證明二死生智證明三漏盡智證明如其次第以無學位攝第五二六通爲其自性六中三種獨名明者如次對治三際愚故謂宿住智通治前際愚死生智通治後際愚漏盡智通治中際愚是故此三獨標明號又宿住通憶念前際自他苦事死生智通觀察後際他身苦事由此猒背生死衆苦起漏盡通觀涅槃樂故唯三種偏立爲明又此三通如次能捨常斷有見故立爲明又此能除有有情法三種愚故偏立爲明有餘師言宿住能見過去諸蘊展轉相因次第傳來都無作者由此能引空解脫門死生能觀有情生死下上旋轉猶如灌輪故不希求三有果報由此能引無願解脫門猒離爲門歸無相法故起漏盡無相解脫門是故三通獨標明號此三皆名無學明者俱在無學身中起故於中最後容有是眞通無漏故餘二假說體唯非學非無學故由此最後得無學名自性相續皆無學故前之二種得無學名但由相續不由自性如施設論作如是

言有等持相應無覆無記慧不由善故及無漏故得立聖名由聖身中此可得故說名爲聖此亦應爾故名無學有學身中有愚闇故雖有前二不立爲明雖有暫時伏滅愚闇後還被蔽不可立明更闇永無方名明故契經中說示導有三彼於六通以何爲性頌曰

第一四六導　教誡導爲尊　定由通所成引利樂果故

論曰三示導者一神變示導二記心示導三教誡示導如其次第以六通中第一四六爲其自性唯此三種引所化生令初發心最爲勝故能示能導立示導名三示導中教誡最勝定由通所成故定引利樂果故謂前二導呪等亦能不但由通故非決定如有呪術名健馱棃持此便能騰空自在或有藥草具勝功能若服若持飛行自在復有呪術名伊刹尼持此便能知他心念或由觀相聽彼言音亦能了知他心所念教誡示導除漏盡通餘不能爲故是決定或前二導外道亦能第三不然故名決定又前二導有但令他暫時迴心不能引得畢竟利益及安樂果教誡示導亦定令他引當利益及安樂果以能如實方便說故由此教誡最勝非餘神境二言爲目何義頌曰

神體謂等持　境一謂行化　行三意勢佛運身勝解通　化二謂欲身　四二外處性此各有二種　謂似自他身

論曰神名所目唯勝等持由此能爲神變事故而契經說神果名神意爲舉麤以顯細故又顯勝等持是彼近因故然神變事體實非

神此廣如前覺分中辨諸神變事說名爲境此有二種謂行及化行復三種一者運身謂乘空行猶如飛鳥二者勝解謂極遠方作近思惟便能速至若於極遠色究竟天作近思惟即便能至本無來去何謂速行此實亦行但由近解行極速故得勝解名或世尊言靜慮境界不思議故唯佛能了三者意勢謂極遠方舉心緣時身即能到此勢如意得意勢名如心取境頃至色究竟故於此三中意勢唯佛運身勝解亦通餘乘謂我世尊神通迅速隨方遠近舉心即至由此世尊作如是說諸佛境界不可思議如日舒光蘊流亦爾能頓至遠故說爲行若謂不然此沒彼出中間既斷行義應無或佛威神不思議故舉心即至不可測量故意勢行唯世尊有勝解兼餘聖運身并異生化復二種謂欲色界若欲界化外四處除聲若色界化唯二謂色觸以色界中無香味故此二界化各有二種謂屬自身他身別故身在欲界化有四種在色亦然故總成八雖生在色作欲界化而無色界成香味失化作自身唯二處故有說亦化四如衣等不成非神境通能起化事要此通果諸能化心此能化心有幾何相頌曰

能化心十四　定果二至五　如所依定得
從淨自生二　化事由自地　語通由自下
化身與化主　語必俱非佛　先立願留身
後起餘心語　有死留堅體　餘說無留義
初多心一化　成滿此相違　修得無記攝
餘得通三性

論曰能變化心總有十四謂依根本四靜慮

生初靜慮生唯有二種一欲界攝二初靜慮第二第三第四靜慮如其次第有三四五無上依下下地劣故上下地繫一靜慮果所依行等地有勝劣一地繫上下靜慮果地雖等所依行勝劣下繫上果下果上繫如次地劣勝所依行勝劣如得靜慮化心亦然果與所依俱時得故然得靜慮總有三時離染受生加行異故謂離下染得上靜慮時亦得此定所引化心果從上地歿生色界時及由加行起勝功德但有新得所依靜慮亦兼得彼所引化心依欲界身得阿羅漢及練根位得應果時十四化心一時總得乃至身在第四靜慮得阿羅漢得五化心無從化心直出觀義此從淨定及自類生能無間生自類淨定故唯從二生二非餘唯自地化心起自地化事化所發語由自下心謂欲初定化唯自地心語上化起語由初定心彼地自無起表心故若生欲界第二定等化事轉時如何起表非威儀路工巧處心依異界身而可現起彼必依止自界身故此無有過引彼界攝大種現前為所依故謂引色界大種現前與欲界身密合而住依之起彼能發表心無定地表心依散地身過或起依定能發表心如依定生天眼耳識若一化主起多化身要化主語時諸化身方語言音詮表一切皆同故有伽他作如是說

一化主語時　諸所化皆語　一化主若默

諸所化亦然

此但說餘佛則不爾諸佛定力最自在故與所化語容不俱時言音所詮亦容有別若上

三地所化語時初定表心現前發者此心起住已出化心應無化身化如何語由先願力留所化身後起餘心發語表業故無化語闕所依過非唯化主命現在時能留化身令久時住亦有令住至命終後即如尊者大迦葉波留骨鎖身至慈尊世唯堅實體可得久留異此飲光應留肉等有餘師說願力留身必無有能令至死後聖大迦葉留骨鎖身由諸天神持令久住初習業者由多化心要附所依起一化事習成滿者由一化心能不附所依起衆多化事總有二類能變化心一修所成二生得等所起化果亦如彼說修所成化攝處如前不能化爲有情身故生所得等於欲界中化爲九處色界化七依不離根言化九等理實無有能化作根修果無心餘化容有修果起表由化主心餘容自心起身語表修果飲食若爲資身必在化主身中消化若爲餘事呑金石等或即住彼化事身中或隨所宜置在別處餘化飲食隨住所依修果化心唯無記性餘通三性謂善惡等如天龍等能變化心彼亦能爲自他身化天眼耳言爲目何義爲目慧體爲目色根若慧不應名天眼耳若色根者不應名通此前已說前何所說謂說根本四靜慮中有定相應勝無記慧名爲天眼及天耳通此所引生勝大種果名天眼耳其體是何頌曰

天眼耳謂根　即定地淨色　恒同分無缺取障細遠等

論曰此體即是天眼耳根謂緣聲光爲加行故依四靜慮於眼耳邊引起彼地微妙大種

所造淨色眼耳二根見色聞聲名天眼耳如是眼耳何故名天體即是天定地攝故極清淨故立以天名由此經言天眼耳者無有皮肉筋纏血塗唯妙大種所造淨色然天眼耳種類有三一修得天即如前說二者生得謂生天中三者似天謂生餘趣由勝業等之所引生能遠見聞似天眼天耳如藏臣寶菩薩輪王諸龍鬼神及中有等修得眼耳過現當生恒是同分以至現在必與識俱能見聞故處所必具無醫無缺如生色界一切有情能隨所應取彼障隔極細遠等諸方色聲故於此中有如是頌

肉眼於諸方　被障細遠色　無能見功用
天眼見無遺

前說化心修餘得異神境等五各有異耶亦有云何頌曰

神境五修生　呪藥業成故　他心修生呪
又加占相成　三修生業成　除修皆三性
人唯無生得　地獄初能知

論曰神境智類總有五種一修得二生得三呪成四藥成五業成曼馱多王及中有等諸神境智是業成攝有餘師說神境有四即前行三變化爲一言變化者如契經言分一爲多乃至廣說他心智類總有四種前三如上加占相成餘三各三謂修生業除修所得皆通善等非定果故不得通名人中都無生所得者餘皆容有隨其所應本性生念業所成攝人由先業能憶過去於地獄趣初受生時唯以生得他心宿住知他心等及過去生苦受逼已更無知義彼憶過去以何證知如契

經言彼自憶念我等過去曾聞他說諸欲過失而不猒離故於今時受斯劇苦彼唯能憶次前一生餘趣隨應恒有知義傍生知過去如螺聲狗等鬼知過去如有頌言

我昔集珍財　以法或非法　他今受富樂　我獨受貧苦

天知過去如有頌言

我施誓多林　蒙大法王住　賢聖僧受用　故我心歡喜

又契經說諸生天者初生必起二種念言我從何歿今生何處乗何業故來生此間

阿毗達磨順正理論卷第七十六 說一切有部

音釋

蝩 直容切　嘘 朽居切吹也　歿 莫敎切死也　猒 唐賀切　迅 息晉切疾也　瞖 於計切目疾也　劇 奇逆切甚也

阿毗達磨順正理論卷第七十七

尊者衆賢造

唐三藏法師玄奘奉詔譯

辯定品第八之一

如是已辯諸智差別次當分別智所依定唯諸靜慮能具爲依故於此中先辯靜慮或於先辯共功德中已辯智所成無諍等功德餘所成德今次當辯於中先辯所依止定且諸定內靜慮云何頌曰

靜慮四各二　於中生已說　定謂善一境

幷伴五蘊性　初具伺喜樂　後漸離前支

論曰一切功德多依靜慮故應先辯靜慮差別此總有四種謂初二三四豈諸靜慮無如慈等不共名想而今但就初等四數建立別名此中非無不共名想然無唯徧攝一地名以諸靜慮各有二種謂定及生有差別故諸生靜慮如先已說謂第四八前三各三無有別名總詮一地諸定靜慮總相無別謂此四體總而言之皆善性攝心一境性以善等持爲自性故若幷助伴五蘊爲性此二既同難知差別相雖無別而地有異爲顯地異就數標名故說爲初乃至第四此中經主自與問答何名一境性謂專一所緣彼答非理眼意二識若同一所緣應名一境性故於此處應求別理謂若依止一所依根專一所緣名一境性豈不一念無易所緣應一切心中皆有一境性理實皆有一一剎那心心所法一境轉故然非一切皆得定名以於此中說一境性但爲顯示由勝等持令善心心所相續而轉故若爾即心依一根轉引緣自境餘心續

生此即名爲心一境性應離心外無別等持此難不然前已說故謂先廣辯心所法中已辯等持離心別有謂若心體即三摩地令心作等亦應無別差別因緣不可得故如是等難且顯如前故非即心名三摩地依何義故立靜慮名由依此寂靜力能審慮故審慮即是實了知義如說心在定能如實了知審慮義中置地界故此論宗審慮定以慧爲體依訓釋理此是凝寂思度境處得靜慮名定令慧生無濁亂故有說此定持勝徧緣如理思惟故名靜慮勝言簡欲界徧緣簡無色如理思惟簡異顛倒能持此定是妙等持此妙等持名爲靜慮此言顯示止觀均行無倒等持方名靜慮若爾染污寧得此名由彼亦能邪審慮故於相似處亦立此名如世間言朽敗種等故無一切名靜慮失若善性攝心一境性并伴立爲四靜慮者依何相立初二三四具伺喜樂建立爲初謂若位中善一境性具與尋伺喜樂相應如是等持名初靜慮頌中但說與伺相應已顯與尋亦相應義以若有伺與喜樂俱必無與尋不相應故爲顯第二除伺建立故頌但說具伺非尋異此應言具尋喜樂舉尋有伺不說自成漸離前支立二三四離伺有二離二有樂具離三種如其次第故一境性分爲四種已辨靜慮無色云何頌曰

無色亦如是　四蘊離下地　并上三近分
總名除色想　無色謂無色　後色起從心
空無邊等二　名從加行立　非想非非想
昧劣故立名

論曰此與靜慮數自性同謂四各二生如前說即世品說由生有四定無色體總而言之亦善性攝心一境性依此故說亦如是言然助伴中此除色蘊無色無有隨轉色故雖一境性并伴無差離下地生故分四種謂若已離第四靜慮生立空無邊處乃至已離無所有處生立非想非非想處離名何義謂由此道解脫下地惑是離下染義即此四根本并上三近分總說名爲除去色想空處近分未得此名緣下地色起色想故非緣下色想可立除色名若爾何緣大種蘊說除去色想是第四定彼緣欲界住自身中所有諸色漸除去故非無色界可有此想是除色想前加行故立根本名亦無有失依何義故立無色名魯波言顯可變示義依可變示說名爲色阿言即顯能制約義爲欲顯示生死海中亦有暫時制約色處依制約義說名爲無由彼界中制約變示依無色義名阿魯波或此阿言兼顯極義雖於餘界亦有不可變示法而無色界是不可變示中極無在此在彼所依諸色故或此阿言兼顯有義爲遮此界唯是色無故說阿言顯有無色謂世亦有唯是遮言亦見有能遮而兼表如何顯此非但是遮故說阿言具顯遮表若異此者應說衰聲或此界中都無有色理應建立衰魯波名然此名爲阿魯波者衰魯波體名阿魯波聲雖短長而義無别有言彼色微故亦名無如物黃微亦名無黃物如是所說但有虛言色相於彼不可說故謂不可說彼有身語律儀身語體既無律儀不成故若許彼界有身有語如何

乃許彼界色微若彼界中身量小故則傍生趣應有無色有蟲至微不可見故若謂彼界身極清妙故則中有色界應名無色若謂彼身清妙中極應唯有頂得無色名如定生身有勝劣故又生静慮所有色身由定功能漸漸殊勝上地望下清妙轉增非下地根所能取故與彼何異不名無色若見有名不如義故及見有名通二義故不可如名定執義者則無色界有色無色應審尋求教理爲證有執彼界決定有色經説壽煖識和合而轉故既許彼界壽識非無理應有煖煖即是色又説名色與識相依如二蘆束相依住故既許彼界識體非無是則亦應許有名色又世尊説四識住故既許彼界有能住識必應許有所住色等如世尊言若説離色乃至離行識有去來此但有言乃至廣説如是謂教亦有正理若彼界中都無有色彼殁生下色從何生或阿羅漢藴相續斷應許後時藴還相續由斯教理彼色非無此證不然不審思故且初二教如餘契經約欲色界密意而説如説名色緣生六處及六觸處名爲士夫豈許彼經通説三界但依容有作如是説若謂此經言無簡別不應異釋理亦不然無簡別言有義異故即如向者所引二經又外物中應有壽識彼有煖觸及名色故如此經言雖無簡別而許外煖離壽識生及外名色不依識轉如是經言雖無簡別應許無色壽識離煖唯名與識展轉相依又識住經亦不成證此經意説總離四種識有去來無有是處不言隨離一識則無去來故識住經言總意别如世

尊說五無間等經謂契經言造五無間者次生必墮捺落迦中豈隨闕一無容墮彼又說地動由四種因雖無簡別言應作差別解又說有情由四食住豈色無色住亦由段食耶准彼諸經應通此教若謂經說有一類天超段食故又說彼天喜爲食故彼無段食契經亦說無色有情故不應言彼界有色若謂色少得無色名如食少鹽名無鹽者亦不應理以契經言一切色相皆超越故由此彼所引諸阿笈摩不能證成無色界有色彼所立理亦不成證以彼界中雖都無色後歿生下色從心生現見世間色非色法亦有展轉相依起故謂心異故色差別生色根有別識生便異故從無色將生下時順色生心相續而住由彼勢力引下色生然不可言唯從彼起亦以先世色俱行心相續爲緣久已滅色爲自種子令色方起許同類因通過現故諸阿羅漢般涅槃已諸蘊相續無餘斷故現無少分諸蘊生緣不可例同從無色歿故所立理爲證不成又無色界決定無色契經說彼出離色故謂契經言出離諸色名無色界若彼界中猶有色者寧說出離若謂餘經說有不能出有故知此經定有餘意此亦非理彼契經中遮徧永出密意說故有餘於此作是釋言出離色經意作是說欲界繫法色界中無色界繫法無色界無非無色中全無有色但遮色界說出離言或此契經意作是說由色界繫智出離欲界繫惑無色界繫智出離色界繫惑非無色中全無有色但遮色惑說出離言又若經言出離諸色名無色界即謂彼界

都無有色如是無色出離色界非色法故彼界亦應無非色法或如有非色色法亦應有非無色中有色界繫色及非色然經但說出離色言故知不依總出色界名爲無色唯依離色說無色言又如色界出離諸欲諸欲種類色界都無非色界中無色種類如是無色界出離諸色諸色種類無色界都無非無色界中無無色種類又如滅界出離有爲滅界都無諸有爲法如是無色界既出離諸色亦應諸色彼界都無又無色中決定無色契經說彼除色想故謂無色界斷緣色貪故說名爲除去色想若許彼界猶有諸色於彼界色既未離貪不應說爲除去色想雖有餘部作如是言非約色身言彼有色以契經說離色染時心於五界已得離染唯於識界未得離染故知無色定無色身然有無漏隨心轉色此但有虛言彼無大種故非無大種可有造色無漏律儀隨身生處所有大種爲能生因有漏造色則不如是勿有界地相雜過故無漏不然隨身大造彼無身故無無漏色又隨轉色彼界定無以契經言彼有受類乃至識類不言有色若有色者應作是說彼有色類如靜慮中又無色界決定無色以契經言無色解脫最爲寂靜超諸色故非無色界有不越色爲簡異彼說超色言但爲顯成諸無色地乃至細色亦決定無是故說彼超過諸色若謂所說超諸色言依超麤色密意說者此亦非理說一切故謂契經說無色有情一切色想皆超越故乃至廣說若謂無色實有色者彼色自相定應可知如何可言超色想等

故無色界細色亦無教理極成不可傾動如是已釋無色總名何故別名空無邊等且前三種名從加行修加行位思無邊空及無邊識無所有故若由勝解思惟無邊空加行所成名空無邊處謂若有法雖與色俱而其自體不依屬色諸有於色求出離者必應最初思惟彼法謂虛空體雖與色俱而待色無方得顯了外法所攝其相無邊思惟彼時易能離色故加行位思惟虛空成時隨應亦緣餘法但從加行建立此名有餘師說初離色地創違色故假立空名有餘復言諸觀行者由解脫色即於此地受等蘊中多住定想依此建立空無邊名若由勝解思惟無邊識加行所成名識無邊處謂於純淨六種識身能了別中善取相已安住勝解由假想力思惟觀察無邊識相由此加行爲先所成隨其所應亦緣餘法但從加行建立此名有餘師言由意樂故及等流故建立此名謂瑜伽師將入此定先起意樂緣無邊識從此定出起此等流識相最爲可欣樂故將入已出俱緣識境若由勝解捨一切所有加行所成名無所有處謂見無邊行相麤動爲欲猒捨起此加行是故此處名最勝捨以於此中不復樂作無邊行相心於所緣捨諸所有寂然住故由想昧劣立第四名謂此地中想不明勝如無想故得非想名而想非全無故名非非想此地猶有昧劣想故此言顯示有頂地想非如下七地故得非想名非如三無心故名非非想豈不有頂加行位中諸瑜伽師亦作是念諸想如病如箭如癰無想天中如癡如闇唯有

非想非非想天與上相違寂靜美妙寧此不就加行立名理實應然以觀行者必先猒想及無想故然或有問行者何緣修加行時作如是念必應舉此爲酬問因故說立名由想昧劣此四無色皆言處者以是諸有生長處故謂此四處爲有無有生長種種業煩惱故爲破妄計彼是涅槃故佛說爲生長有處已辨無色等至云何頌曰

此本等至八　前七各有三　謂味淨無漏
後味淨二種　味謂愛相應　淨謂世間善
此即所味著　無漏謂出世

論曰此上所辨靜慮無色根本等至總有八種於中前七各具有三有頂等至唯有二種此地昧劣無無漏故初味等至謂愛相應愛能味著故名爲味彼相應故此得味名愛相應言依自性說此以等持爲自性故若并助伴應作是言愛俱品法名味等至此但取愛一果品法淨等至名目世善定離惑垢故與無貪等諸白淨法共相應故此是善故與味有殊是有漏故與無漏別此即是前所味著境此無間滅彼味定生緣過去淨深生味著爾時雖名出所味定於能味定得名爲入諸從定出總有五種一出地二出剎那三出行相四出所緣五出種類從初靜慮入第二等名爲出地於同一地行相所緣相續轉位前念無間入於後念名出剎那從無常行相入苦行相等名出行相從緣色蘊入緣受等名出所緣從有漏入無漏從不染污入染污等名出種類依出種類此中說言從所味出入能味定豈不二言更相違反能味是愛非所

入定所入是定不名能味如何可言入能味定無相違過現見相應隨舉一名說俱品故如勸長者作意記別互相雜故俱得二名由愛相應等持名味等持力故愛得定名故無二言更相違過有說定愛相續現前諸後刹那緣前爲境所味即是前滅刹那後生刹那說名能味此能味愛現在前時緣過去境不緣現在自性相應及俱有法以必不觀自性等故不緣未來未曾領故於所緣境專注不移方名爲定愛相應定亦專一境故得定名餘惑相應則不如是謂餘煩惱於自所緣不能令心專注如愛故三摩地若與愛俱專注一緣與善相似無漏定者謂出世定愛不緣故非所味著如是所說八等至中靜慮攝支非諸無色以諸無色極寂靜故謂瑜伽師樂修善品若於廣大功德聚中別建立支精勤修習若諸無色寂靜增故心心所法昧劣而轉是故於彼不建立支或彼地中等持偏勝非一偏勝可立支名要多法增方名支故由此靜慮獨得立支定慧均行多法增故由此近分亦不立支色近分中唯慧增故有餘師說若諸地中有別心所無餘斷滅方於此地立支非餘初靜慮中憂苦斷滅第二靜慮尋伺無餘第三滅喜第四斷樂無色地中雖總漸滅而無隨地無餘斷滅此釋未能遣他疑問何緣唯此方建立支是故應如前釋爲善於四靜慮各有幾支頌曰

靜慮初五支　尋伺喜樂定　第二有四支

內淨喜樂定　第三具五支　捨念慧樂定

第四有四支　捨念中受定

論曰唯淨無漏四靜慮中初具五支一尋二伺三喜四樂五心一境性心一境性是定異名定與等持體同名異故言定者即勝等持此中說爲心一境性第二靜慮唯有四支一內等淨二喜三樂四心一境性第三靜慮具有五支一行捨二正念三正慧四受樂五心一境性第四靜慮唯有四支一行捨淸淨二念淸淨三非苦樂受四心一境性何緣初三支各具五第二第四唯各四支各唯爾所堪立支故或由欲界多諸惡法及妙五欲難斷難捨第二靜慮有重地喜其相動踊喜中之極引五部愛難捨難斷爲對治彼故初三各五支初三不然故餘各四或爲隨順超等至法謂最初起超等至時入異類難入同類易然超等至初起位中或從初入三或從二入四故二第四各唯四支初及第三各具有五後起則易故上無支靜慮支名既有十八於中實事總有幾種頌曰

此實事十一　初二樂輕安　內淨即信根　喜即是喜受

論曰此支實事唯有十一謂初五支即五實事第二靜慮三支如前增內淨支足前爲六第三靜慮等持如前增餘四支足前爲十第四靜慮三支如前增非苦樂支足前爲十一何緣心等非靜慮支此應准前菩提分辨有異彼者今略分別受中立三非憂苦者憂苦唯是欲界攝故三受隨地爲利益支順定用强故皆支攝何緣精進非靜慮支諸靜慮支順自地勝精進順上故不立支或靜慮支適分安樂精進求勝策勵疲苦尋伺二種能助

等持制策於心令離麤細對治欲惡故並立支何緣無表非靜慮支諸靜慮支助定住境彼不緣境故不立支故靜慮支隨地差別雖有十八而於實事種類中求應唯九種然受相異故分十一由此故說有是初支非第二支應作四句第一句謂尋伺第二句謂內淨第三句謂喜樂等持第四句謂除前餘法餘支相對如理應思此中支名爲目何義目顯成義何所顯成謂顯成此是初靜慮乃至此是第四靜慮或此支名目隨順義如拘擬等名爲餘支謂十八支各順自地或資具義說名爲支如祠祀支即牛馬等謂尋伺等展轉相資毗婆沙師顯靜慮地等持最勝故作是說三摩地是靜慮亦靜慮支尋伺等是靜慮支非靜慮寧知靜慮地等持最勝耶以契經中作如是說於四靜慮應知定根然於相成及相防護義相似故作如是言如四支軍亦無有失如王與衆雖互相資而於其中王最爲勝豈不三定樂體是同則靜慮支應無十一第三定樂以受爲體初二靜慮樂即輕安故靜慮支實有十一輕安行捨徧四靜慮何緣初二唯立輕安後二地中唯立行捨以此於彼偏隨順故謂欲界中有諸惡法初靜慮地有尋伺想能逼惱心猶如毒箭初二離彼故輕安增第二靜慮喜極動踊第三靜慮樂受極增二俱能爲愛勝生處三四棄彼故行捨增或欲及初有色根識所引麤重甚於餘地初二離彼故輕安增三四地中離麤重遠寂靜轉勝故行捨增謂輕安樂如初捨擔若更易地氣分微薄故唯初二建立輕安三四

地中任運而轉寂靜轉勝故立行捨或初二定有輕安緣喜與輕安爲勝緣故如契經說善故輕安三四定中無喜緣故輕安微劣不立爲支行捨輕安互相覆蔽若處有一第二便無輕安治沉共相飄舉行捨治掉其相寂止故安與捨互相覆蔽何理爲證知三樂支二是輕安第三是受已說於彼偏隨順故謂第三定樂非輕安安非彼支次前已說初二定樂必非樂受是身心受俱非理故謂初二樂必非身受正在定中無五識故亦非心受應即喜故要離喜愛餘地心悅方可異前立爲樂受喜即喜受於一心中二受俱行不應理故若謂喜樂更互現起無斯過者理亦不然說具五支及四支故若謂五四約容有說不必俱行亦不應理應有有尋無伺定故然

經但說有三等持有尋有伺乃至廣說若靜慮支非必俱起何緣不說有有尋無伺定又於欲界初靜慮中亦應具有三三摩地是則違害契經所言經主此中假引他說謂定無有心受樂根三靜慮中說樂支者皆是身受所攝樂故若爾便害契經所說如契經說云何樂根謂順樂觸力所引生身心樂受實無違害有餘於此增益心言餘部經中唯說身故何緣不謂餘部契經有餘於彼削除心字以契經說第二定等無餘識身心一趣故若因說彼有身受樂與理相違如後當辨雖第三定所立樂支契經說爲身所受樂然不能證彼地樂根非心受攝亦說離生喜是身所證故豈可由此便執喜根非心受攝又非色法亦見說身謂六觸身六受身等若謂無色

說名爲身無有身前不標名者此非決定無色界中說身見故又見於彼說身壞故又說彼身下劣生故又見經說此非汝身亦非餘身謂六觸處故又色身前亦標別名故如契經說所有色身故身前名有無不定故知於此說意爲身此說身名爲有何德爲顯彼樂受自內所證故謂彼地樂非所依緣所能顯了唯自內證此則顯彼樂受中極亦見於自說以身聲如說由身證甘露界則是自證甘露界義或爲顯示如是樂受相似先時由身所證非似下地心所證者爲欲簡別下心所證故說彼爲身所受樂或爲顯示一切樂根無不依止依色身識由此已顯輕安樂中亦有依止依非色識則說彼樂一切地有由是理趣此契經中不分明說爲意身所受樂又若說意言有非受過故謂若說爲意所受樂便謂此樂是境界受然此不顯第三定樂爲意所緣名境界受但爲顯此能領相應自所隨觸名自性受是故於此不說意言然爲遣疑不總相說若但總說所受樂者便疑此樂受爲境爲現前若標身言便無此惑由有此德故應說身又有樂根是心受攝以經言我說入第三靜慮具足住修習樂又說修習此樂受時於樂隨增貪隨眠斷不可說此是身受樂故不可說三靜慮中所有樂支皆身受攝定應信有心受樂根又如何知初二定樂是身受樂非心輕安第四靜慮輕安倍增而不說彼有樂支故此前已說前說者何輕安於彼不隨順故又此輕安能生於樂猶如樂境亦得樂名故有樂地方得名樂彼地無樂

不得樂名若爾第三定輕安應名樂不爾已說不隨順故後二靜慮所有輕安體雖勝前而相昧劣由前所說多種因緣是故輕安生彼非樂若初二樂即是輕安便與契經有相違過如契經說若於爾時諸聖弟子於離生喜身作證具足住彼於爾時已斷五法修習五法皆得圓滿廣說乃至何等名爲所修五法一欣二喜三輕安四樂五三摩地此經輕安與樂別說若輕安即樂如何說有五無違經過由此經中所說樂言是樂根故非此經内立靜慮支總說能修初定五法又我宗不說輕安即樂根但說輕安是樂因故於初二定立爲樂支如此所言於義何失以於一切佛聖教中非唯樂受說名爲樂見有餘法亦名樂故謂契經言樂有三種一者斷樂二者離樂三者滅樂又契經言樂有五種一出家樂二遠離樂三寂靜樂四菩提樂五涅槃樂有如是等衆多契經所說樂名目種種法是故若說初二靜慮樂根爲支便違正理若說初二所有樂支即是輕安無所違害

阿毗達磨順正理論卷第七十七 說一切有部

音釋

摽 卑遥切表也 捺落迦 梵語也此云苦具 捺乃曷切 笈 其劫切 拘攝

癰 於容切瘫也 策勵 策楚革切勵力制切策勵東勤勉進也

拘 舉朱切 攝 與専切 裒 倚可切

阿毗達磨順正理論卷第七十八

尊者眾賢造

唐三藏法師玄奘奉詔譯

辨定品第八之二

我宗定說初二靜慮樂根爲支違何正理汝執身受方有樂根非諸定中可起身識豈不與此正理相違此亦無違以我宗許正在定位由勝定力起順樂受妙輕安風徧觸於身發身識故如是救義未離前失但起身識非在定故謂我宗亦許正在定位有離生喜樂所引極微徧在身中如團中賦力能對治諸煩惱品身之麤重攝益於身亦說名爲無惱害樂然不許此在定位中能觸動身發生身識此等持果如是生時有力能令等持堅住故此妙觸起不唐捐若此位中容起身識外散亂故應壞等持若謂此風從勝定起引內身樂順起等持故身識生無壞定失亦不應理雖順等持而身識生便非定故正在定位有與定相違不定識生如何不壞定縱順定故非永退失然散心生寧非出定非起順定加行散心已得名爲正住定位是故身識現在前時理應名爲已從定出既爾寧說是靜慮支又此樂生應名定刺由此樂受身識俱生間雜定心令不續故又以欲界身根爲依理不應生色界觸識故不可說身在欲界身識俱受領色界中靜慮所生妙輕安觸若謂此觸依內起故容依欲身發生彼識此但有語無理教故謂何理教證依欲身取色輕安非所餘觸故彼所執違越理教唯對法宗所說無失上座於此作如是言如何得知輕安

名樂無少聖教於輕安體立以樂名又見於此餘說名樂於義無益故若輕安體應說輕安名非說輕安有無樂過經說輕安是樂因故如契經說心喜故身輕安輕安故身受樂是故知樂非即輕安破此同前經主所引然彼所說若是輕安體應說輕安名此說非理爲避靜慮支不易說過故勿說初靜慮離生喜輕安又此義中輕安名樂於義有益下苦所惱爲令欣求上地生故謂一切地皆有輕安如何令知上地皆樂發勤精進離下地深故於輕安體假立以樂名於此義中深成有益雖輕安樂徧一切地而今於此靜慮支中唯樂果因方說名樂第二靜慮雖無樂根而說彼輕安爲樂果因者以樂根喜根俱說名樂故言輕安故身受樂者弥證輕安得名爲樂以輕安起能治身中昬沉品麤重性令身輕妙安隱受樂除此樂外必定無餘是尸羅等次第所得故對法宗所說無過今應思擇第三定中意地悅受既得喜相應名爲喜何故名樂此名爲樂亦有所因以諸喜根不寂靜故謂喜動涌擾亂定心如水波濤涌泛漂激初二靜慮意地悅受有如是相故得喜名第三定中此心悅受其相沉靜轉得樂名故此定中捨用增上棄捨喜故立行捨支第四定中復棄捨樂故彼行捨得名清淨何緣念慧諸地皆有而念唯在上二靜慮慧在第三定方得立爲支隨其所應偏隨順故謂喜與樂於三有中是諸有情極所躭味第三靜慮所味中極有生死中最勝樂故理應立慧觀察猒捨若無慧者自地善根尚不能成況進

求勝爲治如是自地過失第三靜慮立慧爲支餘地不然故不立慧第二靜慮有最勝喜輕躁嬈亂如邏刹私第三定中有最勝樂如天妙欲極爲難捨第三四定由行捨支隨其所應雖已棄捨而恐退起立念遮防餘地不然故不立念然第三念勢用堅强非唯助捨亦能助慧通能防備自他地失第四不爾無自失故由此第四不立慧支或初二定尋喜飄動雖有念慧防照用微第四定中二捨所蔽順無明故慧用不增故慧唯三念通上二或第三定樂過甚微不立慧支無能照察若不照察則無猒求自地過患上地功德然下尋喜上色過麤雖照猒求未爲奇特故餘三地慧不立支以第三定中樂過難覺故佛說聖者應說應知由此定中慧用最勝能知細過故立爲支雖第四邊慧亦能了而但總相未爲奇特謂彼與樂繫地不同是離染道總觀下過非如自慧同一繫縛能別觀失方謂希奇故自立支上慧不爾又諸已得第三靜慮於第四邊非皆自在故於將離樂受染時彼慧無容立爲支體故唯三定立慧爲支然正了時及初已離皆應防守須立念支何故輕安立爲支體以初二定輕安用增觸前所無殊勝位故由此勢用精勤不捨能令相續有所堪能能助等持令牽勝德有殊勝用故立爲支內等淨名爲目何法目尋伺息於定心堅有說先時尋伺鼓動令心於境不甚堅牢今於所緣方能一趣故說內等淨目於定心堅彼顯此名目殊勝定則內等淨應無別物第二靜慮應唯三支彼釋但應朋友信受

無正教理堪爲證故非無聖教說有四支言有三支依何聖教故内等淨體即信根謂若證得第二靜慮則於定地亦可離中有深信生名内等淨故雖諸地皆有信根而可立支唯第二定以今創信諸定地法與散地法俱可離故又初靜慮尋伺識身如熱淤泥信不明淨後二靜慮行捨用增映奪信根故無内淨謂由警覺信力方增捨此相違故能映奪信是淨相故立淨名如清水珠令心淨故内心平等爲緣故生由此信根名内等淨或第二定所有功德平等爲緣引生此淨由此建立内等淨名非唯尋伺靜慮爲體此等皆是心所攝故如受想思别有實體有餘部說喜非喜受喜是行蘊心所法攝三定中樂皆是喜受故喜喜受其體各異非三定樂可名喜受二阿笈摩分明證故如辨顛倒契經中說漸無餘滅憂等五根第三定中無餘滅喜於第四定無餘滅樂又餘經說第四靜慮斷樂斷苦先喜憂没故第三定必無喜根由此喜受是喜非樂如先所說八等至中前七各三第八有二謂諸染汙定如何知有此由契經及論說故謂契經說淨無漏定已猶言世尊未說一切定故知有餘染定未說本論亦說於諸靜慮自地一切隨眠隨增由此等文知有染定故說靜慮總有二種由定及生有差别故定復有二謂染不染不染復二種謂淨及無漏無漏復二謂學無學如是差别理有衆多染靜慮中爲有支不有非一切何定無何頌曰

染如次從初　無喜樂内淨　正念慧捨念

餘說無安捨

論曰且有一類隨相說言初淨中無離生喜樂非離煩惱而得生故雖染汙定亦喜相應非因離生故非支攝此不唯說離欲生喜亦說因離自地染生以契經中先作是說離諸欲惡不善法已復作是言離生喜樂此中重說離生言者爲顯亦有喜離自地惑生爲顯喜支唯是善性故薄伽梵與樂合說輕安相應必是善故由此染定必無喜支故初染支唯有三種第二染中無内等淨彼爲煩惱所擾濁故雖諸世間說有染信而不信攝故不立支樂是輕安唯善性攝例同初定故不重遮故此染支唯有二種第二染定許有喜支初染中無以何爲證以初定喜說從離生第二中無離生言故第三染中無正念慧彼爲染樂所迷亂故染汙定中雖有念慧而得失念不正慧名故此二支染中非有行捨唯是大善法攝例同第四故此不遮故此染支唯有二種第四染中無捨念淨彼爲煩惱所染汙故由此第四染唯二支有餘師說初二染定但無輕安後二染中但無行捨大善攝故彼說染中喜信念慧皆是支攝皆通染故契經中說三定有動第四不動依何義說頌曰

第四名不動　離八災患故

論曰下三靜慮名有動者有災患故第四靜慮名不動者無災患故災患有八其八者何尋伺四受入息出息此八災患第四都無故佛世尊說爲不動然經唯說第四靜慮不爲尋伺喜樂動者經密意說論依法相以薄伽

梵有處說言斷樂斷苦先喜憂沒具足安住第四靜慮又說彼定身行俱滅入息出息名爲身行故知此定非唯獨免尋伺喜樂四動災患有餘師說第四靜慮如密室燈照而無動故名不動喻經說故尋伺何過而求靜息此能令心於定境界雖恒繫念而不寂靜如樹枝條依莖而住與風合故動搖不息諸瑜伽師雖不願樂於境行相心速易脫而尋伺力令彼馳流故於定中尋伺有過喜樂於定亦能鼓動唯此四種與定相應而能動心故經偏說然實二息憂苦二受亦能鼓動故論說八尋伺二法既有此過不應說在靜慮支中經但應言尋伺寂靜何容亦說有尋有伺爲顯尋伺雖定相應而於定中能爲災患不說不了故定應說或此於定初作資糧作欲惡尋遠分治故後於勝定方爲災患故說尋伺功不唐捐捨有行儀方便法爾設是所捨初必應依如欲渡河先依船筏後至彼岸理應總捨故契經言依色出欲依無色出色依道出無色若得涅槃亦出聖道此二容有與一心俱如勝劣風與一枝合若此二業謂能鼓動如何說此與定相應麤淺定心尋伺所策方能出離欲界麤染故此得與初定相應由此相應未爲清淨如燈與日俱見色緣燈細闇俱照不明了日光離闇照用分明如是應知初靜慮定雖作自事而尋伺俱未照而無動如第四靜慮若尋在定能動亂心無漏定俱亦爲災患何緣建立爲一道支已說彼能策正見故行者於定未慣習時不能了知此爲災患故於此地不欲猒捨若已慣習便

能覺知初靜慮中有此災患如水澄淨便見池中潛下蟲魚能爲濁亂行者既見初靜慮中尋伺二法能爲動亂便於一地總生猒捨謂此麤淺理應捨故於初靜慮尋伺既然於上地中喜等亦爾如定靜慮諸受差別生亦爾不不爾云何頌曰

生靜慮從初　有喜樂捨受　及喜捨樂捨
唯捨受如次

論曰生靜慮中初有三受一者喜受意識相應二者樂受三識相應三者捨受四識相應第二有二謂喜與捨意識相應無有樂受無餘識故心悅麤故第三有二謂樂與捨意識相應第四有一謂唯捨受意識相應是謂定生受有差別上三靜慮無三識身及無尋伺如何生彼能見聞觸及起表業非生彼地無眼識等但非彼繫所以者何頌曰

生上三靜慮　起三識表心　皆初靜慮攝
唯無覆無記

論曰生上三地起三識身及發表心皆初定繫生上起下如起化心故能見聞觸及發表此四唯是無覆無記不起下染已離染故不起下善以下劣故如是別釋靜慮事已淨等等至初得云何頌曰

全不成而得　淨由離染生　無漏由離染
染由生及退

論曰八本等至隨其所應若全不成而獲得者諸淨等至由二因緣一由離染謂在下地離下染時二由受生謂從上地生自地時下七皆然有頂不爾唯由離染無上地故無從上地於彼受生此中但說本等至者以諸近

分未離染時有全不成由加行得遮何故説全不成言爲遮已成更得少分如由加行得淨本等至及由退故得彼順退分即依此義作是問言頗有淨定由離染得由離染捨由退得由退捨由生得由生捨耶曰有謂順退分且初靜慮順退分攝離欲染時得離自染時捨退離自染得退離欲染捨從上生自得從自生下捨餘地所攝應如理思無漏但由離染故得謂聖離下染得上地無漏此亦但據全不成者若先已成餘時亦得謂盡智位得無學道於練根時得學無學餘加行及退皆如理應思雖有由入正性離生獲得根本無漏等至而非決定以次第者爾時未得根本定故此中但論決定得者聖離下染必定獲得上地根本無漏定故染由受生及退故得謂上地歿生下地時得下地染及於此地離染退時得此地染無由離染及加行得如是二時能捨染故何等至無間有幾等至生

頌曰

無漏次生善　上下至第三　淨次生亦然
兼生自地染　染生自淨染　并下一地淨
死淨生一切　染生自下染

論曰無漏次生自上下善善言具攝淨及無漏極相違故必不生染然於上下各至第三遠故無能超生第四故於無漏七等至中從初靜慮無間生六謂自二三各淨無漏無所有處無間生七謂自下六上地唯淨第二靜慮無間生八謂自上六并下地二識無邊處無間生九謂自下六并上地三第三四空無間生十謂上下八并自地二類智無間能生

無色法智不然依緣別故從淨等至所生亦然而各兼生自地染汙故有頂淨無間生六謂自淨染下淨無漏從初靜慮無間生七無所有八第二定九識處生十餘生十一從染等至生自淨染并生次下一地淨定謂爲自地煩惱所逼於下淨定亦生尊重故有從染生次下淨極相違故不生無漏若於染淨能正了知可能從染轉生下淨是則此淨還從淨生以正了知是淨攝故非諸染汙能正了知如何彼能從染生淨先願力故謂先願言寧得下淨不須上染先願勢力隨相續轉故後從染生下淨定如先立願方趣睡眠至所期時便能覺悟如是所說淨染生染但約在定淨及染說若生淨染生染不然謂命終時從生得淨一一無間生一切染若從生染一一無間能生自地一初下染不生上者未離下故所言從淨生無漏者爲一切種皆能生耶不爾云何頌曰

淨定有四種　謂即順退分　順住順勝進
順決擇分攝　如次順煩惱　自上地無漏
互相望如次　生二三三一

論曰諸淨等至總有四種一順退分攝二順住分攝三順勝進分攝四順決擇分攝地各有四有頂唯三由彼更無上地可趣故彼地無有順勝進分攝於此四中唯第四分能生無漏所以者何由此四種有如是相順退分能順煩惱順住分能順自地順勝進分能順上地順決擇分能順無漏故諸無漏唯從此生有餘師言順退分者住彼可退順住分者住彼不退亦不昇進順勝進分者住彼能昇

進順決擇分者住彼起聖道有言住彼順通達諦由此無間能入離生應知此中決定義者謂諸聖道必此無間生非此無間必能生聖道若異此者是則應說唯世第一法名順決擇分有餘師言順退分者與諸煩惱下上相雜染淨展轉現在前故順住分者能以種種麤等行相棄背下地靜等行相攝受自地順勝進分者觀自地過上地功德順決擇分者如煖頂忍世第一法無漏無間何分現前有說通三除順退分理實唯二謂後二種諸有修習超等至等唯順決擇最堅勝故諸瑜伽師作如是說若觀行者於自地定不善通達不恒安住於上地定不能欣求數數現行順下地想彼之等持名順退分或由自地離染退得名順退分成就此定補特伽羅名爲

退者如成牛行說名爲牛凶敎難迴說名牛行於自地定躭著不捨於上地定不能欣求彼之等持名順住分於自地定雖能多住而不躭著於上地定欣樂牽引彼之等持名順勝進分於自上定皆不躭著多住猒想爲欲令斷彼之等持名順決擇分諸有安住順退分者於廣大果心多繫縛諸有安住順住分者數住自定不能上求諸有安住順勝進者能展轉求所餘勝定然勝進分總有二種一者自地殊勝功德二者上地殊勝功德若能牽引彼名順勝進分此有二類或猒或欣諸有安住順決擇者樂斷諸有樂修無漏是名安住四分者别若順煩惱名順退分諸阿羅漢寧有退理非彼猶有順退分定可令現行離染捨故雖有此難而實無違謂順住中有

順退者亦得建立順退分名從彼有退如先已說此四相望互相生者初能生二謂順退住第二生三除順決擇第三生三除順退分第四生一謂自非餘有說亦生順勝進分如上所言淨及無漏皆能上下超至第三行者如何修超等至加行成滿差別云何頌曰

二類定順逆　均間次及超　至間超為成
三洲利無學

論曰本善等至分為二類一者有漏二者無漏徃上名順還下名逆同類名均異類名間相隣名次越一名超謂觀行者修超定時先於有漏八地等至順逆均次現前數習次於無漏七地等至順逆均次現前數習次於有漏無漏等至順逆間次現前數習次於有漏順逆均超現前數習次於無漏順逆均超現前數習是名修習超加行滿後於有漏無漏等至順逆間超名超定成此中超者謂頓超二一者超地二者超法唯能超一故至第三遠故無能超入第四修超等至唯欲三洲除北俱盧然通男女不時解脫諸阿羅漢要得無諍妙願智等邊際定者能超非餘定自在故無煩惱故時解脫者雖無煩惱定不自在諸見至者雖定自在有餘煩惱故皆不能修超等至勝解作意不能無間修超等至勢力劣故此諸等至依何身起頌曰

諸定依自下　非上無用故　唯生有頂聖
起下盡餘惑

論曰諸等至起依自下身依上地身無容起下上地起下無所用故自有勝定故下勢力劣故已棄捨故可猒毀故總相雖然若委細

說聖生有頂必起無漏無所有處爲盡自地所餘煩惱自無聖道欣樂起故唯無所有最隣近故起彼現前盡餘煩惱離無漏道必無有能斷彼餘惑成阿羅漢是故有頂無漏無所有處依九地身有漏無所有處依八地身有漏無漏識無邊處依七地身空無邊處依六地身乃至初定依二地身謂自及欲若成就依有漏如起無漏一切依九地身諸等至中誰緣何境頌曰

味定緣自繫　淨無漏徧緣　根本善無色不緣下有漏

論曰味定但緣自地有漏法以有漏法是所繫事故所繫言顯是三有攝不緣無漏法愛行相轉故若愛無漏應非煩惱不緣上地法愛界地別故不緣下地法已離彼貪故淨及無漏俱能徧緣自上下地有爲無爲皆爲境故有差別者無記無爲非無漏境唯於有法說能徧緣無非所緣前已說故根本地攝善無色定不緣下地諸有漏法以下地法不寂靜故本善無色極寂靜故由此理故經於無色皆言超越一切下地於諸靜慮不如是說以本無色不緣下繫是故於下說超越言諸靜慮中有徧緣智故於下地不言超越既說超越色想等言故知但依超所緣說若此超越爲顯離繫應說超一切非唯色想等又靜慮中應言超越自上地法無不能緣雖亦能緣下地無漏而但緣類不緣法品以但能緣自全治故法非全治如先已說又法品道於無色界雖能對治是容非立亦不能緣下地法滅既遮無色根本緣下義准近分有緣下

能彼無間道必緣下故味淨無漏三等至中何等力能斷諸煩惱頌曰

無漏能斷惑　及諸淨近分

論曰諸無漏定皆能斷惑本淨尚無能況諸染能斷謂本淨定不能斷下已離染故不能斷上以勝已故不能斷自與自地惑同一縛故又自於自非對治故若淨近分亦能斷惑以皆能斷次下地故中間攝淨亦不能斷近分有幾何受相應於味等三爲皆具不頌曰

近分八捨淨　初亦聖或三

論曰諸近分定亦有八種與八根本爲入門故一切唯一捨受相應作功用轉故未離下怖故此八近分皆淨定攝唯初近分亦通無漏皆無有味離染道故上七近分無無漏者於自地法不猒背故唯初近分通無漏者於自地法能猒背故此地極隣近多災患界故以諸欲貪由尋伺起此地猶有尋伺隨故若爾何緣毗婆沙說諸近分地有結生心非無染心有結生理故應近分有味相應今於此中遮有定染不遮生染故不相違或有餘師作如是說初近分定亦有定染未起根本亦貪此故由此未至具有三種中間靜慮與諸近分爲無別義爲亦有殊義亦有殊謂諸近分是離染道入根本因中間不然復有別義頌曰

中靜慮無尋　具三唯捨受

論曰初本近分尋伺相應上七定中皆無尋伺唯中靜慮有伺無尋故彼勝初未及第二依此義故立中間名由此上無中間靜慮一地昇降無如此故謂中間定初靜慮攝而有

差別謂此滅尋上立中間滅何成異故中間定初有上無豈不契經說七依定寧知別有未至中間由有契經及正理故且有未至如契經言諸有未能入初定等具足安住而由聖慧於現法中得諸漏盡若無未至聖慧依何又蘇使摩契經中說有慧解脫者不得根本定豈不依定成慧解脫由此證知有未至定有中間定如契經說有尋伺等三三摩地經說初定與尋伺俱第二等中尋伺皆息若無中靜慮誰有伺無尋以心心所漸次息故理應有定有伺無尋又大梵王是世界主離中間定誰爲勝因由此證知有中間定然佛不數說有未至中間以二即初靜慮攝故說初靜慮即已說彼唯初近分名未至者爲欲簡別餘近分故非此近分乘先定起又非住此已起愛味依如是義立未至名非上定邊亦名未至皆乘先定勢力引生及住彼時已起味故毗婆沙者作如是說未至本地立未至名是本地德未現前義此中間定具味等三以別繫屬一生處故謂極修習中間定者未來當在大梵處生故亦具三如根本定非根本地起愛貪彼如所味有別能味亦別故此有勝德可愛味故無漏定生亦漸滅故此亦一向捨受相應無三識身故無樂受無喜受者已不共初然於初貪未能離故又由自勉功用轉故由此說爲苦通行攝非憂苦者已出欲故由此一向捨受相應此定能招大梵處果多修習者爲大梵故

阿毗達磨順正理論卷第七十八　說一切有部

音釋

激古歷切蕩激也 嬈而沼切亂也 邏郎賀切 淤依倨切濁泥也 莖胡耕切枝柱也 敎蒲没切卒也排也 躭都甘切樂也 贓女利切與膩同

阿毗達磨順正理論卷第七十九

尊者衆賢造

唐三藏法師玄奘奉詔譯

辨定品第八之三

已辨等至云何等持經說等持總有三種一有尋有伺三摩地二無尋唯伺三摩地三無尋無伺三摩地如是三種相別云何頌曰

初下有尋伺　中唯伺上無

論曰前來因事屢辨此三今於此中略顯別相有尋有伺三摩地者謂與尋伺相應等持此初靜慮及未至攝無尋唯伺三摩地者謂唯與伺相應等持此即中間靜慮地攝無尋無伺三摩地者謂非尋伺相應等持此從第二靜慮近分乃至非想非非想攝契經復說三種等持一空三摩地二無願三摩地三無相三摩地如是三種相別云何頌曰

空謂空非我　無相謂滅四　無願謂餘十
諦行相相應　此通淨無漏　無漏三脫門

論曰空三摩地謂空非我二種行相相應等持故說空等持近治有身見身見亦有二行相故謂空行相近治我所見非我行相近治我見觀法非我名非我行相觀此中無我名空行相由此空行相近治我所見以此中都無我故此法非我所豈不空行相即非我行相知此非我此中無我二種行相竟有何別非無差別言此中無我不能顯成畢竟無體故謂此但顯彼此互無不能顯成畢竟無我以有體法亦互無故若言此法非我便顯我畢竟無以一切法法相等故由此若修非我行相便治我見修空行相治我所見如何無

別無相三摩地謂緣滅諦四種行相相應等持涅槃離諸相故名無相緣彼三摩地得無相名相略有十謂色等五男女二種三有爲相或復相者是因異名涅槃無因故名無相或相謂世蘊上中下涅槃異彼故名無相無願三摩地謂緣餘諦十種行相相應等持十行相者謂苦非常因集生緣道如行出如是空等三三摩地三摩地相雖無差別而依對治意樂所緣如其次第建立三種由意樂故不願三有理且可然有過患故寧由意樂不願聖道以諸聖道依屬有故若爾何用修習聖道以是涅槃能起因故非離聖道有得涅槃爲求涅槃故修聖道道如船筏必應捨故亦由意樂不願聖道故緣道行相亦得無願名以本期心猒有爲故空非我相非所猒捨以與涅槃相相似故由此二行相雖緣可猒法不取可猒相不得無願名此三等持通淨無漏世出世間等持攝故世間攝故通十一地出世攝者唯通九地上七定邊無勝德故於中無漏者名三解脫門能與涅槃爲入門故非諸有漏法是眞解脫門性住世間違解脫故三三摩地緣境別者若有漏空緣一切法若無漏空唯緣苦諦無願能緣苦集道諦無相唯緣滅諦爲境三三摩地念住別者無相唯法餘皆通四契經復說三重等持一空空三摩地二無願無願三摩地三無相無相三摩地如是三種相別云何頌曰

重二緣無學　取空非常相　後緣無相定
非擇滅爲靜　有漏人不時　離上七近分

論曰此三等持緣前空等取空等相故立空

空等名空空等持緣前無學空三摩地取彼空相空相順猒勝非我故謂彼先起無學等持於五取蘊思惟空相從此後起殊勝善根相應等持緣前無學空三摩地思惟空相於空取空故名空空如燒死屍以杖迴轉屍既盡已杖亦應燒如是由空燒煩惱已復起空定猒捨前空重空等持空行相後起即復還與空行相相應唯此最能順猒捨故非我行相則不如是見無我者於諸有爲法起猒背心不如見空故諸有已見諸法無我而於諸有猶生樂者以於諸行中不審見空故由此空定雖二行相俱而但名空不說爲非我空於猒捨極隨順故無願無願緣前無學無願等持取非常相謂彼先起無學等持於五取蘊中思惟非常相從此後起殊勝善根相應等持緣前無學無願三摩地思惟非常相於無願不願名無願無願舉喻顯示如前應知重無願等持非常行相後起即復還與非常行相相應唯此可能緣猒道故非苦行相能緣聖道聖道非苦趣苦滅故苦法不能趣苦寂滅亦非因等四能緣聖道以聖道不能令苦續故非道等四者此猒捨道故非欣行相能爲猒捨豈不如無願不願聖道而作道等四此亦應然此例不然無願正猒有兼於聖道起不願心故謂前無願正猒於有聖道依有故兼不願雖望意樂說不願道而於聖道非正憎猒故亦能作道等四種無願無願正憎猒道故以非常觀道過失道等行相無容猒道是故於此不作彼四若道非常故可猒者應於聖道作苦行相有彼相故如契經言

諸非常即是苦非諸聖道若有苦相安立諦理相各别故謂依别相立苦諦名聖道如何亦有苦相又契經中簡别説故如契經説略説一切五取蘊苦若道非常故有苦相應但説蘊既言取蘊方是苦攝由此證知聖道非苦若謂譬如觀集爲苦諦相雖别而見非例以五取蘊通苦集故如是應知觀道爲苦諦相雖别見亦非例以無漏蘊通苦道故由此不壞安立諦理此亦非理且定不應觀集爲苦見非顛倒以五取蘊因性名集果性名苦其性各異若觀因爲果必觀果爲因差别因緣不可得故則是倒見非諦觀攝寧爲不壞安立諦理是則應無苦集智異或應苦道智如苦集智所緣無别故共立徧知謂彼既言苦集同體觀集爲苦非顛倒見二智境同故不别立徧知如是應言苦道同體觀道爲苦非顛倒見二智境同故不别立徧知既不許然道寧是苦又道與苦事各别故謂契經説無漏五根於去來今能斷衆苦又説道能斷以生爲本苦又契經説道應修習苦應永斷故道非苦若謂經言法如船筏亦應斷者理亦不然經不説法治所斷故謂於先時修聖道法所作已辦更不應修依應捨義説名應斷非治所斷與苦不同或經中法聲目契經等法應斷言顯得旨忘詮或經所言法尚應斷顯已與果無用因法可捨名斷如順住分非如苦性道亦可斷是故苦道其體各異又若經言諸非常即是苦即言聖道亦有苦相經次亦言諸是苦即非我應執涅槃非非我性或應亦許是苦非常許則定應非涅槃性

若謂但言諸是苦皆非我不言非我皆是苦何不亦言諸是苦皆非常不言非常皆是苦若謂非常體即是苦苦即非我但名有異則空無願應無差別以許非我即苦等故若謂經言苦即非我許一切苦皆非我性此經既說非常即苦應許非常皆是苦性理實如是以此經中所言非常不說道故爲依何法說非常言以諸愚夫於五取蘊執爲常等起四顛倒爲破彼執說非常言乘此復言非常即苦此言意顯有漏非常皆是苦性苦皆非我非說一切非常非我理必應爾以契經中於計常境說非常故或於此中言非常者非唯帶生滅要命終受生謂諸愚夫計人天樂故經依彼有麤非常說即是苦如三惡趣以何爲證知此經中非常等言唯依有漏由此經後復作是說色受等諸法非我故非常豈可涅槃亦非常性故知此經唯約聖慧四種行相緣苦諦說若謂聖道非常故應苦寧不許道無漏故非苦若謂於樂計爲苦見如何但言見滅斷者於滅謂苦其過重故謂見涅槃以爲苦者極能增長樂生死心見道不然是故偏說如病猒藥易可療治若猒病愈難爲救療或諸聖道依苦而轉故見爲苦過非甚重由此論中略而不說有餘說故義不相違又契經言若於喜樂如實知樂我定說彼於四諦理如實現觀故知有爲非全是苦由此於道可觀非常成重無願必不觀苦無相無相即緣無學無相三摩地非擇滅爲境以無漏法無擇滅故但取靜相非滅妙離謂彼先起無學等持於擇滅中思惟靜相從此後起

殊勝善根相應等持即緣無學無相三摩地非擇滅爲境思惟靜相於無相滅復觀爲無相名無相無相舉喻顯示如前應知重無相等持靜行相後起即復還與靜行相相應唯此能觀非擇滅故非妙行相境無記故非離行相以離證得彼非擇滅猶縛隨故非滅行相以非擇滅非永解脫一切苦故又若觀滅濫非常故所言靜者惟顯止息故非擇滅得有靜相以修聖道經久劬勞於彼息中便生樂想故重無相取靜非餘重三等持唯是有漏以於聖道生猒捨故非無漏定猒捨聖道二緣聖道取空非常理可名爲猒捨聖道無相無相但緣無爲作靜行相何名猒道此欣無學無相等持不轉之因故名猒道謂彼定起義作是言無相等持不生爲善此既欣讃

聖道不生如何不名猒捨聖道前無相定非此所緣如何此名無相無相或應許此定不緣非擇滅但緣無學無相不生此亦不然准前擇滅故謂緣無相定非擇滅此非擇滅亦離諸相緣無相無相故得無相無相名緣無相境作靜行相是故此定從境立名唯三洲人能起此定通依男女以依女身亦能自在延促壽故唯無學位以有學者但欣聖道未能猒故此亦非一切唯不時解脫以時解脫愛聖道故依十一地除上七邊以上七邊無勝德故若在欲界從未至攝聖道後起若在有頂無所有攝聖道後生餘皆自地聖道後起就總類說此從法類苦滅四智無間而生若就別說欲界攝者非類後生上界攝者非法後起前二非滅後起第三非苦後生餘行

相後起此定故應得此者皆盡智時由離染得後由加行方起現前唯我世尊不由加行順趣解脫起此現前於道尚猒豈欣諸有此後亦起聖道現前然猒道故非無間起欲界攝者是思所成餘修所成依定起故契經復說四修等持一爲住現法樂修三摩地二爲得勝知見修三摩地三爲得分别慧修三摩地四爲諸漏永盡修三摩地如是四種相别云何頌曰

爲得現法樂　修諸善靜慮　爲得勝知見
修淨天眼通　爲得分别慧　修諸加行善
爲得諸漏盡　修金剛喻定

論曰如契經說有修等持若習若修若多所作得現樂住乃至廣說善言通攝淨及無漏修諸善靜慮得住現法樂而經但說初靜慮者於中樂想最增盛故謂超欲界衆多過失故於此中樂想增盛如遊砂磧熱渴疲勞劇飲濁水亦生勝樂或聖道樂此具有故謂具一切菩提分法四沙門果九斷徧知三界對治又諸定首諸定樂因是故偏說豈不經說如是苾芻住此先受離生喜樂後生梵衆受樂同此何故不言住後法樂詳此唯說現法樂者爲令棄捨樂現欲樂說現定樂令其欣樂或現樂住是後樂依但說所依能依巳顯如契經說先住此間入諸等至後方生彼或現法樂三乘皆住後樂不定是故不說謂或退墮或上受生或般涅槃便不住故雖諸靜慮即現法樂依近分故說爲得言修近分力得根本故或即依現樂說爲得言如言石子體故無有過有說此定佛依自說如說菩薩

居贍部林起初世間似無漏定能引一切有情共樂由此不說後法樂住即由此故亦但說初菩薩爾時唯得初故若依諸定修天眼通便能獲得殊勝知見此依何義立知見名本靜慮中有徧照智此徧照故立以見名見體即知故名知見眼根名見世所極成爲簡異彼以知標見或即此見決斷所緣故名爲知即亦名見謂本靜慮是樂行道不多劬勞而現前故不劬勞故其體堅牢由體堅牢故用決定用決定故立以知名見義如前故名知見爲知爲見修此等持即是爲求決定照義此亦善逝依自而說謂爲顯佛以天眼通觀諸有情死生險難方爲拔濟起靜慮等故爲知見修天眼通有餘師言爲欲勝伏諸隨煩惱起勝知見起此勝知見不離光明想此光明想引天眼通由天眼通得勝知見若修三界諸加行善及無漏善得分別慧謂從欲界乃至有頂諸聞思修所成善法及餘一切無漏有爲總說名爲加行善法修此善法能引慧生於諸境中差別而轉故言修此得分別慧如說善逝住二尋思能如實知諸受起等此顯修善得分別慧說加行言爲簡生得非修習生得得未曾得故若修金剛喻定便得諸漏永盡謂若修習第四靜慮金剛喻定并隨轉法便能獲得諸漏永盡第四靜慮佛依自說無上菩提依此得故金剛喻定頓證漏盡引盡智生是故偏說有說一切有頂斷治第四靜慮皆此所攝此經所說若習若修若多所作義差別者爲欲顯示習修得修所治更遠如其次第如是已辨所依止定當辨

依定所起功德諸功德中先辨無量頌曰
無量有四種　對治瞋等故　慈悲無瞋性
喜喜捨無貪　此行相如次　與樂及拔苦
欣慰有情等　緣欲界有情　喜初二靜慮
餘六或五十　不能斷諸惑　人起定成三
論曰無量有四一慈二悲三喜四捨言無量者無量有情爲所緣故此四能引無量福故無量愛果此爲因故有說此能違無量戲論故貪等諸惑皆名戲論何緣無量四無增減對治四種多行障故如契經說若習若修若多所作慈能斷瞋悲能斷害喜斷不欣慰捨斷欲貪瞋故惟有四瞋謂心所欲殺有情欲惱有情心所名害耽著境界於諸善品不樂住因名不欣慰於妙欲境起深欣樂情無猒足名爲欲貪此中慈悲無瞋爲性若爾此二有何差別性雖無別然慈能治殺有情瞋歡行相轉悲能對治惱有情瞋慼行相轉是謂差別如苦與樂領納雖同而損益殊故體有別苦樂體別如先已辨慈非二種差別亦然有作是言悲是不害近治害故理實如是但害似瞋似瞋名說悲之行相亦似無瞋立無瞋名實是不害諸古師說喜即喜受何緣觀行者爾時喜受生若緣與樂與慈無異若緣拔苦應與悲同又契經言欣故生喜喜即喜受如先已辨此喜行相與彼欣同喜故生喜義有何異若言下上義有異者輕安與樂義亦應然差別因緣不可得故又違本論云何名喜謂喜喜相應受想行識等此中意顯喜俱品法喜增上故總立喜名非受受俱其理決定若喜即喜受何言與受俱若言對治以

理爲量應如無過誦本論文此亦不然理爲量論要有經證方可定文若與經違理必可壞不應隨意輙改論文是故此喜定非喜受以欣爲體或即無貪謂別有貪是惡心所於有情類作是思惟云何當令諸所有樂彼不能得皆屬於我喜能治彼故是無貪此與喜根必俱行故三地可得如悔憂俱喜亦無貪分明相者於他盛事心不貪著知他獲得深生欣慰心熱對治說名爲喜故知此喜亦無貪性捨無量體唯是無貪此與第三有差別者離愛恚相等緣有情如劍入林等生樹覺平等行因說名爲捨若捨無量亦能治瞋寧唯無貪與慈何異又許此捨正治欲貪與不淨觀有何差別且捨與慈有差別者慈能對治瞋所引瞋無瞋爲體捨能對治貪所引瞋

無貪爲體豈不如捨無貪爲性亦能對治貪所引瞋如是許慈無瞋爲性亦應能治瞋所引貪此難不然行相違故謂捨行相雙違貪瞋捨親非親差別相故從此愛恚俱不生故即由此故捨唯無貪正能治貪兼治瞋故慈之行相違瞋非貪於諸有情與樂轉故由此慈捨雖俱違瞋而慈順貪捨能違害是故此二極有差別或修捨者治非處瞋慈治處瞋故有差別不淨與捨如次能治婬貪餘貪故有差別此四無量非損益他何緣唯善非無記性能近對治貪瞋等故愛非愛相不能引故力能令心自在轉故慈等體相已略分別此阿世耶有差別者觀有情類如已謂慈樂有情類離苦謂悲於他興盛欣慰謂喜於親怨相不思謂捨又不觀他有損有益等觀一

切如友謂慈於遭苦者哀愍謂悲由勝解力想有情類得益離損欣慰謂喜於有情相等觀謂捨此四行相有差別者云何當令諸有情類得如是樂如是思惟入慈等至云何當令諸有情類離如是苦如是思惟入悲等至諸有情類得樂離苦豈不快哉如是思惟入喜等至諸有情類平等平等無有親怨如是思惟入捨等至如是所願竟無有成豈不唐捐修定功力能伏瞋等寧謂唐捐應是顛倒何能伏惑願得樂等寧謂顛倒謂此不言已得樂等但由勝解願諸有情當得樂等能伏諸惑故修此四功不唐捐於定蘊中說四行相云何令等具如前說言如是思惟入某等至者此言若就等無間緣慈等應無無間生理別別思惟所引起故若俱生者入言相違

初業位中別加行引至成滿位亦有俱生定蘊就初說入無過且慈無量願得何樂有說願得第三定樂諸受樂中此最勝故若自未證由聞故知有說願得涅槃妙樂於諸樂中此最勝故有說願得阿羅漢樂此已解脫諸煩惱故初修業者未證此樂未現證故不能運心但緣已身隨所證樂及他所證現可知者願諸有情同證此樂故但緣現如理所生無染汙樂願他同受若於所受已捨苾芻設未獲得眞實對治亦處空閑受遠離樂力能映奪天帝等喜如五樂等伽他中說又住遠離勤修善者定有善得念念恒流如大海水徧滿相續喜輕安樂由此引生以無吝心緣如是樂願諸含識一切同受有餘受勝學無學樂如何觀劣以授於他不於當來還招劣

果若謂不欲以此與勝便違徧緣有情爲境但由無吝福資所依實不能令他得樂故如有貧者以巳所受麤弊資具召施富人雖諸富人不求此惠而彼施者亦無有失表自敬心無所吝故此亦如是故無有失如於良田植一細種後所得果多而復大如半棱娑諸瓜瓠等故非觀劣以授於他便於當來還招劣果皆緣欲界有情爲境能治緣彼瞋等障故謂於欲界有怨親中三聚有情能生瞋等於中有捨怨親等相便能伏除瞋等煩惱是故此境唯欲有情必不能緣色無色界大悲體是無癡善根由此力能通緣三界若四無量惟緣有情何故經言思一方等此由勝解總緣器中一切有情故無有失此四通在欲色界繫以契經說無量能招梵釋輪王殊勝果故品類足論依修所成說七智知色界修斷及彼徧行隨眠隨增有餘師言此四無量加行通欲本惟色界此四無量依地別者若喜即喜受惟是修所成彼應說喜唯初二定以於餘地無喜根故若喜異喜受亦通思所成彼應說喜通依七地與樂捨受亦相應故有餘說喜唯喜受俱彼則應言喜通三地或應如頌唯二非餘慈悲捨三通依六地謂四靜慮未至中間或有欲令唯依五地謂除未至是容豫德巳離欲者方能起故有說此四惟欲及初得無量名餘地不爾經說無量名梵住故又說修無量生梵世故又說招梵釋輪王果故有說隨應通依十地謂欲四本近分中間若悲亦依下三靜慮如何得與喜樂相應悲緣苦有情慼行相轉故此如無漏猒

作意生是故通依下三靜慮彼眞實作意能順生欣喜樂相應可無有過此勝解作意不順生欣如何可言與彼相似疑是慼性不順生欣如何許疑喜樂俱起勝解作意應與彼同然此於欣極相隨順力能引生眞作意故疑則不爾極違眞故彼尚相應此寧不許此勝解作意理應違欣有歡慼處中行相別故悲旣慼行相轉應非喜樂相應勿二行相俱時轉故若爾應不許與捨受相應捨受處中行相轉故旣非不許捨受相應與喜樂俱理定應許勿全不與受相應故雖言此四能治瞋等而不能斷諸煩惱得勝解作意相應起故眞實作意方能斷惑又此唯緣有情境故緣法作意方能斷惑又此唯緣現在境故通緣三世或緣非世方能斷惑又解脫道此可得故要無間道方能斷惑有作是說有漏根本靜慮攝故此因有失不應說三依六地故未至中間此應無故經何故說此斷瞋等亦不相違斷有二故或由此力引斷道故謂伏瞋等引斷道生是故經中說斷瞋等若爾何故契經中說由善修慈住不還果此中聖道以慈名說如於餘處說想名等或依聖者先得慈心後數修行得離欲說或依爲得修所成慈精進修行得離欲說有說此四依欲色身無色不緣怨親等故修此必應先緣彼故如實義者惟依欲身於欲界中唯人能起若喜非喜受成一必具四若喜即喜受成一定成三生第三定等唯不成喜故依何義故契經中說修四無量慈極至徧淨悲極至空無邊處喜極至識無邊處捨極至無所有處云

何色界法能招無色果又四靜慮無不有慈何緣修慈唯極徧淨有餘於此倦於思尋仰推慈尊當解此義傳聞具壽迦多衍尼子曾以此義問設摩達多彼尊尋思便入寂定至明清旦欲爲解釋時衍尼子復入寂定時未會遇各般涅槃由此迄今無能釋者毗婆沙者作是釋言應知此經依相似說謂樂受法與慈相似慈作與樂行相轉故樂至徧淨上地皆無故說修慈極於徧淨求離苦法與悲相似悲作拔苦行相轉故色身能作麤苦生因有身便有斷首等故空處近分猒離色身故說修悲極於空處輕安樂法與喜相似喜作安樂行相轉故識無邊處輕安樂增緣自無邊識爲門故無邊識相極增安樂故說修喜極於識處能棄捨法與捨相似捨作棄捨行相轉故無所有處由近分中棄捨無邊行相成滿是故說修捨極無所有處有言此經依相順說謂從慈定起欲等流順第三定從第三定起欲等流亦順慈定如是乃至捨無所有起欲等流展轉相順此不顯理但有虛言或應於中更求深趣有言此經就意樂說謂樂慈者樂第三定乃至樂捨者樂無所有處此亦無理由何證知是故應如前釋爲善初欲引起四無量時先於有情分爲三品所謂親友處中怨讎三各分三謂上中下上親友者謂生法身賴彼重恩捨便難住中親友者謂財法交極相親愛下親友者謂唯財交亦相親愛上處中者謂於自昔曾不見聞中處中者謂雖見聞而不交往下處中者謂雖交往而離恩怨上怨讎者謂奪名譽命及親

友中怨讎者謂奪巳身命緣資具下怨讎者謂奪親友命緣資具於諸有情分品别巳初修慈者先於上親發起清淨與樂勝解若由無始數習所成惡阿世耶令心剛强少遭逼惱便懷深恨緣此還息與樂勝解復應策勵思其重恩於彼復生與樂意樂數習力故恨意永亡與樂勝解相續無替此既成巳於中下親亦漸次修如是勝解於親三品既得等心次總於處中下中上怨所漸次修習與樂意樂乃至最後於上怨親得平等心都無昇降齊此名曰修慈成滿修悲及喜例此應說謂觀三苦徧逼有情不應於中復加以苦但應如巳勤加濟拔漸次修習欲濟拔心乃至怨親等無昇降齊此名曰修悲成滿想諸有情得樂離苦深生欣慰如巳無差齊此名曰修喜成滿初修捨者先捨處中非先捨怨親恚愛難捨故又處中品順捨力增於中如前先捨上品次捨中下及與怨親從下至中從中至上先捨怨者以親難捨故如契經說貪難斷非瞋如是漸次修習於捨至上親友等上處中普於有情捨差别相齊此名曰修捨成滿若於有情樂求功德彼於慈等能速修成非於有情樂求過者以斷善者有德可録麟喻獨覺有失可取先福罪果現可見故

阿毗達磨順正理論卷第七十九　說一切有部

音釋

磧　七迹切水渚有石曰磧

㮏　奴可切

瓠　胡誤切匏也

衍　以淺切

迄　許訖切至也

阿毗達磨順正理論卷第八十

尊者眾賢造
唐三藏法師玄奘奉詔譯

辨定品第八之四

已辨無量次辨解脫頌曰

解脫有八種　前三無貪性　二二一一定
四無色定善　滅受想解脫　微微無間生
由自地淨心　及下無漏出　三境欲可見
四境類品道　自上苦集滅　非擇滅虛空

論曰解脫有八一內有色想觀外色解脫二內無色想觀外色解脫三淨解脫身作證具足住四無色定爲以四解脫滅受想定爲第八解脫八中前三無貪爲性近治貪故然契經中說想觀者想觀增故如宿住念除去色想三中初二不淨相轉作青瘀等諸行相故第三解脫清淨相轉作淨光鮮行相轉故三并助伴皆五蘊性初二解脫一一通依初二靜慮能治欲界初靜慮中顯色貪故初二通攝近分中間五地皆能起初二故欲及初定有顯色貪由眼識身所引起故爲解脫彼初二定中建立初二不淨解脫二三定中眼識無故亦無所引緣顯色貪故三四定中無不淨解脫初二解脫相似善根雖欲界中亦容得有而爲欲界貪所凌雜故不建立二解脫名三四定中雖亦得有去所治遠勢力微劣又樂淨伏故不得名第三解脫依後靜慮離八災患心澄淨故第四并近分立後靜慮名相似善根下地雖有非增上故不名解脫欲界欲貪所凌雜故初二定中不淨伏故第三定中樂所迷故又並八災所擾亂故次四解

脫如其次第以四無色定善爲性非無記染非解脫故亦非散善性羸劣故彼散善者如命終心有說餘時亦有散善唯生得善無聞思故諸近分地九無間道八解脫道亦非解脫不背下地故緣下道雜故又未全脫下地染故契經說彼超過下故有說近分諸解脫道亦名解脫背下地故然於餘處唯說根本者以近分中非全解脫故第八解脫即滅盡定猒背受想而起此故或總猒背有所緣故然上座言即諸有情相續分位名滅盡定此亦非理前已廣辨此滅盡定實有體故又不可說此定有心曾不見有心無受想思故無容於此越路而行如說此中受想等滅寂靜安樂阿羅漢等乃有如是殊勝解脫非無義本相續及心可說名爲安樂寂靜阿羅漢等殊勝解脫如何計度有一類心無有所緣離行相轉有所緣者理必有觸若許有觸寧無受果應言何礙受等不生故滅定中無有心理非迷正理纔覽經文便能會通聖教深趣識非永滅言不離身如病未永除暫息亦名有微微心後此定現前前對想心已名微細此更微細故曰微微次如是心入滅盡定謂有頂地心有三品即想微細及微微心由上中下品類別故要下品後滅定現前故次微微入滅盡定從滅定出或起有頂淨定心或即能起無所有處無漏心如是入心唯是有漏通從有漏無漏心出入中前三唯以欲界色處爲境有差別者二取不淨一取淨相旣諸色中亦有淨界總觀爲不淨寧非顛倒攝如於苦法計樂成倒謂諸行中亦有苦雜一

向計樂成顛倒故第三取淨爲難亦爾此非過失是所許故謂亦許此是倒思惟若爾如可性非不善此是離染所得果故既不稱實何能違染令順生貪作意遠故如未離欲於淨不淨思惟淨相能順生貪非此淨中見於淨相不顛倒故可善性攝如是離欲於淨不淨思惟不淨能遠離貪非此淨中見不淨相是顛倒故不善性攝亦應例釋不淨見淨或此非謂顛倒思惟諸不淨法總有二種一者自體二者相雜諸清淨法雜不淨故亦名不淨世所極成故此思惟不名顛倒不淨雜淨倒亦應爾然觀行者初修觀時非亦於淨界取不淨相但於不淨界取不淨相令心極猒惡違逆行相轉後漸增廣違逆行相普於欲界色處境中總起猒心不生貪染若於純淨界色界色聚中勝解無能取不淨相既唯欲界諸色聚中勝解方能取不淨相故知欲界諸色聚如決定亦有不淨界性既如不淨作不淨解如何可言是顛倒性第三取淨例此應知此於所緣既如實轉如何說是勝解作意由勝解力此於境生故說此爲勝解作意即由此故得解脫名勝解解脫義相鄰故或於少事由勝解力漸漸增益觀名勝解作意謂於少淨漸增益觀因此便生無量貪染此既生已心於所緣遂被拘執不自在轉於少不淨漸增益觀與前相違增諸善本如觀樂受爲壞苦性雜苦相故觀之爲苦能伏煩惱不名顛倒如是淨界與不淨雜亦可於中觀爲不淨不名顛倒能遠離貪緣淨解脫應知亦爾觀未成滿但得名爲勝解作意後成滿

時離染果故引聖道故亦得名爲眞實作意如是已辦初三所緣次四解脫各以自上苦集滅諦及一切地類智品道彼非擇滅及與虛空爲所緣境無色解脫棄背下地故並不緣下地苦集行相别者初二不淨第三唯淨俱非十六無色解脫攝本定故所作行相十六或非念住俱者初三解脫身念住俱次四解脫通四念住智相應者初三第七唯世俗智第四五六八智相應根相應者初二解脫喜捨相應次五解脫唯捨相應世差别者皆通三世緣世别者初三解脫已生可生各緣自世不生緣三次四解脫緣三非世三性别者皆唯善性緣性别者初三解脫通緣三性次四解脫緣善無記學等别者初三後二唯是俱非中五解脫皆通三種緣學等者初三

解脫但緣俱非四緣三種見斷等者初三後二唯修所斷中三有漏修斷餘非緣見斷等者初三緣修斷次四解脫各通緣三緣自身等者初緣自他身次二緣他四緣三種得差别者第八第三唯未曾得餘六通二通二謂聖内法異生外法異生唯是曾得經言有色觀諸色者爲顯何義非未除色能如實通此經深義然諸先聖傳授釋言未能伏除緣内色想是有色義云何知然第二解脫差别說故謂於第二旣作是言内無色想觀外諸色故知初解脫未除内色想由此論者建立最初名内有色想觀外色解脫謂觀行者如害怨尸雖已離欲貪而爲令堅固以不淨行相復觀外諸色由於外色數觀察故於内色中亦生猒想如樂淨者頸繫狗屍極懷羞慙深

生猒惡如是觀外不淨相已方内色身亦是不淨觀心淨故見内身中三十六物不淨充滿如觀篋中衆色類物名初解脱極成滿位此成滿位解脱何法謂心於色不樂憎背訶毀猒惡遮止欲貪即解脱欲貪是無貪性故若謂說觀故應是慧者理必不然近治欲貪故體若是慧應近治癡既近治貪故無貪性修觀行者從此後時漸復遣除緣内色想謂以勝解想自命終輿載遺身置棄尸處種種禽獸爭共食噉須臾身盡唯見禽獸或於是處以火焚燒乃至遺灰風所飄鼓須臾身盡唯見空界或想自身如酥臘等爲火水等之所鎔消乃至身無唯見火等名内無色想觀外色解脱此勝解力除色想故雖緣身起而不見身既已遣除緣内色想心相續轉無別

事業勝輕安樂任運現前於此位中數數修習緣色處境猒背行相是名第二解脱成滿亦如第一解脱欲貪雖於先時修不淨想已得解脱緣色欲貪而無始來我愛難遣若觀身有仍恐退生故後復修内無色想猒惡色觀清淨過前行者爾時依初靜慮得此二觀深生味著爲欲令此轉增進故入第二靜慮復修二解脱復修二法次第如前何緣此中猒逆色想可得說與喜受相應地力使然如苦集智或由觀見所習善根至成滿時故應生喜既於色想已得解脱雖遊猒觀而不妨喜次復進入第三靜慮妙樂迷故心便奢修由此不能修諸解脱但起解脱相似善根此靜慮中地力法爾事欣猒觀俱不能成從此進修第四靜慮捨增上故心漸澄靜諸不淨

想無復增上故彼不名初二解脱但可名曰相似善根彼瑜伽師久觀不淨猒惡轉故令心沉慼爲欲策發令暫生觀或爲暫解久修勞倦或爲自審驗不淨觀堪能故彼復依第四靜慮於欲界色起淨勝解先取寶衣華等淨相由勝解力漸廣思惟徧於所緣作淨行相如契經説彼於後時應取少淨相總思惟諸色此雖策心而不掉舉雖觀淨相而不起貪既知善根勢力增上次復於境略聚其心於一所緣觀淨而住此位名曰淨解脱滿能究竟捨不淨想故此淨解脱亦如第二内無色想觀外諸色然有差别謂所依地所治行相有差别故内外道身共不共故通曾未曾得唯未曾得故少用功而得多用功得故又淨解脱觀順貪相而貪不生第二解脱觀違貪相得貪不起餘五解脱應知如前思不相應無色處釋何緣唯説内無色想除内色想不説外耶得初靜慮時外想已除故謂得初靜慮外色想已除第四靜慮中更無勞除遣諸功德法漸次得故又外色想易可遣除故除彼時未立解脱或外色想空處方除故於此中但説除内此中所説内無色想爲但遮色想别目餘想耶若謂此言但遮色想此言無用説觀外色無内色想義已成故若謂此言别目餘想應説此想爲何所緣此非唯遮以别説故爲緣何法緣虛空界若非不淨行相轉者如何可名第二解脱此無過失彼加行故謂此中言内無色想是第二加行名第二解脱多因緣故得解脱名謂已解脱此力生故或此力能引解脱故或是種種解脱性

故或與解脫勝解俱故此諸解脫依男女身聖者異生皆能修起唯滅盡定但依聖身於聖身中通學無學經說滅定超諸有頂如何可說亦依學身此雖有頂自地所攝然如上地法超餘方得故如超一切第四定貪方入根本空無邊處至超一切無所有貪入本非想非非想處如是超越諸有頂貪方可得入滅受想定謂有頂貪若斷未斷要應總伏方入此定故雖自地而名超越或諸有學已離有頂見所斷故名爲超越或有頂法總有二種有心無心位差別故超有心故名爲超越或隨所應說超無過唯第三八說身證者舉二邊際類顯所餘色解脫中淨爲邊際於諸無色滅定爲邊或此各在一界邊故或唯此二種唯內道得故唯未曾得故多功用得故盡大種造色心心所法故有說第三初於身色以勝解力取清淨相後漸遣除解脫成滿緣身解脫此爲究竟故偏於此立身證名滅定無心唯依身住故亦於彼立身證名就勝故然理實皆令依通有理有契經言何名身證謂八解脫此八解脫何有情起若於所緣恒求對治是貪愛行樂修多道如是有情能起解脫行者何爲修解脫等爲令煩惱轉更遠故爲於等至得自在故既得自在便能引發無諍等德及聖神通由此便能轉變諸境起留捨等種種事業已辦解脫次辨勝處頌曰

勝處有八種　二如初解脫　次二如第二

後四如第三

論曰勝處有八內有色想觀外色少若好若

惡於此諸色勝知勝見有如是想是名爲初內有色想觀外色多廣説乃至是名第二內無色想觀外色少廣説乃至是名第三內無色想觀外色多廣説乃至是名第四內無色想觀外色青青顯青現青光譬如烏莫迦華或如婆羅痆斯深染青衣於此諸色勝知勝見有如是想是名第五內無色想觀外色黃黃顯黃現黃光譬如羯尼迦華或如婆羅痆斯深染黃衣廣説乃至是名第六內無色想觀外色赤赤顯赤現赤光譬如槃豆時縛迦華或如婆羅痆斯深染赤衣廣説乃至是名第七內無色想觀外色白白顯白現白光譬如烏沙斯星或如婆羅痆斯極鮮白衣廣説乃至是名第八能制伏境故名勝處謂雖一切所縁色境清淨光華美妙具足而善根力悉能映蔽譬如僕隸雖服珍奇而爲其主之所映蔽或於是處轉變自在不隨起惑故名勝處勝於處故立勝處名或此善根即名爲處處能勝故立勝處名少謂所縁或自在少與此相反説名爲多好惡色言顯劣勝色有説於好能不起貪於惡不瞋故名爲勝若爾勝處體應具無貪瞋故於此中有別意趣謂不淨行相總觀好惡色如觀惡色好色亦然總取不淨心自在轉何勞復觀惡色不淨由曾見淨起諸煩惱以顛倒覺曾見淨故今如實見爲治昔貪故於惡色亦觀不淨初觀此境名爲勝知後觀成時名爲勝見能自了達我於此中有勝知勝見名有如是想此四勝處自性地等如次同前初二解脱謂初二勝處是初解脱果次二勝處是第二果彼爲資

糧能入此故總觀不淨能制伏已復於此境觀淨制伏謂即乘前內無色想別觀青等四顯色相所言青者謂華等青言青顯者謂衣等青青現青光顯前二種所有青相純深無雜非如青邊所發青影及孔雀尾金剛等青然青光言顯青鮮潔非如日等外發光明或爲顯成青色顯著舉華衣喻顯加行中取彼爲門入勝處觀非於觀內見似此色烏莫迦華華中青勝俱生青內舉此爲門婆羅痆斯善於染色和合青內舉此爲門非加行中但取此二非皆有故不舉珍寶若處空閑先取華相若居聚落先取衣青青觀既然黃等亦爾然於夜分先取白星晝則取衣餘皆如上於晴夜分烏沙斯星諸白色中最爲勝故此四勝處自性地等應知如前第三解脫以淨解脫爲此四因彼爲資糧能入此故前三解脫於諸色中但能總取不淨淨相今八勝處於諸色中分別少多青等異相故前解脫但於色中棄背欲貪及不淨想今八勝處能於所緣分析制伏令隨心轉由此證知第三解脫總取淨相故立一名八勝處中後四勝處差別取故分爲四種若淨解脫亦差別緣取淨性同立爲一者後四勝處應亦立一差別因緣不可得故已辨勝處次辨徧處頌曰

徧處有十種　八如淨解脫　後二淨無色
緣自地四蘊

論曰徧處有十謂周徧觀地水火風青黃赤白及空與識二無邊處經於此處皆言一想上下及傍無二無量於一切處無間無隙周徧思惟故名徧處徧於處故立徧處名或此

善根即名爲處行相徧故立徧處名此中地等顯示所緣所説徧言顯示行相行相雖等而所緣别是故徧處分爲十種經言一者顯此等至思惟一類境相現前相言顯是勝解作意若異此者應言一知上下傍言顯意流轉言無二者顯無間隙無量言顯勝解無邊由勝等持磨瑩力故令觀行者心自在生能於所緣周徧觀察何故惟十得徧處名此上更無徧行相故唯第四定空識無邊可得説有無邊行相前八徧處如淨解脱自性皆是無貪善根若幷助伴皆五蘊性後四勝處加行引生故與彼同如淨解脱又如淨解脱依第四靜慮及緣欲界色處爲境如何地等亦名色處地地界等有差别故顯形名地等如先已説故説地等徧處不言地界等故前八種但緣色處風與風界既無差别如何可言亦緣色處此難非理以諸世間亦説黒風團風等故由此前八緣色理成後二徧處如次空識二淨無色爲其自性各緣自地四蘊爲境此解脱等三門功德爲由何得依何身起

頌曰

滅定如先辨　餘皆通二得　無色依三界

餘唯人趣起

論曰第八解脱如先已辨以即是前滅盡定故餘解脱等通由二得謂由離染及加行得以有曾習未曾習故前八徧處初修習時皆以眼識爲其加行空處徧處初修亦爾以初必緣空界色故由勝解力後成滿時通緣自地四蘊爲境識處徧處初修習時但以意識爲其加行以初必緣識爲境故由勝解力後

成滿時亦緣自地四蘊爲境四無色解脫二無色徧處一一通依三界身起然其初起多依下地依自下地皆容後起唯無所有亦依上地所餘一切依欲界身唯在人中三洲除北餘慧力劣無聖教故治欲貪故上二界無有說初起唯依人趣要由教力所引起故人中有教天趣中無設有著樂不能初起故人初起退生欲天由宿習力有後起義復以何緣第三靜慮有通無量等無解脫等耶無解脫緣前已具辨解脫無故勝處亦無解脫爲門入勝處故勝處無故徧處亦無勝處爲門入徧處故又第三定耽著妙樂於生死中此樂勝故不能發起解脫等三此三皆欲背生死故通無量等隨順於樂故依此定亦能修起此解脫等三門功德若隨得一得一切不此不皆爾其義云何得後必前前非必後謂得徧處必具得三得勝處者必得解脫徧處不定或得或無若得解脫餘二不定以入徧處勝處爲門解脫爲門入勝處故此解脫等差別云何唯能棄背名爲解脫兼析所緣名爲勝處加無邊解得徧處名此三善根漸次修故有餘師說此三善根由下中上故有差別謂能棄捨勝伏所緣行相無邊有劣勝故有餘師說解脫唯因徧處唯果勝處通二今應思擇上二界中說者旣無何緣起定頌曰

二界由因業　能起無色定　色界起靜慮
亦由法爾力

論曰生上二界總由三緣能進引生色無色定一由因力謂於先時近及數修爲起因故二由業力謂先曾造感上地生順後受業彼

業異熟將起現前勢力能令進起彼定以若未離下地煩惱必定無容生上地故三法爾力謂器世界將欲壞時下地有情法爾能起上地靜慮以於此位所有善法由法爾力皆增盛故諸有生在上二界中起無色定由因業力非法爾力無雲等天不爲三災之所壞故生在色界起靜慮時由上二緣及法爾力若生欲界起上定時一一應知加由教力由教力者謂人三洲天亦聞教微故不說前來分別諸勝法門皆爲弘持世尊正法何謂正法當住幾時頌曰

佛正法有二　謂教證爲體　有持說行者
此便住世間

論曰世尊正法體有二種一教二證教謂契經調伏對法證謂三乘諸無漏道若證正法住在世間此所弘持教法亦住理必應爾現見東方證法衰微教多隱沒此方證法猶增盛故世尊正教流布尚多由此如來無上智境衆聖栖宅阿毗達磨無倒實義此國盛行非東方等所能傳習二中教法多分依止持者說者得住世間證正法住惟依行者然非行者唯證法依教法亦應依行者故謂有無倒修行法者能令證法久住世間證法住時教法亦住故教法住由持說行但由行者令證法住故佛正法隨此三人住爾所時便住於世阿毗達磨此論所依此攝彼中真實要義彼論中義釋有多途今此論中依何理釋頌曰

迦濕彌羅議理成　我多依彼釋對法
少有貶量爲我失　判法正理在牟尼

論曰迦濕彌羅國毗婆沙師議阿毗達磨理善成立我多依彼釋對法宗經主此中述已本意言依此國諸善逝子議對法理大毗婆沙發起正勤如理觀察爲令正法久住世間饒益有情故造斯論多言顯示少有異途謂形像色去來世等然諸法性廣大甚深如實説者甚爲難遇自惟覺慧極爲微劣不能勤求如實説者故於廣論所立理中少有貶量爲我過失諸法正理廣大甚深要昔曾於無量佛所親近修習眞智資糧方於智境一切無惑麟喻獨覺尚於法相不能決判況諸聲聞彼所證法隨他教故由此決判諸法正理唯在眞實大牟尼尊是故定知阿毗達磨眞是佛説應隨信受無倒修行勤求解脱

阿毗達磨順正理論卷第八十　説一切有部

音釋

瘀（依倨切積血壅也）羸（力追切劣也）篋（苦協切椷藏也）鎔（餘封切銷也）痆（尼入切）羯（居謁切）隷（郎計切僕隷也）隙（綺戟切罅也）

阿毘達磨藏顯宗論

唐三藏法師玄奘奉　詔譯

清刻龍藏佛說法變相圖

阿毗達磨藏顯宗論卷第一

尊者眾賢造
唐三藏法師玄奘奉　詔譯

序品第一

諸有徧於一切法　最極難知自共相
獨能悟解無邪亂　是一切智今敬禮
我以順理廣博言　對破餘宗顯本義
若經主言順理教　則隨印述不求非
少違對法旨及經　決定研尋誓除遣
已說論名順正理　樂思擇者所應學
文句泒演隔難尋　非少劬勞所能解
為撮廣文令易了　故造略論名顯宗
飾存彼頌以為歸　刪順理中廣決擇
對彼謬言申正釋　顯此所宗真妙義

論曰既非徧智云何能知此佛世尊是一切

智能於諸法最極難知自共相中覺無邪亂雖非徧智而亦能知如佛教行定得果故如有智者善鑒良醫如世有醫先審病者風熱痰等所起疾源復如實觀性習二體年時處等種種不同爲欲蠲除說授方藥諸有患者能順服行痼疾漸除身安日益智者尋驗知實良醫於諸方藥具淨徧智如是世尊知所化者貪瞋癡等煩惱病源復如實觀本性修集二善種子勝解隨眠及彼堪能自圓滿等爲欲令彼暫永滅故說授伏除二道方藥諸所化者能順服行若別若通對治道藥無始數習增盛堅牢諸煩惱病漸漸除遣貪等滅得於自身中隨道淺深倍倍增勝由斯仰測知我大師滅一切冥具一切智故讚頌者頌讚佛言

誰能如尊善分別　隨眠境界自共相
無量無邊諸品類　如應宣說利有情
誰能漸次順修行　不得成於勝利樂
無智不能順聖教　豈無驗過在如來

有於思擇增上慢人謂佛世尊非一切智於所請問別異而答謂作是言此不應記諸別異答無知起故又於前際說不可知此即自顯是無知故又不先覺孫陀利緣及縱彼朋造諸惡故又於戰遮婆羅門女所起謗毀不能遣故又先聽許提婆達多於佛法中而出家故又於外道嗢達洛迦先自不知命存亡故又不預定波吒釐城當有如斯難事起故又不懸記自佛法中當有部執十八異故又說諸業有不定故外道謗詞略述如是彼諸外道固執在懷一切智尊雖設種種善權化

導而未能令於正等覺生淨信解具勝福慧求真理人方能測量一切智海令我勇銳發正勤心如理順宜且少開悟言於請問別異而答謂作是言此不應記諸別異答無知起者此不應理其所立因非決定故且應詳審爲佛世尊於所請問由無知故言不應記爲觀問者懷聰慠慢非卒能令如理信解故雖了達而不爲記如有矯問諸石女兒爲黑爲白終不爲記豈別有方能祛彼疾如是外道執我爲真矯問如來死後爲有爲無等事世尊告言此不應記佛意說我實無有故不應記別此顯若法都非實有不應於中爲差別問或佛世尊善權方便爲令調伏故不爲記此不爲記是調伏因非由無知作別異答又不應謂佛無辯才彼問論道所不攝故若彼所問論道攝者佛不爲記可無辯才非於此中如理難問少分可得何容乃謂佛無辯才又聽法者心不殷故執我見故根未熟故世尊無方可令信解故於所問置而不記故不應以不記所問謂大仙尊非一切智言於初際說不可知此即自顯是無知者此亦非理無法不應爲智境故於有法境智若不生可謂如來非一切智本無初際智何所知無故不知豈成無智若爾何故不但說無此說不容更立因故若謂應立不可知因此亦不然非決定故或法雖有緣闕不知故不可知非無因性若立無性爲不知因即畢竟無可爲同喻爲容因故說不可知若謂無因有不成失此不應理非不成故生死初際若定非無即初際身應無因起初無因者後亦應無以

先後身無異因故若許爾者即諸所行淨不淨業皆應無果既不許然即先所立初際無故非不成因若謂生死無初際故應如虛空無後際者亦不應理外種同故如外穀麥後因前生雖無初際遇火木等諸燒爛緣而永壞滅如是生死煩惱業因展轉相生雖無初際而由數習貪瞋癡等對治力故生死諸蘊畢竟不生即爲後際空無生故後際可無生死有生豈無後際現見生法定有終時生死既生理必歸滅故說初際是不可知無故爲因其義善立故不應以不知初際謂佛世尊非一切智言不先覺孫陀利緣及縱彼朋造諸惡者此亦非理雖先覺知爲避多過故不自顯若佛先言我無此事爲此事者自是餘人即彼朋流惡心轉盛諸中庸者咸共懷疑

如是過愆爲佛爲彼又大人法不顯他非佛是大人豈揚他惡又顯彼惡令無量人憎背世尊障入正法又佛觀見自身他身有招謗毀短壽定業又爲開慰末世苾芻佛觀當來正法將沒多聞持戒衆望苾芻少有不遭謗毀而死爲欲令彼自開慰言我入仙尊一切煩惱過失習氣皆永拔根名稱普聞至色究竟尚被譏謗況我何入因此心安修諸善業由觀如是得失決定是故世尊不先自顯又過七日其事自彰顯佛尊高過歸外道故不應以不自顯因謂佛世尊非一切智即由此故應知已釋不自披遣戰遮謗因所以聽許提婆達多於佛法中而出家者此有深意佛觀彼人不出家者定當得作力轉輪王害無量人滅壞佛法顛墜惡趣難有出期由度出

家植深善本非出家者所不能植爲護多人令無損害及遮衆惡故許出家言於外道嗢達洛迦先自不知命存亡者此亦非理念即知故非於餘境餘識生時即能了知所餘識境佛心先在說法事中末觀彼人命存亡事後欲知彼纔舉心時即如實知其命已過若欲知彼而不能知可謂如來非一切智心屬餘境此境未緣即謂無知斯不應理言不預定波吒釐城當有如斯難事起者亦不應理容預定故先容意說若免脫餘餘復爲餘之所損害謂佛先覺若守護餘餘必爲餘之所損害於三難事各令自守餘不能損故容意說此即預定難事必然何謂世尊非一切智言不懸記自佛法中當有部執十八異者此亦非理已懸記故如說當來有苾芻衆於我言義不善了知部執競興互相非毀世尊於此略說内外二種防護内謂應如異說大說契經所顯觀察防護外謂應如六可愛法契經所說歛攝防護又見集法契經中言於我法中當有異說所謂有說惟金剛喻定能頓斷煩惱或說擇滅涅槃二法爲體或說不相應行無别實物或說表業尚無況無表業或說一切色法大種爲體或說前後相似爲同類因或說色處惟用顯色爲體或說觸處惟用大種爲體或說惟有觸處是有對礙或說觸處身處是有對礙或說惟五外處是有對礙或說眼識能見或說和合能見或說意界法界俱常無常或說一切色法非刹那滅或說不相應行有多時住或說無想滅定皆現有心或說等無間緣亦通色法或說一切色

法無同類因或說異熟生色斷已更續或說傍生餓鬼天趣亦得別解脫戒或說心無染汙亦得續生或說一切續生皆由愛恚或說律儀不律儀分受亦全受或說傍生餓鬼有無間業或說無間解脫二道俱能斷諸煩惱或說意識相應善有漏慧非皆是見或說身邊二見皆是不善亦他界緣或說一切煩惱皆是不善或說無樂捨受或說惟無捨受或說無色界中亦有諸色或說無想天歿皆墮惡趣或說一切有情無非時死或說諸無漏慧皆智見性或說無有去來一切現在別別而說或說色心非互爲俱有因或說羯剌藍位一切色根皆已具得或說諸得頂法者皆不墮惡趣或說諸善惡業皆可轉滅或說諸無爲法非實有體或說諸世間道不斷煩惱

或說惟贍部洲能起願智無諍無礙重三摩地或說心心所法亦緣無境諸如是等差別諍論各述所執數越多千師弟相承度百千衆爲諸道俗解說稱揚我佛法中於未來世當有如是諍論不同爲利爲名惡說惡受不證法實顛倒顯示即於此部過現當來亦有如是諍論差別世尊如是分明懸記而諸弟子不顧聖言各執所宗互相非毀過屬弟子豈在世尊不可由斯謗一切智言說諸業有不定者理亦不然有此業故定應許有能感異熟不定業性此若無者修道斷結則爲唐捐以一切業定得果故不應由此所說諸因或復餘因謗一切智世尊成就不可思議希有功德高廣名稱非理毀謗獲罪無邊諸有智人皆應信佛具一切智故先敬禮

辯本事品第二之一

諸一切種諸冥滅　拔衆生出生死泥

敬禮如是如理師　對法藏論我當說

論曰諸言雖總而別有所觀别何所觀謂俱利德滿智斷具故自利德滿恩德備故利他德滿此即一切智能拔濟有情一切種冥皆永滅故智德圓滿諸境界冥亦永滅故斷德圓滿授正法手拔衆生出生死坙故恩德圓滿聲聞獨覺雖滅諸冥以染無知畢竟斷故非一切種闕能永滅不染無知殊勝智故非具一切智不能拔有情冥謂翳膜能蔽淨眼如是無知障真見故冥惑昏闇能遮色像如是無知覆實義故諸有殊勝治道生時令永不生故稱爲滅謂滅一切品諸境冥故言一切種諸冥滅拔衆生出生死坙者由彼生死是諸有情無始時來沉溺處故難可出故所以譬坙衆生於中淪没無救諸有成就巧智大悲授如應言拔濟令出敬禮如是如理師者稽首具前自他利德能說如理聖教大師意樂隨眠智等闕故聲聞獨覺非如理師惟佛世尊具如是德故是前總諸言所觀爲正流通彼所立教故先讃禮如理教師以讃禮言滅諸惡障標嘉瑞已許發論端故言我當說對法藏何謂對法頌曰

淨慧隨行名對法　及能得此諸慧論

論曰淨謂無漏慧謂擇法此即總攝無漏慧根何縁得知惟無漏慧名爲對法以佛世尊慫天帝等所請問故如契經說我有甚深阿毗達磨及毗柰耶慫汝請問是許天帝請問聖道及此聖道所證果義慫伐蹉頻契經亦

爾復以何緣惟無漏慧名爲對法由此現觀諸法相已不重迷故豈不現觀非惟慧能是則對法應非惟慧正覺諦理說名現觀故現觀用惟慧非餘又現觀中慧爲最勝具三能故獨稱對法然此對法非不待餘故慧隨行亦名對法即慧眷屬名曰隨行眷屬者何謂慧隨轉色受想等諸心所法生等及心如是總說無漏五蘊名爲對法此則勝義阿毗達磨若說世俗阿毗達磨即能得此諸慧諸論此謂前所得無漏慧根諸慧謂能得世間三慧即是世間殊勝修慧思慧聞慧及彼隨行依所得近遠說三慧次第非離如是慧及隨行無漏慧根可能證得是能得此勝方便故同無漏慧受對法名如慈方便亦名慈等論謂能得此發智等諸論是無漏慧勝資糧故亦名對法如業異熟漏等資糧亦名業等前諸慧言亦攝生得惟生得慧能正誦持對法論故亦名對法豈不此論是無漏慧勝資糧故亦名對法何乃別名對法俱舍頌曰

攝彼勝義依彼故　此立對法俱舍名

論曰藏謂堅實猶如樹藏對治實義皆入此攝此論是彼對法之藏即是對法之堅實義藏或所依猶如刀藏謂彼對法是此所依引彼義言造此論故此論以彼對法爲藏即以對法爲所依義彼何因說誰復先說雖不應問說對法人佛教依法不依人故而爲開示說對法因彼能說人亦應顯了頌曰

若離擇法定無餘　能滅諸惑勝方便
由惑世間漂有海　爲寂大師說對法

論曰由離擇法無勝方便能滅世間引苦諸

惑故世尊言若於一法未達未知我終不説能正盡苦世間未滅諸煩惱故於三有海生死輪迴爲令世間修習擇法永寂三有生因煩惱是故大師先自演説阿毗達磨佛若不説舍利子等諸大聲聞亦無有能於諸法相如理思擇然佛大師隨所化者性差别故處處散説尊者迦多衍尼子等諸大聲聞以妙願智觀過去佛所説法教如其所應安置結集如大尊者迦葉波等共所結集律及契經經律二藏隨文結集惟對法藏隨義結集如説諸有結集義言於律及經彼爲殊勝隨佛聖教結集對法是佛所許得佛説名何等名爲所思擇法世尊依彼説對法耶頌曰

有漏無漏法　除道餘有爲　於彼漏隨增
故説名有漏　無漏謂道諦　及三種無爲
謂虚空二滅　此中空無礙　擇滅謂離繫
隨繫事各别　畢竟礙當生　别得非擇滅

論曰説一切法略有二種一者有漏二者無漏此即總説次當别解除道聖諦餘有爲法是名有漏此復云何謂五取蘊色乃至識如説云何名色取蘊謂有漏色隨順諸取廣説乃至識亦如是何緣取蘊名爲有漏以於其中漏隨增故有身見等諸煩惱中立漏名想令染汙心常漏泄故與漏相應及漏境界隨增漏故名漏隨增隨增眠義後當廣辯由此應知已遮一切不同界地及無漏緣煩惱境界隨眠有漏彼此展轉不隨增故非相對立如是二名有漏無漏復有何相如世尊言有漏法者謂所有色隨順諸取是能增益諸有取義廣説乃至識亦如是與此相違是無漏

法有漏無漏略相如是或有漏者謂墮世間若出世間名爲無漏世間所攝名墮世間謂處世間不出爲義依苦諦體立世間名故契經說吾當爲汝宣說世間及世間集又五取蘊名苦有漏故知有漏謂墮世間寧知墮世間皆是有漏法如世尊說吾當爲汝宣說有漏及無漏法有漏法者謂諸所有眼諸所有色諸所有眼識諸所有眼觸諸所有眼觸爲緣内所生或樂受或苦受或不苦不樂受如是乃至墮世間意墮世間法墮世間意識墮世間意觸廣說乃至名有漏法無漏法者謂出世間意出世間法出世間意識出世間意觸廣說乃至名無漏法依此聖教及由正理知墮世間皆是有漏已辯有漏及有漏因云何無漏謂道聖諦及三無爲名爲無漏道聖諦者謂非有漏色等五蘊三無爲者謂即虛空擇非擇滅此虛空等及道聖諦名無漏因次前已說其道聖諦後當廣辯於略所說三無爲中虛空但以無礙爲性於中諸法最極顯現無障爲相故名虛空謂諸大種及造色聚一切不能徧覆障故或非所障亦非能障故說虛空無障爲相擇滅即以離繫爲性擇謂如理勤所成慧於四聖諦各别行相如理思擇故名爲擇由擇所得諸有漏法永離繫性此定能礙諸繫得生故名擇滅或有是滅而非離繫爲簡彼故說離繫言有作是言諸所斷法同一擇滅無同類故阿毗達磨諸大論師咸作是言隨繫事别所以者何此若一者修餘治道有無用過若諸所斷同一擇滅證得苦法智忍所斷煩惱滅時餘煩惱滅爲

證得不若證得者修餘治道便爲無用若不證得是則一物證少非餘與理相違有分過故由是定應許離繫事隨繫事量不違正理無同類者謂此擇滅自無同類因亦非他因故永礙當生得非擇滅擇即前說如理成慧故由此慧有法永遮未來法生名非擇滅如眼與意專一色時餘色諸聲香味觸等念念謝往對彼少分意處法處得非擇滅以五識身及與一分意識身等於已滅境終不能生緣俱境故由彼生用繫屬同時所依緣故若法能礙彼彼法生用此法離慧定礙彼法令住未來永不生故名非擇滅非惟緣闕便永不生後遇同類緣彼復應生故謂若先緣闕彼法可不生後遇同類緣何障令不起前說除道餘有爲法是名有漏何謂有爲頌曰

又諸有爲法　謂色等五蘊　亦世路言依
有離有事等

論曰老病死等災橫差別隱積損伏故名爲蘊爲別戒等故言色等戒等五蘊不能具攝一切有爲色等五蘊具攝有爲故此偏說言有爲者衆緣聚集共所爲故未來未起何謂有爲如所燒薪是彼類故諸不生法不越彼類雖永不起而說有爲彼彼經中世尊隨義名世路等彼復云何謂諸有爲亦名世路色等五蘊生滅法故未來現在過去路中而流轉故或爲無常所呑食故名爲世路諸不生法衆緣闕故雖復不生是彼類故立名無失諸有爲法亦名言依言謂言音或謂能說此言遠近所詮名依即義與名總說依故以名依義言復依名是故言依總攝名義如是名

義具攝五藴故契經說言依有三無四無五由此善釋品類足論彼說言依五藴所攝依是因義無爲無果故非言依又若聚中三事可得謂語依義說名言依無爲聚中惟有其義無語依故不名言依有說無爲有依有義但闕語故不名言依又諸有爲與能言體有俱起義無爲不然諸有爲法亦名有離離謂永離即是涅槃得已不還墮生死故有彼離故說名有離如有財者名爲有財此雖有爲而非一切以無漏道無擇滅故又涅槃時亦捨聖道故名有離以說聖道猶如船筏亦應斷故如契經言法尚應斷何況非法諸有爲法亦名有事事謂所依或是所住即是因義果依於因從因生故如子依母或果住因能覆因故如人住牀是因爲果所映蔽義因果前後故及細麤性故此有事故說名有事喻如前說如是等類說有爲法諸名差别於此所說有爲法中頌曰

有漏名取藴　亦說爲有諍　及苦集世間是處三有等

論曰前說除道餘有爲法名爲有漏已辯其體今爲顯彼名想不同及差别義故復重說已說一切有爲名藴今說有漏名爲取藴義惟無漏但得藴名惟諸漏中立取名想以能執取三有生故或能執持引後有業故彼諸漏說名爲取色等五藴從取生故或生取故名爲取藴如草糠火如華果樹諸有漏法亦名有諍謂煩惱中立諍名想擾動善品故損害自他故藴與諍俱或諍藴俱而得生起故名有諍此意顯示諍之與藴非隨闕一餘可

得生及者顯餘有漏名想謂或名苦即五取蘊是諸逼迫所依處故自性麤重不安隱故或名爲集即彼種類能爲因故能集成故謂從取蘊取蘊集成或名世間可毀壞故如世尊說性可毀壞故名世間非諸聖道性可毀壞亦名世間由此中無對治壞故或名見處薩迦耶等五見住中隨增眠故由彼諸見於有漏法一切種時相無差別堅執無動隨增眠故體用增盛故復別說貪等癡疑則不如是以彼貪等有一切種無一切時癡一切時非無差別疑無差別而不堅執是故有漏不說彼處或名三有有因有依三有攝故等言爲攝名有染等如是等類是有漏法隨義別名

阿毗達磨藏顯宗論卷第一

音釋

痼古慕切久固疾也　嗢烏沒切　銳俞芮切利也　嚻虛驕切諠也

羯剌藍梵語也此云凝滑羯居謁切剌郎達切

阿毗達磨藏顯宗論卷第二

尊者　衆賢　造

唐三藏法師玄奘奉　詔譯

辯本事品第二之二

如上所言色等五蘊名有爲法色蘊者何頌曰

色者惟五根　五境及無表

論曰此中色言顯色蘊義五根謂眼耳鼻舌身五境謂色聲香味觸眼等所攝所行名境及無表者謂法處色惟者惟此所顯十處一處少分名爲色蘊如是諸色其相云何頌曰

彼識依淨色　名眼等五根

論曰彼謂前說眼等五根識即眼耳鼻舌身識依者眼等五識所依如是所依淨色爲體如是即顯眼等五識所依淨色名眼等根故薄伽梵於契經中說眼等根淨色爲相本論亦說云何眼根眼識所依淨色爲性如是廣說諸聖教中以根別識不以境界故知彼言顯根非境有說彼者是境非根而無意識緣色等故名色等識彼識所依名眼等過由淨色言所簡別故已辯根相當辯境相頌曰

色二或二十　聲惟有一種　味六香四種　觸十一爲性

論曰言色二者是二種義謂顯與形此中顯色有十二種形色有八故或二十顯十二者謂青黃赤白煙雲塵霧影光明闇於十二中青等四種是正顯色雲等八種是此差別其義隱者今當略釋地水氣騰說之爲霧障光明起於中餘色可見名影翻此爲闇日燄名光月星火藥寶珠電等諸燄名明形色八者

謂長短方圓高下正不正此中正者謂形平等形不平等名爲不正餘色易了故今不釋已說色處當說聲處能有呼召故名爲聲或惟音響說之爲聲善逝聖教咸作是說聲是耳根所取境界是四大種所造色性此聲二種謂有執受或無執受大種爲因執受大種謂現有情長養等流異熟地等與此相違名無執受由此所發爲二種聲色等亦應作如是說然由聲處自性難知故但就因說有二種無一聲性以有執受及無執受大種爲因二四大種各別果故非二四大同得一果爲俱有因成過失故雖二大種有相扣擊而俱爲因各別發聲據自依故不成三體雖有手鼓相擊爲因發生二聲而相映奪隨取一種相別難知是故聲處惟有二種已說聲處當說味處越次說者顯彼境識生無定故味謂所噉是可甞義此有六種甘醋鹹辛苦淡別故已說味處當說香處香謂所鼻此有四種好香惡香等不等香有差別故等不等者增益損減依身別故有說微弱增盛異故本論中說香有三種好香惡香及平等香若能長養諸根大種名爲好香與此相違名爲惡香無前二用名平等香或勝福業增上所生名爲好香若勝罪業增上所生名爲惡香若四大種增上所起名平等香已說香處當說觸處觸謂所觸十一爲性即十一實以爲體義謂四大種及七造觸滑性澀性重性輕性及冷飢渴有差別故此中能觸所觸者誰應知都無能觸所觸相觸則失刹那性故但於身識所依所縁無間生時立觸名想依此根識

得彼境時假說此根能觸彼境觸非身識所依止故不說彼觸能觸身根觸與身根極相隣近故說所觸能觸非餘色等雖非所觸法性所依壞故而亦有損已說境相惟餘無表此今當辯頌曰

作等餘心等　及無心有記　無對所造性
是名無表色

論曰言作等者等取離作無對造色略有二種一者依表二者依心依表起者復有二種謂與作俱轉及作息隨轉爲攝如是無表差別體相無遺故說作等言餘心等者等取同類心謂善心作近因等起或俱有因彼所發善無對造色不善無記名餘心善心名同類不善心作近因等起所發不善無對造色善及無記名餘心不善名同類及無心者即心滅位謂定非生生位無故及言乘上及此非餘於三位中此容隨轉謂定惟等不善兼餘散善通於三位轉故言有記者謂善不善可記爲愛非愛品故言無對者非極微故所造性者不簡大種以大種性非無對故但簡非色顯是色性即五蘊中色蘊攝故是者是前所說諸相具前諸相名無表色如是已辯無表色相於中所說大種所造大種云何頌曰

大種謂四界　即地水火風　能成持等業
堅濕煖動性

論曰此諸大種何緣名界一切色法出生本故亦從大種大種出生諸出生本世間名界如金等礦名金等界或種種苦出生本故說名爲界喻如前說有說能持大種自相及所造色故名爲界如是諸界亦名大種何故言

種云何名大種種造色差別生時彼彼品類差別能起是故言種由四大種有差別故造色差別有說有情業增上故無始時來未嘗非有是故言種由四大種總相種類無間絕故或法出現即名爲有生長有性是故言種即是生長諸法有性或是生長有情身義或能顯了十種造色是故言種由此勢力彼顯了故所言大者有大用故言大用者謂諸有情根本事中如是四種有勝作用依此建立識之與空乃得說爲有情根本又於誑惑愚夫事中此四最勝故名爲大如矯賊中事業勝者別餘故名大矯大賊又此四種普爲一切餘色所依廣故名大有說一切色等聚中堅等具有故名爲大風增聚中闕於色等火增聚中闕於味等色界諸聚香味俱無青等聚中闕於黃等滑等聚中闕於澀等聲等不定是故惟此四種名大此四大種雖常和合恒不相離而非處同云何得知恒不相離入胎大造經等說故又理應然何等爲理謂石等中現有能攝生火增隆三業可得故知於此有水火風恒不相離於水聚中現有持船煖性流動三業可得故知於此有地火風恒不相離於火燄中現有任持攝聚繫動三業可得故知於此有地水風恒不相離於風聚中現有能持起冷煖觸三業可得故知於此有地水風恒不相離復云何知如是四界由此因緣恒相隨逐由此能成持等業故謂地等界如次能成持攝熟長四種事業由此因緣於諸色聚若有持等四業可得即知此中有地等界互不相離應知此中言能長者謂

能安布云何安布謂令增盛或復流漫爲能持等四業即是界自相耶不爾云何如是四界隨其次第堅濕煖動以爲自相應知此中說性顯體爲明體性不相離故動謂能引大種造色令其相續生至餘方何故虛空不名大種彼大種相不成立故能損益故立大種名虛空不然故非大種或於諸法生滅位中性無差別故非大種現見大種種種位中其相轉變成芽等緣方令芽等諸位得起虛空無爲則不如是性相常故作用都無旣不能生故非大種又諸大種非一非常自相衆多果別無量虛空自性是一是常相無差別全無有果非無別因生有別果是故虛空不名大種若謂餘因有差別故能助虛空生別果者即此別因能生別果何用執此虛空爲因

爲地等界即地等耶不爾云何頌曰

地謂顯形色　隨世想立名　水火亦復然　風即界亦爾

論曰地言惟表顯形色處豈不總地四處合成何故但言顯形爲地此中雖有香味觸三而隨世想故作是說由諸世間相示地者以顯形色而相示故雖諸世間亦於香等起地言說謂作是言我今齅地甞地觸地而顯形色言於地水火能通表示是故偏說世不多言我齅於水亦不多說齅甞於火雖言觸地等而即地等界是故地中雖有香等而形與顯勝故偏說又顯形色表示二界地等無異是故偏說若爾顯形表示衣等勝香等故亦應偏說世起名想無有決定故隨世間差別而說此隨多分世想立名生等非顯聲非相

續故不說爲地等衣等如地但用顯形爲體水火亦然隨世想故由世現見水青表等故說顯形爲水自性世亦現見火赤表等故說顯形爲火自性然即色觸轉變生時名火焰炭是假非實無一實物身眼得故如是地等與界差別風即界者世間於動立風名故風界無別豈不世間於顯形色亦生風想世間現以黑風團風而相示故有通此難故說言亦是如地等與界別義古昔諸師咸作是說地於中雜故見如此爲顯其風即是風界故復言爾爾者定義此二說中前說爲勝徧處不淨無差別故不淨惟緣色處境故頌曰

此中根與境　即說十處界

論曰已說實物根境無表爲色蘊性此中根境亦即說爲十處十界於處門中立爲十處謂眼處等於界門中立爲十界謂眼界等已說色蘊并立處界當說受等三蘊處界頌曰

受領納隨觸　想取像爲體　四餘名行蘊

如是受等三　及無表無爲　名法處法界

論曰隨觸而生領納可愛及不可愛俱相違觸名爲受蘊領納即是能受用義云何此受領納隨觸謂受是觸隣近果故此隨觸聲爲顯因義能順受故如隨相言相謂表彰即能顯示因能顯果故立相名此隨相言是順因義受能領納能順觸因是故說受領納隨觸如世尊言順樂受觸順苦受觸及順不苦不樂受觸即是順生樂受等義領納隨觸名自性受領納所緣亦是受相與一境法別相難知一切皆同領納境故以心心所執受境時一切皆名領納自境是故惟說領納隨觸名

自性受別相定故領納所緣名執取受非此所辯相不定故二受差別如順正理及五事論廣辯應知此總說三別說爲六世及所依有差別故第三想蘊其體是何此於所緣取像爲體謂於一切隨本安立青表等色琴貝等聲生蓮等香苦辛等味滑澀等觸生滅等法所緣境中如相而取故名爲想此想就世總說爲三若就所依別說爲六第四行蘊其體是何此用四餘諸行爲體謂除前說色受想三及除當說識爲第四餘有爲法名爲行蘊此有相應及不相應思等得等如其次第契經惟說六思身者由最勝故所以者何思是業性爲因感果其力最强故世尊說若能造作有漏有爲名行取蘊不可惟說思爲行蘊立總名故如法處界若異此者應但名思

一法成故如受想蘊此中意顯如外第六法處界聲立總名故總攝十一十七處界不攝多法如是行聲立總名故總攝四蘊不攝多行故知行蘊體不惟思如是行蘊非盡有依故惟約世總說三科如前分別色蘊體已便約處界二門建立如是此中辯受想行三蘊體已亦應建立爲處及界謂此三蘊及無表色并三無爲如是七法於處門中立爲法處於界門中立爲法界第五識蘊自性處界其相云何頌曰

識謂各了別　此即名意處　及七界應知

六識轉爲意

論曰識謂了者是惟總取境界相義各各總取彼彼境相各各了別謂識惟能總取境相非能取彼境相差別如世尊言了者名識有

餘師說惟於法性假說作者爲遮離識有了者計何處復見惟於法性假說作者現見說影能行動故此於異處無間生時雖無動作而說作者識亦如是於異境界相續生時雖無動作而說了者謂能了境故亦無失云何知然現見餘處遮作者故如世尊告頗勒具那我終不說有能了者復有說言剎那名法性相續名作者自意所立思緣起中當更顯示此識約世總說爲三就所依根別分爲六應知即此所說識蘊於處門中立爲意處於界門中立爲七界及聲顯一析爲二門顯一一識體分處界七界者何六識及意謂眼識界至意識界即此六識轉爲意界此別建立蘊處界門應知徧攝諸法皆盡此中應思若即識蘊名七心界前說識蘊就所依根別分爲六今離六識說何等法復名意界更無異法即於此中頌曰

由即六識身　無間滅爲意

論曰即六識身無間滅已能生後識故名意界時分異故別立無失猶如子果立爲父種若爾界體應惟十七或惟十二更相攝故何緣建立十八界耶頌曰

成第六依故　十八界應知

論曰如五識界別有眼等五界爲依第六意識無別所依如離所緣識無起義離依亦爾識不得生爲成此依故說意界如是所依能依境界應知各六界成十八如何已滅名現識依是現識生隣近緣故如雖有色而要依眼眼識得生如是雖有所緣境界而後識生要依前念無間滅意是故前言無間滅者爲

遮前念有間滅心雖先開避而未生故由此無間已滅六識爲現識依說爲意界或現在識正成依用過去已成等無間緣亦於現在能取果故雖依彼生而非隨彼故心依心不名心所心所品類必隨心故已釋諸蘊取蘊處界當於此中思擇攝義諸蘊總攝一切有爲取蘊惟攝一切有漏處界總攝一切法盡五蘊無爲名一切法別攝如是應辯總攝頌曰

總攝一切法　由一蘊處界　攝自性非餘
以離他性故

論曰一蘊謂色一處謂意一界謂法此三總攝五蘊無爲總是集義置總言者令知總三勿謂各一有餘部執攝謂攝他處處說言餘攝餘故此執非理無定因故若有定因非攝他故我部諸師說自性攝如是所立攝自性言是究竟說不待他故攝不待因是眞實攝諸法恒時攝自性故復云何知不攝他性以一切法離他性故謂眼根性離耳等性彼離於此而言此攝理必不然故知諸法惟攝自性如是眼根惟攝色蘊眼處眼界苦集諦等是彼性故不攝餘蘊餘處界等離彼性故如是餘法隨應當思眼耳鼻根各依二處何緣界體數不成多合二爲一故惟十八何緣合二爲一界耶頌曰

類境識同故　雖二界體一

論曰眼耳鼻根雖各二處類等同故合爲一界言類同者同眼類故言境同者同色境故言識同者眼識依故耳鼻亦然故立一界界體既一處何緣二頌曰

然爲令端嚴　眼等各生二

論曰爲所依身相端嚴故界體雖一而兩處生若眼耳根處惟生一鼻無二穴身不端嚴此釋不然駝猫鵄等如是醜陋何有端嚴是故諸根各別種類如是安布差別而生此待因緣如是差別因緣有障或不二生言爲端嚴各生二者此有別義非爲嚴身此端嚴聲顯增上義作用增上故說端嚴若眼等根各闕一處見聞齅用皆不明了各具二者明了用生是故三根各生二處爲嚴勝用非爲嚴身何故世尊於所知境以蘊處界三門說耶由此三門義各別故此蘊處界別義者何頌曰

聚生門種族　是蘊處界義

論曰積聚義是蘊義生門義是處義種族義是界義何緣故知聚義是蘊由契經說諸所有色若過去若未來若現在若內若外若麤若細若劣若勝若遠若近如是一切略爲一聚說名色蘊乃至識蘊廣說亦然由此故知聚義是蘊若以聚義釋蘊義者蘊應非實聚是假故此難不然於聚所依立義言故非聚即義義是實物名之差別聚非實故聚義者何謂聚之義聚之義者謂聚所依此釋顯經有大義趣謂如言聚離聚所依無別實有聚體可得如是言我色等蘊外不應別求實有我體蘊相續中假說我故如世間聚我非實有蘊若實有經顯何義勿所化生知色等法三時品類無量差別各是蘊故蘊則無邊便生怯退謂我何能徧知永斷此無邊蘊爲策勵彼蘊雖無邊而相同故總說爲一又諸愚

夫於多蘊上生一合想現起我執爲令彼除一合想故說一蘊中有衆多分不爲顯示色等五蘊多法合成是假非實又一極微三世等攝以慧分析略爲一聚蘊雖即聚而實義成餘法亦然故蘊非假又於一一別起法中亦說蘊故蘊定非假如說俱生受名受蘊想名想蘊餘說如經於一切時和合生故蘊雖各別而聚義成何緣故知門義是處由訓詞故處謂生門心心所法於中生長故名爲處是能生長彼作用義如契經說梵志當知以眼爲門惟爲見色此經惟證門義有六然心心所有十二門故契經說眼及色爲緣生於眼識三和合觸俱起受想思乃至廣說何緣故知族義是界與世種族義相似故如一山中有諸雄黃雌黃赤土安膳那等衆多種族說名多界如是一身或一相續有十八類諸法種族名十八界如雄黃等展轉相望體類不同故名種族如是眼等展轉相望體類不同故名種族由義相似得爲同喻若爾意界望六識身無別體類不應別立所依能依體類別故無斯過失何故世尊說蘊處界三門差別雖佛世尊意趣難解而審思忖頌曰

愚根等三故　說蘊處界三

論曰所化有情愚根等三故佛隨宜爲說蘊處界三等言爲明樂位過病等三言爲顯一一各有三所化有情愚有三種有愚心所總執爲我有惟愚色有愚色心根亦有三謂利中鈍樂謂勝解此亦三種謂樂略中及廣文故位謂弟子已過作意已熟習行初修事業三位別故過謂有情懷我慢行執我所隨迷

識依縁三過別故病謂所化恃命財族而生憍逸三病異故由此等縁如其次第世尊爲說蘊處界三何故世尊諸心所內別立受想爲二蘊耶頌曰

諍根生死因　及次第因故　於諸心所法
受想別爲蘊

論曰世間諍根略有二種謂貪著欲及貪著見初因受起後由想生味受力故貪著諸欲倒想力故貪著諸見又生死法以受及想爲最勝因耽樂受故執倒想故愛見行者生死輪迴由此二因及後當說次第因故應知別立受想爲蘊其次第因次後當辯及聲兼顯諸心所中惟此受想能爲愛見二雜染法生根本故各別顯一識住名故依滅此二立滅定故諸如是等多品類因何故說無爲在處界非蘊頌曰

蘊不說無爲　義不相應故

論曰諸無爲法若說爲蘊立在五中或爲第六皆不應理義相違故所以者何彼且非色乃至非識故非在五聚義是蘊非無爲法如彼色等有過去等品類差別可略一聚名無爲蘊故非第六又無爲法與顛倒依及斷方便義相違故說有漏蘊顯顛倒依說無漏蘊顯斷方便無爲於此兩義都無義不相應故不立蘊已辯諸蘊廢立因縁當辯次第頌曰

隨麤染器等　界別次第立

論曰五蘊隨麤隨染器等及界別故次第而立隨麤立者五中最麤所謂色蘊有對礙故五識依故六識境故五中初說四中最麤所謂受蘊雖無形質而行相用易了知故四中

初說三中最麤所謂想蘊取男女等行相作用易了知故三中初說二中麤者所謂行蘊貪等現起行相分明易了知故二中初說識蘊最細故最後說隨染立者謂從無始生死已來男女於身更相染愛由顯形等故初說色如是色愛由躭受味故次說受此躭受味由想顛倒故次說想此想顛倒由煩惱力故次說行此煩惱力依能引發後有識生故後說識隨器等者謂色如器受所依故受類飲食增益損減有情身故想同助味由取怨親中平等相助生受故行似廚人由思貪等業煩惱力受非愛等異熟生故識喻食者有情本中爲主勝故識爲上首受等生故即由此理於受想等隨福行中但說識爲隨福行者又由此理說行緣識由此復告阿難陀曰識若無者不入母胎心雜染故有情雜染心清淨故有情清淨於受想等俱起法中如是等經但標生識隨界別者謂欲界中色最爲勝諸根境色皆具有故色界受勝於生死中諸勝妙受具可得故三無色中想最爲勝彼地取相最分明故第一有中行最爲勝彼思能感最大果故此即識住識住其中顯似世間田種次第是故諸蘊次第如是由此五蘊無增減過即由如是諸次第因於心所中別立受想謂受與想於心所中相麤生染類食同助二界中强故別立蘊已隨本頌且就轉門說次第因四種如是當就還門復說一種謂入佛法有二要門一不淨觀二持息念不淨觀門觀於造色持息念門念於大種要門所緣故先說色由此觀力分析色相剎那極微

展轉差別如是觀時身輕安故心便覺樂故次說受受與身合定爲損益損益於我理必不成由斯觀解我想即滅法想便生故次說想由此想故達惟有法煩惱不行故次說行煩惱既息心住調柔有所堪能故次說識已說順次逆次應說恐猒繁文故應且止

阿毘達磨藏顯宗論卷第二

音釋

齅 許救切以鼻擥氣曰齅 礦 古猛切金朴也 析 先的切與析同 鵄 處脂切鳶也 闢 與辟同

阿毗達磨藏顯宗論卷第三

尊者眾賢造

唐三藏法師玄奘奉詔譯

辯本事品第二之三

如是已說諸蘊次第於界處中應先辯說六根次第由斯境識次第可知眼等何緣如是次第頌曰

前五境惟現　四境惟所造　餘用遠速明　或隨處次第

論曰於六根中眼等前五惟取現境是故先說意境不定三世無爲或惟取一或二三四是故後說境決定者用無雜亂其相分明所以先說境不定者用有雜亂相不分明所以後說所言四境惟所造者前流至此五中前四境惟所造是故先說身境不定大種造色俱爲境故所以後說或時身根惟取大種或時身根惟取所造或時身根俱取二種是故身識有說極多緣五觸起謂四大種滑等隨一有說極多緣十一起餘謂前四如其所應用遠速明是故先說謂眼耳根取遠境故在二先說二中眼用遠故先說如遠叢林風等所擊現覩搖動不聞聲故又眼用速先遠見人撞擊鍾鼓後聞聲故鼻舌兩根用俱非遠先說鼻者由速明故如對香美諸飲食時鼻先齅香舌後嘗味如是且約境定不定用遠速明辯根次第或於身中隨所依處安布上下說根次第傳說身中眼處最上又顯在面是故先說耳鼻舌根依處漸下身處多下意無方處有即依止五根生者故最後說豈不理實鼻根極微住鼻頞中非居眼下如說三

根橫作行列處無高下如冠華鬘理實應爾然經主意就根依處假說如此經主或言似通餘釋故今於此別作頌文

前五用先起　五用初二遠　三用初二明

或隨處次第

於六根中眼等前五於色等境先起作用意後方生是故先說如本論言色等五境五識先受意識後知爲自識依及取自境應知俱是眼等功用於五根中初二用遠境不合故所以先說二中眼用復遠於耳引事如前是故先說鼻等三用初二分明故鼻居先舌次身後如鼻於香能取微細舌於甘苦則不如是如舌於味能取微細身於冷煖則不如是隨處次第釋不異前如是已說處界次第即於此中應更思擇何緣十處體皆是色惟於一種立色處名又十二處體皆是法惟於一處立法處名頌曰

爲差別最勝　攝多增上法　故一處名色

一名爲法處

論曰雖十二處十色皆法而爲差別一立總名言差別者謂各別處若色法性等故名同是則處名應二或一諸弟子等由此總名惟應總知不了別相爲令了知境及有境種種差別故立異名由是如來於其聲等眼等色上立別義名色處更無別義名故總名即別如能作因諸立別名爲顯別義此顯別義故即別名法處亦爾言最勝者由二因緣惟色處中色相最勝一有見故可示在此在彼差別二有對故手等觸時即便變壞又多種故三眼境故世共於此立色名故諸大論師非

於聲等立色名故惟一名色於法處中攝受想等衆多法故應立通名若離通名云何能攝多别相法同爲一處又於此中攝多品類法名諸法故立法名謂擇法覺支法智法隨念法證淨法念住法無礙解法實法歸此等法名有無量種一切攝在此法處中故獨名法又增上法所謂涅槃此中攝故獨名爲法諸契經中有餘種種蘊及處界名想可得皆在此攝如應當知且辯攝餘諸蘊名想頌曰

牟尼說法蘊　數有八十千　彼體語或名

此色行蘊攝

論曰有說佛教語爲自體彼說法蘊皆色蘊攝語用音聲爲自性故有說佛教名爲自體彼說法蘊皆行蘊攝名不相應行爲性故語教興名教容是語名教别體教何是名彼作是釋要由有名乃說爲教是故佛教體即是名所以者何詮義如實故名佛教名能詮義故教是名由是佛教定名爲體舉名爲首以攝句文齊何應知諸法蘊量頌曰

有言諸法蘊　量如彼論說　或隨蘊等言

如實行對治

論曰有諸師言八萬法蘊一一量等法蘊足論謂彼一一有六千頌如對治中法蘊足說或說法蘊隨蘊等言一一差别數有八萬謂蘊處界緣起諦食靜慮無量無色解脫勝處徧處覺品神通無諍願智無礙解等一一教門名一法蘊如實說者所化有情有貪瞋癡我慢身見及尋思等八萬行别爲對治彼八萬行故世尊宣說八萬法蘊謂說不淨慈悲緣起無常想空持息念等諸對治門此即順

顯隨蘊等言無蘊等言不爲對治有情病行唐捐而說如彼所說八萬法蘊皆此五中二蘊所攝如是餘處諸蘊處界類亦應然頌曰

如是餘蘊等　各隨其所應　攝在前說中
應審觀自相

論曰餘契經中諸蘊處界隨應攝在前所說中如此論中所說蘊等應審觀彼一一自相且諸經中說餘五蘊謂戒定慧解脫解脫知見五蘊彼中戒蘊此色蘊攝是身語業非意思故彼餘四蘊此行蘊攝是心所法非受想故又諸經說十徧處等前八徧處及八勝處無貪性故此法處攝若兼助伴五蘊性故即此意處法處所攝後二徧處空無邊等四無色處四蘊性故亦此意處法處所攝五解脫處慧爲性故此法處攝若兼助伴即此聲意法處所攝復有二處謂無想有情天處及非想非非想處初處即此十處所攝無香味故後處即此意法處攝無色性故又多界經說界差別有六十二應隨其相當知攝在十八界中且彼經中所說六界地水火風四界已辯空識二界未辯其相如是二界其相云何頌曰

空界謂竅隙　體即是光闇　識界有漏識
有情生所依

論曰內外竅隙名爲空界竅隙是何即是光闇謂窻指等光闇竅隙顯色差別名爲空界應知此界體是實有說內外故如地界等此離虛空其體別有由契經故其理極成如契經言虛空無色無見無對當何所依然藉光明虛空顯了又說於色得離染時斷虛空界

故知别有已說空界諸有漏識名爲識界何故不說無漏識耶彼與此義不相應故由無漏法於有情生斷害壞等差別轉故非生所依如是六界於有情生生養長因差別轉故是生所依生因謂識界續生種故養因謂大種生依止故長因謂空界容受生故持有情生故名爲界彼經六界此九界攝餘隨所應當觀攝義故諸餘界十八界攝如是已說餘蘊處界皆在此中蘊處界攝今當顯示蘊處界三有見等門義類差别界中具顯根境識故諸門義類易可了知故今且約十八界辯由斯蘊處義類已成於前所說十八界中幾有見幾無見幾有對幾無對幾善幾不善幾無記頌曰

一有見謂色　十有色有對　此除色聲八無記餘三種

論曰十八界中一是有見所謂色界云何說此名有見耶由二義故一者此色定與見俱故名有見由色與眼俱時轉故如有伴侶二者此色可有示現故名有見可示在此在彼别故如有所緣有說此色於鏡等中有像可現故名有見可示如彼此亦爾故不可說聲有谷響等應成有見不俱生故由說此相餘界無見義准已成如是已說有見無見惟色蘊攝十界有對對是礙義此有彼礙故名有對此復三種境界所緣障礙別故境界有對謂眼等根心及心所諸有境法與色等境和會被礙得有對名所緣有對謂心心所於自所緣和會被礙得有對名境界所緣復有何别若於彼法此有功能即說彼爲此法境界

如人於彼有勝功能便說彼爲我之境界心心所法執彼而起彼於心等名爲所緣若法所緣有對定是境界有對心心所法境界若無取境功能定不轉故有雖境界有對而非所緣有對謂五色根非相應法無所緣故云何眼等於自境界所緣轉時說名有礙越彼於餘此不轉故或復礙者是和會義謂眼等法於自境界及自所緣和會轉故有說若法惟於彼轉不能越彼故名有礙障礙有對謂可集色自於他處被障不生如手石等更相障礙或於自處障礙他生惟極微色更相障故可說名爲障礙有對此中惟辯障礙有對故但言十礙義勝故何等爲十謂極微成十有色界惟有色故法界貫通有色無色彼色一向非極微成除此所餘十名有色色蘊攝故說十有色名爲有對義准說餘名爲無對言有色者謂除無表餘色蘊攝變礙名色有變礙義故名有色有說色者謂能示現在此彼言此有彼言故名有色有說諸色有自體故名爲有色稱說易故惟於色體說有色言如是已說有對無對於此所說十有對中除色及聲餘八無記言無記者不可記爲善不善故應讚毀法可記說在黑白品中名爲有記若於二品皆所不容體不分明名無記法其餘十界通善等三即是七心色聲法界善謂捨惡是違惡義或復善者名慧攝受謂若諸法慧所攝受或攝受慧皆名爲善或復善者是吉祥義能招嘉瑞如吉祥草翻此即釋不善名義色聲二界善心等起即名爲善惡心等起名爲不善餘是無記其七心界若無

貪等相應名善貪等相應名爲不善餘名無記法界所攝品類雖多無貪等性相應等起擇滅名善若貪等性相應等起名爲不善餘名無記已說善等十八界中幾欲界繫幾色界繫幾無色界繫頌曰

欲界繫十八　色界繫十四　除香味二識

無色繫後三

論曰繫謂繫屬即被縛義欲界所繫具足十八色界所繫惟十四種除香味境及鼻舌識除香味者段食性故離段食欲方得生彼除鼻舌識無境界故非無境界少有識生若爾於彼亦應無觸非食性觸於彼得有觸界於彼無成食用有成餘用所謂成身若不爾者大種應無則諸所造亦應非有便同無色何名色界又於彼觸有成外用謂成宮殿及衣服等雖離食欲觸有別用香味不然故彼非有無色界繫惟有後三所謂意法及意識界要離色染於彼得生故無色中無十色界依緣無故五識亦無故惟後三無色界繫已說界繫十八界中幾有漏幾無漏頌曰

意法意識通　所餘惟有漏

論曰次前意法及意識三一切皆通有漏無漏謂除道諦及三無爲餘意等三皆是有漏道諦所攝及三無爲如其所應三皆無漏惟通有漏謂餘十五道諦無爲所不攝故如是已說有漏無漏十八界中幾有尋有伺幾無尋惟伺幾無尋無伺頌曰

五識有尋伺　後三三餘無

論曰眼等五識有尋有伺由與尋伺恒共相應此五識身恒與尋伺共相應者五識惟在

尋伺所隨地中有故非於欲界初靜慮中心心所法除尋與伺有一不與尋伺俱故意法意識名爲後三根境識中各居後故此後三界皆通三品意界意識界及相應法界除尋與伺若在欲界初靜慮中有尋有伺靜慮中間無尋惟伺從此巳上無尋無伺法界一切非相應法靜慮中間伺亦如是於彼上地無尋伺故非相應故彼無尋故自體自體不相應故尋一切時無尋惟伺自體自體不相應故此常與伺共相應故伺在欲界初靜慮中三品不收應爲第四然法少故頌中不說餘十色界尋伺俱無常與尋伺不相應故此中乗便應更思量若五識身有尋有伺尋即分別如何許彼無分別耶頌曰

說五無分別　由計度隨念　以意地散慧意諸念爲體

論曰分別有三一自性分別二計度分別三隨念分別由五識身雖有自性而無餘二說無分別如一足馬名爲無足故雖有一而得名無豈不意識有惟一種分別相應由依意識總類具三說有分別自性分別體惟是尋後心所中自當辯釋餘二分別如其次第意地散慧諸念爲體散言簡定意識相應散慧名爲計度分別定中不能計度境故非定中慧能於所緣如此如是計度而轉故於此中簡定取散若定若散意識相應諸念名爲隨念分別明記所緣用均等故五識雖與念慧相應擇記用微故惟取意夫分別者推求行相故說尋爲自性分別簡擇明記片似順尋故分別名亦通慧念由此三行差別攝持皆

令於境明了轉異於已了境遮簡行生故分別名不通於想於未了境不能印持故分別名不通勝解若在欲界及初靜慮不定意識具三分別若初靜慮在定意識及上散心各二分別上地意識若在定中及五識身各一分別如是已說有尋伺等十八界中幾有所緣幾無所緣幾有執受幾無執受頌曰

七心法界半　有所緣餘無　前八界及聲無執受餘二

論曰六識意界及法界攝諸心所法名有所緣有所緣故如人有子所緣所行及與境界名義差別餘十色界及法界攝不相應法名無所緣義准成故應知五識無分別故緣實極微和集爲境不緣和合非和合名別目少法可爲無分別識所取境成於多法中起一增語言說轉故名爲和合五識不緣增語爲境是故和合非五所緣如是已說有所緣等十八界中九無執受何等爲九謂前所說七有所緣并全法界此八及聲皆無執受頌中及言具含二義一顯總集謂八及聲總無執受二顯異門謂餘師說不離根聲亦有執受餘九通二謂五色根色香味觸云何通二眼等五根住現在世名有執受過去未來名無執受色香味觸住現在世不離五根名有執受過去未來及住現在非不離根名無執受是故九界各通二門何等名爲有執受相本論中說已身所攝名有執受此復云何謂心心所執爲已有即心心所共所執持攝爲依處名有執受損益展轉更相隨故若爾色等即應一向名無執受心心所法不依彼故非

根性故不爾色等若不離根雖非所依而是心等之所親輔故無此失如是已說有執受等十八界中幾大種性幾所造性幾可積集幾非積集頌曰

觸界中有二　餘九色所造　法一分亦然　十色可積集

論曰觸界通二一者大種二者所造此二如前十一觸釋非惟大種總攝觸界各別處經說觸處中攝造色故餘九色界惟是所造謂五色根色聲香味法界一分亦惟所造此復云何謂無表色依大種生故名所造然聲爲顯定無一界惟大種性餘七心界法界一分除無表色俱非二種義准已成離大種外別有所造各別處經即爲誠證如是已說大種所造十八界中五根五境十有色界是可積集以是極微體可聚故名可積集義准餘八非可積集體非極微不可聚故如是已說可積集等十八界中幾能斫幾所斫幾能燒幾所燒幾能稱幾所稱如是六問今應總答頌曰

謂惟外四界　能斫及所斫　亦所燒能稱　能燒所稱諍

論曰色香味觸成斧薪等此即名爲能斫所斫惟者定義意顯斫等決定是外四界非餘及言爲顯能斫所斫俱通四界即諸色聚相逼續生異緣分隔令各續起名能所斫剎那性故理實都無能斫所斫此所斫義身根等無非諸色根異緣分隔可令成二各相續起支分離身則無根故又身根等亦非能斫淨妙相故如珠寶光此等義言惟言所顯如能

斫所斫體惟外四界所燒能稱其體亦爾謂惟外四界名所燒能稱身等色根淨妙相故亦非二事如珠寶光聲非色等相續俱轉有間斷故六義皆無能燒所稱有異諍論謂或有說能燒所稱體亦如前惟外四界或復有說惟有火界可名能燒所稱惟重如是已說能所斫等十八界中幾異熟生幾所長養幾是等流幾有實事幾一刹那如是五問今應總答頌曰

內五有熟養　聲無異熟生　八無礙等流

亦異熟生性　餘三實惟法　刹那惟後三

論曰內五謂眼耳鼻舌身有異熟生及所長養遮等流性是故不說雖眼等根亦等流性以有同類因則是等流果由離異熟所長養外無等流性是故應遮如離長養有異熟生

離異熟生有所長養非離此二有別等流爲辯異門廢總論別熟謂成熟離因而熟故名異熟異熟體生名異熟生或是異熟因所生故名異熟生略去中言故作是說譬如牛車或所造業至得果時變而能熟故名異熟果從彼生名異熟生或於因上假立果名如於果上假立因名如說六觸處即是所造業飲食資助眠睡等持勝緣所益名所長養飲食等緣於異熟體惟能攝護不能增益別有增益名所長養應知此中長養相續常能護持異熟相續猶如外郭防援內城既說聲界無異熟生義准非無等流長養何緣聲界非異熟生數數間斷復還生故異熟生色無如是事非隨欲樂異熟果生聲隨欲生故非異熟八無礙者七心法界此有等流異熟生性若

非異熟同類徧行因所生者名等流性若異熟因所生起者名異熟生餘謂餘四色香味觸皆通三種謂異熟生等流長養實惟法者實謂無為以堅實故此法界攝故惟法界獨名有實意法意識名為後三於六三中最後說故惟此三界有一刹那謂初無漏苦法忍品非等流故名一刹那此說正現行亦非等流者餘有為法無非等流惟初無漏五蘊刹那無同類因而得生起餘有為法無如是事等無間緣勢力强故前因雖闕而此得生等無間緣勢力强者與初聖道品類同故無量善法所長養故與初聖道性相等故為此廣修諸加行故苦法忍相應心名意界意識界餘俱起法名為法界如是已說異熟生等今應思擇若有眼界先不成就今得成就亦眼識耶若眼識界先不成就今得成就亦眼界耶如是等問今應略答頌曰

眼與眼識界　獨俱得非等

論曰獨得者謂或有眼界先不成就今得成就非眼識謂生欲界漸得眼根及無色殁生二三四靜慮地時或有眼識先不成就今得成就非眼界謂生二三四靜慮地眼識現起及從彼殁生下地時俱得者謂或有二界先不成就今得成就謂無色殁生於欲界及梵世時非者俱非謂除前相等者攝餘所未說義此復云何謂若成就眼界亦眼識界耶應作四句第一句者謂生二三四靜慮地眼識不起第二句者謂生欲界未得眼根或得已失第三句者謂生欲界得眼不失及生梵世若生二三四靜慮地眼識現前第四句者謂

除前相如是眼界與色界眼識與色界得及成就如理應思由斯理路例應思擇後五種三得與成就并互相望及捨不成如毗婆沙廣文示現恐詞繁雜故今不述如是已說得成就等十八界中幾内幾外頌曰

内十二眼等　色等六爲外

論曰六根六識十二名内外謂所餘色等六境雖無實我而内義成已說内外十八界中幾同分幾彼同分頌曰

法同分餘二　作不作自業

論曰法同分者謂一法界惟是同分今應先辯境同分相若境與識定爲所緣且如法界與彼意識定爲所緣是不共故識於其中已生生法此所緣境說名同分意能徧緣一切境故於三世境及非世中無一法界不於其中已正當生無邊意識二念意識即能普緣一切法故由是法界恒名同分餘二者謂餘十七界皆有同分及彼同分何名同分彼同分耶謂作自業不作自業若作自業名爲同分不作自業名彼同分如何眼等說爲同分彼同分耶用同分眼說有三種謂於色界已正當見彼同分眼說有四種謂此相違及不生法如眼耳鼻舌身亦然各於自境應說自用意界同分說有三種謂於所緣已正當了彼同分意惟有一種謂不生法色界同分說有三種謂眼所見已正當滅彼同分色說有四種謂此相違及不生法廣說乃至觸界亦爾各對自根應說自用眼等六識依生不生立二分故如意界說眼若於一是同分於餘一切亦同分此若於一是彼同分於餘一切

亦彼同分廣說乃至意界亦爾色即不然於見者是同分於不見者是彼同分復有何緣說眼同分及彼同分異於色耶容多有情同見一色無用一眼二有情觀聲如色說是共境故香味觸三如內界說非共境故然諸世間依假名想有言我等同齅此香同嘗此味同覺此觸云何同分彼同分義分謂交涉同有此分故名同分云何交涉謂根境識更相交涉即是展轉相隨順義或復分者是已作用更相交涉故先說言若作自業名爲同分或復分者是所生觸依根境識交涉生故同有此分故名同分即同有用同有觸義與此相違名彼同分由非同分與彼同分種類分同名彼同分云何與彼種類分同謂此與彼同見等相同處同界互爲因故互相屬故互相引故種類分同

阿毗達磨藏顯宗論卷第三

音釋

頞阿葛切鼻莖也　𩈌莫班切　窾苦弔切空也　隙乞逆切空閑也　伺相吏切察也

阿毗達磨藏顯宗論卷第四

尊　者　衆　賢　造

唐三藏法師玄奘奉　詔譯

辯本事品第二之四

已說同分及彼同分十八界中幾見所斷幾修所斷幾非所斷頌曰

十五惟修斷　後三界通三　不染非六生色定非見斷

論曰言十五者謂十色界及五識界惟修斷者此十五界惟修所斷後三界者意界法界及意識界於六三中最後說故通三者各通三八十八隨眠及彼相應法幷彼諸得若彼生等諸俱有法皆見所斷所餘有漏皆修所斷一切無漏皆非所斷爲定斯義復言不染非六生色定非見斷言不染者謂有漏善無覆無記非六生者六謂第六即是意處異此而生名非六生是從眼等五根生義即五識等色謂有漏染不染色如是三類定非見斷且不染法及諸色法非見斷者緣彼煩惱究竟斷時方名斷故斷義云何略有二種一離縛斷二離境斷離縛斷者如契經言於無內眼結如實了知我無內眼結離境斷者如契經說汝等苾芻若能於眼斷貪欲者是則名爲眼得末斷阿毗達磨諸大論師依彼次第立二種斷一自性斷二所緣斷若法是結及一果等對治生時於彼得斷名自性斷由彼斷故於所緣事便得離繫不必於中得不成就名所緣斷此中一切若不染汙有漏無色若有漏色及彼諸得生等法上有見所斷及修所斷諸結所繫如是諸結漸次斷時於一

一品各別體上起離繫得時彼諸結及一果等皆名已斷彼不染汙有漏無色及有漏色并彼諸得生等法上諸離繫得爾時未起未名爲斷由彼諸法惟隨彼地最後無間道所斷故非諸見道能隨地別漸次離欲云何能斷不染等法非六生法非見斷者緣色等境外門轉故如是已說見所斷等十八界中幾是見幾非見頌曰

眼法界一分　八種說名見　五識俱生慧
非見不度故　眼見色同分　非識見因故
識類無別故　不觀障色故

論曰眼全是見法界一分八種是見餘皆非見何等爲八謂身見等五染汙見世間正見有學正見無學正見於法界中此八是見所餘法界及餘十六一切非見一切法中惟有二法是見自體有色法中惟眼是見無色法中行相明利推度境界內門轉慧是見非餘此中眼相如前已說世共了故觀照性故闇相違故用明利故說眼名見五染汙見隨眠品中當辯其相世間正見謂意識相應善有漏勝慧有學正見謂有學身中一切無漏慧無學正見謂無學身中決度無漏慧一正見言具攝三種別開三者爲顯異生學無學地三見別故又顯漸次修習生故如是諸見總類有五一無記類二染汙類三善有漏類四有學類五無學類無記類中眼根是見耳等諸根一切無覆無記慧等悉皆非見染汙類中五見是見餘染汙慧悉皆非見謂貪瞋慢不共無明疑俱生慧餘染汙法亦皆非見有學類中無慧非見但餘非見無學類中盡無

生智及餘非見餘無學慧一切是見善有漏類中惟意識相應善慧是見餘皆非見有餘師說意識相應善有漏慧亦有非見謂五識身所引發慧發有表慧命終時慧又於此善有漏類中五識俱生慧亦非見何緣如是所遮諸慧皆非見耶不決度故惟有如前所說慧相是見自體謂無色中行相明利推度境界內門轉慧是見非餘惟此相慧有決度能於所緣境審慮轉故非所遮慧能於所緣審慮決度是故非見言決度者謂於境界審慮爲先決擇究竟非五識身相應諸慧於已了境能審了知以能推尋應非應理差別而轉故名決度意識中慧能於境界審慮爲先決擇究竟可名爲見其五識身無分別故彼相應慧無此功能故不名見若爾眼根既無此相應不名見豈不先說世共了故觀照性故闇相違故用明利故眼亦名見契經亦言眼見諸色故說眼根能見諸色若眼見者何不同時得一切境無斯過失許少分眼能見色故少分者何謂同分眼同分眼相如前已說識所任持乃成同分非一切根同時自識各所任持故無斯咎若爾即應彼能依識是見非眼要眼識生方能見故不爾眼識力所任持勝用生故如依薪力勝用火生若見色用是識生法此見色用離眼應生由識長益俱生大種令起勝根能見衆色故不應說能依識見誰有智者當作是言諸有因緣能生了別如是了別即彼因緣識是見因故非見體又眼識體與耳等識無差別故定非見體眼識與彼耳等諸識有何差別而獨名見故執

識見定爲非理復有餘師以別道理成立眼識定非是見謂不能觀被障色故現見壁等所障諸色則不能觀若識見者識無對故壁等不礙應見障色是故眼等取境義成謂能見聞齅甞覺了如是見用總相已成今更應思見用別相於所見色爲一眼見爲二眼見非二眼中隨閉一眼或一眼壞即令餘眼無見功能故知一眼亦能見色若彼二眼不壞俱開則二眼根同時見色一眼見色義顯易成俱見難成故應辯釋頌曰

或二眼俱時　見色分明故

論曰或時二眼俱能見色何緣定知見分明故以閉一眼於色相續見不分明開二眼時即於此色見分明故若二眼根前後見者雖開二眼而但一見如一眼閉見色不明開二眼時亦應如是如開二眼見色分明一眼閉時二眼俱見依性一故眼設百千尚生一識況惟有二如是所說眼等諸根正取境時爲至不至何緣於此即復生疑現見經中有二說故如世尊說有情眼根愛非愛色之所拘礙非不相至說拘礙義成又世尊說彼以天眼觀諸有情廣說乃至或遠或近非於至境可立遠近由此二說故復生疑根境相至其義不定若就功能到境名至則一切根惟取至境若就體相無間名至頌曰

眼耳意根境　不至三相違

論曰眼耳意根取非至境眼於遠近俱時取故又不能取隣逼境故又亦能取頗胝迦等所障色故又於所見有猶豫故又眼無容至

遠境故取非至境耳根亦惟取非至境方維遠近聲可了故又取遠近聲有了不了故又取遠近聲猶豫決定故意根亦惟取非至境不取俱有相應法故又無色故非能有至是故意根取非至境餘三鼻等與上相違謂鼻舌身惟取至境豈不極微非互相觸若諸極微徧體相觸即有實物體相雜過若觸一分成有分失如何鼻等取至境耶今觀至義謂境與根隣近而生方能取故由此道理說鼻舌身惟取至境如言眼瞼籌等至色眼不能見非眼瞼等要觸眼根方得名至但眼瞼等隣近根生即名爲至由不能見如是至色故說眼根取非至境如眼等根取非至境然不能取極遠境界鼻等亦然雖取至境而不能取極近境界但由香等隣近根生故說三根取至無過非鼻香等根境極微展轉相觸非不觸故又是障礙有對性故觸即有失爲顯此義復應研究設有難言若諸極微互不相觸如何撫擊得發音聲今此豈同鵂鶹子等要由合德方乃生聲而爲此難然物合時理不成故不應許有合德生聲若爾云何得有聲發於此眞實聖教理中離合擊名惟依大種謂有殊勝二四大種離合生時得彼名故此位大種是聲生因惟此俱生聲是耳境此有何失彼不忍受我不忍受亦有因緣謂諸極微既不相觸彼此大種合義豈成隣近生時即名爲合豈待相觸方得合名又汝不應躊躇此義此彼大種定不相觸所以者何是所觸故非能觸故諸色蘊中惟有觸界名爲所觸惟有身根名爲能觸此外觸義更不應

思若謂所觸亦能觸者應許身根亦是所觸則境有境便應雜亂若謂此二無雜亂失身識所緣所依別故豈不由此轉成雜亂謂若身根亦所觸者何緣不作身識所緣若許觸界亦能觸者何緣不作身識所依是故所言此彼大種定不相觸其理極成若爾身根及與觸界如何能觸所觸得成根境極微隣近生故豈不一切鼻舌身根皆取至境無差別故則應能觸通鼻舌根所觸亦應兼於香味此難非理隣近雖同而於其中有品別故又滑澁等世間共起所觸想名對彼身根說名能觸故無有過餘廣決擇如順正理今應觀察眼等諸根爲於自境惟取等量速疾轉故如旋火輪見大山等爲於自境通取等量不等量耶頌曰

應知鼻等三　惟取等量境

論曰前說至境鼻等三根應知惟能取等量境如鼻舌身根極微量香味觸境極微亦然相稱合生鼻等識故豈不鼻等三根極微有時不能徧取香等何故乃說惟取等量以非鼻等三根極微於香等微能取過量故說惟能取等量境非無少分三根極微亦能取於少分三境隨境微量至根少多爾所根微能起作用眼耳不定謂眼於色有時取小如見毛端有時取大如暫開目見大山等有時取等如見蒲萄野棗果等耳根亦取蚊雷琴聲小大等量意無質礙不可辯其形量差別頌中應知言兼勸知此義今乘義便復應觀察云何眼等諸根極微安布差別不可見故雖難建立而有對故住方處故和集生故定應

說其安布差别眼根極微居眼星上對向自境傍布而住如香荾華清澈膜覆令無分散有說重累如丸而住體清澈故如秋泉池不相障礙耳根極微居耳穴内旋環而住如卷樺皮鼻根極微居鼻頞内背上面下如雙爪甲此初三根橫作行度無有高下如冠華鬘舌根極微布在舌上形如半月當舌形中如毛端量非爲舌根極微所偏身根極微偏住身分如身形量女根極微形如鼓顙男根極微形如指䠀眼根極微有時一切皆是同分有時一切皆彼同分有時一分是彼同分餘是同分乃至舌根極微亦爾身根極微定無一切皆是同分乃至極熱捺落迦中猛燄纏身猶有無量身根極微是彼同分故如是說設偏發識身應散壞以無根境各一極微爲所依緣能發身識五識決定積集多微方成所依所緣性故云何建立六識所依爲如五識惟緣現在意識通緣三世非世如是諸識依亦爾耶不爾云何頌曰

後依惟過去　五識依或俱

論曰由六識身無間滅已皆名爲意此與意識作所依根是故意識惟依過去眼等五識所依或俱或言表此亦依過去謂眼等五是俱所依過去所依即是意界如是五識所依各二第六意識所依惟一爲顯頌中依義差别故復應問若是眼識所依性者即是眼識等無間緣耶設是眼識等無間緣者復是眼識所依性耶應作四句第一句謂俱生眼根第二句謂無間滅心所法界第三句謂過去意根第四句謂除前所說乃至身識亦爾各

各應說自根意識應作順前句答謂是意識所依性者定是意識等無間緣有是意識等無間緣非與意識為所依性謂無間滅心所法界又五識界如所依根定有過現彼所緣境為亦如是為有別耶定有差別已滅未生非五識境所以者何由與所依一境轉故於非現境依不轉故契經既說眼色為緣生於眼識乃至廣說何因識起俱託二緣得所依名在根非境頌曰

隨根變識異　故眼等名依

論曰眼等即是眼等六界由眼等根有轉變故諸識轉異隨根增損有明昧故非色等變令識有異以識隨根不隨境故依名惟在眼等非餘若爾意識亦隨身轉謂風病等損惱身時意識則亂身安靜位意識明了何緣彼意識不以身為依隨自所依故無此失謂風病等損惱身時發生苦受相應身識如是身識名亂意界此與苦受俱謝滅時能為意根生亂意識與此相違意識明了是故意識隨自所依隨自依言顯隨增損明昧差別非顯有記無記等類何緣所識是境非根而立識名隨根非境頌曰

彼及不共因　故隨根說識

論曰彼謂前說眼等名依故立識名隨根非境依是勝故及不共者謂眼惟自眼識所依色亦通為他身眼識及通自他意識所取乃至身觸應知亦然豈不意識境不共故應名法識此難非理通別法名共非徧故境不具前二種因故謂通名法非惟不共別名法界非徧攝識又別法界雖不共餘而非意識所

依根性是故若法是識所依及不共者隨彼說識色等不然故不隨彼說色等識如名鼓聲及麥芽等又此頌文復有餘義彼謂眼等識所隨故及不共者及由眼等是不共故謂有一生色發四生眼識無一生眼根發二生眼識況有能發四生識者如是界趣族類身眼各別發識故名不共廣說乃至身亦如是豈不餘生意根亦發餘生意識非全不發但不俱時無一生意一時並發二生意識可如色等故作是言無二況四如是眼等識所隨故生界趣等別生識故由此二因隨根非境隨身所住眼見色時身眼色識地為同不應言此四或異或同所言同者謂生欲界以自地眼見自地色四皆同地生初靜慮以自地眼見自地色亦皆同地非生餘地有四事同

所言異者謂生欲界若以初靜慮眼見欲界色身色欲界眼識初定見初定色身屬欲界三屬初定若以二靜慮眼見欲界色身色欲界眼屬二定識屬初定見初定色身屬欲界眼屬二定色識初定見二定色身屬欲界眼色二定識屬初定如是若以三四靜慮地眼見下地色或自地色如理應知如是若生四靜慮地四事有異如理應思餘界亦應如是分別今當略辯此決定相頌曰

眼不下於身　色識非上眼　色於識一切

二於身亦然　如眼耳亦然　次三皆自地

身識自下地　意不定應知

論曰身眼色三皆通五地謂在欲界四靜慮中眼識惟在欲界初定此中眼根望身生地或等或上終不居下色識望眼等下非上下

地眼根慣見麤色於上細色無見功能又下眼根無有勝用上地自有殊勝眼根於下地中自有眼識故下地眼非上識依色望於識通等上下色識於身如色於識謂通自地或上或下識望於身通自地者惟生欲界初靜慮中或上地者惟生欲界或下地者惟生二三四靜慮地色望於身自下地者自上眼見若上地者惟上眼見又以自地眼惟見自下色若以上地眼見自上下色廣說耳界應知如眼謂耳不下於身聲識非上耳聲於識一切二於身亦然隨其所應廣如眼釋鼻舌身三總皆自地多分同故香味二識惟欲界故鼻舌惟取至境界故於中別者謂身與觸其地必同取至境故識望觸身或自或下自謂若生欲界初定生上三定謂之爲下應知意界四事不定謂意界有時與身識法同在一地有時上下身惟五地三通一切惟生五地自意自識緣自地法名意與三同在一地意界有時在上地者謂遊定時若生欲界即此從初靜慮無間起欲界識了欲界法意屬上地三屬下地或二三四靜慮等無間起初二三靜慮等地識了初二三靜慮等地法意屬上地三屬下地如是若生初靜慮等從上起下如理應知於受生時無上地意依下地身必無下地身根不滅受上生故又定無有住異地心而命終故如是應知無下地意依上地身依上地意受下地身則不違理謂從上地意界無間於欲色界初結生時意屬上地身識下地彼所了法或自地或上地或不繫如是應知依下地意受上地身亦不違理於

遊定時有下地意依上地身亦不違理謂生上地先起下地識身化心如是識法亦應廣說復應思擇若欲界眼見欲界色或色界眼見二界色爾時彼色可爲幾種眼識所識於此復起幾種分別爲令於宗不迷亂故先總料簡後當別釋應知此中且辯計度及與不定隨念分別徧諸地故約此二種一切眼識皆無分別又善分別能緣一切自上下地深汙分別緣自上地無記分別緣自下地隨所生地未離彼貪具有此地三種分別若離彼貪惟有此地二種分別謂除染汙非生餘地有初靜慮善眼識現在前由此必定繫屬生故生初靜慮亦不得依餘地眼根起善眼識非生餘地能起餘地無覆無記分別現前此亦必定繫屬生故非此中意惟說一生所起

分別若說一生則生上地應定無有下地分別即此生中彼三分別無容得有現在前故又上地分別應惟善非無記前已說因故通說餘生皆得具有已總料簡次當別釋斷善根者眼見色時此色染汙無覆無記眼識所識於此復起三種分別謂善染汙無覆無記不斷善根未離貪者眼見色時此色三種眼識所識於此復起三種分別若諸異生生在欲界已離欲界貪未離初定貪以欲界眼見諸色時此色是善無覆無記眼識所識於此復起欲界分別若退法者具有三種不退法者惟有二種謂除染汙以初靜慮眼見欲界色時此色惟是無覆無記眼識所識於此復起欲界分別如前應知於此復起初靜慮地二種分別謂除染汙以初靜慮眼見彼地色

時此色惟是無覆無記眼識所識於此復起欲界分別若退法者則有二種謂除無覆不退法者則惟有善於此復起初靜慮地三種分別已離初定貪未離二定貪以二靜慮眼見欲界色時此色惟是無覆無記眼識所識於此復起欲界分別若退法者具有三種不退法者惟有二種謂除染汙於此復起初定分別若退法者則有二種謂除染汙不退法者則惟有善於此復起二靜慮地二種分別謂除染汙以二靜慮眼見初定色時此色惟是無覆無記眼識所識於此復起欲界分別若退法者則有二種謂除無覆不退法者則惟是善於此復起初定分別若退法者具有三種不退法者則惟是善於此復起二靜慮地二種分別謂除染汙以二靜慮眼見二定色時此色惟是無覆無記眼識所識於此復起欲界分別若退法者則有二種謂除無覆不退法者則惟有善初靜慮地所起分別應知亦爾於此復起二靜慮地三種分別隨此所說別釋理趣已離二定貪未離三定貪已離三定貪未離四定貪已離四定貪皆應如理一一思擇如說異生生在欲界如是生在四靜慮中及諸聖者生在五地隨其所應亦當廣說然有差別謂諸聖者若退不退皆無緣上染汙分別異地徧行皆已斷故見道功德必無退故由此方隅例應推究耳聞聲等識及分別傍論已周應辯正論今當思擇十八界中唯六識內幾識所識幾常幾無常幾根幾非根頌曰

五外二所識　常法界無為　法一分是根

并內界十二

論曰十八界中色等五界如其次第眼等五識各一所識又總皆是意識所識如是五界各六識中二識所識由此准知餘十三界一切惟是意識所識非五識身所緣境故十八界中無有一界全是常者惟法一分無為是常義准無常法餘餘界十八界中法界一分并內十二是根非餘謂五受根信等五根及命根全三無漏根各一分是法界所攝眼等五根如自名攝女根男根即是身界一分所攝如後當辯意根通是七心界攝後三一分意意識攝義准所餘色等五界法界一分皆體非根二十二根如契經說所謂眼根耳根鼻根舌根身根意根女根男根命根樂根苦根喜根憂根捨根信根勤根念根定根慧根未知當知根已知根具知根契經建立六處次第故身根後即說意根對法諸師依義次第於命根後方說意根無緣有緣次第說故

諸門分別易顯了故

阿毗達磨藏顯宗論卷第四

音釋

頞胝迦梵語也此云水精胝張尼切 瞼居儉切目上下瞼也 鵂鶹鵂虛尤切鶹力求切鵂鶹恠鳥名 躊躇躊除留切躇陳如切躊躇猶豫也 荾音雖香荾也 𪔀蘇朗切鼓木匡也 䪚都盍切指衣也 慣古患切習也

阿毗達磨藏顯宗論卷第五

尊者衆賢造

唐三藏法師玄奘奉詔譯

辯差別品第三之一

如是因界已列諸根今於此中應更思擇世尊何故別說根名在內界全及法一分以增上義別說爲根彼彼事中得增上故雖增上義諸法皆有而極增上方立根名誰望於誰爲極增上頌曰

五根於四事　四根於二種　五八染淨中
各別爲增上

論曰非一切根總於一事爲極增上眼等五根各於四事有增上用一莊嚴身二導養身三生識等四不共事莊嚴身者諸五根中隨闕一根身醜陋故導養身者謂因見聞避險難故及於段食能受用故香味觸三皆成段食如有頌曰

譬如明眼人　能避諸險難　世有聰明者
能離當苦惡　多聞能知法　多聞能離罪
多聞捨無義　多聞得涅槃

身由食住命託食存食已令心適悅安泰生識等者謂發五識及相應法隨所依根有明昧故不共事者謂取自境見聞齅嘗覺別境故有說眼耳於能守護生身法身如其次第有增上用前二伽他即爲此證有說眼耳俱能守護生法二身親近善士聽聞正法眼耳各爲一增上故女男命意各於二事有增上用且女男根二增上者一有情異二分別異有情異者刼初有情形類皆等二根生已便有女男形類差別分別異者進止言音乳房

髻等安布差別有說勇怯有差別故名有情異衣服莊嚴有差別故名分別異有說此於染淨二品有增上力故言於二受不律儀起無間業斷善根故名於染品有增上力能受律儀入道得果及離欲故名於淨品有增上力半擇迦等無如是事命根於二有增上者謂由命故施設諸根及根差別由此有彼有此無彼無故或於衆同分能續及能持於無色界要有命根方有所生處決定故彼起自地善染汙心或起餘心非命終故意根於二有增上者謂能續後有及自在隨行能續後有者如世尊告阿難陀言識若不入母胎中者精血得成羯羅藍不不也世尊乃至廣說自在隨行者如契經言

心能導世間　心能徧攝受　如是心一法皆自在隨行

有說意根於染淨品有增上力故言於二如契經言心雜染故有情雜染心清淨故有情清淨樂等五受信等八根於染淨中有增上力謂樂等五於染增上貪等隨眠所依事故有說此於染淨二品俱有增上說為躭嗜出離依故樂故心定苦為信依六依出離喜及憂捨契經說故信等八根於淨增上如契經說我聖弟子具信牆塹具勤勢力具念防衛心定解脫慧為力鋤乃至廣說此中即攝後三根故彼於淨品定有增上若增上故立為根者於愛見品諸煩惱中受想二法有增上用想應如受亦立為根又諸煩惱於能損壞善品等中有增上用應成根體又最勝故建立諸根一切法中涅槃最勝何緣不立涅槃

爲根又迦比羅語具手足及大便處亦立爲根於語執行及能棄捨有增上故如是等事不應立根由所許根有如是相頌曰

心所依此故　此住此雜染　此資糧此淨

由此量立根

論曰心所依者眼等六根此內六處是有情本此根差別由男女根復由命根此一期住此成雜染由五受根此淨資糧由信等五此成清淨由後三根由此立根事皆究竟不應更立想等爲根諸煩惱中愛過最重故惟立受與彼爲根愛過重者以契經說愛與六處爲生因故又想非見煩惱生因餘因發生顛倒見已妄分別想持令相續離正對治不可斷壞故說此想與彼爲因受爲愛因俱通二種受爲過重煩惱因故通二因故獨立爲根有餘師言想爲餘法所映奪故不立爲根謂諸善想正慧映奪諸染汙想顛倒映奪非增上故不立爲根又諸煩惱亦非增上受於其中成增上故惟受於彼可立爲根或損善品壞樂果事下劣鄙穢如何立根根是世間增上法故又於諸法涅槃雖勝滅諸根故不立爲根如破諸瓶破非瓶體又語具等亦不名根不定雜亂太過失故不定失者何等語具立爲語根能發言音名爲語具此即是舌若爾則應尋伺等法及能引起語業諸風亦立爲根能發語故謂尋伺等依脣齒腭咽喉等緣發起言音非但依舌無異因故又尋伺等於發言音是勝因故又諸手腋管弦息等皆能爲因發言音故不應惟立舌爲語根若謂了色亦由言故不應獨立眼爲根者理必不

然諸生盲人雖聞說色不了青等差別相故手於執取不應名根口等亦能執取物故足於行動不應名根蛇魚等類不由於足有行動故出大便處於能棄捨不應名根口等亦能有棄捨故雜亂失者彼所立根應成雜亂口能執取及棄捨故手足俱有執行用故有如是等雜亂過失太過失者彼所立根應無限量若舌根異語根異者應許鼻根與息根異如舌能語鼻通息故若此於彼少有作用即立爲根是則咽喉齒脣肚等於諸吞嚼攝持等事有增上故應立爲根或一切因於生自果皆增上故應並立根故迦比羅如童子戲不應許彼語具等根已說根義及建立因當說諸根一一自體此中眼等乃至男根前此品中已辯其相謂彼識依五種淨色名眼等根女男二根從身一分差別而立命根體是不相應故不相應中至時當辯信等體是心所法故心所法中至時當辯樂等五受三無漏根更無辯處故今應釋頌曰

身不悅名苦　即此悅名樂　及三定心悅
餘處此名喜　心不悅名憂　中捨二無別
見修無學道　依九立三根

論曰身謂身受依色根故即五識相應受言不悅者是損惱義於五識俱領觸受內能損惱者名爲苦根所言悅者是攝益義即五識俱領觸受內能攝益者名爲樂根初靜慮中三識俱樂亦此所攝種類同故第三靜慮意識俱受能攝益者亦名樂根彼地更無餘識身故即意俱悅立爲樂根意識俱生悅受有二在第三定說名爲樂由此地中離喜貪故

除第三定下三地中說名喜根有喜貪故此二心悅攝益義同行相何殊分爲喜樂由行相轉有差別故若有心悅安靜行轉名爲樂根若有心悅麤動行轉名爲喜根或復樂根攝益力勝喜根攝益則不如是由此第三靜慮地樂諸聖說爲所躭著處與意識俱能損惱受是心不悅名曰憂根已約身心悅不悅受行相差別立四受根所言中捨二無別者中是非悅非不悅義即不苦不樂說名捨根身心受中此定何受應言此受通在身心苦樂何緣各分爲二不苦不樂惟立一根此在身則爲安住不苦不樂在身在心行相無差惟心無差別故謂心苦樂多分躁動苦樂在身安住故又心苦樂多分別生在身不然隨境力故阿羅漢等亦如是生捨在身心俱無分別處中行相任運而起又苦樂受在身在心於怨於親行相轉異不苦不樂在身在心於中庸境行相無異是故苦樂各分爲二不苦不樂惟立一根已釋樂等諸受根體三無漏根今次應釋不可一一別說其體應就三道依九總立意樂喜捨信等五根此九三道中即是三無漏謂在見道意等九法即是未知當知根體未知當知行相轉故若在修道意等九法即是第二已知根體爲欲斷除餘隨眠故於已知境數復了知在無學道意等九法即是第三具知根體知自已知故名爲知習知成性故或能護知故名爲具知九根相應合成此事故意等八亦得此名如是相名雖二十二而諸根體但有十七女男二根身根攝故三無漏根九根攝故如是已釋根體

不同當辯諸門義類差別此二十二根中幾
有漏幾無漏頌曰
惟無漏後三　有色命憂苦　當知惟有漏
通二餘九根
論曰次前所說最後三根體惟無漏是無垢
義垢之與漏名異體同七有色根色蘊攝故
名爲有色此有色根命及憂苦一向有漏九
通二者即前所說三無漏攝意等九根名爲
無漏餘意等九是名有漏有說信等亦惟無
漏此不應理如世尊言我若於此信等五根
未如實知是集没味過患出離未能超此天
人世間乃至廣說非無漏法應作如是次第
觀察又佛未轉正法輪時先以佛眼徧觀世
間諸有情類有利中輭諸根差別此廣決擇
如順正理如是已說有漏無漏二十二根中
幾是異熟幾非異熟頌曰
命惟是異熟　憂及後八非　色意餘四受
一一皆通二
論曰且無分別此諸根中惟一命根定是異
熟如何此命可無分別定果命根非異熟故
如是命根亦是異熟得邊際定應果苾芻於
僧衆中或別人所施思果故諸我能感富異
熟業願皆轉招壽異熟果聖所說故有說彼
由邊際定力引取前生順不定受業所感壽
令現受用復有欲令邊際定力引前生業殘
異熟果憂根及後信等八根皆非異熟有記
性故經說有業順憂受者依受相應言順無
過如言有觸順樂受等何緣定知憂非異熟
離欲貪者不隨轉故異熟不然故非異熟如
何定知離欲貪者憂不隨轉憂是無知等流

果故阿羅漢等一切無知皆已斷故諸怨憎相彼無有故諸阿羅漢離欲貪者已斷欲界諸災患故諸怨憎相亦皆無有又彼相續多歡悅故離欲貪者憂不隨轉故知憂根越異熟法餘根通二義准已成謂七色意根除憂餘四受十二一一皆通二類七有色根若所長養則非異熟餘皆異熟意及四受若善染汙若威儀路及工巧處并能變化隨其所應亦非異熟餘皆異熟如是已說是異熟等二十二根中幾有異熟幾無異熟頌曰

憂定有異熟　前八後三無　意餘受信等
一一皆通二

論曰如前所說憂根當知定有異熟定言意顯惟有非無遮非異熟因無記無漏故眼等前八及最後三此十一根定無異熟八無記故三無漏故餘皆通二義准已成謂意根餘四受信等言等取精進等四根此十一一皆通二類意樂喜捨若不善善有漏有異熟若無記無漏無異熟苦根若善不善有異熟若無記無異熟信等五根若有漏有異熟若無漏無異熟如是已說有異熟等二十二根中幾善幾不善幾無記頌曰

惟善後八根　憂通善不善　意餘受三種
前八惟無記

論曰信等五根及三無漏一向是善憂根惟通善不善性意及四受皆通三性眼等八根惟是無記如是已說善不善等二十二根中幾欲界繫幾色界繫幾無色界繫頌曰

欲色無色界　如次除後三　兼女男憂苦
并餘色喜樂

論曰欲界除後三無漏根由彼三根惟不繫故准知欲界繫有餘十九根色界如前除三無漏亦除男女憂苦四根准知十五根亦通色界繫除男女者色界已離婬欲法故除此無因須受用故有說由此身醜陋故此說不然陰藏隱密非醜陋故然佛置彼在男品中如契經說無處無容女身爲梵有處有容男爲梵者離欲威猛似男用故如有稱讚大梵王言

大梵如丈夫　所得皆已得　離欲道威猛故說爲丈夫

除苦根者色界中無損害事故苦是損害業異熟故有說彼身極淨妙故除憂根者彼處無有怨憎相故又奢摩他潤相續故有說色界具離欲智憂是無知等流果故無色如前除三無漏女男憂苦并除喜樂及五色根唯知餘八根通無色界繫如是已說欲界繫等二十二根中幾見所斷幾修所斷幾非所斷頌曰

意三受通三　憂見修所斷　九惟修所斷五修非三非

論曰意喜樂捨一一通三憂根惟通見修所斷非無漏故七色命苦惟修所斷有色無染非六生故非無漏故信等五根或修所斷或非所斷通善有漏及無漏故最後三根惟非所斷皆是無漏無過法故然契經言應知聖道猶如船筏法尚應斷何況非法此非見修二道所斷入無餘依涅槃界位捨故名斷已說諸門義類差別當說初得異熟諸根幾異熟根何界初得須問初得異熟根者遮無染

心能續生故頌曰

欲胎卵濕生　初得二異熟　化生六七八

色六上惟命

論曰欲胎卵濕生初受生位惟得身與命二異熟根舉胎卵濕顯除化生化生色根無漸起故此辯異熟不說意捨時彼定染非異熟故爾時亦得信等諸根非異熟故此中不說此因化說不辯三生羯羅藍位雖得色等異熟生法而體非根故此不說化生初位得六七八無形得六如劫初時六謂眼耳鼻舌身命一形得七如諸天等二形得八惡趣容有二形化生色初得六如欲化生無形者說上惟命者謂無色界定生俱勝故名爲上彼初惟得異熟命根由此證知命根實有此若非有爲得何根名生無色非善染汙名業果生未受彼生容現起故又異熟心無續生理惟許染心能續生故過去未來非有論者爾時三世異熟皆無生依何說應許實命爲彼生依說異熟根最初得已當說最後所滅諸根何界死時幾根後滅頌曰

正死滅諸根　無色三色八　欲頓十九八

漸四善增五

論曰且說染汙及無記心正命終時根滅多少謂無色界將命終時命意捨三於最後滅無色惟有捨受非餘又無色言遮彼有色有餘師說彼有色故若不說有實物命根何異熟斷名無色死若言異熟四蘊斷故彼名死者善染汙心現在前位應亦名死若言彼地所受異熟猶未盡者如何不受而有盡期善染汙心現在前位當言彼受何業異熟非不

現前可名爲受餘廣決擇如順正理色界死時八根後滅謂眼等五根前三根化生生死根無缺故欲頓死時十九八滅二形十滅謂女男根及前說八一形九滅無形八滅若漸死時身命意捨四根後滅此四必無前後滅義若在三界善心死時一切位中數各增五善心必具信等根故謂於無色增至八根乃至欲界漸終至九今復應思幾根能得何沙門果雖沙門果非根亦得此辯根故但問諸根頌曰

九得邊二果　七八九中二　十一阿羅漢

依一容有說

論曰邊謂預流阿羅漢果中謂一來及不還果且預流果由九根得謂意捨信等初二無漏根此果與向未至地攝故惟有捨云何此由已知根得由離繫得與解脫道俱時起故雖解脫道於沙門果非同類因而是相應俱有因故名得無失或已知根亦爲同類因能得預流果謂轉依時如阿羅漢就容有說亦無有過阿羅漢果亦九根得謂意信等後二無漏樂喜捨中隨取一種此果及向通九地攝故於三受隨取其一中間二果一一皆通七八九得世出世道次第超越證差別故且一來果次第證者依世間道由七根得謂意及捨信等五根依出世道由八根得謂即前七及已知根倍離欲貪超越證者如預流果由九根得證不還果應知亦爾總例雖然而有差別全離欲貪超越證者依地別故三受隨一次第證者若於第九解脫道中入根本地依世間道由八根得喜爲第八依出世道

由九根得已知第九若阿羅漢亦九根得違發智論彼問幾根得阿羅漢答十一故三受定無俱時起故但由九得言十一根依容有說謂容有一補特伽羅從無學位數數退已由喜樂捨數復還得非不還果有同此失次第無容樂根得故超越無容有退失故今應思擇成就何根彼諸根中幾定成就頌曰

成就命意捨　各定成就三　若成就樂身
各定成就四　成眼等及喜　各定成五根
若成就苦根　彼定成就七　若成女男憂
信等各成八　二無漏十一　初無漏十三

論曰命意捨中隨成就一彼定成就如是三根非此三中有闕成就皆徧一切地及依故信等五根徧一切地非一切依餘十四根二俱非徧故成捨等惟定成三餘或成就或不成就云何成就眼等四根生色界全欲界少分身根生在欲色界全女男生在欲界少分樂根生在欲下三定及聖生上喜根生在欲下二定及聖生上苦生欲界全憂欲貪未離信等五根若不斷善三無漏根已得未捨如是諸位各定成就除此餘位定不成就若成樂根定成就四謂命意捨樂若成身根亦定成四謂命意捨身餘或成就或不成就若成眼根定成就五謂命意捨身及眼根耳鼻舌根應知亦五前四如眼第五自根若成喜根亦定成五謂命意捨樂及喜根生第二定未離彼貪但成第三染汙樂受若成苦根定成就七謂身命意四受除憂若成女根定成就八七如苦說第八女根男憂亦八七如苦說第八自根信等亦八謂命意捨信等五根若

女男俱成彼定成十五若成具知根定成就十一謂樂喜捨命根意根信等五根及具知根已知根亦爾自根第十一若成未知根定成就十三謂身命意四受除憂信等五根及未知根漸命終位傳說深心猒生死故能入見道如是已說位定成就補特伽羅定成當說諸極少者成就幾根頌曰

極少八無善　成受身意命　愚生無色界

成善命意捨

論曰已斷善根名為無善彼若極少成就八根謂五受根及身命意據漸捨命惟餘身根愚謂異生未見諦故彼生無色亦成八根謂信等五及命意捨由定數故及說愚故善言不濫三無漏根諸極多者成就幾根頌曰

極多成十九　二形除三淨　聖者未離欲

除二淨一形

論曰諸二形者具眼等根除三無漏成餘十九無漏名淨離二縛故若聖有學未離欲貪成就極多亦具十九除二無漏及除一形二無漏者謂具知根前二隨一言一形者無有二形及與無形得聖法故因分別界已廣辯根諸行俱生今應思擇此中諸行略有二種有色無色無色有三謂心心所不相應行有色有二謂是極微及非極微極微有二一欲界繫二色界繫欲界極微復有二種一無根聚二有根聚此中且辯極微聚色頌曰

欲微聚無聲　無根有八事　有身根九事

十事有餘根

論曰有對色中最後細分更不可析名曰極微謂此極微更不可以餘色覺慧分析為多

此即說爲色之邊際更無分故立邊際名如一刹那名時邊際更不可析爲半刹那此亦如是衆微和合不可分離說爲微聚此在欲界無聲無根八事俱起謂四大種色香味觸此若有聲即成九事聲及前八而不說者顯因大種相繫故生非如色等恒時有故無聲有根或九或十謂身根聚九事俱起八如前說第九身根餘根聚中十事俱起九如身聚加眼等一眼耳鼻舌必不離身依身轉故四根展轉相離而生處各別故此有根聚若有聲生加所生聲成十十一此有執受大種爲因故與諸根不相離起不說所以如前應知色界惟除香味二事餘同欲界故不別說所說事言依體依處皆無有失所依能依依體依處差別說故或惟依體亦無有失決定俱生方說有故形色等體非決定有光明等中則無有故或惟依處亦無有失爲遮多謗別說大種謂或謗言大種造色無別有性或復謗言無別觸處所造色體或復謗言非一切聚具四大種別說大種此謗皆除然不成多約類說故已說有色決定俱生無色俱生今次當說頌曰

心心所必俱　諸行相或得

論曰心與心所必定俱生隨闕一時餘未嘗起諸行即是一切有爲所謂有色無色諸行前必俱言應流至此謂有色等諸行生時必與生等四相俱起言或得者惟有情法與得俱生或言顯此不徧諸行於前所說四有爲中廣辯色心如前品說心所等法猶未廣辯今先廣辯諸心所法頌曰

心所且有五　大地法等異

論曰諸心所法且有五品大地法等有別異故五品者何一大地法二大善地法三大煩惱地法四大不善地法五小煩惱地法地謂容止處或謂所行處若此是彼容止所行即說此法爲彼法地地即是心大法地故名爲大地此中若法大地所有名大地法謂法徧與一切品類一切心俱生由此故心非大地法非心俱生故彼法是何頌曰

受想思觸欲　慧念與作意　勝解三摩地
徧於一切心

論曰於所依身能益能損或俱相違領受非愛俱相違觸說名爲受安立執取女男等境差別相因說名爲想令心造作善不善無記成妙劣中性說名爲思由有思故令心於境有動作用猶如磁石勢力能令鐵有動用由根境識和合而生能爲受因有所觸對說名爲觸希求取境說名爲欲簡擇所緣邪正等相說名爲慧於境明記不忘失因說名爲念引心心所令於所緣有所警覺說名作意此即世間說爲留意於境印可說名勝解脫謂增勝解謂解脫此能令心於境無礙自在而轉如增上戒增上定等令心無亂取所緣境不流散因名三摩地委辯自相如五事釋如是已說十大地法大善法地名大善地此中若法大善地所有名大善地法謂法恒於諸善心有彼法是何頌曰

信及不放逸　輕安捨慚愧　二根及不害
勤惟徧善心

論曰心濁相違現前忍許無倒因果各別相

屬爲欲所依能資勝解說名爲信專於已利防身語意放逸相違名不放逸正作意轉身心輕利安適之因心堪任性說名輕安心平等性說名爲捨掉舉相違如理所引令心不越是爲捨義趣向如理自法二種增上所生違愛等流心自在性說名爲慚愛樂修習功德爲先違癡等流猒惡劣法說名爲愧有說怖畏讁罰惡趣自他謗因說名爲愧二根者謂無貪無瞋已得未得境界躭著希求相違無愛染性名爲無貪於情非情無恚害意哀愍種子說名無瞋與樂損惱有情相違心賢善性說名不害於諸已生功德過失守護棄捨於諸未生功德過失令生不生心無墮性說名爲勤由有此故心於如理所作事業堅進不息說二及言兼攝欣猒猒謂善心審諦觀察無量過患法實性故起順無貪心猒背性與此相應名猒作意欣謂善心欣求過患出離對治此增上力起順證修心欣尚性此於離喜未至等地亦有現行故非喜受與此相應名欣作意諸契經中喜欣別說從欣生喜契經說故諸作是說劣喜名欣彼輕安等應同此說無異因故何因惟喜說有勝劣非輕安等故理不然欣猒行相更互相違於一心中無容並起是故於此不正顯說大善地法性不成故亦有喜根猒行俱轉定無有欣猒行俱轉爲表此二定不俱行說二及言行相違故

阿毗達磨藏顯宗論卷第五

音釋

塹（七豔切遶城水也）躁（則到切動也）讁（陟格切責罰也）

阿毗達磨藏顯宗論卷第六

尊者衆賢造

唐三藏法師玄奘奉詔譯

辯差別品第三之二

如是已說大善地法大煩惱法地名大煩惱地此中若法大煩惱地所有名大煩惱地法謂法恒於染汙心有彼法是何頌曰

癡逸怠不信　惛掉恒惟染

論曰云何如是六種名大煩惱地法以恒惟與諸染心俱頌言染者是染心義又放逸等及與無明如其次第應知即是前不放逸勤信輕安捨等所治癡謂愚癡於所知境障如理解無辯了相說名愚癡即是無明無智無顯逸謂放逸於專已利棄捨縱情名爲放逸怠謂懈怠於善事業闕減勝能於惡事業順成勇悍無明等流名爲懈怠由此說爲鄙劣勤性勤習鄙穢故名懈怠不信者謂心不澄淨邪見等流於諸諦實靜慮等至現前輕毀於施等因及於彼果心不現許名爲不信惛謂惛沉瞢瞢不樂等所生心重性說名惛沉由斯覆蔽心便惛昧無所堪任瞢憒性故由是說爲輕安所治心爲大種能生因故由此爲先起身重性假說惛沉實非惛沉彼是身識所緣境故然此惛沉無明覆故本論不說爲大煩惱地法有言彼論說無明名惟自惛沉相相似故無明性是大徧行故是此地法不說而成有說此名總目二義掉謂掉舉親里尋等所生令心不寂靜性說名掉舉心與此合越路而行非理作意失念心亂不正知邪勝解前已說爲大地法故於此地法中雖

有而不說如於大善地法不說無癡善根惟諸染心恒有此六如是已說大煩惱地法大不善法地名大不善地此中若法大不善地所有名大不善地法謂法恒於不善心有彼法是何頌曰

惟徧不善心　無慚及無愧

論曰惟二心所但與一切不善心俱謂無慚愧故惟二種名此地法此二法相如後當顯如是已說大不善地法小煩惱法地名小煩惱地此中若法小煩惱地所有名小煩惱地法謂法少分染汙心俱彼法是何頌曰

忿覆慳嫉惱　害恨諂誑憍　如是類名爲小煩惱地法

論曰類言爲攝不忍不樂憤發等義小是少義顯非一切染汙心俱又無相應惟修所斷意識俱起無明相應隨煩惱中當釋其相此諸心所皆實有性非一品類所緣義中種種行相俱時起故一體同時如所緣義差別行相無容有故然由餘法所制伏故見其相續變異而起現見清油垢水風等勢力制持燈相續中便有明昧聲動等故如是已說大地法等品類決定心所差別復有此餘不定心所惡作睡眠尋伺等類總說名爲不定地法今應決擇一切心所諸心品中俱生數量何心品內有幾心所頌曰

欲有尋伺故　於善心品中　二十二心所
有時增惡作　於不善不共　見俱惟二十
四煩惱忿等　惡作二十一　有覆有十八
無覆許十二　睡眠徧不違　若有皆增一

論曰且欲界中心品有五謂善惟一不善有

二謂不共無明俱生及餘煩惱等俱生無記有二謂有覆無記及無覆無記如是欲界一切心品決定恒與尋伺相應故善心品有二十二心所俱生謂十大地法十大善地法及不定二謂尋與伺此中勤捨應不俱生行相違故如進與止造修委棄理不同時契經亦遮此二俱起說修二法時非時故如契經說心若惛沉爾時應修擇法勤喜修輕安定捨則為非時心若掉舉爾時應修輕安定捨修擇法勤喜則爲非時俱生無失不相違故住正理者起如理行不息名勤即於爾時棄非理行平等名捨又於如理非理行中捨如持稱進止平等故捨與勤更相隨順起善止惡行不相違若於所緣一取一捨更相違背可有此失不定地法復有二種一者惡作二者睡眠非此二法貫通三界及六識身有漏無漏非惟不染亦非惟染故善心品非一切時皆有惡作但容可有有時增數至二十三言惡作者悔以惡作爲所緣故立惡作名如無相定有說無相及身念住有處名身若爾有緣所未作事心生追悔應非惡作不爾未作亦名作故如追悔言我先不作如是事業是我惡作然此惡作通善不善不通無記隨憂行故離欲貪者不成就故非無記法有如是事然有追變我須何爲不消而食我須何爲不晝此壁如是等類彼心乃至未觸憂根但是省察未起惡作若觸憂根便起惡作爾時惡作理同憂根故說惡作有如是相謂令心感惡作心品若離憂根誰令心感惡作有四謂善不善一一皆依二處起故若於不善不

共心品應知二十心所俱生謂十大地法六大煩惱地法二大不善地法并二不定謂尋與伺何等名爲不共心品謂此心品惟有無明無有所餘貪隨眠等如不共品邪見見取及戒禁取俱生亦爾大地法中即慧差别說名爲見故數不增頌言惟者是簡别義謂惟見俱定有二十表不共品中容有惡作等謂若惡作是不善者惟無明俱非餘煩惱貪慢二種歡行轉故瞋外門轉行相麤故非惡作俱疑不決定惡作決定故不俱起有身見等歡行轉故極猛利故惡作不爾然此惡作依善惡行事處轉故諸見不爾故不相應邪見一分雖慼行轉而二因故非惡作俱是故惡作是不善者惟無明俱容在不共忿等亦爾於四不善貪瞋慢疑煩惱心品有二十一心所俱生二十如不共加貪等隨一於前所說忿等相應隨煩惱品亦二十一心所俱生二十如不共加忿等隨一不善惡作相應心品亦二十一心所俱生謂即惡作第二十一若於無記有覆心品惟有十八心所俱生謂二一中除大不善欲界無記有覆心者謂與薩迦耶見及邊執見相應不增見義如前應釋於餘無記無覆心品許惟十二心所俱生謂十大地法并不定尋伺有執惡作亦通無記憂如喜根非惟有記此相應品便有十三心所俱起睡眠一切不相違故於諸心品皆可現行於善不善無記心品隨何品有即說此增隨其所應當各增數工巧處等諸無記心似有勇悍然非稱理而起加行故無有勤又非染汙故無懈怠無信不信類此應知已說

欲界心所俱生諸品定量當説上界頌曰

初定除不善　及惡作睡眠　中定又除尋
上兼除伺等

論曰初靜慮中於前所説諸心所法除惟不善惡作睡眠餘皆具有惟不善者謂瞋煩惱及無慚愧除諂誑憍所餘忿等餘皆有者如欲界説中間靜慮除前所除又更除尋餘皆具有第二靜慮已上乃至無色界中除前所除又除伺等等者顯除諂誑餘皆如前具有以從欲界乃至梵天皆有王臣衆主等別故有諂誑上地皆無如是已説三界所繫諸心心所俱生定量有諸心所性相似同難知差別今隨宗義辯彼別相無慚無愧愛之與敬別相云何頌曰

無慚愧不重　於罪不見怖　愛敬謂信慚
惟於欲色有

論曰無慚無愧差別相者於諸功德及有德者無敬無崇無所忌難無所隨屬説名無慚諸功德者謂尸羅等有德者謂親教等於此二境無敬無崇是無慚相即是崇敬能障礙法或緣諸德説爲無敬緣有德者説爲無崇無所忌難無所隨屬總顯前二或隨次第於所造罪不見怖畏説名無愧諸觀行者所訶猒法説名爲罪於所訶猒諸罪業中不見能招此世他世譏毀謫罰非愛難忍異熟果等諸怖畏事是無愧相即不忌憚罪業果義不見怖言欲顯何義爲不見彼怖爲見而不怖前應顯無明後應顯邪見此言不顯見與不見爲無愧體但顯有法是隨煩惱能與現行無智邪智爲隣近因説名無愧此略義者謂

能令心於德有德無所崇敬名曰無慚於罪現行無所忌憚名爲無愧有餘師說於諸煩惱不能猒毁名曰無慚於諸惡行不能猒毁說爲無愧有說獨處造罪無耻名曰無慚若處衆中造罪無耻說爲無愧有說現起不善心時於異熟因無所顧眄名曰無慚於異熟果無所顧眄說爲無愧諸不善心現在前位皆於因果無所顧眄故一心中二法俱起由此翻釋慚愧異相若淨意樂爲習善人所樂勝業名有慚者爲得善人所樂勝果名有愧者諸有愛樂勝業勝果必亦怖於惡因苦果一切善心現在前位定於因果皆無迷惑故慚與愧一心並生故有餘師以如是義標於心首說如是言於所造罪自觀無耻名曰無慚觀他無耻說爲無愧謂異熟因當時現起故名爲自其異熟果後時方有故說爲他彼義意言諸造罪者意樂不淨於現罪業及當苦果皆無顧眄已說無慚無愧別相愛敬別者愛謂愛樂體即是信然愛有二一有染汙二無染汙有染謂貪無染謂信信復有二一忍許相二願樂相若緣是處現前忍許或即於中亦生願樂此中愛者是第二信或於因中亦立果稱前信是愛隣近因故名愛無生言心自在性說爲愧者應知即是此中敬體敬謂敬重體即是慚謂如前釋大善地法中然復有言有所崇重故名爲敬由此爲先方生慚耻故敬非慚彼師應許無慚耻者能起恭敬以孰先起敬時未有慚耻故應無慚耻者能起恭敬若謂敬時已有慚耻則不應說由敬爲先方生慚耻若謂敬時非無慚耻然

敬非慙此亦非理言敬非慙無證因故非敬爲先方生慙恥勿無慙者能起恭敬又勿有敬而無慙恥然復確執敬體非慙但有虛言都無實義故應敬體是慙差別謂或有慙名有崇重此慙差別說名爲敬補特伽羅爲境界故即慙差別得崇重名夫崇重者是心自在心自在性已說爲慙謂於心中有自在力能自制伏有所崇重故說敬體是慙差別於諸所尊有所崇重故名爲敬是境第七或因第七由於所尊發隨屬意即名爲慙此慙即是有所崇重故此敬體是慙差別義善成就即由此證補特伽羅爲境信慙說名愛敬非謂以法爲境起者故愛與敬雖是大善地法所攝而於無色不立爲有有餘師言信順親密而無躭染說名爲愛瞻望所尊崇重隨屬說名爲敬有餘師說親近善士因名爲愛不越彼言因名爲敬復有說者於和合衆見等皆同故名爲愛於可尊重深心恭事故名爲敬此愛與敬欲色界有無色界無無依處故如是已說愛敬別相尋伺憍慢別相云何頌曰

尋伺心麤細　慢對他心舉　憍由染自法
心高無所顧

論曰尋伺別者謂心麤細心之麤性說名爲尋心之細性說名爲伺若爾尋伺體不異心經即就心說二性故此言非理由可了達經義趣故經言所有心麤細性名尋伺者由有此法心起便麤此法名尋由有此法心起便細此法名伺或作異釋故體異心謂我不言心之麤性名心麤性心之細性名心細性若

爾云何依心麤性名心麤性依心細性名心細性雖一心中二體可得用增時別故不相違如水與酢等分和合體雖平等而用有增麤心品中尋用增故伺用被損有而難覺細心品中伺用增故尋用被損有而難覺若謂酢用一切時增故非喻者此言非理我不定說以酢喻尋水喻於伺但有用增者即說如酢故由是尋伺雖一心中體俱可得用時別故而無一心即麤即細如貪癡性雖並現行而得說心爲有貪行隨何心品有法用增此法爲門總標心品諸無色法就用說增如是已說尋伺別相慢憍別者慢謂對他心自舉性稱量自他德類勝劣若實不實心自舉恃陵懱於他故名爲慢憍謂染著自法爲先令心傲逸無所顧性於自勇健財位戒慧族等法中先起染著心生傲逸於諸善本無所顧眄故名爲憍於諸善本無所顧者謂由心傲於諸善業不樂修習是謂慢憍差別之相如是已說諸心心所品類不同俱生決定差別之相然心心所於契經中隨義建立種種名相今當辯此名義差別頌曰

心意識體一　心心所有依　有緣有行相相應義有五

論曰心意識三體雖是一而訓詞等義類有異謂集起故名心思量故名意了別故名識頗勒具那契經意遣能了別者非無了別或種種義故名爲心即此爲他作所依止故名爲意作能依止故名爲識或界處蘊施設差別或復增長相續業生種子差別如是等類義門有異故心意識三名所詮義異體一如

心意識三名所詮義異體一諸心心所名有所依所緣行相相應亦爾名義雖殊而體是一謂心心所以六内處爲所依故名有所依以色等境爲所緣故名有所緣即於所緣品類差別起行相故名有行相平等俱時與他性合行所緣境故名相應云何平等五義等故謂心心所五義平等故說相應所依所緣行相時事皆平等故事平等者一相應中如心體一諸心所法各各亦爾心所離心別有自性然譬喻者說惟有心無別心所心想俱時行相差別不可得故又經惟說識入胎故又說或心或意或識長夜流轉生諸趣故又說士夫六界攝故又說我今不見一法速疾迴轉猶如心故又說我今不見一法若不修習則不調柔無所堪能猶如心故又說心遠行獨行故又於心所多諍論故謂或有說心所惟三或復有說心所惟四或說有十或說十四故惟有識隨位而流說有多種心心所別如甘蔗汁如倡妓人故無受等別體可得然心心所時境性同行相無別異相難了故契經言心心所法展轉相應若受若想若思若識如是等法和雜不離不可施設差別之相然識與想其相各別謂於境中總了名識別取名相施設名想以心强故諸契經中處處偏說如王來等遮心並起故說獨行心所難知故多諍論豈多諍論便撥爲無勿彼此中間亦無便有失然諸論者皆信離心別有心所但於多少數增減中而興諍論以經不說數定量故若執受等是心差別如何即心可名心所據何定理說識爲心復以何緣即

名心所若謂諸識體即是心受等諸法是心體類心相續中有此法故名心所者何故不言所造諸色即是大種體類差別即於地等相續位中有此法故名爲所造此既不爾彼云何然離大種外別有所造如順正理已廣決擇若責何故知心所法決定離心別有體者由教理故如契經言眼及色爲緣生於眼識三和合觸俱起受想思如是諸法是心種類依止於心繫屬於心故名心所此俱生言不說無間但顯心所同時而生又不容有心體俱生故知但說心所俱起無色法中已辯心心所今次當辯心不相應行頌曰

心不相應行　得非得同分　無想二定命
相名身等類

論曰等者等取句身文身及和合性類者顯餘所計度法即前種類謂有計度離得等有蘊得等性如是諸法不與心相應故說名爲心不相應行非如心所與心共一所依所緣相應而起說心言者爲顯此中所說得等是心種類諸心所法所依所緣皆與心同亦心種類爲簡彼故言不相應諸無爲法亦心種類無所依緣故亦是不相應爲欲簡彼故復言行此已總標復應別釋於中且辯得非得相頌曰

得謂獲成就　非得此相違　得非得唯於
自相續二滅

論曰得獲成就義雖是一而依門異說差別名得有二種謂先未得及先已得先未得得說名爲獲先已得得說名成就應知非得與此相違謂先未得及得已失未得非得說名

不獲已失非得名不成就故說異生性名不獲聖法於何法中有得非得且有爲中於自相續有得非得非他相續及非相續若蘊墮在自相續中可有成就不成就故他相續蘊及非情蘊以無成就不成就故然不違害輪王契經於實自在名成就故非成善等可同此說現於過未無自在故謂現在者惟於現在有自在力非於過未如轉輪王於現七寶有自在力隨意受用增上果故恒現前故隨樂而轉可名成就善不善法則不決定且如善法現在前時彼於去來諸不善法若離現得有何自在而名成就不善現前微善亦爾況執過未全無體宗依何如何說名成就若謂有力當能生彼名成就者理亦不然後有異生應名聖者後心無學應是異生如是等類有衆多失故得非得定有別體有爲惟在自蘊非餘無爲法中惟於二滅有得非得一切有情無不成就非擇滅者故對法中有如是說誰成無漏法謂一切有情除初刹那具縛聖者及餘一切具縛異生諸餘有情皆成擇滅決定無有成就虛空以於虛空無有得故亦無不成就以無非得故若法有得亦有非得若法無得亦無非得其理決定依此得故說如是言色蘊行蘊一得所得餘蘊行蘊說亦如是有漏無漏一得所得有爲無爲一得所得如是等類如理應思是已得法不失因故得此屬彼智慓幟故得有此用故別有體若謂種子有此作用理不應然種與餘法體別有無俱有過故若體別有體即是得但立異名若體別無則善不善雜染清淨體應

成一便愛非愛業果雜亂既爾解脫體亦應無又契經說一切白法無餘斷者善法還生所執種子應成無用如世尊說應知如是補特伽羅善法隱沒惡法出現有隨俱行善根未斷以未斷故從此善根猶有可起餘善根義彼於後時一切皆斷彼後決定還續善根故所執種定爲無用非對法者所說諸得是法生因現見離得已得未得法亦生故由此諸師所執隨界熏習功能不失增長皆已遮遣義無別故如是已成得非得性此差別義今廣應思且得云何頌曰

三世法各三　善等惟善等　有繫自界得
無繫得通四　非學無學三　非所斷二種

論曰三世法得各有三種謂過去法有過去得有未來得有現在得如是未來及現在法各有三得約容有義且作是說其中差別後當更辯又善等法得惟善等謂善不善及無記法如其次第有善不善無記三得又有繫法得惟自界謂欲色界無色界法如其次第惟有欲色無色三得若無繫法得通四種謂不繫法就總種類且四種得即三界繫及與不繫別分別者非擇滅得通三界繫若擇滅得色無色繫及與不繫其聖道得惟有不繫又有學法得惟有學若無學法得惟無學故學無學法得各有一種非學無學法總類得有三別分別者全五取蘊及三無爲總名非學非無學法且五取蘊及非擇滅并非聖道所證擇滅惟有非學非無學得若有學道所證擇滅得惟有學若無學道所證擇滅得惟無學又見修所繫法如其次第有見修所斷

得非所斷法得總有二別分別者諸無漏法名非所斷若非擇滅及非聖道所證擇滅得惟一種謂修所斷若以聖道所證擇滅及道聖諦得惟一種謂非所斷前言三世各有三得諸有爲法皆定爾耶不爾云何頌曰

無記得俱起　除二通變化　有覆色亦俱
欲色無前起

論曰無覆無記得惟俱起無前後生勢力劣故一切無覆無記法得皆定爾耶不爾云何除眼耳通及能變化謂眼耳通慧及能變化心勢力强故加行差別所成辦故雖是無覆無記性收而有前後及俱起得又威儀路四蘊之得多分世斷及剎那斷惟除諸佛馬勝苾芻及餘善習威儀路者若工巧處四蘊之得亦多世斷及剎那斷除毗濕縛羯磨天神及餘善習工巧處者惟有無覆無記法得但俱起耶不爾云何有覆無記色得亦爾謂惟色界初靜慮染身語表業得亦如前但有俱起雖上品染而亦不能發無表故勢力微劣由此定無法前後得欲界諸色亦定惟有俱起得耶不爾云何謂欲界繫善不善色得無前起惟有俱生及後起得

阿毗達磨藏顯宗論卷第六

音釋

⿱臺目瞢　⿱臺目都鄧切瞢毋亘切⿱臺目瞢不明也　惛　呼昆切心不明也　憒　古對切心亂也　眄　匹莧切視也　確　克角切堅也　酢　倉故切酸漿也　懱　莫結切輕易也　慓㦗　慓卑遙切㦗昌志切慓㦗旗旛也

阿毗達磨藏顯宗論卷第七

尊者衆賢造

唐三藏法師玄奘奉詔譯

辯差別品第三之三

如是已辯得差別相非得差別其相云何頌曰

非得淨無記　去來世各三　三界不繫三
許聖道非得　說名異生性　得法易地捨

論曰性差別者一切非得皆惟無覆無記性攝世差別者過去未來各有三種謂過去法及未來法一一各有三世非得若現在法惟有過去未來非得決定無有現在非得以現在法與不成就不俱行故有說現法無現非得性相違故現可成法必與得俱定無非得不可成法非得亦無故現在法無現非得界差別者三界繫法及不繫法各三非得謂欲界繫法有三界非得色無色界繫及不繫亦爾定無非得是無漏者所以者何由許聖道非得說名異生性故如本論言云何異生性謂不獲聖法不獲即是非得異名如何無漏法可名異生性不獲何聖法名異生性耶爲總不獲一切聖法爲惟不獲苦法智忍有說不獲一切聖法若爾豈不無非異生無一總成就一切聖法故若有不獲不雜於獲是異生性若雜獲者非異生性故無有失若爾本論應說純言不爾離言見義有故如說此類食水食風雖無純言而亦知彼純食水風不雜餘故有說不獲苦法智忍然非後捨復成異生前已永害彼非得故何緣故知別有實法說名非得以契經中說有成就不成就故

如契經言若成就六法不成就順忍六法如經若謂未生聖法眼等相續分位名異生性彼違契經如世尊說如是名爲隨信行者入正性離生超越異生地此異生地即異生性何緣故知如得捨故如得異法故名爲入應捨異法故名爲超非於爾時捨曽所得眼等諸法少分可知如得未曽所得聖法故不可謂未生聖法眼等相續即異生性故别有法惟異生有偏諸異生違聖道得名異生性其理必然豈不如聖法即説是聖性成就此性故名聖者如是異生法應即異生性成就此性故名異生此例不然以諸聖法惟聖者有可即聖法説爲聖性諸異生法聖者亦有如何可立爲異生性若異生法惟異生成偏異生位可異生性惡趣無想北俱盧等不偏異生餘命根等雖偏異生而聖亦有傍論已了今更應思如是非得何時當捨此法非得得此法時或轉易地捨此非得如聖法非得説名異生性隨得聖法時捨三界非得如是住初無漏心者於苦法智展轉乃至住金剛喻三摩地者於阿羅漢所有非得如其所應隨得此法捨此非得如是乃至阿羅漢果時解脱者於阿羅漢不時解脱所有非得得此法時捨此非得餘法非得類此應思又此非得云何名捨若非得得斷非得非得生如是名爲捨於非得得與非得雖各有餘得及非得然非無窮由得勢力成就本法及與得得得勢力成就法得豈成無窮非得亦應如理思擇非得非得必不俱生又從下地生上地時下地非得一切皆捨從上生下類此應知

由所依力非得轉故如是已辯得非得相同分者何頌曰
同分有情等
論曰有別實物名爲同分謂諸有情展轉類等本論說此名衆同分一趣等生諸有情類等所有身形諸根作用及飲食等互相似因幷其展轉相樂欲因名衆同分如鮮淨色業心大種皆是其因故身形等非惟因業現見身形是互相似業所引果諸根作用及飲食等有差別故若謂滿業有差別故此差別者理不應然或有身形惟由相似引業所起以衆同分有差別故作用等別若身形等惟業果者隨其所樂作用等事若捨若行應不得有此中身形作用樂欲展轉相似故名爲同分是因義有別實物是此同因故名同分如是同分世尊惟依諸有情說非草木等故契經言此天同分此人同分乃至廣說故衆同分實有義成非惟說形色更互相似故就界趣生處身等別有無量種有情同分復有法同分謂隨蘊處界是衆同分依故非情無有異生同分入離生時捨有情同分入涅槃時捨豈不異生性即異生同分此不應然作用異故由彼身形作用樂欲互相似因名爲同分若與聖道成就相違是異生因名異生性入離生時於衆同分亦捨亦得於異生性捨而不得同分非色如何得知有用能生無別事類由見彼果知有彼故如見現在業所得果知有前生曾所造業又觀行者現證知故何不許有非情同分不應如是責有太過失故汝亦許有人天等趣胎卵等生何不亦許

菴羅等趣緑豆等生又佛世尊曾不說故但應思擇何故世尊惟於有情說有同分非於草等復云何知如是同分別有實物且我於中作如是解由彼草等無有展轉作用樂欲互相似故於彼不說別有同分又必因有情草等方生故惟於有情說有同分又因先業及現勤勇此法得生於彼草等二事皆無故無同分即由此事證有實物又木素漆雕畫等像及彼真形雖有色形展轉相似而言一實由此非惟見彼相似即言是實要於相似差別物類方起實言故知實有此差別法此實言說由此法生又前說故前說云何謂見身形是互相似業所引果諸根作用及飲食等有差別故是諸同分展轉差別如何於彼更無同分而起無別覺施設耶由諸同分是同類事等同性故即爲同類展轉相似覺施設因如眼耳等由大種造方成色性大種雖無餘大種造而色性成此應顯成勝論所執總同句義同異句義若勝論執此二句義其體非一剎那非常無所依止展轉差別設令同彼亦無多過非勝論者執眼等根能行色等即令釋子捨如是見別作餘解故彼所難是朋黨言求正理人不應收採已辯同分無想者何頌曰

無想無想中　心心所法滅　異熟居廣果

論曰若生無想有情天中有法能令心心所滅名爲無想是實有物能遮未來心心所法令暫不起如堰江河此法一向是無想定所感異熟由彼無想有情天中無想及色惟是無想定所感異熟果此定不能引衆同分及

命根故以衆同分及與命根惟是有心第四靜慮所感異熟彼處餘蘊是共異熟以生無想有情天中多時有心謂入無想前及出無想後然無心位時極長故名無想天無想有情居在何處居在廣果謂廣果天中有高勝處如中間靜慮名無想天彼以業生等無間緣爲任持食謂由宿業引衆同分及命根等由續生心及無間入無想果心牽引資助故彼亦有過去觸等爲任持食無心位中惟有過去觸等爲食現在食無有心位中二種俱有彼諸有情由想起故從彼處歿歿已決定生於欲界非餘處所先修定行所感壽量勢力盡故於彼不能更修定故如箭射空力盡便墮若諸有情應生彼處必有欲界順後受業如應生彼北俱盧洲必定應有生天之業

已辯無想二定者何謂無想定及滅盡定初無想定其相云何頌曰

如是無想定　後靜慮求脫　善惟順生受

非聖得一世

論曰如前所說有法能令心心所滅名爲無想如是復有別法能令心心所滅名無想定說如是聲惟顯此定滅心心所與無想同由正成辦或極成辦故名爲定有餘師說如理等行故名爲定令心大種平等行故無想者定或定無想名無想定由猒壞想生此定故非諸異生能猒壞受由躭著受而入定故此定在何地謂在後靜慮即在第四靜慮非餘此不應說所以者何此定能感無想異熟已說無想居廣果天當說廣果在後靜慮豈於餘地而修彼因此責不然曽無說故未曽有

處說無想定爲無想因豈不前頌說無想爲異熟於彼釋中說爲無想定果此亦不然曾未有頌作如是說今說乃成何故此定名異生定爲求解脫修此定故彼執無想是真解脫執無想定爲出離道爲證無想而修此定一切聖者不執有漏爲真解脫及真出離故說此定名異生定前說無想是異熟故無記性攝不說自成今無想定一向是善豈不此是異熟因故善性所攝不說自成此於無想有情天中爲因能招五蘊異熟不爾頌中猶未說故又染無記誰復能遮若爾此中應言純善不爾離言見義有故此應准前異生性釋或惟言善已顯非餘此定既是異熟因性爲順何受惟順生受非順現後及不定受一類諸師作此定執理順生受及不定受所以者何成此定者亦容得入正性離生入已必無現起此定由約現行說無想定名異生定非約成就又許此定通是此法外法異生所得非聖以諸聖者於無想定如見深坑不樂入故頌中已說求解脫言即顯此定惟屬異生復言非聖便爲無用此初得時爲得幾世此於諸位中如別解脫戒念念別得未曾得故第一念時非得過去以無心故不修未來故初得時惟得一世謂得現在第二念等乃至未出亦成過去出已乃至未捨已來惟成過去如天眼耳無未來修惟加行得非離染得次滅盡定其相云何頌曰

滅盡定亦然　爲靜住有頂　善二受不定

聖由加行得　成佛得非前　三十四念故

論曰如前無想定滅盡定亦然謂如已離第

三靜慮貪著有法能令心心所滅名無想定如是已離無所有處貪著有法能令心心所滅名滅盡定如是二定差別相者前無想定爲求解脱猒壞於想以出離想作意爲先而得證入令滅盡定爲求靜住猒壞散動以止息想作意爲先而得證入前無想定在色界邊地令滅盡定在無色邊地以在非想非非想處所受生身是最上業所牽引故説名有頂或有邊際故名有頂如樹邊際説名樹頂惟此地中有滅盡定何緣下地無此定耶猒背一切心及邊際心斷方能得此勝解脱故謂由二緣立此解脱一者猒背一切心故二者邊際心暫斷故若於下地有此定者便非猒背一切種心以未能猒上地心故亦不名爲邊際心斷以上地心猶未斷故應名猒背少分諸心亦復應名中際心斷於三性中前及此定俱惟是善非染無記非諸聖者猒怖散動取染無記爲寂靜住前無想定能順生受及不定受令滅盡定通順生後及不定受或謂約異熟有順生受或順後受及不定受或全不受謂若下地起此定已不生上地便般涅槃此滅盡定能招有頂四蘊異熟前無想定惟異生得此滅盡定惟聖者得非諸異生能起滅定彼有自地起滅定障猶未斷故未超有頂見所斷惑於起滅定畢竟無能非諸異生能超有頂見所斷惑故惟聖者得滅盡定一切聖者得有頂時皆得如斯滅盡定不應言不得由此定非離染得故由何而得由加行得要由加行方證得故如無想定初證得時惟得現在不得過去不修未來要由心

力方能修故第二念等乃至未捨亦成過去世尊亦以加行得耶不爾云何成佛時得彼謂世尊盡智時得豈不盡智於成佛時亦不名得況滅盡定以諸菩薩住金剛喻三摩地時名得盡智得體生時名爲得故於成佛時應說盡智不由加行而現在前暫起欲樂現在前時一切圓德隨樂起故非佛身中所有功德成佛時得如何可說佛盡智時得滅盡定由菩薩時永離一切煩惱染故令佛身中功德得起故說如來所有功德皆離染得故彼所言亦有過失隨宜爲彼而釋通者謂於近事而說遠聲或金剛喻三摩地時必成佛故亦名成佛無間刹那定成佛故且置斯事世尊曾未起滅盡定得盡智時如何得成俱分解脫永離定障故捨不成就故於起滅定得自在故如已起者成俱解脫西方師說菩薩學位先起此定後得菩提迦濕彌羅國毗婆沙師說非前起滅定後方生盡智何因此國毗婆沙師知盡智前未起滅定何爲不責西方起因且我迦濕彌羅國說三十四念得菩提故謂諸菩薩決定先於無所有處已得離貪方入見道不復須斷下地煩惱三十四念得大菩提諦現觀中有十六念離有頂貪有十八念謂斷有頂九品煩惱有九無間九解脫道如是十八足前十六成三十四於此中間無容得起不同類心故於前位決定無容起滅盡定若於前位起滅盡定便越期心然諸菩薩決定不越要期心故如是善成三十四念得菩提故爲非前因雖已說二定有多同異相而於其中復有同異頌曰

二定依欲色　滅定初人中

論曰言二定者謂無想定及滅盡定此二俱依欲色二界而得現起然於此中有說惟在下三靜慮入無想定非在第四而因與果極相隣逼有說亦在第四靜慮入無想定除無想天以生彼天受彼果故有餘師說惟在欲界入無想定非在色界彼違論文謂本論言或有是色有此有非五行謂色纏有情或生有想天住不同類心若入無想定若入滅盡定或生無想天已得入無想是謂是色有此有非五行由此證知如是二定俱依欲色而得現起是名同相言異相者謂無想定欲色二界皆得初起滅定初起惟在人中謂滅盡定惟在人中得初修起惟人中有說者釋者及有强盛加行力故有在人中初修得已由退爲先方生色界依色界身後復修起非在無色能入滅定無所依故命根必依色心而轉若在無色入滅定者色心俱無命根應斷諸蘊展轉相依而住故無有情惟具一蘊又心心所不相離故亦無有情惟具三蘊何因故知滅定有退准鄔陀夷契經義故經言具壽有諸苾芻先於此處具淨尸羅具三摩地具般羅若能數入出滅受想定斯有是處應如實知彼於現法或臨終位不能勤修令解滿足從此身壞超段食天隨受一處意成天身於彼生已復數入出滅受想定亦有是處應如實知此意成天身佛說是色界滅受想定惟在有頂若得此定必無退者不應得往色界受生如是廣釋二定異相總有六門謂地加行相續異熟順受初起有差別故今應

思擇滅盡定中總滅一切心心所法何緣惟說滅受想定猒逆彼二生此定故謂想與受能爲見愛雜染所依故偏猒逆如是二法多諸過患如立蘊中已廣分别故偏猒逆入滅盡定此滅定位決定無心以一切心皆與受想俱生滅故如契經說眼及色爲緣生於眼識三和合觸俱起受想思乃至廣說曾無處言有第七識可執彼識離受想生此經俱言顯同時起蘆束相依爲譬喻故說心心所生緣等故非此定中惟想受滅此中亦說意行滅故若此定中心不滅者想受二種亦應不滅能生彼觸應亦有故由此滅定必無有心然定後心復得生者定前心作等無間緣所引攝故又加行中要期勢力所引發故滅盡定體應知實有能遮礙心令不生故若謂定前心遮礙餘心者則應餘心畢竟不起若謂有根身能起餘心者應一切時諸識頓起說依前心後心起者以無第二等無間緣雖有同時所依境界而無一切境識頓生若執不待自類因緣待有根身識便起者彼一切位一切境識何法爲礙起不同時是故惟應依心心起非前定心力能遮礙餘心由此故知離前心外定有别法能遮礙心由此法故於無心位雖有心因而心不起即此别法名滅盡定體是有爲實而非假修觀行者由定前心要期願力所引發故令滅盡定勢力漸微至都盡位無遮礙用意法爲緣還生意識由此准釋前無想定及與無想隨其所應已辯二定命根者何頌曰

命根體即壽　能持煖及識

論曰命體即壽故本論言云何命根謂三界壽異名雖爾自體未詳應更指陳何法名壽謂有別法能持煖識說名爲壽故世尊言

壽煖及與識　三法捨身時　所捨身僵仆
如木無思覺

若爾此壽何法能持此壽能持我說是業一向是業異熟果故一期生中常隨轉故煖非一向業異熟果識二俱非雖有一期常隨轉處而非一向是業異熟故不可說識由業持是故說壽能持煖識非非業感識流轉中業有少分能持功用一同分中異熟生識斷而更續惟壽力持復如何知壽能持煖要有壽者方有煖故諸無煖者亦見有壽故知壽體非煖所持由此故知別有實法彼力能持有情煖識說名爲壽此即命根如是命根非惟依身無色亦有故非惟依心無心亦有故若爾依何依先世業及現同分其衆同分亦准命根命行壽行有何差別若生法壽名爲命行不生法壽說爲壽行有作是言非所棄捨名爲命行是所棄捨名爲壽行復有說言若神足果名爲命行若先業果名爲壽行復有說者若明增上生名爲命行無明增上生名爲壽行或有說者惟離貪者相續所得名爲命行亦有貪者相續所得名爲壽行是爲命行壽行差別已辯命根何謂諸相此有四四者何頌曰

相謂諸有爲　生住異滅性

論曰如是四種是有爲相顯彼性故得彼相名依此說有諸行種類此中生者謂有別法是行生位無障勝因由能引攝令其生故能

引攝者謂彼生時此法能爲彼勝緣性雖諸行起皆得名生然此生名但依諸行生位無障勝因而立諸行必藉前生俱生同類異類緣力故起思因果中當廣顯示前生同類異類緣中同類緣强隨彼起故俱生緣内無同類緣異類緣中有偏勝者如緣眼色眼識生中說眼爲因色爲緣性雖隨闕一眼識不生而眼識生隨眼非色是近緣性故說爲因眼識俱生一果諸法爲緣眼識力勝非眼又於俱起一果法中自有相生力偏勝者如風望火風助火力令其熾然世極成故現見異聚風偏順火故可比度同聚必然是故俱生諸行緣内生力勝者偏立生名此生功能於生初念無漏諸行其相最顯既於此處見有勝能可比度餘應知亦有住謂别法是已生未壞諸行引自果無障勝因如諸行生必待别法爲勝因助引果勝用亦應必待别法爲因非對法者所許諸行待衆因緣體暫有位對法諸師說爲現在亦說有住諸行爾時引自果故又即於此立爲作用世尊亦言諸行暫住又說諸色有生住時此不可言據相續說一刹那頃亦苦性故相續必覽刹那成故說有爲相但依相續前後建立理必不成故有别法能爲諸行引果作用無障近因對法諸師說此爲住異謂别法是一切行自類相續後果前因不可無因自然有異同一識相前後相續轉變無因理不成故生無色界受等相續念念變易此用最顯見無色界有異勝能可比度餘應知亦有滅謂别法是俱生行念念滅壞無障勝因不可執無爲滅相體無

從緣起理不成故亦不應說有生滅故又契經言應知生滅緣無境智理必非有故不可說無爲滅相又如生法由別生生滅法亦應由別滅滅總言性者是實體義若有爲相有四體別何故契經但說三種契經爲顯有爲無爲得失差別故不說住或若有相惟表有爲契經偏說非住相體惟表有爲常亦有故非此不說是無住因餘經說行有生滅法非無異法此亦應爾雖有四相隨所化宜隱住說三而無有失或此經中已密說住無惟聲故或此經中住異合說若不爾者但應言異爲顯有爲住必兼異不同無爲有住無異非此經中言住異者顯住即異但顯有爲有起有盡有住有異無爲有住無所餘三故諸有爲與無爲別由斯對法說諸有爲定有四相理無傾動此生等相既是有爲應更別有生等四相若更有相便致無窮彼更有餘生等相故實許更有然非無窮所以者何頌曰

此有生生等　於八一有能

論曰此中有言兼顯定義意顯此有惟四非餘此謂前說四種本相生生等者謂四隨相即是生之生生乃至滅之滅滅諸行有爲由四本相本相有爲由四隨相世尊何處說隨相耶有契經言老死起故此經亦說定有隨相謂生等相亦是有爲故生生等相亦起等性故契經既說有三有爲之有爲相有爲之起亦可了知盡及住異亦可了知故知此中亦攝隨相又於諸相皆有亦言故此經中亦說隨相言有爲之起亦可了知者起即本相生亦表生生義盡及住異亦可知言類起亦

言應如理釋若不爾者何用亦言故契經中於無爲法說尚無有起等可知此意說言諸無爲法尚無生等本相可知況生生等隨相可得若不爾者應但說無起等可知不應言尚又薄伽梵於契經中說諸有爲相復有相故契經說色有起盡此復應知亦有起盡乃至廣說由此故知相復有相若爾本相如所相法一一應有四種隨相此復各四展轉無窮無斯過失四本四隨於八於一功能別故爲親緣用名曰功能謂四本相一一皆於八法有用四種隨相一一皆於一法有用其義云何謂法生時幷其自體九法俱起自體爲一相隨相八本相中生除其自性能爲親緣生餘八法諸法於自體無生等用故隨相生生爲親緣用於九法內惟生本生此生一生多由功能別故生性既無異功能何有別如受領納性雖無異而有功能損益差別又本相隨相境有多少如五識意識境有少多謂爲親緣令引自果作用得起是生功能本相中住亦除自性能爲親緣於九法中惟住本住能爲親緣於九法中惟住本住謂爲親緣令法暫住能引自果是住功能本相中異除其自性能爲親緣異餘八法隨相異異能爲親緣於九法中惟異本異謂爲親緣令引自果作用衰損是異功能本相中滅除其自性能爲親緣滅餘八法隨相滅滅能爲親緣於九法中惟滅本滅謂爲親緣令引自果作用滅壞是滅功能是故生等相復有相隨相惟四無無窮失

阿毗達磨藏顯宗論卷第七

音釋

堰於建切壅水為埭也 足前足子遇切益也 煗乃管切與煖同 僵什

僵居良切踣也 什蒲墨切倒也

阿毗達磨藏顯宗論卷第八

尊者衆賢造

唐三藏法師玄奘奉詔譯

辯差别品第三之四

雖離所相别有生等與所相法俱時而起而無一法一時即生即住即異即滅過失如體不同用有别故執所相外無别生等一一刹那有四相者如斯過失不可救療一法一時功能差别理不成故許所相外有别生等無斯過失相體不同助緣差别時分功能理有異故然有爲法分位不同略有三種謂引果用未得正得已滅别故此諸有爲復有二種謂有作用及惟有體前是現在後是去來此復一一各有二種謂彼功能有勝有劣諸有爲法若能爲因引攝自果名爲作用若能爲緣攝助異類是謂功能若有别法於未獲得引果用時外緣攝助於辨自事發起内緣攝助功能是名生相或復有法於正獲得引果用時由遇未得正得已滅引果用時外緣攝助於辨自事發起内緣攝助功能是餘三相於正生位生爲内緣起所生法至已生位此所生法名爲已起於正滅位住爲内緣安所住法令引自果至已滅位此所住法名於自果已能引發即正滅位滅爲内緣壞所滅法至已滅位此所滅法名爲已壞異相亦爾如應當知有餘師説因要待處世時位伴能與果故生已生時起用差别謂或有因待處與果如雨要待雲處方生要贍部洲處金剛座方證無上正等菩提或復有因待世與果如異熟因順解

脫分要在過去方能與果或復有因待時與果如輪王業要劫增時方能獲得轉輪王位或復有因待位與果如諸種子至變異位方能生芽初無漏心及光明等體雖先有而要未來正生位中能有所作或復有因待伴與果如四大種心心所等要與伴俱能有所作由斯差別緣起正理四相起用分位不同謂正生時生相起用至已生位住異滅三同於一時各起別用如是四相用時既別故無一法一時即生即住即異即滅過失又正滅時此所相法由餘住相爲勝因故暫時安住能引自果即於爾時由餘異相爲勝因故令其衰損即於爾時由餘滅相爲勝因故令其滅壞故三一時無相違失時所相法爲名安住爲名衰異爲名壞滅由能相力所相一時所望不同具有三義如何異相即於住時衰損能引自果作用損彼作用令後果生劣於前因是異相力後果漸劣由因有異此果復由俱起異相爲緣衰損能令後果更劣於前如是一切有爲相續剎那剎那令後後異故前前念有異義成此義既成應爲比量謂見最後有差別故前諸剎那定有差別若爾相續漸增長時異相應無不見果故無斯過失住相爾時由外緣助勢力增强摧伏異故若生在未來生所生法未來一切法何不頓生彼能生因各常合故此先已辯先何所辯謂有別法於未獲得引果用時由遇未得正得已滅引果用時外緣攝助於辦自事發起內緣攝助功能是名生相又作是說因要待處世時位伴方與果故即依此義說如是言頌曰

生能生所生　非離因緣合

論曰非離所餘因緣和合惟生相力能生所生故諸未來非皆頓起生相雖作俱起近因能生所生諸有爲法而必應待前自類因及餘外緣和合攝助如種地等差別因緣助芽等生令生芽等若爾我等惟見因緣有生功能無別生相有因緣合諸法即生無即不生何勞生相故應惟有因緣力生此責不然惟許衆緣諸法生者此責同故謂若惟許未來諸法因緣和合而得生者此責亦同未來諸法因緣無別者何不頓皆生又因緣中隨闕一種具所餘故果亦應生且如眼根先業所引雖離大種而亦應生或應但由大種功力不由先業眼根得生或諸眼根隨業所引能生大種無不合時於一生時餘亦應起或應大種於眼無能不見離前眼大種獨生故但應因前眼後眼得生許大種能生應成無用又如種子水土等緣隨闕一時芽必不起故知種等功力極成於眼等生地等大種能生功力非所現見既不現見大種功力應不爲因生於眼等又汝所執有業種子相續轉變誰爲障礙不能頓生一切業果若由緣助業種方能生應但緣能生何勞業種以衆緣助業果乃生衆緣若無果不生故既賴緣助而業種非無雖藉衆緣寧撥無生相又於眼等諸識生中處處經言雖有眼色若離作意眼識不生然說識生緣眼及色故不應難因緣力生何勞生相又見初念無漏生時生能爲因起無漏得得自相有前已極成應說除生有何別法能作此得前俱起因若全無因得

不應起則初無漏應不說成生相生時爲亦別有俱生因不應言亦有說除生體餘一果法云何異滅爲生助因古昔諸師咸作是釋同一果法展轉爲因如諸大種更相順故復有釋言諸有爲法一切皆是生等性故生等四相一一用時以此爲門餘皆助力是故所說生生所生非離因緣理善成立餘廣決擇諸有爲相如順正理及五事釋已略分別諸有爲相名身等類其義云何頌曰

名身等所謂　想章字總說

論曰等者等取句身文身名句文身本論說故諸想總說即是名身諸章總說即是句身諸字總說即是文身言總說者是合集義於合集義中說縕遮界故想者眼耳瓶衣等想謂於諸法分別取著共所安立字所發想如是想身即是名身謂眼耳鼻舌身意等章謂章辯世論者釋是辯無盡帶差別章能究竟辯所欲說義即是福招樂異熟等如是章身即是句身謂如有說

福招樂異熟　所欲皆如意　弃速證第一

永寂靜涅槃

如是句等字謂㢤阿壹伊等字如是字身即是文身謂迦佉伽等有餘師說本論中言云何多名身謂名名事等非彼論師欲辯名等是實有相而依假合以發問端是故彼問多名身等者決定應問名等體實相思擇名等體實相中何用推徵名等假合又名等三相差別者謂聲所顯能顯於義已共立爲能詮定量顯示所解意樂所生能表所知境界自體猶如影響此相是名若能辯析所知境中

廣略義門此相是句於能說者聲已滅位猶令繫念持令不惑傳寄餘者此相是文此中名者謂隨歸赴如如語聲之所歸赴如是如是於自性中名皆隨逐呼召於彼句者即能辯所說義謂能辯析差別義門文者謂能有所彰顯依此由此彼彰顯故此即是字謂令繫念無有忘失或復由此之所住持令無疑惑或能持彼轉寄於餘故有說言如靜慮者方便境相與靜慮中所覺了境而爲梯隥文於名句及義亦爾名句文身理實皆是不相應行而經論中說非色法皆爲名者以色相顯當體立名非色相隱從詮立目義爲可說不可說耶理實應言義不可說然共施設聞言解義因語發名名顯義故三世等法各有三名謂去來今三時說故又一切法無無名者若有應成非所知境故薄伽梵說如是言名能映一切　無有過名者　是故名一法皆隨自在行

有餘師說義少名多於一義中有多名故有餘復說名少義多名惟一界少分所攝義則具收十八界故復有說者互有少多謂納界攝義多名少若依立教義少名多謂佛世尊於一一法隨義施設無邊名故如貪名愛名火名蚍名蔓名渴名網名毒名泉名河名修名廣名針縷等如是一切此中經主作如是言豈不此三語爲性故用聲爲體色自性攝如何乃說爲心不相應行此責非理所以者何理教分明證別有故教謂經言語力文力若文即語別說何爲又說應持正法文句又言依義不依於文又說伽他因謂闡陀文字

闡陀謂造頌分量語爲體又契經言知法知義法謂名等義謂所詮又契經言文義巧妙又言應以善說文句讀誦正法惡說文句讀誦正法義即難解又說如來獲得希有名句文身又說彼彼勝解文句甚爲希有由此等教證知別有能詮諸義名句文身其體如聲實而非假理謂現見有時得聲而不得字有時得字而不得聲故知體別有時得聲不得字者謂雖聞聲而不了義現見有人粗聞他語而復審問汝何所言此聞語聲不了義者都由未達所發文故如何乃執文不異聲有時得字不得聲者謂不聞聲而得了義現見有人不聞他語覩脣等動知其所說此不聞聲得了義者都由已達所發文故由斯理證文必異聲又見世間隱聲誦呪故知呪字異於呪聲又見世間有二論者言音相似一負一勝此勝負因必異聲有又法與詞二無礙解境界別故知字離聲是故聲者但是言音相無差別其中屈曲必依加遮吒多波等要由語聲發起諸字諸字前後和合生名此名既生即能顯義由斯展轉而作是言語能發名名能顯義故名聲異其理極成應知此中聲是能說名等所說義俱非二如是則爲無倒建立此中經主又作是言非但音聲皆稱爲語要由此故義可了知如是音聲方稱語故謂能說者於諸義中已共立爲能詮定量若此句義由名能顯聲即能詮何須名等何等名爲能詮定量豈不於義共立想名此即說爲能詮定量謂能說者於諸義中先共安立如是諸字定能展轉詮如是義由共安立

如是字故因如是字發如是名此名即是能詮定量諸能説者將發語時要先思惟如是定量由此自語或他語時於所顯義皆能解了故非惟聲即能顯義要語發字字復發名名乃能詮所欲説義如語發字字復發名如是應思發句道理此中經主復作是言又未了此名如何由語發爲由語顯爲由語生若由語生語聲性故聲應一切皆能生名若謂生名聲有差别此足顯義何待别名若由語顯語聲性故聲應一切皆能顯名若謂顯名聲有差别此足顯義何待别名執聲能詮斯難亦等謂若聲體即能顯義應一切聲無非能顯若謂能顯聲有差别如是差别應即是名故所推徵未爲過難然能説者以所樂名先藴在心方復思度我當發起如是如是言

爲他宣説如是如是義由此後時隨思發語因語發字字復發名名方顯義由依如是展轉理門説語發名名能顯義如斯安立其理必然若不以名先藴心内設令發語無定表詮亦不令他於義生解又經主言或應惟執别有文體即總集此爲名等身更執有餘便爲無用此亦非理無有諸文俱時轉故既不俱轉如何總集或如樹等大造合成非不緣斯别生於影影由假發而體非假如是諸文亦應總集别生名句而彼名句雖由假發而體非假若爾即應一切假法皆可安立爲實有性無如是失於一字中亦有名故無有假法攬一實成故假與名義不相似既於一字亦得有名此名如何知離字有如是一字如無義字無有所詮依此爲緣别有名起方能

表義然極相近別相難知如壁上光二色難辨若許即聲由先契約宣唱差別能表於義說爲名等斯有何失此亦不然能詮契約即聲差別理不成故若共所立能詮契約即聲差別者應如色差別非共立契亦可了知非青與黃二色差別要共立契約後可知雖二色中先不共立差別契約而彼青黃非異色故眼識得已意識即能隨分別知此彼差別又理不應於契約上復作契約故不應言能詮契約雖不異聲而先不共立契約者雖復得聲而更待餘立契約故未能了別此望餘聲有差別相又若所立契即聲差別者於有義聲及無義聲所有差別雖先未共立差別契應亦了知謂於一聲有此差別於餘聲上此差別無先未共立差別契者得二聲時雖不了義然應如彼二色差別即能了達有契約聲無契約聲差別之相故知別有名句文身緣聲而生能顯了義又經主說諸剎那聲不可聚集亦無一法分分漸生如何名生可由語發又自釋言云何待過去諸表剎那最後表剎那能生無表復自難言若爾最後位聲乃生名但聞最後聲應能了義若作是執語能生文文復生名名方顯義此中過難應同前說以諸念文不可集故語顯名過應例如生又文由語若顯若生准語於名皆不應理此難違害自所稟宗彼說去來皆無自體聲前後念不可頓生如何成文成名成句若前前念傳傳相資最後剎那成文名句但聞最後應了義成又無相資去來無故既恒一念如何相資既無相資前後相似後如初念

應不能詮聞後如初應不了義故彼所執前後相資聲即能詮理不成立我宗三世皆有非無故後待前能生名等雖最後念名等方生而但聞彼不能了義由不具聞如先共立名等契約能發聲故然聞一聲亦有了者由慣習故依此比餘故經主言破彼非此毗婆沙說名句文三各有三種名三種者謂名名身多名身句文亦爾名有多位謂一字生或二字生或多字生一字生者說一字時但可有名說二字時即謂名身或作是說說三字時即謂多名身或作是說說四字時方謂多名身二字生者說二字時但可有名說四字時即謂名身或作是說說六字時即謂多名身或作是說說八字時方謂多名身多字生中三字生者說三字時但可有名說六字時即謂名身或作是說說九字時即謂多名身或作是說說十二字時方謂多名身此爲門故餘多字生名身多身如理應說句亦多位謂處中句初句後句短句長句若八字生名處中句不長不短故謂處中三十二字生於四句如是四句成室路迦經論文章多依此數若六字已上生名初句二十六字已下生名後句若減六字生名短句過二十六字生名長句且依處中句辯三種說八字時但可有句說十六字時即謂句身或作是說說二十四字時即謂多句身或作是說說三十二字時方謂多句身文即字故惟有一位說一字時但可有文說二字時即謂文身或作是說說三字時即謂多文身或作是說說四字時方謂多文身由此理故應作是說說一字

時有名無名身無多名身無句無句身無多句身有文無文身無多文身說二字時有名有名身無多名身無句等三有文有文身無多文身說四字時有名等三無句等三有文等三說八字時有名等三有句無句身無多句身有文等三說十六字時有名等三有句有句身無多句身有文等三說三十二字時名句文三各具三種由此爲門餘如理說復應思惟如是名等何界所繫爲是有情數爲非有情數爲異熟生爲是所長養爲是等流性爲善爲不善爲無記此皆應辯頌曰

欲色有情攝　等流無記性

論曰此名等三惟是欲色二界所繫就色界中有說惟在初靜慮地有說亦通上三靜慮隨語隨身所繫別故若說此三隨語繫者說生欲界作欲界語時語名等身皆是欲界繫彼所說義或三界繫或通不繫即彼復作初定語時語及名等初定地繫身欲界繫義如前說如是若生初靜慮地作二地語如理應思若生二三四靜慮地作二地語亦如理思若說此二隨身繫者說生欲界或四靜慮名等及身各自地繫語或自地或他地繫義如前說此二說中或言上地亦有名等而不可說雖有二說然初說善又名等三有情數攝非情有爲不成就故能說者成非所顯義惟成現在不成去來又名等三惟等流性非所長養非異熟生而言名等從業生者是業所生增上果故又名等三惟是無覆無記性攝故斷善者說善法時雖成善名等而不成善法離欲貪者不成不善諸無學者不成染汙

成能詮名等非所詮法故如上所説餘不相應所未説義今當略辯頌曰

同分亦如是　并無色異熟　得相通三類非得定等流

論曰亦如是言爲顯同分如名身等通於欲色有情等流無覆無記并無色言顯非惟欲色言并異熟顯非惟等流是界通三類通二義云何異熟謂地獄等及卵生等趣生同分云何等流謂界地處種姓族類沙門梵志學無學等所有同分有餘師説先業所引生是異熟同分現在加行起是等流同分得及諸相類並通三謂具刹那等流異熟非得二定惟是等流惟言爲明非異熟等所餘應説而不説者命根無想如前説故餘義准前已可知故謂説得等惟成就故有情數攝義可准知説諸有爲有生等故准知諸相通情非情餘隨所應義皆已顯是故於此無勞重説如是已辯不相應行前言生相生所生時非離所餘因緣和合此中何法説爲因緣且因六種何等爲六頌曰

能作及俱有　同類與相應　徧行并異熟許因惟六種

論曰本論許因惟有六種不增不減一能作因二俱有因三同類因四相應因五徧行因六異熟因能作因體通一切法是故前説俱有因體徧諸有爲故居第二餘同類等於有爲中如其所應各攝少分隨言便穩次第而説法生所賴故説爲因即親順益所生果義如是六因非佛所説如何本論自立此名定無大師所不説義阿毗達磨輒有所説經中

現無由隱沒故自相可得決定應有又諸經中所化力故世尊方便作異門說對法諸師由見少相知其定有分明結集故有說言此六因義說在增一增六經中時經久遠其文隱沒尊者迦多衍尼子等於諸法相無間思求具感天仙現來授與如天授與筏第遮經其理必然如四緣義雖具列在此部經中而餘部中有不誦者由時淹久多隱沒故既見餘經有少隱沒故知非處亦非具在又見經中處處散說故六因義定應實有謂如經說眼色爲緣生於眼識又如經說二因二緣能生正見諸如是等即能作因諸法於他有能作義由生無障故立此因如契經說有三道支正見隨轉又如經說三和合觸俱起受想思諸如是等即俱有因諸行俱時同作一事由互隨轉故立此因如說如是補特伽羅成就善法及不善法應知如是補特伽羅善法隱沒惡法出現有隨俱行善根未斷以未斷故從此善根猶有可起餘善根義又說苾芻若於彼彼多隨尋伺即於彼彼心多趣入無明爲因起諸染著明爲因故離諸染著諸如是等即同類因過去現在同類諸法由牽自果故立此因如契經說見爲根信證智相應又如經言若有了別即有了知在定了知乃爲如實非不在定諸如是等即相應因心心所相應同作一事由共取一境故立此因如契經言諸邪見者所有身業語業意業諸有願求皆如所見所有諸行皆是彼類如是諸法皆悉能招非欣愛樂不可意果又經說一切見趣生時皆以有身見爲其根本若此

見生不忍一切此見能生貪欲瞋恚諸如是等即徧行因過去現在見苦集所斷疑見無明及相應俱有於同異類諸染汙法由能引起故立此因一部爲因生五部果故同類外立徧行因如契經言若所作業是善有漏是修所成於彼處生受諸異熟又如經言諸故惡業作及增長定招異熟諸如是等即異熟因一切不善善有漏法由招異類故立此因如是六因佛處處說諸憎背者迷故不見諸有智人應勤覺了又薄伽梵處處經中說有俱生前生因義依此有彼有此生故彼生如次應知前二因義又薄伽梵於契經中分明顯說二種因義謂契經言諸有不敏處無明者由無明故亦造福行此經即顯有前生因又契經說眼色爲緣廣說乃至意法爲緣生癡所生染濁作意此中愚者癡即無明希求即愛愛表即業此經即顯有俱生因一心中說有展轉爲因故非謂此經據相續說理不成故同因所起執不俱生甚爲迷謬此廣決擇如順正理及五事論應如實知已略舉因今當廣辯且初能作因相云何頌曰

除自餘能作

論曰此能作因略有二種一有生力二惟無障諸法生時惟除自體以一切法爲能作因由彼生時皆不爲障於中少分有能生力且如有一眼識生時以所依眼爲依止因以所緣色爲建立因以眼識等如種子法爲不斷因以相應法爲攝受因以俱有法爲助伴因以耳根等爲依住因此等總說爲能作因於中一分各有力因以有能生勝功能故所餘

諸分名無力因以但不爲障礙住故因即能作名能作因此因有力能作果故雖餘因性亦能作因然能作因更無別稱如色處等總即別名或復此因能作二義以無障故可名爲因可名非因不生能故又能作者是餘親因此能助彼名能作因或此令他能有所作他即是果能作之因名能作因何緣自體非自能作因以能作因於自體無故謂無障義是能作因自於自體恒爲障礙又一切法不待自體應有恒成損減等故若有應與現事相違一法生時餘相違法亦無障住故能爲因非彼與此有時爲因有時非因應合正理故一切法皆能作因諸法相望皆有障力而不爲障故能爲因若處有一餘必無故無色亦有時依等定故彼相望亦有障力又諸法內一法生時如與欲法餘皆無障由二緣故法不得生一順因無二違緣有諸法生位必待勝力各別因緣及待所餘無障而住增上緣法由能生因有能障因無諸法乃生故惟由無障礙說一切法名爲能作因非有障力而不爲障與無障力不爲障者於無障時少有差別俱有無障力同無勝用故由斯理趣諸法不頓生非如作者皆成熟等業闕勝用緣因等起故即由此理過去諸法與餘二世爲能作因彼二世法還與過去爲增上果未來諸法與餘二世爲能作因彼二世法非俱後故不與未來爲增上果果必由因取故惟有二因惟據無障故許通三現在諸法與餘二世爲能作因彼二世中惟未來法爲現在果有爲望有爲展轉是因果有爲望無爲此

非因彼非果無爲望無爲展轉非因果無爲望有爲此是因彼非果由斯故説果少因多以能作因通一切法其增上果惟有爲故

阿毗達磨藏顯宗論卷第八

音釋

殟烏沒烏昆二切 衰一可切 佉丘迦切 闡齒善切

阿毗達磨藏顯宗論卷第九

尊者衆賢造

唐三藏法師玄奘奉詔譯

辯差別品第三之五

已辯能作因相俱有因相云何頌曰

俱有一果法　如大相所相　心心隨轉等

論曰若有爲法同得一果可得說此爲俱有因由助彼力得一果故其相云何如四大種更互相望爲俱有因雖有體增體不增者而皆三一更互爲因自體不應待自體故亦不應待同類體故一一大種惟待餘三要四大種異類和集方有功能生造色故如是諸相與所相法心與心隨轉亦皆互爲因等言爲明諸心隨轉及諸能相亦互爲因是則俱有因由得一果徧攝有爲法如其所應然本論中曾不見說心隨轉色與心爲因應辯此中造論者意今我所見彼論意者若法與心決定俱起徧一切心依心而轉即說彼法與所依心展轉相望爲俱有因諸心所法非定俱起或少或多現可得故身業語業非徧諸心不定心俱全無有故生等諸相皆依心轉非互相依法爲上首生住異滅互相資故由斯不說彼互爲因又於此中爲欲顯示但說異類爲俱有因同類互爲因不說而成義又爲顯示有身語業惟依於心不依於表故不說彼與心爲因又彼大德意趣難了諸有智者應更尋思然於此中有作是計惟心與色爲俱有因非色與心依心轉故如王臣理勝不因劣此喻不然亦相資故心隨轉法其體云何頌曰

心所二律儀　彼及心諸相　是心隨轉法
論曰一切心所靜慮無漏二種律儀彼法及心所生等相如是皆謂心隨轉法何緣心隨相非心隨轉法以隨相於心非俱有因故何緣心隨相非心俱有因不由彼力心得生故彼於一法有功能故又與心王非一果故聚中多分非彼果故若爾云何心能與彼爲俱有因由隨心王生等諸位彼得轉故豈不應如大種生等心亦用彼爲俱有因謂如造色非生等果生等非不與諸大種爲俱有因此亦應爾如是所例其理不齊展轉果一果多非彼果故非諸造色是諸大種展轉果中一果所攝何容造色非諸大種生等果故例此爲失又如前說前說者何不由彼力心得生故然諸大種與生等相展轉力生故無此失何緣此法名心隨轉頌曰
由時果善等
論曰略說由時果等善等十種緣故名心隨轉且由時者謂此與心一生住滅及墮一世由果等者謂此與心一果等流及一異熟由善等者謂此與心同善不善無記性故豈不但言一生住滅即知亦是墮一世中雖亦即知墮於一世而猶未了此法與心過去未來亦不相離或爲顯示諸不生法故復說言及墮一世若爾但應言墮一世不爾應不令知定墮一世豈不等流異熟亦是一果攝如何一果外說等流異熟耶實爾此中言一果者但攝士用及離繫果豈不此言通故亦攝等流異熟雖言亦攝非此所明然士用果總有四種一俱生二無間三隔越四不生此顯與

因非俱有果爲遮惟執與因俱生和合聚中有士用果此和合聚互爲果故自非自體士用果故即顯非彼俱起和合士用果中有一果義是故别舉等流異熟應知此中時一果一顯俱顯共其義有殊此中心王極少猶與五十八法爲俱有因謂十大地法彼四十本相心八本隨相名五十八法五十八中除心四隨相餘五十四爲心俱有因有餘師説五十八内能爲心因惟十四法謂十大地法并心四本相非諸心所生等相力能爲心因如心隨相若爾便違品類足論如彼論言或有苦諦以有身見爲因非與有身見爲因除未來有身見及彼相應法生老住無常諸餘染汙苦諦或有苦諦以有身見爲因亦與有身見爲因即所除法彼作是言我等不誦及彼相應法應隨義理簡擇論文方可誦持故異此便壞俱有因相或應許隨相亦心俱有因復有説言一切同聚皆互相望爲俱有因於同聚中隨闕一種所餘諸法皆不生故此諸説中初説爲善本相與法其力等故又此俱起和合聚中有是能轉而非隨轉謂即心王有惟隨轉謂色及心不相應行有是能轉亦是隨轉謂心所法隨心轉故能轉心不相應行故有二俱非謂除前相已辯俱有因相同類因相云何頌曰

同類因相似　自部地前生　道展轉九地
惟等勝爲果　加行生亦然　聞思所成等

論曰能養能生或遠或近諸等流果名同類因應知此因惟相似法於相似法非於異類如善五蘊與善五蘊展轉相望爲同類因染

汙無記應知亦爾有餘師說淨無記蘊五是色果四非色因性下劣故有餘師說五是四果色非四因勢力劣故有餘師說色與四蘊相望展轉皆不爲因劣異類故若就位說有餘師言羯刺藍位能與十位爲同類因頞部曇等九位一一皆除前位與餘爲因後位望前但有緣義若爾最初羯刺藍色應無有因初後老色應無有果故理不然復有師言前生十位一一皆與後生十位各自類色爲同類因由此方隅一切外分各於自類如應當說爲諸相似於相似法皆可得說爲同類因不爾云何自部自地惟與自部自地爲因是故說言自部自地部謂五部謂見苦所斷乃至修所斷地謂九地謂欲界爲一靜慮無色八此中欲界見苦所斷還與欲界見苦所斷爲同類因如是乃至欲界修所斷還與欲界修所斷爲因如說欲界五部所斷靜慮無色各四地中隨其所應皆如是說此爲一切不爾前生謂惟前生與後相似生未生法爲同類因是謂圓滿同類因相惟說前生與後生果爲同類因於義便闕不說與未生爲同類因故惟說過去與未來現在爲同類因等於義亦闕不說過去有因果故何故未來無同類因彼無前後次第義故豈不諸法於正生時已能蠲除一切障礙望未生者得說爲前又異熟因於未來世亦應非有由異熟果望異熟因無俱前故要依前後立同類因非正生時已越後位未有作用如餘未來過去惟前未來惟後現通前後約世定故過去諸法雖皆是前而取果時已定前後非未來法於

正生時作用別餘可立前後要至現在已生位中方簡未來令成後位以自作用取彼爲果若爾異熟因亦勿未來有此彼非類所以者何此同類因與等流果善等無別若無先後應互爲因既互爲因應互爲果互爲因果與理相違既無理能遮互爲果則應許有果在因先亦有二心互爲因義是則違害發智等文彼異熟因與果相別雖離前後而無上過故同類因就位建立未來非有若異熟因就相建立未來非無言同類因惟自地者定依何說定依有漏若無漏道展轉相望一一皆與九地爲因謂四靜慮及三無色未至中間是名九地餘無等引非猛利故皆不能發無漏聖道無漏九地互爲因者非繫地故各別地愛不執聖道爲已有故種類同故地雖有別亦互爲因然非一切何者惟與等勝爲因加行生故初定聖道有依初定乃至有依無所有處二定等道應知亦爾於依自上有於依下地無謂依初定初定聖道與依九定九地聖道爲同類因即此惟用依初定道爲同類因不用依上聖道爲因以性劣故依第二定初定聖道除依初定與依餘定九地聖道爲同類因即此惟用依初二定九地聖道爲同類因非依上地依第三定初定聖道除依初二與依餘定九地聖道爲同類因即此惟用依初二三九地聖道爲同類因非依上地乃至若依無所有處初定聖道惟與依此無所有處九地聖道爲同類因即此通用依九地定九地聖道爲同類因如依九定初定聖道餘定聖道依於九地隨其所應當廣思

擇又一地攝諸無漏道亦非一切爲一切因爲等勝因非劣因故且如已生苦法智忍還與未來苦法智忍爲同類因是名爲等又即此忍復能與後從苦法智至無生智爲同類因是名爲勝如是廣說乃至已生諸無生智惟與等類爲同類因更無勝故又諸已生見道修道及無學道隨其次第與三二一爲同類因展轉爲因亦不違理而非勝道與劣爲因前生鈍根種性修道與自相續未來決定不生利根種性見道爲同類因何理爲礙一切有情各別相續法爾安立六種種性無學望前應知亦爾然有差別謂有前生無學聖道於自相續後生修道爲同類因無學退已於修道中可有轉生利根義故然不違害根蘊所說依同品根密意說故又依現起有用根說如說現起世第一法若爾一切有情相續法爾安立三乘菩提亦應劣爲勝乘因性無斯過失性極遠故劣乘不可轉成勝故隨信隨法二行聖道性相隣故所依一故設見道中有出觀者亦可轉故三乘聖道無如是事由此故言諸鈍根道與鈍及利爲同類因若利根道惟利道因如隨信行及信勝解時解脫道隨其次第與六四二爲同類因若隨法行及見至非時解脫道隨其次第與三二一爲同類因此亦准前應知不定諸上地道爲下地因云何名爲或等或勝由因增長及由根故爲但聖道惟與等勝爲同類因不爾云何餘世間法加行生者亦與等勝爲因非劣加行生法其體云何謂聞所成思所成等等者等取修所成等因聞思修所生功德名

彼所成加行生故惟與等勝爲因非劣如欲界繫聞所成法能與自界聞思所成爲同類因非修所成因欲界無故思所成法與思所成爲同類因非聞所成因以彼劣故若色界繫聞所成法能與自界聞修所成爲同類因非思所成因色界無故修所成法惟與自界修所成法爲同類因非聞所成因以彼劣故無色界繫修所成法惟與自界修所成法爲同類因非聞思所成因以無故劣故此聞思修所成諸法各有九品謂下下等若下下品爲九品因下中八因乃至上上惟上上因除前劣故生得善法與加行善爲同類因非加行善爲生得因以彼劣故又生得善亦有九品一切相望展轉爲因容一一後皆現前故定一心中得一切故然由現行異熟九品可施設有九品差別染汙九品准此應知復由對治有九品故無覆無記總有四種謂異熟生威儀路工巧處化心俱品隨其次第能與四三二一爲因有說一切皆互爲因同一縛故此說非理勿有矮等互爲因故又欲界化心有四靜慮果非上靜慮果下靜慮果因非加行因得下劣果勿設劬勞無所獲故同類因相義類寔繁隨力決擇如順正理已辯同類因相相應因相云何頌曰

相應因決定　心心所同依

論曰惟心心所是相應因豈不此中無簡別故時境行相别亦相應設簡别言此三同者異身同矚應說相應故說同依總遮斯難謂要同依心心所法方得更互爲相應因此中同言顯所依一謂若眼識用此刹那眼根爲

依相應受等亦即用此眼根爲依乃至意識及相應法同依意根應知亦爾今應思擇眼耳等根所依性同何緣説彼能依之識所依各異何勞別問諸識所依依性雖同而類別故若爾何故知同依言惟就俱生刹那依義説眼識等同一所依非就長時種類依義説諸眼識同一所依又無間依種類同故應眼等識爲相應因是故頌中應如是簡謂心心所同時同依故彼釋中自攝二義謂若眼識用此刹那眼根爲依乃至廣説頌中既闕同時之言如何得知此同依者非一種類是一刹那若謂釋中攝故無過應所造頌不説同依但説相應因決定心心所又相應言足遮諸難非時依異可有相應俱有相應二因何別且相應因法亦俱有因有俱有因法非相應因謂隨轉色生等諸行若相應因即俱有因此中二因義有何別非相應因即俱有因由此二因義各異故然即一法是相應因亦俱有因義差別者不相離義是相應因同一果義是俱有因又展轉力同生住等是俱有因若展轉力同緣一境是相應因由互爲果立俱有因由五平等立相應因其中闕一餘不得有是故極成互爲因義已辯相應因相

徧行因相云何頌曰

徧行謂前徧　爲同地染因

論曰徧行因者謂前已生徧行隨眠及俱品法與後同地自部他部諸染汙法爲徧行因何等名爲徧行品法隨眠品中當廣分別此因勢力越同類因勢力而轉故別建立亦爲餘部染法因故由此勢力餘部煩惱及彼眷

屬亦生長故於自部攝諸煩惱中同類徧行二因何別由有身見諸愛得生諸愛亦能生有身見二差別相如何可知自部二因亦有差別謂執我故能令諸愛生起堅固增廣熾盛我見徧緣諸愛境故愛令我見生起堅固而不能令增廣熾盛不能徧緣我見境故由諸徧惑展轉相望皆能徧緣所緣境故一一徧惑皆互能令生起堅固增廣熾盛故此二因非無差別一時一品能為同類徧行二因有何差別雖同時取二等流果而自部果增盛非餘由二因門所長養故惟生自部二因何別無徧行因惟生自部謂徧行法正現前時俱時有力取五部果於自部果亦有差別生起堅固由同類力增廣熾盛由徧行力應知過現徧行隨眠為五部因能緣五部亦是五部之所隨增彼相應法除所隨增生等復除能緣五部彼諸法得非徧行因或前後故性疎遠故非一果故有徧行隨眠非徧行因等餘廣決擇如順正理已辯徧行因相異熟因相云何頌曰

異熟因不善　及善唯有漏

論曰惟諸不善及善有漏是異熟因異熟法故隨其所應此因能感異熟果故名異熟因頌中及聲顯此因與果性相雖異而品類無雜惟言為遮異熟因體攝諸因義有說諸果皆名異熟彼異熟因亦應徧攝恐如彼計故說惟言何緣定知惟不善法及善有漏是異熟因契經說故謂契經說有黑黑異熟業有白白異熟業有黑白黑白異熟業有非黑非白無異熟業能盡諸業又契經言現見領受

悅意異熟或復領受悲號異熟由善不善又說我遭身業等損謂苦受生受苦異熟復言我遇身業等益謂樂受生受樂異熟如斯等證其類極多何緣無漏不招異熟無愛潤故如眞實種無水潤沃又無漏法既非繫地如何能招繫地異熟何緣無記不招異熟由力劣故如朽敗種餘善不善能招異熟如有水潤諸眞實種此異熟因總說有二一能牽引二能圓滿且衆同分及與命根非不相應行獨所能牽引故契經說業爲生因生即命根及衆同分餘色心等非定徧故又品類足說諸命根是業異熟非是業故非心隨轉身語二業亦不能引命衆同分經言劣界思業所引應知劣界即是欲有此說欲有命衆同分惟意業感非身語業身語表業有多極微一心所起惟一能引命衆同分餘無此能不應理故若許同時共感一果即應更互爲俱有因有對造色爲俱有因非宗所許此非展轉力所生故亦非次第一一極微引命同分一心起故非一心起無異功能別引生後而無過失非爲滿業亦有斯過於一生中各別能取圓滿果故依此無表亦同此釋多遠離體一心起故不許互爲俱有因故經說殺生若修若習若多修習生捺落迦論說破僧妄語惡業感無間獄一劫壽者此舉所起顯能起思思業非色難知相故於欲界中有時一蘊爲異熟因共感一果謂有記得及彼生等有時二蘊爲異熟因共感一果謂善不善色及生等有時四蘊爲異熟因共感一果謂善不善心心所法及彼生等欲界無有隨心轉色

故無五蘊爲異熟因共感一果於色界中有時一蘊爲異熟因共感一果謂有記得無想等至及彼生等有時二蘊爲異熟因共感一果謂初靜慮善有表業及彼生等非於第二靜慮已上有諸表業無能起故有時四蘊爲異熟因共感一果謂無隨轉色善心心所法及彼生等有時五蘊爲異熟因共感一果謂有隨轉色諸心心所法及彼生等無色界中有時一蘊爲異熟因共感一果謂有記得滅盡等至及彼生等有時四蘊爲異熟因共感一果謂一切善心心所法如是總有九異熟因謂三界中如數次第三四二種品類差別有業惟感一處異熟謂感法處即命根等若感意處定感二處謂意與法若感觸處應知亦二謂觸與法若感色處定感三處謂色觸法若感香味應知亦三謂自觸法若感身處定感四處謂身色觸法若感眼處定感五處謂眼身色觸法感耳鼻舌應知亦五謂自爲一身色觸法有業能感六七八九十十一處聲非異熟故此不論業或少果或多果故如外種果或少或多有一念業多念異熟無多念業一念異熟勿設劬勞果減因故有一世業三世異熟無二世業一世異熟招感異熟勢力法爾善惡爲因感無記故然異熟果無與業俱非造業時即受果故又業現在果非即熟法受業門理必決定故亦非無間由次刹那等無間緣力所引故刹那正起力難制故又異熟因感異類果必待相續方能辦故所餘決擇如順正理如是已辯六因相別此說三世定義云何頌曰

徧行與同類　二世三世三

論曰徧行同類惟居過現未來世無理如前說相應俱有異熟三因於三世中皆悉遍有頌既不說能作因所居義准應知通三世非世不可說彼定時分故已辯六因相别世定必應對果建立因名何等名爲因所對果頌曰

果有爲離繫　無爲無因果

論曰果略有五後當廣辯今且總標有爲離繫故本論說果法云何謂諸有爲及與擇滅豈不擇滅許是果故必應有因非無有因可說爲果曾未見故我亦許道爲證得因經說此爲沙門果故此六因内從何因得我說此果非從六因前說六因生所賴故若爾應許此證得因離前六因别爲第七我宗所許如汝所言豈不所宗有如是誦涅槃是果而無有因雖有此誦於義無失謂諸世間於設功用所欣事辦共立果名死於士夫極爲衰惱故於不死事最所欣如是所欣由道功用所證得故說名爲果言無因者道於所得擇滅無爲非六因故擇滅於道非所生果是所證果道於擇滅非能生因是能證因故道與滅更互相對因果是非不可定執若道於滅爲證得因是則但應得爲道果誰言道果定非滅得道於滅得爲同類因或亦說爲俱有因故然此非聖正所求果聖不求有爲而修聖道故道於滅得爲能生因道於滅體爲能證因既許無爲是能作因應許無爲有增上果以不障故立能作因非能生故無增上果由如是理如有爲法建立因果無爲不然是故

擇滅是因無果是果無因餘二無爲是因非果無因無果理極成立於當所辯異熟等流離繫士用及增上果如是五果對前六因當言何果何因所得頌曰

後因果異熟　前因增上果　同類徧等流俱相應士用

論曰於五果中第三離繫非生因得故此不論且辯六因得餘四果言後因者謂異熟因於因頌中最後說故初異熟果此因所得有言異熟從異熟生故此不應名無異熟彼言非理同類異熟二因所生義各別故謂前異熟爲同類因生後異熟爲等流果即後異熟由先業成能成諸業名異熟因所成異熟即異熟果二因體異二果義分因果類殊無相雜過然異熟體如熟飲食於生異熟無勝功能故惟不善及善有漏是異熟因名有異熟言前因者謂能作因於因頌中最初說故後增上果此因所得增上之果名增上果惟無障住有何增上即無障住說爲增上又於諸法生滅位中亦有展轉增上勢力同類徧行得等流果果似因故名爲等流如是二因果相相似故因雖二其果惟一俱有相應得士用果非越士體有別士用即此所得名士用果此士用名爲目何法即目諸法所有功能用此中士用士力士能士之勢分義皆無別如是冥符後頌文說若因彼力生是果名士諸法功能如士用故名爲士用如勇健人似師子故名爲師子俱士用果定有又勝故說相應俱有因得無間隔越或有或無設有非勝又濫餘果是故不言餘因所得

阿毗達磨藏顯宗論卷第九

音釋

矚（朱欲切視也）　捺落迦（梵語也此云苦具捺乃曷切）

阿毗達磨藏顯宗論卷第十

尊者衆賢造
唐三藏法師玄奘奉詔譯

辯差別品第三之六

已辯因果相對決定今當正辯果相差別異熟等果其相云何頌曰

異熟無記法　有情有記生　等流似自因
離繫由慧盡　若因彼力生　是果名士用
除前有爲法　有爲增上果

論曰唯於無覆無記法中有異熟果若爾則應非有情數亦是異熟爲欲簡彼說有情言唯於有情有異熟故若爾於彼有情數中長養等流應是異熟又爲簡彼說有記生一切不善及善有漏能記異熟故名有記從彼後時異熟方起非俱無間名有記生如是名爲異熟果相豈不異熟亦以前位異熟果體爲同類因是前異熟等流果故則應亦說從無記生是等流性如何乃說從有記生非等流性無如是失異熟果體由同類因相有雜亂由異熟因相無雜亂是故但說從有記生由此准知非等流性以等流果與因相似有雜亂故若異熟果與因相別無雜亂故何故非情非異熟果共業所得共受用故大梵住處諸大梵共感餘可於中有受用理故多有情業如何共感一非情果自類因一業緣有多亦無有過又見少業能生多果如何少果非多業生能作因業果少果多俱無所妨異熟因力即不如是果非共故共果數招非順熟義是故異熟不攝非情似自因法名等流果謂似同類徧行二因如同類因善染無記等

流果性其相亦爾如徧行因唯是染汙等流果性其相亦爾豈不俱起士用果性亦似自因如何可言似自因法名等流果無等流果不似自因有士用果與自因異故似自因名等流果定無濫彼士用果失豈不亦有等流異因如徧行因望異部果染性同故名似自因士用果性有與因別又似因者謂果與因具二相似一體二性體謂受等性謂善等若於俱起士用果中其性雖同而體必異無二受等俱時生故若於後起士用果中性之與體皆容有異故不可說果定似因其等流果性必似因於其體中亦容有似故唯此果說似自因然此二因互有寬狹故別建立果望自因俱必相似故合立一由慧盡法名離繫果滅故名盡擇故名慧即說擇滅名離繫果

由擇爲因離諸繫縛證得此滅故名爲果若法因彼勢力所生即說此法名士用果此有四種如前已說言俱生者謂同一時更互爲因力所生法言無間者謂次後生如世第一法生苦法智忍言隔越者謂隔時生如農夫等於穀麥等言不生者所謂涅槃無間道力彼得生故此既不生如何可說彼力生故名士用果現見於得亦說生名如說我財生是我得財義若無間道斷諸隨眠所證擇滅名離繫果及士用果若無間道不斷隨眠所證擇滅唯士用果非離繫果歷諸位說如順正理諸有爲法除在前生是餘有爲之增上果必無少果在因前生果若前生後因無用應未來法畢竟不生士用增上二果何別士用果名惟對作者增上果名無對受者於上所

說六種因中何位何因取果與果頌曰
五取果惟現　二與果亦然　過現與二因
一與惟過去
論曰五因取果惟於現在定非過去彼已取
故亦非未來無作用故言取果者是能引義
謂引未來令其生等於同體類能爲種子於
異體類由同一果於非一果由同性類於異
性類而由有是自聚相續是故一切皆名能
引如是能引名爲取果此取果用惟現在有
非於去來惟此可名有爲作用相應俱有異
熟三因皆說功能名爲作用果異因故二俱
時故所言五者簡能作因然能作因能取果
者定惟現在與通過現應如同類徧行二因
但非一切有增上果可取或與故此不說如
何此因惟現取果如本論說過去諸法爲等
無間能生二心若出無想滅盡定心由入二
定心現在時取者則應二定永不現前等無
間緣取與俱故無如是事入二定心惟現在
時能取二定及出心果然由二定是正所求
必應先起由此爲障令出定心非於入心無
間即起據與果義說過去生二心此義於後
當更分別故能作因如同類徧行總取未來
爲自增上果然或有說此能作因取果與果
俱通過現理不應然取果作用惟現有故俱
有相應與果亦爾惟於現在由此二因取果
與果必俱時故同類徧行二因與果通於過
現能作因中諸有果者應同此說然非一切
皆容有果故此不論同徧二因有等流果無
間生者即現在時於無間果亦取亦與此果
已生二因已滅名已取與若此二因滅至過

去其等流果方至生時則此二因於生位果先取今與言與果者謂此諸因正與彼力令其生等其能作因正居現在彼增上果有現已生如眼根等生眼識等有無間生如世第一法等生苦法智忍等有隔越生如順解脫分善根等生三乘菩提盡智等有緣無緣善不善等諸同類因取果與果時有同異有四句等如順正理廣說應知異熟與果惟於過去由異熟果無與因俱或無間故西方諸師說五果外別有四果一加行果二安立果三和合果四修習果此皆士用增上果攝由是故說果惟有五辯因果已復應思擇此中何法幾因所生應知此中法略有四謂染汙法異熟生法初無漏法三所餘法餘法者何謂除異熟餘無記法除初無漏諸餘善法如是四法頌曰

染汙異熟生　餘初聖如次　除異熟徧二
及同類餘生　此謂心心所　餘及除相應

論曰諸染汙法除異熟因餘五因生由異熟因所生諸法非染汙故異熟生法除徧行因餘五因生由徧行因所生諸法惟染汙故三所餘法雙除異熟徧行二因餘四因生由所餘法非異熟性故及非染汙故初無漏法及除同類及言爲顯亦除異熟徧行二因餘三因生由初無漏無有前生同類法故及是善故如是四法爲說何等應知惟說心及心所若爾所餘不相應行及色四法復幾因生如心心所所除因外及除相應應知餘法從四三二餘因所生謂染汙色不相應行如心心所除異熟因及除相應餘四因生異熟生色

不相應行如心心所除徧行因及除相應餘四因生三所餘色不相應行如心心所雙除異熟徧行二因及除相應餘三因生初無漏色不相應行如心心所除前三因及除相應餘二因生一因生法決定無有今應思擇一切法中何法能爲幾因自性謂或有法具足能爲六因自性次第乃至有法能爲一因自性此中有法具足能爲六因性者謂諸過現不善徧行心心所法有法能爲五因性者謂諸過現不善非徧心心所法或無記徧心心所法或善有漏心心所法或不善徧不相應行有法能爲四因性者謂諸過現不善色法或善有漏色心不相應行或不善非徧心不相應行或無記徧不相應行或無記非徧心心所法或諸無漏心心所法或諸未來不善善有漏心心所法有法能爲三因性者謂諸過現無記色法或無記非徧心不相應行或善有漏色無漏色不相應行或未來不善及善有漏色心不相應行或無記無漏心心所法有法能爲二因性者謂諸未來無記無漏色心不相應行有法能爲一因性者謂無爲法無法非因有法非果所謂虛空及非擇滅復應思擇如是六因自性相望有純有雜且能作因對俱有因爲順後句謂俱有因必雜能作有純能作非俱有因謂無爲法又能作因對同類因亦順後句謂同類因必雜能作有純能作非同類因謂未來法及無爲法又能作因對相應因亦順後句謂相應因必雜能作有純能作非相應因謂諸色法不相應行及無爲法又能作因對徧行因亦類後句謂徧行因

必雜能作有純能作非徧行因謂未來法過去現在非徧行法及無為法又能作因對異熟因亦順後句謂異熟因必雜能作有純能作非異熟因謂無記法及無漏法若俱有因對同類因為順後句謂同類因必雜俱有有純俱有非同類因謂未來法又俱有因對相應因亦順後句謂相應因必雜俱有有純俱有非相應因謂諸色法不相應行又俱有因對徧行因亦順後句謂徧行因必雜俱有有純俱有非徧行因謂未來法過去現在非徧行法又俱有因對異熟因亦順後句謂異熟因必雜俱有有純俱有非異熟因謂諸有為中無記無漏法若同類因對相應因應作四句第一句者謂過去現在色不相應行第二句者謂未來世心心所法第三句者謂過現世心心所法第四句者謂未來色不相應行及無為法又同類因對徧行因為順後句謂徧行因必雜同類有純同類非徧行因謂過現世非徧行法又同類因對異熟因應作四句第一句者謂過去現在無記無漏法第二句者謂未來不善及善有漏法第三句者謂過現不善及善有漏法第四句者謂未來世無記無漏及無為法若相應因對徧行因應作四句第一句者謂未來世心心所法過現非徧心心所法第二句者謂過云現在徧不相應行第三句者謂過去現在徧心心所法第四句者謂諸色法未來一切不相應行過現非徧不相應行及無為法又相應因對異熟因亦作四句第一句者謂無記無漏諸心心所法第二句者謂不善善有漏色不相應

行第三句者謂不善善有漏諸心心所法第四句者謂無記無漏色不相應行及無爲法若徧行因對異熟因應作四句第一句者謂過去現在無記徧行法第二句者謂未來不善及善有漏法過現善有漏不善非徧法第三句者謂過去現在不善徧行法第四句者謂未來世無記無漏法過現無漏無記非徧法及無爲法又應思擇如是六因色非色等諸門差别謂六因中相應徧行二因非色餘之四因通色非色有見無見有對無對應知亦爾又六因中惟相應因但相應法餘通相應不相應法有所依無所依有發悟無發悟有行相無行相有所緣無所緣應知亦爾又六因中徧行異熟二因惟有漏餘之四因通有漏無漏又六因中能作一因通有爲無爲餘之五因一向是有爲又六因中徧行一因惟是染餘之五因通染及不染有罪無罪黑白有覆無覆順退不順退應知亦爾又六因中異熟二因惟有異熟餘之五因通有異熟及無異熟又六因中能作一因通三世非世俱有相應異熟三因皆通三世同類徧行二因惟通過去現在又六因中徧行一因不善無記異熟一因通善不善餘之四因皆通三性又六因中徧行異熟通三界繫餘之四因通三界繫及通不繫又六因中徧行異熟二因惟是非學非無學餘之四因皆通三種又六因中徧行一因惟見所斷異熟一因通見修所斷餘之四因通見修所斷及非所斷又六因中能作一因通四諦攝及非諦攝徧行異熟二因惟通苦集諦攝餘之三因通苦集

道三諦所攝又六因中相應徧行惟四蘊攝俱有同類異熟三因通五蘊攝能作一因通五蘊攝及非蘊攝又六因中相應徧行意法處攝異熟一因色聲意法四處所攝餘之三因十二處攝又六因中徧行一因意法意識三界所攝相應一因通七心界法界所攝異熟一因通色聲界及七心界法界所攝餘之三因十八界攝此等因果諸差別相非一切智無能徧知已隨我等覺慧所行因果義中略辯其相爲重明了思擇諸緣何謂諸緣頌曰

說有四種緣　因緣五因性　等無間非後心心所已生　所緣一切法　增上即能作

論曰於何處說謂契經中如契經中說四緣性謂因緣性等無間緣性所緣緣性增上緣性此中緣性即是四緣如四所居即所居性爲顯種類故說性言意辯諸緣隨事差別有無量體然括其義無非攝入四種類中謂一切緣無過此性於六因内除能作因所餘五因是因緣性如本論說何說因緣謂一切有爲法論既不說亦攝無爲故立五因爲因緣性無爲何故不立因緣此如前釋惟無障住立能作因非餘因攝雖諸法性本有非無而作用成必待因力如諸造色體本非無而功用成必因大種因中勝者其惟五因如造色因勝者無五非後已生心心所法一切總說等無間緣謂除阿羅漢最後心心所諸餘已生心心所法無不皆是等無間緣爲簡未來及無爲法說已生語爲簡諸色不相應行說心心所何故等無間緣惟心心所此與等無

間緣義相應故此緣生法等而無間依此義立等無間名謂一相續必無同類二法俱生故說名等此緣對果無同類法中間爲隔故名無間若說此果無間續生名無間者出無想等心等望前應非無間或無等法於中間起名等無間是二中間無容得有等法生義或前俱生心心所品等與無間後品爲緣非惟同類名等無間何故一身心心所法無有同類二體俱生等無間緣無第二故何緣無二等無間緣一一有情一心轉故何緣一一但一心轉心於餘境正馳散時於餘境中不了知故又心在定專一境時餘境散心必不生故又一相續若有多心應無有能調伏心者又若一身多心並起爲境各別爲共相應若共相應一境一相無差別故俱起唐捐若境各別即應染淨善惡俱生便無解脫復有至教證一有情惟有一心相續而轉謂契經說受樂受時彼於爾時二受俱滅又契經說心爲獨行云何定知心心所法生時必藉等無間緣由契經說及彼能生作意正起現見覺慧定由覺慧爲先故生若異此者何理能遮本無有情今時欻起諸阿羅漢最後心心所何緣故說非等無間緣由彼不能牽後果故此復何故無牽果能以於爾時餘緣闕故許餘緣闕故後識不生有牽後果能斯有何咎若能牽後應如前位心心所法亦能與果若緣闕故與果義無應由闕緣不能牽果或正滅時心心所法能牽能與在正生位等無間法處名等無間緣諸阿羅漢最後心等於正滅位無有正生等無間法故不可說等無

間緣若爾無想及二定前心心所法於正滅位正生位中無心心所應不可說等無間緣彼定當生故亦名等無間不相應隔不得即生既定當生說生無咎同類因等取果無定是故不應以彼例此何故未來心心所法全不許立等無間緣等無間緣前後所顯未來未有前後決定若彼已有前後決定修正加行則爲唐捐異熟因果雖前後定而就相立不據前後故通未來不可爲例若未來世無定前後如何世尊記當時分諸佛德用不可思議因果曾當皆能現見有說現在有情身中各有未來因果先相佛因觀此便知未來證見分明非占相智佛於此等爾焰稠林理有所因方能證見非一切智便無所因於色等境能有作用何緣諸色不相應行俱不建立等無間緣以一身中同類並起或多或少非等無間若爾命根無二俱起何不許託等無間緣宿業力生非前命引雖心心所有先業生而託境根不可爲例又不決定是異熟生然毗婆沙說心心所依緣行相皆有拘礙由斯故立等無間緣色不相應無如是事非惟開避建立此緣亦據牽生立此緣體故極微等雖前避後後方得生而非此緣心等相生有定不定故知亦據有力牽生此定不定如順正理諸心心所自因力生前無間滅有何作用謂諸根境雖現和合而無識等同類並生故知前心無間滅位有力牽後心等令生色不相應無如是事如說云何心等無間法謂心無間餘心心所法已生正生及無想定乃至廣說此已生言攝過現世正生言攝

未來生時若爾便應第二念等定及出定心非心等無間入心無間彼未生故彼後正生時名心等無間中間不隔等無間緣故後望前亦名無間又必當起亦名生時果被取已必當生故若爾違害見蘊論文如彼問言若法與彼法爲等無間或時此法與彼非等無間耶彼即答言若時此法未至已生有何違害等無間定要至已生然於此中有二種釋並無違害若時此法未至已生者此法是何爲前爲後如世第一法生苦法智忍爲世第一法未至已生時非與苦法智忍爲等無間若至已生位爲等無間耶爲苦法智忍未至已生時非與世第一法爲等無間若至已生位爲等無間耶若執前者有心位可爾無心位如何謂無心定入正已生不可即與第二念等定及出心爲等無間若入定心至已生位即與彼諸法爲等無間者等無間緣果法被取必無有物能礙其生則彼一切皆應頓起若入心後出心即生是則二定永應不起若執後者苦法智忍未已生時應不與彼世第一法爲等無間然必應許苦法智忍在正生時即名與彼世第一法爲等無間此中一類許可前執然見蘊文約有心位說等無間故無前失或言設約無心位辯此失亦無謂入定心居現在位頓取諸定及出心果亦與最初剎那定果滅入過去隨後諸定及出定心一一生時與果非取先已取故豈不一切等無間緣無有異時取果與果此責非理取果必頓與果有漸故無有失但應責言同一心果何緣諸定及出定心前後而生不俱時

起正所求者理必前生謂入定心順求於定故心無間定必前生若爾何緣諸刹那定前後而起諸刹那定俱生無用故不俱生由前加行勢力所引故多念定長時續生非多刹那定俱起用一刹那定所不能爲故不頓生猶如識等然諸念定是等無間不可說爲等無間緣若法由前心等引起同一種類必不俱生生已復能引後令起可名等無間及等無間緣諸定雖由前心等引同一種類必不俱生然其生已不能引後可名等無間非等無間緣是故設約無心位辯亦無有失諸作是說入二定心滅入過去方能漸取第二念等定及出心彼入定心應非過去夫取果者是牽果能諸牽果能是行作用依行作用立三世別若有作用非現在者豈不便壞世別所依諸有釋言過去眼等於色等境無有見聞齅甞覺等各別作用故非現在彼釋不然應共審決眼等作用爲是於境見等功能爲牽果用若是於境見等功能便於闇中現在眼等未生已滅眼等何殊而不說爲未來過去闇中眼等雖無見聞齅甞等用而皆現有牽果功能可名作用約有此用皆名現在所餘所境與果等用皆非作用但是功能如是功能三時容有辯三世處當具思擇又過去世諸心心所於所緣等不能爲礙故不能作此緣取果復有一類許可後執豈不苦法智忍在正生時即與世第一法爲等無間理實應爾然此中說等無間緣要至已生此緣方立故無有過如是二釋未已生言於我義宗並無違害所緣緣性即一切法離心心所所

緣境外決定更無餘法可得以一切法是心心所生所攀附故曰所緣即此所緣是心心所發生緣故名所緣緣一切法者即十二處謂眼耳鼻舌身意識及相應法隨其次第以諸色聲香味觸法爲所緣境六根惟是意識所緣何緣故知經言多法生意識故又眼等根皆非五識境所攝故所識所知徧諸法故五識所緣惟實非假意識所緣通於假實諸心心所緣有非無破斥餘宗如順正理然心心所所緣境定謂眼識等於所緣色乃至意識等於所緣諸法此心心所於所緣定爲處爲類爲約剎那有說約處謂眼識等惟緣色處餘隨所應各說自境勿於一境多心心所住不生法故餘非定且眼識等於諸色中隨遇何色即緣之起若爾如何青黃等覺體不雜亂有避此失說約處類非約剎那若爾如何青黃等覺體不雜亂如是應說處類剎那三皆決定豈不一境多心心所住不生法此無有失未來世寬豈不容受又心心所於自所緣前所覺知後能隨憶且五識等境意識等隨憶五識等不能隨憶前覺境一念緣故無分別故意有二種謂染不染隨一覺知二能隨憶復有二種善染無記隨一覺知三能隨憶復有四種謂善不善有覆無記無覆無記隨一覺知四能隨憶復有五種謂見苦所斷乃至修所斷見苦見集及修所斷隨一覺知五能隨憶見滅見道所斷覺知四能隨憶各除他一廣說乃至有十二種謂欲界四上界各三及學無學欲善覺知十二隨憶不善色善覺知亦爾欲覆無覆無記覺知八能隨

憶除色有覆及無色三色覆覺知十能隨憶除欲有覆無覆無記無色界善覺知亦爾色界無覆無記覺知十能隨憶除無色界有覆無覆無色有覆無覆覺知九能隨憶除欲有覆欲色無覆有學覺知十一隨憶除欲有覆無學覺知退法如學若不退法七能隨憶除學及除三界四染二十心等諸門差別覺知隨憶如理應思增上緣性即能作因以能作因因義細故無邊際故攝一切法若此於彼不礙令生是能作因增上緣義對三緣義此類最多所作實繁故名增上豈不增上攝法普周寧復對三言此增上非對三體立增上名何者對三義用而立諸緣義用互不相通諸緣體性更互相雜如增上緣義類無量所作繁廣餘三不然故此獨標增上緣稱為攝五因及三緣性所不攝義立能作因及增上緣由此二種義類最廣故立通名譬如行蘊法界法處法實法歸法念住等有餘師說此增上緣體類最多故名增上所緣緣性雖徧諸法而作所緣不通俱有由位狹故廢增上名有餘復說所生廣故名增上緣謂一切法惟除自體徧能生起一切有為如一剎那眼識生位除其自性用一切法為增上緣餘生亦爾此緣體用其量無邊如契經中說世自法三增上者止惡行善所觀因故立增上名謂境現前煩惱將起隨觀彼一惡止善行於止行中得增上故契經且說增上有三非餘於餘無增上義

阿毗達磨藏顯宗論卷第十

音釋

欻（許勿切忽也）

爾焰（梵語也此云所知焰以贍切）

稠（除留切密也）

阿毘達磨藏顯宗論卷第十一

尊者衆賢造

唐三藏法師玄奘奉　詔譯

辯差別品第三之七

緣與因義差別云何有說因緣徧不徧異初及四二緣攝六因故二三二緣非因攝故六因四緣體雖無別而義有異且等無間及所緣緣既非因攝故知餘二義亦有殊緣義等故與因皆別故有總辯因緣異言因謂能生緣能長養猶如生養二母差別又緣攝助因方能生生已相續緣力長養故或有說因唯有一緣乃衆多猶如種子糞土等異又因不共共者是緣如眼如色又作自事名因若作他事名緣如種糞等又能引起名因能任持者名緣如華如帶又近名因遠者名緣如珠如日又因能生緣者能辦如酪出生酥人鑽器能辦又正有義名因能助顯發名緣如字界字緣於義有差別如斯等類差別衆多是故因緣別立名想此總意顯因親緣疎故因緣中親疎數廣已隨理教略辨諸緣如是諸緣顯法生滅以為作用應說何緣於何位法而興作用頌曰

二因於正滅　三因於正生　餘二緣相違
而興於作用

論曰前說五因為因緣性二因作用於正滅時正滅時言顯法現在滅現前故名正滅時俱有相應二因於法滅現前位而作功能此位二因作功能者謂俱生品隨闕一時作用皆無不能取境於現在位如是二因雖俱一時取果與果而今但約與果功能所言三因

於正生者謂未來法於正生位生現前故名正生時同類徧行異熟三種法正生位而作功能故有說言等流異熟二果因力牽引令生同類徧行容有無間等流果起可言彼果於正生時因與作用異熟因果必隔遠時其因久滅果方正起如何作用在果生時非過去時可有作用此言作用意顯功能二相別中已曾思擇其因雖滅經無量時而有功能令自果起由不共故自果生時作用雖無而於自果與功能上立作用名唯取果功能乃名眞作用餘名作用皆是假說已說因緣二時作用二緣作用與此相違等無間緣於法生位而興作用以彼生時前心心所引開避故若所緣緣能緣滅位而興作用以心心所要現在時方取境故其增上緣法生滅位皆無障住故彼作用一切無遮今應思擇俱有相應及所緣緣若法生巳方興作用何須立此二因一緣若執因緣要有作用方許立爲因緣性者則未來世應無因緣然宗所許不應爲難若爾云何說有作用若離如是二因一緣正滅位中所引諸法應無作用取境功能若作用無亦名緣者諸阿羅漢最後心等亦應可立等無間緣此責非理前已辨故說所緣緣非要由有作用方立何相關涉而將例彼等無間緣彼緣要由開避牽引故唯現在正可安立於未來世定無彼緣於現在時曾有作用故雖過去亦可安立其所緣緣非唯現在但有體性皆可成緣不必要由作用而立唯於少分少分成緣得作用名非於一切云何知有體方得成緣所緣體若無覺不

生故若所緣緣要有作用後法無爲應有前果或此作用非據親生諸果而立但據諸法起用所憑說爲作用故後無爲無前果失應言何法由幾緣生頌曰

心心所由四　二定但由三　餘由二緣生
非天次等故

論曰此中由言爲顯故義謂心心所四緣故生其所緣緣除生心等無別有用謂六識身及相應法隨其所應以色等五及一切法爲所緣緣心等因緣具五因性前生自類開避引發是謂心等等無間緣此增上緣即一切法各除自性隨其所應豈不一緣二因作用非於彼法生時即有如何心等四緣故生如何因緣具五因性雖法滅位作用方成而法生時非無功力離此彼法必不生故以心心所必仗所緣及託二因方得生故若法與彼法爲所緣或因無暫時非本論說故二無心定三緣故生除所緣緣非能緣故此因緣者但有二因一俱有因謂二定上生等諸相三同類因謂前已生自地善法等無間緣謂入定心及相應法增上緣者謂如前說豈不無想亦三緣生是心心所等無間故亦應說爲心等無間但非心等加行引生故於此中廢而不說我此無想但聲所顯非如二定相對立故二定何緣是心等無間而不說是心等無間緣由心等力所引生故如心心所生必繫屬前心滅故非如色法可與餘心俱時轉故非如得等可有雜亂俱現前故非如生等是餘伴故然心方便加行引生故可說爲心等無間與心等起定相違害故非心等等無

間緣又爲此緣理相違故謂修行者猒惡現行心心所法入無心定若無心定復爲此緣引心心所則修行者應於此定無樂起心爲離現行心心所法入無心定此復引生心心所法不應正理故非心等等無間緣二定剎那前望於後何緣不立等無間緣諸念皆由心等引故非由前念引後令起若前能引後最後應無果亦不可說此引出心已說違心非心緣故又出定心入心果故入心無間出心未生如何說彼爲等無間無等無間緣於中爲隔故無間等無間二義有差別前心等乃引後法生後法名爲前等無間剎那無隔立無間名是故二言其義各別故作是說若法與心爲等無間彼法亦是心無間耶應作四句第一句者謂無心定出心心所及第二等諸定剎那第二句者謂初所起諸定剎那及有心位諸心心所生住異滅第三句者謂初所起諸定剎那及有心位心心所法第四句者謂第二等諸定剎那及無心定出心心所生住異滅若法與心爲等無間與無心定爲無間耶應作四句謂前第三第四句爲今第一第二句即前第一第二句爲今第三第四句餘不相應及諸色法皆因增上二緣所生復云何知世間諸法准如上說因緣所生非自在天我勝性等一因所起由次第故謂諸世間若自在等一因生者則應一切俱時而生非次第起因現有故何法爲障令不俱生現見諸法次第而起故知非但一因所生若執世間隨自在欲前後差別故非頓起是則應許非一因生亦許欲爲法生因故此欲

前後生滅差別理亦不成因無異故非因無異果有差別要待異因果方別故或差別欲應許頓生所因前後無差別故是則諸法亦應頓生誰能爲障令不頓起若自在欲更待餘因前後次第差別生者應所因法復待餘因則所待因應無邊際因無邊故無始義成不越釋門因緣正理徒異名說自在爲因又無用故不應妄執世間諸法自在爲因非自在天作大功力生世間法少有所用故不應謂自在爲因若爲發生自歡喜者但應發喜何用生餘若喜離餘方便不發是則彼喜餘方便生自在於斯應非自在於喜既爾餘亦應然差別因緣不可得故或餘方便應餘方便生何用計從自在天所起若餘方便離餘方便生喜亦應非餘方便所起或生苦具逼害有情爲發自喜咄哉何用事斯暴惡自在天爲又信世間唯從自在一因所起則撥世間現見罪福諸士用果若言自在待餘罪福助發功能方成因者但是朋敬自在天言離所餘因緣不見別用故時地水等種種因緣於牙等生現有功力牙等隨彼成有無故於牙等生除彼功力不見別用故不應計世間法起自在爲因自在既然我勝性等亦應准此如應思擇故無有法唯一因生但從如前所說種種因緣所起其理極成既言色法因及增上二緣所生大種所造總名爲色於中云何大種所造自他相望互爲因緣頌曰

大爲大二因　爲所造五種　造爲造三種爲大唯一因

論曰初言大爲大二因者是諸大種更互相

望但爲俱有同類因義俱起前生爲因別故謂隨闕一餘不生故更互相望有俱有因性類雖別而同一事更相順故有同類因大於所造能爲五因何等爲五謂生依立持養別故雖同時生而隨轉故如互起影燈焰發明大於所造得成因義如是五因但是能作因之差別大望所造爲餘五因理不成故非一果故非俱有因非相應因不相應故非染汚故非徧行因非異熟因無記性故非同類故非同類因問答決擇如順正理又本論中亦有文證大望造色無五種因如說有色處非無記爲因亦非無記謂善色處若爾應與經論相違如契經言因四大種施設色蘊本論亦言四大所造因增上等俱不相違據生因等五因說故大與所造爲生因者從彼起故如母生子爲依因者隨彼轉故如臣依王爲立因者能任持故如地持物爲持因者由彼力持令不斷故如食持命爲養因者能增長故譬如樹根水所潤沃如是則顯大與所造爲起變持住長因性或生因者一切大種生所造色非離諸大種有造色生故造色生已同類相續不斷位中火爲依因能令乾燥不爛壞故水爲立因能爲浸潤令不散故地爲持因能任持彼令不墜故風爲養因能引發彼令增長故如是大種雖與所造無俱有等五種因義而有生等五種別因故與經論無相違失諸所造色自互相望但有三因所謂俱有同類異熟據所造類容有三因非一切有俱有因者謂隨心轉身語二業七支相望展轉爲因同類因者一切前生於後同類異

熟因者謂諸不善及善有漏身語二業能招異熟眼等色等所造於大但爲一因謂異熟因身語二業能招異熟四大種故已辯諸法爾所緣生當隨宗委辯等無間緣義前雖總說諸心心所已生除最後爲等無間緣未決定說何心無間有幾心生復從幾心有何心起今當定說心有多種如何依彼可定說耶且略說心有十二種云何十二頌曰

欲界有四心　善惡覆無覆　色無色除惡

無漏有二心

論曰且於欲界有四種心謂善不善有覆無記無覆無記色無色界各有三心謂除不善餘如上說如是十種說有漏心若無漏心唯有二種謂學無學合成十二此十二心互相生者頌曰

欲界善生九　此復從八生　染從十生四

餘從五生七　色善生十一　此復從九生

有覆從八生　此復生於六　無覆從三生

此復能生六　無色善生九　此復從六生

有覆生從七　無覆如色辯　學從四生五

餘從五生四

論曰欲界善心無間生九謂自界四色界二心於入定時及續生位如其次第生善染心生何善心復何地攝此於初位生加行心若於後時生離欲得隨順住故無容起彼生得善心生在此間不能令彼起現前故有說彼心未至地攝有言亦攝在初靜慮有說亦在靜慮中間尊者瞿沙作如是說乃至亦在第二靜慮如超定時隔地而起有作是說非等引心無力能牽隔地心起是故彼說理定不

然及無色一於續生位欲善無間生彼染心并學無學隨順住故欲善無間必定不生色無色纏無覆無記彼皆繫屬自界心故亦定不生無色界善以彼於此四遠遠故一所依遠二行相遠三所緣遠四對治遠即此復從八無間起謂自界四色界二心於出定時從彼善起被初靜慮染定惱時從彼染心生於欲善求依下善爲防退故及學無學謂出觀時染謂不善有覆無記二各從十無間而生謂自界四色無色六於續生位上界六心皆可命終生欲二染必無無漏生染汚心故此非從學無學起即此無間能生四心謂自界四餘無生理必無下地染心無間能生上地及無漏心餘謂欲纏無覆無記此心從五無間而生謂自界四及色界善欲界化心從彼生故即此無間能生七心謂自界四及色界二善與染汚於入定時欲界化心還生彼善於續生位欲界無覆生彼染心并無色一於續生位此無覆心能生彼染如是已辯欲界四心無間從生能生決定色界善心無間生十一謂除無色無覆無記心異熟生心屬自界故即此復從九無間起謂除欲界二染汚心及除無色無覆無記有覆從八無間而生除欲而染及學無學即此無間能生六心謂自界三欲善不善有覆無記無覆從三無間而起謂唯自界餘無生理即此無間能生六心謂自界三欲無色染已辯色界三心相生無色界善無間生九謂除欲善欲色無覆即此從六無間而生謂自界三及色界善并學無學有覆無間能生七心謂自界三及色界

善欲色界染即此亦從七無間起謂除欲色染及學無學心無覆如色說從三無間生謂自界三餘皆非理即此無間能生六心謂自界三及欲色染已辯無色三心相生學心從四無間而生謂即學心及三界善即此無間能生五心謂前四心及無學一非三界染互相違故非諸無覆不明利故餘謂無學從五無間生謂三界善及學無學二即此無間能生四心謂三界善及無學一不生學心彼非果故非染無覆如前說故說十二心互相生已云何分此爲二十心頌曰

十二爲二十　謂三界善心　分加行生得
欲無覆分四　異熟威儀路　工巧處通果
色界除工巧　餘數如前說

論曰三界善心各分二種謂加行得生得別故欲界無覆分爲四心一異熟生二威儀路二工巧處四通果心色無覆心分爲三種除工巧處上界都無造作種種工巧事故無色界無行等事故無威儀路無攝受支三摩地故亦無通果依如是理欲界有八色界有六無色有四學無學心合爲二十如是二十互相生者且說欲界八種心中加行善心無間生十謂自界七除通果心自類靜定無間生故及色界一加行善心幷學無學即此復從八無間起謂自界四二善二染及色界二加行有覆幷學無學生得善心無間生九謂自界七除通果心及色無色有覆無記即此復從十一心起謂自界七除通果心及色界二加行有覆幷學無學二染污心無間生七謂自界七除通果心即此復從十四心起謂自

界七除通果心及色界四除加行善與通果心幷無色三除加行善異熟威儀無間生八謂自界六除加行善與通果心及色無色有覆無記即此復從七無間起謂自界七除通果心工巧處心無間生六謂自界六除加行善與通果心即此復從七無間起除通果心從通果心無間生二謂自界一即通果心及色界一即加行善即此亦從二無間起謂即前說自色二心說欲界心互相生已次說色界六種心中從加行善心無間生十二謂自界六及欲界三加行生得與通果心幷無色一加行善心學無學心即此復從十無間起謂自界四除威儀路與異熟生及欲界二加行通果幷無色二加行有覆學無學心生得善心無間生八謂自界五除通果心及欲界二不善有覆幷色界一有覆無記即此復從王無間起謂自界五除通果心有覆無記無間生九謂自界五除通果心及欲界四二善二染即此復從十一心起謂自界五除通果心及欲界三生得善心威儀異熟幷無色三除加行善異熟威儀無間生七謂自界四除加行善與通果心及欲界二不善有覆幷無色一有覆無記即此復從五無間起謂自界五除通果心從通果心無間生二謂自界二加行通果即此亦從二無間起謂即前說自界二心說色界心互相生已次說無色四種心中加行善心無間生七謂自界四及色界一加行善心幷學無學即此復從六無間起謂自界三惟除異熟及色界一加行善心幷學無學生得善心無間生七謂自界四及色

界一有覆無記幷欲界二不善有覆即此復從四無間起謂自界四有覆無記無間生八謂自界四及色界二加行有覆幷欲界二不善有覆即此復從十無間起謂自界四及色界三生得異熟與威儀路幷欲界三名如色說異熟生心無間生六謂自界三除加行善及色界一有覆無記幷欲界二不善有覆即此復從四無間起謂自界四說無色心互相生巳次說無漏二種心中從有學心無間生六謂通三界加行善心及欲生得幷學無學即此復從四無間起謂三加行及有學心從無學心無間生五謂前有學所生六中除有學一即此復從五無間起謂三加行及學無學復有何緣加行無間能生異熟工巧威儀非彼無間生加行善且異熟生由先業力所引發故勢力羸劣非作功用所引發故不能引起加行善心故彼不能生加行善出心不由功用轉故加行無間生彼無違工巧威儀勢力羸劣樂作功用引發工巧及威儀故不能引起加行善心出心不由功用轉故加行無間生彼無違若爾染心不應無間生加行善染著境界違背善故勢力劣故無斯過失猒倦煩惱數數現前作是思惟設何方便令無義聚止息不行便如實知起過失境能生功德脫我當起煩惱現前尋復覺知起善防護由斯願力能起加行無始時來數習染故勢力不劣故染無間生加行善欲界生得行相明利非勝功用之所引發以明利故可有從彼學無學心色界加行無間而起非勝功用所引發故不能從此引生彼心色無色界

生得善心不明利故非勝功用所引發故非學無學他界加行無間而起亦非從此引生彼心又欲生得以明利故可從色染無間而生能爲防護色界生得不明利故非無色染無間而起作意有三謂自共相勝解作意有差別故云何名爲自相作意謂觀諸色變礙爲相乃至觀識了別爲相如是等觀相應作意云何名爲共相作意謂十六行相應作意云何名爲勝解作意謂不淨觀及四無量有色解脱勝處徧處如是等觀相應作意如是三種作意無間聖道現前聖道無間亦能具起三種作意若作是説便順此言不淨觀俱行修念等覺分有餘師説惟從共相作意無間聖道現前聖道無間方能具起三種作意若爾何故契經中言不淨觀俱行修念等覺分由不淨觀調伏心已方能引生共相作意從此無間聖道現前依此展轉密意而説故無有過有餘復言惟從共相作意無間聖道現前聖道無間亦惟能起共相作意此言有失所以者何依未至等三地證入正性離生聖道無間可生欲界共相作意以欲界中共相作意去彼聖道非極遠故若依第二第三第四静慮證入正性離生聖道無間起何作意非起欲界共相作意以極遠故又於彼地無容有故以非彼地已有曾得共相作意異於曾得順決擇分非諸聖者順決擇分可復現前非得果已可重發生加行道故彼今應説此聖道後起何共相作意現前豈不繫屬順決擇分亦修彼類共相作意如觀諸行皆是無常觀一切法皆是無我涅槃寂静聖道

無間引彼現前此救非理繫屬加行所修作意非得果後可引現前是彼類故前說聖道無間通三作意現前於理爲善若依未至定得阿羅漢果後出觀心或即彼地或是欲界依無所有處得阿羅漢果後出觀心或即彼地或是有頂若依餘地得阿羅漢果後出觀心惟自非餘地於欲界中有三作意一聞所成二思所成三生所得色界亦有三種作意一聞所成二修所成三生所得無思所成舉心思時即入定故無色惟有二種作意一修所成二生所得欲界聞思作意無間聖道現前聖道無間具起三種作意現前以諸聖道起必繫屬加行道故非生得善作意無間聖道現前色界聞修作意無間聖道現前聖道無間亦惟起彼二種作意無色惟修作意無間聖道現起聖道無間亦惟起修不起生得若生第二靜慮已上起初靜慮三識身時諸有未離自地染者從彼自地善染無記作意無間三識現前三識無間還生自地三種作意諸有已離自地染者除染作意惟善無記作意無間三識現前三識無間亦惟起此二種作意於前所說十二心中何心現前幾心可得頌曰

三界染如次　得七六二種　色善二學三
二無餘自得

論曰欲界染心正現前位十二心內容得七心色界染心正現前位十二心內容得六心無色染心正現前位十二心內容得二心爲一剎那應言不爾謂起欲界染汙心時或界退還或續善本或退勝德於此三位隨容有

數總得七心界退還時得自界四幷色界染亦容可得續善本位得自善心以疑心中續善根故退勝德位三界染心及有學心皆容可得若起色界染汚心時或界退還或退勝德隨容有數總得六心界退還時得自三種及得欲界無覆無記謂通果心退勝德位色無色界二染汚心及有學心皆容可得若起無色染汚心時頓得二心謂學自染此中惟有退勝德位色界善心正現前位十二心内容得二心謂自善心無覆無記由昇進故若有學心正現前位十二心内容得三心謂有學心及色無覆幷無色善若初證入正性離生爾時學心即名爲得若以聖道離欲界染最後所起解脱道時得色無覆若以聖道離色界染得無色善此中離言非究竟離以於色染未全離時無色善心已可得故二謂欲色無覆無記此二心中都無所得餘謂前說染等心餘謂無色界無覆無記欲無色善及無學心不記彼心正現前位得心差別應知彼心正現前位惟自可得諸所言得據此類心先無所成今創得故

阿毘達磨藏顯宗論卷第十一　說一切有部

音釋

蔕丁計切根蔕也　羸劣羸倫爲切瘦也劣龍輟切弱也　數數並色角切頻也　創楚亮切始造也

阿毘達磨藏顯宗論卷第十二

尊者衆賢造

唐三藏法師玄奘奉詔譯

辨緣起品第四之一

已依三界辨得心等諸法差別今應思擇三界是何處別有幾頌曰

地獄傍生鬼　人及六欲天　名欲界二十由地獄洲異　此上十六處　名色界於中初二二三三　第四靜慮八　無色界無處由生有四種　依同分及命　令心等相續

論曰那落迦等下四趣全及天一分眷屬中有并器世間總名欲界天一分者謂六欲天一四大王衆天二三十三天三夜摩天四覩史多天五樂變化天六他化自在天如是欲界地獄趣等并器世間總有十處地獄洲異分爲二十八大地獄名地獄異一等活地獄二黑繩地獄三衆合地獄四號叫地獄五大叫地獄六炎熱地獄七大熱地獄八無間地獄言洲異者謂四大洲一南贍部洲二東勝身洲三西牛貨洲四北俱盧洲如是十二并六欲天傍生餓鬼處成二十若有情界從自在天至無間獄若器世界乃至風輪皆欲界攝已說欲界并處不同此欲界上處有十六謂初靜慮處唯有二二三各有三第四獨有八器及有情總名色界言初靜慮處有二者一梵衆天二梵輔天第二靜慮處有三者一少光天二無量光天三極光淨天第三靜慮處有三者一少淨天二無量淨天三徧淨天第四靜慮處有八者一無雲天二福生天三廣果天并五淨居處合成八五淨居者一無

繁天二無熱天三善現天四善見天五色究竟天此十六處諸器世間并諸有情總名色界何緣大梵及無想天無壽量等殊不別建立不應別立大梵一故要依同分立天處名非一梵王可名同分雖壽量等與餘不同然由一身不成同分故與梵輔合立一天髙下雖異然地無別無想有情與彼廣果壽身量等無差別故亦無異因故不可立爲第四處無色界中都無方處以無色法去來無表皆無方所理決定故但異熟生勝劣差別說有四種一空無邊處二識無邊處三無所有處四非想非非想處如是四種名無色界由生勝劣非由方所以於是處得彼定者命終即於是處生故復從彼歿生欲色時即於是處中有起故由漸離欲漸得彼定及生劣勝次第如是隨生因力果少多故於無色界受生有情以何爲依心等相續何緣於此歘復生疑以諸法中都無有我心心所法在欲色界依託色身可相續轉於無色界旣無色身心等應無相續轉義爲顯彼有依故作是說依同分及命令心等相續及聲攝餘不相應行謂得及非得異生性生等法轉所賴故名爲依心等轉時要託彼故眼等四識一一皆用無間滅意及自色根爲其所依及爲依性以自色根所依大種身根及大同分命根得等生等但爲依性身識即用意及身根爲其所依及爲依性但以身根所依大種同分命根得等生等爲其依性非爲所依意識但以無間滅意爲其所依及爲依性身根及大同分命根得等生等但爲依性如是欲色有情心

等依色同分命等相續無色有情以無色故但依同分及命根等心等相續非無有依依與所依二相別者要由彼有此方得轉無則不轉是爲依相定有彼相及隨變者是謂爲依及所依相雖彼諸法爲心等依而或有時心等不轉此由別法爲障礙故心等轉位必有彼依故彼得爲心等依相現見心等於死身内畢竟不生於生身中雖暫時滅而定當起故彼色等依相極成由此故知色聲香等於心心所不能爲依以外事中有色聲等然心心所曾不轉故心等不隨無間滅意定有轉變如何可說彼爲所依夫隨變者謂令改易由前意滅後心等起何非所依非同分等爲心等依如眼等根無間滅意故所依相與依相別如是欲色諸有情心四蘊俱生滅爲依性唯一色蘊得爲所依酒等惱時心雖轉變而無意識色爲所依夫成所依定能生變意識非定隨色變生以無色時心亦有故可爲依性非作所依是故六識在欲色界得以四蘊爲俱生依無色意識以無色故彼俱生依唯通三蘊若爾何故但言無色心等依於同分及命此說定同無亂依故謂心心所雖互爲依而非定同不自依故亦非無亂在此地生亂起自他心心所故同分及命心等同依又此地生唯此地故依此設起不同地心由此還令自地心起唯依此二名此地生牽引業生無間斷故由斯說是同不亂依心等不然故略不說若無此二餘地四蘊現在前時爾時有情應名餘地非此地攝自地先業所牽引果不相續故然不應許是故當知如

欲色界身同分命爲心等依雖或有時異地心起而依身等於此生中後定當牽自地心起如是無色雖無有身心等定依同分及命故頌偏說同分命根此是牽引業異熟故是餘異熟相續住因譬如樹根莖等依住現見諸樹葉枝莖等雖同種生而依根住是故不應謂眼根等唯依業住無別有依由斯已釋生無色界業生心等須別依因故本論中不作是說心轉即用受等爲依即由此因得非得等及聲總顯不說別名謂彼非唯業所生故設業生者非恒續故由此總說名爲識緣不說受等爲識依性如何彼法爲心等依謂彼若無自地心等必不生故猶如身等或由彼是無亂因故非生上地成就下善又無成異地異生性等故彼爲依性其理極成有餘師言如坑塹等雖無風等燈焰不生彼法若無心等不起故知心等用彼爲依或有門人作是徵請不相應行應如色身亦能爲依生意識等故但爲說不相應行爲心等依非無色界俱生四蘊無相依義然於此中心與受等爲所依性非彼受等爲心所依非所隨故要心總了境界相時受等方能取差別相故彼隨心心非隨彼然心心所名互相隨互隨轉者同一果故何緣不說欲色界中此二爲依心等相續而但說彼依於色身欲色界中身同分等雖恒相續皆能爲依而身麤顯是故偏說或爲成立同分命根離身別有故作是說非於無色或餘地中業生心等恒現前故或顯同分及命根等亦依身轉故作是說雖彼與身互相依止而身勝故偏說爲依豈

不命根爲身依性亦是殊勝命根若無身根等法皆不轉故雖無命根彼皆不轉而身多爲災橫等緣命等隨身亦有損益故身與彼爲依義勝即由此義對法諸師說無色中以無身故同分命等更互相依如本論說云何欲界謂有諸法欲貪隨增色無色界亦復如是爲顯諸法三界現行非皆彼繫故作是說離諸煩惱皆所隨增貪多現行故偏說一言欲貪者謂欲界貪色無色貪亦復如是欲所屬界說名欲界如是類釋上二界名又欲之界名爲欲界由此界能任持欲故色無色界應知亦然若界有色而無定者是名欲界若界有色亦有定者是名色界若界無色而有定者是無色界三界爲一爲復有多三界無邊如虛空量故雖無有始起有情無量無邊佛興于世一一化度無數有情令證無餘般涅槃界而不窮盡猶若虛空世界當言云何安住當言傍生故契經言譬如天雨滴如車軸無間無斷從空下注如是東方無間無斷無量世界或壞或成如於東方南西北方亦復如是不說上下有說亦有上下二方餘部經中說十方故色究竟上復有欲界於欲界下有色究竟如是展轉世界無邊若有離一三界貪時一切三界貪皆滅離依初靜慮起通慧時所發神通但能往至自所生界梵世非餘所餘通慧應知亦爾勿有於境太過失故已說三界趣復云何何處幾種頌曰

於中地獄等　自名說五趣　唯無覆無記
有情非中有

論曰於三界中隨其所應說有五趣如自名

顯謂前所說地獄傍生鬼及人天是名五趣唯於欲界有四趣全三界各有天趣一分爲顯有界非趣所攝故三界中說有五趣善染無記有情無情及中有等皆是界性趣體唯攝無覆無記及與有情而非中有言趣體唯攝無覆無記者唯異熟生爲趣體故由此已釋趣唯有情無情中無異熟生故趣體唯攝無覆無記如七有經定應信受經說七有謂地獄有傍生有餓鬼有天有人有業有中有此中業有是五趣因簡趣異因是故別說此經爲顯趣體唯攝無覆無記故簡異因理亦應然若善染法是趣體者趣應雜亂一趣身中多趣惑業皆可現起及成就故業如中有俱別說故是趣因故定非趣攝非如見濁有處說見是煩惱故無處說業是趣體故不可爲例唯異熟生是諸趣體何緣證知契經說故經說舍利子作是言具壽若有地獄諸漏現前故造作增長順地獄受業彼身語意由穢濁故於那落迦中受五蘊異熟異熟起已名那落迦除五蘊法彼那落迦都不可得此中既說除異熟生色等五蘊無別地獄異熟起已名那落迦故知趣體唯是異熟發地獄業名地獄漏招地獄生名地獄業非此漏業即地獄體論說五趣一切隨眠所隨增者依趣及趣能結生心說故無失中有非趣何緣故知由經論理爲定量故且由經者謂七有經別說五趣因方便故言由論者施設論說四生攝五趣非五攝四生不攝者何所謂中有法蘊論說眼界云何謂四大種所造淨色是眼眼根眼處眼界地獄傍生鬼人天趣修

成中有言由理者趣謂所往中有不應是所往處由此能往所往趣故又彼即於死處生故非所往處故非趣攝若爾無色亦應非趣死處生故不爾無色死處即生不往餘處中有雖是死處即生然往餘處故非趣體言中有者謂中有地死生中間決定有故生有無間容起死有故無本有名中有過或容彼在異類二生中間起故名爲中有不可說在二趣中間故名中有對執中有是趣攝宗因不成故於前所說諸界趣中如其次第識住有七其七者何頌曰

身異及想異　身異同一想　翻此身想一

幷無色下三　故識住有七　餘非有損壞

論曰謂若略說欲界人天幷及下三靜慮無色此七生處是識住體若廣分別應隨契經有色有情身異想異如人一分天是第一識住一分天者謂欲界天及初靜慮除劫初起言有色有情者是成就色身義言身異者謂彼色身種種顯形狀貌異故彼由身異或有異身故彼有情說名身異言想異者謂彼苦樂不苦不樂想差別故彼由想異或有異想或習異想以成其性故彼有情說名想異有色有情身異想一如梵衆天謂劫初起是第二識住所以者何以劫初起彼梵衆天同生此想我等皆是大梵化生大梵爾時亦生此想是諸梵衆皆我化生何緣梵衆同生此想由見梵王處所形色及神通等皆殊勝故又觀大梵先時已有已及餘天後方生故彼不能見從上地歿依初靜慮發宿住通不能了知上地境故何緣大梵亦生此想彼纔發心

衆便生故謂已所化非速歿故或愚業果感赴理故或見已身形狀勢力壽威德等過餘衆故由是緣故梵衆梵王身雖有殊而生一想言身異者初靜慮中有表無表尋伺多識爲因感身有差別故安立衆生身有異故有色有情身一想異如極光淨天是第三識住此中舉後兼以攝初應知具攝第二靜慮若不爾者彼少光天無量光天何識住攝彼二既有第三識住相無緣可說非識住所收故知此中依舉顯理說諸識住非但如言彼天中無有表業等爲因所感差別身形故言身一此顯同處身相無異非說處別第二靜慮喜捨二想雜亂現前故言想異由彼天衆猒根本地喜根已起近分地捨根現前猒近分地捨根已起根本地喜根現前譬如有人於諸飲食若素若膩飲猒互增有色有情身一想一如徧淨天是第四識住言身一者釋義如前唯有樂想故名想一徧淨天樂寂靜微妙常生欣樂無起猒時是故無由近分交雜故唯依此立想一名初靜慮中由染汚想故言想一以於非因起戒禁取執爲因故第二靜慮由二善想故言想異由等至力二受交參而現前故第三靜慮由無記想故言想一純一寂靜異熟樂受而現前故下三無色名別如經即三識住是名爲七釋三無色如順正理此中何法名爲識住謂彼所繫五蘊四蘊識於其中樂住著故有餘師說唯有情數得識住名契經說故爲顯諸識所住著事故契經說七識住名由此餘處非識住攝以彼處識有損壞故識於其中不樂住著餘處者

何謂諸惡處第四靜慮及有頂天云何於中識有損壞損壞識法於中有故何等名爲損壞識法謂諸惡處有重苦受能損於識第四靜慮有無想定及無想事有頂天中有滅盡定能壞於識令相續斷復說若處餘處有情心樂來止若至此處不更求出說名識住於諸惡處二義俱無第四靜慮心恒求出謂諸異生求入無想若諸聖者樂淨居等若淨居天樂證寂滅有頂昧劣故非識住有說若識愛力執受安住其中說名識住一切惡處淨居天等業力執受安住其中無想有情及有頂處見力執受安住其中由是皆非識住所攝有餘復說衆生有三所謂樂著諸境樂想樂著境者人及欲天樂著樂者下三靜慮樂著想者下三無色唯於此處立識住名餘無此三故非識住相承說者若處具有見修所斷及無斷識立識住名異此便非識住所攝欲界無定就所依說有無漏識非想有定就自性說無無漏識或欲人天一身容有具三識義非想不爾第四靜慮雖具三識而立處全一處少分不具三識故少從多不立識住是故識住數唯有七如是解釋七釋住已因茲復辯九有情居其九者何頌曰

應知兼有頂　及無想有情　是九有情居

餘非不樂住

論曰前七識住及第一有無想有情是名爲九諸有情類唯於此九欣樂住故立有情居謂諸有情自樂安住所依色等實物非餘以諸有情是假有故然諸實物是假所居故有情居唯有情法以有情類於自依身愛住增

强非於處所又於處所立有情居則有情居應成雜亂居無雜亂唯有内身故有情居唯有情法既言生已名有情居知有情居不攝中有又諸中有非久所居故諸有情不樂安住又必應爾由本論說爲顯生處立有情居於生死中爲顯諸識由愛住著建立識住顯諸有情於自依止愛樂安住立有情居故此二門建立差別有頂無想既非識住如何可說爲有情居此責不然義各異故由此二處有壞識法識不樂居故非識住然彼二處成有情身有情樂居故九所攝謂若有處餘樂來居不樂遷動有情居攝餘處皆非不樂住故言餘處者謂諸惡處第四靜慮除無想天惡處皆非有情居者謂非餘處有樂來居亦無住中不樂遷動第四靜慮除無想天所餘皆非有情居者雖從餘處有樂來居然非住中不樂遷動謂廣果等若諸異生樂入無想若諸聖者樂入淨居或無色處淨居天處樂入涅槃故彼皆非有情居攝因七識住已辯有情居餘契經中復說四識住其四者何頌曰

四識住當知　四蘊唯自地　說獨識非住

有漏四句攝

論曰如世尊言識隨色住廣說乃至識隨行住此四識住其體云何謂唯除識有漏四蘊又此唯在自地非餘非識樂隨餘地蘊住雖依餘地蘊識亦現前而餘地蘊中識不樂住喜愛潤識令於蘊中增長廣大契經說故非於餘地色等蘊中喜愛能潤識令增長廣大故餘地蘊非識住攝又自地中唯有情數唯

自相續立爲識住非非情數他相續中識隨樂住如自相續有餘師說彼亦識住以於其中喜愛潤識亦令增長及廣大故已依自宗建立識住當說建立識住因緣此中云何識非識住又此識住其義云何謂識於中由喜愛力攝爲所住及爲所著是識住義識隨色住住色著色契經說故若爾識蘊應成識住世尊亦說於識食中有喜有染有喜染故識住其中識所乘御理應如是唯說四者爲令於識除我見心故於識中不說識住如說莎底契經中言我達世尊所說法教馳流生死唯識非餘識謂世尊異名說我爲欲除滅彼我見心顯識依他體非是我我所依性非謂能依故識住門唯說有四實非識住但四非識令謂世尊所說識住唯色等四不言識者

由但色等於三時中與續有識爲助伴故謂唯色等與識俱生過未亦能爲識助伴令續有識生死馳流識則不爾故非識住且眼等根及俱色等與俱生識爲所依依已滅未生但爲識境是故色蘊於三時中望續有識能爲助伴現在受等與識俱生爲俱有因一分與識同緣一境有助伴用已滅未生但爲識境是故受等亦於三時望續有識能爲助伴識雖過未望續有識少有助能而俱生中全無助力不俱起故色等望識具二助能識惟去來故非識住故非情數及他身中色等四蘊亦非識住由彼望識但爲所緣不具二門助伴用故住謂所住是續有識引自果時能爲依義住或所著是續有識引自果時能爲境義自身色等可有與識同一境義設不同

境然能爲依具二助能故立識住非有情數他身色等則不如是故非識住如何定知識住道理如是安立契經說故如世尊言有四依取所緣識住識隨色住住色著色是識與色或俱時生依於色住或於色境緣而生著何緣生著前說於中喜愛潤故如是乃至識隨行住皆應廣說曾無有說識隨識住隨謂親附或謂隣近去來定說爲疎遠故現在色等親近於識與識俱生名識隨住定無有識與識俱生故不應言識隨識住由此經故惟餘四蘊與續有識爲伴義成有四依取世尊說故言依取者謂色等四爲生死依煩惱所取或即爲依攝取衆苦由是無漏非住理成惟說依取爲識住故無漏色等滅依取故即彼經說苾芻當知若於色界已得離貪於所

隨色意生繫斷此繫斷故即能緣識無復住著增長廣大廣說受等三界亦然即由此經義准三世色等四蘊皆識住攝爲顯色等與識異故我所承宗作如是說若法與識可俱時生識所乘御如人船裏此法可說識住非餘如是所言意簡識住與識類别非爲欲遮去來色等言非識住雖許去來亦識住攝而非情數非識住收現在與識尚爲疎遠况在去來可名識住自身色等雖在去來與識疎遠而於現在與續有識極相親近由種類同亦名識住如現在世異心無心兩位自身色行二蘊去來色等理亦應然具二助能相不失故由此色等自相續中三世所攝皆名識住七四識住皆惟有漏爲七攝四四攝七耶非徧相攝可爲四句有七非四乃至廣說第

一句者謂七中識第二句者謂諸惡處第四靜慮及有頂中除識餘蘊第三句者七中四蘊第四句者謂除前相七中有識四中無者由此二門建立異故若法與識互為因果識樂隨轉立七識住若法與識可俱時生能為助伴立四識住由所化生稟性差別故說七四識住不同或樂別緣或樂總了或樂徧了諸法自相或於自相不樂徧知或耽著愛或耽著見或有自相煩惱力強或有共相煩惱力强或樂境界或樂生死如是等類性別無邊已說識住於前所說諸界趣中應知其生略有四種其四者何頌曰

於中有四生　有情謂卵等　人傍生具四地獄及諸天　中有惟化生　鬼通胎化二

論曰前所說界通情非情趣惟有情然非徧攝生惟徧攝故說有情無非有情名衆生故然有情類卵生胎生濕生化生是名為四生謂生類諸有情中雖餘類雜而生類等言生類者是衆生義若爾界趣應亦名生不爾界通情非情故趣雖有情而非徧故此惟情徧獨立生名所承諸師咸作是釋緣業合起故說為生謂諸有情有卵胎濕三緣和合別別而生有無別緣惟業力合五蘊四蘊如應頓生彼業力强不待緣故今釋一切皆業合生佛說有情業所生故有業生果待卵等緣方有差別有業生果不待外緣自有差別若說一切皆業合生如何說為卵胎生等不可卵等從業合生名卵等生彼非情故不說一切惟業合生不說卵等體生由業但說一切皆業合生業合生時有緣卵等從緣標別名卵

等生若說業生名應非別言卵生者謂諸有情生從卵㲉如鵝鴈等言胎生者謂諸有情生從胎藏如象馬等言濕生者謂諸有情從皮肉骨牛糞油滓水等和合煖潤氣生如蟲飛蛾蚊蚰蜒等言化生者謂諸有情不待三緣無而欻有具根無缺支分頓生如那落迦天中有等化生體兼五蘊四蘊餘三但用五蘊爲體有說皆通異熟長養有說一切體惟異熟隨於何趣各具幾生且人傍生各具四種人卵生者謂如世羅鄔波世羅生從鶴卵鹿母所生三十二子給孤獨女二十五子般遮羅王五百子等人胎生者如今世人人濕生者如曼馱多遮盧鄔波遮盧鴿鬘菴羅衞等人化生者惟劫初人此四生人皆可得聖得聖無受卵濕二生以聖皆欣殊勝智見卵濕生類性多愚癡或諸卵生生皆再度故飛禽等世號再生聖怖多生故無受義濕生多分衆聚同生聖怖雜居故亦不受傍生三種現所共知化生如龍妙翅鳥等一切地獄諸天中有皆惟化生有說餓鬼惟化生攝有說餓鬼亦有胎生如餓鬼女白目連曰

我夜生五子　隨生皆自食　晝生五亦然
雖盡而無飽

於四生内何者最多有說濕生現見多故設有肉等聚廣無邊下越三輪上過五淨容徧具量頓變爲蟲是故濕生多餘三種有餘師說化生最多謂二趣全三趣少分及諸中有皆化生故一切生中何生最勝應言最勝惟是化生支分諸根圓具猛利身形微妙故勝餘生若爾何緣後身菩薩得生自在不受化

生見受胎生有大利故謂引親屬入正法故令所化生練磨心故令餘族類生尊敬故息諸外道謗爲幻故留遺身界饒益他故又與化生時不同故問答決擇如順正理

阿毘達磨藏顯宗論卷第十二 說一切有部

音釋

欻 許勿切猶忽也　莖 何耕切枝柱也　塹 七豔切坑也　膩 女利切肥也　㲉 克角切卵孚也　滓 壯士切澱也　蚰蜒 蚰夷周切蜒夷然切　鵠 胡沃切鳥名　鴿 古沓切鳩屬　鬘 莫班切　翅 施智切

阿毘達磨藏顯宗論卷第十三

尊者衆賢造

唐三藏法師玄奘奉詔譯

辨緣起品第四之二

前說地獄諸天中有惟是化生何謂中有此何緣故非即名生頌曰

死生二有中　五蘊名中有　未至應至處故中有非生

論曰死後生前有自體起具足五蘊為至生處在二有中故名中有如何此有體有起歿而不名生又此有身為從業得為自體有從業得者此應名生業為生因契經說故自體有者此應無因則同無因外道論失是故中有應即名生生謂當來所應至處依所至義建立生名此中有身體雖起歿而未至彼故不名生體謂此中異熟五蘊此但名起不說為生死生有中暫時起故或復生者是所趣義中有能趣所以非生所趣者何謂業所引異熟五蘊究竟分明以業為生因契經說故此應名生者其理不然不說業為因皆名為生故契經說有補特伽羅已斷生結起結未斷廣說四句由是准知有順中有非生有業此業所得不說為生故與彼經無相違失此既與生同一業引如何中有名起非生豈不前說所至所趣乃說為生中有不爾又一業果多故無失如一念業有多念果一無色業色無色果如是一業所引之果有生有起理何相違破餘部執說有中有理教相違如順正理應理者說定有中有由理教故理教者何頌曰

如穀等相續　處無間續生　我宗許像生
其中亦無間　不成故非譬　是一類所許
彼所説非理　能生餘像故　有相相應故
非恒可得故　能障餘色故　無分別境故
一處無二並　由謂如是得　非光二像生
不等故非譬　從一生多故　非相續二生
聖説健達縛　及五七經故
論曰且由理故中有非無中有若無應定非
有從餘處歿餘處續生未見世間相續轉法
處雖有間而可續生旣許有情從餘處歿生
於餘處則定應許中間連續中有非無譬如
世間穀等相續現見穀等餘處續生必於中
間處無間斷故有情類相續亦然剎那續生
處必無間是故中有實有義成豈不世間亦
見有色處雖間斷而得續生如鏡等中從質
生像死生二有理亦應然我許質依中間有
物連續無斷諸像方生故於其中亦無間斷
謂月面等大種恒時法爾能生清妙大種無
間徧至現對所依在所皆生似本像色依若
清徹像顯易知依若麤穢像隱難了雖二中
間亦有像色由清妙故在依方顯如日光等
雖復徧生在壁等依方現可見如何知像連
質而生中間有隔像不生故謂若月等中無
連續於水等中能生像者中間有隔像亦應
生如彼所宗執無中有餘處蘊滅餘處蘊生
又像形容屈伸俯仰及往來等隨本質故由
斯證像連質而生不可引爲遮中有喻然經
主等一類諸師許像不成故非譬者彼説非
理像非不成對別現生如是像故猶如此像
本質所依謂鏡等中鏡等現質爲依緣故有

隨所依本質像起分明可得像所緣質實有極成此像爲緣於別鏡等亦有隨質所依像起分明可得故知前像緣起像故實有義成由是應知諸像實有此若無者餘像何緣若言前像所緣本質爲此緣者理亦不然前質不對後所依故後像不隨前質起故謂後所依唯對前像不對前質如何可說前質爲緣現於後像曾未見有皆鏡等質於鏡等中爲緣現像由斯後像不隨前質但隨前像其理極成復如何知像體實有由像不越實有相故謂若不越眼等識境皆是實有後當成立像既可見故知實有又像有時而可得故此若無者應一切時定不可得或常可得若謂有特可不可得由所待緣合不合者是則應如餘有爲法於緣合位實有義成又像能遮餘色生故謂像能礙餘像色生於自所居障餘生故又無分別識所緣故謂五識身所緣境界實有極成然像既通眼識所得故知實有若法隨具如前相者當知彼法實有極成此像既然故知實有然經主等立像無由謂一處所無二並故彼謂一處鏡色及像並見現前二色不應同處並有依異大故又狹水上兩岸色形同處一時俱現二像居兩岸者互見分明曾無一處並見二色不應謂此二色俱生又影與光未嘗同處然曾見鏡懸置影中光像顯然現於鏡面不應於此謂二並生或言一處無二並者鏡面月像謂之爲二近遠別見如觀井水若有並生如何別見故知諸像於理實無今覩彼因不能遣像由謂如是而可得故且彼所說一處鏡像並見現

前二色不應同處並有依異大故此非定因同處壁光俱可取故雖壁光色異大爲依而於一時同處可取不可亦撥在壁光無由此例知鏡像俱有故彼所說非遣像因若謂光依日輪大種故無過者理亦不然煖觸如光近可取故又日光色應無依因許離所依能依轉故如是鏡像二色所依大種雖殊而可同處故彼所說依異大故因證二處不同成不定失又鏡像色俱有對故必不同處如何乃說一處鏡像並見現前若言處異不可得者如壁光色處雖不同而可同取謂彼像色極清妙故不能掩蔽所餘諸色由鏡與像最極相隣起增上慢謂同處取如雲母等與所隔色若極相隣便謂同處又如光壁雖處有殊以極相隣謂爲同處言於一水兩岸形色現像同時各別見者此亦非是論像無因緣和差別如是見故謂一水上非一像生清妙處隣不相掩蔽見緣合者則能見之若闕見緣則不能見若都無像所見是何應同餘處都無見理如於一處籌畫爲文向光背光有見不見豈不同見則無有體言影與光未嘗同處然曾見鏡懸置影中光像顯然現於鏡者此亦非理非所許故謂懸二鏡置影光中所現二像非實光影如色彼觸不可得故若爾明了所見是何謂隨壁等光影二質於二鏡面有不相違光影像起非光影色如有情像體非有情故光影像體非光影雖同處現而不相違又彼所宗影非實物既無實體何所相違非無體中可有違害故約彼執違義亦無則所說因俱非所許又言鏡像近遠別

見故知諸像理實無者亦非證因二像生故所以者何空界月像同依鏡等而發生故謂空界色與彼月輪次第安布近遠差别是見依像處差别因空界是有色處所攝辯本事品已略成立故與月輪於鏡等上各能生像由所生像與質相同故見與依處似差别或由如是見緣和合非遠近中令見遠近如觀綵畫錦繡等文無高下中見有高下由月遠故見像亦然如滿月輪見像無缺由如是理破彼諸因故彼諸因不能遣像大德喜慧亦以多因證像非有同經主者如經主破有不同者順正理中已廣别破今更略述彼作是言鏡等諸像皆非實色一分徧生俱非理故謂藉月輪爲因引發依水一分或復徧依生像實色二皆非理依水一分理且不然無定因故徧隨轉故徧亦不然分限見故又量無差見動作故謂一天授背趣鏡時像現量無差見往來用别於一實色無容有此若爾於彼所見是何本質爲緣生眼識故如緣眼色眼識得生如是緣於眼及鏡等對鏡等質眼識得生實見本質謂見别像今謂彼因亦不遣像且彼所說一分徧生俱非理故非實色者理不應然餘亦同故謂許緣於眼及鏡等對鏡等質眼識生者如是二種徵責亦同一分與徧俱非理故謂還見本質藉鏡等爲緣一分或徧二皆非理且非鏡等一分爲緣無定因故歷餘方所皆能現前爲見緣故亦非鏡等徧能爲緣所見分明有分限故然我不許月等爲因水等一分爲依生像但質與依無隔相對依中法爾有質像生何容像生但

依一分如何知像徧所依生現見多人別長渠側各見月像對自面故若爾何故一不見多如是見緣不和合故雖一切處有月像生而但現前見緣和合故於一分可見非餘傍闕明緣闇所隔故有餘師釋像色輕微正近可觀橫遠難見或復漸次一亦見多故於此中不應爲難然見月像有分限者以彼本質有分限故現像必隨所依本質或無分限本質爲緣於水上生無分限像猶如於水現空想青是故本質有分限故雖一切處有月像生而見分限亦無有過或復如說鏡等爲緣還見現前本質相者雖復一分或徧爲緣皆不應理然見本質決定應許鏡等爲緣生像亦然何勞徵難又彼所說其量無差見動作故像非實者理亦不然如前說故謂雖別有

實像色生而像必隨所依本質故量雖等而隨所應於所依上如其本質有顯形動三種像生像隨所依及本質故雖無動作而似往來及餘運動三用可得如是動相或由本質餘方運轉無間生故或由所依隨持者等有動搖故或由觀者自有動搖謂像轉故如是諸像不越所依分量處所隨本質等見有往來及餘動相又彼所說本質爲緣生於眼識還見本質理定不然於鏡等中無本質故非餘處法餘處可取世極成故又所取像形量顯色異本質故若謂藉緣力所改轉雖即是彼而現有異此亦不然互相違故理不成故謂若即彼不應現異既現有異不應即彼即彼現異更互相違又現有異此言即彼理不成立太過失故謂老等位亦應可執即是先

時羯邏藍等由緣力轉故現有異等爾劬勞何不即信藉衆緣力有別像生而計藉緣還見本質經主於此亦作是言然諸因緣和合勢力雖無有像令如是見以諸法性功能差別難思議者彼何不謂質鏡等緣和合勢力別能生像故如是見以說法性功能差別難思議故又和合名非名實法如何可執有勢力耶又執多緣合成一力如何說諸法有差別功能是故應如功能差別眼及色等爲緣別引功能差別眼識令生如是亦由功能差別質及鏡等爲緣別引功能差別像色令生由此證成諸像實有非像無故爲喻不成但由非等壞隨質故謂見諸像壞隨本質生有亦隨死有滅者有情相質便有斷過又諸像生似本質故謂月等像定似本質從牛等死有應唯牛等生既不許然故喻非等又從一質生多像故謂隨質依生諸像位可從一質隨對鏡等衆多所依徧生多像非從一蘊相續死有多蘊相續生有俱生故像於斯非爲等喻又質與像非相續故謂質與像非一相續像與本質俱時有故諸相續者必不俱生像質俱生故非相續有情相續前後無間於此處死餘處續生但應引穀爲同法喻像非等故爲喻不成又所現像由二生故謂二緣故諸像得生一者本質二者鏡等世間現見生有不爾所以者何生有如像死有如質更有何法如像所依故所引喻與法非等若精血等如像所依理亦不然非有情故又於空等欻爾化生於中執何如像依處若謂唯識相續流轉連續死生其義已立執色相續復

何所成此不應理諸有於色未得離貪離色唯心相續流轉理不成故若心離色可相續流則應受生定不取色故心相續必與色俱方能流轉往受生處又契經說唯縛而生唯縛而死唯由被縛從此世間往於他世聖說一切未離色貪無不皆被色縛所縛故無唯識相續流轉亦不可計前本有色即能相續往後生處現見死處身喪滅故由此應知別有色往是故中有定有理成眼耳意識取非至境故住於此遠取月輪遥念他邑說遠行等非心離色能趣餘方如是已明像連質起死生處隔同喻不成由此亦遮響聲爲喻以聲與彼谷等中間有物相續傳生響故謂本發聲所依大種傳生妙大種徧至谷等中所在擊生似本聲響中間雖有聲響相續或散微故而不可聞若於中間觸崖谷等即便聚積亦可得聞云何知然異時聞故豈非不許諸聲相續轉入耳聞如何言聲展轉相續遇緣發響此責不然我不遮故謂聲相續轉非我所遮唯轉入耳聞非我所許諸有大種發聲緣處展轉相擊皆有聲生在可聞緣聲方可取於中先取本質處聲於後乃聞異處生響無同外道至根聞過若唯能取遍耳生聲應不遥聞異方聲響及應不了遠近聲別如無色歿欲色界生中無連續如是亦應死生二有中無連續此責非理從無色歿生有色時有連續故謂無色歿生欲色時即由是處大種和合從順後受業有異熟色生故彼色生非無連續或總相續無間斷故謂無色蘊無間無斷爲緣引發欲色蘊故有餘復言猶

如尺蠖前安前足後足後移如是死生方所雖隔先取後捨得至餘方中有何用如是便有非二有情二趣二心俱行過失又尺蠖身中無間絕死生間絕如何爲喻有餘復言死生二有雖隔而至如意勢通此亦不然非所許故異此餘類此歿彼生中間隔絕應成通慧若爾此應是行差别實爾細故難可了知謂一刹那不應爲難又有别理中有非無現見刹那無間生者決定方所無間生故若謂如從無色界歿生有色界色初起時昔色與今方所無間刹那有間而得續生亦應下界死生有色刹那無間處有間生此亦不然不了宗故謂於昔者從欲色歿生無色時色身滅處今從彼歿生欲色時即前色身滅處無間引今色起非我所宗是故此中刹那處所俱非隣近不應爲喻又若刹那隣近生者處所定爾非猶豫故又中有身淨天眼者現前可得故如是說諸中有身極淨天眼之所能見又彼尊者阿奴律陀亦言具壽我觀佛化其量最多非諸中有是故中有決定非無又聖教說有中有故謂契經言有有七種即五趣有業有中有又經說有健達縛故如契經言入母胎者要由三事俱現在前一者母身是時調適二者父母交愛和合三健達縛正現在前除中有身有何别物名健達縛正現在前又經說有五不還故謂世尊說有五不還一者中般二者生般三無行般四有行般五者上流般中有若無何名中般若謂欲色二界中間得般涅槃名中般者不生二界中有復無何有有情於中趣般若謂於彼有天

名中理必不然無聖言故謂於餘部亦無契經説有中天唯憑自執又契經説有七善士趣故謂於前五中般分三由處及時遠近中故譬如札火小星迸時纔起近即滅初善士亦爾譬如鐵火小星迸時起至中乃滅二善士亦爾譬如鐵火大星迸時遠未墮而滅三善士亦爾若無中有此依何立非彼所執別有中天有此處時三品差别乘兹立破如順正理是故中有實有極成若撥言無是邪見攝已廣成立中有非無今復應思當往何趣所起中有形狀如何與所趣生爲同爲異頌曰

此一業引故　如當本有形　本有謂死前
居生刹那後

論曰業有二種一牽引業二圓滿業中生二有牽引業同圓滿業異引業同故此中有形與當本有其狀相似如印所印文像無别欲中有量雖如小兒年五六歲而根明利有餘師説欲界中有皆如本有盛年時量有言菩薩中有可然非餘有情中有可爾菩薩中有如盛年時形量周圓具諸相好故住中有將入胎時照百俱胝四大洲等有説中有皆生門入非破母腹而得入胎理實中有隨欲入胎非要生門無障礙故色界中有其量周圓其身微妙如彼本有又彼中有與衣俱生慚愧增故欲界中有多分無衣無慙愧故惟除菩薩及鮮白尼本願力故有餘師説惟除此尼施僧袈裟發勝願故從兹世世有自然衣恒不離身隨時改變乃至最後般涅槃時即以此衣纏屍焚葬收其遺骨起窣堵波亦有

衣形周帀纏繞菩薩所起一切善法皆惟迴向無上菩提我等所宗許二俱有所似本有其體是何在死有前生有後蘊總説有體通諸有漏於中有情位分四種一者中有義如前説二者生有謂於諸趣結生刹那三者本有除生刹那死前餘位四者死有謂最後念若有於色未得離貪此有無間中有定起即於一生位別分四豈不諸有中有最初則本有名應目中有非目中有以當無間生等三有非彼果故若位容有生當無間中等諸位可名本有望餘生諸位立本有名非立此名望一生三位又此無間定生彼有此有望彼立本有名又本有名目正所趣餘三不爾不得此名已説形量餘義當辯頌曰

同淨天眼見　業通疾具根　無對不可轉
食香非久住　倒心趣欲境　濕化染香處
天首上三横　地獄頭歸下

論曰此中有身是何眼境爲同類眼淨天眼見謂中有身惟同類眼及餘修得淨天眼見非不同類不淨天眼之所能覩極微細故生得天眼尚不能觀況餘能見以説若有極淨天眼方能見彼中有身故有説地獄傍生餓鬼人天中有如其次第各除後後見自及前爲有能遮中有行不上至諸佛亦不能遮以諸通中業通疾故中有成就最疾業通故契經言中有業力最爲強盛一切有情一切加行無能遮抑淩虛自在是謂通義通由業得名爲業通此通勢用速故名疾中有具此最疾業通諸通速行無能勝者依此故説業力最強隨地諸根中有皆具雖言中有如本有

形而向異熟最勝妙故又求有故無不具根曾聞析破炎赤鐵團見於其中有蟲居止故知中有無對義成對謂對礙此金剛等所不能遮故名無對此界趣處皆不可轉謂定無有色中有沒欲中有生亦無翻此此與生有一業引故應知趣處不轉亦然此中有身資叚食不且如欲界中有食香隨福多福少香有好有惡由斯故得健達縛名諸字界中義非一故此頌縛界雖正目行而於其中亦有食義以食香故名健達縛而音短者如設建途及羯建途略故無過有說中有身賴香持以尋香行名健達縛如是中有爲住幾時此中有身定非久住生緣未合非久如何大德釋言常途非久緣未合者容住多時由彼命根非別業引有餘師說此但少時以中有中恒求生故若於父母俱定不移雖住遠方業令速合若於父母隨一可移雖極清貞呵猒欲者而於異境起染現行諸起染定時令非時亦起或寄相似餘類中生謂驢等身似於爲等非由所寄同分有殊便失中生一業所引生緣雖別所引一故設許轉受相似類生由少類同亦無有過又界趣處若不全移雖少類殊亦無有失以界趣處業定不移餘外生緣轉亦無過或業種類差別無邊惟佛世尊方能究達正結中有爲以何心以染汙心譬如生有將結生有方便如何住中有中爲至生處由心顛倒馳趣欲境彼宿業力所起眼根雖住遠方能見生處父母交會而起倒心若當爲男於母起愛於父起恚女則相違由是因緣男女生已於母於父如次偏明故

施設論有如是說時健達縛於二心中隨一現行謂愛或恚彼由起此二種倒心便謂已身與所愛合所遺不淨泄至胎時謂是已有便生喜慰當生喜位名入母胎取最後時所遺精血二三滴許成羯邏藍精血相依無間而住中有蘊滅生有蘊生生有色生正因中有父母精血但作生緣如種生芽依地糞等非有情色無情爲因若男處胎依母右脇向背蹲坐若女處胎依母左脇向腹而住女男慣習左右事故宿自分別力使然故無欲中有非女非男以中有身不闕根故入母胎後或作不男此說欲界胎卵二生濕化二生染於香處若濕生者染香故生謂遠齅知生處香氣便生愛染往彼受生隨業所應香有淨穢若化生者染處故生謂遠觀知當所生處便生愛染往彼受生隨業所應處有淨穢生地獄者亦由業力或見身遇冷雨寒風或見身遭熱風猛焰冷侵熱逼酷毒難忍希遇温涼冀除所厄見熱地獄熱焰熾然寒地獄中寒風飄鼓便生愛染馳躬投赴有說由見先造業時已身伴類愛慕馳往往何趣中有何相赴生處且天中有首正上升如人直身從坐而起人等三趣中有横行如鳥飛空往餘洲處地獄中有頭下足上顛墜其中故伽他說

顛墜於地獄　足上頭歸下　由毀謗諸仙
樂寂修苦行

無色界中無往來故無彼業故必無中有若命終處即受生者由有業故亦有中有然此中有有決定相謂無未離欲色界貪生有不

從中有後起亦無中有與所趣生非一業引亦無中有能入無心可爲身證俱分解脫及起世俗不同分心住中有中無轉根義亦無能斷見所斷惑及無斷欲界修所斷隨眠所餘決擇如順正理一切中有皆起倒心入母胎不不爾云何契經中說入胎有四其四者何頌曰

一於入正知　二三兼住出　四於一切位

及卵恒無知　前三種入胎　謂輪王二佛

業智俱勝故　如次四餘生

論曰有諸有情多修福慧故死生位念力所持心想分明正知無亂於中或有正知入胎或有正知住胎兼入或正知出兼知入住兼言爲顯後必帶前有諸有情福慧俱少入住出位皆不正知前不正知後位必爾如是所說四種入胎具攝一切入胎皆盡順結頌法如是次第然契經中次第不爾如是四種且說胎生有愚不愚分位差別諸卵生者入胎等位皆恒無知如何卵生從卵而生言入胎等此據當來立名無失如世間說造劊織衣或說卵生曾入胎等依今說昔亦無有過何緣入胎不正知者於住出位必不正知劣悟勝迷理無容故謂將入位支體諸根具足無損強勝明利尚不正知況住出時支根損缺羸劣闇昧而能正知理無容故住正知者由入胎時勝正知因一力引故出正知者由入住時勝正知因二力引故又前三種入胎不同謂轉輪王獨覺大覺如其次第初入胎者謂轉輪王入位正知非住非出二入胎者謂獨勝覺入住正知非於出位三入胎者謂無

上覺入住出位皆能正知此初三人以當名顯復有差別如次應知業智及俱二種勝故第一業勝宿世曾修廣大福故第二智勝久習多聞勝思擇故第三俱勝曠劫修行勝福慧故除前三種餘胎卵生福智俱劣合成第四有說此四皆辯菩薩謂最後有即是第三覩史多天前生第二遇迦葉波佛次前生爲初自此已前皆是第四或復初二三無數劫如其次第前三入胎自此已前皆是第四豈不續有定是染心何容正知入母胎藏正知正念說根律儀夫根律儀決定是善無斯過失一切正知皆善性攝非所許故異此應無正知妄語或入胎位據相續說非惟正結生有刹那於此位中善多染少從多分故說爲正知或令於彼發起恭敬於不迷亂立正知名謂如實知此是我父此是我母故名正知云何第三後有菩薩於戒果等皆明了知而入胎時有如是事無始慣習率爾起心斯有何過或惟發起親愛染心無非法愛所餘問答如順正理此中應說誰往入胎何故問誰以無我故謂若無我爲復說誰從此世間乘中有蘊往趣他世入住出胎是故應有內用士夫從此世間往入胎等爲遮彼故頌曰

無我惟諸蘊　煩惱業所爲　由中有相續
入胎如燈焰　如引次第增　相續由惑業
更趣於餘世　故有輪無初

論曰無有實我能往入胎所以者何如色眼等自性作業不可得故世尊亦遮所執實我是作受者能往後世故世尊言有業有異熟作者不可得謂能捨此蘊及能續餘蘊乃至

廣說破四我執如順正理若爾外道於何所緣而起我執雖離諸蘊無別我性爲執所緣然惟諸蘊爲境起執如契經說諸有執我等隨觀見一切惟於五取蘊起雖無如彼外道所說真實我性而有聖教隨順世間所說假我既無實我依何假說雖無實我而於諸蘊隨順世間假說爲我何緣知說我惟託蘊非餘以染及淨法惟依蘊成故謂我實無且雜染法但依諸蘊刹那相續由煩惱業勢力所爲中有相續得入母胎譬如燈焰刹那相續轉至餘方諸蘊亦爾且於欲界若未離貪內外處爲緣起非理作意貪等煩惱從此而生劣中勝思及識俱起起已能牽當非愛果亦爲無間識等生緣無間識等觀同異類前俱生緣而得起時或善或染或無記性起已復

能引自當果及爲無間識等生緣如是爲緣後後次第能牽二果隨應當知此蘊相續領納先世惑業所引壽量等法彼異熟勢至窮盡時死識與依俱至滅位能爲中有識等生緣中有諸蘊由先惑業如幻相續往所生處至母腹內中有滅時復能爲緣生生有蘊譬如燈焰雖刹那滅而能前後因果無間展轉相續得至餘方故雖無我蘊刹那滅而能往趣後世義成即此諸蘊如先惑業勢力所引次第漸增於一期中展轉相續復由惑業往趣餘世現見因異果必有殊故諸引業果量非等壽果長短由業不同隨業增微所引壽命與身根等展轉相依於羯邏藍頞部曇等後後諸位漸漸轉增何等名爲羯邏藍等謂蘊相續轉變不同如是漸增至根熟位觀內

外處作意等緣和合發生貪等煩惱造作增長種種諸業由此惑業復有如前中有相續轉趣餘世應知如是有輪無初謂惑爲因能造諸業業爲因故而能引生生復爲因起於惑業從此惑業更復有生故知有輪旋環無始若執有始始應無因始旣無因餘應自起無異因故現見相違由此定無無因起法無一常法少能爲因破自在中已廣遮遣是故生死決定無初猶如穀等展轉相續然有後邊由因盡故如種等盡芽等不生生死旣無究竟清淨故染及淨惟依蘊成執有實我便爲無用

阿毘達磨藏顯宗論卷第十三　說一切有部

音釋

羯邏藍　梵語也亦云歌羅邏此云凝滑羯居謁切邏郎佐切　窣堵波　梵語也此云圓塚窣蘇骨切堵董五切　析　先的切分也　頞　阿葛切　蹲　徂尊切踞也　齅　許救切以鼻擸氣也　釧　樞絹切臂環也

阿毘達磨藏顯宗論卷第十四

尊者衆賢造

唐三藏法師玄奘奉　詔譯

辨緣起品第四之三

已辨内外羯邏藍等種等道理因果相續應知此即說名緣起如是緣起其相云何頌曰

如是諸緣起　十二支三際　前後際各二
中八據圓滿

論曰非諸緣起唯有十二云何知然如本論說云何爲緣起謂一切有爲然契經中辨緣起處或時具說十二有支如勝義空契經等說或說十一如智事等經或唯說十如成喻經等或復說九如大緣起契經中說或說有八如契經言諸有沙門或婆羅門不如實知諸法性等諸如是等所說差別何緣論說與經有異論隨法性經順化宜故契經中分別緣起隨所化者機宜異說或論了義經義不了或論通說有情無情契經但依有情數說依有情故染淨得成佛爲有情開顯此二但爲此事佛現世間故契經中依有情說爲欲成立大義利故分別緣起諸有支中具無量門義類差別今且略辨三生分位無間相續有十二支一無明二行三識四名色五六處六觸七受八愛九取十有十一生十二老死言三際者一前際二後際三中際即是過未及現三生云何十二支於三際建立謂前後際各立二支中際八支故成十二無明行在前際謂過去生生老死在後際謂未來生所餘八在中際謂現在生前際二因所招五果後際二果所待三因非諸一生皆具此八據

圓滿者說有八支圓滿者何謂支無缺或由圓滿惑業所招謂先增上惑業所引此中意說補特伽羅歷一切位名圓滿者非諸中夭及色無色羯邏藍等諸位闕故世尊但約欲界少分補特伽羅說具十二如大緣起契經中說佛告阿難識若不入胎得增廣大不不也世尊乃至廣說是故若有補特伽羅於次前生造無明行具招現在識等五支復於現生造愛取有招次後世生等二支應知此經依彼而說若依一切補特伽羅立諸有支便成雜亂謂彼或有現在五支非次前生無明行果及次後世生老死支非現在生愛取有果彼皆非此經意所明勿見果因相去隔絕便疑因果感赴無能應知緣起支略唯二分前後際如次七支五支以果與因屬因果故或因與果五支七支以因攝因果攝果故謂現愛取即過無明現在有支即過去行現在世識即未來生餘現四支即當老死是名因果二分差別既說三際立十二支謂無明行乃至廣說此中何法名為無明乃至何法名為老死頌曰

宿惑位無明　宿諸業名行　識正結生蘊
六處前名色　從生眼等根　三和前六處
於三受因異　未了知名觸　在婬愛前受
貪資具婬愛　為得諸境界　徧馳求名取
有謂正能造　牽當有果業　結當有名生
至當受老死

論曰於宿生中諸煩惱位至今果熟總謂無明何故無明聲總說煩惱與牽後有行為定因故業由惑發能牽後有無惑有業後有無

故非牽後有諸行生時貪等於中皆有作用彼行起位定賴無明故無明聲總說煩惱若爾何故唯前生惑總謂無明此生不爾唯前生惑似無明故貪等煩惱未得果時勢力無虧說爲明利若得果已取與用虧不名明利無明勢力設未虧損亦非明利彼現行時亦難知故前生諸惑至於今生已得果故勢力虧損其相不明似無明品故唯前世惑可說無明聲非於行中亦應同此說假立名想唯於同類故於宿生中福等業位至今果熟總名爲行初句位言流至老死福等諸業相業品當廣辯何緣此宿業獨名爲行名隨義立故其義云何謂依衆緣和合已起或展轉力和合已生又能爲緣已令果和合或此和合已能爲果緣是謂行名所隨實義宿生中業果今熟者行相圓滿獨立行名由此已遮來生果業以彼業果仍未熟故相未圓滿不立行名豈不一切已與自果異熟因體皆具此相即應一切皆立行名此體是何謂諸非業及業前生已得果者雖有此理而就勝說業爲果熟因牽果最勝故現在生業果麤顯易知故因此能信知過去生果業是故唯此獨立行名雖一切因已與果者總應名行然此唯說能招後有諸異熟因故無行名不偏相失是故成就唯宿生中感此生業獨名爲行於母胎等正結生時一刹那位五蘊名識此刹那中識最勝故此唯意識於此位中五識生緣猶未具故識是何義謂能了者佛說能了者名識取蘊故頗勒具那契經中說我終不說有能了者此不說言表不顯義意爲遮

有自在無緣不依他成我爲了者不遮識是能了者性勝義空經遮別作者許諸行體是作者故結生識後六處生前中間諸位總稱名色豈不已生身意二處應言此在四處生前此難不然未圓勝故謂前二位處猶減劣六處位中處方圓勝又六處位身意二根方全分得具現行故謂要支開位方得男女根爾時諸識身乃容皆現起故身意處六處位中方全分得及具現起由斯故說六處生前是名色位此說爲善從生眼耳鼻舌四根三和合前說名六處謂名色後六處已生乃至根境識未具和合位下中上品次第漸增於此位中總名六處豈於此位諸識不生而得說三未具和合且無一位意識不生名色位中身識亦起況六處位言無三和所餘識身亦容得起然非恒勝故未立三和名於此位中唯六處勝故約六處以標位別薄伽梵說根境識三具和合時說名爲觸謂未能了三受因異但具三和彼位名觸觸差別義後當廣辯已了三受因差別相未起婬貪此位名受謂已能了苦樂等緣婬愛未行說名受位受差別義後當廣辯貪妙資具婬愛現行未廣追求此位名愛妙資具者謂妙資財貪此及婬總名爲愛廣辯愛義如隨眠品爲得種種可意境界周徧馳求此位名取取有四種謂欲及見戒禁我語取差別故以能取故說名爲取即諸煩惱作相想業謂欲界繫煩惱隨煩惱除見名欲取如馬等車三界四見名爲見取彼戒禁取名戒禁取色無色界繫煩惱隨煩惱唯除五見名我語取如是諸取隨

眠品中當廣分别無明不立爲别取者自力無明不猛利故非解性故相應無明他煩惱力令能取故離餘見立戒禁取者於能集業力最勝故於集業門力齊四見由此一見令業熾然乖違聖道遠離解脱故戒禁取别立取名以諸取名表執取義雖煩惱類皆能執取而其二取執取義勝故唯此二俱得取名以二於他最堅執故然於此二戒禁取强如所蔽執熾然行故由是離餘别立爲取四見皆以慧爲性故對餘煩惱執取義强攝四箇餘立爲見取諸餘煩惱定不定地有差别故不善無記因差别故立餘二取所餘决擇如順正理即由如是取爲緣故馳求種種可意境時必定引生牽當有業謂由愛力取增盛時種種馳求善不善境爲得彼故積集衆多能牽後有淨不淨業此業生位總名有支應知此中由此依此能有當果故立有名有有二種謂業異熟今於此中唯取業有辨當生果近因性故取爲緣有契經説故唯諸業有取爲緣故如前際行無明爲緣取爲緣生後際業有正結生有位即立爲生支如此生中行爲緣故初結生位名爲識支如是來生有爲緣故初結生位名爲生支此位此名正所須故謂於現世識用分明未來世中生用最顯隨自用顯以立支名或餘經中説生苦故爲造天趣後有業者令生猒捨故説爲生或顯後有業皆能招苦果爲令不造故説爲生由是餘經説生等苦畢竟寂滅名般涅槃是故生名顯在當果此生支後至當受支中間諸位總名老死即如現在名色六處觸受四

支於當來生如是四位名爲老死爲令猒捨欣當有心以老死名顯當過患故契經說五取藴生應知即是老死起義所餘決擇如順正理又諸緣起差別說四一者刹那二者遠續三者連縛四者分位有餘復說顯法功能此中刹那謂因與果俱時行世如契經說眼及色爲緣生於眼識等又契經說眼色爲緣生癡所生染濁作意此中所有癡即無明癡者希求即名爲愛愛者所發表即名業故一刹那有緣起義有餘師說一刹那中具十二支實有俱起如貪俱起發業心中癡謂無明思即是行於諸境事了别名識識俱三藴總稱名色有色諸根說爲六處識相應觸名爲觸識相應受名爲受貪即是愛與此相應諸纏名取所發身語二業名有如是諸法起即名生熟變名老滅壞名死此廣決擇如順正理遠續緣起謂前後際有順後受及不定受業煩惱故無始輪轉如說有愛等本際不可知又應頌曰

我昔與汝等　於四種聖諦　不如實見故
久流轉生死

連縛緣起謂同異類因果無間相屬而起如契經說無明爲因生於貪染明爲因故無貪染生又契經說從善無間染無記生或復翻此分位緣起謂三生中十二五藴無間相續顯法功能謂如經說業爲生因愛爲起因如是等類功能差别於此五種緣起類中世尊說何頌曰

佛依分位說　從勝立支名

論曰佛依分位說諸緣起若支支中皆具五

蘊何緣但立無明等名以諸位中無明等勝故就勝立無明等名謂若位中無明最勝此位五蘊總名無明乃至位中老死最勝此位五蘊總名老死故體雖總名別無失如是前位五蘊爲緣總能引生後位五蘊隨所應說一切一切經主妄謂上義爲非所以者何經異說故如契經說云何爲無明謂前際無智乃至廣說此了義說不可抑令成不了義故前所說分位緣起經義相違此無所違如標釋故謂雖有貪等亦爲行緣而但標無明觀別因故又雖十二處皆爲觸緣而由觀別因但標六處又雖想等亦用觸爲緣而觀別因但標觸緣受諸如是等其類寔多如觀別因但標少分亦即由此惟釋所標如何執斯爲了義說此廣決擇如順正理何緣於三際建立緣起支頌曰

於前後中際　爲遣他愚惑

論曰依有情數立十二支爲三際中遣彼愚惑彼於三際愚惑者何如契經言我於過去世爲曾有非有何等我曾有云何我曾有我於未來世爲當有非有何等我當有云何我當有於現在世何等是我此我云何我誰所有我當有誰爲除如是三際愚惑故經惟說有情緣起三際緣起如前已說謂無明行及生老死并識至受故契經說若有苾芻於諸緣起緣已生法能以如實正慧觀見彼必不於三際愚惑謂我於過去世爲曾有非有等是故爲除三際愚惑惟依有情數立三際緣起雖有十二支而三二爲性三謂惑業事二謂果與因其義云何頌曰

三煩惱二業　七事亦名果　略果及略因
由中可比二
論曰前際因無明後際因愛取如是三種煩惱爲性前際因行後際因有如是二種以業爲性前際識等五後際生老死如是七名事惑業所依故如是七事即亦名果義准餘五即亦名因以煩惱業爲自性故何緣中際廣說因果後際略果前際略因中際易知應廣說二前後難了各略說一由中比二具廣已成故不別說說便無用如何別立愛取二支由初念愛以愛聲說即此相續增廣熾盛立以取名相續取境轉堅猛故一一境中各有初愛合成多念故惟說二刹那何緣現在諸煩惱位偏說於愛非餘煩惱於愛易了愛味過患餘煩惱中此相難了愛是能惑後有勝因世尊偏說令知過患云何當令勤求治道故惟說愛刹那相續二位差別非餘煩惱然取名通總攝諸惑若此緣起惟十二支老死無果離修對治道生死應有終無明無因無明是初故生死應有始或應更立餘緣起支餘復有餘成無窮過又佛聖教應成缺減然不應許此難不然未了所說緣起理故此緣起理云何應知頌曰
從惑生惑業　從業生於事　從事事惑生
有支理惟此
論曰惟聲正顯有支數定并顯業與惑或俱或後生是惑生惑時業俱或後義由如是理總攝有支即已善通前所設難從惑生惑謂愛生取從惑生業謂取生有無明生行從業生事謂行生識及有生生從事生事謂從識

支生於名色乃至從觸生於受支及從生生支生於老死從事生惑謂受生愛由立有支其理惟此已成老死爲事惑因老死即如現四支故及成無明爲事惑果無明即如現愛取故豈假更立餘緣起支故經言如是純大苦蘊集是前後二際更相顯發義是故無有老死無明無果無因有終始過於此定攝因果義同無更立支成無窮過由佛徧說因果無遺故無聖教成鈌減失如世尊言吾當爲汝說緣起法緣已生法此二何異諸師種種釋此二句如順正理決定義者頌曰

此中意正說　因起果已生

論曰諸支因分說名緣起所以者何由此爲緣能起果故以於因果相繫屬中說緣起故此緣起義但以緣聲而成立故如契經說云何緣起謂依此有彼有及此生故彼生謂無明緣行至生緣老死如是說已復作是言此中法性乃至最後無顛倒性是名緣起何等名爲此中法性謂於因果相繫屬中有因功能皆名法性要有因故因果方有更相繫屬非無有因如是性言顯能生義惟有爲法性得此法性名雖此經中非正顯示於因果相屬因性名緣起而以緣聲顯緣起義故知因性得緣起名以緣聲但於能顯義轉故因能顯果故說名緣由是阿羅漢最後心心所非等無間緣無所顯果故即由此義證緣起名定於因果相屬中立故佛於彼勝義空經說此中法假謂無明緣行廣說乃至生緣老死以非勝義故立假聲即目因果更相屬義諸支果分說緣已生所以者何由此皆從緣已

生故果是諸法成辦名故要已生法此義成故涅槃成辦由得已生故彼亦由已生名果或復於此說緣起門涅槃於中無容爲難若有爲法果義決定是此所明如沙門果諸過現法果義決定名緣已生法在未來果義非定廢而不說此略義者是起法性說名緣起過現諸法名緣已生果義定故謂於因果相繫屬中據爲因分說名緣起定爲果者名緣已生又此中因名緣起者以能爲緣起諸果故於此中果法名緣已生者以過去現在離緣不生故如是一切二義俱成諸支皆有因果性故雖因果性實體無別而義建立非不極成以所觀待有差別故猶如因果父子等名然此契經說有密意阿毘達磨無密意說何等名爲此經密意謂薄伽梵密顯生死無始有終說斯二句言緣起者顯生死流無始時來旋環無斷故說逆順諸支相生緣已生言爲顯生死若得對治有終盡期謂若有緣後更續起如其緣闕後不續生由是經言作苦邊際又經中說緣起是假因果相屬無自性故說緣已生其體是實是彼依故如瓶所依阿毘達磨說二皆實因果二體俱實有故且置斯事復應廣釋無明名色觸受四支所以者何行有愛取辯業惑品當廣釋故識與六處辯本事品已廣釋故且無明義其相云何爲是明無爲非明攝若取前義無明應是無若取後義應眼等爲體如是二種理皆不然俱非所許故無有過既俱不許所許云何許有別物別物者何頌曰

明所治無明　如非親實等

論曰如諸親友所對怨敵親友相違名非親友非異親友所餘一切中平等類非親友無諦語名實此所對治虛誑言論名爲非實非異於實所餘一切色香等類亦非實無等言爲顯非天非白非法非愛非義事等阿素洛等天等相違得非天等名非異無天等如是無明別有體實是明所治非異非無云何知然猶如識等說從緣有爲他緣故復有誠證

頌曰

說爲結等故　非惡慧見故　與見相應故

說能染慧故

論曰經說無明以爲結縛隨眠及漏軛瀑流等非餘眼等及體全無可得說爲結縛等事故有別法說名無明如惡妻子名無妻子如是惡慧應名無明彼非無明有是見故諸染污慧名爲惡慧於中有見故非無明見是推尋猛利決斷不可說彼名爲愚癡若爾無明應是非見諸染污慧此亦非理以許無明見相應故無明若是慧應見不相應無二慧體共相應故不可說見非無明俱非不愚癡見成倒故又說無明能染慧故如契經說貪欲染心令不解脫無明染慧令不清淨非慧還能染於慧體如貪異類能染於心無明亦無異慧能染亦不可說無明與慧雖不相應而能爲染如貪爲染必與心俱心心所法無發起染但有自性相應染故不可自體自體相應是故無明定非惡慧經主於此假作救言如何不許諸染污慧間雜善慧令不清淨說爲能染此救不然諸無漏慧應被染故又無染慧雜有染慧應令有染轉成無染能治力

強非所治故又彼善慧正現行時染定非有諸染汚慧正現行時善定非有說誰能染復染於誰若許有非有能互相染則畢竟應無得解脫義若滅熏習便解脫者熏習理無當何所滅故說無明能染慧故非慧爲性理無傾動若有別法說名無明應說以何爲別法性且有別法謂不了知此即無明何勞推究應定何法名不了知方可說爲無明自性惟薄伽梵於一切法正知正說若性若相餘惟總了何苦推徵然我於斯見如是相謂有別法能損慧能是倒見因障觀德失於所知法不欲行轉蔽心心所是謂無明如何定知此有別法以如貪欲說永離故謂契經言離貪欲故心便解脫離無明故慧得解脫又此如明說爲因故謂契經說無明爲因起諸雜染明爲因故離諸雜染又說如邪見有近對治故謂契經說諸邪見斷由正見生諸無明離由明慧起又契經說是一法故謂契經說若有苾芻能斷一法我正說彼所作已辦即是無明又說如闇有對治故如伽他說

諸有能斷愚　於所愚不惑　彼轉滅愚惑

如日出除闇

是故無明定有別法無知爲體非但明無然此無知略有二種謂染不染此二何別有作是說若能障智是染無知不染無知惟智非有今詳二種無知相別謂由此故立愚智殊如是名爲染無知相若由此故或有境中智不及愚是第二相又若斷已佛與二乘皆無差別是第一相若有斷已佛與二乘有行不行是第二相又若於事自共相愚是名第一

染無知相若於諸法味勢熟德數量處時同異等相不能如實覺是不染無知此不染無知即說名習氣有古師說習氣相言有不染污心所差別染不染法數習所引非一切智相續現行令心心所不自在轉是名習氣非惟智無無法無容能爲因故亦不應說有如是類心及心所總名習氣不染無知前巳說故謂此無知爲自性住心等爲體爲有差別若自性住心等爲體佛亦應有不染無知若有差別能差別者可是無知非所差別現見善等品類差別心心所中必有別法爲能差別非即一切如善品中必有信等不善品中有無慚等染污品中有放逸等如是等類心心所中必有別法能爲差別故知此中亦有別法能爲差別者是不染無知今詳彼言有大過失諸異生等心心所法皆不如實覺味勢熟等相然不見生餘心所故又一一念彼心心所差別而生應念念中各有別別無知法起若謂有異相令無知差別即此足能差別心品何須別計不染無知是故即於味勢熟等不勤求解慧與異相法俱爲因引生後同類慧此慧於解又不勤求復爲因引生不勤求解慧如是展轉無始時來因果相仍習以成性故即於彼味等境中數習於解無堪能智此所引劣智名不染無知即此俱生心心所法總名習氣理定應然或諸有情有煩惱位所有無染心及相續由諸煩惱間雜所熏有能順生煩惱氣分故諸無染心及眷屬似彼行相差別而生由數習力相繼而起故離過身中仍名有習氣一切智者永斷不行

然於已斷見所斷位通染不染心相續中有餘順生煩惱習性是見所斷煩惱氣分於中染者說名類性金剛道斷皆不現行若不染者名見所斷煩惱習氣亦彼道斷由根差別有行不行若於已斷修所斷位惟於不染心相續中有餘順生煩惱習性是修所斷煩惱氣分名修所斷煩惱習氣是有漏故無學已斷隨根勝劣有行不行世尊已得法自在故彼如煩惱畢竟不行故佛獨稱善淨相續即由此故行無誤失得不共法三念住等又由此故密意說言惟佛獨名得無學果

阿毘達磨藏顯宗論卷第十四 說一切有部

音釋

軛 乙革切車軛也

瀑流 瀑蒲報切瀑流急流也

叡 俞芮切深明通達也

推徵 推川隹切尋繹也徵知陵切驗也

阿毘達磨藏顯宗論卷第十五

尊者衆賢造

唐三藏法師玄奘奉　詔譯

辯緣起品第四之四

已辯無明當辯名色色已廣辯名相云何頌曰

名無色四蘊

論曰佛說無色四蘊名名何故名名能表召故謂能表召種種所緣若爾不應全攝無色不相應法無所緣故不爾表召惟在無色如釋色名所說無過又微細故彼彼義中隨理立名標以名稱非無表等亦可稱名以彼所依現量得故又於一切界地趣生能徧趣求故立名稱非無漏無色不得名名雖非此所明而似此故又於無色隨說者情總說爲名不勞徵詰餘廣決擇如順正理已辯名相觸相云何頌曰

觸六三和生

論曰觸有六種所謂眼觸乃至意觸此復是何三和所生謂根境識三和合故有別觸生雖第六三有各別世而因果相屬故和合義成或同一果是和合義雖根境識未必俱生而觸果同故名和合觸體別有大地中已成雖三和生而定識俱起以如識說二緣生故謂契經說內有識身及外名色二二爲緣諸觸生起乃至廣說有識身言顯六內處外名色言顯六外處此義必然伽他說故如伽他說眼色二等又經說識觸俱名色爲緣生緣既同時豈前後緣具必起無能障故由此即證眼等觸所生受等諸法眼等識俱起與眼

識等生因同故由此經言是受是想是思是識如是諸法相雜不離故識觸俱理極成立即前六觸復合爲二其二者何頌曰

五相應有對　第六俱增語

論曰眼等五觸說名有對以有對根爲所依故唯有對法爲境界故第六意觸說名增語增語謂名名是意觸所緣長境故偏說此名增語觸意識通用名義爲境五不緣名故說爲長如說眼識但能了青不了是青意識了青亦了是青乃至廣說故有對觸名從所依境就所長境立增語觸名有說意識名爲增語於發語中爲增上故有言意識語爲增上方於境轉五識不然是故意識獨名增語與此相應名增語觸故有對觸名從所依境就相應主立增語觸名即前六觸隨別相應復成八種頌曰

明無明非二　無漏染污餘　愛恚二相應　樂等順三受

論曰明無明等相應成三一明觸二無明觸三非明非無明觸此三如次應知即是無漏染污餘相應觸餘謂無漏及染污餘即有漏善無覆無記染污觸中一分數起依彼復立愛恚二觸愛恚隨眠共相應故總攝一切復成三觸一順樂受觸二順苦受觸三順不苦不樂受觸云何順受觸是樂等受所領故或能爲受行相依故名爲順受如何觸爲受所領行相依行相極似觸依觸而生故又與樂等受相應故或能引生樂等受故名爲順受如是合成十六種觸已辯觸相受相云何頌曰

從此生六受　五屬身餘心　此復成十八
由意近行異

論曰從前六觸生於六受謂眼觸所生受至意觸所生受此合成二一者身受二者心受六中前五說爲身受依色根故意觸所生說爲心受但依心故即於所說一心受中由意近行異復分成十八云何十八意近行耶謂憂喜捨各六近行此復何緣立爲十八由三領納唯意相應於境有異故成十八非一受體意識相應境異成六領納異故意近行名爲因何義喜等有力能爲近緣令意於境數遊行故若說喜等意爲近緣於境數行名意近行即應想等亦得此名與意相應由意行故若唯意地有意近行豈不違經如契經言眼見色已於順喜色起喜近行乃至廣說此不相違如依眼識引不淨觀此不淨觀唯意地攝然契經言眼見色已隨觀不淨具足安住此亦如是依五識身所引意地喜等近行故作是說由彼經言眼見色已乃至廣說故意近行五識所引意識相應不應爲難何緣身受非意近行與意近行非同法故以意近行唯依意識故名爲近分別三世等自相共相境故名爲行一切身受與此相違故非意近亦不名行豈不身受亦有此相身受領納色等境已意識隨行由身受力意識於境數遊行故此亦不然已說相故謂諸身受不依意識無分別故由彼不能分別境界功德過失故非彼力令意於境數數遊行又不定故謂身受後非決定有意識續生意受俱時必有意識故唯意受名意近行又生盲等類雖

無覺已乃至觸已而有近行故第三靜慮有意地樂亦應攝在意近行中此責不然初界無故又凝滯故謂欲界中無意地樂第三靜慮雖有不立又彼地樂凝滯於境近行於境數有推移不滯一緣方名行故又無所對苦根所攝意近行故若爾應無捨意近行無所對故不爾憂喜即捨對故第三靜慮意地樂根無自根本地捨根爲對故然無近分等無捨等近行失以於初界中有同地所對故或復容有不容有故謂意捨等容有同地所敵對法意樂定無同地敵對故無有失諸意近行中幾欲界繫欲界意近行幾何所緣色無色界爲問亦爾頌曰

欲緣欲十八　色十二上三　二緣欲十二
八自二無色　後二緣欲六　四自一上緣
初無色近分　緣色四自一　四本及三邊
唯一緣自境

論曰欲界所繫具有十八緣欲界境其數亦然緣色界境唯有十二除香味六彼無境故緣無色境唯得有三彼無色等五所緣故緣不繫境亦唯有三說欲界繫已當說色界繫初二靜慮唯有十二謂除六憂若說所緣定無染汚能緣下境善緣欲境亦具十二除香味四餘八自緣二緣無色謂法近行緣不繫法亦唯二種三四靜慮唯六謂捨緣欲界境喜亦具六除香味二餘四自緣一緣無色謂法近行緣不繫法亦唯一種說色界繫已當說無色繫空處近分唯有四種謂捨但緣色聲觸法緣第四靜慮亦具有四種此就許有別緣者說若執彼地唯總緣下但有雜緣法

意近行緣無色界唯一謂法緣不繫法亦唯一種四根本地及上三邊唯一謂法亦緣自地無色根本不緣下故彼上三邊不緣色故不緣下義如後當辯此緣不繫亦唯有一諸意近行通無漏耶頌曰

十八唯有漏

論曰無有近行通無漏者所以者何增長有故無漏諸法與此相違有說近行有情皆有無漏不然故非近行有說聖道任運而轉故順無相界故非近行體近行與此體相違故誰成就幾意近行耶謂生欲界若未獲得色界善心成欲一切初二定八三四定四無色界一所成上界皆不下緣唯染污故若已獲得色界善心未離欲貪成欲一切初靜慮十捨具六種未至地中善心得緣香味境故喜唯有四以但有染不緣下故豈不意近行眼等識所引彼既無鼻舌二識應無緣香味近行此責不然生旨聾等自性生念及在定中皆應無有色等近行故非一切五識所引成二定八三四靜慮無色如前已離欲貪若未獲得二定善心彼成欲界初定十二謂除六憂二靜慮等皆如前說若已獲得二定善心於初定貪未得離者成二定十謂喜但四唯染污故捨具六種已獲得彼近分善故餘如前說由此道理餘准應知若生色界惟成欲界一捨法近行謂通果心俱云何獲得諸意近行謂離欲貪前八無間八解脫道獲得初定近分地中六捨近行第九無間解脫道中獲得欲界通果心俱法捨近行獲得初定十二近行此初定言兼攝眷屬由此理趣離上

地染如應當知然有差別謂離第四靜慮貪時第九無間及解脫道必不獲得自地下地通果心俱法捨近行離空處等諸地貪時一切無間及解脫道惟獲得十法捨近行得無學時獲得欲界初二靜慮十二近行三四靜慮六捨近行空無邊處四捨近行上地各一法捨近行於受生位從上地沒生下地時獲得當地所有近行生諸靜慮亦兼下地捨法近行又即喜等十八意行由爲耽嗜出依別故世尊說爲三十六師句此差別句能表大師是師慓幟故名師句如是諸句惟佛大師能知能說餘無能故耽嗜依者謂諸染受出離依者謂諸善受無覆無記順善染故隨應二攝更不別說此三十六界地定者謂欲界中具三十六初二靜慮惟有二十謂耽嗜依八出離依十二三四靜慮惟有十種謂耽嗜依四及出離依六空處近分若許別緣便有五種謂耽嗜依一出離依四若執惟總緣但有二種謂耽嗜依一出離依一無色根本及上三邊各惟有二如前應知此約界地所緣定者欲緣欲境具三十六緣色界境惟二十四除緣香味二依各六緣無色境惟有六種謂法近行二依各三緣不繫境亦惟此六由此道理色無色界緣境差別如應當思所餘有支何緣不說頌曰

餘已說當說

論曰所餘有支或有已說或有當說如前已辯若爾何緣更興此頌爲於後頌遮廣釋疑由後頌中說煩惱等勿有於此生如是疑前已廣明四支義訖次應廣釋其餘有支爲顯

後文依惑業事寄喻總顯十二有支故軌範師更與此頌如前已說十二有支略攝惟三謂惑業事此三用別其喻云何頌曰

此中說煩惱　如種復如龍　如草根樹莖

及如糠裹米　業如有糠米　如草藥如華

諸異熟果事　如成熟飲食

論曰如何此三種等相似如從種子芽葉等生如是從煩惱生煩惱業事如龍鎮池水恒不竭如是煩惱得相續鎮生池令惑業事流注無盡如草根未拔苗剪剪還生如是煩惱根未以聖道拔令生苗稼斷斷還起如從樹莖頻生枝華果如是從惑數起惑業事如糠裹米能生芽等非獨能生煩惱裹業能感後有非獨能感如米有糠能生芽等業有煩惱能招異熟如諸草藥果熟為後邊業果熟已更不招異熟如華於果為生近因業為近因能生異熟如熟飲食但應受用不可轉生成餘飲食異熟果事既成熟已不能更招餘生異熟若諸異熟復感餘生餘復感餘應無解脫已辯緣起即於此中就位差別分成四有中生本死如前已釋善等差別三界有無今當略辯頌曰

於四種有中　生有惟染污　由自地煩惱

餘三無色三

論曰於四有中生有惟染決定非善無覆無記由何等惑一切煩惱諸煩惱染諸生有耶不爾云何但由自地謂生此地惟由此地中一切煩惱生有成染污諸煩惱中無一煩惱於結生位無潤功能然諸結生惟煩惱力非由纏垢所以者何以自力行悔覆纏等要由

思擇方現起故然此位中身心昧劣要任運惑方可現行惟有隨眠數習力勝故諸煩惱能數現行於結生時任運現起諸纏及垢數習力劣非不思擇而得現前是故結生非諸纏垢故惟自地諸煩惱力染汚生有理極成立餘中有等一一通三謂彼皆通善染無記應知中有初續刹那亦必染汚猶如生有如是四有何界所繫欲色具四無色惟三非無色業感中有果如順正理已具思擇有情於此四種有中由何而住頌曰

有情由食住　段欲體惟三　非色不能益
自根解脫故　觸思識三食　有漏通三界
意成及求生　食香中有起　前二益此世
所依及能依　後二於當有　引及起如次

論曰經說世尊自悟一法正覺正說謂諸有情一切無非由食而住何等爲食食有四種一段二觸三思四識段有二種謂細及麤細謂中有食香爲食故及天劫初食無變穢故如油沃沙散入支故或細汚蟲嬰兒等食說名爲細翻此爲麤如是段食惟在欲界離段食貪生上界故非上界身依外緣住色界雖有能益大種而非段食如非妙欲如色界中雖有微妙色聲觸境而不引生增上貪故不名妙欲如是雖有最勝微妙能攝益觸而畢竟無分段呑噉故非段食雖非段食攝而非無食義如喜雖非四食中攝而經說爲食以有食義故如契經言我食喜食由喜食久住如極光淨天然段食體有十三事以處總收惟有三種謂惟欲界香味觸三一切皆爲段食自體可成段別而呑噉故謂以口鼻分分

受之以少從多故作是說雖非吞噉但能益身令得久住亦細食攝猶如影光鎫涼塗洗又劫初位地味等食亦名段食分段受故又諸飲等亦名段食皆可段別而受用故色處名段不名爲食以不能攝益自所對根故夫言食者攝益諸根及諸大種色處無力攝益自根及諸大種是不至取根所行故以契經說段食非在手中器中可成食事要入鼻口牙齒咀嚼津液浸潤進度喉筒墮生藏中漸漸消化味勢熟德流諸脉中攝益諸蟲乃名爲食爾時方得成食事故若在手器以當爲名如天授名那落迦等雖彼分段總得食名而成食時惟香味觸爾時惟此爲根境故又如何知色處非食身内攝益根大功能如香味觸不別見故爾時不生彼境識故生自識

時尚不損益自根大種況入身已不生自識能爲食事見日月輪等能損益眼根是觸功能非形顯力豈不苦樂與識俱生此二能爲損益事故色處於眼亦爲損益理不應然眼與明等應成食故然彼爲境順苦樂觸能爲食事色處不然見安缮那籌等諸色眼不增損要至眼中眼方增損是故段食定非色處若爾何故於契經中稱讃段食具色香味爲令欣樂兼讃助緣如亦讃言恭敬施與豈即恭敬亦名段食然成段食具正助緣又舉色相表香味觸亦妙可欣故作是說是故食體惟香味觸非色不能益自根解脱故夫名食者必先資益自根大種後乃及餘飲噉色時於自根大尚不爲益況能及餘由彼諸根境各別故有時見色生喜樂者緣色觸生是食

非色又不還者及阿羅漢解脱食貪雖見妙食而不生喜無所益故已說段食界繫及體觸思識三次當顯示觸謂根境識三和所生心所緣起中已廣思擇思謂意業識謂了境此三惟有漏通三界皆有如是四食體總有十六事惟後三食說有漏言顯香等三不濫無漏何緣無漏觸等非食食謂能牽能資諸有可猒可斷愛生長處無漏雖資他所牽有而自無有牽有功能非可猒斷愛生長處故不建立在四食中即由此因望他界地雖有漏法亦非食體他界地法雖亦爲因能資現有而不能作牽後有因故不名食諸無漏法現在前時雖能爲因資根大種而不能作牽後有因雖暫爲因資根大種而但爲欲成已勝依速趣涅槃永滅諸有自地有漏現在前時資現令增能招後有由此已釋段食爲因招後有義謂觸等食牽有後時亦牽當來內法香等現內香等資觸等因令牽當有亦能自取當來香等爲等流果是故段食與後有因同一果故亦能牽有故名爲食然香味觸體類有三謂異熟生等流長養由外香等覺發身中內香味觸令成食事故所說食其理定成如契經說食有四種能令部多有情安住及能資益諸求生者言部多者顯已生義諸趣生已皆謂已生復說求生爲何所因此因中有由佛世尊以五種名說中有故何等爲五一者意成從意生故是牽引業所引果義若爾此應有太過失不爾中有不攬外緣精血等物以成身故二者求生多喜尋察當生處故生謂生有中有多求趣生有處三者

食香身資香食往生處故四者中有死生二有無間有故五者名起死有無間支體無缺身頓起故或復對向當生決定暫時起故何緣說食惟有四種一切有爲皆有食用經說涅槃亦有食故如契經說涅槃有食所謂覺支雖諸有爲皆有食用而就勝說謂大仙尊爲所化者就資有勝惟說四食謂初二食能益此身所依能依後之二食能引當有能起當有如次資益引起名色二種有身故立四食所依謂色即有根身能依謂名即心心所此中段食資益所依以有根身由此住故此中觸食資益能依以心心所由此活故如是二食於已生有資益功能最爲殊勝思爲引業識爲種子引起當有謂由業故能引當來名色二有業既引已愛潤識種能令當有名色身起故契經說業爲生因愛爲起因如是二食於未生有引起功能最爲殊勝故惟說此四種爲食此四食中後二如生母生未生故前二如養母養已生故餘廣決擇如順正理今更應思前釋四有死生二有惟一刹那於此時中何識現起此識復與何受相應定心無心得死生不住何性識得入涅槃於命終時識何處滅斷末摩者其體是何頌曰

斷善根與續　離染退死生　許惟意識中
死生唯捨受　非定無心二　二無記涅槃
漸死足臍心　最後意識滅　下人天不生
斷末摩水等

論曰斷善續善離界地染從離染退命終受生此六位中惟許意識皆是意識不共法故五識於此無有功能生言兼攝中有初念意

識雖具三受相應而死生時惟有捨受非苦樂受性不明利順死生時苦樂二受性極明利不順死生非明利識有死生義以死生時必昧劣故由此故說下三靜慮惟近分心有死生理以根本地無捨受故雖說在意識得有死生而非在定心有死生理非界地別有死生故設界地同極明利故由勝加行所引發故又在定心能攝益故必由損害方有命終諸在定心非染汙故必由染汙方得受生異地染心亦攝益故無命終理加行起故無受生理異地染心必勝地攝無容樂往劣地受生異地無記以非染汙加行起故亦無生死亦非無心有死生義理相違故死有二種或他所害或任運終處無心位他不能害有殊勝法任持身故處無心位非任運終入心定能引出心故謂入心作等無間緣取依此身心等果法必無有別法能礙令不生若所依身將欲變壞必定還起屬此身心方得命終更無餘理又有契經證非無心命終故契經說無想有情由想起已從彼處歿非無心位可得受生必由勝心現所引故住昧劣位而受生故離起煩惱無受生故亦有契經證非無心受生故契經言識若不入母胎中者名色得成羯剌藍不乃至廣說然死有心雖通三性而阿羅漢必無染心雖有善心及二無記而強盛故不入涅槃入涅槃心惟二無記謂威儀路或異熟生若說欲界有捨異熟入涅槃心通二無記若說欲界無捨異熟入涅槃心但威儀路必無離受而獨有心劣善何故不入涅槃以彼善心有異熟故諸阿羅

漢猒背未來諸異熟果入涅槃故若爾住異熟應不入涅槃不爾已簡言猒背未來故何不猒背現在異熟知依現異熟永斷諸有故依現異熟證無學果知彼有恩不深猒患諸阿羅漢深猒當生故命終時避彼因善惟二無記勢力劣故順於眛劣相續斷心故入涅槃惟二無記眼等諸識雖依色根而無方所況復意識然約身根滅處說者若頓死者意識身根欻然總滅非有別處若漸死者往下人天於足齊心如次識滅謂墮惡趣說名往下彼識最後兩足處滅若往人趣識滅於齊若往生天識滅心處諸阿羅漢說名不生彼最後心亦心處滅有餘師說彼滅在頂正命終時於足等處身根滅故意識隨滅臨命終時身根漸滅至足等處欻然都滅如以少水置餤石上漸減漸消一處都盡必無同分相續爲因能無間生所趣後有惟漸命終者臨命終時有爲斷末摩苦受所逼無有別物名爲末摩然於身中有別處所風熱餤盛所逼切時極苦受生即便致死得末摩稱如有頌曰

身中有別處　觸便令命終　如青蓮華鬚
微塵等所觸

若水火風不平緣合互相乖及或總或別勢用增盛傷害末摩如以利刀分解支節因斯引發極苦受生從此須臾定當捨命由茲理故名斷末摩非如斬薪說名爲斷如斷無覺故得斷名好發言語譏刺於彼隨實不實傷切人心由此當招斷末摩苦何緣地界非斷末摩以無第四内災患故内三災患謂風熱

餘水火風增隨所應起有說此似外器三災此斷末摩天中非有然諸天子將命終時先有五種小衰相現一者衣服嚴具絕可意聲二者自身光明欻然昧劣三者於沐浴位水滴著身四者本性囂馳今滯一境五者眼本凝寂今數瞬動此五相現非定命終遇勝善緣猶可轉故復有五種大衰相現一者衣染埃塵二者華鬘萎萃三者兩腋汗出四者臭氣入身五者不樂本座此五相現決定命終設遇強緣亦不轉故世尊於此有情世間生住歿中建立三聚何謂三聚頌曰

正邪不定聚　聖造無間餘

論曰一正性定聚二邪性定聚三不定性聚何名正性謂世尊言貪無餘斷瞋無餘斷癡無餘斷一切煩惱皆無餘斷是名正性何故惟斷說名正性謂此永盡邪僞法故又體是善常智者定愛故世尊亦說聖道名正性經說趣入正性離生故何名邪性謂有三種一趣邪性二業邪性三見邪性即是惡趣五無間業五不正見如次爲體於二定者學無學法五無間業如其次第定趣離繫地獄果故成就此者得此聚名即名爲聖造無間者正脫已脫煩惱縛故說名爲聖聖是自在離繫縛義或遠衆惡故名爲聖獲得畢竟離繫得故或善所趣故名爲聖中無間隔故名無間好爲此因故名爲造正邪定餘名不定性彼待二緣可成二故非定屬一得不定名

阿毘達磨藏顯宗論卷第十五　說一切有部

音釋

詰 契吉切問也　耽嗜 上都含切樂也下時利切欲也　慓㦸 上早遥切下昌志切　咀嚼 上在吕切下疾雀切　噉 徒濫切食也　齊 前西切與臍同　囂 虚驕切喧也　瞬 輸閏切目動也　萎萃 上邕危切蔫也下秦醉切與悴同

阿毘達磨藏顯宗論卷第十六

尊　者　衆　賢　造

唐三藏法師玄奘奉　詔譯

辯緣起品第四之五

如是已辯有情世間器世間今當辯頌曰

安立器世間　風輪最居下　其量廣無數
厚十六洛叉　次上水輪深　十一億二萬
下八洛叉水　餘凝結成金　此水金輪廣
徑十二洛叉　三千四百半　周圍此三倍

論曰此百俱胝四大洲界如是安立同壞同成謂諸有情法爾修得諸靜慮故下命終已生第二等靜慮地中下器世間三災所壞經久遠已依下空中由諸有情業增上力有微風起後後轉增蟠結成輪其體堅密假設有一大諾健那以金剛輪奮威懸擊金剛有碎風輪無損如是風輪廣無數厚十六億踰繕那又諸有情業增上力起大雲雨澍風輪上滴如車軸積水成輪如是水輪於未凝結位深十一億二萬踰繕那廣稱風輪有言狹小有情業力持令不散如所食飲未熟變時終不移流墮於熟藏有餘師說由風所持令不傍流如篅持穀有情業力引別風起摶擊此水上結成金如熟乳停上凝成膜故水輪減惟厚八洛叉餘轉成金厚三億二萬二輪界別有百俱胝一一二輪廣量皆等謂徑十二億三千四百半周圍其邊數成三倍謂周圍量成三十六億一萬三百五十踰繕那已辯三輪山今當辯頌曰

蘇迷盧處中　次踰健達羅　伊沙馱羅山
朅地洛迦山　蘇達梨舍那　頞濕縛羯拏

毘那怛迦山　尼民達羅山　於大洲等外
有鐵輪圍山　前七金所成　蘇迷盧四寶
入水皆八萬　妙高出亦然　餘八半半下
廣皆等高量

論曰於金輪上有九大山妙高山王處中而住餘八周帀繞妙高山於八山中前七名內第七山外有大洲等此外復有鐵輪圍山周帀如輪圍四洲界持雙等七惟金所成妙高山王四寶爲體謂四面如次北東南西金銀吠瑠璃頗胝迦寶隨寶威德色顯於空故贍部洲空似吠瑠璃色如是寶等從何而生從諸有情業增上力復大雲起雨金輪上滴如車軸經於久時積水奔濤深踰八萬猛風鑽擊寶等變生如是變生金寶等已復由業力引起別風簡別寶等攝令聚集成山成洲分水甘鹹令別成立內海外海云何一類水別類寶等生雨水能爲異類寶等種所依藏復爲種種威德猛風之所鑽擊生衆寶等故無有過如是九山住金輪上沒水量皆等八萬踰繕那蘇迷盧山出水亦爾如是則說妙高山王從下金輪上至其頂總有十六萬踰繕那其餘八山出水高量從內至外半半漸卑謂初持雙出水四萬乃至最後鐵輪圍山出水三百一十二半如是九山一一廣量各各與自出水量同已辯九山海今當辯頌曰

山間有八海　前七名爲內　最初廣八萬
四邊各三倍　餘六半半狹　第八名爲外
三洛叉二萬　三千二百餘

論曰妙高爲初輪圍爲後中間八海前七名內七中皆具八功德水一甘二冷三軟四輕

五清淨六不臭七飲時不損喉八飲已不傷腹如是七海初廣八萬約持雙山内邊周量於其四面數各三倍謂各成二億四萬踰繕那其餘六海量半半狹謂第二海量廣四萬乃至第七量廣一千二百五十此等不說周圍量者以煩多故准前知故第八名外鹹水盈滿量廣三億二萬三千及二百八十七踰繕那半八十七半餘聲所顯已辯八海當辯諸洲形量有異頌曰

於中大洲相　南贍部如車　三邊各二千
南邊有三半　東毘提訶洲　其相如半月
三邊如贍部　東邊三百半　西瞿陀尼洲
其相如滿月　徑二千五百　周圍此三倍
北洲如方座　四面各二千　中洲復有八
四洲邊各二

論曰於外海中大洲有四謂於四面對妙高山南贍部洲北廣南狹三邊量等其相如車南邊惟廣三踰繕那半三邊各有二千踰繕那惟此洲中有金剛座上窮地際下據金輪諸最後身菩提薩埵將登無上正等菩提皆坐此座上起金剛喻定以無餘依及餘處所有堅固力能持此定東勝身洲東狹西廣三面量等形如半月東三百五十三邊各二千此東洲東邊廣南洲南際故東如半月南贍部如車西牛貨洲形如滿月徑二千五百周圍七千半北俱盧洲形如方座四邊量等面各二千周圍八千踰繕那量隨自洲相人面亦然復有八中洲是大洲眷屬謂四大洲側各有二中洲贍部洲邊二中洲者一遮末羅洲二筏羅遮末羅洲勝身洲邊二中洲者一

提訶洲二毘提訶洲牛貨洲邊二中洲者一舍搋洲二嗢怛羅漫怛理拏洲俱盧洲邊二中洲者一矩拉婆洲二憍拉婆洲此一切洲皆人所住由下劣業增上所生故住彼人身形卑陋有餘師說遮末羅洲羅剎娑居餘皆人住辨諸洲已無熱惱池何方幾量頌曰

此北九黑山　雪香醉山内　無熱池縱廣
五十踰繕那

論曰至教說此贍部洲中從中印度漸次向北三處各有三重黑山有大雪山在黑山北大雪山北有香醉山雪北香南有大池水名無熱惱出四大河從四面流趣四大海一殑伽河二信度河三徙多河四縛芻河無熱惱池縱廣正等面各五十踰繕那量八功德水盈滿其中非得通人難至其所於此池側有贍部林樹形高大其果甘美依此林故名贍部洲或依此果以立洲號復於何處置捺落迦何量有幾頌曰

此下過二萬　無間深廣同　上七捺落迦
八增皆十六　謂煻煨屍糞　鋒刃烈河增
各住彼四方　餘八寒地獄

論曰此贍部洲下過二萬有阿鼻旨大捺落迦深廣同前謂各二萬故彼底去此四萬踰繕那何緣惟此洲下有無間獄惟於此洲起極重惡業故刀兵等災惟此有故惟此洲人極利根故以無樂間立無間名所餘地獄中雖無異熟樂而無大過失有等流樂故有說無隙立無間名雖有情少而身大故有說於中受苦無間謂彼各爲百釘釘身於六觸門恒受劇苦居熱鐵地鐵牆所圍猛焰交通曾

無暫歇身遭熱逼苦痛難任雖有四門遠覩開闢而走求出便見關閉所求不遂荼毒怨傷以巳身薪投赴猛火焚燒支體骨肉焦然惡業所持而不至死餘七地獄在無間上重疊而住其七者何一者極熱二者焰熱三者大呌四者號呌五者衆合六者黒繩七者等活有說此七在無間傍外內自他身諸支節皆出猛火互相燒害熱中極故名爲極熱火隨身轉焰熾周圍熱苦難任故名焰熱劇苦所逼發大哭聲悲呌稱怨故名大呌衆苦所逼異類悲號怨發呌聲故名號呌衆多苦具俱來逼身合黨相殘故名衆合先以墨索拼量支體後方斬鋸故名黒繩衆苦逼身數悶如死尋穌如本故名等活謂彼有情雖遭種種所剌磨擣而彼暫遇涼風所吹尋穌如本等前活故立等活名八捺落迦增各十六謂四門外各有四增以非皆異名但標其定數故薄伽梵說此頌曰

此八捺落迦　我說甚難越　以熱鐵爲地
周帀有鐵牆　四面有四門　關閉以鐵扇
巧安布分量　各有十六增　多百踰繕那
滿中造惡者　周徧焰交徹　猛火恒烔然

此十六中受苦增劇過本地獄故說爲增或於此中受種種苦苦具多類故說爲增或地獄中徧受苦巳重遭此苦故說爲增有說有情出地獄巳數復遭苦故說爲增門各四增其名何等煻煨屍糞鋒刃烈河門門四增各皆相似煻煨增者謂此增中煻煨沒膝其量寛廣多踰繕那有情遊中纔下其足皮肉與血俱焦爛墜舉足還生平復如本屍糞增者

謂此增中屍糞埿滿槎瀨臭澀深沒於人又廣於前煻煨增量於中多有狼矩吒蟲紫利如針身白頭黒有情遊彼皆爲此蟲鑽皮破骨唼食其髓鋒刃增者謂此增中復有三種一刀刃路謂於此中仰布刀刃以爲大道有情遊彼纔下足時皮肉與血俱斷碎墜舉足還生平復如本二劒葉林謂此林上純以銛利劒刃爲葉有情遊下風吹葉墜斬刺支體骨肉零落有烏駮狗攫令僵仆齧首齩足齗頸擘腴𨎌腹掐心擅掣食噉三鐵刺林謂此林內鐵樹高聳量過百人有利鐵刺長十六指有情被逼上下樹時其刺銛鋒下上鑱刺有鐵紫烏探啄有情眼睛心肝爭競而食刀刃路等三種雖殊而鐵杖同故一增攝烈河增者謂此增河其量深廣熱鹹烈水盈滿其中有情溺中或浮或沒或逆或順或横或轉被蒸被煑骨皮糜爛如大鑊中滿盛灰汁置麻米等猛火下然麻等於中上下迴轉舉體糜爛有情亦然設欲逃亡於兩岸上有諸獄卒手執刀槍禦捍令迴無由得出復有獄卒張大鐵網漉諸有情置於岸上洋銅灌其口令吞熱鐵丸衆苦備經還擲河內此河如壍前三似園圍繞莊嚴諸大地獄已說有八熱捺落迦寒捺落迦亦有八種何等爲八一頞部陀二尼剌部陀三頞哳吒四臛臛婆五呼呼婆六嗢鉢羅七鉢特摩八摩訶鉢特摩此中有情嚴寒所逼隨聲身瘡變立差别想名謂二三三如其次第此寒地獄在繞四洲輪圍山外極冥闇所於中恒有凄勁冷風上下衝擊縱横旋擁有情遊此屯聚相依寒酷切

身膚皮炮烈身戰殭鞕各出異身瘡開剖拆如三花相多由謗賢聖招如是苦果有說此在熱地獄傍以贍部洲上尖下闊形如穀聚故得包容是故大海漸深漸狹十六大獄皆諸有情增上業感餘孤地獄或多一二各別業招或近江河山間曠野或在地下空中餘處無間大熱及炎熱三於中皆無獄卒防守大叫號叫及衆合三少有獄卒琰魔王使時時往來巡檢彼故其餘皆爲獄卒防守有情無情異類獄卒防守治罰罪有情故火不焚燒有情卒者彼身別禀異大種故或由業力所遮隔故一切地獄身形皆竪初同聖語曾聞有以聖語告言汝在人中不觀欲過又不承敬梵志沙門是故於今受斯劇苦彼聞須解生慙悔心後不分明苦所逼故諸地獄器安布如是傍生所止謂水陸空生類顯形無邊差別其身形相少竪多傍本住海中後流五趣初同聖語後漸乖訛諸鬼本住琰魔王國從此展轉散趣餘方此贍部洲南邊直下深過五百踰繕那量有琰魔王都縱廣量亦爾鬼有三種謂無少多財無財復三謂炬針臭口少財亦有三謂針臭毛癭多財亦有三謂希祠棄大勢廣釋此九如順正理然諸鬼中無威德者惟三洲有除北俱盧若有威德天上亦有贍部洲西渚有五百於中有二惟鬼所居渚各有城二百五十有威德鬼住一渚城一渚城居無威德鬼諸鬼多分形竪而行於劫初時皆同聖語後隨處別種種乖訛日月所居量等義者頌曰

日月迷盧半　五十一五十　夜半日沒中

日出四洲等　兩際第二月　後九夜漸增
寒第四亦然　夜減晝翻此　晝夜增臘縛
行南北路時　近日自影覆　故見月輪缺
論曰日月衆星依何而住依風而住謂諸有情業增上力共引風起繞妙高山空中旋環運持日等令不停墜彼所住去此幾踰繕那持雙山頂齊妙高山半日等徑量幾踰繕那日五十一月惟五十星最小者半俱盧舍最大者十六踰繕那四洲日月各有別耶不爾四洲同一日月俱時四處作所作耶不爾云何夜半日沒日中日出四洲時等俱盧贍部牛貨勝身隅妙高山相對住故若俱盧夜半即贍部日中勝身日沒牛貨日出若牛貨日中即勝身夜半贍部日沒俱盧日出此略義者隨何洲相對日中月中餘二洲隨應西沒東出第三洲處夜中晝中由是若時勝身牛貨如其次第日中月中爾時光明四洲皆有然光作事在東南洲於西北洲惟明作事俱見兩事在北南洲謂贍部洲見日出月沒見月出日沒謂俱盧洲東勝身洲惟得見日惟得見月謂牛貨洲如是所餘例應思擇何緣晝夜有減有增日行此洲路有別故從兩際第二月後半第九日夜漸增從寒際第四月後半第九日夜漸減晝增減位與此相違夜漸增時晝便漸減夜漸減位晝即漸增晝夜增時一晝夜增幾增一臘縛晝夜減亦然日行此洲向南向北如其次第夜增晝增何故月輪於黑半末白半初位見有缺耶世施設中作如是釋以月宮殿行近日輪月被日輪光所侵照餘邊發影自覆月輪令於爾時見

不圓滿理必應爾以於爾時亦見不明全月輪故由是日沒月便出時相去極遥見月圓滿日等宮殿何有情居四大王天所部天衆是諸天衆惟住此耶若空居天惟住如是日等宮殿若地居天住妙高山諸層級等有幾層級其量云何何等諸天住何層級頌曰

妙高層有四　相去各十千　傍出十六千
八四二千量　堅手及持鬘　恒憍大王衆
如次居四級　亦住餘七山

論曰蘇迷盧山有四層級始從水際盡第一層相去十千踰繕那量如是乃至從第三層盡第四層亦十千量此四層級從妙高山傍出圍繞盡其下半最初層級出十六千第二第三第四層級如其次第八四二千住初層天名爲堅手持鬘居第二恒憍處第三四大天王及諸眷屬各一方面住第四層堅手等三天皆四王衆攝持雙山等七金山上亦有四王所部封邑是名依地住四大王衆天於欲天中此天最廣三十三天住在何處頌曰

妙高頂八萬　三十三天居　四角有四峯
金剛手所住　中宮名善見　周萬踰繕那
高一半金城　雜飾地柔輭　中有殊勝殿
周千踰繕那　外四苑莊嚴　衆車麤雜喜
妙地居四方　相去各二十　東北圓生樹
西南善法堂

論曰三十三天住迷盧頂其頂四面各二十千若據周圍數成八萬有餘師說面各八十千與下際四邊其量無別山頂四角各有一峯其高廣量各有五百有藥叉神名金剛手於中止住守護諸天於山頂中有宮名善見

面二千半周萬踰繕那金城量高一踰繕那半其地平坦亦眞金所成俱用百一雜寶嚴飾地觸柔輭如妬羅綿於踐躡時隨足高下是天帝釋所都大城城有千門嚴飾壯麗門有五百青衣藥叉勇健端嚴踰繕那量各嚴鎧仗防守城門於其城中有殊勝殿種種妙寶具足莊嚴蔽餘天宮故名殊勝面二百五十周千踰繕那是謂城中諸可愛事城外四面四苑莊嚴是彼諸天共遊戲處一衆車苑謂此苑中隨天福力種種車現二麤惡苑天欲戰時隨其所須甲仗等現三雜林苑諸天入中所玩皆同俱生勝喜四喜林苑極妙欲塵雜類俱臻歷觀無猒如是四苑形皆四方一一周千踰繕那量居中各有一如意池面各五十踰繕那量八功德水彌滿其中隨欲妙花寶舟好鳥一一奇麗種種莊嚴四苑四邊有四妙地中間各去苑二十踰繕那地一一邊量皆二百是諸天衆勝遊戲所諸天於彼擁勝歡娛城外東北有圓生樹是三十三天受欲樂勝所蟠根深廣五踰繕那聳幹上昇枝條傍布高廣量等百踰繕那挺葉開花妙香芬馥順風熏滿百踰繕那若逆風熏猶徧五十城外西南角有大善法堂三十三天時集詳辯制伏阿素洛等如法不如法事如是已辯三十三天所居外器餘有色天衆所住器云何頌曰

此上有色天　住依空宮殿

論曰從夜摩天至色究竟所住宮殿皆但依空有說空中密雲彌布如地爲彼宮殿所依外器世間至色究竟上無色故不可施設如

是所說諸天衆中頌曰
六受欲交抱　執手笑視婬
論曰梵衆天等由對治力於諸欲法皆已遠離惟六欲天受妙欲境六欲天者一四大王衆天謂彼有四大王及所領衆或彼天衆事四大王是四大王之所領故二三十三天謂彼天處是三十三部諸天所居妙高山頂四面各有八部天衆中央有一即天帝釋故三十三三夜摩天謂彼天處時時多分稱快樂哉四覩史多天謂彼天處多於自所受生喜足心五樂變化天謂彼天處樂數化欲境於中受樂六他化自在天謂彼天處於他所化欲境自在受樂六中初二依地居天形交成婬與人無別然風氣泄熱惱便除非如人間有餘不淨夜摩天衆纔抱成婬俱起染心暫時相抱熱惱便息惟一起染雖受抱樂而不成婬若俱無染心雖相執抱如親相敬愛而無過失覩史多天但由執手熱惱便息樂變化天惟相向笑便除熱惱他化自在相視成婬如是後三俱一無染成婬樂愛差別如前後二天中惟化資具若異此者俱染不成實並形交方成婬事施設所說顯時不同由上諸天欲境轉妙貪心轉重身觸有殊故經少時數成婬事不爾天欲樂應少於人中隨彼諸天男女膝上有童男童女欻爾化生即說爲彼天所生男女初生天衆身量云何頌曰
初如五至十　色圓滿有衣
論曰且六欲諸天初生如次如五六七八九十歲人生已身形速得圓滿色界天衆於初生時身量周圓具妙衣服一切天衆皆作聖

言謂彼言詞同中印度然不由學自解典言欲生樂生云何差別頌曰

欲生三人天　樂生三九處

論曰欲生三者有諸有情樂受現前諸妙欲境彼於如是現欲境中自在而轉謂全人趣及下四天有諸有情樂受自化諸妙欲境彼於自化妙欲境中自在而轉謂惟第五樂變化天有諸有情樂受他化諸妙欲境彼於他化妙欲境中自在而轉謂第六他化自在天此欲生三依何建立依受如生現前欲境故依受如樂自化欲境故依受如樂他化欲境故又依所受下中上境故又依受用有罪有勞現前欲境故依樂受用無罪有勞自化欲境故依樂受用無罪無勞他化欲境故樂生三者三靜慮中於九處生受三種樂以彼所受有樂異熟無苦異熟故名樂生此樂生三依何建立依多安住離生喜樂定生喜樂離喜樂故或依三種災所及故或依尋喜樂增上故或依身想異無異故所說諸天二十二處上下相去其量云何頌曰

如彼去下量　去上數亦然

論曰一一中間踰繕那量非易可數但可總舉彼去下量去上例然隨從何天去下海量彼上所至與去下同謂妙高山從第四層級去下大海四萬踰繕那上去三十三天亦如去下海量如三十三天去下大海上去夜摩天其量亦爾如是乃至如善見天去下大海從彼上去色究竟天其量亦爾如是懸遠多踰繕那如明眼人暫見色頂世尊能以意勢神通運身往來自在無礙故佛神力不可思

議於下處生昇上見不頌曰

離通力依他　下無昇見上

論曰如四大王天衆昇見三十三天非三十三等天昇見夜摩天等然彼若得定所發通一切皆能昇見於上或依他力昇見上天謂得神通及上天衆引接往彼隨其所應或上天來下亦能見若上界地來向下時非下化身下眼不見非其境界故如不覺彼觸故上界地來向下時必化下身爲令下見依地居天已說處量夜摩天等處量云何有說四天如迷盧頂有說此四上倍倍增有餘師言初靜慮地宮殿依處等一四洲第二靜慮等小千界第三靜慮等中千界第四靜慮等大千界有餘師言下三靜慮如次量等小中大千第四靜慮量無邊際齊何量說小中大千頌曰

四大洲日月　蘇迷盧欲天　梵世各一千
名一小千界　此小千千倍　說名一中千
此千倍大千　皆同一成壞

論曰千四大洲乃至梵世如是總說爲一小千千倍小千名一中千界千中千界總名一大千如是大千同成同壞中有情類成壞亦同

阿毘達磨藏顯宗論卷第十六說一切有部

音釋

踰繕那 梵語也此云限量繕時戰切 篅 市緣切囤也 摶 伯各切擊也 頞眡迦 梵語也此云水精眡張尼切 搋 楚佳切 嗢 烏沒切 拉 落合切 煻煨 上徒郎切下烏灰切煻煨灰火也 劇 竭戟切甚也 拼 補耕切以繩直物也 烔 徒紅切赤也 [illegible] 即委切與觜同 駮 北角切 僵仆 上居良切下芳遇切 齧 倪結切噬也 齩 五巧切齧也 齖 苦加切犬齒也 擘 博厄切分也 爴 居縛切與攫同 掐 苦洽切爪刺也 銛 思廉切利也 臛 忽郭切 殭 居良切死不朽曰殭 鞕 魚孟切與硬同 癭 於郢切頸瘤也 鎧 可亥切甲也 畟方 初力切畟方正方也

阿毘達磨藏顯宗論卷第十七

尊　者　衆　賢　造

唐三藏法師玄奘奉　詔譯

辯緣起品第四之六

如外器量別身量亦爾耶亦爾云何頌曰

贍部洲人量　三肘半四肘　東西北洲人
倍倍增如次　欲天俱盧舍　四分一一增
色天踰繕那　初四增半半　此上增倍倍
唯無雲減三

論曰贍部洲人身多長三肘半於中少分有長四肘東勝身人身長八肘西牛貨人長十六肘北俱盧人三十二肘欲界六天最下身量一俱盧舍四分之一如是後後一一分增至第六天身一俱盧舍半色天身量初梵衆天半踰繕那梵輔全一大梵一半少光二全此上餘天皆增倍倍唯無雲減三踰繕那謂無量光天倍增二至四乃至色究竟增滿萬六千身量既殊壽命別不亦有云何頌曰

北洲定千年　西東半半減　此洲壽不定
後十初叵量　人間五十年　下天一晝夜
乘斯壽五百　上五倍倍增　色無晝夜殊
劫數等身量　無色初二萬　後後二二增
少光上下天　大全半爲劫

論曰北俱盧人定壽千歲西牛貨人壽五百歲東勝身人壽二百五十歲南贍部人壽無定限劫後增減或少或多少極十年多極八萬於劫初位人壽叵量非百千等所能計故已說人間壽量長短要先建立天上晝夜方可筭計天壽短長天上云何建立晝夜人五十歲爲六天中最在下天一晝一夜乘斯晝

夜三十爲月十二月爲歲彼壽五百年上五欲天漸倶增倍謂人百歲爲第二天一晝一夜乘斯晝夜成月及年彼壽千歲夜摩等四隨次如人一四八百千六百歲爲一晝夜乘斯晝夜成月及年如次彼壽二四八千萬六千歲已說六天壽量長短色天無有晝夜差別但以劫數知壽短長彼劫壽短長與身量數等謂若身量半踰繕那壽量半劫若彼身量一踰繕那壽量一劫乃至身量長萬六千壽量亦同萬六千劫已說色界天壽短長無色四天從下如次壽量二四六八萬劫上所說劫爲定依何爲壞爲成爲中爲大少光巳上大全爲劫自下諸天大半爲劫即由此故說大梵王過梵輔天壽一劫半空成住壞各二十中總八十中爲一大劫取成住壞總六十中爲大梵王一劫半壽故以大半四十中劫爲下三天所壽劫量巳說善趣壽量短長惡趣云何頌曰

等活等上六　如次以欲天　壽爲一晝夜
壽量亦同彼　極熱半中劫　無間中劫全
傍生極一中　鬼月日五百　頞部陀壽量
如一婆訶麻　百年除一盡　後後倍二十

論曰惡趣亦無如人晝夜然其壽量比況可知四大王等六欲天壽如其次第爲等活等六捺落迦一晝一夜壽量如次亦同彼天謂四大王壽量五百於等活地獄爲一晝一夜乘此晝夜成月及年以如是年彼壽五百乃至他化壽萬六千於炎熱地獄爲一晝一夜乘此晝夜成月及年彼壽如斯萬六千歲極熱地獄壽半中劫無間地獄壽一中劫傍生

壽量多無定限若壽極長亦一中刧謂難陀等諸大龍王故世尊言大龍有八皆住一刧能持大地鬼以人間一月爲一日乘此成月歲壽五百年寒那落迦云何壽量世尊寄喻顯彼壽言如此人間佉梨二十成摩竭陀國一麻婆訶量有置苣藤平滿其中設復有能百年除一如是苣藤易有盡期生頞部陀壽量難盡此二十倍爲第二壽如是後後二十倍增是謂八寒地獄壽量此諸壽量有中夭耶頌曰

諸處有中夭　除北俱盧洲

論曰諸處壽量皆有中夭唯北俱盧定壽千歲此約處說非別有情有別有情不中夭故如順正理舉彼有情如是已就踰繕那等辯器世間身量差别就年等辯壽量有殊二量不同未說應說建立此等無不依名前二及名未詳極少今應先辯三極少量頌曰

極微字刹那　色名時極少

論曰以勝覺慧分析諸色至一極微故一極微爲色極少不可析故如是分析諸名及時至一字刹那爲名時極少一字名者如說𥘂一刹那量如順正理如是已辯三極少量前二量殊今次應辯踰繕那等其量云何頌曰

極微微金水　兎羊牛隙塵　蟣蝨麥指節

後後增七倍　二十四指肘　四肘爲弓量

五百俱盧舍　此八踰繕那

論曰極微爲初指節爲後應知後後皆七倍增謂七極微爲一微量積微至七爲一金塵積七金塵爲水塵量水塵積至七爲一兎毛

塵積七兔毛塵爲羊毛塵量積羊毛塵七爲一牛毛塵積七牛毛塵爲隙遊塵量隙塵七爲蟣七蟣爲一蝨七蝨爲麵麥七麥爲指節三節爲指世所極成是故於頌中不別分別二十四指横布爲肘竪積四肘爲弓謂尋竪積五百弓爲一俱盧舍毘柰耶說此是從村至阿練若中間道量八俱盧舍爲踰繕那已說極微漸次積集成微乃至一踰繕那然許極微略有二種一實二假其相云何實謂極成色等自相於和集位現量所得假由分析比量所知謂聚色中以慧漸析至最極位然後於中辯色聲等極微差別此析所至名假極微令慧尋思極生喜故此微即極故名極微極謂色中析至究竟微謂唯是慧眼所行故極微言顯微極義以何爲證知有極微以阿笈摩及理爲證阿笈摩者謂契經說諸所有色或細或麤細者謂極微更不可析故餘有對色說名爲麤又伽他言

黒白等諸色　皆有細有麤　細者謂最微

麤餘有對色

由此誠證定有極微又毘柰耶作如是說七極微集名一微等如是名教其理者何謂如積集有情身色至色究竟有量最麤准此亦應分析諸色有究竟處名一極微云何知爾以可析法分析至窮猶有餘故謂世現見以餘聚色析餘聚色有細聚生析析至窮猶有餘分可爲眼見更不可析如是聚色不能析處亦如麤聚有可析理謂彼可以覺慧分析如以聚色析聚至窮慧析至窮應有餘在可爲慧見更不可析此餘在者即是極微是故

極微其體定有此若無者聚色應無聚色必由此所成故如是已說踰繕那等應辯年等其量云何頌曰

百二十剎那　爲怛剎那量　臘縛此六十
此三十須臾　此三十晝夜　三十晝夜月
十二月爲年　於中半減夜

論曰剎那百二十爲一怛剎那六十怛剎那爲一臘縛三十臘縛爲一牟呼栗多三十牟呼栗多爲一晝夜此晝夜有時增有時減有時等三十晝夜爲一月總十二月爲一年於一年中分爲三際謂寒熱雨各有四月十二月中六月減夜以一年內夜總減六如是已辯剎那至年劫量不同今次當辯頌曰

應知有四劫　謂壞成中大　壞從獄不生
至外器都盡　成劫從風起　至地獄初生
中劫從無量　減至壽唯十　次增減十八
後增至八萬　如是成已住　名中二十劫
成壞壞已空　時皆等住劫　八十中大劫
大劫三無數

論曰言壞劫者謂從地獄有情不復生至外器都盡壞有二種一趣壞二界壞復有二種一有情壞二外器壞然壞與成總分四品一者正壞二壞已空三者正成四成已住言正壞者謂此世間過於二十中劫住已從此復有等住二十壞劫便至壞劫將起住此洲人壽量八萬若時地獄有情命終無復新生爲壞劫始乃至地獄無一有情爾時名爲地獄已壞諸有地獄定受業者業力引置他方獄中由此准知傍生壞時人身內無有諸蟲與佛身同傍生壞故有說二趣於人益者壞

與人俱餘者先壞如是二說前說爲善若時人趣此洲一人無師法然得初靜慮從靜慮起唱如是言離生喜樂甚樂甚靜餘人聞已皆入靜慮命終並得生梵世中乃至此洲有情都盡是名已壞贍部洲人東西二洲例此應說北洲命盡生欲界天由彼鈍根無離欲故生欲天已靜慮現前轉得勝依方能離欲乃至人趣無一有情爾時名爲人趣已壞若時天趣欲界六天隨一法然得初靜慮乃至並得生梵世中爾時名爲欲界已壞如是欲界無一有情名欲界中有情已壞若時梵世隨一有情無師法然得二靜慮從彼定起唱如是言定生喜樂甚樂甚靜餘天聞已皆入彼靜慮命終並得生極光淨天乃至梵世中有情都盡如是名已壞有情世間唯器世間空曠而住餘方世界一切有情感此三千世界業盡此邊漸有七日輪現諸海乾竭衆山洞然洲渚三輪並從焚燎風吹猛焰燒上天宮乃至梵宮無遺灰燼自地火焰燒自地宮非他地災能壞他地由相引起故作是言下火風飄焚燒上地謂欲界火猛焰上昇爲緣引生色界火焰餘災亦爾如應當知如是始從地獄漸減乃至器盡總名壞劫所言成劫謂從風起乃至地獄始有情生謂此世間災所壞已二十中劫唯有虛空過此長時次應復有等住二十成劫便至一切有情業增上力空中漸有微細風生是器世間將成前相風漸增盛成立如前所說風輪水金輪等然初成立大梵天宮乃至夜摩宮後起風輪等是謂成立外器世間器有壞成由有情力若

有情類久集上天此器世間必應漸起令福滅者散下居故謂極光淨久集有情天衆既多居處迫迮諸福滅者應散下居此器世間理應先起故劫壞位有情上集於劫成時有情下散由罪福滅及福罪增集散旋環理應如是既已成立此器世間初一有情極光淨歿生大梵處空宮殿中後諸有情亦從彼歿有生梵輔有生梵衆有生他化自在天宮漸漸下生乃至人趣俱盧牛貨勝身贍部後生餓鬼傍生地獄法爾後壞必最初成若初一有情生無間獄二十中成劫應知已滿此後復有二十中劫名成已住次第而起謂從風起造器世間乃至後後有情漸住初一有情極光淨歿生大梵宮者即爲大梵王諸大梵王必異生攝以無聖者還生下故上二界無入見道故即由此故無一有情無間二生爲大梵義既說大梵最後命終極光淨天壽八大劫二十中劫世界還成如何梵王生極光淨受少壽量還從彼歿雖彼非無有中夭義而廣大福方生彼天八大劫壽中始經少分二十中劫頃寧即命終以此觀知餘來生此此洲人壽經無量時至住劫初壽方漸減從無量減至極十年即名爲初一住中劫此後十八皆有增減謂從十年增至八萬復從八萬減至十年爾乃名爲第二中劫次後十七例皆如是於十八後從十歲增至極八萬歲名第二十劫一切劫增無過八萬一切劫減唯極十年十八劫中一增一減時量方等初減後增故二十劫時量皆等此總名爲成已住劫所餘成劫及壞已空雖無減增二十差

别然由時量與住刼同准住各成二十中刼成中初刼起器世間後十九中有情漸住壞中後刼減器世間前十九中有情漸捨如是所說成住壞空各二十中積成八十總此八十成大刼量諸刼唯用五蘊爲體除此時體不可得故經說三刼阿僧企耶精進修行得成佛者於前所說四種刼中積大刼成三刼無數謂從初種大菩提種經三大刼阿僧企耶方乃得成大菩提果旣稱無數何復言三有釋此言諸善筭者依筭計論筭至數窮初不能知名一無數如是無數積至第三餘復釋言六十數内别有一數立無數名謂有經中說六十數此言無數當彼一名積此至三名三無數非諸筭計不能數知菩薩經斯三刼無數方乃證得無上菩提如是已辯刼量差别諸佛獨覺出現世間爲刼增時爲刼減位頌曰

減八萬至百　諸佛現世間　獨覺增減時　麟角喻百刼

論曰從此洲人壽八萬歲漸減乃至壽極百年於此中間諸佛出現何縁增位無佛出耶有情樂增難教猒故多行妙行故少有墮三塗減百年時何故無佛見於如是壽短促時不能具成佛所作故謂一切佛出現世間決定捨於第五分壽從定所起命行依身非於爾時所化樂見以設出世爲佛事少故於爾時佛不出世經主於此作是釋言五濁極增難可化教豈不令世人減百年五濁雖增而有能辯入正決定離欲得果佛唯爲此出現世間故彼所言非爲善釋非百年位佛出世

時一切皆能遵崇聖教入正決定離欲得果可言滅百一分不能辯斯佛事故無佛出然於滅百設佛出世亦有一分能遵教等如百年時佛何不出若謂滅百堪化有情以極少故佛不出者是則應說前所立因不能具成佛所作故雖於滅百五濁極增不能具成佛所作事由斯故佛不出世間不出現因非彼所說言五濁者一壽濁二劫濁三煩惱濁四見濁五有情濁云何濁義極鄙下故應棄捨故如滓穢故豈不壽劫有情濁三互不相離見濁即用煩惱爲體五應不成理實應然但爲次第顯五衰損極增盛時何等名爲五種衰損一壽命衰損時極短故二資具衰損少光澤故三善品衰損欣惡行故四寂靜衰損展轉相違成諠諍故五自體衰損非出世間

功德器故爲欲次第顯此五種衰損不同故分五濁獨覺出現通劫增減然諸獨覺有二種殊一者部行二麟角喻部行獨覺先是聲聞得勝果時轉名獨勝有餘說彼先是異生曾修聲聞順決擇分今自證道得獨勝名麟角喻者謂必獨出二獨覺中麟角喻者要百大劫修菩提資糧然後方成麟角喻獨覺部行獨覺修因時量滅百大劫時無定限言獨覺者謂現身中離禀至教惟自悟道以能自調不調他故何緣獨覺言不調他非彼無能演說正法以彼亦得無礙解故又能憶念過去所聞諸佛言詞堪爲他說得極遠境宿住智故又不可說彼無慈悲爲攝有情現神通故又不可說無受教機爾時有情亦有能起世間離欲對治道故雖有此理而今測量彼

知爾時有情根欲入見諦等不藉他教故不說法以調伏他除此所餘攝有情事無勞設教現通即成又諸獨覺闕力無畏對於我論堅執衆中欲說無我心便怯劣故不說教以調伏他輪王出世爲在何時幾種幾俱何威何相頌曰

輪王八萬上　金銀銅鐵輪　一二三四洲
逆次獨如佛　他迎自往伏　諍陣勝無害
相不正明圓　故與佛非等

論曰從此洲人壽無量歲乃至八萬歲有轉輪王生減八萬時有情富樂壽量損減非其器故王由輪寶施轉應導威伏一切名轉輪王施設足中說有四種金銀銅鐵輪應別故如其次第勝上中下逆次能王領一二三四洲謂鐵輪王王一洲界銅輪王二銀輪王三若金輪王王四洲界契經就勝但說金輪故契經言若王生在剎帝利種紹灑頂位於十五日受齋戒時沐浴首身受勝齋戒昇高臺殿臣僚輔翼東方歘有金輪寶現其輪千輻具足轂輞衆相圓淨非匠所成舒妙光明來應王所此王定是轉金輪王轉餘輪王應知亦爾輪王如佛無二俱生故契經言無處無位非前非後有二如來應正等覺出現於世有處有位惟一如來如說如來輪王亦爾應審思擇此惟一言爲據一三千爲約一切界應說一切界無差別言故謂無經說惟此世間又無經言惟一世界如何不說而能定知惟據一三千非約一切界若爾何故梵王經說我今於此三千大千諸世界中得自在轉彼有密意謂若世尊不起加行惟能觀此三

千大千若時世尊發起加行無邊世界皆天眼境天耳通等例此應知若不許然佛於餘界何緣無有自在化能爲闕大悲爲智有礙闕大悲者經不應言如來悲心普覆一切智有礙者經不應言無一爾焰佛智不轉若佛智悲徧於一切無礙無闕則應說法普能濟度一切有情無邊界中如來皆有不思議力能普化故餘廣決擇如順正理如是所說四種輪王威定諸方亦有差別謂金輪者諸小國王各自來迎作如是請我等國土寬廣豐饒安隱富樂多諸人衆惟願天尊親乘教勑我等皆是天尊翼從若銀輪王自往彼土威嚴近至彼方臣伏若銅輪王至彼國已宣威競德彼方推勝若鐵輪王亦至彼國現威列陣剋勝便止一切輪王皆無傷害令伏得勝已各安其所居勸化令修十善業道故輪王死多得生天經說輪王出現於世便有七寶出現世間如是輪王非惟有七寶與餘王別亦有三十二大士相殊若爾輪王與佛何異佛大士相處正明圓王相不然故有差別言處正者謂於佛身衆相無偏得其所故言明了者謂於佛身相極分明能奪意故言圓滿者謂於佛身衆相周圓無缺減故劫初人衆爲有王無頌曰

劫初如色天　後漸增貪味　由墮貯賊起
爲防雇守田

論曰劫初時人皆如色界極光淨沒來生人間經於久時漸有王出故契經說劫初時人有色意成支體圓滿諸根無缺形色端嚴身帶光明騰空自在飲食喜樂長時久住有如

是類地味漸生其味甘美其香鬱馥時有一人禀性耽味齅香起愛取甞便食餘人隨學競取食之爾時方名初受段食資段食故身漸堅重光明隱沒黒闇便生日月衆星從玆出現由漸耽味地味便隱從斯復有地皮餅生競耽食之地餅復隱爾時復有林藤出現競耽食故林藤復隱有非耕種香稻自生衆共取之以充所食此食麤故殘穢在身爲欲蠲除便生二道因斯遂有男女根生由二根殊形相亦異宿習力故相視遂生非理作意行非梵行人中欲鬼初發此時爾時諸人隨食早晚隨取香稻無所貯積後時有人禀性懶惰長取香稻貯擬後食餘人隨學漸多停貯由此於稻生我所心各縱貪情多收無猒故隨收處無復再生遂共分田慮防遠盡於已田分生悋護心於他分田有懷侵奪劫盜過起始於此時爲欲遮防共聚詳議詮量衆內一有德人各以所收六分之一雇令防護封爲田主因斯故立剎帝利名大衆欽承恩流率土故復名大三末多王自後諸王此王爲首時人或有情猒居家樂在空閑精修戒行因斯故得婆羅門名後時有王貪悋財物不能均給國土人民故貧匱人多行賊事王爲禁止行輕重罰爲殺害業始於此時時有罪人心怖刑罰覆藏其過異想發言虛誑語生此時爲首於劫減位有小三災其相云何頌曰

業道增壽減　至十三災現　刀疾飢如次七日月年止

論曰從諸有情起虛誑語諸惡業道後後轉

增故此洲人壽量漸減乃至極十小三災現故諸災患二法爲本一貪美食二性懶墮此小三災中劫末起三災者一刀兵二疾疫三飢饉謂中劫末十歲時人爲非法貪染汚相續不平等愛映蔽其心邪法縈縛瞋恚增上相見便起猛利害心如今獵師見野禽獸隨手所執皆成利刀各騁凶狂互相殘害又中劫末十歲時人由具如前諸過失故非人吐毒疾疫流行遇輒命終難可救療又中劫末十歲時人亦具如前諸過失故天龍忿責不降甘雨由是世間久遭飢饉既無支濟多分命終若有人能一日一夜持不殺戒以一藥物起殷淨心奉施僧衆以一摶食奉施衆僧決定不逢此三災起此三災起各經幾時力兵災起極惟七日疾疫災起七月七日飢饉七年七月七日度此便止人壽漸增東西二洲有似災起謂瞋增盛身力羸劣數加飢渴北洲總無何等名爲大三災相頌曰

三災火水風　上三定爲頂　如次内災等

四無不動故　然彼器非常　情俱生滅故

要七火一水　七水火後風

論曰此大三災逼有情類令捨下地集上天中初火災興由七日現有說如是七日輪行猶如鴈行分路旋運有說如是七日輪行上下爲行分路旋運中間各相去五千踰繕那次水災興由降瀑雨有作是說從三定邊空中欻然雨熱灰水有餘復說從下水輪起沸湧水上騰漂浸如實義者即此邊生後風災興由風相擊有作是說從四定邊空中欻然飄擊風起有餘復說從下風輪起衝擊風上

騰飄鼓此如實義准前應知若此三災壞器世界乃至無有細分爲餘後麤物生誰爲種子豈不即以前災頂風爲緣引生風爲種子或先所説由諸有情業所生風能爲種子風中具有種種細物爲同類因引麤物起或諸世界壞非一時有他方風具種種德來此爲種亦無有過故化地部契經中言風從他方飄種來此如先所説前災頂風此中何災以何爲頂火水風如次上三定爲頂故世尊説災頂有三若時火災焚燒世界以極光淨爲此災頂若時水災浸爛世界以徧淨天爲此災頂若時風災飄散世界以廣果天爲此災頂隨何災力所不及處即説名爲此災之頂何緣下三定遭火水風災初二三定中內災等彼故謂初靜慮尋伺爲內災能燒惱心等外火災故第二靜慮喜受爲內災與輕安俱潤澤如水故徧身麤重由此皆除故經説苦根第二靜慮滅以説內心喜得身輕安故此地喜盛餘地所無故外水災極至於此第三靜慮動息爲內災息亦是風等外風災故若入此靜慮有如是內災生此靜慮中遭是外災壞故初靜慮內具三災外亦具遭三災所壞第二靜慮內有二災故外亦遭二災所壞第三靜慮內惟一災故外但遭一災所壞第四靜慮無有外災以彼定無內災患故由此佛説彼名不動內外三災所不及故若爾彼地器應是常不爾與有情俱生俱滅故謂彼天處無總地形但如衆星居處各別有情於彼生時死時所住天宮隨起隨滅是故彼器體亦非常所説三災云何次第要先無間起

七火災其次定應一水災起此後無間復七火災度七火災還有一水如是乃至滿七水災復七火災後風災起如是總有八七火災一七水災一風災起水風災起皆從火災從水風災必火災起故災次第理必應然何緣七火方一水災極光淨天壽勢力故謂彼壽量極八大劫故至第八方一水災由此應知要度七水八七火後乃一風災由徧淨天壽勢力故謂彼壽量六十四劫故第八火方一風災如諸有情修定漸勝所感異熟身壽漸長由是所居亦漸久住外由內感理必應然

阿毘達磨藏顯宗論卷第十七　說一切有部

音釋

叵普火切不可也　頞阿葛切　苣藤上曰許切下詩證切苣藤胡麻也　䵃古猛切麥也　阿笈摩梵語正云阿笈多此云無比法笈其立切　欻許勿切猶忽也　輞扶紡切車輞也　齅許救切以鼻攝氣也

阿毘達磨藏顯宗論卷第十八

尊者衆賢造

唐三藏法師玄奘奉詔譯

辯業品第五之一

此中一類隨順造惡怯難論者作如是言如上所陳諸内外事多種差別非業爲因現見世間果石等物衆多差別無異因故謂從一種有多果生無種爲先有石等異爲對彼執故立宗言頌曰

世別由業生　思及思所作　思即是意業
所作謂身語

論曰定由有情淨不淨業諸内外事種種不同云何知然見業用故謂世現見愛非愛果差別生時定由業用如農夫類由勤正業有稼穡等可愛果生有諸愚夫行盜等業便招非愛殺縛等果復見亦有從初處胎不由現因有樂有苦既見現在要業爲先方能引得愛非愛果知前樂苦必業爲先故非無因諸内外事自然而有種種差別別所由業其體是何謂心所思及思所作故契經說有二種業一者思業二思已業思已業者謂思所作即是由思所等起義應知思者即是意業思所作者即身語業如是二業於契經中世尊說爲三謂身語意業如是三業隨其次第由所依自性等起故建立此中已說意業自性謂即是思思如前辯身語二業自性云何頌曰

此身語二業　俱表無表性

論曰應知如是所說諸業中身語二業俱表無表性故本論言云何身業謂身所有表及

無表云何語業謂語所有表及無表復有何緣惟身語業表無表性意業不然以意業中無彼相故謂能表示故名爲表表示自心令他知故思無是事故不名表由此但言身語二業能表非意意無表故無表亦無以無表名遮相似故是表種類然不能表立無表名順正理中別釋無理謂無相續所依心故爲身語動是表業耶不爾云何頌曰

身表許別形　非行有爲法　有剎那盡故
應無無因故　生因應滅故　無決定因故
地等無異故　了相有別故　取不待餘故
相違因別故　有滅不滅故　許別有微故
非二根取故　彼定意境故　分別堅等已
長等智方生　一面觸多生　比知有長等
於多觸聚中　定有長等故　同故過同故
語表許言聲

論曰髮毛等聚總名爲身於此身中有心所起四大種果形色差別能表示心名爲身表如思自體雖剎那滅而立意業於理無違如是身形立爲身業不立顯色及大種等爲身表者表通三性此等皆惟無記性故又顯色等不隨作者欲樂生故又設離心亦得生故表必待心方得生故若大種等一心所生如體有差別法亦應爾故然不可謂一心所生有差別體成差別性復云何知身語二業有善不善契經說故如契經言諸有染汚眼耳所識法彼具壽爲非諸有清淨眼耳所識法說亦如是復云何知四大種等惟無記性亦由經說如契經言或有一類身住十年乃至廣說說心意識異滅異生故大種等惟無記

性雖諸行法因果無間異方生時約世俗說名爲行動亦名表業而身表業必是勝義非一切行實有行動以有爲法有刹那故非諸行體轉至餘方乃有滅義以有爲法是處纔生即還謝滅刹那何謂謂極少時此更無容前後分析時復何謂謂有過去未來現在分位不同由此數知諸行差别於中極少諸行分位名爲刹那故如是說時之極促故名刹那此中刹那但取諸法有作用位謂惟現在即現在法有住分量名有刹那如有月子或能滅壞故名刹那是能爲因滅諸法義謂無常相能滅諸法此俱行法名有刹那復如何知諸有爲法皆刹那滅必不久住以諸有爲後必盡故現有滅法不待客因既不待客因纔生已即滅若初不滅後亦應然以後與初

主因等故既見後有盡知前念念滅若謂不然世現見故謂世現見薪等先有由後與火客因合時便致滅無不復見故定無餘量過現量者故非諸法滅皆不待客因豈不應如鈴聲燈焰如彼聲焰雖離手風刹那刹那由主因滅而手風合餘不更生後聲焰無不復可取如是薪等由主滅因令念念滅後與火合便於滅位不作餘因以後不生不復可取是故此義由比量成非現量得何謂比量謂應如生無無因故以有爲法不見不待客主二因而得生者謂羯剌藍牙牆識等必待精血水土根等外緣資助然後得生若待客因薪等滅者則有爲法應並如生要待客因然後得滅而世現見覺焰音聲不待客因由主因滅故一切行滅皆不待客因由此諸有爲

纔生已即滅滅因常合故刹那滅義成又若薪等滅火合爲因於熟變生中有下中上應生因體即成滅因所以者何謂由火合能令薪等有熟變生中上熟生下中熟滅即生因體應成滅因然理不應因彼此有即復因彼此法成無若謂焰生不停住故無斯過者理亦不然體類不殊無決定理能爲生滅二種因故且於火焰差別生中客計能生能滅因異於地水醋灰雪日合能令薪等熟變生中如何計度生滅因異故諸法滅不待客因但由主因令諸法滅由如是理證刹那滅義成是故有爲皆無行動無行動故所說身表是形差別其理極成云何知形顯外別有以形與顯了相別故若形即用顯色爲體了相於中應無差別既有長白二了相異故於顯外別有形色現見有觸同根所取了相異故體有差別如堅與冷或煖與堅如是白長雖同根取而了相異故體應別是故顯形其體各異又諸形色體必非顯以不待顯能取形故如不待餘顯有餘顯覺生二顯相望各別有體既有形覺不待顯生故知顯形定別有體入相違因有差別故非體無異可有與此與彼相違二因差別若必不並說名相違相違即因二法有此相違因異故體應別現見世間相違因異體必有別如心受等同種類法必不並故雖顯與形同居一聚而見形顯有壞有存故知相違因有差別非體無異可由相違因有差別有存有壞是故形顯體別義成然心受等雖有差別相違因義而互爲因方得生故存壞必等文顯與形有滅不滅故

知二法體别理成現見世間名别體一定無一滅一不滅義如即火界亦名爲煖旣見顯形雖同一聚而有一滅一不滅時故知顯形定别有體若謂形色無别極微如顯極微故非實者亦不應理許形極微如顯有故非不實有如諸顯色一一極微無獨起理設有獨起以極細故非眼所得於積集時眼可得故證知定有顯色極微形色極微亦應如是寧獨不許有實極微諸有對色所積集處皆決定有極微可得旣於聚色差别生中有形覺生猶如顯覺是故定應别有如種能成長等形色極微非顯極微即成長等假所依壞叚必壞故以假用實爲自體故若顯極微成麤顯色及形色者則一聚中顯色壞時形亦應壞所依一故如諸顯色旣見顯壞形色猶存故知顯形所依各别所依旣别體别理成經主此中作如是難若謂實有别類形色則應一色二根所取謂於色聚長等差别眼見身觸俱能了知由此應成二根取過理無色處二根所取然如依觸取長等相如是依顯能取於形此難不然非許長等諸假形色二根取故以彼長等諸假有法定是意識所緣境故一切假有惟是意識所緣境界如前已辯能成長等如種極微如是安布說爲長等是無分别眼識所取非身能取如是形色如依身根了堅濕等了長短等不如是故以非闇中了堅濕等即於彼位或次後時即能了知長短等相要先分别堅等相已然後長等比智方生故長等形非身根境謂於一面觸多生中依身根門分别觸已方能比度知觸俱

行眼識所牽意識所受如是相狀差別形色如見火色及齅花香能憶俱行火觸花色經主於此復作是言諸有二法定不相離故因取一可得念餘無觸與形定不相離如何取觸能定憶形此亦非理現見世間諸觸聚中有形定故謂形於觸雖無定者而於一面多觸生中定有長色於一切處觸徧生中定有圓色如是等類隨應當知是故所引同喻成立又此與彼義應同故謂煖觸於色及白色於香亦無有定如形於觸不應因彼火色花香便能念知火觸花色故非由此能遮遣形異於顯色別有體義又顯同形應有過故謂眼喉中亦得煙觸或時以鼻齅彼煙香因此了知煙中顯色亦應顯色二根所取非實物有如依身根了諸觸已知長等相是故身表是別形色實有義成語表業云何謂言聲爲體離聲無別語能表故非如身意離業別有以語業名依體立故如是已辯二表業相無表業相初品已辯定應許此是實有性所以者何頌曰

說三無漏色　增非作等故

論曰以契經說色有三種此三爲處攝一切色一者有色有見有對二者有色無見有對三者有色無見無對除無表色更復說何爲此中第三無見無對色由是無表實有理成又契經中說有無漏色如契經說無漏法云何謂於過去未來現在諸所有色不起愛恚乃至識亦然是名無漏法除無表色何法名爲此契經中諸無漏色十有色界佛於經中一向說爲有漏性故由此無表實有理成又

契經說有福增長如契經言諸有淨信若善男子或善女人成就有依七福業事若行若住若寐若覺恒時相續福業漸增福業續起無依亦爾除無表業若起餘心或無心時依何法說福業增長無依福中既無表業寧有無表誰言此中無有表業理應有故謂聞其處其方邑中現有如來或弟子住生歡喜故福常增者彼必應有增上信心遥向彼方敬申禮讚起福表業及福無表而自莊嚴希覲奉覲故依無表說福增長又非自作但遣他爲若無無表業不應成業道以遣他表非彼業道攝此業未能正作所作故使作所作已此性無異故然由先表及能起思爲加行故後時教者雖起善心多時相續仍有不善得相續生使所作成時有力能引如是類大種及造色生此所造色生是根本業道即彼先表及能起思現在前時爲因能取今所造色爲等流果於今正起無表色時彼在過去能與今果惟彼先時所起思業於非愛果爲牽引因後業道生能爲助滿令所引果決定當生無表若無此應非有又若無無表應無八道支以在定時語等無故由此無表實有理成此無表名爲目何體目遠離體遠離非作非造無表一體異名非惟遮作即名無表如世間說非婆羅門世共了知別自一類業爲因故如彩畫業此無表色亦立業名因表因思而得生故爲諸無表皆二力生不爾云何惟欲界繫所有無表可由強力二因所生以欲界思非等引故離身語表無有功能發無表業靜慮俱思定力持故不待於表有勝功

能發無表業由此無表雖無作相作爲因故亦得業名無表與表俱所造色所依大種爲異爲同頌曰

此能造大種　異於表所依

論曰無表與表雖有俱生然能生因大種各異麤細兩果因必異故生因和合有差別故一切所造色多與生因大種俱生然現在未來亦有少分因過去者少分者何頌曰

欲後念無表　依過大種生

論曰惟欲界繫初刹那後所有無表從過大生謂欲界所繫初念無表與能造大種俱時而生此大種生已能爲一切未來自相續無表生因此與初刹那無表俱滅已第二念等無表生時一切皆是前過去大種所造此過大種爲後後念無表所依能引發故與後後念無表俱起身中大種但能爲依此大種若無無表不轉故如是前俱二四大種望後諸無表爲轉隨轉因譬如輪行因手依地手能引發地但爲依前俱大種應知亦爾大種通五地身語業亦然何地身語業何地大種造頌曰

有漏自地依　無漏隨生處

論曰身語二業略有二種一者有漏二者無漏若有漏者五地所繫欲界所繫身語二業惟欲界繫大種所造如是乃至第四靜慮身語二業惟是彼地大種所造若無漏者依五地身隨生此地應起現前即是此地大種所造以無漏法不墮界故必無大種是無漏故由所依力無漏生故表無表業其類是何復是何類大種所造頌曰

無表無執受　亦等流情數　散依等流性
有受異大生　定生依長養　無受無異大
表惟等流性　屬身有執受
論曰今此頌中先辯無表諸無表業略有二
種定不定地有差別故然其總相皆無執受
與有執受相相違故惟善不善故非異熟生
無極微集故非所長養有同類因故有是等
流亦言爲顯有刹那性謂初無漏俱生無表
待識生故有情數攝若就差別分別所依不
定地中所有無表等流有受異大種主異大
生言顯身語七一一是別大種所造定生無
表差別有二謂諸靜慮無漏律儀此二俱依
定所長養無受無異大種所生無異大言顯
此無表七支同一具四大種所造應知有表
惟是等流此若屬身是有執受餘義皆與散
無表同謂有情數及依等流有受別異四大
種起何緣散地所有無表能造大種惟等流
性定地無表所長養生以殊勝心現在前位
必能長養大種諸根故定心俱必有殊勝長
養大種能作生因造定心俱所有無表散地
無表因等起心不俱時故在無心位亦有起
故所依大種惟是等流因等起心不能長養
能生無表諸大種故若爾散地無表所依誰
等流果有作是說是次前滅大種等流能造
無對所有大種非造有對大種等流果有細
麤種類別故如是說者從無始來定有能造
無對造色已滅大種爲同類因能生今時等
流大種造有表業大種亦應是無始來同類
大種之等流果非從異類定生無表所依大
種無執受者定心果故必無愛心執此大種

以爲現在内自體故又此大種無有其餘執受相故名無執受散地無表所依大種有執受者散心果故以有愛心執爲現在内自體故如顯色等所依大種繫屬依身而得生故亦可毀壞外物觸時可生苦樂何緣定心所生無表是無别異大種所生散無表生依别異大定生無表七支相望展轉力生同一果故惟從一具四大種生散此相違故依異大若散無表同一生因隨越一時應越一切定生無表七支相望生因既同必頓捨故豈不如對一切有情相續所生遠離殺戒雖同一具大種所生非越一時頓越一切七支相對理亦應然此例不然彼雖一具大種所造然其所對一一有情相續異故若七支戒無異大生所對有情相續既一何縁越一非越一切是故此彼爲例不齊若爾此應同命根理如命根體爲具身依身不具時亦爲依止故身雖缺隨有餘根命猶能持令不斷壞如是一具大種爲因能生七支具不具果故支雖缺隨有餘支大猶能持令不斷壞此亦非例以彼命根先與缺身俱時而起中間有與具身俱生後缺滅時復有俱起故於具缺各别任持大種不然一具大種爲一相續無表生因若與七支爲生因者未嘗暫與缺支俱生如何缺一時持餘令不斷即由此理從無貪等爲因所生離殺等戒雖有對一有情相續而越一時非越一切以是各别大種果故大種别者果類别故雖對别異有情相續發多無貪所生無表而但一具大種爲因以所生果類無别故由是若對一有情身一具七支

生因同者則隨越一應越一切前所設難其理善成故散七支依別大種如天眼起非壞本形表色生時理亦應爾故雖身表在身中生而無異熟色斷已更續過亦無一具大種聚中有二形色俱時起過以諸身表別有等流大種新生爲所依故隨依身分表色生時此一分身應大於本大及形色極微增故然不現見其理如何有釋此言以表及大相微薄故如染肢體然不見有大相可得有說身中有孔隙故雖得相容納而不大於本已辯業門略有二種謂思思已業差別故復有三種謂身語意業差別故復有五種謂身語二名表無表及思惟一業差別故如是五業性及界地建立云何頌曰

無表記餘三　不善惟在欲　無表徧欲色
表惟有伺二　欲無有覆表　以無等起故

論曰無表惟通善不善性無有無記所以者何是强力心所等起故無記心劣無有功能爲因等起引强力業令於後後餘心位中及無心時亦恒續起所言餘者謂二表及思三謂皆通善不善無記於中不善在欲非餘有不善根無慚愧故善及無記隨其所應三界皆有不別遮故欲色二界皆有無表決定不在無色界中以無色界〻中有伏色想故猒背諸色入無色定故彼定中不能生色或隨何處有身語轉惟是處有身語律儀無色界中無身語轉故彼無有身語律儀毗婆沙師作如是說爲治惡戒故起尸羅惟欲界中有諸惡戒無色於欲具四種遠一所依遠二行相遠三所緣遠四對治遠所依遠者謂於等至

入出位中等無間緣爲所依體無容有故行相遠者謂無色心畢竟無能於欲界法作苦麤等諸行相故所緣遠義類此應知由無色心但能以下第四靜慮有漏諸法爲苦麤等行相所緣對治遠者謂若未離欲界貪時必定無容起無色定能爲欲界惡戒等法猒壞及斷二對治故非不能緣可能猒壞故無色界無無表色表色惟在二有伺地謂通欲界初靜慮中非上地中可言有表説有伺者爲顯一切初靜慮中徧有表業若於上地表業全無語表既無何有聲處有外大種爲因發聲不遮外聲故無有失有餘師説上三靜慮亦有無覆無記表業理必應然上三地中起三識身旣無有失如何不起發表業心然善染心上不起下下善下染劣故斷故由是生上無善染表前説爲善所以者何雖彼現前非彼繫故有覆無記表欲界定無惟初靜慮中可得説有曾聞大梵有誑諂言謂自衆中爲避馬勝所徵問故矯自歎等復以何緣二定以上都無表業於欲界中無有有覆無記表業以無發業等起心故有尋伺心能發表業二定以上都無此心雖起下地心發身語表然如識身等非上地繫又發表心惟修所斷見所斷惑内門轉故以欲界中決定無有有覆無記修所斷惑是故表業上三地都無欲界中無有覆無記表爲但由等起令諸法成善不善性等不爾云何由四種因成善性等一由勝義二由自性三由相應四由等起何法何性由何因成頌曰

勝義善解脫　自性慚愧根　相應彼相應

等起色業等　翻此名不善　勝無記二常
論曰勝義善者謂眞解脫以安隱義說名爲
善謂涅槃中衆苦永寂最極安隱猶如無病
此由勝義安立善名是故涅槃名勝義善或
眞解脫是勝是義得勝義名勝謂最尊無與
等者義謂別有眞實體性此顯涅槃無等實
有故名勝義安隱名善是善常故自性善者
謂慚愧根以有爲中惟慚與愧及無貪等三
種善根不待相應及餘等起體性是善猶如
良藥相應善者謂彼相應以心心所要與慚
愧善根相應方成善性若不與彼慚等相應
善性不成如雜藥水等起善者謂身語業生
等及得二無心定以是自性及相應善所等
起故立等起名如良藥汁所引生乳因異類
心亦起諸得如因靜慮得通果心勝無記心
現在前故得諸染法勝染汙心現在前故得
諸善法此等如何成善等性以就彼法俱生
得故密作是言非異類心不作緣起故無有
失雖異類心亦爲緣起而成善等非待彼心
或復因彼諸得等起即待彼故成善等性故
得由等起成善等性異如說善性四種差別
不善四種與此相違云何相違勝義不善謂
生死法由生死中諸法皆以苦爲自性極不
安隱猶如痼疾自性不善謂無慚愧三不善
根由有漏中惟無慚愧及貪瞋等三不善根
不待相應及餘等起體是不善猶如毒藥相
應不善謂彼相應由心心所法要與無慚愧
不善根相應方成不善性異則不然如雜毒
水等起不善謂身語業生等及得以是自性
相應不善所等起故如毒藥汁所引生乳若

故生死攝故爾應無一有漏法是無記或善皆生死攝故一切皆應是不善攝雖據勝義理實應然而於此中約異熟說諸有漏法若不能記異熟果者立無記名於中若能記愛異熟說名爲善如善不善既有勝善亦有勝義無記法耶亦有云何謂二常法以非擇滅及太虛空更無異門惟無記性是故獨立勝義無記無別自性相應等起無一心所惟無記性與無記心徧相應故設方便立自性等三亦攝不盡無記多故由是無記惟有二種一者勝義二者自性有爲無記是自性攝不待別因成無記故無爲無記是勝義攝以性是常無異門故若等起力令身語業成善不善此身語業所依大種例亦應然俱從一心所等起故此難非理以作者心本欲起業非大種故謂無作者於大種中發起樂欲我當引發如是種類大種現前由此爲門善惡心起又世現見身語二業待心而生未曾見有身語二業離心而起然四大種離心亦生故知彼法非待心起又如眼等不待心生其性便無善等差別如是大種不待心生故理亦無善等差別若爾諸得及生等相應無等起善等差別以非本心所欲起故無心位中亦現起故此難非理由法勢力安立善等差別成故謂得四相依法而立非如大種無待自成有爲法中無有一法不待心力成善不善是故諸得及生等相如所屬法要由心力成善等性其理善成生已離心雖相續轉亦無有過即是前心勢力所引令其轉故隨定無表定等力生理亦應成等起善性天眼天耳應善性攝以

是善心所等起故此難非理以彼二通解脫道心是無記故彼二與道俱時生故

阿毘達磨藏顯宗論卷第十八 說一切有部

音釋

怯 乞業切畏懦也 稼穡 上居訝切下所力切種曰稼斂曰穡 寐覺 上明祕切寢也下居效切寤也 矯 舉夭切詐也 痼 古慕切久固之疾也

阿毗達磨藏顯宗論卷第十九

尊者衆賢造

唐三藏法師玄奘奉詔譯

辯業品第五之二

如上所言由等起力身語二業成善不善等起有幾何等起力令身語業成善不善等起相望差別云何頌曰

等起有二種　因及彼刹那　如次第應知　名轉名隨轉　見斷識唯轉　唯隨轉五識　修斷意通二　俱非修所成　於轉善等性　隨轉各容三　牟尼善必同　無記隨或善

論曰身語二業等起有二謂因等起刹那等起在先爲因故彼刹那有故如次初名轉第二名隨轉謂因等起將作業時作是思惟我今當作如是如是所應作業能引發故說名爲轉刹那等起正作業時與先轉心所引發業俱時行故說名隨轉若無隨轉雖有先因爲能引發如無心位或如死屍表應不轉隨轉於表有轉功能無表不依隨轉而轉無心亦有無表轉故如上所言見所斷惑內門轉故不能發表若爾何緣薄伽梵說由邪見故起邪思惟邪語邪業及邪命等此不相違見所斷識於發表業但能爲轉於能起表尋伺生中爲資糧故不爲隨轉於外門心正起業時此無有故由此故說見所斷心爲因等起發身語業定不能爲刹那等起見所斷識雖能思量而無功能動身發語然於動發一表業中容有多心思量動發唯後一念與表俱行異此表應非刹那性見所斷識雖能爲轉發有表業然非表業於此識後無間即生內

門轉心不能引起與身語表俱行識故若異此者見所斷心亦應於表業爲刹那等起以修所斷加行意識能無間引表俱行心亦與表俱行爲刹那等起故見所斷雖能爲因引諸表業離修所斷因等起心表俱行心無容得起是故欲界無有有覆無記表業然契經中但據展轉爲因等起密作是言由邪見故起邪語等阿毗達磨據彼不能無間引生表俱行識故密意說見所斷心内門轉故不能發表是故經論理不相違又見所斷若發表色此色則應是見所斷色非見斷前已成立若五識身唯作隨轉無分别故外門轉故修斷意識有通二種有分别故外門轉故由此應成四句分别有轉非隨轉謂見所斷心有隨轉非轉謂眼等五識有轉亦隨轉謂修所斷一分意識有非轉隨轉謂餘一切修所成識以修所成無分别故異熟生識亦爲隨轉如順正理成立此義轉隨轉識性必同耶不爾云何謂前轉識若是善性後隨轉識通善等三不善無記爲轉亦爾唯牟尼尊轉隨轉識多分同性少有不同謂轉若善心隨轉亦善轉心若無記隨轉亦然於續刹那定無迷故而或有位善隨無記轉曾無有時無記隨善轉以佛世尊於説法等心或增長無萎歇故既説善等轉隨轉各三准此標釋中足爲明證所發諸業成善惡等隨因等起非隨刹那異此善心所引發業既與不善無記心俱何理能遮成惡無記是則應有從别思惟爲因引生别性類業如是勤勵欲爲善者翻有不善無記業生或此相違便乖正理故業成

善等定由轉力非由隨轉力其理善成然隨定心諸無表業與俱時起心一果故由隨轉力善性得成定屬此心而得生故辯業界地傍論已周復應辯前表無表相頌曰

無表三律儀　不律儀非二

論曰應知無表略說有三一者律儀二不律儀三者非二謂非律儀非不律儀能遮能滅惡戒相續故名律儀如是律儀差別有幾頌曰

律儀別解脫　靜慮及道生

論曰律儀差別略有三種一別解脫律儀謂欲界戒二靜慮生律儀謂色界戒三道生律儀謂無漏戒初律儀相差別云何頌曰

初律儀八種　實體唯有四　形轉名異故　各別不相違

論曰別解脫律儀相差別有八一苾芻律儀二苾芻尼律儀三正學律儀四勤策律儀五勤策女律儀六近事律儀七近事女律儀八近住律儀如是八種律儀相差別總名第一別解脫律儀此中依能修離惡行及離欲行補特伽羅安立前五律儀差別以如是類補特伽羅乃至命終能離殺等諸惡行故及能遠離非梵行故次復依能修離惡行非離欲行補特伽羅安立盡形在家二衆律儀差別以如是類補特伽羅乃至命終能離殺等諸惡行故不能遠離非梵行故由是經中但作是說離欲邪行非非梵行後復依能修非全離惡行欲行補特伽羅安立在家一晝一夜律儀差別以如是類補特伽羅不能全離惡行諸欲爲令漸習全離惡行及諸欲行方便

住故雖名有八實體唯四一苾芻律儀二勤策律儀三近事律儀四近住律儀唯此四種別解脫律儀皆有體實相各別故所以者何離苾芻律儀無別苾芻尼律儀離勤策律儀無別正學勤策女律儀離近事律儀無別近事女律儀云何知然由形改轉體雖無捨得而名有異故形謂形相即男女根由此二根男女形別但由形轉令諸律儀名爲苾芻苾芻尼等謂轉根位令本苾芻律儀名苾芻尼律儀或苾芻尼律儀名苾芻律儀令本勤策律儀名勤策女律儀或勤策女律儀及正學律儀名勤策律儀令本近事律儀名近事女律儀或近事女律儀名近事律儀非轉根位有捨先得得先未得律儀因緣故四律儀非異三體若從近事律儀受勤策律儀復從勤策律儀受苾芻律儀此三律儀爲由增足遠離方便立別別名如隻雙金錢及五十二十爲體各別具足頓生三種律儀體不相雜其相各別具足頓生三律儀中具三離殺一一離殺其體各異餘隨所應當知亦爾由因緣別故體不同如如求受多種學處如是如是能離多種高廣牀座飲諸酒等憍逸處時即離衆多殺等緣起以諸遠離依因緣發故因緣別遠離有異若無此事捨苾芻律儀爾時則應三律儀皆捨前二攝在後一中故既不許然故三各別然此三種互不相違於一身中俱時而轉非由受後捨前律儀勿捨苾芻戒便非近事等先已捨彼二律儀故近事近住勤策苾芻四種律儀云何安立頌曰

受離五八十　一切所應離　立近事近住

勤策及苾芻

論曰應知此中如數次第依四遠離立四律儀謂受離五所應離法建立第一近事律儀何等爲五所應離法一者殺生二不與取三欲邪行四虛誑語五飲諸酒若受離八所應離法建立第二近住律儀何等爲八所應離法一者殺生二不與取三非梵行四虛誑語五飲諸酒六塗飾香鬘舞歌觀聽七坐卧高廣嚴麗牀座八食非時食若受離十所應離法建立第三勤策律儀何等爲十所應離法謂於前八塗飾香鬘舞歌觀聽開爲二種復加受畜金銀等寶以爲第十爲引怖怯衆多學處在家有情顯易受持故於八戒合二爲一如爲佛栗氏子略說學處有三若受離一切應離身語業建立第四苾芻律儀別解脫

律儀衆名差別者頌曰

俱得名尸羅　妙行業律儀　唯初表無表

名別解業道

論曰以清涼故名曰尸羅此中尸羅是平治義戒能平險業故得尸羅名智者稱揚故名妙行或修行此得愛果故所作自體故名爲業亦名律儀如前已釋如是應知別解脫戒通初後位無差別名唯初剎那表及無表得別解脫及業道名謂受戒時初表無表別別棄捨種種惡故依初別捨義立別解脫名或初所應修故名別解脫或彼初起最能超過如獄險惡趣故名別解脫即初剎那表與無表亦得名爲根本業道初防身語暢思業故從第二念乃至未捨不名別解脫名別解脫律儀不名業道但名後起已辯安立差別律

儀當辯律儀成就差别誰成就何律儀頌曰

八成别解脱　得靜慮聖者　成靜慮道生

後二隨心轉

論曰八衆皆成就别解脱律儀謂從苾芻乃至近住靜慮生者謂此律儀由從或依靜慮生故若得靜慮者定成此律儀靜慮眷屬亦名靜慮道生律儀聖者皆成就此復二種謂學及無學於前所說三律儀中靜慮道生隨心而轉非别解脱所以者何異心無心亦恒轉故靜慮無漏二種律儀亦名斷律儀依何位建立頌曰

未至九無間　俱生二名斷

論曰未至定中九無間道俱生靜慮無漏律儀以能永斷欲纏惡戒及能起惑名斷律儀唯未至定中有斷對治故由此但攝九無間道此中尸羅滅惡戒故由此或有靜慮律儀非斷律儀應作四句第一句者除未至定九無間道所餘有漏靜慮律儀第二句者依未至定九無間道無漏律儀第三句者依未至定九無間道有漏律儀第四句者除未至定九無間道所餘一切無漏律儀如是或有無漏律儀非斷律儀應作四句謂前四句逆次應知若爾世尊所說略戒

身律儀善哉　善哉語律儀　意律儀善哉

善哉徧律儀

又契經説應善守護應善安住眼根律儀此意根律儀以何爲自性此二自性非無表色若爾是何頌曰

正知正念合　名意根律儀

論曰意根律儀一一各用正知正念合爲自

體故契經說眼見色已不喜不憂恒安住捨正知正念如是乃至意了法已列别名已重說合言遮謂二律儀如次二爲體今應思擇表及無表誰成就何齊何時分且辯成無表律儀不律儀頌曰

住别解無表　未捨恒成現　刹那後成過

不律儀亦然　得靜慮律儀　多恒成過未

聖初除過去　入定道成中

論曰住别解脫補特伽羅從初刹那乃至未遇捨學處等諸捨戒緣恒成現世此别解脫律儀無表初刹那後亦成過去前未捨言徧流至後如說安住别解脫律儀住不律儀應知亦爾謂從初念乃至未遇受律儀等捨惡戒緣恒成現世惡戒無表初刹那後亦成過去諸有獲得靜慮律儀乃至未捨來多恒成過未前生所失過去定律儀今初刹那必還得彼故以順決擇分所攝定律儀初刹那中不成過去餘生所得命終時捨今生無容重得彼法爲簡彼法故說多言無漏律儀一切聖者多成過未惟初刹那不成過去此類聖道先未生故昔曾未得創得名初先得已失今創得時亦得過去已曾生者初刹那後乃至未捨亦成過去未來成就乃至未般無餘涅槃若入靜慮及無漏道如次成現在靜慮道律儀非出觀時有成現在定道無表隨心轉故散心現前必無彼故已辯安住善惡律儀住中云何頌曰

住中有無表　初成中後二

論曰言住中者謂非律儀非不律儀彼所起業不必一切皆有無表若有無表即是善戒

或是惡戒種類所攝或非二類彼初刹那但成中世謂成現在此是過去未來中故初刹那後未捨已來恒成過現二世無表若有安住律不律儀亦有成惡善無表不設有成者爲經幾時頌曰

住律不律儀　起染淨無表　初成中後二至染淨勢終

論曰若住律儀由勝煩惱作殺縛等諸不善業由此便發不善無表住不律儀由淳淨信作禮佛等諸勝善業由此亦發諸善無表乃至此二心未斷來所發無表恒時相續然其初念惟成現在第二念等通成過現已辯成無表成表業云何頌曰

表正作成中　後成過非未　有覆及無覆惟成就現在

論曰一切安住律不律儀及住中者乃至正作諸表業來恒成現表初刹那後至未捨來恒成過去必無成就未來表者不隨心色勢微劣故諸散無表亦同此釋有覆無覆亦無記表定無有能成就過未法力劣故惟能引起法俱行得得力劣故不能引生自類相續可法滅已追得言成亦無功能逆得當法豈不此表如能起心亦應有成去來世者此表力劣由彼劣故此責非理所起劣於能起心故所以然者如無記心能發表業所發表業不生無表故知所起劣能起心如律儀名既有差別不律儀號亦有別耶亦有云何頌曰

惡行惡戒業　業道不律儀

論曰此惡行等五種異名是不律儀名之差別是諸智者所呵猒故果非愛故立惡行名

障淨尸羅故名惡戒身語所造故名爲業根本所攝能暢業思業所遊路故名業道不淨身語名不律儀然業道名惟目初念通初後位立餘四名今應思擇若成就表亦無表耶應作四句頌曰

成表非無表　住中劣思作　捨未生表定
成無表非表

論曰惟成就表非無表者謂住非律非不律儀劣善惡思造善造惡身語二業惟能發表此尚不能發無表業況諸無記思所發表除有依福及成業道彼雖劣思起亦發無表故惟成無表非表業者謂得靜慮補特伽羅今表未生先生已捨俱成非句如理應思如是建立表與無表及成就已於中律儀三種差別云何而得頌曰

定生得靜慮　彼聖得道生　別解脫律儀
得由他教等

論曰靜慮律儀與心俱得若得有漏近分根本靜慮地心靜慮律儀爾時便得彼心俱故從無色界沒生色界時隨得彼地中生得靜慮即亦得彼俱行律儀無漏律儀亦心俱故若得無漏近分根本靜慮地心爾時便得彼聲爲顯前靜慮心復說聖言簡取無漏六靜慮地有無漏心謂未至中間及四根本定非三近分如後當辯別解脫律儀由他教等得能教他者說名爲他從如是他教力發戒故說此戒由他教得此復二種謂從僧伽補特伽羅有差別故從僧伽得者謂苾芻苾芻尼及正學戒從補特伽羅得者謂餘五種戒諸毗柰耶毗婆沙師說有十種得具戒法爲攝

彼故復說等言何者爲十一由自然謂佛獨覺自然謂智以不從師證此智時得具足戒二由佛命善來苾芻謂耶舍等由本願力佛威加故三由得入正性離生謂五苾芻由證見道得具足戒四由信受佛爲大師謂大迦葉五由善巧酬答所問謂蘇陀夷六由敬受八尊重法謂大生主七由遣使謂法授尼八由持律爲第五人謂於邊國九由十衆謂於中國十由三說歸佛法僧謂六十賢部共集受具戒此中或由本願力故或阿世耶極圓滿故或薄伽梵威所加故隨其所應得具足戒如是所說別解脫律儀應齊幾時要期而受頌曰

別解脫律儀　盡壽或晝夜

論曰七衆所依別解脫戒惟應盡壽要期而受近住所依別解脫戒惟一晝夜要期而受此時定爾何因故然非毗柰耶相應義理非一切智者能測量其實有餘師說世尊覺知戒時邊際但有二種一壽命邊際二晝夜邊際重說晝夜爲半月等故佛但說二受戒時以佛經中惟說晝夜故對法者亦作是言近住律儀惟晝夜受必應有法能爲障礙令過晝夜彼戒不生故佛經中惟說晝夜不說或五或十等時然有說言佛觀所化根難調者且應授與一晝夜戒非無過此依何理教作如是言過此戒生不違理故復減於此何理相違謂所化根有難調者已許爲說晝夜律儀何不爲調漸難調者說惟一夜一晝須臾以難調根有多品故然曾不說由此知有近住定時若減若增便不發戒世尊觀見故惟

說此依何邊際得不律儀頌曰
惡戒無晝夜　以非如善受
論曰要期盡壽造諸惡業得不律儀非一晝夜如近住戒所以者何以此非如善戒受故謂必無有立限對師受不律儀如近住戒我一晝夜定受不律儀此是智人所呵猒業故雖亦無有立限對師我當盡形造諸惡業而由發起壞善意樂欲永造惡得不律儀非起暫時造惡意樂無師而有得不律儀故不律儀無一晝夜然近住戒功德可欣由現對師要期受力雖無畢竟壞惡意樂而於一晝夜得近住律儀故得不律儀與得律儀異說一晝夜近住律儀欲正受時當如何受頌曰
近住於晨旦　下座從師受　隨教說具支
離嚴飾晝夜
論曰近住律儀於晨旦受謂受此戒要日出時此戒要經一晝夜故諸有先作如是要期我當恒於月八日等決定受此近住律儀若旦有礙緣齋竟亦得受言下座者謂在師前居卑劣座身心謙敬身謙敬者或蹲或跪曲躬合掌惟除有病心謙敬者於施戒師心不輕慢於三寶所生極尊重慇淨信心以諸律儀從敬信發若不謙敬不發律儀此必從師無容自受以後若遇諸犯戒緣由媿戒師能不違犯謂彼雖闕自法增上由世增上亦能無犯受此律儀應隨師教授者後說勿前勿俱如是方成從師教授異此授受二俱不成具受八支方成近住隨有所闕近住不成諸遠離支互相屬故由是四種離殺等支於一身中可俱時起以諸遠離相繫屬中或少或

多相差别故受此戒者必離嚴飾憍逸處故常嚴身具不必須捨緣彼不能生其憍逸如新異故受此律儀必須晝夜謂至明旦日初出時經如是時戒恒相續異此受者雖生妙行不得律儀然爲令招可愛果故亦應爲受言近住者謂此律儀近阿羅漢住以隨學彼故有說此近盡壽戒住有說此戒近時而住如是律儀或名長養長養薄少善根有情令其善根漸增多故何緣受此近住律儀必具八支非增非減頌曰

戒不逸禁支　四一三如次　爲防諸性罪
失念及憍逸

論曰八中前四是尸羅支謂離殺生至虛誑語由此四種離性罪故次有一種是不放逸支謂離飲諸酒生放逸處雖受尸羅若飲諸酒則心放逸毁犯尸羅醉必不能護餘支故後有三種是禁約支謂離塗飾香鬘乃至食非時食以能隨順猒離心故猒離能證律儀果故何緣具受如是三支若不具支便不能離性罪失念憍逸過失謂初離殺至虛誑語能防性罪離貪瞋癡所起殺等諸惡業故次離飲酒能防失念以飲酒時能令忘失應不應作諸事業故則不能護餘遠離支後離餘三能防憍逸以若受用種種香鬘高廣牀座習近歌舞心便憍舉尋即毁戒由離彼故心便離憍謂香鬘等若恒受用尚順憍慢爲犯戒緣況受新奇曾未受者故一切種皆應捨離若有能持依時食者以能遮止恒時食故便憶自受近住律儀能於世間深生猒離若非時食二事俱無數食能令心縱逸故由此

大義故具受三於此八中離非時食是齋亦齋支所餘七支是齋支非齋如正見是道亦道支餘七支是道支非道爲惟近事得受近住爲餘亦有受近住耶頌曰
近住餘亦有　不受三歸無
論曰諸有未受近事律儀一晝夜中歸依三寶說三歸已受近住戒彼亦受得近住律儀異此則無除不知者由意樂力亦發律儀豈不三歸則成近事如契經說佛告大名諸有在家白衣男子男根成就歸佛法僧起慇淨心發誠諦語自稱我是鄔波索迦願尊憶持慈悲護念齊是名曰鄔波索迦此不相違受三歸位未成近事所以者何要發律儀成近事故

阿毗達磨藏顯宗論卷第十九說一切有部

音釋
鄔波索迦梵語也此云近事男鄔安古切

阿毘達磨藏顯宗論卷第二十

尊者衆賢造
唐三藏法師玄奘奉　詔譯

辯業品第五之三

於何時發近事律儀頌曰

稱近事發戒　說如苾芻等

論曰起慇淨心發誠諦語自稱我是鄔波索迦願尊憶持慈悲護念爾時乃發近事律儀稱近事等言方發律儀故以經復說我從今者乃至命終護生言故若離稱號但受三歸成近事者自稱我是近事等言便爲無用依何義故說護生言別解律儀護生得故或爲救護自生命緣亦不毀犯如來禁戒諸異生類將受律儀亦有如斯堅固意樂乃至爲救自生命緣終不虧違所受學處如斯誓受世現可得然有別誦言捨生者此言意說捨殺生等略去殺等但說捨生彼雖已得近事律儀爲令了知所應學處故復爲說離殺生等五種戒相令識堅持如得苾芻具足戒已說重學處令識堅持勤策亦然此亦應爾是故近事必具律儀非受三歸即成近事頌曰

若皆具律儀　何言一分等　約能持故說

論曰此中憎嫉對法義者心不生喜復設是難若諸近事皆具律儀何緣世尊言有四種一能學一分二能學少分三能學多分四能學滿分豈不由此且已證成非惟三歸即成近事謂若別有但受三歸即成近事如是近事非前所說四種所收應更說有第五近事此於學處全無所學亦應說爲一近事故佛觀近事非離律儀故契經中惟說四種雖諸

近事皆具律儀然約能持故説四種謂雖具受五支律儀而後遇縁或便毁缺其中或有於諸學處能持一分乃至或有具持五支故作是説能持先所受故説能學言不爾應言受一分等故此四種但據能持然經主言約持犯戒説一分等尚不應問況應爲答誰有已解近事律儀必具五支而不能解於所學處持一非餘乃至具持名一分等由彼未解近事律儀受量少多故應請問凡有幾種鄔波索迦能學學處答言有四鄔波索迦謂能學一分等猶未能了復問何名能學一分乃至廣説此全無理惟對法宗所説理中應問答故雖知近事必具律儀而未了知隨犯一種爲越一切爲一非餘由有此疑故應請問諸部若有未見此文於此義中迄今猶諍若

異此者佛經數言鄔波索迦具五學處誰有於此已善了知而復懷疑問受多少設許爾者疑問相違謂彼本疑受量多少而問有幾能學學處答學一分等豈除本所疑故彼義中不應問答經主於此不正尋思於諍理中壞朋黨執翻言對法所説義中問尚不應況應爲答若闕律儀亦名近事苾芻勤策闕亦應成然經主言何縁不許由佛教力施設不同雖闕律儀而成近事苾芻勤策必具律儀此率已情無經説故世尊何處説離律儀亦成近事非苾芻等曾聞經部有作是執亦有無戒勤策苾芻彼執應同布剌拏等諸外道見非佛法宗一切律儀品類等不品類非等有三品故下中上别隨何故成頌曰

下中上隨心

論曰八衆所受別解脱律儀隨受心力成上中下品由如是理諸阿羅漢或有成就下品律儀然諸異生或成上品諸有歸依佛法僧者爲歸何等頌曰

歸依成佛僧　無學二種法　及涅槃擇滅　是説具三歸

論曰如本論言歸依佛者爲歸何法謂若諸法妙有現有由想等想施設言説名爲佛陀歸此能成佛無學法言謂若者即是總標當所説義言諸法者即是顯示無我增言妙有言顯妙有性合現有即名現可得義或妙德合故名妙有現有即顯是所知性想等想等是名差別覺一切法一切種相不藉他教故名佛陀或此圓成智等衆德自然開覺故名佛陀或佛陀名顯彼有覺如質礙物名有質礙或佛陀名顯彼能説已所證覺以開覺他如婆羅門問經廣説能成佛者顯彼諸法與佛施設爲建立因如何此中於無量法而總建立標一佛名如依衆多和合人上立一僧寶一勝所歸又於衆多無漏道上立一道緼無有過失或先已説先説者何謂想等想施設言説即佛相續無學法中立一佛名無別一佛能成佛法爲是何等謂盡智等及彼眷屬由得彼法能覺一切以彼勝故身得佛名非色等身前後等故爲歸一佛一切佛耶理實應言歸一切佛以諸佛道相無異故僧伽差別略有五種一無耻僧二瘂羊僧三朋黨僧四世俗僧五勝義僧無耻僧者謂毁禁戒而被法服補特伽羅瘂羊僧者謂於三藏無所了達補特伽羅譬如瘂羊無辯説用或言

瘂者顯無說法能復說羊言顯無聽法用即顯此類補特伽羅於三藏中無聽說用朋黨僧者謂於遊散營務鬪諍方便善巧結構朋黨補特伽羅此三多分造非法業世俗僧者謂善異生此能通作法非法業勝義僧者謂學無學法及彼所依器補特伽羅此定無容造非法業五中最勝是所歸依如讚歸依伽他中說

此歸依最勝　此歸依最尊　必因此歸依
能解脫衆苦

於如是法補特伽羅二勝義僧中迦多衍尼子意但以法爲所歸僧故本論中作如是說歸能成僧學無學法僧有多種謂有情人聲聞福田及聖僧等佛於此內非聲聞僧可是餘僧自然覺故今所歸者是聲聞僧理實通歸諸佛弟子以諸僧道相無異故然契經說當來有僧汝應歸者彼經但爲顯示當來現見僧寶歸依於法謂歸愛盡離滅涅槃如是一切是煩惱斷名之差別或有謂愛味著門轉不應棄捨故寄愛名通顯一切煩惱永盡愛與餘煩惱同一對治故言愛盡者謂見所斷諸愛永斷故預流者此愛盡時便自記莂諸惡趣盡謂我已盡那落迦等所言離者謂欲界中諸所有貪多分已斷即是已薄欲界貪義滅諸欲界諸愛全斷此地煩惱當於爾時決定無能繫縛義故言涅槃者謂色無色諸愛永斷由此盡時諸所有苦皆永寂故此則顯示四沙門果或此四種如其次第顯三界愛斷及永般涅槃或愛盡者三界愛斷所言離者除愛所餘諸煩惱斷所言滅者顯有

餘依般涅槃界言涅槃者顯無餘依般涅槃界此中何法是所歸依能歸是何歸依何義所歸依者謂滅諦全道諦一分除獨覺乘菩薩學位無漏功德何緣彼法非所歸依彼不能救生死怖故謂諸獨覺不能說法教誡諸有情令離生死怖菩薩學位不起期心故亦無能教誡他義故彼身中學無學法不能救護非所歸依有餘師言不和合故不顯了故如其次第獨覺菩薩非所歸依緣彼亦生無漏意淨故彼亦是證淨境攝此中能歸語業爲體自立誓限爲自性故若并眷屬五蘊爲體以能歸依所有言說由心等起非離於心如是歸依救濟爲義他身聖法及善無爲如何能爲自身救濟以歸依彼能息無邊生死苦輪大怖畏故三所歸依有差別者佛惟無學法二俱非僧體貫通學與無學又佛體是十根少分僧通十二法體非根擇滅無爲非根攝故又歸依佛謂但歸依一有爲沙門果歸依法者謂通歸依四無爲沙門果歸依僧者謂通歸依四有爲沙門果及四果能趣向又佛譬如能示導者法如安隱所趣方域僧如同涉正道伴侶應求此等三差別因應思何緣於餘律儀處立離非梵行爲其所學惟於近事一律儀中但制令其離欲邪行頌曰

邪行最可呵　易離得不作

論曰惟欲邪行極爲能觀此他世者共所呵責以能侵毀他妻等故感惡趣故非非梵行又欲邪行易遠離故諸在家者耽著欲故離非梵行難可受持觀彼不能長時修學故不制彼離非梵行謂無始來數習力故婬欲煩

惱數起現行諸在家人隨順欲境數易和合抑制爲難故不制彼令全遠離又諸聖者於欲邪行一切定得不作律儀經生聖者亦不行故離非梵行則不如是故於近事所受律儀但爲制立離欲邪行若異此者經生有學應不能持近事性戒若諸近事後復從師要期更受離非梵行得未曾得此律儀不有餘師說得此律儀然不由斯方成近事亦不由此失近事名亦非先時戒不圓滿有說不得未得律儀然獲最勝杜多功德名獲最勝遠離法者謂能遠離婬欲法故由此若能遠離妻室淨修梵行功不唐捐若有先時未取妻妾普於有情類受近事律儀於後取時寧非犯戒令非他攝故如用屬己財謂於今時以呪術力或財理等種種方便攝彼屬己不繫於他如何難令於彼犯戒又有別理令取彼時於前律儀無所違犯頌曰

得律儀如誓　非總於相續

論曰諸受欲者受近事戒如本受誓而得律儀本受誓云何謂離欲邪行於他所攝諸女人所起他攝想而行非法如是乃名犯欲邪行非於一切有情相續先立誓言我當於彼離非梵行而得律儀云何令時可名犯戒既如本誓而得律儀令正隨行如何名犯先取妻妾後受律儀於自妻等亦發此戒以近事等別解律儀一切有情處所得故若異此者於自妻妾非處非時非支非體亦應不犯欲邪行戒於舊所受既有犯者於新所受應有不犯故不應爲如先所難何緣於四語業道中立離虛誑語爲近事學處非立離餘離間

語等亦由前說三種因故謂虛誑語最可呵故諸在家者易遠離故一切聖者得不作故復有別因頌曰

以開虛誑語　便越諸學處

論曰越諸學處被檢問時若開虛誑語便言我不作因斯於戒多所違越故佛爲欲令彼堅持於一切律儀皆遮虛誑語云何令彼緣力犯戒時尋即生慚如實自發露何緣一切離性罪中立四種爲近事學處然於一切離遮罪中於近事律儀惟遮離飲酒頌曰

遮中惟離酒　爲護餘律儀

論曰諸飲酒者心多縱逸不能守護諸餘律儀故爲護餘令離飲酒謂飲酒已於惡作說別悔墮落衆餘他勝五部罪中不能防守或有是處由此普於諸學處海擾亂違越由此世尊知飲諸酒是起一切性罪因故能損正念及正智故能引破戒破見愚故於一切種離遮罪中惟說此爲近事學處故離飲酒雖遮戒攝而於一切立學處中與離性罪相隨而制別解脫律儀從何而得復從何而得餘二律儀頌曰

從一切二現　得欲界律儀　從根本恒時得靜慮無漏

論曰欲界律儀謂別解脫此從一切根本業道及從前後近分而得從二得者謂從二類即情非情性罪遮罪於情性罪謂殺等業遮謂女人同室宿等非情性罪謂盜外財遮謂掘地斷生草等從現得者謂從現世蘊處界得非從去來由此律儀有情處轉去來非是有情處故有情處者謂諸有情及諸有情所

依止處現蘊處界內者即外有情所依外者名爲有情所止非過未故若得靜慮無漏律儀應知但從根本業道以定中惟有根本業道故非從前後近分而得以在定位惟有根本在不定位中無此律儀故從有情數所發遮罪尚不得此二種律儀況從非情所發遮罪從恒時者謂從過去現在未來蘊處界得如與此戒爲俱有心由此不同應作四句有蘊處界從彼惟得別解律儀非餘二等第一句者謂從現世前後近分及諸遮罪第二句者謂從去來根本業道第三句者謂從現世根本業道第四句者謂從去來前後近分於業道等處置業道等聲以業道等聲說彼依處故若異此者則應但說防護未來律儀但能防未來罪令不起故非防過現已滅已生

律儀於彼無防用故諸有獲得律儀不律儀從一切有情支因皆等不非一切等其相云何頌曰

律從諸有情　支因說不定　不律從一切有情支非因

論曰律儀定由調善意樂普緣一切有情方得非少分緣惡心隨故支因不定支謂業道且於別解諸律儀中有從一切支謂苾芻戒有從四支得謂餘律儀許因不同略有二種一無貪等三種善根二下中上等起心別就初因說一切律儀由一切因一心有故就後因說一切律儀名由一因以下品等不俱起故此中且就後三因說或有一類住律儀者於一切有情得律儀非一切支非一切因謂以下心或中或上受近事勤策戒或有一類

住律儀者於一切有情得律儀由一切支非一切因謂以下心或中或上受苾芻戒或有一類住律儀者於一切有情得律儀由一切支及一切因謂以三心受近事勤策苾芻戒或有一類住律儀者於一切有情得律儀由一切因非一切支謂以三心受近事近住勤策戒無有不徧於諸有情得律儀者巳說因故非於一分諸有情所誓受律儀惡心全息今應思擇於佛乃至蟻子身上所得律儀爲有別不若有別者趣不定故於諸有情所得律儀應有增減若無別者何緣殺人犯他勝罪殺非人者惟犯麤惡若殺傍生犯墮落罪非有情境身差別故令所受戒亦有差別然罰罪業有差別者應知但由別加行故殺人加行與殺非人乃至殺蟻皆有差別由總意樂建立律儀謂普於有情無有差別起調善意樂求得律儀非於一有情不捨惡意樂而可求得別解律儀故得律儀無有差別以得律儀者必不別觀補特伽羅支處時緣故謂定不作如是別觀於某有情我離殺等於某支戒我定能持於某方域我離殺等我惟於彼一月等時除戰等緣能離殺等如是受者不得律儀但得律儀相似妙行是故無有由諸有情身差別故戒有差別又於自身不得根本業道所攝別解律儀勿思法等由自殺害成無間等所攝罪業得眷屬攝於理無遮謂離最初衆餘罪等又此所受別解脫律儀通於一切能不能境得非惟於能境得此律儀要普於有情起無損惱意樂無別方可得故若謂不然於睡悶等皆不可殺故應不得

律儀若謂彼覺得本心已還可殺者此亦應然以非所能有可改易爲能境已還可殺故有作是說若惟於能得此律儀應有增減以所能境與非所能二類有情有轉易故此不成難境轉易時無此律儀得捨因故謂所能境及非所能後轉易爲不能能境無理令彼捨得律儀總於所能得律儀故若必欲令能不能境有轉易故戒有捨得則成律儀增減過者豈不有草本無而生有諸有情永入圓寂由此應有捨得律儀亦不離前戒增減失是故前說於理無過又於過去一一如來及所化生入圓寂故後佛於彼不得律儀有後律儀減於前失律儀非對一一有情各異相續別發得故又前後佛戒支等故謂諸律儀隨無貪等爲因差別生別類支一一類支各一無表總於一切有情處得如是無表既無細分不可分析爲少爲多如何言有後減前失又一切佛徧於有情具一切支律儀無表以支數等無差別故無後佛戒減於前失又佛功德皆平等者非約有漏不爾一身前後位別亦有增減況望他身無增減失已說從彼得諸律儀得不律儀定從一切有情業道無少分境及不具支不律儀者此定無有由一切因下品等心無俱起故若有一類由下品心得不律儀後於異時由上品心斷衆生命彼但成就下不律儀亦成殺生上品表等中品上品例此應知此中應思於屠羊等事有惟受一得不律儀不應言亦有受一事得若爾何故無從一切因得不律儀如得律儀者雖於殺等差別表中先巳受一後更別受

而不律儀非更新得謂先總望一切有情起無所遮損害意樂爲活命故受不律儀彼於今時復何所得故此無有從一切因然律儀中有從近事受勤策戒勤策復受苾芻律儀別別受時所受業道眷屬異故隨要期異得先未得由此可得從一切因此中何名不律儀者謂諸屠羊屠雞屠猪捕鳥捕魚獵獸劫盜魁膾典獄縛龍煮狗及罝弶等等言類顯讒搆譏刺伺求人過喜說他非非法追求以活命者及王典刑伐斷罪彈官等但恒有害心名不律儀者由如是種類住不律儀故有不律儀故行不律儀故巧作不律儀故數習不律儀故名不律儀者言屠羊者謂爲活命要期盡壽恒欲殺羊餘隨所應當知亦爾諸屠羊者惟於諸羊有損害心非於餘類寧於一切得不律儀徧於有情界得諸律儀其理可爾由普欲利樂勝阿世耶而受得故非屠羊等不律儀人於已至親有損害意乃至爲救自身命緣亦不欲殺如何可說普於一切得不律儀此亦可然不律儀者普於有情境善意樂壞故雖無是處而假說言設諸有情及父母等一切皆作羊像現前屠者徧緣皆有害意謂彼久習不律儀心乃至已親亦無所顧爲活命故設已至親現變爲羊尚有害意況命終後實受羊身於彼能無殺害意樂不律儀者受惡戒時必起如斯兇勃意樂設我母等身即是羊我亦當殺況餘生類由此意樂得不律儀異此但應得處中罪由此雖了親現非羊而亦有害心故徧得惡戒雖無聖者當作羊身而同至親亦有害意經主於

此作是例言若觀未來羊等自體於現親等得不律儀羊等未來有親等體既於彼體無損害心應觀未來至親等體於現羊等不得惡戒如是等例於理不齊無善意樂故有惡意樂故謂彼正受不律儀時無正思惟調善意樂我當不害一切有情有邪思惟兇勃意樂我當普害一切有情事雖主羊而心寬徧是故容有觀未來羊於現聖親亦發惡戒非觀來世聖及至親於現羊身不發惡戒或無勞諍理應同許且如有一受屠羊人雖一生中不與不取於已妻妾住知足心瘂不能言無語四過而因羊壞善阿世耶具得七支不律儀罪如是於親等雖無害心而善阿世耶因羊壞故徧有情界得不律儀若先要期受善學處後不全損善阿世耶由遇別緣惟受殺者得處中罪非不律儀但得不律儀必應全損善阿世耶故具得七支若有例言如受善戒有支不具此亦應爾謂如有受近事近住勤策律儀雖不具支而亦得彼缺支攝戒受不律儀亦應如是此例非等律儀不律儀用功不用功得有異故謂諸善戒要藉用功善阿世耶方能受得以難得故理數必應非受一時總得一切若諸惡戒不藉用功惡阿世耶便能受得非難得故理數必應隨受一時總得一切以於欲界不善力強惡阿世耶任運而起造諸重惡不待用功善阿世耶易毀壞故隨受一種便總得餘善則不然故例非等現見穢草不用功生要設劬勞嘉苗方起又如有受不律儀人作是要期我於盡壽每晝或夜半月月等一度屠羊等亦得不律

儀由不律儀易受得故以於欲界不善力强雖不恒爲而得惡戒諸有欲受出家律儀若作要期我於盡壽每晝或夜半月月等一度離殺等不得善律儀由善律儀難受得故以於欲界善法力劣若不恒持不得善戒此亦應爾爲例不齊已説從彼得不律儀得不律儀及餘無表如何方便未説當説頌曰

諸得不律儀　由作及誓受　得所餘無表
由田受重行

論曰不律儀人總有二種一者生在不律儀家二生餘家後受此業諸有生在不律儀家若初現行殺等加行是人由作得不律儀若生餘家後方立誓謂我當作如是事業以求財物養活自身初立誓時便發惡戒是人由受得不律儀由三種因得餘無表餘無表者謂非律儀非不律儀處中攝故由三因者一者由田謂於如斯有德田所初施園林等善無表便生如説有依諸福業事二者由受謂自要期言我從今若不供養佛及僧衆不先食等或作誓限於齋日月半月每年月施食等由此有善無表續生三由重行謂起如是慇重作意行善行惡謂淳淨信或猛利纏造善惡時能發無表長時相續乃至信纏勢力終盡如前已説

阿毗達磨藏顯宗論卷第二十 說一切有部

音釋

瘂 倚下切不能言也　剕 筆別切　掘 其月切穿也　罝弶 上咨邪切下其亮切罝弶罟也　讒 鉏咸切譖也

阿毗達磨藏顯宗論卷第二十一

尊者衆賢造

唐三藏法師玄奘奉詔譯

辯業品第五之四

如是已說得律儀等捨律儀等今次當說且云何捨別解脫律儀頌曰

捨別解調伏　由故捨命終　及二形俱生
斷善根夜盡　有說由犯重　餘說由法滅
迦濕彌羅說　犯二如負財

論曰調伏聲顯律儀異名由此能令根調伏故由五緣捨別解律儀一由故捨謂於律儀由阿世耶不懷欣慕為捨學處對有解人發起相違表業差別非但由起捨學處心如得律儀心無能故又在夢中捨不成故非但由起表業差別忿癲狂等捨不成故非但由二對旁生等起心發表捨不成故二由命終謂衆同分增上勢力得律儀故三由依止二形俱生謂身變時心隨變故又二形者非增上故四由斷滅所因善根謂表無表業等起心斷故是此律儀因緣斷義捨盡壽戒由上四緣近住律儀亦由夜盡謂近住戒由上四緣及夜盡捨過期限故夜盡者謂明相出時諸軌範師多分共許如是五種捨律儀緣有餘部師執隨犯一感墮重罪捨出家戒有餘部執正法滅時別解律儀無不皆捨以諸學處結界羯磨所有聖教皆息滅故對法諸師作如是說爾時雖無得未得律儀而先得律儀無有捨義迦濕彌羅國毗婆沙師蘊理教於心作如是說非犯隨一根本罪時一切律儀皆有捨義然犯重者有二種名一具尸羅

二名犯戒者若於所犯應可悔除發露悔除惟名具戒如有財者負他債時名爲富人及負債者若還債已但名富人此亦應然故非捨戒靜慮無漏二律儀等云何當捨頌曰

捨定生善法　由易地退等　捨諸無漏善

由得果退失

論曰諸靜慮地所繫善法由二緣捨一由易地謂上下生二由退失謂退分定捨衆同分及離染時亦捨煖等及退分定爲攝此故復說等言如捨色善由易地退及離染三無色亦爾捨無漏善由三種緣一由得果總捨前道二由退失捨諸勝道此或是果或勝果攝我於此中應少分別若捨見道及道類智當知但由得果非退道類智果攝亦必無退故退所練根亦有退義若不動法無學俱無所餘無漏容具二種如是已說捨諸律儀不律儀云何捨頌曰

捨惡戒由死　得戒二形生

論曰諸不律儀由三緣捨一者由死捨所依故衆同分力得律儀故二由得戒謂若受得別解律儀或由獲得靜慮律儀惡戒便捨對治力勝捨不律儀三由相續二形俱起以於爾時所依變故不律儀者受近住戒至夜盡位捨律儀時爲得不律儀爲名處中者有餘師說得不律儀惡阿世耶非永捨故如停熱鐵赤滅青生有餘師言若不更作無緣令彼得不律儀以不律儀依表得故前說應理先受戒時惡阿世耶非永捨故依前表業惡戒還起處中無表捨復云何頌曰

捨中由受勢　作事壽根斷

論曰處中無表捨由六緣一由受心斷壞故捨謂先誓受恒於其時敬禮制多及讃頌等今作是念後不更爲彼阿世耶從茲便息由彼棄捨本意樂故或復別作勢用增强與先現行相違事業本意樂息無表便斷二由勢力斷壞故捨謂由淨信煩惱勢力所引無表彼二限勢若斷壞時無表便捨如所放箭及陶家輪故軌範師作如是說由等起力所引發故雖捨加行及阿世耶無表或容盡壽隨轉乃至發起極猛利纏捶擊禽獸應知亦爾或先立限齊爾所時今限勢過無表便斷三由作業斷壞故捨謂雖不捨根本受心然更不爲所受作業惟除忘念而不作者以此無表期加行生絶加行時無表便捨四由事物斷壞故捨謂所捨施制多園林及所施爲罝網等事本由彼事引無表生彼事壞時無表便捨五由壽命斷壞故捨謂所依止有轉易故六由依根斷壞故捨謂起加行斷善惡時各捨彼根所引無表非至斷善得靜慮時方捨處中善惡無表以麤劣故起加行時便捨處中善惡無表所言根者通善惡根所說斷言是斷加行欲非色善及餘一切非色染法捨復云何頌曰

捨欲非色善　由根斷上生　捨諸非色染　由對治道生

論曰欲界一切非色善法捨由二緣一斷善根二生上界應言少分亦離染捨如憂根等非色善法三界一切非色染法捨由一緣謂起治道若此品類能斷道生捨此品中或及助伴何有情有善惡律儀頌曰

惡戒人除北　二黄門二形　律儀亦在天
惟人具三種　生欲天色界　有靜慮律儀
無漏并無色　除中定無想

論曰惟於人趣有不律儀然除北洲惟三方有於三方内復除扇搋及半擇迦具二形者律儀亦爾謂於人中除前所除并天亦有故於二趣容有律儀然惟人中具有三種謂別解脱靜慮無漏若生欲天及生色界皆容得有靜慮律儀然無想天但容成就生無色界彼俱非有無漏律儀亦在無色謂若生在欲界天中及生色界中除中定無想皆容得有無漏律儀生無色中惟得成就以無色故必不現起無漏上生得成下故已辯諸業性相不同當釋經中所摽諸業且經中説業有三種善惡無記其相云何頌曰

安不安非業　名善惡無記

論曰諸安隱業説名爲善能得可愛異熟涅槃暫求二時濟衆苦故不安隱業名爲不善由此能招非愛異熟極能遮止趣涅槃故非前二業立無記名不可記爲善不善故是非安隱不安隱義又經中説業有三種福非福等其相云何頌曰

福非福不動　欲善業多福　不善名非福
上界善不動　約自地處所　果業無動故

論曰欲界善業説名爲福非福相違招愛果故諸不善業説名非福招非愛果違福業故上二界善説名不動豈不世尊説下三定皆名有動聖説此中有尋伺喜樂受動故由下三定有尋伺等災患未息故立動名不動經中據能感得不動異熟故名不動如何有動

定招無動異熟雖此定中有災患動而業對果非如欲界有動轉故立不動名謂欲界中餘趣處滿業由別緣力可異趣處受以或有業能感外內財位形量色力樂等於天等中此業應熟由別緣力所引轉故於人等中此業便熟色無色界餘地處業無容轉令異地處受業果處所無改動故等引地攝無散動故依如是義立不動名應知此中由於因果相屬愚故造非福業以非福業純染汙故要依麤重相續無明由此無明現在前位不能解信因果相屬是故發起諸非福行由真實義愚故造福及不動業真實義者謂四聖諦若於彼愚諸異生類於善心位亦得間起由此勢力令於三界不如實知其性皆苦起福不動行為後有因若已見諦者則無是事乘先行力漸離染時如次得生欲色無色又經中說業有三種順樂受等其相云何頌曰

順樂苦非二　善至三順樂　諸不善順苦

上善順非二　餘說下亦有　由中招異熟

又許此三業　非前後熟故　順受總有五

謂自性相應　及所緣異熟　現前差別故

論曰諸善業中始從欲界至第三靜慮名順樂受業以諸樂受惟至此故諸不善業名順苦受第四靜慮及無色善業說名為順不苦不樂受此上都無苦樂受故非此諸業惟感受果應知亦感彼受資糧受及資糧此中名受隨所化欲總立受名下諸地中為亦許有順非二業為決定無有餘師言下地亦有順非二業以定中間既無苦樂應無業故又更有證謂本論說頗有三業非前非後受異熟

耶曰有謂順樂受業色順苦受業心心所法順不苦不樂受業心不相應行乃至廣說由此證知下地亦有順非二業非離欲界有此三業俱時熟故此俱非定證然於下地中理應定有順非二業如順正理廣辯應知此業爲善爲不善耶有作是言是善而劣又不可別示而可總言於諸善業中或有一類能感樂受及受資糧或有一類能感非二應知此業能益樂受名順樂受如順馬處或復此業能受於樂名順樂受如順浴散順餘受業應知亦然此業非惟感受異熟如何總得順受業名諸業爲因所感異熟皆似於受得受名故所以者何彼皆如受爲身損益及平等故如水火等於樹枝等爲益爲損爲等義成又順受多略說有五一自性順受謂諸受體如

契經說受樂受時如實了知受於樂受乃至廣說二相應順受謂一切觸如契經言順樂受觸乃至廣說三所緣順受謂一切境如契經言眼見色已惟受於色不受色貪乃至廣說由色等是受所緣故四異熟順受謂感異熟業如契經說順樂受業乃至廣說五現前順受謂現行受如契經說受樂受時二受便滅乃至廣說非此樂受現在前時有餘受能受此樂受但據樂受自體現前即說名爲受於樂受由所順受有多種故雖業異熟非皆是受而可總立順受業名謂諸善業爲因所感色不相應能爲所緣生樂受故是諸樂受所領納故可愛異熟順樂受故亦名樂受由此善業所招諸果雖非樂受順樂受故招彼業名順樂受業順苦非二理亦應然如是三

業有定不定其相云何頌曰

此有定不定　定三順現等　或說業有五

餘師說四句

論曰此上所說順樂受等應知各有定不定異非定受故立不定名謂順樂業非必定熟若熟必應受樂異熟順餘二業說亦如是定復有三一順現法受二順次生受三順後次受此三定業定感異熟并前不定總成四種或有欲令不定受業復有二種謂於異熟有定不定并定業三合成五種譬喻者說業有四句一者有業於時分定異熟不定謂順現等三非定得異熟二者有業於異熟定時分不定謂不定業定得異熟三者有業於二俱定謂順現等定得異熟四者有業於二俱不定謂不定業非定得異熟彼說諸業總成八種謂順現受有定不定乃至不定亦有二種於此所說業差別中頌曰

四善容俱作　引同分惟三　諸處造四種

地獄善除現　堅於離染地　異生不造生

聖不造生後　并欲有頂退

論曰此中惟顯順樂等業於現等時有定不定釋經所說順現受等四業相殊故定業中分為三種并不定業合而為四是說為善理必無有異熟不定時分定業時定惟是異熟定中位差別故非離異熟別有時體如何時定非異熟耶此中但依異熟定業得果位差別立順現等故頗有四業俱時作耶容有云何遣三使已自行邪欲俱時究竟順現受等四種業中幾業有能引衆同分惟三能引除順現業以順現業必依先業所引同分而得

起故即於現生必與果故何界何趣能造幾業諸界諸趣或善或惡隨其所應皆容造四總開如是若就別遮捺落迦中善除順現無愛果故餘皆得造不退姓名堅彼於離染地若異生類除順生受可造餘三聖者雙除順生後受可造餘二異生不退若離彼染無容於彼無間受生故彼應除順生受業於上界没必還生下故容造彼順後受業聖者不退若離彼染必無容有於彼更生故彼雙除順生順後隨所生地容造順現受造不定業一切處無遮然諸聖者若於欲界及有頂處已得離染雖有退墮而亦不造順生後業從彼退者必退果故諸退果已必不命終還得本果住中有位亦造業耶亦造云何頌曰

欲中有能造　二十二種業　皆順現受攝
類同分一故

論曰於欲界中住中有位容有能造二十二業謂中有位及處胎中出胎以後各有五位胎中五者一羯剌藍二頞部曇三閉尸四鍵南五鉢羅奢佉胎外五者一嬰孩二童子三少年四中年五老年此十一位一生所攝住中有位能造中有定不定業乃至能造老時二業應知亦爾當知如是中有所造十一種定業皆順現受攝由類同分無差別故謂此中有位與自類十位一衆同分一業引故由此不別説順中有受業即順生等業所引故類同分者謂人等類非趣非生以約趣生中有生有同分異故諸定受業其相云何頌曰

由重或淨心　及是恒所造　於功德田起
害父母業定

論曰若所造業由重煩惱或淳淨心或常所作或於增上功德田起功德田者謂佛法僧或增上補特伽羅謂證世出世勝德於此田所雖無重惑及淳淨心亦非常行若善不善所起諸業或於父母設起下纏行損害事如是一切皆定業攝有餘師說若以猛利意樂所造或有造已趣歡喜心或一切時數數慣習或勝願力事力所起業皆決定現法果業其相云何頌曰

由田意樂勝　及定招異熟　得永離地業
定招現法果

論曰由田勝者聞有苾芻於僧衆中作女人語彼須臾頃轉作女人此等傳聞其類非一由意樂勝者聞有扇搋救脫諸牛黄門事故彼須臾頃轉作丈夫此等傳聞事亦非一或有餘業亦得現果謂生此地永離此地染於此地中諸善不善業必應現受不重生故如阿羅漢及不還者未離染時已造彼業今離染故成現法受彼是何業謂異熟定應知此中所說業者是異熟定非時定業若有餘位順定受業彼必定無永離染義必於餘位受異熟果若於異熟亦不定者永離染故不受異熟諸不還者及阿羅漢於欲三界設退起染必不生下定涅槃故異熟定業皆成現受餘隨所應類此當說何田起業定即受耶頌曰

於佛上首僧　及滅定無諍　慈見修道出
損益業即受

論曰於如是類功德田中爲善惡業定即受果功德田者謂佛上首僧約補特伽羅差別

有五一從滅定出謂此定中得心寂靜此定寂靜似涅槃故若從此定初起心時如入涅槃還復出者勝靜功德莊嚴其身爲殷淨心生長依處二從無諍出謂此定中已能永拔一切煩惱災患相續有緣一切有情爲境所起無邊增上意樂無諍功德積集熏身從此出時彼心相續不爲一切世間定心及不定心之所勝伏是福非福近果勝田三從慈定出謂此定中有緣無量有情爲境利益安樂增上意樂積集熏身出此定時有爲無量最勝功德所熏修身相續而轉能生勝業四從見道出謂此道中能超一分無始流轉所不能超三界輪迴生死根本從此道出有勝淨身相續而生能生勝業五從修道出謂此道中能超二分生死根本餘如前說從如是二初出位中乘前所修勝功德勢心猶反顧專念不捨諸根寂靜特異於常世出世間定不定福無能勝伏映奪彼者故說此五名功德田若有於中爲損益業此業必定能招即果若從餘定餘果出時由前所修定非殊勝修所斷惑未畢竟盡故彼相續非勝福田異熟果中受最爲勝今應思擇於諸業中頗有惟招心受異熟或招身受非心受耶亦有云何

頌曰

諸善無尋業　許惟感心受　惡惟感身受
是感受業異

論曰善無尋業謂從中定乃至有頂所有善業於中能招受異熟者應知但感心受非身於彼地中無身受故身受必定與尋相應非無尋業感有尋果諸不善業能感受者應知

但感身受非心以不善因苦受爲果意地苦受決定名憂憂受必非異熟果攝故不善業惟感身受若執憂根定非異熟諸有情類所發心狂在何識中何因所感依何處起非異熟耶頌曰

心狂惟意識　由業異熟生　及怖害違憂
除北洲在欲

論曰有情心狂惟在意識若在五識必無心狂以五識身無分別故由何因故有情心狂由諸有情業異熟起由何等業異熟起耶謂由彼用藥物呪術令他心狂或復令他飲非所欲若毒若酒或現威嚴怖禽獸等或放猛火焚燒山澤或作坑穽陷墜衆生或餘事業令他失念由此業因於當來世感得異類大種異熟由彼勢力令心發狂由此心狂體非異熟善惡心等皆容狂故由斯但說業異熟生謂惡業因感不平等異熟大種依此大種心便失念故說爲狂如是心狂對於心亂應作四句狂非亂者謂諸狂者不染汙心亂非狂者謂不狂者諸染汙心狂亦亂者謂諸狂者諸染汙心非狂亂者謂不狂者不染汙心有情心狂爲但由此更由四種其四者何一由驚怖謂非人等現可怖形來相逼迫有情見已遂致心狂二由傷害謂因事業惱非人等由彼瞋故傷其支節遂致心狂有情身中有別支節若被打觸心即發狂三由乖違謂由身内風熱痰界互相違反大種乖適故致心狂四由愁憂謂因喪失親愛等事愁毒纏懷心遂發狂如婆私等何有情類有此心狂除北俱盧所餘欲界諸有情類容有心狂謂

欲天心尚有狂者況人惡趣得離心狂地獄恒狂衆苦逼故欲界諸聖惟除諸佛大種乖適容有心狂一切如來心無狂亂無漸捨命無破音聲亦無髮白面皺等事以極淳淨妙業所生又經中說業有三種謂曲穢濁其相云何頌曰

說曲穢濁業　依諂瞋貪生

論曰身語意三各有三種謂曲穢濁如其次第應知依諂瞋貪所生謂依諂生身語意業名爲曲業諂曲類故實曲謂見故契經言實曲者何謂諸惡見諂是彼類故得曲名從諂所生身語意業曲爲因故果受因名是故世尊說彼爲曲若彼瞋生身語意業名爲穢業瞋穢類故瞋名穢者謂瞋現前如熱鐵丸隨所投處便能燒害自他身心諸煩惱中爲過最重故薄伽梵重立穢名是諸穢中之極穢故從瞋所生身語意業穢爲因故果受因名是故世尊說彼爲穢若依貪生身語意業名爲濁業貪濁類故貪名穢者謂貪現前染著所緣是染性故從彼生等准前應釋又眞直道謂八聖支能障彼生三業名曲眞實無病謂求涅槃障證彼因三業名穢依外道見於佛教中障淨信心不信名穢以能擾濁淨信心故從彼所起三業名濁又墮斷常違處中行從彼所起身語意業違直道義故立曲名由損減見所起諸業能穢淨法故立穢名穢名必依極穢義故薩迦耶見所起諸業能障無我眞實淨見依障淨義故立濁名又經中說業有四種謂或有業黑黑異熟或復有業白白異熟或復有業黑白黑白異熟或復有

業非黑非白無異熟能盡諸業經雖略示而不廣釋今應釋彼其相云何頌曰

依黑黑等殊　所說四種業　惡色欲界善能盡彼無漏　應知如次第　名黑白俱非

論曰佛依業果性類不同所治能治殊說黑黑等四諸不善業一向名黑以具染汙黑不可意黑故異熟亦黑不可意故色界善業一向名白不爲一切不善煩惱及不善業所凌雜故異熟亦白是可意故非無色者多闕減故欲界善業名爲黑白惡所雜故異熟亦黑白非愛果雜故此黑白名依相續立非據自體互相違故欲界惡强非善凌雜故惡業果得純黑名諸無漏業能永斷盡前三業者名第四業此無漏業非染汙故得非黑名非順愛故又不能感白異熟故說名非白然大空經說無學法是純白者以無學法於超諸染身中可得非如學法非超諸染身中可得諸無漏業爲皆能盡前三業不不爾云何頌曰

四法忍離欲　前八無間俱　十二無漏思惟盡純黑業　離欲四靜慮　第九無間思一盡雜純黑　四令純白盡

論曰於見道中四法智忍及於修道離欲染位前八無間聖道俱行有十二思惟盡純黑離欲界染第九無間聖道俱行一無漏思雙令黑白及純黑盡此時總斷欲界善故亦斷第九不善業故離四靜慮一一地染第九無間道俱行無漏思此四惟令純白業盡所餘諸業無異熟故非所明故於此不論故於此中惟說十七與無間道俱行聖思於永盡前三有漏業雖盡諸業是聖慧能然於此中說

近對治雖身語業亦近治三非慧相應故此不說何緣諸地有漏善業惟最後道能斷非餘以諸善法非自性斷已斷有容現在前故然由緣彼煩惱盡時方說名爲斷彼善法爾時善法得離繫故由此乃至緣彼煩惱餘一品在斷義不成善法爾時猶被縛故頌曰

有說地獄受　餘欲業黑雜　有說欲見滅
餘欲業黑俱

論曰第一第三皆有異說有餘師說順地獄受及欲界中順餘受業如次名爲純黑雜業謂地獄異熟惟不善業感故順彼受名純黑業惟除地獄餘欲界中異熟皆通善惡業感故順彼受名黑白業如是所說前已遮遣謂善無能雜不善故有餘師說欲見所斷及欲界中所有餘業如次名爲純黑俱業謂見所斷無善雜故名純黑業欲修所斷有善不善故名俱業此亦非理二所斷中俱有業不能感異熟果故若謂此中所說三業據有異熟說非無異熟者不應簡言欲見所滅又強力業理必不應爲力劣者之所淩雜是故不應說修所斷諸不善業亦得雜名亦不應言欲界有善力勝不善淩伏惡業非所許故所以者何以欲界善非數行故無有能感一劫果故

阿毗達磨藏顯宗論卷第二十一

音釋

癲　都年切狂病也　捶　之累切杖擊也　罝　子邪切兎網也　羸劣　羸力追切劣力輟切羸劣瘦弱也　扇搋　梵語也此云生男根不滿搋丑皆切　羯剌藍　梵語也此云凝滑羯居謁切剌盧達切　頞部曇　梵語也此云疱謂狀如瘡疱頞阿葛切曇徒含切　鍵南　梵語也此云凝厚謂漸堅硬也

鍵巨偃切 佉丘伽切 坑穽坑口莖切穽疾政切 痰徒含切病液也 皺側救切皮縮也

阿毗達磨藏顯宗論卷第二十二

尊者衆賢造

唐三藏法師玄奘奉詔譯

辯業品第五之五

又經中說有三牟尼又經中言有三清淨俱身語意相各云何頌曰

無學身語業　即意三牟尼　三清淨應知　即諸三妙行

論曰無學身業名身牟尼無學語業名語牟尼即無學意名意牟尼非意牟尼意業爲體何緣惟說色識蘊中有是牟尼非於餘蘊有餘師說舉後及初類顯中間亦有此義如實義者勝義牟尼惟心爲體故契經說心寂靜故有情寂靜此心牟尼由身語業離衆惡故可以比知意業於中無能比用惟能所比合立牟尼何故牟尼惟在無學以阿羅漢是實牟尼諸煩惱言求寂靜故諸身語意三種妙行名身語意三種清淨無漏妙行求離惡行煩惱垢故可名清淨有漏妙行猶爲惡行煩惱垢汙如何清淨此亦暫時能離惡行煩惱垢故得清淨名或此力能引起無漏勝義清淨故立淨名若謂此亦能引煩惱垢故謂作煩惱等無間緣是則不應名清淨者此亦非理善心起時非爲染心起加行故染心無間無漏不生有漏善心能引無漏故有漏善得清淨名順無漏心能除穢故說此二者爲息有情計邪牟尼邪清淨故又經中說有三惡行又經中言有三妙行俱身語意相各云何頌曰

惡身語意業　說名三惡行　及貪瞋邪見

三妙行翻此

論曰一切不善身語二業加行後起及與根本幷不善思如次名身語意惡行然意惡行復有三種謂非意業貪瞋邪見豈不契經亦說貪等名爲意業如何今說貪瞋邪見非意業耶是業資糧故亦名業如漏資糧亦名漏等是諸聖賢所訶猒故又能感得非愛果故此行即惡故名惡行三妙行者翻此應知謂一切善身語二業加行後起及與根本幷諸善思如次名身語意妙行然意妙行復有三種非業無貪無瞋正見智所讚故感愛果故此行即妙故名妙行正見邪見離非益損他而爲彼本故亦成善惡又經中言有十業道或善或惡其相云何頌曰

所說十業道　攝惡妙行中　麤品爲其性　如應成善惡

論曰於前所說惡妙行中若麤顯易知攝爲十業道如應若善攝前妙行不善業道攝前惡行不攝何等妙惡行耶加行後起等彼非麤顯故且於不善十業道中若身惡行令他有情失命失財失妻妾等說爲業道令遠離故若語惡行過失尤重說爲業道令遠離故若意惡行重貪瞋等說爲業道令遠離故加行後起及餘過輕幷不善思皆非業道善業道中身善業道於身妙行不攝一分謂加行後起及餘善身業即離飲酒斷草施等語善業道於語妙行不攝一分謂愛語等意善業道於意妙行不攝一分謂諸善思十善道中前七業道爲皆定有表無表耶不爾云何頌曰

惡六定無表　彼自作婬二　善七受生二
定生惟無表

論曰七惡業道中六定有無表謂殺生等除欲邪行非如是六若遣他爲至根本時有表生故若有自作彼六業道則六皆有表無表二謂起表時彼便死等後方死等與遣使因根本成時惟無表故惟欲邪行必具二種要是自身所究竟故非遣他作如自生喜七善業道若從受生必皆具二謂表無表受生尸羅必依表故靜慮無漏所攝律儀名爲定生此惟無表但依心力而得生故加行後起如根本耶不爾云何頌曰

加行定有表　無表或有無　後起此相違

論曰業道加行必定有表此位無表或有或無若猛利纏淳淨心起則有無表異此則無後起翻前定有無表此位表業或有或無第二刹那無表爲始名爲後起故此定有若於爾時起隨前業則亦有表異此便無於此義中建立業道加行根本後起異相如順正理廣辯應知又契經說苾芻當知殺有三種一從貪生二從瞋生三從癡生乃至邪見有三亦爾豈諸業道於究竟時皆由三根佛作是說非諸業道於究竟時皆由三根加行有異云何有異頌曰

加行三根起　彼無間生故　貪等三根生

論曰不善業道加行生時一一由三不善根起依先等起故作是說殺生加行由貪起者如有貪彼齒髮身分或爲得財或爲戲樂或爲拔濟親友自身從貪引起殺生加行從瞋起者如爲除怨發憤恚心起殺加行從癡起

者如波剌斯作如是說父母老病若令命終便生勝福以令解脫現在衆苦新得勝身明利根故又謂是法祠中殺生又諸王等依世法律誅戮怨敵除翦兇徒謂成大福起殺加行又外道言蛇蠍蜂等爲人毒害殺便獲福羊鹿水牛及餘禽獸本擬供食故殺無罪又因邪見殺害衆生此等加行皆從癡起餘六加行從三根生如順正理廣辯其根貪等加行如何從三以從三根無間生故謂從貪等三不善根無間各容生三業道由此已顯從貪瞋癡無間相應生三加行依無間義亦生業道已說不善從三根生善復云何頌曰

善於三位中　皆三善根起

論曰諸善業道所有加行根本後起皆從無貪無瞋無癡善根所起以善三位皆是善心所等起故善心必與三種善根共相應故此善三位其相云何謂遠離前不善三位所有三位應知是善且如勤策受具戒時來入戒壇禮苾芻衆至誠發語請親教師乃至一白二羯磨等皆名爲善業道加行第三羯磨竟一剎那中表無表業名根本業道從此以後至說四依及餘依前相續隨轉表無表業皆名後起如先所說非諸業道於究竟位皆由三根應說由何根究竟何業道頌曰

殺麤語瞋恚　究竟皆由瞋　盜邪行及貪
皆由貪究竟　邪見癡究竟　許所餘由三

論曰惡業道中殺生麤語瞋恚業道由瞋究竟要無所顧極麤惡心現在前時此三成故諸不與取欲邪行貪此三業道由貪究竟要有所顧極染汙心現在前時此三成故邪見

究竟要由愚癡由上品癡現前成故虛誑離間雜穢語三一一許容由三究竟以貪瞋等現在前時一一能令此三成故諸惡業道何處起耶頌曰

有情具名色　名身等處起

論曰如前所說四品業道三三一三隨其次第於有情等四處而生謂殺等三有情處起要待有情此業道生故非惟待外物此業道生豈不此三亦名色處起一蘊一念亦得名色名此三要託諸蘊總故偷盜等三衆具處起於他有情所受用物欲攝屬巳業道方成雖待有情而衆具勝故說三種託衆具成惟邪見一名色處起由此撥無名色法故雖此亦撥涅槃爲無而名色門撥無永滅謂尚無苦況苦涅槃是故但言名色處起豈不邪見亦撥有情何故但言名色處起由此緣別名色亦生但撥有情所依名色撥能依假不說自成又聖教中有無有情理必無名色亦無同有情撥實爲無重故成業道撥無假法輕故非業道是故不言有情處起虛誑語業三名身等處起語體必依名等起故語雖亦託有情等生而正親依名身等起又雜穢語不待有情無有不託名身等者或依不共處立業道無失麤語雖依名身等起恐謂惟依外此業道亦成故說惟依有情處起又發麤語不假飾詞故不說依名身等起由何建立殺業道成謂由加行及由果滿於此二分隨闕一時不爲殺生根本罪觸頗有殺者起殺加行及令果滿而彼不爲殺罪觸耶曰有云何頌曰

俱死及前死　無根依別故

論曰若能殺者起殺加行定欲殺他與所殺生俱時捨命或在前死彼能殺者業道不成所以者何以所殺者命未斷故以能殺者其命已終別依生故謂殺加行所依止身今已斷滅雖有別類身同分生非罪依止此曾未起殺生加行成殺業道理不應然若有多人集爲軍衆欲殺怨敵或獵獸等於中隨有一殺生時何人得成殺生業道頌曰

軍等若同事　皆成如作者

論曰於軍等中若隨有一作殺生事如自作者一切皆成殺生業道由彼同許爲一事故如爲一事展轉相教故一殺生餘皆得罪若有他力逼入此中因即同心亦成殺罪惟除若有立誓要期救自命緣亦不行殺無殺心故不得殺罪今應別辯十業道相謂齊何量名爲殺生乃至齊何名爲邪見且先分別殺生相者頌曰

殺生由故思　他想不誤殺

論曰要由先發欲殺故思於他有情他有情想作殺加行不誤而殺謂惟殺彼不漫殺餘齊此名爲殺生業道有懷猶豫爲杌爲人設復是人爲彼非彼因起決志若是若非我定當殺由心無顧若殺有情亦成業道如是業道若定若疑但具殺緣皆有成理於刹那滅行殺罪如何成以起惡心行殺加行令所殺者現命滅時不能爲因引同類命障應生命令永不生故名殺生由斯獲罪已分別殺生當辯不與取頌曰

不與取他物　力竊取屬已

論曰前不誤等言如應流至後謂要先發欲盜故思於他物中起他物想或力或竊起盜加行不誤而取令屬已身齊此名爲不與取罪若有盜取窣堵波物於佛得罪佛將涅槃總受世間所施物故盜亡僧物已作羯磨於界內僧得偷盜罪羯磨未了於一切僧若盜他人及象馬等出所住處業道方成已辯不與取當辯欲邪行頌曰

欲邪行四種　行所不應行

論曰總有四種行不應行皆得名爲欲邪行罪一於非境謂他所護或母或父或父母親乃至或夫所守護境二於非道謂設已妻口及餘道三於非處謂於制多寺中迴處四於非時謂懷胎時飲兒乳時受齋戒時有說若夫許受齋戒而有所犯方謂非時既不誤言亦流至此若於他婦謂是已妻或於已妻謂爲他婦道非道等但有誤心雖有所行而非業道若於此他婦作餘他婦想行非梵行有說亦成加行受用時並於他境故有說如殺業道不成加行究竟時前境名別故苾芻尼等如有戒妻若有侵凌亦成業道已辯欲邪行當辯虛誑語頌曰

染異想發言　解義虛誑語

論曰說聽力故成虛誑語謂於所說異想發言及所誑者解所說義染心不誤方成業道所誑未解雜穢語收語多字成要最後念表無表業方成業道或隨所誑解義即成前字俱行皆此加行此中解義據所誑者能解名解非正解義齊何名爲能解正解前謂解者住耳識時後謂正能分別其義若正解義義

意識知語表耳識俱時滅故應此業道惟無表成是故理應善義言者住耳識住業道即成能詮具足表無表故有言所詮隨解不解但異想說業道即成不爾此同離間語故隨忍不忍要解方成經說諸言略有十六謂於不見不聞不覺不知事中言實見等所見等中言不見等如是八種名非聖言不見等中言不見等所見等中言實見等如是八種名爲聖言何等名爲所見等相頌曰

由眼耳意識　并餘三所證　如次第名爲所見聞知覺

論曰若境由眼耳意餘識所證如次名所見等鼻舌身根取至境故總名爲覺餘經定說三根所取爲所覺故經言大母汝意云何諸所有色非汝眼見非汝曾見非汝當見非希求見汝爲因此起欲起貪起親起愛起阿賴耶起尼延底起躭著不不爾大德諸所有聲非汝耳聞廣說乃至諸所有法非汝意知廣說乃至不爾大德復告大母汝於此中應知所見惟有所見應知所聞所覺所知惟有所聞所覺所知此經既於色聲法境說爲所見所聞所知准此於餘定立所覺若不許爾所覺是何又香等三所見等外於彼三境應不起言已辯虛誑語當辯餘三語頌曰

染心壞他語　說名離間語　非愛麤惡語諸染雜穢語　餘說異三染　佞歌邪論等

論曰若染汙心發壞他語若他壞不壞俱成離間語解義不誤流至此中若以染心發非愛語毀呰於他名麤惡語前染心語流至此故解義不誤亦與前同一切染心所發諸語

名雜穢語皆雜穢故惟前語字流至此中有說異前三餘染心所發佞歌邪論等方雜穢語收佞謂苾芻邪求名利發諂愛語歌謂倡妓染心悅他作諸諂曲及染心者諷吟相調邪論者謂勝數明等述惡見言等謂染心所發悲歎及戲論語輪王現時歌詠等語隨順出離與染相違故彼皆非雜穢語攝有說彼有嫁娶等言雜穢語收非業道攝薄塵類故不引無表非無無表可業道攝已辯三語當辯意三頌曰

惡欲他財貪　憎有情瞋恚　撥善惡等見名邪見業道

論曰於他財物非理耽求欲令屬已或力或竊如是惡欲名貪業道於有情類起憎恚心欲為逼迫名瞋業道於善惡等惡見撥無此見名為邪見業道舉初攝後故說等言具足應如契經所說謗因謗果二世尊等總十一類邪見不同謂無施與乃至廣說如是已辯十業道相依何義釋諸業道名頌曰

此中三惟道　七業亦道故

論曰十業道中後三惟道業之道故立業道名彼相應思說名為業彼轉故轉彼行故行如彼勢力而造作故前七是業身語業故亦業之道思所遊故由能等起身語業思託身語業為境轉故業業之道立業道名故於此中言業道者具顯業道業業道義雖不同類而一為餘世記論中俱極成故或業之道故名業道亦業亦道故名業道具足應言業道業道以一為餘但言業道善業道義類此應知加行後起應名業道思亦緣彼為境轉故

理亦應說而不說者爲本依本彼方轉故先說麤品爲業道故内外增減隨根本故一切惡業道皆現善相違斷諸善根由何業道斷續善根差別云何頌曰

惟邪見斷善　所斷欲生得　撥因果一切
漸斷二俱捨　人三洲男女　見行斷非得
續善疑有見　頓現除逆者

論曰惡業道中惟有上品圓滿邪見能斷善根若爾何緣本論中說云何上品諸不善根謂諸不善根能斷善根者或離欲位最初所除由不善根能引邪見故邪見事推在彼根如火燒村火由賊起故世間說彼賊燒村何等善根爲此所斷謂惟欲界生得善根色無色善先不成故施設足論說斷三界善者依上善根得更遠說令此相續非彼器故何緣惟斷生得善根加行善根先已退故此斷善根何因何位謂有一類成極暴惡意樂隨眠後逢惡友緣力所資轉復增盛故善根滅不善根增後起撥因撥果邪見令一切善皆悉隱沒由此相續離善而住此因此位斷諸善根邪見有二謂自界緣及他界緣或有漏緣及無漏緣誰能斷善應言一切能斷善根九品善根爲可頓斷如見道斷見所斷耶不爾云何謂漸次斷九品邪見九品善根順逆相望漸次斷故如修道斷修所斷惑既如修道斷所斷惑理於中間通起不起諸律儀果有從加行有從生得善心所生隨捨彼因即便捨彼爲在何處能斷善根人趣三洲非在惡趣染不染慧不堅牢故亦非天趣現見善惡諸業果故言三洲者除北俱盧彼無極惡阿

世耶故如是斷善依何類身惟男女身志意定故爲何行者能斷善根惟見行人非愛行者諸見行者惡阿世耶極堅深故諸愛行者惡阿世耶極躁動故由斯理趣遮扇搋等又此類人如惡趣故此善根斷其體是何善斷應知非得爲體以重邪見現在前時能令善根成就得滅不成就得相續而生故斷善體即是非得前已成立非得實有善根斷已由何復續由疑有見謂續善位或由因力或依善友有於因果欻復生疑所招後世爲無爲有有於因果欻生正見定有後世先執是邪爾時善根成就得還起不成就得滅名續善根九品善根頓續漸起如頓除病氣力漸增於現身中能續善不亦有能續除造逆人有餘師言斷見增者亦非現世能續善根依彼二人經作是說彼定於現法不能續善根彼人定從地獄將殁或即於彼將受生時能續善根非餘位故言將生位謂中有中將殁時言謂彼將死若由因力彼斷善根將死時續若由緣力彼斷善根將生時續由自他力應知亦爾又意樂壞非加行壞斷善根者現世能續若二俱壞斷善根者要身壞後方續善根見戒相對應知亦爾非劫將壞及劫初成有斷善根相續潤故斷善邪定四句差別斷善邪見破僧妄語當知定招無間異熟已乘義便辯斷善根今應復明本業道義所說善惡二業道中有幾並生與思俱轉頌曰

業道思俱轉　不善一至八　善總開至十

別遮一八五

論曰於諸業道思俱轉中且不善與思從一

惟至八一俱轉者謂離所餘貪等三中隨一現起若先加行所造惡業貪等餘染及不染心現在前時隨一究竟二俱轉者謂行邪行若自行殺盜雜穢語或遣他爲隨一成位貪瞋邪見隨一現前若先加行所造惡業貪等餘染及不染心現在前時隨二究竟三俱轉者謂先加行所造惡業貪等起時隨三究竟若遣一使作殺等一自行婬等俱時究竟若自作二如理應思若先加行所造惡業貪等餘染及不染心現在前時隨三究竟若起貪等餘染心時自成業攝離間虛誑語業等使作一等如理應思四俱轉者謂欲壞他說虛誑言或麤惡語意業道一語業道三若遣二使自行婬等若先加行所造惡業貪等起時隨三究竟如是等類准例應思五六七俱如理應說八俱轉者謂先加行作六惡業自行邪欲俱時究竟餘例應思後三不俱故無九十如是已說不善業道與思俱轉數有不同善業道與思總開容至十別據顯相遮一八五二俱轉者謂善五識及依無色盡無生智現在前時無散善七此相應慧非見性故無色定俱無律儀故三俱轉者謂與正見相應意識現在前時無七色善四俱轉者謂惡無記心現在前位得近住近事勤策律儀六俱轉者謂善意識現在前時得上三戒七俱轉者謂善意識無隨轉色正見相應現在前時得上三戒或惡無記心現前時得苾芻戒九俱轉者謂善五識及依無色盡無生智現在前時得苾芻戒或靜慮攝盡無生智相應意識現在前時十俱轉者謂善意識無隨轉色

正見相應現在前時得苾芻戒諸許亦用加行善心受散律儀作是通說或餘一切有隨轉色正見相應心正起位別據顯相所遮如是通據隱顯則無所遮謂離律儀有一八五一俱轉者謂惡無記心現在前時得一支遠離五俱轉者謂善意識無隨轉色正見相應現在前時得二支等八俱轉者謂此意識現在前時得五支等善惡業道於何界趣處幾惟成就幾亦通現行頌曰

不善地獄中　麤雜嗔通二　貪邪見成就

北洲成後三　雜語通現成　餘欲十通二

善於一切處　後三通現成　無色無想天

前七惟成就　餘處通成現　除地獄北洲

論曰且於不善十業道中那落迦中三通二種謂麤惡語雜穢語嗔三種皆通現行成就

苦逼相罵故有麤惡語怨歎悲叫故有雜穢語身心麤强憹悷不調由互相憎故有瞋恚貪及邪見成而不行無可愛境故現見業果故無相害法故無殺生謂彼但由業盡故死無攝財女故無盜婬以無用故無虛誑語或虛誑語令他想倒彼想常倒故無誑語彼常離故或無用故無離間語北俱盧洲貪瞋邪見皆定成就而不現行不攝我所故身心柔輭故無惱害事故無惡意樂故惟雜穢語彼通現成由彼有時染心歌詠壽量定故無有殺生無攝財物及女人故無不與取及欲邪行無誑心故無虛誑語或無用故常和穆故無離間語言清美故無麤惡語除前地獄北俱盧洲餘欲界中十皆通二謂於欲界天鬼旁生及人三洲十惡業道皆通成現然有差

别謂天鬼旁生前七業道惟有處中攝無不律儀人三洲中二種俱有已説不善善業道中無貪等三於三界五趣皆通二種謂成就現行身語七支無色無想但容成就必不現行謂聖有情生無色界成就過未無漏律儀無想有情必成過未第四靜慮靜慮律儀然聖隨依何靜慮地曾起曾滅無漏尸羅生無色時成彼過去若未來世六地皆成二處皆無現起義者無色惟有四蘊性故無想有情無定心故律儀必託大種定心二處互無故不現起餘界趣處除地獄北洲七善皆通現行及成就然有差别謂鬼旁生有離律儀處中業道若於色界惟有律儀三洲欲天皆具二種

阿毗達磨藏顯宗論卷第二十二

音釋

苾芻（苾毗必切芻窻隅切）憤恚（憤房吻切恚於避切怒也）蛇蠍（蛇食遮切蠍許竭切）撥（比末切除也）獵（良涉切逐禽也）杌（五忽切樹無枝也）迥（戸茗切寥遠也）呰（蔣氏切毀也）躁（則到切不安靜也）欻（許勿切茫昧也）儱悷（儱力董切悷郎計切儱悷多惡不調也）

阿毗達磨藏顯宗論卷第二十三

尊者衆賢造

唐三藏法師玄奘奉詔譯

辯業品第五之六

善惡業道得果云何頌曰

皆能招異熟　等流增上果　此令他受苦　斷命壞威故

論曰且先分別十惡業道各招三果其三者何異熟等流增上別故謂於十種若習若修若多所作由此力故生捺落迦是異熟果從彼出已來生此間人同分中受等流果謂殺生者壽量短促不與取者資財乏匱欲邪行者妻不貞良虛誑語者多遭誹謗離間語者親友乖穆麤惡語者恒聞惡聲雜穢語者言不威肅貪者貪盛瞋者瞋增邪見者癡增上近增上果亦名等流此十所招增上果者謂外所有諸資生具由殺生故光澤尠少不與取故多遭霜雹稼穡微薄果實希少欲邪行故多諸塵埃虛誑語故多諸臭穢離間語故所居險曲麤惡語故多諸惡觸由豐荆棘磽埆鹹鹵雜穢語故時候變改貪故果少瞋故果辢由邪見故果少或無是名業道增上果別爲一殺業感地獄已復感短壽外惡果耶有餘師言即一殺業先受異熟次近增上後遠增上故有三果理實殺時能令所殺受苦命斷壞失威光令他苦故生於地獄斷他命故人中壽短先是加行果後是根本果根本近分俱名殺生由壞威光感惡外具是故殺業得三種果餘惡業道如理應思由此應准知善業道三果且於離殺若習若修若多所

作由此力故生於天中受異熟果從彼歿已來生人中受極長壽近增上果即復由此感諸外具有大威光遠增上果餘善三果翻惡應說又契經說八邪支中分色業爲三謂邪語業命離邪語業邪命是何雖離彼無而別說者頌曰

貪生身語業　邪命難除故　執命資貪生
違經故非理

論曰瞋癡所生身語二業如次惟名邪語邪業從貪所生身語二業名邪語邪業亦說名邪命以難除故異二別立貪細能奪諸有情心極聰慧人猶難禁護故此對二爲極難除諸在家人邪見難斷以多妄執吉祥等故諸出家者邪命難除所有命緣皆屬他故爲於正命令殷重修故佛離前別說爲一有餘師執緣命資具貪欲所生身語二業方名邪命非餘貪生所以者何爲自戲樂作歌舞等非資命故此違經故理定不然戒蘊經中觀象鬬等世尊亦立在邪命中邪受外塵虛延命故由此非獨命資糧貪所發身語方名邪命正語業命翻此應知諸業道中隨麤細說先身後語八道支內據順相生先語後身故契經中說尋伺已發語如前所說果有五種何等業有幾果頌曰

斷道有漏業　具足有五果　無漏業有四
謂惟除異熟　餘有漏善惡　亦四除離繫
餘無漏無記　三除前所除

論曰道能證斷及能斷惑得斷道名即無間道此道有二種謂有漏無漏有漏道業具有五果等流果者謂自地中後等若增諸相似

法異熟果者謂自地中斷道所招可愛異熟離繫果者謂此道力斷惑所證擇滅無爲士用果者謂道所牽俱有解脱所修及斷言俱有者謂俱生法言解脱者謂無間生即解脱道言所修者謂未來修斷謂擇滅由道力故彼得方起增上果者有如是説謂離自性餘有爲法惟除前生有作是言斷亦應是道增上果道增上力能證彼故即斷道中無漏道業惟有四果謂除異熟餘有漏善及不善業亦有四果謂除離繫異前斷道故説爲餘次後餘言例此應釋謂餘無漏及無記業惟有三果除前所除謂除前所除異熟及離繫已總分别諸業有果次辯異門業有果相於中先辯善等三業頌曰

善等於善等　初有四二三　中有二三四　後二三三果

論曰最後所説皆如次言顯隨所應遍前門義且善不善無記三業一一爲因如其次第對善不善無記三法辯有果數後例應知謂初善業以善法爲四果除異熟以不善爲二果謂士用及增上以無記爲三果除等流及離繫中不善業以善法爲二果謂士用及增上以不善爲三果除異熟及離繫以無記爲四果除離繫等流果者謂見苦所斷一切不善業及見集所斷遍行不善業以欲界中身邊見品諸無記法爲等流故後無記業以善法爲二果謂士用及增上以不善爲三果除異熟及離繫等流果者謂身邊見品諸無記業以五部不善爲等流故以無記爲三果如不善已辯三性當辯三世頌曰

過於三各四　現於未亦爾　現於現二果
未於未果三

論曰過去現在未來三業一一爲因如其所應以過去等爲果別者謂過去業以三世法各爲四果除離繫現在世業以未來爲四果如前說以現在爲二果謂士用及增上未來世業以未來爲三果除等流及離繫不說後業有前果者前法定非後業果故已辯三世當辯諸地頌曰

同地有四果　異地二或三

論曰於諸地中隨何地業以同地法爲四果除離繫若是有漏以異地法爲二果謂士用及增上若是無漏以異地法爲三果除異熟及離繫不墮界故不遮等流已辯諸地當辯學等頌曰

學於三各三　無學一三二　非學非無學
有二二五果

論曰學等三業一一爲因如其次第各以三法爲果別者謂學業以學法爲三果除異熟及離繫以無學法爲三亦爾以非二爲三果除異熟及等流無學業以學法爲一果謂增上以無學爲三果除異熟及離繫以非二爲二果謂士用及增上非二業以學法爲二果謂士用及增上以無學法爲二亦爾以非二爲五果已辯學等當辯見所斷等頌曰

見所斷業等　一一各於三　初有三四一
中二四三果　後有一二四　皆如次應知

論曰見所斷等三業如次一一爲因各以三法爲果別者初見所斷業以見所斷法爲三果除異熟及離繫以修所斷法爲四果除離

繫以非所斷法爲一果謂增上中修所斷業以見所斷法爲二果謂士用及增上以修所斷法爲四果除離繫以非所斷法爲三果除異熟及等流後非所斷業以見所斷法爲一果謂增上以修所斷法爲二果謂士用及增上以非所斷法爲四果除異熟皆如次者隨其所應遍上諸門略法應爾因辯諸業應復問言如本論中所説三業謂應作業不應作業及非應作非不應作其相云何頌曰

染業不應作　有説亦壞軌　應作業翻此
俱相違第三

論曰有説染汙身語意業名不應作以從非理作意生故有餘師言諸壞軌則身語意業設是不染亦不應作由彼不合世軌則故謂諸無覆無記身業若住若行若飲食等諸有不合世俗禮儀皆説名爲壞軌身業諸有無覆無記語業壞形言時及作者等但有不合世俗禮儀皆説名爲壞軌語業等起前二思名壞軌意業此及染業名不應作應作業者與此相翻俱違前三是第三業若依世俗後亦可然若就勝義前説爲善謂惟善業名爲應作惟諸染業名不應作無覆無記身語意業名非應作非不應作然非一切不應作業皆惡行攝惟有不善是惡性故得惡行名以招愛果名爲妙行招不愛果名爲惡行有覆無記雖是不應作而非惡行攝由此所行決定不能招愛非愛果故今於此中復應思擇爲由一業但引一生爲引多生又爲一生但一業引爲多業引頌曰

一業引一生　多業能圓滿

論曰若依正理應決定說但由一業惟引一生此一生言顯衆同分以得同分方說名生若說一生由多業引或說一業能引多生如是二言於理何失且初有失謂一生中前業果終後業果起業果別故應有死生或應多生無死生理業果終起如一生故二俱有過一本有中應有衆多死生有故或應乃至無餘涅槃中間永無死及生故何緣定限一趣處中有異業果生便有生死有異業果起而無死生一業果終餘業果起理定應立有死有生又許一生定爲多種造作增長業所引故則應決定無中夭者或應不受果而永棄彼業然先已說先說者何謂理必無時分定業所感異熟轉餘時受又理必無時分定業非造作增長必受異熟故若謂有生由定不定多種業引或復有生惟爲多種定業所引故有中夭及有盡壽此亦不然時分果業定不定受無決定故若有一類中年老年時分果業決定應受嬰孩童子少年果業不定受者彼復如何理必無容離前有後或應前位所有果業必是定受果故然於此中無決定理令前位業決定受果令後位業受果不定故無一生多業所引後亦有失一業引多生時分定業應成雜亂故此無雜亂如先已辯故無一業能引多生若爾何緣尊者無滅自言我憶昔於一時於殊勝福田一施食異熟從茲七返生三十三天七生人中爲轉輪聖帝最後生在大釋迦家豐足珍財多受快樂毗婆沙者已釋此言一施食爲依起多勝思願能引位別多異熟生故作如是言一施食

異熟不應異熟能復感生但爲顯依一施食境起多思願所招異熟分位差別故作是言或顯初基故作是說彼由一業感一生中大貴多財及宿生智乘斯更造感餘生福如是展轉至最後身生富貴家得究竟果如有緣一迦栗沙鉢拏方便勤求息利成千倍言我本由一迦栗沙鉢拏遂至今時成大富貴是故一業惟引一生雖言一生由一業引而許圓滿由多業成譬如畫師先以一色圖其形狀後塡衆彩今於此中一色所喻爲一類業爲一刹那若喻一類違此宗理以非一業引一生言可約一類類必多故多引一生不應理故若言一色喻一刹那非一刹那能圖形狀即所立喻於證無能令見此中喻一類業如何引業約類得成引一趣業有衆多故此言意顯一類業中惟一刹那引衆同分同類異類多刹那業能爲圓滿故說爲多故如以一色先圖形狀後塡衆彩此言應理是故雖有同禀人身而於其中有具支體諸根形量色力莊嚴或有於前多缺減者爲但由業能引滿生不爾一切業一果法勢力强故亦引滿生與此相違能滿非引如是二類其體是何頌曰

二無心定得　不能引餘通

論曰二無心定雖有異熟而無勢力引衆同分以與諸業非俱有故一切不善善有漏得亦無勢力引衆同分以與諸業非一果故諸餘不善善有漏法皆容通二謂引及滿契經中說重障有三謂業障煩惱障異熟障如是三障其體是何頌曰

三障無間業　及數行煩惱　并一切惡趣
北洲無想天

論曰業障體者謂五無間一者害母二者害父三者害阿羅漢四者破和合僧五者惡心出佛身血煩惱障體者謂數行煩惱下品煩惱若有數行雖欲伏除難得其便由彼展轉令上品生難可伏除故亦名障上品煩惱若不數行對治道生易得其便雖極猛利而非障攝雖住欲界具縛有情平等皆成一切煩惱而現行別為障不同故煩惱中隨品上下但數行者名煩惱障異熟障體者謂三惡趣全及善趣一分即北洲無想何故名障能障聖道及道資糧并離染故雖有餘業能障見道而可轉故非如五逆毗婆沙說此五因緣易見易知說為業障謂處趣生果及補特伽羅餘障廢立如理應思此三障中煩惱最重以能發業業感果故有餘師言煩惱與業二障皆最重以有此者第二生中亦不可治故無間何義此無間業於無間生必受果故無餘生果業能障故有說造逆補特伽羅從此命終定墮地獄中無間隔故名無間三障應知何趣中有頌曰

三洲有無間　非餘扇搋等　少恩少羞恥
餘障通五趣

論曰非一切障諸趣皆有且無間業惟人三洲非北俱盧餘趣餘界於三洲內惟女及男非扇搋等如無惡戒有說父母於彼少恩彼於父母少羞恥故謂彼父母生不具身愛念又微故言恩少彼於父母慚愧亦微要懷重慚愧方斷無間罪若有人害非人父母亦不

成逆罪少恩羞恥故謂彼於子無如人恩子於彼無如人慚愧已辯業障惟人三洲餘障應知五趣皆有然煩惱障遍一切處若異熟障全三惡趣人惟北洲天惟無想於前所辯三重障中說五無間爲業障體五無間業其體是何頌曰

此五無間中　四身一語業　三殺一誑語
一殺生加行

論曰五無間中四是身業一是語業三是殺生一虛誑語根本業道一是殺生業道加行以如來身不可害故破僧無間是虛誑語既是虛誑語何緣名破僧因受果名或能破故若爾僧破其體是何能所破人誰所成就頌曰

僧破不和合　心不相應行　無覆無記性
所破僧所成

論曰僧破體是不和合性無覆無記心不相應行蘊所攝豈成無間如是僧破因妄語生故說破僧是無間果非能破者成此僧破但是所破僧衆所成此能破人何所成就破僧異熟何處幾時頌曰

能破者惟成　此虛誑語罪　無間一劫熟
隨罪增苦增

論曰能破僧人成破僧罪此破僧罪誑語爲性即僧破俱生語表無表業此必無間大地獄中經一中劫受極重苦餘逆不必生於無間然此不經一大劫者欲界無有此壽量故一中劫時亦不滿足經說天授人壽四萬歲時來生人中證獨覺菩提故然不違背壽一劫言一劫少分中立一劫名故現有一分亦

立全名如言此曰我有障等若造多逆初一已招無間獄生餘應無果無無果失造多逆人惟一能引餘助滿故隨彼罪增苦還增劇謂由多逆感地獄中大柔輭身多猛苦具受二三四五倍重苦或無中夭受苦多時如何可言餘應無果誰於何處能破於誰破在何時經幾時破頌曰

苾芻見淨行　破異處愚夫　忍異師道時

名破不經宿

論曰能破僧者要大苾芻必非在家苾芻尼等以彼依止無威德故惟見行人非愛行者以惡意樂極堅深故於染淨品俱躁動故要住淨行方能破僧以犯戒人無威德故即由此證造餘逆後不能破僧以造餘逆及受彼果處無定故於斯且舉淨行爲初類顯端嚴語具圓等醜陋訥等無破能故要異處破非對大師以諸如來不可輕逼言詞威肅對必無能惟破異生非破聖者他不能引得證淨故有說得忍亦不可破由決定忍佛所說故爲含二義說愚夫言要所破僧忍師異佛忍異佛說有餘聖道應說僧破在如是時此夜必和不經宿住如是名曰破法輪僧能障佛法輪壞僧和合故謂由僧壞邪道轉時聖道被遮暫時不轉言邪道者提婆達多妄說五事爲出離道一者不應受用乳等二者斷肉三者斷鹽四者應被不截衣服五者應居聚落邊寺衆若忍許彼所說時名破法輪亦名僧破何洲人幾破法輪僧破羯磨僧何洲人幾頌曰

贍部洲九等　方破法輪僧　惟破羯磨僧

通三洲八等

論曰惟贍部洲人少至九或復過此能破法輪非於餘洲以無佛故要有佛處可立異師要八苾芻分爲二衆以爲所破能破第九故衆極少猶須九人等言爲明過此無限惟破羯磨通在三洲極少八人多亦無限通三洲者以有聖教及有出家弟子衆故要一界中僧分二部別作羯磨故須八人過此無遮故亦言等於何時分容有破僧破羯磨僧從結界後迄今亦有至法未滅破法輪僧除六時分何等爲六頌曰

初後皰雙前　佛滅未結界　於如是六位無破法輪僧

論曰初謂世尊成佛未久有情有善阿世耶故惡阿世耶猶未起故後謂善逝將般涅槃聖教增廣善安住故必僧和合佛方涅槃有餘師言證法性定故衆咸憂慼故非初非後於聖教中戒見二皰若未起位亦無破僧要見皰生方敢破故未立止觀第一雙時法爾由彼速還合故佛滅後時他不信受無有眞佛爲敵對故未結界時無一界内僧分二部可名僧破於此六位無破法輪如是破僧諸佛皆有不爾要有宿破他業於此賢劫迦葉波佛時釋迦牟尼曾破他衆故且止傍論應辯逆緣頌曰

棄壞恩德田　轉形亦成逆　母謂因彼血誤等無或有　打心出佛血　害後無學無

論曰何緣害母等成無間非餘由棄恩田壞德田故謂害父母是棄恩田如何有恩身生本故如何棄彼謂捨彼恩德田謂餘阿羅漢

等具諸勝德及能生故壞德所依故成逆罪若有父母子初生時爲殺棄於豺狼路等或於胎中方便欲殺由定業力子不命終彼有何恩棄之成逆彼定由有不活等畏於子事急起欲殺心然棄等時必懷悲愍數數緣子愛戀纏心若棄此恩下逆罪觸爲顯逆罪有下中上故說棄恩皆成逆罪或由母等田器法然設彼無恩但害其命必應無間生地獄中諸聰慧人咸作是說世尊於法了達根源作如是言但應深信父母形轉殺成逆耶逆罪亦成依止一故設有女人羯剌藍墮餘女收取置產門中生子殺何成害母逆因彼血生者識託方增故第二女人但如養母雖諸所作皆應諮決而害但成無間同類故惟人趣結生勝緣害成害母逆非惟持養者若於父母起殺加行誤殺餘人無無間罪於非父母起殺加行誤殺父母亦不成逆若一加行害母及餘二無表生表惟逆罪以無間業勢力强故鳴尊者言亦有二表表是積集極微成故今觀彼意表有多微有逆罪收有餘罪攝有於阿羅漢無阿羅漢想亦無決定解此非阿羅漢無簡別故害成逆罪非於父母全與此同以易識知而不識者雖行殺害無棄恩心阿羅漢人無別摽相既難識是亦難知非故漫心殺亦成無間若有害父父是阿羅漢得一逆罪以依止一故然顯一逆由二緣成或以二門訶責彼罪故告始欠持汝已造二逆所謂害父殺阿羅漢若於佛所惡心出血一切皆得無間罪耶要以殺心方成逆罪打心出血無間則無無決定心壞福田故若

殺加行位彼未成無學將死方得阿羅漢果能殺彼者有逆罪耶無於無學身無殺加行故若造無間加行不可轉爲有離染及得聖果耶頌曰

造逆定加行　無離染得果

論曰無間加行若必定成中間決無離染得果餘惡業道加行中間若聖道生業道不起轉得相續定違彼故非已見諦者業道罪所觸然我所宗無間加行總說有二一近二遠近不可轉遠有轉義於諸惡行無間罪中何罪最重於諸妙行世善業中何最大果頌曰

破僧虛誑語　於罪中最大　感第一有思

世善中大果

論曰爲破僧故發虛誑語諸惡行中此罪最大如何此罪虛誑語收由所發言依異想故謂彼於法有法想於非法有非法想於大師有大師想於已身有非一切智想然由染因惡阿世耶隱覆此想作別異說設有不以異想破僧則不能生劫壽重罪何緣此罪惡行中最由此毀傷佛法身故障世生天解脫道故感第一有異熟果思於世善中爲最大果能感最極靜異熟故約異熟果故作是說如其通就五果說者是則應說與金剛喻定相應思能得大果謂此能得異熟果外諸有爲無爲四阿羅漢果雖諸無漏無間道思皆除斷爲此果故爲簡此故說世善言爲惟無間罪定生地獄諸無間同類亦定生彼非定無間生非無間業故無間同類其相云何頌曰

汙母無學尼　殺住定菩薩　及有學聖者

奪僧和合緣　破壞窣堵波　是無間同類

論曰言同類者是相似義若有於母阿羅漢尼行非梵行爲極汙辱是名害母同類業相若有殺害住定菩薩是名害父同類業相若有殺害有學聖者是名第三同類業相若有侵奪僧和合緣是名破僧同類業相若有破壞佛窣堵波是名第五同類業相有異熟業於三時中極能爲障言三時者頌曰

將得忍不還　無學業爲障

論曰若從頂位將得忍時感惡趣業皆極爲障以忍超彼異熟地故如人將離本所居國一切債主皆極爲障若有將得不還果時欲界繫業皆極爲障若有將得無學果時色無色業皆極爲障此後二位喻說如前然於此中除順現受及順不定受異熟不定業并異熟定中非異處熟者

阿毗達磨藏顯宗論卷第二十三

音釋

匱　求位切乏也　尠　息淺切少也　雹　蒲角切雨氷也　墝埆　墝口交切埆苦角切墝埆地瘠薄也　鹹鹵　鹹胡嚴切鹵郎古切鹹鹵不生物之地也　辢　盧達切辛也　劇　奇逆切甚也　慼　倉歷切懼也　皰　匹貌切　豺狼　豺士皆切狼魯當切　諮　津私切諮訪問也　窣堵波　梵語也此云方墳窣蘇骨切

阿毗達磨藏顯宗論卷第二十四

尊者衆賢造

唐三藏法師玄奘奉詔譯

辯業品第五之七

如上所言住定菩薩爲從何位得住定名彼復於何說名爲定頌曰

從修妙相業　菩薩得定名　生善趣貴家　具男念堅故

論曰從修能感妙三十二大士夫相異熟果業菩薩方得立住定名以從此時乃至成佛常生善趣及貴家等生善趣者謂生人天由此趣中多行善故妙可稱故立善趣名於善趣內常生貴家謂婆羅門或刹帝利巨富長者大婆羅門家於貴家中根有具缺然彼菩薩恒具勝根恒受男身尚不爲女何況有受扇搋等身生生常能憶念宿命所作善事常無退屈謂於利樂一切有情一切時中一切方便心無猒倦名無退屈由無退屈故說爲堅豈不未修妙相業位菩提心不退應立住決定名何故要修妙相業位菩薩方受住定名爾時人天方共知故先時但爲諸天所知或於爾時趣等覺定先惟等覺決定非餘何相應知修妙相業頌曰

贍部男對佛　佛思思所成　餘百劫方修　各百福嚴飾

論曰菩薩要在贍部洲中方能造修引妙相業此洲覺慧最明利故惟是男子非女等身爾時已超女等位故此不應說於前頌中恒受男身義已顯故造此業時惟現對佛謂親見佛不共色身相好端嚴種種奇特有欲引

起感此類思不對如來無容起故此妙相業惟緣佛思佛是可欣順德境故感妙相業惟思所成非修所成不定界故所感異熟此所繫故非聞所成後贏劣故亦非生得加行起故謂彼惟於三無數劫修行施等波羅蜜多圓滿身中方可得故惟是加行非生得善惟餘百劫造修非多一一妙相百福莊嚴此中百思名爲百福謂將造一一妙相業時先起五十思淨治身器其次方起引一相業於後復起五十善思莊嚴引業令得圓滿五十思者依十業道一一業道各起五思且依最初離殺業道有五思者一離殺思二勸導思三讚美思四隨喜思五迴向思謂迴所修向解脫故乃至邪見名五亦然有餘師言依十業道各起下等五品善思前後各然如熏靜慮有餘師說依十業道各起五思一加行淨二根本淨三後起淨四非尋害五念攝受復有師言一一相業各爲緣佛未曾習思具百現前而爲嚴飾百福一一其量云何有說以依三無數劫增長功德所集成身發起如斯無對無數殊勝福德量惟佛知有說若由業增上力感輪王位王四大洲自在而得是一福量有說若由業增上力得爲帝釋王二欲天自在而轉是一福量有說惟除近佛菩薩所餘一切有情所修富樂果業是一福量有餘師言此量太少應言世界將欲成時一切有情感大千土業增上力是一福量今薄伽梵昔菩薩時三無數劫中各供養幾佛頌曰

於三無數劫　各供養七萬　又如次供養

五六七千佛

論曰初無數劫中供養七萬五千佛次無數劫中供養七萬六千佛後無數劫中供養七萬七千佛三無數劫於一滿時及初發心各逢何佛頌曰

三無數劫滿　逆次逢勝觀　然燈寶髻佛初釋迦牟尼

論曰言逆次者自後向前謂於第三無數劫滿所逢事佛名為勝觀第二劫滿所逢事佛名曰然燈第一劫滿所逢事佛名為寶髻初無數劫首逢釋迦牟尼謂我世尊初發心位逢一薄伽梵號釋迦牟尼彼佛出時正居末劫滅後正法惟住千年時我世尊為陶師子於彼佛所起殷淨心塗以香油浴以香水設供養已發弘誓願願我當作佛一如今世尊故今如來一一同彼我釋迦菩薩於何位中何波羅蜜多修習圓滿頌曰

但由悲普施　被折身無忿　讚歎底沙佛次無上菩提　六波羅蜜多　於如是四位一二又一二　如次修圓滿

論曰菩薩發願初修施時未能遍於一切舍識施一切物惟運悲心彼於後時慣習力故悲心轉盛能遍施與一切有情非一切物若時菩薩普於一切能施一切但由悲心非自希求勝生差别齊此布施波羅蜜多修習圓滿若時菩薩被折身支雖未離欲貪而心無少忿齊此戒忍波羅蜜多修習圓滿若時菩薩勇猛精進以一伽他經七晝夜讚底沙佛便超九劫齊此精進波羅蜜多修習圓滿若時菩薩處金剛座將登無上正等菩提次無上覺前住金剛喻定齊此定慧波羅蜜多修

習圓滿理應此位無間方圓得盡智時此方滿故別別能到圓德彼岸故此六名波羅蜜多契經說有三福業事一施類福業事二戒類福業事三修類福業事此云何立福業事名頌曰

施戒修三類　各隨其所應　受福業事名　差別如業道

論曰三類皆福或業或事隨其所應如業道說謂如分別十業道中有業亦道有道非業此中有福亦業亦事有福業非事有福事非業有惟是福非業非事且施類中身語二業具福業事三種義名業故是福作故亦業是能等起身語業思轉所依門故亦名事彼等起思惟名福業思俱有法惟受福名戒類既惟身語業性故皆具受福業事名修類中慈惟名福事業之事故慈相應思以慈爲門而造作故慈俱思戒惟名福業餘俱有法惟受福名悲等准此皆應思擇有說福業顯作福義謂福加行事顯所依謂施戒修是福業之事爲成彼三起福加行故有說惟思是眞福業福業之事謂施戒修以三爲門福業轉故何法名施施招何果頌曰

由此捨名施　謂爲供爲益　身語及能發　此招大富果

論曰雖所捨物及能捨具皆可名施而於此中所立施名但依捨具謂由此具捨事得成故捨所由是眞施體如所度境不得量名所立量名依能度具或爲角勝貯藏稱譽傳習隨他親愛親附由如是等捨事亦成然非此中正意所說爲簡彼故說爲供爲益言於已

涅槃惟爲供養於餘亦爲益彼大種諸根有行施時但爲益彼具名何謂身語業及此能發能發謂何謂無貪俱能起此聚即身語業及能起心并此俱行總名施體如有頌言

若人以淨心　輟巳而行施　此刹那善蘊

總立以施名

應知如是施類福業事迴向解脫亦得離繫果而且就近決定爲言但說能招大財富果依何立此大財富名以財妙廣不可奪故爲何所益而行施耶頌曰

爲益自他俱　不爲二行施

論曰施主施時觀於二益一爲自益感果善根二爲益他諸根大種施主有二一有煩惱二無煩惱有煩惱者復有二種一未離欲貪二巳離欲貪於此二中各有二種一諸聖者二諸異生此中未離欲貪聖者及巳未離欲貪異生奉施制多惟爲自益謂自增長二種善根一者能招大富爲果二者爲得上義資糧諸有巳離欲貪聖者奉施制多除順現受不招大富由彼巳能畢竟超彼異熟地故而容爲得上義資糧是故亦名惟爲自益非他能益他根火種故不益他無煩惱者施他有情惟爲益他謂能益他諸根大種非自增長二種善根除順現受有煩惱者施他有情爲二俱益無煩惱者奉施制多除順現受不爲二益前巳總明施招大富今次當辯施果別因頌曰

由主財田異　故施果差別

論曰施有差別由三種因謂主財田有差別故施差別故果有差別言主財田有差別者

謂如是類施主財田勝劣與餘主財田異且由施主有差別者頌曰
主異由信等　行敬重等施　得尊重廣愛應時難奪果
論曰或有施主於因果中得決定信或有施主於因果中心懷猶豫或有施主率爾隨欲或有施主具淨尸羅或少虧違或全無戒或有施主於佛教法具足多聞或有少聞或無聞等而行惠施由施主具信戒聞等差別功德故名主異由主異故施成差別由施差別得果有異諸有施主具如是德能如法行敬重等四施如次便得尊重等四果謂若施主行敬重施便感常為他所敬重若自手施便能感得於廣大財愛樂受用若應時施感應時財所須應時非餘時故若無損他施便感資財不為王火等之所侵壞由所施財有差別者頌曰
財異由色等　得妙色好名　衆愛柔輭身有隨時樂觸
論曰由所施財或闕或具色香味觸如次便得或闕或具妙色等果謂所施財色具足故便感妙色香具足故便感好名如香芬馥遍諸方故味具足故便感衆愛如味美妙衆所愛故觸具足故感柔輭身及有隨時生樂愛觸若有所闕隨應果減如是亦由具色香等故名財異由財異故施體及果皆有差別由所施田有差別者頌曰
田異由趣苦　恩德有差別
論曰由所施田趣苦恩德各有差別故名田異由田異故施果有殊由趣別者如世尊說

若施傍生受百倍果施犯戒人受千倍果由苦別者如七有依福業事中先説應施客行病侍園林常食及寒風等隨時食藥復説若有具足淨信男子女人成此所説七種有依福業事者所獲福德不可取量今於此中由緣差別故苦有異由除受者差別苦故果有差別由恩別者如父母師及餘有恩如熊鹿等本生經説諸有恩類於有恩所起諸惡業果現可知由此比知行報恩善其果必定由德別者如契經言施持戒人果百千倍乃至施佛果最無量雖皆無量亦有少多如殑伽河大海水滴如望財施法施爲尊就財施中何爲最勝頌曰

脱於脱菩薩　第八施最勝

論曰若已解脱者施已解脱田於財施中此最爲勝若諸菩薩以勝意樂等欲利樂一切有情爲大菩提而行惠施雖非解脱施解脱田而施福中此最爲勝除此更有八種施中第八施福亦最爲勝八施者何一隨至施二怖畏施三報恩施四求報施五習先施六希天施七要名施八爲莊嚴心爲資助心爲資瑜伽爲得上義而行惠施如世尊説施聖果無量頗施非聖果亦無量耶頌曰

父母病法師　最後生菩薩　設非證聖者施果亦無量

論曰如是五種設是異生施者亦能招無量果住最後有名最後生法師四田中是恩田所攝一切能感無量果業上下品類皆平等耶不爾云何由六因故令一切業成輕重品其六者何頌曰

後起田根本　加行思意樂　由此下上故
業成下上品

論曰後起謂作此業已或頓或數隨前而作
田謂於後造善造惡根本謂根本業道加行
謂引彼身語思謂由彼業道究竟意樂謂所
有意趣我應當造如是如是若有六因皆是
上品此業最重翻此最輕除此中間非最輕
重如契經言審思作業名爲造作亦名增長
何因說業名增長耶由五種因何等爲五頌
曰

由審思圓滿　無惡作對治　有伴異熟故
此業名增長

論曰由審思故者謂審思而作非率爾思作
亦非全不思由圓滿故者謂齊此量業應墮
惡趣此業圓滿名爲增長餘惟造作由無惡
作對治故者謂無追悔無對治業由有伴故
者謂作不善業不善爲助伴由異熟故者謂
時設不定定與異熟善上相違異此應知惟
名造作如上所說未離欲等奉施制多惟爲
自益既無受用者施福如何成頌曰

制多捨類福　如慈等無受

論曰非我惟許所捨財物受者受用施福力
成所許者何謂諸施福略有二類一捨二受
捨類福者謂由善心但捨資財施福便起受
類福者謂所施田受用施物施福方起於制
多所奉施供具雖無受類有捨類福然捨類
福初捨資財此福即成對治貪故無貪俱思
所等起故捨資財已隨所施田受用或不受
用物福無失若不爾者有施僧伽或別人等
諸資生具或彼未用物便壞失如是施主物

應唐捐施福不生無當果故彼既未用福由何生用福雖無而有受福制多無受福由何生復何因證知福生要由受不受於彼無攝益故此非定證所以者何如修慈等福亦生故謂修慈定於諸有情平等發起與樂意樂雖無受者亦無攝益而勝解力有多福生修悲等定得福亦爾施制多福類亦應然於有德田追生勝解起極尊敬奉施制多雖無受者亦無攝益由自心力有多福生然不唐捐起施敬業要因起業方起勝思勝思方能生勝福故有設難言於善田所植施業種既愛果生植在惡田果應非愛此難非理所以者何頌曰

惡田有愛果　果種無倒故

論曰現見田中種果無倒從末度迦種苦果終不生賃婆種中不生甘果非由田力種果有倒然由田過令所植種或生果少或果全無如是雖於惡田植施而由施主利樂他心惟愛果生不招非愛已辯施類戒類當辯頌曰

離犯戒及遮　名戒各有二　非犯戒因壞
依治滅淨等

論曰言犯戒者謂諸不善色即從殺生乃至雜穢語此中性罪立犯戒名遮謂佛所遮即非時食等雖非性罪而佛爲護正法有情別意遮止受戒者犯亦名犯戒簡性罪故但立遮名離性及遮俱說名戒此各有二謂表無表以身語業爲自性故戒具四德得清淨名隨有所滅不名清淨言四德者一者不爲犯戒所壞言犯戒者謂審思犯二者不爲彼因

所壞彼因謂貪等煩惱隨煩惱三者依治謂依念住等此能對治犯戒及因故四者依滅謂依涅槃迴向涅槃非有財故等言爲顯復有異說有說戒淨由五種因一根本淨二眷屬淨三非尋害四念攝受五迴向寂已辯戒類修類當辯頌曰

等引善名修　極能熏心故

論曰等引善者謂於定中等持自性及彼俱有即此名修極熏心故修是熏義如華熏麻謂諸定善於心相續極能熏習令成德類非不定善故獨名修前辯施福能招大富戒修二類所感云何頌曰

戒修勝如次　感生天解脫

論曰戒感生天修感解脫勝言爲顯就勝爲言謂施亦能感生天果就勝說戒持戒亦能感離繫果就勝說修如是持戒亦感大富就勝說施准例應知經說四人能生梵福一爲供養如來馱都建窣堵波於未曾處二爲供養四方僧伽造寺施園四事供給三佛弟子破已能和四於有情普修慈等如是梵福其量云何頌曰

感劫生天等　爲一梵福量

論曰有餘師說隨福能感一劫生天受諸快樂齊此名曰一梵福量由彼所感受快樂時同梵輔天一劫壽故以於餘部有伽他曰

有信正見人　修十勝行者　便爲生梵福

感劫天樂故

已離欲者修四無量生上界天受劫壽樂若未離欲建窣堵波造寺和僧能勤修習慈等加行彼亦如修無量根本感劫天樂有餘師

說此如所辯妙相業中所説福量契經說施略有二種一者財施二者法施財施已辯法施云何頌曰

法施謂如實　無染辯經等

論曰若能如實爲諸有情以無染心辯契經等令生正解名爲法施說如實言顯法施主於契經等解無顛倒說無染言顯法施主不希利養恭敬名譽不爾便爲自他俱損契經等者等餘十一即顯契經乃至論議言契經者謂能總攝容納隨順世俗勝義堅實理言如是契經是佛所說或佛弟子佛許故說言應頌者謂以勝妙緝句言詞隨述讚前契經所說有說亦是不了義經言記別者謂隨餘問酬答辯析如波羅衍拏等中辯或諸所有辯曾當現真實義言皆名記別有說是佛諸了義經言諷誦者謂以勝妙緝句言詞非隨順前而爲讚詠或二三四五六句等言自說者謂不因請世尊欲令正法久住覩希奇事悅意自說妙辯等流如說此那伽由彼那伽等言緣起者謂說一切起說所由多是調伏相應論道彼由緣起之所顯故言譬喻者爲令曉悟所說義宗廣引多門比例開示如長喻等契經所說有說此是除諸菩薩說餘本行能有所證示所化言言本事者謂說自昔展轉傳來不顯說人談所說事言本生者謂說菩薩本所行行或依過去事起諸言論即由過去事言論究竟是名本事如曼馱多經若依現在事起諸言論要由過去事言論究竟是名本生如邏剎私經言方廣者謂以正理廣辯諸法以一切法性相衆多非廣言詞

不能辯故亦名廣破由此廣言能破極堅無智闇故或名無比由此廣言理趣幽博餘無比故有說此廣辯大菩提資糧言希法者謂於此中惟說希奇出世間法由此能正顯三乘希有故有餘師說辯三寶言世所罕聞故名希法言論議者謂於上說諸分義中無倒顯示釋難決擇有說於經所說深義已見真者或餘智人隨理辯釋亦名論議即此名曰摩怛理迦釋餘經義時此為本母故又名為阿毗達磨以能現對諸法相故無倒顯示諸法相故如是所說十二分教略說應知三藏所攝言三藏者一素怛纜藏二毗柰耶藏三阿毗達磨藏如是三藏差別云何未種善根未欣勝義令種欣故為說契經已種已欣令熟相續作所作故為說調伏已熟已作令悟解脫正方便故為說對法或以廣略清妙文詞綴緝雜染及清淨法令易解了名為契經宣說修行尸羅軌則淨命方便名為調伏善能顯示諸契經中深義趣言名為對法或依增上心或慧學所興論道如其次第名為契經調伏對法或素怛纜藏是力等流以諸經中所說義理畢竟無有能屈伏故毗柰耶藏是大悲等流辯說尸羅濟惡趣故阿毗達磨藏是無畏等流真法相中能善安立問答決擇無所畏故如是等類三藏不同毗婆沙中已廣分別前已別釋三福業事今釋經中順三分善頌曰

順福順解脫　順決擇分三　感愛果涅槃
聖道善如次

論曰順福分善謂感世間人天等中愛果種

子由此力故能感世間高族大宗大富妙色輪王帝釋魔王梵王如是等類諸可愛果順解脫分善謂安立解脫善阿世耶令無傾動由此決定當般涅槃辯此善根自性地等應知如辯賢聖處說順決擇分善謂煖等四此亦如後辯賢聖處說如世間所說書印筭文數此五自體云何應知頌曰

諸如理所起　三業并能發　如次爲書印
筭文數自體

論曰如理起者正方便生三業應知即身語意能發即是能起此三如其所應受想等法此中書印以前身業及彼能發五蘊爲體非諸字像即名爲書所雕印文即名爲印然由業造字像印文應知名爲此中書印次筭及文以前語業及彼能發五蘊爲體後數應知以前意業及彼能發四蘊爲體但由意思能數法故應辯聖教諸法相中少分異名令不迷謬頌曰

善無漏名妙　染有罪覆劣　善有爲應習
解脫名無上

論曰善無漏法亦名爲妙勝無記染有漏法故諸染汙法亦名有罪是諸智者所訶猒故亦名有覆以能覆障解脫道故亦名爲劣極鄙穢故應棄捨故准此妙劣餘中已成故頌不辯即有漏善無覆無記總名爲中諸有爲善亦名應習餘非應習義准已成解脫涅槃亦名無上以無一法能勝涅槃是善是常超衆法故涅槃是善極安隱故餘法有上義准已成即一切有爲虛空非擇滅不具前說善常相故

阿毗達磨藏顯宗論卷第二十四

音釋

芬馥 芬敷文切馥房六切芬馥香氣也

唐捐 捐余專切唐捐徒棄也

摩怛理迦 梵語也此云本母怛當割切

素怛纜 梵語也此云契經纜魯瞰切

阿毗達磨藏顯宗論卷第二十五

尊者衆賢造

唐三藏法師玄奘奉詔譯

辯隨眠品第六之一

已辯諸業契經處處說業感有。然見世間已離染者雖造善業而無功能招後有果。故於感有業應非因業。獨爲因非我所許。要隨眠助方能感有。故緣起教初說隨眠。此復何因隨眠有幾。頌曰

隨眠諸有本　此差別有六　謂貪瞋亦慢無明見及疑

論曰。以諸隨眠是諸有本。要此所發業方有感有能。此中有名目三有果。故離染者雖造善業而無勢力招後有果。如是隨眠略有六種。謂貪瞋慢無明見疑。頌說亦言顯同類義。謂瞋如貪雖有多類而可總說爲一隨眠。慢等亦然。故復言亦。或此爲顯如貪與瞋行相不同故別建立。如是慢等行相雖同餘義有異故亦別立。及言爲顯釋據相違。或顯總攝隨眠類盡。若諸隨眠數惟有六。何緣經說有七隨眠。頌曰

六由貪異七　有貪上二界　於內門轉故　爲遮解脫想

論曰。即前所說六隨眠中分貪爲二。故經說七。欲貪有貪相差別故。色無色愛佛說有貪。彼貪多託內門轉故。又於上二界有起解脫想。爲遮彼執故立有名。以此有言自生身義。既說有貪在上二界。義准欲界貪名欲貪。故於頌中不別顯示多緣五欲外門轉故。如前所說六種隨眠復約異門建立爲十。頌曰

六由見異十　異謂有身見　邊執見邪見
見取戒禁取

論曰六隨眠中見行異爲五餘非見五積數總成十即前六種復約異門成九十八其相云何頌曰

六行部界異　故成九十八　欲見苦等斷
十七七八四　謂如次具離　三二見見疑
色無色除瞋　餘等如欲說

論曰六種隨眠由行部界門差別故成九十八論於六中由見行異建立爲十如前已辯即此所辯十種隨眠部界不同成九十八部謂見四諦修所斷五部界謂欲色無色三界且於欲界五部不同乘十隨眠成三十六謂見苦諦至修所斷如次有十七八四即上五部於十隨眠一二一一如其次第具離三見二見見疑謂見苦諦所斷具十一切皆違見苦諦故見集滅諦所斷各七離有身見邊見戒取見道諦所斷八於前七增戒取修所斷四離見及疑如是合成三十六種前三十二名見所斷纔見諦時彼即斷故最後有四名修所斷見四諦已後後時中數數習道彼方斷故由此已顯十隨眠中薩迦耶見惟在一部謂見苦所斷邊執見亦爾戒禁取通在二部謂見苦見道所斷邪見通四部謂見苦集滅道所斷見取疑亦爾餘貪等四各通五部謂見四諦及修所斷如是總說見分十二疑分爲四餘四各五故欲界中有三十六此中若見緣苦爲境名爲見苦即是苦法苦類智忍此二所斷總說名爲見苦所斷乃至見道所斷亦然數習名修謂見迹者爲得上義於

苦等智數數熏習說名爲修此道所除名修所斷色無色界五部各除瞋餘與欲同故名三十一由是一切正理論師以六隨眠約行部界門差別故立九十八於此所辯九十八中八十八見所斷忍所害故十隨眠修所斷智所害故約界非地建立隨眠由離界貪立遍知故謂四靜慮諸煩惱法性少相似雖有四地而合說一於四無色合說亦然經但說色貪無色貪等故何緣上界無瞋隨眠彼瞋隨眠事非有故謂於苦受有瞋隨增苦受彼無故瞋非有又彼相續由定潤故又彼非瞋異熟田故有說彼無惱害事故慈等善根所居處故諸所攝受皆遠離故言八十八見所斷等此見修斷爲定爾耶不爾云何頌曰

忍所害隨眠　有頂惟見斷　餘通見修斷
智所害惟修

論曰於忍所害諸隨眠中有頂地攝惟見所斷惟類智忍方能斷故餘八地攝通見修斷謂聖者斷惟見非修法類智忍如應斷故若異生斷惟修非見數習世俗智所斷故智所害諸隨眠一切地攝惟修所斷以諸聖者及諸異生如其所應皆由數習無漏世俗智所斷故如前所辯六隨眠中由行有殊見分爲五名先已列自體如何頌曰

我我所斷常　撥無劣謂勝　非因道妄謂
是五見自體

論曰由因教力有諸愚夫五取蘊中執我我所此見名爲薩迦耶見有故名薩聚謂迦耶顯此所緣有而非一即於所執我我所事執斷執常名邊執見以妄執取斷常邊故於實

有體苦等諦中起見撥無名爲邪見五種妄見皆顛倒轉並應名邪而但撥無名邪見者以過甚故如說臭蘇惡執惡等此惟損減餘增益故於劣謂勝名爲見取有漏名劣聖所斷故執劣爲勝總名見取理實應立見等取名略去等言但名見取或見勝故但舉見名以見爲初取餘法故於非因道謂因道見一切總說名戒禁取謂大自在時性或餘實非苦因妄起因執道有二種一增上生道二決定勝道投火水等種種邪行非生天因妄執爲因名第一道惟受持戒禁性士夫智等非解脫因妄執爲因名第二道如前除等或戒禁勝是故但立戒禁取名應知五見自體如是若於自在等非因計因如是戒禁取迷於因義此見何故非見集斷頌曰

於大自在等　非因妄執因　從常我倒生
故惟見苦斷

論曰於自在等非因計因彼必不能觀察深理但於自在等諸蘊麤果義妄謂是常一我作者此爲上首方執爲因是故此執見苦所斷謂執我者是有身見於苦果義妄執爲我故現觀苦我執即除非我智生非於後位若有我見見集等斷於相續中我見隨故即非我智應不得生以見惟法時我見即滅故非我智起我見已除然有我見於自在等相續法中計一我已次即於彼相續法上起邊執見計度爲常由此應知於自在等法常我二執惟見苦所斷以非常等諸無漏行見苦諦時二見既滅於自在等非因計因隨二見生亦俱時滅故說計因執惟見苦所斷然於此

道計爲道中若違見道强即見道所斷豈不如計自在等爲因執苦爲因惟許見苦斷非見集斷如是亦應於非道計道執苦爲道惟許見苦斷非見道斷此難不然以於苦諦見爲非常等非彼對治故謂若有執自在等爲因必先計爲無始無終等故此因執惟見苦斷以非常等想治常等想故非見苦諦非常等時能治非道計爲道執故彼道執非見苦斷由此亦遮見集所斷由見因等非彼治故謂非於集見因等時能治非道計爲道執要於道諦見道等時方能治彼非道道執故彼道執應見道斷若爾如是非道道執理必應通見集滅斷謂如邪見撥無眞道後即計此能得清淨此戒禁取許見道斷如是邪見撥無集滅後亦計爲能得清淨彼二戒禁取應

見集滅斷此難不然體不成故謂戒禁取其體有二一非因計因二非道計道若有計彼謗集邪見能得清淨豈不此見無斷集因則不應生以都無心信有因故又苦與集無別物故自在等蘊亦應被撥若有計彼謗滅邪見能得清淨豈不此見無證滅用則不應生如何撥無滅諦見後計滅方便非不唐捐如是不成戒禁取體而言應有故彼非難如何非難見道所斷戒禁取體亦應不成以於撥無道諦見後即計有道應不成故謂緣道諦邪見或疑若撥若疑無解脱道如何即執此能得永清淨此戒禁取體非不成以許有於謗道邪見執爲能證永清淨道由彼計爲如理解故謂彼先以餘解脱道蘊在心中後執非謗眞道邪見爲如理覺言如理者彼謂撥

疑眞解脫道是不顚倒以如理故執爲淨因由此得成戒禁取體彼心所蘊餘解脫道非見道所斷戒禁取所緣以彼惟緣自部法故道有多類於理無失若爾見滅所斷戒取體亦應成與道同故謂有先以餘解脫處蘊在心中後執謗眞解脫邪見爲如理覺以如理故執爲淨因如前應成戒禁取體無如是理總許解脫是常是寂執彼謗心爲清淨因理不成故如許涅槃體實非實謂若希求解脫方便彼應必定許有解脫諸許解脫決定有者必應許彼體是常寂若不許爾不應希求如正法中於涅槃體雖有謂實謂非實異而同許彼是常是寂故於非撥俱見爲過如是若有以餘解脫蘊在心中彼必總許涅槃常寂由此不執謗解脫見爲如理解故見滅斷戒取定無又如天授雖總許有常寂涅槃而離八支別計五法爲解脫道外道所計理亦應然是故有於八支聖道能謗邪見謂如理覺無於謗滅謂如理解以戒禁等自體行相與聖道殊無謂涅槃常寂體相有差別者是故無滅與道同義今應思擇非道計道謂執戒禁爲解脫因或執我見能證解脫此爲見苦斷爲見道斷耶若執二俱見苦斷者則見道斷應畢竟無或應說別因等非道計道何緣此二見苦所斷所餘乃是見道斷耶若執二俱見道斷者應說何故見道斷耶非見道時能了彼境或了彼自體或斷彼所緣或應遍知建立理壞謂若見道所斷隨眠能緣見苦所斷爲境誰遮遍知建立壞失如現觀位苦智已生集智未生見苦所斷猶爲見集所

斷緣縛雖以永斷未立遍知如是乃至滅智已生道智未生見苦所斷猶爲見道所斷緣縛亦應雖斷未立遍知然非所許應辯理趣我宗說二俱見苦斷惟見苦所斷緣牛戒等故但計麤果爲彼因故非許二俱見苦所斷見道所斷便畢竟無非道計道有二類故一緣戒禁等二緣親迷道緣戒禁等違悟道信力不如緣親迷道者緣戒禁等者行相極麤故不遠隨逐故意樂不堅故少設劬勞即便斷滅緣親迷道與此相違由此應知非道計道諸戒禁取有二類別一見苦斷二見道斷如前所說常我倒生爲但有斯二種顛倒不爾顛倒總有四種一於非常執常顛倒二於諸苦執樂顛倒三於不淨執淨顛倒四於非我執我顛倒如是四倒其體是何頌曰

四顛倒自體　謂從於三見　惟倒推增故想心隨見力

論曰從於三見立四倒體謂邊見中惟取常見以爲常倒諸見取中取計樂淨爲樂淨倒有身見中惟取我見以爲我倒如是所說是一師宗然毗婆沙決定義者約部分別十二見中惟二見半是顛倒體謂有身見苦見取全邊執見中取計常分斷常二見行相互違故可說言二體各別諸計我論者即執我於彼有自在力是我所見此即我見由二門轉豈不諸煩惱皆顛倒轉故應皆是倒非惟四種不爾建立倒相異故何謂倒相謂具三因何謂三因一向倒故推度性故妄增益故增聲亦顯體增勝故非餘煩惱具此三因謂戒禁取非一向倒所計容離欲染等故少分暫

時得清淨故斷見邪見非妄增益於壞事門此二轉故餘部見取非增勝故所餘煩惱非推度故由此顛倒惟四非餘豈不經中說諸顛倒總有十二如契經言於非常計常有想心見倒於苦不淨非我亦然不爾想心非推度故隨見倒力亦立倒名與見相應行相同故然非受等亦如想心可立倒名有別因故謂於非常等起常等見時必由境中取常等相能取相者是想非餘故立倒名非於受等又治倒慧亦立想名謂非常等行中說爲非常等想由慧與想近相資故相從立名受等不爾由所依力有倒推增取境相成故心名倒如契經說心引世間於惑瀑流處處漂溺毗婆沙說惟想與心可立倒名世極成故謂心想倒世間極成受等不然故經不說由此心想隨見倒力立顛倒名非於受等如是諸倒惟見苦斷以常顛倒等惟於苦轉故了非常等覺惟緣苦生故不應後見集滅道時方捨常樂我淨見故辯見隨眠差別相已爲餘亦有差別相耶亦有云何頌曰

慢七九從三　皆通見修斷　聖如殺纏等
有修斷不行

論曰有愚癡者先於有事非有事中校量自他心生高舉說名爲慢由行轉異分爲七種一慢二過慢三慢過慢四我慢五增上慢六卑慢七邪慢於他劣等族朋等中謂已勝等高舉名慢於他等勝族朋等中謂已勝等名爲過慢於他殊勝族朋等中謂已勝彼名慢過慢於五取蘊執我我所心便高舉名爲我慢於未證得地道斷等殊勝得中謂已證得

名增上慢諸有在家或出家者於他工巧尸羅等德多分勝中謂已少劣心生高舉名爲卑慢於無德中謂已有德名爲邪慢言無德者謂諸惡行違功德故立無德名猶如不善然本論說慢類有九類是品類義即慢之差别九類者何一我勝慢類二我等慢類三我劣慢類四有勝我慢類五有等我慢類六有劣我慢類七無勝我慢類八無等我慢類九無劣我慢類此九皆依有身見起我勝者是過慢類我等者是慢類我劣者是卑慢類有勝我者是卑慢類有等我者是慢類有劣我者是過慢類無勝我者是慢類無等我者是過慢類無劣我者是卑慢類是故此九從三慢出謂慢過慢及卑慢三行次有殊成三三類無劣我慢類高舉如何成謂有如斯於自所樂勝有情聚雖於已身知極下劣而自尊重如呈瑞者或旃荼羅彼雖自知世所共惡然於呈瑞執所作時尊重自身故成高舉如是七慢何所斷耶有餘師言我慢邪慢惟見所斷餘通見修理實應言七皆通二故能安隱作如是言我色等中不隨執我然於如是五取蘊中有我慢愛隨眠未斷諸修所斷聖未斷時定可現行此不決定謂有已斷而可現行如已離欲貪信苦眠眼等有雖未斷而定不行如未離欲貪聖者殺纏等言殺纏者謂由此纏發起故思斷衆生命等者等取盜婬誑纏無有愛全有愛一分無有名何法謂三界非常於此貪求名無有愛由此已簡無漏非常彼定非貪安足處故有愛一分謂顧當爲藹羅伐拏大龍王等等言爲顯阿素洛

王北俱盧洲無想天等此殺纏等雖修所斷而諸聖者定不現行此不行因如後當釋有我慢等例亦應然無有愛中亦有見斷隨經說故言惟修斷如契經言一類苦逼作如是念願我死後斷壞無有無病樂我此愛但緣衆同分起何緣聖者有諸慢類我慢等法而不現起頌曰

慢類等我慢　惡作中不善　聖有而不起
見疑所增故

論曰等言爲顯殺等諸纏無有愛全有愛一分以諸聖者善修空故善知業果相屬理故此慢類等我慢惡悔聖雖未斷而定不行又此見疑親所增故見疑已斷故不復行謂慢類我慢有身見所增殺生等纏邪見所增諸無有愛斷見所增有愛一分常見所增不善惡作是疑所增故聖身中雖有未斷而由背析皆定不行餘非見疑親所增故聖既成就容可現行九十八隨眠中幾是遍行幾非遍行頌曰

見苦集所斷　諸見疑相應　及不共無明
遍行自界地　於中除二見　餘九能上緣
除得餘隨行　亦是遍行攝

論曰惟見苦集所斷隨眠力能遍行然非一切謂惟諸見疑彼相應不共無明非餘貪等見有七見疑有二疑相應無明即攝屬彼不共有二故成十一如是十一於諸界地中各能遍行自界地五部謂自界地五部法中遍緣隨眠爲因生染是故惟此立遍行名且約界說言三十三是遍依何義立不共無明名如是說者相雜名爲共此非共故立不共名

即是望餘各別爲義如契經說不共佛僧此顯佛僧二寶各別以不共行故名不共無明非餘隨眠相雜行故或普名共即是遍義此非共故立不共名與諸隨眠不相應故何故惟於見苦集斷諸隨眠內有遍行耶惟此普緣諸有漏法意樂無別勢力堅牢故能爲因遍生五部見滅見道所斷隨眠惟有能緣有漏一分所緣有別勢不堅牢不能爲因遍生五部故惟前二部有遍行隨眠此遍隨眠具三遍義謂於五部遍緣隨眠及能爲因遍生染法此相應法有二遍義謂於三義惟闕隨眠此俱有法有一遍義謂但爲因遍生染法若遍行惑能緣五部薩迦耶見緣見滅道所斷法生爲見何斷若見苦斷貪等亦應緣五部故惟見苦斷又如見取緣見滅道所斷能

緣無漏境者以彼親迷迷滅道故亦是見滅見道所斷如是身見亦是親迷迷滅道故應見彼斷或應辯此差別因緣又如見滅見道斷見取要由遍知境所緣故斷如是身見例亦應然或復如身見遍知所緣斷如是見取例亦應然如是二途宗皆不許是故所立於理不然理必應然義有別故且初所例貪等亦應緣五部故惟見苦斷或且舉此反例身見理亦應通五部攝者此例非理貪等亦應一念頓緣五部法故謂有身見一剎那中頓緣五部受乃至識爲我我所理不應言一念身見體分五部貪等皆是自相惑故尚無一念頓緣二部況能緣五故例不成後所例言如見滅道所斷見取身見亦然俱是親迷迷滅道故應亦見滅見道斷者亦不應理薩迦

邪見不能稱譽謗彼見故又所緣境無分限故非有身見要先稱譽謗滅道見方計爲我亦非於境作分限緣見取必由稱譽能謗滅道邪見方計第一於所緣境作分限緣義既有殊不可爲例然有身見見苦諦時遍知所緣即全永斷非見取者此有別因所緣行解等不等故謂如三界見苦所斷諸蘊非我乃至修斷諸蘊非我其相亦然故見苦時非我見起緣所見苦我見皆除計勝不然有於少法觀餘少法計爲勝故由此身見隨行見取雖緣見滅道所斷法生麤故如身見惟見苦斷如緣修道所斷法生謗滅道見隨行見取雖亦緣彼所斷法生而彼望前極微細故樂淨行解所不攝故親執不欲滅道無明所引邪見爲最勝故雖見苦位遍知所緣而要所

緣永斷方斷是故見取非如身見惟見苦時即全永斷故所説斷差別理成或緣見滅見道所斷見取各三謂見苦集及見滅道隨一斷故若於見滅見道所斷執果分勝是見苦斷執因分勝是見集斷若惟執彼爲眞實覺不偏執彼因分果分隨緣何生與彼俱斷故見取斷非如身見若有身見戒取見取頓緣五部名爲遍行是則遍行非惟爾所以於是處有我見行是處必應起我愛慢若於是處淨勝見行是處必應希求高舉是則愛慢亦應遍行此難不然雖見太起而此二種分限緣故由此遍行惟有十一前説十一於諸界地中各能遍行自界地五部爲有他界他地遍行簡彼故言自界自地亦有他界他地遍行謂十一中除身邊見所餘九種亦能上緣

上言正明上界上地兼顯無有緣下隨眠緣下則應遍知界壞上境勝故緣無此失且欲見苦所斷邪見謗色無色若果爲無見取於中執爲最勝戒取於彼非因計因疑懷猶豫無明不了見集所斷如應當說色緣無色例此應知准界應思約地分別然諸界地決定異者欲界乃至第四靜慮有緣上界上地遍行三無色中闕緣上界有頂一地二種俱無雖有隨眠通緣自上然理無有自上頓緣以自地中諸境界事是所緣境亦所隨眠若上地中諸境界事是所緣境非所隨眠不可一念煩惱緣境有隨眠處有不隨眠勿於相應亦有爾故於上界地必頓緣耶非必頓緣或別或總身邊見何緣不緣上界地緣他界地執我我所及計斷常理不成故謂非於此界此地中生他界地蘊中有計爲我執有二我理不成故執我不成故執我所不成所執必依我執起故邊見隨從有身見生故亦無容緣他界地由此惟九緣上理成有餘師言身邊二見愛力起故取有執受爲已有故以現見法爲境界故必不上緣生欲界中若緣大梵起有情常見爲何見攝耶理實應言此二非見是身邊見所引邪智現見蘊中執我常已於不現見此謂如斯謂欲界生不作是執我是大梵亦不執言梵是我所故非身見身見無故邊見亦無邊見必隨身見起故非有餘見作此行相故是身邊見所引生邪智爲遍行體惟是隨眠不爾云何弁隨行法謂上所說遍行隨眠并彼隨行受等生等皆遍行攝同一果故然隨行中惟除諸得得與所得

非一果故由是遍行因與隨眠相對具成四句差別九十八隨眠中幾緣有漏幾緣無漏

頌曰

見滅道所斷　邪見疑相應　及不共無明
亦能緣無漏　於中緣滅者　惟緣自地滅
緣道六九地　由別治相因　貪瞋慢二取
並非無漏緣　應離境非怨　清淨勝性故

論曰惟見滅道所斷邪見疑彼相應不共無明各三成六能緣無漏謂見滅道斷二邪見二疑相應無明即攝屬彼不共有二故合成六如是六種諸界地中能緣滅道名緣無漏餘緣有漏不說自成此無漏緣於一一地各緣幾地滅道爲境諸緣滅者緣自地滅謂欲界繫緣滅隨眠惟緣欲界諸行擇滅乃至有頂緣滅隨眠惟緣有頂諸行擇滅諸緣道者緣六九地謂欲界繫緣道隨眠惟緣六地法智品道若治欲界若能治餘諸法智品皆能緣故色無色界八地所有緣道隨眠一一惟能通緣九地類智品道若治自地若能治餘諸類智品皆能緣故何緣謗若謗集邪見欲界繫者能緣九地初靜慮者能緣八地乃至有頂惟緣彼地謗滅邪見於九地中一一惟能緣自地滅此有所以所以者何謂若有法此地愛所潤此地身見執爲我我所彼諸法滅還爲此地見滅所斷邪見所緣此說意言若有諸行此地我愛我見所緣彼由耽著此地行故若聞說有此地行滅便起此地邪見撥無非上行中有下耽著寧下邪見撥彼滅無雖界地相望因果隔絕而九地苦集展轉相牽又依生立因更互爲因故一地邪見容

有緣多滅無相牽及相因理故謗滅邪見惟緣自地滅然諸善智悟境理通容有頗緣多地行滅諸邪見起於境迷謬固執所隔不能總緣何緣邪見緣苦集滅有通惟別緣道不然由治有殊互相因故謂所緣道雖諸地別而展轉相屬互爲因果故由此邪見六九總緣滅不相因惟緣自地豈不法類二智品道亦互相因下上邪見應俱能緣法類品道如緣苦集諸地無遮此責不然非對治故若爾六地法智品道應非欲界邪見總緣上五地中法智品道於欲界法非對治故未至地亦非全屬上地者非欲治故治欲者亦非全邪見如是忍所治故色無色界謗道邪見應亦能緣法智品道有法智品道治色無色故若謂法智非全治彼苦集法智品非彼對治故

亦非全能治色無色不能治彼見所斷故初品法智不能治彼初品煩惱非此所治故法智品非彼所緣是則應許色無色邪見不能總緣九地類智品非類智品總能對治上二界中諸煩惱故謂非第二靜慮地等類智品道亦能爲初靜慮地等煩惱對治初靜慮等亦非全兩節推徵如前說又緣道諦三界隨眠非苦集滅忍所對治故謗道見理應無能下上總緣六九地道如是過網理實皆無法類相望種類別故法類智品治類同故互相因故互相緣故謂法智品道同是欲界中緣道諦或對治種類此同類道由互相因互相緣故設非對治亦欲緣道煩惱所緣類智品道與法智品雖互相因由對治門種類別故不相緣故非欲緣道煩惱所緣准此已遮色

無色界緣道煩惱亦應能緣治色無色法智品道謂於此中雖有少分法智品道能治上界上分煩惱亦互相因而由治門種類別故與類智品不相緣故非上緣道煩惱所緣於九地中類智品道由一種類展轉相因更互相緣治類同故雖非對治而可總爲上八地中緣道惑境是故如頌所說理成何故貪瞋慢及二取見無漏斷不緣無漏以諸欣求眞解脫者於貪煩惱定應捨離若緣無漏如善法欲若求涅槃及聖道故求解脫者不應離貪又滅道諦應是所斷佛說離貪境名斷故如契經說汝於色中若能斷貪色亦名斷又於貪境見過失故方得離貪若許有貪緣無漏者應於滅道見過失時貪方得離此見非淨豈能盡惑又於貪境見功德故貪方得生若許有貪緣無漏者滅靜等行觀無漏時貪應增長如何因此能盡諸惑既俱不盡惑生死應無窮是故知貪不緣無漏緣怨害事方得生瞋無漏事中離怨害相故緣無漏瞋必不生又瞋隨眠其相麤惡諸無漏法最極微妙故瞋於彼無容得行諸慢隨眠高舉相故性不寂靜諸無漏法極寂靜故不生高舉又生慢者作是念言我得此法非無漏法力能爲緣起如是慢以無漏法能治慢故二取若能緣無漏者是則應與正見相同無漏是眞淨勝性故二取既無倒應非見所斷是故二取非無漏緣若爾有於謗涅槃者邪見等上起瞋隨眠既稱所緣應無有過於有過法起憎背心正合其儀應遠離故則應瞋恚非見滅斷無如是失愚滅相者於能謗者方起瞋

故謂於餘處執解脫已於謗眞解脫方起不忍心是故要愚眞滅相者方於謗滅邪見等上起極憎背見滅斷瞋諸有不愚眞滅相者於能謗滅邪見等上若生猒背非瞋隨眠乃是無貪善根所攝又如腹内積多病者爲活命故雖食美食病所雜故皆成衰損腹無病者凡有所食一切於身有益無損如是若有於非滅中妄謂是滅生貪愛者相續穢故於邪見等所起憎嫌皆說名爲緣見滅斷邪見等法所起瞋恚若有如理於眞滅中知是眞滅無貪愛者相續淨故於能謗滅邪見等中所生猒背皆無過失若於知有涅槃正見所起瞋恚見何所斷此不應責見所斷瞋理必無容緣善法故此緣正見定修所斷然已見諦者此不復行緣謗滅見貪已永斷故寧不信有緣無漏瞋豈不此瞋世現知有謂有外道言涅槃中永滅諸根是大衰損故我於此定不欣求此本非瞋乃是邪見故本論說於樂計苦是見滅斷邪見所攝理必應然以一切苦至極樂處方得永滅極樂處者惟眞涅槃此極樂言顯勝義樂彼不能了此樂相故又不能知生死過故耽著諸有不樂出離故起邪見非撥涅槃寧執此爲緣滅瞋恚

阿毗達磨藏顯宗論卷第二十五

音釋

瀑蒲報切　揄荼羅梵語也此云嚴幟揄諸延切荼同都切

阿毗達磨藏顯宗論卷第二十六

尊　者　衆　賢　造

唐　三　藏　法　師　玄　奘　奉　　詔　譯

辯隨眠品第六之二

九十八隨眠中幾由所緣故隨增幾由相應故隨增頌曰

未斷徧隨眠　於自地一切　非徧於自部　所緣故隨增　非無漏上緣　無攝有違故　隨於相應法　相應故隨增

論曰徧行隨眠差別有二謂於自界地他界地徧行不徧隨眠差別亦二謂有漏無漏緣且徧行中自界地者並於五部自界地法所緣隨增不徧行中有漏緣者惟於自部自界地法所緣隨增不徧行中無漏緣者及徧行中他界緣者於所緣境無隨增義所以者何彼所緣境非所攝受及相違故謂若有法爲此地中身見及愛攝爲已有可有爲此身見愛地中所有隨眠所緣隨增理言隨增者謂諸隨眠於此法中隨住增長即是隨縛增惛滯義如衣有潤塵隨住中如有潤田種子增長非諸無漏及上地法爲諸下身見愛攝爲已有故緣彼下惑非所緣隨增以不隨縛增惛滯故若下地生求上地等是善法欲非謂染汙爲求離染此欲生故聖道涅槃及上地法與能緣彼下惑相違故彼二亦無所緣隨增理如於炎石足不隨住如火焰中蛾不增長此隨眠起親由所依然正起時兼託彼境如是已辯所緣隨增隨何隨眠於相應法由相應故於彼隨增所說隨增謂至未斷故初頌首標未斷言由此應知諸緣無漏他界地

煩惱惟相應隨增諸緣有漏自界地徧具有所緣相應隨增去來隨眠有隨增不應言定有能發得故若異此者諸異生類無染心位應離隨眠然世尊言幼稚童子嬰孩眠病雖無染欲而有欲貪隨眠隨增故說隨增乃至未斷若彼已斷即無所緣相應隨增隨眠寧有彼猶不失隨眠相故謂由對治壞其勢力故不隨增然彼隨眠體相不失故言猶有或據曾當有此用故今雖無用亦號隨眠如失國王猶存王號工匠停作其名尚存九十八隨眠中幾不善幾無記頌曰

上二界隨眠　及欲身邊見　彼俱癡無記
所餘皆不善

論曰色無色界一切隨眠四支五支定所伏故無有勢力招異熟果故彼皆是無記性攝若謂彼能招異熟果應上二界有非愛受染招愛受理不成故然無聖道成無記失惟有漏法有異熟故此種類中無異熟者方可說爲無記性故身邊二見及相應癡欲界繫者亦無記性顛倒轉故寧非不善且有身見順善行故違斷善故定非不善愛慢雖有順修福行而由見力引彼令起又斷善時爲强因故背善友故欲俱不善邊執見中執斷邊者計生斷故不違涅槃順猒離門故非不善如世尊說若起此見我於一切皆不忍受當知此見不順貪欲隨順無貪乃至廣說又世尊說於諸外道諸見趣中此見最勝謂我不有我所亦不有我當不有我所當不有執常邊見順我見生是無記理如我見說餘欲界繫一切隨眠與上相違皆是不善於此不善諸

隨眠中有幾能爲不善根體頌曰
不善根欲界　貪瞋不善癡
論曰惟欲界繫一切貪瞋及不善癡不善根攝如其次第世尊說爲貪瞋癡三不善根體惟不善煩惱爲不善法根名不善根宗義如是豈不一切已生惡法皆爲後因非惟三種無越三理以不善根翻對善根而建立故何緣不建立不慢等善根五識身中無惡慢等司翻對故又具五義立不善根謂通五部徧依六識是隨眠性發惡身語斷善根時爲勝加行慢等不爾如不善法有不善根無記法中有是根不亦有云何頌曰
無記根有三　無記愛癡慧　非餘二高故
外方立四種　中愛見慢癡　三定皆癡故
論曰迦濕彌羅國諸毗婆沙師說無記根亦有三種謂諸無記愛癡慧三一切應知無記根攝慧根通攝有覆無覆根是因義無覆無記慧亦能爲因故無記根攝此三有力生諸無記何緣疑慢非無記根疑二趣轉慢高轉故謂疑猶豫二趣動轉故不立根根堅住故慢高舉相向上而轉故不立根根趣下故世間共見根相如是隱於上下故名爲根是體下垂上生苗義此三如彼故亦名根餘非隨眠或無勝用故不立彼爲無記根外方諸師立此有四謂諸無記愛見慢癡無記名中遮善惡故何緣此四立無記根以諸愚夫修上定者不過依託愛見慢三此三皆依無明力轉故立此四爲無記根彼作是言無覆無記慧力劣故非無記根根義必依堅牢立故由慢力故諸瑜伽師退失百千殊勝功德故慢

力勝立無記根此四能生無記染法諸契經中說有十四諸無記事彼爲同此非善不善名無記耶不爾云何應捨置故謂問記論總有四種其四者何頌曰

應一向分別　反詰捨置記　如死生殊勝
我蘊一異等

論曰等言兼攝有約異門且問四者一應一向記二應分別記三應反詰記四應捨置記此四如次如有問者問死生勝我一異等記有四者謂答四問若作是問一切生者皆當死耶應一向記一切生者皆定當死若作是問一切死者皆當生耶應分別記有煩惱者死已當生無煩惱者死已不生若作是問人爲勝劣應反詰記爲何所方爲方諸天爲方惡趣若言方天應記人劣若言方惡應記人勝若作是問蘊與有情爲一爲異應捨置記有情無實故一異性不成如馬角等利鈍等性已辯隨眠不善無記今應思擇何等隨眠於何事繫何名爲事事雖非一而於此中辯所繫事此復有二謂就依緣及部類辯就依緣者謂眼識俱所有隨眠惟於色處爲所緣繫於自相應諸心心所意處法處爲相應繫如是乃至若身識俱所有隨眠惟於觸處爲所緣繫於自相應諸心心所意處法處爲相應繫若意識俱所有隨眠於十二處爲所緣繫於自相應諸心心所意處法處爲相應繫就部類者謂見苦斷徧行隨眠於五部法爲所緣繫於自相應諸心心所爲相應繫見苦所斷非徧隨眠惟於自部爲所緣繫於自相應諸心心所爲相應繫如是一切隨應當說

就三世辯何等有情有何隨眠能繫何事頌曰

若於此事中　未斷貪瞋慢　過現若已起
未來意徧行　五可生自世　不生亦徧行
餘過未徧行　現正緣能繫

論曰若有情類於此事中隨眠隨增名繫此事夫爲能繫必是未斷故初未斷如應徧流且諸隨眠總有二種一者自相謂貪瞋慢二者共相謂見疑癡貪瞋慢三是自相惑諸聖教内屢有明文且如經言告衣袋母汝眼於色若不見時彼色爲緣起欲貪不不爾大德乃至廣説又契經説佛告大母汝意云何諸所有色非汝眼見非汝曾見非汝當見非希求見汝爲因此起欲起貪起親起愛起阿賴耶起尼延底起耽著不不爾大德乃至廣説故此事中有貪瞋慢於過去世已生未斷現在已生能繫此事以貪瞋慢是自相惑非諸有情定徧起故豈不已斷繫義便無既説繫言已顯未斷何緣説此被未來繫復説過去已生未斷此未斷言應成無用無無用過此未斷言顯有品別漸次斷故即於此論次下文中亦説未來意徧行等謂彼貪等九品不同修道斷時九品別斷有緣此事上品隨眠已起已滅已得永斷彼於此事尚有未來餘品隨眠未起未滅未得永斷猶能爲繫是故本論於此義中雖説未來愛等所繫而於過去説未斷言故未斷言深成有用然過去世此品隨眠得未斷時未來亦斷容有餘品未來隨眠能繫此事未得永斷以未來世意識相應貪瞋慢三徧緣三世雖於此事或生不

生但未斷時皆名能繫未來五識相應貪瞋若未斷可生惟繫未來世由此已顯五識相應可生隨眠若至過去惟繫過去至現亦爾義准若與意識相應可生隨眠若至過現未斷容繫非自世法非惟意識相應隨眠若在未來能縛三世諸與五識相應隨眠若定不生亦縛三世謂彼境界或在未來或在現在或在過去彼雖已得畢竟不生而未斷時性能繫縛所餘一切見疑無明去來未斷徧縛三世由此三種是共相惑一切有情俱徧縛故若現在世正緣境時隨其所應能縛此事以何爲證知貪等惑緣過去等三世境生即於其中能爲繫縛由聖教證故契經言欲貪處法總有三種一者過去欲貪處法二者未來欲貪處法三者現在欲貪處法若緣過去欲貪處法生於欲貪此欲貪生當言於彼過去諸法繫非離繫乃至廣說又契經言若於過去未來現在所見色中起愛起恚應知於此非色繫眼非眼繫色此中欲貪是真能繫如是等類聖教非一爲有去來於彼說繫應言彼有有相如何異畢竟無及現在有爲實爲假應言是實有實假相云何應知爲境生覺是總有相若無所待於中生覺是實有相如色受等若有所待於中生覺是假有相如瓶軍等不可定執過去未來惟是假有無假依故又無所待能生覺故謂緣去來現世三境如次無待生宿住念求未來願了他心智過去未來既有所說實有相故決定實有然實有法復有二種一有作用二惟有體有作用法復有二種一有功能二功能闕由此已

釋性有體者諸假有法亦有二種一者依實二者依假此二如次如缾如軍然有功能不名作用所有作用亦名功能據別功能前說有闕以如是理蘊在心中應固立宗去來定有由有因果染雜染事自性非虛說爲實有非如現在得實有名現見世間有同時法體相雖一而有性殊如地界等內外性異受等自他樂等性別此性與有理定無差性既有殊有必有別由是地等體相雖同而可說爲內外性別受等領等體相雖同而可說爲樂等性別又如眼等在一相續清淨所造色體相同而於其中有性類別以見聞等功能別故非於此中功能異有可有性等功能差別然見等功能即眼等有由功能別故有性定別故知諸法有同一時體相無差有性類別既現見有法體同時體相無差有性類別故知諸法歷三世時體相無差有性類別故過未有與現有異寧知三世容皆實有頌曰

三世有由說　二有境果故　說三世有故

許說一切有

論曰實有過去未來現在了教正理俱極成故現在諸法實有極成何教理證去來實有且由經中世尊說故謂世尊說過去未來色尚非常何況現在若能如是觀色非常則說多聞聖弟子衆於過去色勤修猒捨於未來色勤斷欣求現在色中勤猒離滅若過去色非有不應多聞聖弟子衆於過去色勤修猒捨以過去色是有故應多聞聖弟子衆於過去色勤修猒捨若未來色非有不應多聞聖弟子衆於未來色勤斷欣求以未來色是有

故應多聞聖弟子衆於未來色勤斷欣求又契經言業雖過去盡滅變壞而猶是有何緣知此所引契經說有去來定是了義曾無餘處決定遮止猶如補特伽羅等故謂雖處處說有補特伽羅而可說為實無有體又契經等分明遮故由此說有補特伽羅所有契經皆非了義又如經說應害父母理亦應是不了義經以餘經言是無間業無間必墮捺落迦故又如經言諸習欲者無有惡業而不能作此亦應是不了義經以餘經中遮諸聖者由故思造諸惡業故如是等類隨應當知非此分明決定說有去來世已復於餘處分明決定遮有去來可以准知此非了義然此決定是了義說以越餘經不了相故豈不亦有遮去來經如勝義空契經中說眼根生位無所從來眼根滅時無所造集本無今有有已還去若未來世先有眼根則不應言本無今有此意遮眼來從火輪或從自性或從自在眼根滅時還造集彼為顯正義故次復言本無今有有已還去因中無果故說本無或約作用故說今有又具二緣識方生故謂契經說識二緣生如契經言眼色為緣生於眼識如是乃至意法為緣生於意識若未來世非實有者能緣彼識應闕二緣既說二緣能生於識此則惟說實及假依為根為境方能生識二惟用彼為自性故非無可為二緣所攝由此知佛已方便遮無為所緣識亦得起既緣過未識亦得生故知去來體是實有又一切識必有境故謂見有境識方得生如世尊言各各了別彼彼境相名識取蘊所了者何

謂色至法非彼經說有識無境由此應知緣去來識定有境故實有去來又已謝業有當果故謂先所造善不善業待緣招當愛非愛果思擇業處已廣成立非業無間異熟果生非當果生時異熟因現在若過去法其體已無則應無因有果生義或應彼果畢竟不生由此應知去來實有諸有處俗及出家人信有如前所辯三世及有眞實三種無爲方可自稱說一切有以惟說有如是法故許彼是說一切有宗餘則不然有增減故謂增益論者說有眞實補特伽羅及前諸法分別論者惟說有現及過去世未與果業剎那論者惟說有現一剎那中十二處體假有論者說現在世所有諸法亦惟假有都無論者說一切法都無自性皆似空華此等皆非說一切有

經惟總說一切有者謂十二處曾不別說惟現在有無有去來處處經說去來是有故說一切有通三世無爲惟執現在少分有論不應自稱說一切有如說現在惟假有論及都無論不可自稱說一切有彼亦應爾由彼所言違背聖教及正理故爲遮實有補特伽羅及爲總開有所知法佛爲梵志說如是言一切有者惟十二處是故去來決定實有如是所許一切有宗自古師承差別有幾誰所立世最善可依頌曰

此中有四種　類相位待異　第三約作用立世最爲善

論曰尊者法救作如是說由類不同三世有異彼謂諸法行於世時由類有殊非體有異如破金器作餘物時形雖有殊而顯無異又

如乳變成於酪時捨味勢等非捨顯色如是諸法行於世時從未來至現在從現在入過去雖捨得類非捨得體尊者妙音作如是說由相有別三世有異彼謂諸法行於世時過去正與過去相合而不名爲離現未相未來正與未來相合而不名爲離過現相現在正與現在相合而不名爲離過未相如人正染一妻室時於餘姬媵不名離染尊者世友作如是說由位不同三世有異彼謂諸法行於世時至位位中作異異說由位有別非體有異如運一籌置一名一置百名百置千名千尊者覺天作如是說由待有別三世有異彼謂諸法行於世時前後相待立名有異非體非類非相有殊如一女人待前待後如其次第名女名母如是諸法行於世時待現未名過去待過現名未來待過未名現在此四種說一切有中傳說最初執法轉變故應置在數論朋中今謂不然非彼尊者說有爲法其體是常歷三世時法隱法顯但說諸法行於世時體相雖同而性類異此與尊者世友分同何容判同數論外道第二第四立世相雜故此四中第三最善以約作用位有差別由位不同立世有異如我所辯實有去來不違法性聖教所許若撥去來便違法性毀謗聖教有多過失由此應知尊者世友所立實有過去未來符理順經無能傾動謂彼尊者作如是言佛於經中說有三世此三世異云何建立約作用立三世有異謂一切行作用未有名爲未來有作用時名爲現在作用已滅名爲過去非體有殊此作用名爲何所目

有爲法引異功能即餘性生時能爲因性義若能依此立世有殊或能作餘無過辯異智者應許名鑒理人若有由迷立世別理怖他難故棄捨聖言或了義經撥爲不了許有現在言無去來或許惟現仍是假有或總非撥三世皆無此等皆違聖教正理智者應斥爲迷理人然我且依尊者世友約作用立三世有殊隨已堪能排諸過難是故三世實有義成諸有智人應隨信學已辯隨眠於如是位繫如是事復應思擇諸事未斷彼必被繫耶設事被繫彼必未斷耶若事未斷彼必被繫有事被繫而非未斷繫非未斷其相云何頌曰

於見苦已斷　餘緣此隨眠　及前品已斷
餘緣此猶繫

論曰且見道位苦智已生集智未生見苦所斷諸事已斷見集所除徧行隨眠若未永斷能緣此者於此猶繫及修道位隨何道生九品事中前品已斷餘未斷品所有隨眠能緣此者於此猶繫及聲兼明前前已斷後後未斷皆能繫義何事有幾隨眠隨增此中但應辯所緣相謂辯何法何識所緣則易了知此所繫事定有爾所隨眠隨增且法與識數各有幾諸法雖多略爲十六三界五部及諸無漏能緣彼識名數亦然此中何法爲幾識境頌曰

見苦集修斷　若欲界所繫　自界三色一
無漏識所行　色自下各三　上一淨識境
無色通三界　各三淨識行　見滅道所斷
皆增自識行　無漏三界中　後三淨識境

論曰若欲界繫見苦見集修所斷法各五識緣謂自界三即如前說及色界一即修所斷無漏第五皆容緣故且欲界繫見苦斷法爲自界三識所緣者謂欲見苦所斷一切及欲見集所斷徧行欲修所斷善無記識色修所斷善識非餘無漏識中惟法智品見集修斷如應當知若色界繫即前所說三部諸法各八識緣謂自下三皆如前說及上界一即修所斷無漏第八皆容緣故且色界繫見苦斷法爲自界三及上界一識所緣者准前應知爲下界三識所緣者謂欲見苦見集所斷上緣相應修斷善識若無漏識惟類智品見集修斷如應當知若無色繫即前所說三部諸法各十識緣謂三界三皆如前說無漏第十皆容緣故准色界繫如應當知見滅見道所斷諸法應知一一增自識緣此復云何謂欲界繫見滅所斷爲六識緣五識即如前增欲見滅斷見道所斷義准應知色無色繫見滅道斷隨應爲九十一識緣八十如前各增自識若無漏法爲十識緣謂三界中各復三部即見滅道修所斷識無漏第十皆容緣故不委釋者如應當思應以如前所略建立十六法識蘊在心中思擇隨眠所隨增事恐文繁廣略示方隅且有問言所繫事内眼根有幾隨眠隨增應觀眼根總惟有二謂欲色界各修所斷此隨所應欲色修斷及彼徧行隨眠隨增若有問言緣眼根識復有幾種隨眠隨增應觀此識總有八種謂欲色界各有三識即見苦集所斷徧俱及修所斷合而成六無色界一即修所斷空處近分所攝善識無漏

第八皆緣眼根且應了知一切無漏決定不爲隨眠隨增前七隨應欲色各三部無色修斷徧隨眠隨增謂欲界繫見苦所斷徧行俱識欲見苦斷見集斷徧隨眠隨增翻此應知見集斷識修所斷識欲修所斷及諸徧行隨眠隨增准此應知色界三識無色善識能緣第四靜慮眼根無色修斷及彼徧行隨眠隨增若復有問言緣緣眼根識復有幾種隨眠隨增應觀此識有十三種謂於三界各有四識除見滅斷合成十二并諸無漏識能緣緣眼根此隨所應三界四部除見滅斷隨眠隨增謂欲界繫見苦所斷徧行俱識能緣眼根此識容爲欲見苦斷見集斷徧修道所斷善無記識及色界繫修斷善識并法智品無漏識緣比諸能緣緣眼根識隨應欲界見苦見集修道所斷色修所斷及彼徧行隨眠隨增餘隨所應當如理釋乃至無漏緣眼根識此識容爲三界所繫見道所斷無漏緣識修所斷善無漏識緣此諸能緣緣眼根識隨應三界見道所斷修所斷徧隨眠隨增若別欲修前十二種各有爾所隨眠隨增應言欲界見苦所斷諸緣緣識欲見苦斷見集斷徧隨眠隨增翻此應知見集斷識修所斷識欲修所斷及諸徧行隨眠隨增見道斷識欲見道斷及諸徧行隨眠隨增然無漏緣惟相應縛所餘但作所緣隨增准此應知色無色界有差別者見道斷識欲界上界如次應知緣法類品緣眼根識餘所繫事例眼應思今於此中復應思擇若心由彼名有隨眠彼於此心定隨增不此不決定謂彼隨眠未斷隨增非已

斷故如本論說彼於此心或有隨增或不隨增云何隨增謂彼隨眠與此心相應及緣心未斷云何不隨增謂彼隨眠與此心相應已得永斷何等名曰有隨眠心有隨眠名依何義立復由何等名有隨眠且前所言三界各五部十五種識名有隨眠心如是諸心各有二種謂徧非徧行有漏無漏緣染不染心有差別故依二義立有隨眠名一是隨眠所隨增故二以隨眠爲助伴故由隨眠故名有隨眠相應隨眠通斷未斷所緣惟未斷心名有隨眠云何與心相應煩惱乃至未斷於心隨增謂彼隨眠能引起得於心相續能爲拘礙又與來世爲同類因引相續中心等流起故乃至未斷說於心隨增斷則不然無隨增義非由斷故令彼離心故雖已斷而名有彼以助伴性不可壞故謂對治力於相續中能遮隨眠令不現起及能遮彼所引起得於心相續不爲拘礙故說已斷相應隨眠無隨增理非對治力能遮隨眠俱行伴性故彼雖已斷心名有隨眠若諸隨眠緣心未斷隨心斷未斷於心隨增故恒令心得有隨眠名若彼緣心隨眠已斷心不由彼名有隨眠道力令心離隨眠故雖爲助伴及能所緣俱非道力能令相離而對助伴能所緣踈故此有名惟據未斷助伴性親斷亦名有此中身見相應之心由所相應無明自見隨增伴性名有隨眠由自部餘見集斷徧惟隨增性名有隨眠所餘俱非故非有彼其餘見苦見集所斷徧不徧心如理應思見滅所斷邪見俱心由所相應無明邪見隨增伴性名有隨眠由自部攝

有漏緣徧惟隨增性名有隨眠所餘俱非故非有彼其餘見滅見道所斷若緣無漏緣有漏心如其所應例應思擇修道所斷貪相應心由所相應無明及愛隨增伴性名有隨眠由自部餘及諸徧行惟隨增性名有隨眠所餘俱非故非有彼餘修所斷煩惱俱心如其所應例應思擇諸修所斷不染汙心由自部攝隨眠及徧惟隨增性名有隨眠如是所論皆約未斷彼若斷已有伴性者惟由伴性名有隨眠依此義門應作略說頌曰

有隨眠心二　謂有染無染　無染心通二
無染局隨增

論曰有隨眠心總有二種有染無染心差別故於中有染所有隨眠若未斷時相應具二所緣惟一若已斷時相應有一所緣都無彼無染心所有煩惱惟未斷位名有隨眠斷已都無非助伴故此緣無染所有隨眠在有心前或俱時斷斷緣染者通前後俱相應與心必俱時斷故染通二名有隨眠無染局一有隨增性

阿毗達磨藏顯宗論卷第二十六

音釋

姬媵　姬居宜切妾也媵以證切從嫁之女也
斥　昌石切棄也

阿毗達磨藏顯宗論卷第二十七

尊者衆賢造

唐三藏法師玄奘奉詔譯

辯隨眠品第六之三

如上所辯十種隨眠次第生時誰前誰後諸隨眠起無定次第可一切後一切生故然有一類煩惱現行前後相牽非無次第就此一類辯次第者頌曰

無明疑邪見　邊見戒見取　貪慢瞋如次

由前引後生

論曰謂彼煩惱次第生時先由無明於諦不了不欲觀苦乃至道諦由不了故無觀察能既聞二途便懷猶豫爲苦非苦乃至廣說若遇邪論便生邪見撥無苦諦乃至廣說於取蘊中既撥無苦因此便起薩迦耶見從此復執我有斷常隨執一邊計爲能淨於如是計執爲第一見已見德緣之起貪謂此勝他恃而生慢於他所起違見生瞋如執我徒憎無我見或於已見取捨位中必應起瞋憎嫌所捨此依一類辯十隨眠相牽現行前後次第理實煩惱行次無邊以所待緣有差別故諸煩惱起由幾因緣此起因緣乃有多種隨麤就勝要惟有三頌曰

由未斷隨眠　及隨應境現　非理作意起

說或具因緣

論曰由三因緣諸煩惱起且如將起欲貪隨眠未斷未徧知欲貪隨眠故順欲貪境現在前故緣彼非理作意起故餘隨眠起類此應知未斷未徧知欲貪隨眠者三緣故說未斷徧知謂得未斷故對治未生故未徧知境故

又斷有二一有分斷二無分斷故說未斷未徧知言此說隨眠由因力起順欲貪境現在前者謂有實境順欲貪纏此若現前欲貪便起此則說隨眠由境界力起緣彼非理作意起者謂有如木境界現前及有如鑽燧非理作意起鑽境界木欲貪火生此中何名非理作意謂於上妙衣服華鬘嚴具塗香雕裝彩飾嬌姿所顯女想糞聚起有情想所住持心俱顛倒警覺名非理作意此則說隨眠由加行力起若隨眠起具三因緣云何許有阿羅漢退非阿羅漢隨眠未斷且非定許煩惱現前方得名為阿羅漢退然此且據從前煩惱無間引生故說無過以煩惱生總有二種一從煩惱無間引生二次所餘非煩惱起若異此者善無記心無間不應有煩惱起此中不據次所餘生是故不應舉退為難或此且據具因緣說實有惟託境界力生無有因力加行力者即上所說隨眠并伴佛說為漏瀑流軛取漏謂三漏一欲漏二有漏三無明漏瀑流有四一欲瀑流二有漏流三見瀑流四無明瀑流軛謂四軛如瀑流說取謂四取一欲取二見取三戒禁取四我語取如是漏等其體云何頌曰

欲煩惱并纏　除癡名欲漏　有漏上二界
惟煩惱除癡　同無記對治　定地故合一
無明諸有本　故別為一漏　瀑流軛亦然
別立見利故　見不順住故　非於漏獨立
欲有軛并癡　見分二名取　無明不別立
以非能取故

論曰欲界煩惱并纏除癡四十一物總名欲

漏謂欲界繫根本煩惱三十一幷十纒色無色界煩惱除癡五十二物總名有漏謂上二界根本煩惱各二十六色無色界雖復亦有惛沉掉舉而纒不應依界分別上界纒少不自在故由是有漏惟說煩惱若纒亦依界分別者則有漏體有五十六故品類足作如是言云何有漏謂除無明餘色無色二界所繫結縛隨眠隨煩惱纒何緣合說二界煩惱爲一有漏同無記性同一對治同定地故亦緣色聲觸爲境故不應惟說於內門轉義准三界十五無明爲無明漏體故頌不別說何緣惟此別立漏名爲顯無明過患勝故謂獨能作生死根本如契經說無明爲因生於貪染乃至廣說又如頌言

諸所有惡趣　此及他世間　皆無明爲根　貪欲所等起

今於此中惟據勝顯說一百八諸惑爲漏謂非染汙思等恨等非漏所攝惟此諸惑稽留有情久住生死或令流轉於生死中從有頂天至無間獄用强易了是故偏說瀑流及軛體與漏同然於其中見亦別立謂前欲漏即欲瀑流及欲軛如是有漏即有瀑流及有軛析出諸見爲見瀑流及見軛者以猛利故謂漂合執義立瀑流軛取如餘煩惱但除無明總互相資能漂合執諸見亦爾由猛利故離餘相助能漂合執故亦別立瀑流軛取又諸煩惱皆令衆生漂淪染法離諸善品無解邪解湧泛波濤漂激衆生於善更遠故無明見於此別立若爾何不別立見漏令住名漏如後當說見不順彼義有別故謂令異生及諸

聖者等住生死故名爲漏諸見無有令聖住能漏義不全故不別立漂合執義聖異生殊故後三門皆別立見謂此諸惑能漂異生容有令離一切善品漂諸聖者則不可然漂已能令諸異生類徧與非愛界趣生合令聖者合則不可然合已能令諸異生類無不依執令聖不然由此三門異生異聖於中見勝是故別立有餘師說見躁利故於令住義獨不能辯故於漏門與餘合立若與餘合便有住能如於調象王繫縛生象子如是已顯二十九物名欲瀑流謂貪瞋慢各有五種疑四纏十二十八物名有瀑流謂貪與慢各十疑八若足惛掉成三十二色無色界各有二故三十六物名見瀑流謂三界中各十二見十五物名無明瀑流謂三界無明各有五應知四軛與瀑流同四取應知體同四軛然欲我語各并無明見分爲二與前軛別即前欲軛并欲無明三十四物總名欲取謂貪瞋慢無明各五疑有四并十纏即前有軛并二界無明三十八物總名我語取謂貪慢無明各十疑有八若足惛掉成四十二於見軛中除戒禁取餘三十物總名見取所除六物名戒禁取由此獨爲聖道怨故雙誑在家出家衆故何故無明不別立取依能取義建立取名然諸無明非能取故謂不了相說名無明彼非能取不猛利故但可與餘合立爲取已辯十種隨眠并纏經說爲漏瀑流軛取此隨眠等名有何義頌曰

微細二隨增　隨逐與隨縛　住流漂合執

是隨眠等義

論曰根本煩惱現在前時行相難知故名微細是故聖者阿難陀言我今不知於同梵行起慢心不不說全無以慢隨眠行相微細彼尚不了慢心有無況諸異生餘例應爾有釋於一刹那極微亦有隨增故名微細二隨增者謂於所緣及所相應皆隨增故如何煩惱有於所緣相應隨增如前已辯或如怨害伺求瑕隙及如見毒應知煩惱於自所緣有隨增義如熱鐵丸能令水熱及如觸毒應知煩惱於自相應有隨增義二皆同乳母令嬰兒隨增乳母能令嬰兒增長及令技藝漸次積集所緣相應令諸煩惱相續增長及得積集言隨逐者謂無始來於相續中起得隨逐言隨縛者極難離故如四日虐及鼠毒等有說隨縛謂得恒隨如海水行隨空行影由此所說諸因緣故十種煩惱立隨眠名依訓詞門釋此名者謂隨流者相續中眠故名隨眠即順流者身中安住增惛滯義或隨勝者相續中眠故名隨眠即是趣入如實解位爲惛迷義或有獄中長時隨逐覆有情類故名隨眠何故隨眠惟貪等十非餘忿等惟此十種習氣堅牢非忿等故稽留有情久住生死或令流轉於生死中從有頂天至無間獄由彼相續於六瘡門泄過無窮故名爲漏極漂善品故名瀑流於界趣生和合名軛執取彼彼自體名取已辯十種隨眠并纏世尊說爲漏流軛取爲惟爾所爲更有餘頌曰

由結等差別　復說有五種

論曰即諸煩惱結縛隨眠隨煩惱纏義有別故復說五種且結云何頌曰

結九物取等　立見取二結　由二惟不善
及自在起故　纏中惟嫉慳　建立爲二結
或二數行故　爲賤貧因故　徧顯隨惑故
惱亂二部故
論曰結有九種一愛結二恚結三慢結四無
明結五見結六取結七疑結八嫉結九慳結
以此九種於境於生有繫結縛能故名爲結
如契經言苾芻當知非眼繫色非色繫眼繫
謂此中所有欲貪又契經說諸愚夫類無聞
異生結縛故生結縛故死由結縛故從此世
間往彼世間或有此故令諸有情合衆多苦
故名爲結是衆苦惱安足處故此中愛結謂
三界貪此約所依及所緣故若於違相及別
離欲所攝行中令心憎背名爲恚結慢謂七
慢如前已說言無明結者謂三界無知此約
所依非所緣故以諸無漏法不墮界故無明
亦用彼爲所緣故見結謂三見取結謂二取
何緣三見別立見結二取別立爲取結耶三
見二取物取等故謂彼三見有十八物二取
亦然故名物等說此物等於義何益於結義
中見有益故此言意說如貪瞋等一一獨能
成一結事三見二取各十八物和合各成一
結事故若異此者應說五見各爲一結如貪
瞋等故見及取各十八物共立一結方敵貪
等若爾身見邊見見取有十八物戒取邪見
十八亦然豈非物等不爾本釋其理決定所
以者何以取等故三見等所取二取等能取
所取能取有差別故謂於諸行執我斷常或
撥爲無後起二取執見第一或執爲淨不雜
亂故本釋爲善有說由物及聲等故有說貪

著有及財者見結於彼繫用增上若有貪著涅槃樂者取結於彼繫用增上疑結謂於曰諦猶豫此異於慧有别法體令心不喜說名爲嫉此異於瞋有别法體故有釋嫉不耐他榮令心悋著說名爲慳謂物令斯捨離於我令心堅執故名爲慳何故纏中嫉慳二種建立爲結非餘纏耶若立八纏應作是釋二惟不善自在起故謂惟此二兩義具足餘六無一具兩義者無慚無愧雖惟不善非自在起悔自在起非惟不善餘兩皆無若立十纏應作是釋惟嫉慳二過失尤重故十纏中立二爲結由此二種數現行故謂生欲界人天趣中此嫉與慳數數現起又二能爲賤貧因故謂生欲界人天趣中多爲賤貧重苦所輙現見卑賤及諸乏財乃至極親亦不敬愛又二

徧顯隨煩惱故謂隨煩惱總有二種一慼俱行二歡俱行嫉慳徧顯如是二相又此二能惱二部故謂在家衆於財位中由嫉及慳極爲惱亂若出家衆於教行中由嫉及慳極爲惱亂或能惱天阿素洛衆謂因色味極相擾惱或此能惱人天二衆如世尊告憍尸迦言由嫉慳結人天惱亂或此二能惱自他衆謂由嫉故惱亂他朋由内懷慳惱亂自侶故十纏内立二爲結佛於餘處依差别門即以結聲說有五種頌曰

又五順下分　由二不超欲　由三復還下
攝門根故三　或不欲發趣　迷道及疑道
能障趣解脫　故惟說斷三

論曰何等爲五謂有身見戒禁取疑欲貪瞋恚如是五種於下分法能爲順益故名下分

然下分法略有二種一下界謂欲界二下有情謂諸異生雖得聖法而不能超下分界者由爲欲貪瞋恚二結所繫縛故雖離欲貪而不能越下有情者由爲身見戒取疑結所繫縛故諸有情住欲界獄中欲貪及瞋猶如獄卒由彼禁約不越獄故身見等三如防邏者設有方便超欲界獄彼三執還置獄中故順下分結由此惟五已見諦者由欲貪瞋不超下界其義可爾惟此但是欲界繫故離欲貪者見斷一切皆令不越下分有情何故世尊惟說三種雖有此責而佛世尊略攝門根且說三種言攝門者見所斷惑類總有三惟一通二通四部故說此三種攝彼三門類顯彼故言攝根者身見等三是餘三根以邊執見見取邪見如其次第隨有身見戒禁取疑三種勝根而得轉故說此三種攝彼三根故順下分惟有此五諸得預流六煩惱斷何緣但說斷三結耶此亦如前攝門根故雖但有一通於二部即舉彼相以顯彼體由此故說攝彼三門或有餘師作如是釋趣異方者有三種障一不欲發謂見此餘方功德過失故息心不往二迷正道謂雖發趣而依邪路不至彼方三疑正道謂不諳悉見有二路人皆數遊便於正道心懷猶豫此於趣彼爲是爲非如是應知趣解脫者亦有如是相似三障謂由身見於蘊涅槃見執我斷功德過失故於解脫不欲發趣由戒禁取雖求解脫而迷正路依世間道徒經辛苦不至涅槃由疑不能善自觀察見諸邪道有多人修便於正道心懷猶豫於趣解脫爲是爲非佛顯預流永斷

如是趣解脫障故說斷三雖見行常亦不趣解脫見世道勝亦迷失正道撥無聖道者亦不信正道而前三種是後三根後三必隨前三轉故舉本攝末但說前三佛於餘經如順下分說順上分亦有五種頌曰

順上分亦五　色無色二貪　掉舉慢無明
令不超上故

論曰如是五種體有八物掉舉等三亦界別故惟修所斷名順上分順益上分故名順上分結要斷見所斷彼方現行故見所斷惑夫永斷時亦能資彼令順下分故要永斷見所斷惑方現行者名順上分此中既說色無色貪及順上言知掉舉等亦色無色非欲界繫品類足論既作是言結法云何謂九結非結法云何謂除九結所餘法由此證成掉舉一種少分是結謂二界繫少分非結謂欲界繫於少是結謂聖者於少非結謂異生有位是結謂已離欲貪有位非結謂未離欲貪由如是等差別不定品類足論不說爲結掉舉擾惱三摩地故於順上分建立爲結即由此理順上分中不說惛沉順等持故已辯結縛云何頌曰

縛三由三受

論曰以能繫縛故立縛名即是能遮趣離染義結縛二相雖無差別而依本毋說縛有三一者貪縛二者瞋縛三者癡縛所餘諸結品類同故攝在三中謂五見疑同癡品類慢慳二結貪品類同嫉結同瞋故皆三攝又爲顯示已見諦者餘所應作故說三縛通縛六識身置生死獄故又佛偏爲覺慧劣者顯麤相

煩惱故但說三縛有餘師說由隨三受勢力所引說縛有三謂貪多分於自樂受所緣相應二種隨增少分亦於不苦不樂於自他苦及他樂捨惟有一種所緣隨增瞋亦多分於自苦受所緣相應二種隨增少分亦於不苦不樂於自他樂及他苦捨惟有一種所緣隨增癡亦多分於自捨受所緣相應二種隨增少分亦於樂受苦受於他一切受惟所緣隨增是故世尊依多分理說隨三受建立三縛何類貪等遮趣離染說名爲縛謂惟現行若異此者皆成三故則應畢竟遮趣離染已分別縛隨眠云何頌曰

隨眠前已說

論曰隨眠有六或七或十或九十八如前已說隨眠既已說隨煩惱云何頌曰

隨煩惱此餘　染心所行蘊

論曰能爲擾亂故名煩惱隨諸煩惱轉得隨煩惱名有古師言若法不具滿須惱相名隨煩惱如月不滿得隨月名然諸隨眠名爲煩惱即此亦得隨煩惱名以是圓滿煩惱品故由此故說即諸煩惱有結縛隨眠隨煩惱纏義所餘染汙心所行蘊隨煩惱起隨惱心故得隨煩惱名不得名煩惱以闕圓滿煩惱有故隨煩惱名爲目幾法經種種說故有衆多謂憤發不忍及起惡言類如世尊告婆羅門言有二十一諸隨煩惱能惱亂心乃至廣說後當略辯纏煩惱垢攝者且應先辯纏相云何頌曰

纏八無慚愧　嫉慳幷悔眠　及掉舉惛沉

或十加忿覆　無慚慳掉舉　皆從貪所生

無愧眠惛沉　從無明所起　嫉忿從瞋起
悔從疑覆淨

論曰根本煩惱亦名爲纏經說欲貪纏爲緣故若異此者貪等云何可得名爲圓滿煩惱然諸論者離諸隨眠就勝說纏或八或十謂品類足說有八纏毗婆沙宗說纏有十即於前八更加忿覆如是十種繫縛含識置生死獄故名爲纏或十爲因起諸惡行令拘惡趣故名爲纏無慚無愧嫉慳并悔掉舉惛沉如前已辯令心昧略惛沉相應不能持身是爲眠相眠雖亦有惛不相應此惟辯纏故作是說於此頌說眠三相者此三與眠義相順故困自反損怨益而生瞋恚爲先心憤名忿有餘師說因處非處違逆而生力能令心無顧而轉乃至子上令心憤發說名爲忿隱藏自罪說名爲覆罪謂可訶即是毀犯尸羅軌則及諸淨命隱藏即是匿罪欲因有餘釋言捫拭名覆謂內懷惡捫拭外邊是欲令他不覺察義前說若法從煩惱起方可建立隨煩惱名此中何法何煩惱起無慚慳掉舉是貪等流要貪爲近因方得生故無愧眠惛沉是無明等流此與無明相極相隣近故嫉忿是瞋等流由此相同瞋故悔是疑等流因猶豫生故覆有說是貪等流有說是無明等流有說是俱等流諸有知者因愛生故諸無知者因癡生故即由此相故有說言心著稱譽利養恭敬不了惡行所招當果是於自罪隱匿欲因爲愛無明二等流果隨惱心法說名爲覆如是十種從煩惱生是煩惱等流故名隨煩惱餘煩惱垢其相云何頌曰

煩惱垢六惱　害恨諂誑憍　誑憍從貪生害恨從瞋起　惱從見取起　諂從諸見生論曰於可毀事決定堅執難令捨因說名爲惱由有此故世間說爲不可引導執惡所執於他有情非全不顧擬重攝受爲損惱因悲障惱心說名爲害於非愛相隨念分別生續忿後起心結怨名恨於已情事方便隱匿矯設謀略誘取他情實智相違心曲名諂於名利等貪爲先故欲令他惑邪示現因正定相違心險名誑心險心曲相差別者如道如杖於他於自因貪因見故有差別憍相如前已具分別有餘師說從貪所生恃已少年無病壽等諸興盛事心傲名憍有餘師言於自相續興盛諸行耽染爲先不顧於他謂已爲勝心自舉恃說名爲憍由不顧他與慢有異如是六種從煩惱生穢汙相麤名煩惱垢於此六種煩惱垢中誑憍是貪等流害恨是瞋等流惱是見取等流諂是諸見等流如言阿曲謂諸惡見故諂定是諸見等流此六亦從煩惱生故如纒亦得隨煩惱名已說諸纒及煩惱垢今次應辯彼斷對治諸纒垢中誰何所斷頌曰

纒無慚愧眠　惛掉見修斷　餘及煩惱垢自在故惟修

論曰且十纒中無慚無愧通與一切不善心俱眠欲界中通與一切意識俱起惛沉掉舉通與一切染汙心俱故五皆通見修所斷餘嫉慳悔忿覆并垢自在起故惟修所斷惟與修斷他力無明共相應故名自在起與自在起纒垢相應所有無明惟修斷故此諸纒垢

誰通何性頌曰

欲三二餘惡　上界皆無記

論曰欲界所繫眠惛掉三皆通不善無記二性所餘一切皆惟不善即欲界繫七纏六垢上二界中隨應所有一切惟是無記性攝即諂誑憍惛沉掉舉此諸纏垢誰何界繫頌曰

諂誑欲初定　三三界餘欲

論曰諂誑惟在欲界初定寧知梵世有諂誑耶以大梵王匿已情事現相誑惑馬勝苾芻傳聞此惟異生所起非諸聖者亦可現前惛掉憍三通三界繫所餘一切皆惟在欲謂十六中五如前辯所餘十一惟欲界繫所說隨眠及隨煩惱於中有幾惟依意地有幾通依六識地起頌曰

見所斷慢眠　自在隨煩惱　皆惟意地起

餘通依六識

論曰一切見斷修斷慢眠隨煩惱中自在起者如是三種皆依意識依五識身無容起故所餘一切通依六識謂修所斷貪瞋無明及彼相應諸隨煩惱即無慚愧惛掉及餘大煩惱地法所攝隨煩惱即是放逸懈怠不信依六識身皆容起故理應通說諸隨煩惱今此且依麤顯者說復應思擇如先所辯樂等五受根對今此中所辯一切煩惱隨煩惱何煩惱等何根相應於此先應辯諸煩惱頌曰

欲界諸煩惱　貪喜樂相應　瞋憂苦癡徧

邪見憂及喜　疑憂餘五喜　一切捨相應

上地皆隨應　徧自識諸受

論曰欲界所繫諸煩惱中貪喜樂相應以歡行轉徧六識故瞋憂苦相應以慼行轉徧六

識故無明徧與前四相應歡慼行轉徧六識故與餘煩惱徧相應故邪見通與憂喜相應歡慼行轉惟意地故如次先造罪福業故疑憂相應以慼行轉惟意地故懷猶豫者求決定知心愁慼故餘四見慢與喜相應以歡行轉惟意地故通說皆與捨受相應以說捨受癡隨增故癡與諸惑徧相應故煩惱相續至究竟時取境奢緩起處中欲漸漸衰微相續便斷爾時煩惱與捨相順是故皆與捨受相應豈不捨根非歡非慼如何歡慼煩惱相應如處中人俱無違故欲界既爾上地云何皆隨所應徧與自他自識俱起諸受相應謂若地中具有四識彼一一識所起煩惱各徧自識諸受相應若諸地中惟有意識即彼意識所起煩惱徧與意識諸受相應上諸地中識有多少謂初靜慮具四餘一受有多少謂初二三四等如次具喜樂捨喜捨樂捨惟捨應知隨諸地中所有煩惱如應與彼識受相應何緣二疑俱不決定而上得與喜樂相應非欲界疑喜受俱起以諸煩惱在離欲地雖不決定亦不憂慼雖懷疑網無廢情怡如在人間求得所愛雖多勞倦而生樂想有說色界雖復懷疑而於疑中生善品想故彼得與喜樂相應

阿毘達磨藏顯宗論卷第二十七

音釋

鑽燧 鑽祖筭切木錐也燧徐醉切取火木也 鬘莫班切 軛於革切 惛掉 惛呼昆切心不明了也掉徒弔切搖也 瑕隙 瑕胡加切過也隙綺戟切釁也 防邏 防符方切隄也邏郎可切遮也 諳烏含切練歷也

阿毗達磨藏顯宗論卷第二十八

尊者衆賢造

唐三藏法師玄奘奉詔譯

辯隨眠品第六之四

已辯煩惱諸受相應今次復應辯隨煩惱頌曰

諸隨煩惱中　嫉悔忿及惱　害恨憂俱起
慳喜受相應　諂誑及眠覆　通憂喜相應
憍喜樂皆捨　餘四徧相應

論曰隨煩惱中嫉等六種一切皆與憂根相應以慼行轉惟意地故有餘師說惱喜相應見取等流應歡行故慳喜相應以歡行轉惟意地故歡行轉者慳相與貪極相似故諂誑眠覆憂喜相應歡慼行轉惟意地故歡慼行者謂或有時以歡喜心而行諂等或時有以憂慼心行有餘師言既說誑是貪等流故但應歡行不應說與憂根相應是歡等流不應慼故又正誑時不應慼故應說誑是癡等流憍喜樂相應歡行惟意故在第三靜慮與樂相應若在下諸地與喜相應此上所說諸隨煩惱一切皆與捨受相應相續斷時皆住捨故有通行在惟捨地故捨於一切相應無遮譬如無明徧相應故餘無慚愧惛沉掉擧四皆徧與五受相應前二是大不善地法攝故後二是大煩惱地法攝故說二及聲顯難及釋謂於惱誑設難如前理應釋言果因相別如無慚掉雖貪等流而與憂苦有相應義故知所說與受相應不惟同因但據相別許有憂慼而行誑者情有所憂而行誑故所說煩惱隨煩惱中有依異門佛說爲蓋今次應辯

蓋相云何頌曰

蓋五惟在欲　食治用同故　雖二立一蓋
障蘊故惟五

論曰如契經言若說五蓋爲不善聚是爲正說所以者何如是五纏純是圓滿不善聚故其五者何一欲貪蓋二瞋恚蓋三惛眠蓋四掉悔蓋五疑蓋契經既說蓋惟不善故知惟在欲非色無色界由此爲證知惛掉疑體雖皆通欲色無色而但欲界有得蓋名爲顯惛沉掉舉二種惟欲界者有立爲蓋故與眠悔和合而立眠悔惟是欲界繫故爲顯眠悔惟染汙者有得蓋名故與惛沉掉舉二種和合而立惛掉惟是染汙性故疑准前四在欲可知何緣欲貪瞋恚疑蓋各於一體別立蓋名而彼惛眠掉悔二蓋各於二體合立蓋名欲貪瞋疑食治各別是故一一別立蓋名由惛與眠及掉與悔所食能治事用皆同故體雖殊俱合立一欲貪蓋食謂可愛相此蓋對治謂不淨想瞋恚蓋食謂可憎相此蓋對治謂慈善根疑蓋食謂三世如契經說於過去世生如是疑乃至廣說此蓋對治謂若有能如實觀察緣性緣起惛眠蓋食謂五種法一瞢瞢二不悅三嚬呻四食不平性五心昧劣性此蓋對治謂光明想此蓋事用謂俱能令心性沉昧掉悔蓋食謂四種法一親里尋二國土尋三不死尋四隨念昔種種所更笑戲歡娛承奉等事此蓋對治謂奢摩他此蓋事用謂俱能令心不寂靜由此說食治用同故惛眠掉悔二合爲一或貪瞋癡是滿煩惱一一能荷一覆蓋用惛眠掉悔非滿煩惱二合方

荷一覆蓋用此五名蓋其義云何謂決定能覆障聖道聖道加行故立蓋名若爾則應諸煩惱等皆得名蓋一切皆能覆障聖道及加行故如世尊告諸苾芻言若爲一法所覆障者則不能了眼是非常一法謂貪乃至廣説一一別説如雜事中何故世尊説蓋惟五理實應爾然佛世尊於立蓋門惟説五者惟此於五蘊能爲勝障故謂貪恚蓋能障戒蘊如次令遠離欲惡故惛沉睡眠能障慧蘊此二俱令遠毗鉢舍那故掉舉惡作能障定蘊此俱令遠奢摩他故如是四蓋漸次令越出離白法由此於後令於業果四諦生疑疑故能令乃至解脱解脱知見皆不得起故惟此五建立爲蓋若爾掉悔蓋應惛眠前説順戒定慧蘊次第而説故不爾此中壞次第者世尊

意欲顯別義故謂契經中佛依正理説惛眠蓋毗鉢舍那能治非止説掉悔蓋惟奢摩他能治非觀此依伏斷説觀止門別治惛眠掉悔二蓋若依永斷此觀止門對治一切用無差別爲顯此理故壞次第何故無明不立爲蓋不説成故如契經説無明所覆覆即是蓋有餘師説等荷擔者立諸蓋中無明於中所荷偏重是故不説慢復何緣不立爲蓋以有由慢能修勝法爲蓋義劣不立蓋中有餘師言夫爲蓋者令心起下慢則不然以能令心起上法故諸見何故不立蓋中見謂有情非我見者雖執有我而能離染故有説諸見性捷利故不順蓋義蓋性遲鈍隨煩惱中餘不立蓋准前所説應如理思上二界惑不立蓋者離三界染初非障故又彼無記蓋惟不

善令應思擇諸隨眠等由何而斷由慧觀見彼所緣故隨眠等斷若爾欲界他界徧行及三界中見滅道斷有漏緣惑應無斷義緣苦集諦法智忍生惟緣欲界苦集諦故緣滅道諦諸智忍生惟緣無漏爲境界故無如是失我許諸惑永斷方便有多種故爲有幾種總有四種何等爲四頌曰

徧知所緣故　斷彼能緣故　斷彼所緣故
對治起故斷

論曰斷見所斷惑由前三方便一由徧知所緣故斷謂欲界繫見苦集斷自界緣惑色無色界見苦集斷所有諸惑以上二界他界他緣亦由徧知所緣斷故緣苦集諦類智忍生俱能頓觀三界境故及通三界見滅道斷無漏緣惑如是諸惑皆由徧知所緣斷故二由斷彼能緣故斷謂欲界繫他界緣惑以欲界繫見苦集斷自界緣惑能緣於彼此惑於彼能作依持依持斷時彼隨斷故如羸病者却倚而立去所倚時彼隨倒故如何於彼能作依持由此於彼能爲因故豈不此即說由害因故斷實爾此彼但是異名然爲止濫故作是說謂欲界惑自他界緣皆有此彼互爲因義然無此彼展轉相緣故於此中說能緣斷欲令易了惟他界緣由斷此因彼便隨斷三由斷彼所緣故斷謂見滅道斷諸有漏緣惑以無漏緣惑能爲彼所緣所緣斷時彼隨斷故如羸病者杖策而行去彼杖時彼隨倒故何緣於此所斷惑中有斷能緣故說所緣斷如緣欲苦集起現觀時有斷所緣故說能緣斷如緣諸滅道起現觀時雖實爾時此彼俱

斷而由所斷有勝有劣故勝斷時言劣隨斷謂若於彼惑所緣中無漏慧生能爲對治彼惑名勝所餘名劣何緣彼惑偏得勝名於彼所緣無漏慧起專爲敵彼發功用故若許惑斷方便有多有由能緣斷故隨斷有由所緣斷故隨斷何故前說由慧觀見彼所緣故隨眠等斷但應於此先立宗言永斷諸惑由多方便勿先立宗與後解釋言義各異前後相違如先立宗後釋無異先據必觀惑所緣故後據於中有差別故或先舉勝後兼辯劣正敵對者說名爲勝已說三方便斷見所斷惑斷修所斷惑由第四方便謂彼但由治起故斷以若此品對治道生即此品中諸惑頓斷如下下品治道起時上上品惑即皆頓斷至上上品治道起時下下品惑即皆頓斷如是理趣後當廣辯豈不一切見所斷惑斷時亦由對治道起以若此部對治道生則此部中諸惑斷故理實應爾然於此中爲顯三界修所斷惑無不皆由九品道斷治道決定故說此言見所斷中惟有頂惑對治決定如前已辯惑見所斷諸惑斷時方便定三故就別說修所斷惑能斷方便不決定故就總而說豈不所明第四方便與前宗義有不相關謂修位中以滅道智能斷三界修所斷惑慧非見此惑所緣故此與宗義實不相關前宗惟辯見所斷故設彼總攝亦不相違見彼惑所緣此惑治生故所言對治總有幾種頌曰

對治有四種　謂斷持遠猒

論曰諸對治門總有四種一斷對治謂道親能斷諸惑得即無間道二持對治謂道初與

斷得俱生即解脫道由如是道持斷得故令諸惑得不相續生三遠分對治謂道能令前所斷惑得轉更成遠即勝進道於解脫道後所起道名爲勝進乃至彼得俱起生等亦得道名令與惑得相違諸得相續增故四猒患對治謂道隨於何界何地中見諸過失深生猒患即是於彼以種種門觀過失義此惟諸猒作意聚攝由此勢力設於後時屬妙境界亦不貪著應知多分是加行道非決定故不說在初說多分言應知爲顯無間解脫勝進道中緣苦集諦者亦猒患對治已說惑對治當辯斷惑理諸惑永斷爲定從何爲從所緣爲從相應爲從自性何故生疑於此三種皆見過故且不應說斷從所緣謂若此法是彼所緣未曾有時非所緣故亦不可說斷從相應謂相應法互爲因故此法無時非因性故又由此惑令心成染此心無時成不染故亦不可說斷從自性謂法無容捨自性故以斷惑時不可令彼所斷諸法失所斷性是故應思惑從何斷頌曰

應知從所緣　可令諸惑斷

論曰諸惑永斷定從所緣以於所緣徧知力故令惑永斷如前已說然惑所緣總有二種謂有繫事及無繫事緣有繫事爲境諸惑及從此惑力所引生不緣此事爲境諸惑如是二惑於一有情現相續中引起諸得設無染汙心現在前此得恒行無有間斷爲去來世諸惑果因如是應知緣無繫事爲境諸惑及因此惑勢力所引隨從現行不緣此事爲境諸惑所引起得類亦同前言爲去來惑果因

者謂此諸得現在世時是過去惑等流性故說之爲果是未來惑生緣性故說之爲因然此諸得與斷對治等流諸得現行相違能持去來所得諸惑故令一切緣此事惑及緣餘惑相續而轉緣此事境諸斷對治等流起時惑得便絕所得諸惑於自所緣雖體猶有而由因果得永絕故可說名斷以於少境若未徧知緣此境惑及因此惑力所引起緣餘境惑所引去來惑果因得現相續中無間而轉若於少境得徧知時惑所引得便不復轉故知惑斷定從所緣如前所言遠分對治一切遠性總有幾種頌曰

遠性有四種　謂相治處時　如大種尸羅
異方二世等

論曰一切遠性總有四種一相遠性如四大種雖復俱在一聚中生以相異故亦名爲遠二治遠性如持犯戒雖復俱在一身中行以相治故亦名爲遠三處遠性如海兩岸雖復俱在一大海邊方處隔故亦名爲遠四時遠性如去來世雖復俱依一法上立時分隔故亦名爲遠望何說遠望現在世無間已滅及正生時與現相隣如何名遠非眼等境故或無作用故無爲非時不可爲難虛空體徧二滅徧得故契經中亦說爲近等聲爲明舉法未盡已辯煩惱對治差別修能對治勝進位中所斷諸惑爲再斷不所得離繫有重得耶頌曰

諸惑無再斷　離繫有重得　謂治生得果
練根六時中

論曰所斷諸惑由得自分無間道故便頓永

斷離退後時無再斷義斷已復斷則爲唐捐所得離繫雖無隨道斷勝進理而道進時容有重起彼勝得理以離繫得道所攝故捨得道時彼亦捨得故諸離繫有重得理此依容有時總有六謂治道起得果練根說治生言通目二義若據住此能證離繫目無間道若據住此正證離繫目解脫道言得果者謂得預流一來不還阿羅漢果言練根者謂增進根由此六時得未曾道有捨曾道得離繫故說得果言旣無差別如攝四果應攝練根以練根時必得果故何勞長說此練根言爲顯練根異斷惑得果故得果外說練根無失然得離繫隨其所應有具六時乃至惟二謂欲界繫見四諦斷及色無色見三諦斷所得離繫得具六時色無色界見道諦斷所得離繫得惟五時由治生時即得果故說得果已不說治生欲界修斷五品離繫亦五時得除預流果第六離繫得惟四時得果治生時無別故第七八品亦惟四時得四果中除前二故第九離繫得惟三時亦治生時即得果故色無色界修所斷中惟除有頂第九離繫所除離繫亦惟三時得果四中除前三故有頂第九得惟二時得果治生同一時故此約鈍說若就利根前諸位中除練根得豈不入地容世俗道斷應分二種對治生時得不爾此說漸次得故或此惟約無漏得故若依越次通有漏得則世俗通入地染中隨離少多入聖道者彼得離繫隨其所應有具六時乃至惟一以利根故除練根時謂欲界中先斷五品入見諦者彼見所斷五品離繫具六時得謂

有二種自治生時及得果時復四成六彼修所斷五品離繫惟五時得除預流果先斷六品入見諦者彼見所斷六品離繫亦五時得除一如前彼修所斷六品離繫惟世俗道治生時得必不起彼無漏對治是一來果向道攝故非住果時起彼向道以住勝果不起劣故先斷八品入見諦者彼見所斷八品離繫亦五時得除一如前彼修所斷前六離繫惟一時得如前應知七八離繫惟四時得謂二治生及二得果先斷九品依未至地入見諦者彼見所斷九品離繫亦四時得如前應知依根本地入見諦者彼見所斷九品離繫亦一時得如前應知根本非欲斷對治故若依未至若依根本彼修所斷九品離繫亦一時得如前應知必不起彼無漏對治是不還果向道攝故先斷上七地入見諦者彼見三諦斷七地離繫亦四時得如前應知見道諦斷七地離繫惟三時得謂一治生及二得果無漏治生即得果故彼修所斷七地離繫惟三時得謂二治生及一得果具離八地入聖道者見修位中斷有頂惑見三諦斷離繫三時謂一治生及二得果見道諦斷離繫二時由治生時即得果故修斷八品離繫二時謂一治生及一得果第九離繫惟一時得以治生時即得果故諸分離染見修位中進斷所餘准此應說以何因證得後果時重得先時所斷離繫由至教故謂契經中依正證得阿羅漢果說如是言應如是知應如是見彼欲漏心得解脫乃至廣說由此位中亦得欲界猒患對治等無學法智故知彼離繫亦應重得

前言斷欲六品九品入見諦者彼先修斷六九離繫無無漏得爲永不得暫不得耶應決定言彼永不得豈不證得阿羅漢時必得先時見修所斷一切離繫諸無漏得若彼先時所斷離繫有無漏得今時捨者於彼今應得無漏得若先無者今時亦無得離繫時惟自治起及捨劣道得勝時故諸有先依根本靜慮入見諦者得無學時寧從欲漏心得解脫就依未至入見諦者及次第者說故無失即諸離繫彼彼位中得徧知名隨勝立故徧知有二一智徧知二斷徧知智徧知者體即是慧惟是無漏斷徧知者體即離繫是知果故得徧知名如業解名詮業解果若爾忍果應非徧知是智眷屬故名徧知無失或於後時轉成智果爲一一斷道所得離繫各立一徧知爲一切斷道所得離繫總立一徧知二俱不然以有極廣極略過故若爾云何頌曰

斷徧知有九　欲初二斷一　二各一合三
上界三亦爾　餘五順下分　色一切斷三

論曰諸斷總立九種徧知惟立九緣如後當辯何等名曰九種徧知且三界繫見諦所斷煩惱等斷立六徧知謂欲界繫初二部斷立一徧知次二各一上界亦然故合成六餘三界繫修道所斷煩惱等斷立三徧知謂欲界繫修道所斷煩惱等斷立一徧知應知即是五順下分結盡徧知并前立故色界所繫修道所斷煩惱等斷立一徧知應知此即是色愛盡徧知無色界繫修道所斷煩惱等斷立一徧知即一切結永盡徧知此亦并前合立一故如是所立九種徧知應辯於中幾何道

果頌曰

於中忍果六　餘三是智果　未至果一切
根本五或八　無色邊果一　三根本亦爾
俗果二聖九　法智三類二　法智品果六
類智品果五

論曰於此九中且應先辯與忍智道爲果差別忍果有六謂三界繫見斷法斷六種徧知智果有三謂順下分色愛一切結盡徧知由此三徧知是修道果故由此已辯見修道果與靜慮地爲果別者未至靜慮果具有九謂此爲依斷一切故根本靜慮果五或八所言五者毗婆沙師說根本靜慮非欲斷治故所言八者尊者妙音說根本靜慮亦欲斷治故除色無色見道斷徧知道類智時總集徧知故中間靜慮如根本說豈不依止根本靜慮入見諦時亦修未來依未至地欲斷治道得斷治故亦應證彼欲見斷法斷無漏離繫得寧說根本惟得五果此責不然爾時所修依未至地斷對治者惟色無色斷對治故根本地道既不能爲欲斷對治彼現起位如何能修欲斷治道由彼所修未至斷治惟治上界故果惟五與無色地爲果別者無色邊地果惟有一謂依空處近分地道得色愛盡徧知果故聖依俗道離諸染位所得斷果亦名徧知以得無漏離繫得故前三根本果亦惟一謂依無色前三根本得一切盡徧知果故由此已辯靜慮無色總得徧知果多少別與俗聖道爲果別者俗道果二謂俗道力惟能獲得順下分盡及色愛盡徧知果故聖道果九謂聖道力乃至能越二有頂故應知九中二

是共果七不共果惟聖果故與法類智爲果別者法智果三謂法智力能斷三界修所斷故類智果二謂類智力斷色無色修所斷故與法類品爲果別者法智品果六謂即是前法智法忍所得六果類智品果五謂即是前類智類忍所得五果品言通攝智及忍故法品六中四不共果三屬法忍一屬法智二是共果謂最後二雙屬法類二種智故類品五中三不共果皆屬類忍二是共果謂最後二義如前釋何縁一一道所得斷不各各立爲一徧知以永斷時說徧知故如契經說吾今爲汝宣說徧知乃至廣說此中何等名爲徧知謂貪永斷瞋永斷癡永斷乃至廣說說永斷言顯所得斷都無隨縛方名徧知云何名爲有隨縛斷云何名爲無隨縛斷斷具三種或四種縁名無隨縛不具名有謂或有斷雖得離繫得而缺餘得故容還永捨或復有斷餘得雖生未缺堅牢生死之首以八地染雖數曾離未能缺彼故還墜惡趣獄或復有斷雖亦缺彼而餘煩惱繫縛未除於永斷義未得圓滿或復有斷餘縛亦除而猶未能越所屬界以同類惑未斷無餘於永斷義亦未圓滿如是諸斷各有隨縛是故於彼不立徧知惟九位中三四縁具斷無隨縛可立徧知何謂具縁頌曰

得無漏斷得　及缺第一有　滅雙因越界
故立九徧知

論曰見斷法斷具三縁故便立徧知修斷法斷具四縁故方立徧知見斷法斷具三縁者謂得無漏離繫得故缺有頂故滅雙因故此

中異生雖復亦有離八地染名滅雙因而斷非徧知缺餘二緣故見聖諦位第二三刹那諸斷雖有無漏離繫得餘二緣缺未立徧知第四五刹那雖亦缺有頂雙因未滅不立徧知見集斷因有未滅故集法智位欲二部斷具三緣故得徧知名後五刹那法類智位斷具三緣故皆得徧知名修斷法斷具四緣者三緣如上越界第四謂諸界中聖未越地彼所得斷惟具三緣若已越地未越界者彼所得斷猶缺一緣若越界時四緣方具隨應彼斷得徧知名有說五緣加離俱繫義異前故說雙因滅俱繫離惑故此不說離成就幾徧知頌曰

住見諦位無　或成一至五　修成六一二
無學惟成一

論曰異生位中雖能離染乃至八地不成徧知於聖位中依未至定入見諦者從初乃至集法忍位亦無徧知至集法智集類忍位惟成就一至集類智滅法忍位便成就二至滅法智滅類忍位便成就三至滅類智道法忍位便成就四至道法智道類忍位便成就五依根本定入見諦者至集類忍亦無徧知後位隨應如理思擇住修道位未離欲者道類智爲初乃至未得全離欲界染及離欲退皆成就六至全離欲以離欲第九解脫道爲初乃至離色界最後無間道先離欲者從道類智乃至未起色盡道前惟成一徧知謂順下分盡從色愛盡及無學位起色纏退亦一如前有色愛者從色愛永盡先離色者從起色盡道至未全離無色愛前成下分盡色愛盡

二從無學退起無色纏成二徧知名如前說住無學位惟成就一謂一切結永盡徧知若依根本入正決定道類智時彼所有斷亦得順下分斷徧知名者寧許根本果惟有五徧知惟色無色界見斷法斷得彼徧知名故無有失何緣惟此亦得彼名以漸次得不還果者於此斷上立彼名故又先俗道所斷下分今聖道力令永不生故彼所得斷假說爲此果今實不得欲斷徧知何故不還阿羅漢果總集諸斷立一徧知頌曰

越界得果故　二處集徧知

論曰具二緣故於所得斷總集建立爲一徧知一者越界二者得果所言集者是全一義若於無色分離染故得預流果全離染故得阿羅漢若於欲界分離染故得一來果全離染故得不還果若於色界分離全離俱不得果惟於二處具足二緣謂得果時亦即越界故阿羅漢及不還果集所得斷立一徧知爾時總起一味得故餘二果時得雖一味而未越界色愛盡時雖是越界無一味得故於彼位不集徧知要具二緣方總集故誰捨誰得幾種徧知頌曰

捨一二五六　得亦然除五

論曰言捨一者謂從無學及色愛盡全離欲退言捨二者謂諸不還從色愛盡起欲纏退及彼獲得阿羅漢時諸先離欲依根本定入見諦者道類忍時言捨五者經主釋言謂先離欲道類智位此但應說道類忍時道類智時彼已捨故夫言得捨據將說故又應簡言依未至定入見諦者若依根本入見諦者於

欲界斷不得無漏離繫得故不得欲界見斷法斷三種徧知非先不得可言今捨言捨六者謂未離欲所有聖者得不還時得亦然者謂有得一得二得六言得一者謂勝進位集法忍等九種位中及從無學起色纏退言得二者謂從無學起無色界諸纏退時言得六者謂不還退無得五者理無容故謂先離欲依未至定入見諦者道類忍時捨五徧知得不還果此果若退可得五徧知此退既無故無容得五豈不勝進得聖果時於諸無爲更起勝得乍可名得寧捨徧知約斷實然恒成就故但今且據九徧知中若得異名本名便失說名爲捨亦無有過建立徧知與斷別故

阿毗達磨藏顯宗論卷第二十八

音釋

鼞瞢 鼞都亘切瞢莫亘切鼞瞢不明也

嚬呻 嚬毗賓切呻失人切

奢摩他 梵語也此云止奢詩車切

毗鉢舍那 梵語也此云觀毗駢眉切

鉢 補末切

阿毗達磨藏顯宗論卷第二十九

尊者衆賢造

唐三藏法師玄奘奉詔譯

辯賢聖品第七之一

已辯煩惱隨諸品類雖有無量而總立爲三界五部諸煩惱斷隨所繫事雖亦無量而就勝位立九徧知然斷必由道力故得此所由道其相云何頌曰

已說煩惱斷　由見修道故　見道見聖諦
修道修九品

論曰世尊惟說有二煩惱見修所斷有差別故然諸論中開二爲五即五所斷如前已說今就略攝惟二如經斷彼但由見修道故見道謂見四聖諦理修道謂修九品差別見惟無漏修通二種准前已顯故頌不說所見聖諦其相云何頌曰

諦四名已說　謂苦集滅道　彼自體亦然
次第隨現觀

論曰佛於經中說諦有四一苦二集三滅四道於此論中亦先已說謂有爲法除諸聖道爲果性邊皆名苦諦爲因性邊皆名集諦物雖無異數分無失依彼建立現觀位中諸忍智等行相別故如四正斷出離尋等擇滅無爲名爲滅諦學無學法皆名道諦因前果後理數必然由此定應列諦名處苦居集後道在滅前何故此中果前因後隨現觀位次第而說謂隨行者現觀位中前觀前說後觀後說然或有法說次隨生如念住等或復有法說次隨便如正勝等何緣現觀次第必然如行位中如是觀故何緣加行必如是觀謂若

有法最爲逼惱修加行位理應先觀次求彼因次求彼脫後應求彼解脫方便譬如良醫先觀病者所患病狀次尋其因次思病愈後求良藥故契經言夫醫王者謂具四德能拔毒箭一善知病狀二善知病因三善知病愈四善知良藥如來亦爾爲大醫王如實了知苦集滅道故加行位依此次觀現觀位中觀次亦爾由加行力所引發故如縱心誦先所誦文故列聖諦名隨現觀次第現等覺故立現觀名正覺所緣故惟無漏此覺眞淨故得正名此聖諦名爲目何義聖者諦故得聖諦名謂惟聖者於此四諦能以聖行聖智實觀異生不然故名聖諦惟受一分是苦自體所餘並非如何可言諸有漏行皆是苦諦頌曰

苦由三苦合　如所應一切　可意非可意　餘有漏行法

論曰有三苦性一苦苦性二行苦性三壞苦性諸有漏行如其所應與此三種苦性合故皆是苦諦亦無有失所以者何諸有漏行有三可意非可意餘可意者何謂諸樂受及彼資具餘二類然此中可意有漏行法由壞苦合故名爲苦未離染者於彼壞時必定應生憂愁等故以薄伽梵契經中言諸樂受生時樂住時樂壞時苦順樂受諸行如樂受應知諸非可意有漏行法由苦苦合故名爲苦苦受受自體及順苦法現前必能惱身心故以薄伽梵契經中言諸苦受生時苦住時苦壞時樂順苦受諸行如苦受應知除此所餘有漏行法由行苦合故名爲苦因緣所造皆是非常有漏非常無非是苦故有漏法皆是苦

性豈不一切有漏行法據此皆容是行苦性不應但說非苦樂受及彼資糧爲行苦性雖有此理然於此中依不共故作如是說此三苦性其體是何應定判言三受爲體由三受故順三受法如應亦得三苦性名道無漏故非苦性攝如上所辯四聖諦中幾是世俗幾是勝義如是二諦其相云何頌曰

如瓶水世俗　彼覺破便無　慧析餘亦爾　異此名勝義

論曰諸和合物隨其所應總有二種性類差別一可以物破爲細分二可以慧析除餘法謂且於色諸和合聚破爲細分彼覺便無名世俗諦猶如瓶等非破瓶等爲瓦等時復可於中生瓶等覺有和合聚雖破爲多彼覺非無猶如水等若以勝慧析除餘法彼覺方無亦世俗諦非水等彼慧析除色等時復可於中生水等覺故於彼物未破析時以世想名施設爲彼施設有故名爲世俗依世俗理說有瓶等是實非虛名世俗諦如世俗理說爲有故若物異此名勝義諦謂彼物覺彼破不無及慧析餘彼覺仍有名勝義諦猶如色等如色等物碎爲細分漸漸破析乃至極微或以勝慧析除味等彼色等覺如本恒存受等亦然但非色法無細分故不可碎彼以爲細分乃至極微然可以慧析至刹那或可析除餘想等法彼受等覺如本恒存此眞實有故名勝義以一切時體恒有故依勝義理說有色等是實非虛名勝義諦如勝義理說爲有故由此四聖諦皆勝義諦攝細分別時覺不捨故諸世俗諦依勝義理世俗自體爲有爲

無若言是有諦應惟一若言是無諦應無二此應決定判言是有以彼尊者世友說言無倒顯義名是世俗諦此名所顯義是勝義諦名是實物如先已辯豈不已言諦應惟一理實應爾非勝義空可名諦故何故立二即勝義中依少別理立爲世俗非由體異所以爾者名是言彼隨世俗情流布性故依如是義應作是言謂是世俗必有勝義有是勝義而非世俗謂但除名餘實有義即依勝義是有義中約少分理名世俗諦約少分理名勝義諦謂無簡別總相所取一合相理名世俗諦若有簡別別相所取或類或物名勝義諦如於一體有漏事中所取果義名爲苦諦所取因義名爲集諦或如一體心心所法有具六因及四緣性由如是理於大仙尊所說諦中無有違害如說一諦更無第二惟有一道更無餘道此四聖諦總體云何一切有爲及諸擇滅以是煩惱聖道境故染淨因果性差別故空非擇滅有自體故正見境故亦是諦攝然非煩惱聖道境故亦非染淨因果性故亦非欣猒所行境故非覺悟彼得成聖故不預此中聖諦所攝何緣煩惱不緣彼生以彼二法是無漏故不能違害有漏法故謂愛但緣有漏爲境欣無漏法違諸有故不名爲愛是善法欲若境極能順生貪愛此境徧是煩惱所緣由愛所緣便於彼滅及彼滅道不欲疑謗空非擇滅與此相違故定不爲煩惱境界豈不於二譬喻等師緣之亦生不欲疑謗寧說緣彼煩惱不生非緣彼生無智疑見障證苦滅及苦滅道如緣苦等成染汙性如阿羅

漢於道路等亦有無智疑謗現行豈可說爲染汙煩惱是故皆是不染汙性由此說無緣彼煩惱有說非謗空非擇滅但謗其名不緣其體此二惟善俗智境界於苦等諦何不亦然是故應知前說無失今應思擇於聖諦中求眞見者初修何行求見聖諦初業地中所習行儀極爲繁廣欲徧解者當於衆聖所集觀行諸論中求以要言之初修行者應於解脫具深意樂觀涅槃德背生死過先應方便親近善友善友能爲衆行本故具聞等力得善友名能品物機如應授法故近善友名全梵行行者既爲能說正法善友攝持應修何行頌曰

將趣見諦道　應住戒勤修　聞思修所成　謂名俱義境

論曰諸有發心將趣見諦應先安住清淨尸羅然後勤修聞所成等故世尊說依住尸羅於二法中能勤修習謂先安住清淨戒已復數親近諸瑜伽師隨瑜伽師教授誡勗精勤攝受順見諦聞聞已勤求所聞法義令師教誡所生慧增漸勝漸明乃至淳熟非惟於此生喜足心復於法義自專思擇如是如是決定慧生自思爲因決慧生已能勤修習諸煩惱等自相共相二對治修今於此中略攝義者謂修行者住戒勤修依聞所成慧起思所成慧依思所成慧起修所成慧此三慧相差別云何謂如次緣名俱義境理實三慧於成滿時一切皆惟緣義爲境爾時難辯三慧相別故今且約加行位辯說聞思修緣名俱義非惟緣名境有決定慧生故聞所成慧不但

緣名境然隨師說名句文力故於義差別有決定慧生此慧名爲聞所成慧約入方便說但緣名聞慧成已爲知別義復加精勤自審思擇欲令思擇無謬失故復念師教名句文身由此後時於義差別生決定慧名思所成此加行時由思義力引念名故說緣俱境思慧成已等引現前不待名言證義差別此決定慧名修所成故毗婆沙辯三慧相謂若有慧於加行時由緣名力引生義解此所引慧名聞所成若加行時由思義力引念名解由此於後生決定慧名思所成若不待名惟觀於義起內證慧名修所成此中二慧名所成者是因聞思力所生義第三修慧名所成者是即以修爲自性義如言命器食實所成諸有欲於修精勤學者如何淨身器令修速成

頌曰

具身心遠離　無不足大欲　謂已得未得

多求名所無　治相違界三　無漏無貪性

四聖種亦爾　前三惟喜足　三生具後業

爲治四愛生　我所我事欲　暫息永除故

論曰身器清淨略由三因何等謂三因一身心遠離二喜足少欲三住四聖種謂若欲令修速成者要先精勤清淨身器欲令身器得清淨者要先修習身心遠離身遠離者謂遠惡朋心遠離者謂離惡尋由身心離惡朋尋故身器清淨心易得定此二由何易可成者由於衣等喜足少欲言喜足者無不喜足少欲者無大欲諸有多求資生具者晝狎惡朋侶夜起惡尋思由此無容令心得定所無二種差別云何謂於已得少多衣等恨不得此

倍少倍多即於此中顯等倍勝更欣欲故名不喜足若於未得少多衣等求得故名大欲諸所有物足能治苦若更多求便越善品是此中義如契經言隨有所得身安樂者令心易定及能說法由此希求治苦物者是爲助道非爲過失故於已得能治苦緣更求少多名不喜足於全未得過量希求名爲大欲是二別相喜足少欲能治此故與此相違應知相別謂治不喜足不喜足相違是喜足相能治大欲大欲相違是少欲相是於已得能治苦物不更希求名爲喜足於所未得能治苦物不過量求名少欲義喜足少欲界繫通三亦有越三無漏攝者謂欲界繫善心相應喜足少欲是欲界繫二界無無漏例此應說所治二種惟欲界繫以何證知色無色界亦有能治喜足少欲以現見有生在欲界從色無色等引起時所治二種現行遠故能治二種現行增故已說喜足少欲別相二種通相所謂無貪以二俱能對治貪故所治通相所謂欲貪聖種應知如能治說謂亦通三界無漏是無貪如無色中雖無衣等而亦得有無貪善根故無色中雖無怨境而亦得有無瞋善根如彼不貪身亦不貪資具故無色界具四聖種受欲聖者於聖種中有阿世耶而無加行衆聖種故名爲聖種聖衆皆從此四生故展轉承嗣次第不絕前爲後種世所極成衆聖法身皆從於衣生喜足等力所引起是聖族姓得聖種名四中前三體惟喜足謂於衣服飲食卧具隨所得中皆生喜足此三喜足即三聖種無貪善根有多品類於中若治不

喜足貪此乃名爲前三聖種第四聖種謂樂斷修斷謂離繫修謂聖道樂謂於彼情深欣慕以樂斷及修名樂斷修即是欣慕滅及道義或樂斷之修名樂斷修即是欣慕滅之道義爲證惑滅樂修道故由此能治有無有貪故此亦以無貪爲性豈不第四亦能治瞋等則應亦以無瞋等爲性非無此義然以前三爲資糧故前三惟是無貪性故此亦自能對治貪故從顯偏說何緣惟立喜足爲聖種非少欲耶以少欲者容於衣等物有希求故謂有意樂性下劣者於未得境不敢多求設已得多容求不猒見喜足者少有所得尚不更求況復多得故惟喜足建立聖種或爲遮止苦行者欲不說少欲以爲聖種非彼外道心有勝欲恒有劣欲熏相續故或隨所得生歡

喜心不更欣求名爲喜足斷樂欲樂此爲最勝欲界有情多樂欲樂此樂欲樂違出家心於離惑中令心闇鈍能障梵行靜慮現前爲過最深喜足能治故惟喜足建立聖種非於未得多衣等中起希求時心生歡喜何況於少是故少欲於能對治樂欲樂中非最勝故不立聖種緣衣服等所生喜足如何可說是無漏耶誰言如是喜足是無漏若爾聖種寧皆通無漏由彼增上所生聖道彼所引故從彼爲名故言聖種皆通無漏不作是言緣衣服等所有喜足皆通無漏少欲無漏准此應釋謂彼增上所生聖道彼所引故從彼爲名非聖道生緣衣等境世尊何故說四聖種以諸弟子捨俗生具及俗事業歸佛出家爲彼顯示於佛聖法毗柰耶中有能助道生具事

業謂有猒離生死居家出家求脫有何生具於隨所得衣服等中深生喜足作何事業深樂斷修異此無能證涅槃故何緣惟四不增不減齊此滿足聖生因故謂聖生因略有二種一棄捨過二攝持德如次即是前三第四是故惟四不增不減或聞思修所成諸善皆是聖種解脫依故然爲對治四種愛生是故世尊略說四種以契經說有四愛生故契經言苾芻諦聽愛因衣服應生時生應住時住應執時執如是愛因飲食卧具及有無有皆如是說爲治此四故惟說四聖種於藥喜足何非聖種不說於彼有愛生故爲治愛生建立聖種經惟說有四種愛生是故於藥不立聖種或即攝在前三中故謂藥有在衣服中攝有在飲食中攝有在卧具中攝故於藥喜足不別立聖種或若於中引憍等過對治彼故建立聖種於藥無引憍等過生故聖種無於藥喜足或一切人皆受用者於彼喜足可立聖種非彼尊者縛矩羅等曾無有病受用藥故或一切時應受用者於彼喜足可立聖種非一切時受用藥故或醫方論亦見說有於藥喜足毗柰耶中方見說有衣等喜足聖種惟在內法有故有言雖有於藥喜足而不建立爲聖種者諸藥有能順梵行故謂世現見樂學戒者於藥喜足障梵行故或佛爲欲暫息永除我我所事欲故說四聖種謂爲暫息我所事欲故說前三聖種爲永滅除及我事欲故說第四聖種我所我執立以欲名謂爲暫時息我所執故世尊說前三聖種即於衣等所生喜足及彼增上所引聖道爲永滅

除及我事執故世尊說第四聖種即樂斷修及彼增上所引聖道皆名聖種此門意顯令有身見暫息永除說四聖種如是已說將趣見諦所應修行及修行已爲修速成淨治身器既集如是聖道資糧欲正入修由何門入頌曰

入修要二門　不淨觀息念　貪尋增上者

如次第應修

論曰諸有情類行別衆多故入修門亦有多種然彼多分依二門入一不淨觀二持息念故惟此二名曰要門爲諸有情入皆由二不爾如次貪尋增者謂貪增者入依初門尋增上者入依息念如非一病一藥能除就近治門說不淨觀能治貪病非不治餘息念治尋應知亦爾然持息念緣無差别微細境故所緣繫屬自相續故非如不淨觀緣多外境故能止亂尋既已總說貪尋增者入修如次由前二門此中先應辯不淨觀如是觀相云何頌曰

爲通治四貪　且辯觀骨鎖　廣至海復略

名初習業位　除足至頭半　名爲已熟修

繫心在眉間　名超作意位

論曰修不淨觀正爲治貪然貪差别略有四種一顯色貪二形色貪三妙觸貪四供奉貪對治四貪依二思擇一觀内屍二觀外屍利根初依前鈍根初依後謂利根者先於内身皮爲邊際足上頂下周徧觀察令心猒患若鈍根者由根鈍故煩惱猛利難可摧伏藉外緣力方能伏治故先明了觀察外屍漸令自心煩惱摧伏謂彼初欲觀外屍時先起慈心

往施身處觀外屍相以況內身彼相既然此亦應爾應修八想伏治四貪爲欲伏治顯色貪故修青瘀想及黑赤想爲欲伏治形色貪故修彼食想及分離想爲欲伏治妙觸貪故修破壞想及骸骨想爲欲伏治供奉貪故修胮脹想及膿爛想許緣骨鎖修不淨觀通能伏治如是四貪以一骨鎖中具離四貪境故應且辯修骨鎖觀然於引發諸善根時補特伽羅約所修行說有三位一初習業二已熟修三超作意且觀行者欲修如是不淨觀時應先繫心於自身分或於足指或於眉間或鼻頬中或於額等隨所樂處專注不移爲令等持得堅牢故從入已去名初習業入言爲顯最初繫心假想自身足指等處下至能見錢量白骨由勝解力漸廣漸增乃至具見全身骨鎖謂於此位諸瑜伽師假想思惟皮肉爛墮漸令骨淨初量如錢乃至徧身皆成白骨彼於此位有多想轉想轉言顯不捨所縁數數轉生餘勝解想有餘師說觀行未成作意但由想力故轉觀行成已便由慧力此位未成故由想轉應知此中所言作意總顯一切心心所法皆由想力相續而轉見全身已復方便入縁外白骨不淨觀門謂爲漸令勝解增故觀外骨鎖在已身邊漸徧一牀一房一寺一園一邑一界一國乃至徧地以海爲邊於其中間骨鎖充滿爲令勝解漸復增故於所廣事漸略而觀乃至惟觀自身骨鎖齊此漸略不淨觀成名瑜伽師初習業位爲令略觀勝解漸增於自骨中復除足骨思惟餘骨繫心而住漸次乃至除頭半骨思惟半骨

繫心而住齊此轉略不淨觀成名瑜伽師已熟修位爲令略觀勝解自在除半頭骨繫心眉間專注一緣湛然而住齊此極略不淨觀成名瑜伽師超作意位應知至此不淨觀成諸所應爲皆究竟故所緣自在若小若大應作四句如理應思隨欲而觀伏煩惱故不名顛倒得名爲善此不淨觀何性幾地緣何境何處生何行相緣何世爲有漏爲無漏爲離染得爲加行得頌曰

無貪性十地　緣欲色人生　不淨自世緣有漏通二得

論曰如先所問今次第答謂此觀以無貪爲性違逆作意爲因所引猒惡棄背與貪相翻應知此中名不淨觀應是慧者理亦不然觀所順故謂不淨觀能近治貪故應正以無貪爲性貪因淨相由觀力除故説無貪爲觀所順諸不淨觀皆是無貪非諸無貪皆不淨觀惟能伏治顯色等貪方説名爲此觀體故此約自性若兼隨行具以四蘊五蘊爲性通依十地謂四靜慮及四近分中間欲界惟爾所地此容有故此觀惟緣欲界色處境欲界顯形爲此觀境故若爾何故契經中言耳根律儀所防護者住不淨觀乃至廣説此言爲説諸爲色貪所摧伏者彼必由爲緣聲等貪之所摧伏故欲摧伏緣色貪者必先應住耳根律儀由此方能住不淨觀有説此觀惟依意識能引所餘違逆行相故若有住耳根律儀彼必應先住不淨觀此不淨觀力能徧緣欲界所攝一切色處若謂尊者阿泥律陀不能觀天以爲不淨舍利子等於佛色身亦不能

觀以爲不淨如何此觀徧緣欲色此難不然勝無滅者能觀天色爲不淨故佛能觀佛微妙色身爲不淨故由是此觀定能徧緣欲色爲境由此已顯緣義非名亦已顯成通緣三性初習業者惟依人趣能生此觀非北俱盧天趣中無青瘀等故不能初起先於此起後生彼處亦得現前此觀行相惟不淨轉是善性故體應是淨約行相故說爲不淨是身念住攝加行非根本雖與喜樂捨三根相應而猒俱行如苦集忍智隨在何世緣自世境若不生法通緣三世此觀行相非非常等十六行攝故惟有漏通加行得及離染得離彼彼地染得彼彼定時亦即獲得彼地此觀離染得已於後後時亦由加行令得現起未離染者惟加行得此中一切聖最後有異生皆通未曾餘惟曾得說不淨觀相差別已次應辯持息念此差別相云何頌曰

息念慧五地　緣風依欲身　二得實外無

有六謂數等

論曰言息念者即契經中所說阿那阿波那念言阿那者謂持息入是引外風令入身義阿波那者謂持息出是引內風令出身義如契經說苾芻當知持息入者飲吸外風令入身內持息出者驅擯內風令出身外慧由念力觀此爲境故名阿那阿波那念有餘師說言阿那者謂能持來阿波那者謂能持去此言意顯入息出息有能持義慧由念觀此故得此念名辯屬身風略有六種一入息風二出息風三發語風四除棄風五隨轉風六動身風謂諸有情處胎卵位先於齊處業生風

起穿身成穴如藕根莖最初有風來入身內乘茲口鼻餘風續入此初及後名入息風此入息風適至身內有風續出名出息風如鍛金師開鞴囊口自然風入風性法爾但有孔隙必隨入故入已按之其風還出入息出息次第亦然理實此風無入無出但如是轉能損益身相續道中假名入出入息轉位能遂身中腐敗汙垢諸臭穢物增長火界令身輕舉出息轉時能除鬱蒸損減火界令身沉重發語風者謂有別風是欲爲先展轉所引發語心起所令增盛生從齊處流轉衝喉擊異熟生長養大種引等流性風大種生皷動齒脣舌腭差別由此勢力引起未來顯名句文造色自性此居口內名語亦業流出外時但名爲語心生大種其理極成謂見貪瞋癡心

起者面有潤燥亂色異常又亦傳聞懷瞋毒者面門生焰非有慈心貪引火生焚身等故除棄風者謂有別風隨便路行能蠲二穢由穢內逼有苦受生由苦受生發除棄欲由除棄欲引起風心此心起風成除棄業又此風力令身安隱隨轉風者謂有別風徧隨身支諸毛孔轉由此故得隨轉風名此不依心但依業力隨身孔隙自然流行由此能除依孔隙住腐敗汙垢諸臭穢物動身風者謂有別風能繫動身引起表業應知此起以心爲因徧諸身支能爲擊動因顯風義乘辯六風然於此中正明二息此中意辯持息念故此念自性是慧非餘以契經說了知言故此品念勝故得念名由念力記持入出息量故爲顯緣息定慧得成由念功能故說爲念并隨行

性應准前門此念所依惟通五地謂依欲界靜慮中間及初二三靜慮近分由此但與捨根相應爲對治尋修此念故樂苦等受能順引發親里等尋故對治尋要任運受現在前位有說下三根本靜慮正在定位亦有捨受彼說此念通依八地上定現前息便無故此念但緣息風爲境非通緣上所說六風此念初依欲界身起惟人天趣除北俱盧惟加行得非離染得未離染者定由加行現在前故非離染得地所攝故已說皆是近分地攝非根本故又此念惟是勝加行引故不應說此有離染得此惟眞實作意相應有說亦通勝解作意正法有情方能修習外道無有無說者故彼不能覺微細法故此與我執極相違故彼我執有故此念無由具六因此相圓滿何等爲六一數二隨三止四觀五轉六淨數謂繫心數入出息從一至十不減不增恐心於境極聚散故然於此中容有三失一數減失二數增失三雜亂失復有三失一太緩失二太急失三散亂失若十中間心散亂者復應從一次第數之終而復始乃至得定凡數息時應先數入以初生位入息在先乃至死時出息最後如是覺察死生位故於非常想漸能修習隨謂繫心隨入出息念入出息爲短爲長爲遠至何復還旋返且念入息爲行徧身爲行一分隨彼息入行至喉心臍髖髀膝脛踝足指念恒隨逐止謂繫念惟在鼻端或在眉間乃至足指隨所樂處安止其心觀息住身如珠中縷爲冷爲煖爲損爲益觀謂觀察此息風已兼觀息俱大種造色及依色

住心及心所具觀五蘊以爲境界轉謂移轉緣息風覺安置後後勝善根中謂念住爲初至出第一法淨謂昇進入見道等有餘師説念住爲初金剛喻定爲後名轉盡智等方名淨息相差别云何應知頌曰

入出息隨身　依二差别轉　情數非執受　等流非下緣

論曰隨身生地息彼地攝以息是身一分攝故此入出息轉依身心差别故本論説息依身轉亦依心轉隨其所應具四緣故息方得轉依此理説隨所應言顯息必依身心差别言四緣者一入出息所依身二毛孔開三風道通四入出息地麤心現前於此四中隨有所闕息便不轉此入出息有情數收無覺身中息無有故是雖從外來而繫屬内義此入出息非有執受以息闕減執受相故身中雖有有執受風而此息風惟無執受此入出息體是等流是同類因所生果故身中雖有長養異熟風而此息風惟是等流性身增長位息便損減身損減時息增長故非所長養斷已於後更相續故非異熟生餘異熟色無此相故惟自上地心之所觀非下地心所緣境故謂生欲界起欲界心彼欲界身欲界息依欲界心轉即彼心所觀若生欲界起初定心彼欲界身欲界息依初定心轉即彼心所觀起二三定心皆准前應説生初靜慮起三地心生二生三起二起自准生欲界如理應説若生上地起下地心彼上地身上地息依下地心轉非彼心所觀如是欲界息四地心所觀初二三定息如其次第爲三二地息地心

所觀有息地四無息地五住有息地起無息地心息必不轉住無息地起有息地心息亦不轉住有息地起有息地心隨其所應有入出息轉所辯持息念成滿相云何應作是言若觀行者住想觀息微細徐流謂想徧身如筒一穴息風連續如貫末尼不能動身不發身識齊此應說持息念成有餘師言增長自在所作事辦名此念成初增長言顯持息念下中上品次第成立乃至若時隨其所樂能入能出名爲自在若於此位能攝益身遠耽嗜依尋名所作事辦有餘師說若具六相遠離三失或若具足修十六種殊勝行相齊此應說持息念成經說息念有十七種謂念入出息了知我已念入出息短入出息長覺徧身止身行覺喜覺樂覺心行止心行覺心令心歡喜令心攝持令心解脫隨觀非常隨觀斷隨觀離隨觀滅如是一一皆自了知此十七中初是總觀後十六種是差別觀約四念住如次應知各有四門成十六種如何覺心行可愛念住攝因受果名故無有過非此中說心行謂思應知此中受名心行謂由耽著樂受味故便於彼彼境界或生思造作心名爲心行受是思因故名心行無失或但能覺受自體者義准亦於思等自體次第能覺生住壞相如嘗大海一滴水鹹則亦徧知大海水味故惟覺受名覺心行廣解一一相如經

釋中辯

阿毗達磨藏顯宗論卷第二十九

音釋

析先擊切分也　誡勗誡古隘切訓也勗許玉切勉也　胖脹胖匹絳切脹知亮切　驅擯驅豈俱切逐也擯必刃切斥也　齎祖奚切與賫同　鍛一貫切冶金也　鞴囊鞴蒲拜切囊奴當切鞴囊吹火韋囊也　腭五各切與齶同　齒根肉也　髖髀髖苦官切髀部禮切髖髀並股骨也　膝脛膝息七切脛胡定切脚脛也　踝胡瓦切腿兩旁也

阿毗達磨藏顯宗論卷第三十

尊者衆賢造

唐三藏法師玄奘奉詔譯

辯賢聖品第七之二

如是已說入修二門由此二門心便得定心得定已復何所修頌曰

依已修成止　爲觀修念住　以自相共相
觀身受心法　自性聞等慧　餘相雜所緣
說次第隨生　治倒故惟四

論曰已修成止以爲所依爲觀速成修四念住非不得定者能如實見故如何修習四念住耶以自相共相觀身受心法謂修觀者專心一趣以自共相於身等境一一別觀修四念住分別此法與所餘法有差別義名觀自相分別此法與所餘法無差別義名觀共相且身念住觀自相者謂觀察身諸處別相觀共相者謂觀諸處同是身相或色相同或觀自相者謂觀身別相觀共相者謂觀察身與餘有爲皆非常等受等念住准此應知此四餘此俱有法所緣謂此三慧所緣何故此三各三謂自性等自性謂慧惟聞等三相雜謂皆名念住由念令慧得住所緣念慧相資勝定等故由此於慧立念住名此相雜所緣故亦名念住何緣故說三種念住爲愚行相資糧所緣三種有情故說三種或根勝解分位各三機宜不同故說三種三中相雜能斷煩惱非二能斷太減增故然相雜言亦攝慧體慧與俱有互相雜故若言自性應無所待顯有所待說相雜言惟修所成法念住攝能斷煩惱要在定中能斷惑故緣四五蘊或緣涅

槃能斷惑故法念住中共相作意能斷煩惱自相作意緣少分境故無此能四念住內前之三種惟不雜緣第四通二然三諦智惟有雜緣能斷煩惱惟滅諦智雖不雜緣亦斷煩惱身等念住各有三種緣內外俱有差別故且身念住有三種中緣自相續說名爲內緣他身等說名爲外雙緣二種說爲內外以有我愛而慢緩者應觀內身猶如外故或內如前緣無執受說名爲外緣他相續說爲內外待無執受及待自身得二名故或緣根境及俱名三或緣有情及非情數通緣二種差別爲三或緣有情外非情數及毛髮等差別爲三以彼皆從內身生故離根住故具得二名或緣有情現在名內緣外非情三世名外緣情去來說爲內外有情類故墮法數故又彼未來當墮情數正墮法數彼過去時曾墮情數正墮法數彼不生法是生類故受等三種一一各三隨其所應准前應釋此四念住說次隨生生復何緣次第如是生次如是相隨順故有情多分於諸色中好受用故不建勝法好受用色以何爲緣謂於受中情深欣樂欣樂於受由心不調心之不調由諸煩惱心田信等可令調伏隨觀此理四念住生或隨所緣麤細生故然非由此心最後觀法中涅槃極微細故彼想思等循觀受時准義已能了知其相同依心起等安色故有餘師說色可聚散可取可捨相似相續不淨苦等易了知故多分緣身生貪等故男女展轉起貪處故不淨觀持息念及分別界三入修門一切多緣身爲境故修念住位應最初觀此觀爲

因生輕安觸由輕安觸引樂受生經說身安便受樂故如是樂受依心而生淨心爲因得解脫果由是受等隨次而觀故念住生如是次第此四念住不增不減能治淨等四顛倒故觀身不淨治於不淨謂淨顛倒雖淨顛倒通緣五蘊然但觀身自性非淨便能總伏如人已觀糞體不淨亦不欣樂從糞所生如是已觀身體不淨亦不欣樂從身所生由此觀身爲不淨者於五取蘊皆不欣樂以有爲身淨想迷者彼方欣樂依身所生是故觀身爲不淨者於身所起亦不欣樂如有安住不淨觀時雖不親觀聲等爲境而於歌等棄如糞穢如是安住身念住時雖不親觀受等爲境觀身自體爲不淨故終不欣樂受等三境又雖不觀色無色境以爲不淨而於彼境非不引生不樂行相是故淨倒雖緣五蘊身念住成便能總伏後三念住雖各別觀例此應思能總伏理觀受是苦能治於苦謂樂顛倒謂若有法真可欣欲是爲樂義於多過患所雜行中見有可欣殊勝功德是名於苦謂樂顛倒此倒必用耽受爲先以於受中深耽著已方於一切遍惱所依有漏行中妄生樂想是故觀受爲苦惱時便能總伏計樂顛倒觀心非常能治非常謂常顛倒謂觀行者憎猒受故於所依心見有衆多品類差別引非常觀令現在前便於有爲不生常想故能總伏計常顛倒觀法非我能治非我謂我顛倒謂有一類聞我非常心不生喜遂作是念誰令此心有多差別彼即是我爲遮彼計復應諦觀除三所餘亦惟是法便於一切不起我想故

能總伏計我顛倒或爲對治段觸識思食如次建立身等四念住數惟有四不增不減如是熟修不淨觀持息念二加行已能次第引所縁不雜身受心法念住現前復於不雜縁法念住無間引所縁雜法念住生次應修總縁共相法念住此法念住其相云何頌曰

彼居法念住　總觀四所縁　修非常及苦
空非我行相

論曰雜縁法念住總有四種二三四五蘊爲境別故惟總縁五名此所修彼居此中修四行相總觀一切身受心法所謂非常苦空非我然於修習此念住時有餘善根能爲加行彼應次第修令現前謂彼已熟修雜縁法念住將欲修習此念住時先應總縁修非我行次觀生滅次觀縁起以觀行者先觀諸行從因生滅便於因果相屬觀門易趣入故或有欲令先觀縁起此後引起縁三義觀此觀無間修七處善於七處善得善巧故能於先來諸所見境立因果諦次第觀察如是熟修智及定已便能安立順現觀諦謂欲上界苦等各別於如是八隨次第觀修未曾修十六行相彼由聞慧於八諦中初起如斯十六行觀如隔薄綃觀見衆色齊此名爲聞慧圓滿思所成慧准此應說次於生死深生猒患欣樂涅槃寂靜功德此後多引猒觀現前方便勤修漸增漸勝引起如是能順決擇思所成攝最勝善根即所修總縁共相法念住從此無間生何善根頌曰

從此生煖法　具觀四聖諦　修十六行相
次生頂亦然　如是二善根　皆初法後四

次忍惟法念　下中品同頂　上惟觀欲苦一行一刹那　世第一亦然　皆慧五除得

論曰從順決擇勝思所成總緣共相法念住後有修所成順決擇分初善根起名爲煖法是總緣共相法念住差別如是所起是當所修能燒煩惱薪聖道火前相如鑽火位初煖相生法與煖同故名煖法此善根起分位長故能具觀察四聖諦境由此具修十六行相觀苦聖諦修四行相一非常二苦三空四非我觀集聖諦修四行相一因二集三生四緣觀滅聖諦修四行相一滅二靜三妙四離觀道聖諦修四行相一道二如三行四出此相差別如後當辯然諸煖法雖緣四諦而從多分說猒行俱以起彼時蘊想多故行者修習此煖善根下中上品漸次增進於佛所說苦集滅道生隨順信觀察諸有恒爲猛盛焰所焚燒於三寶中信爲上首有修所成順決擇分次善根起名爲頂法是總緣共相法念住差別頂聲顯此是最勝處如吉祥事至成辦時世間說爲此人至頂謂色界攝四善根中二是可動二不可動可動二中下者名煖上者名頂動中上故不動二中下者名忍於四諦境極堪忍故上者名爲世第一法世中勝故猶如醍醐閑居者言修此善品其相至頂故名頂法此境行相與煖法同謂觀四諦境修十六行相如是煖頂二種善根初安足時惟法念住後增進位四皆現前初安足言顯以行相最初遊踐四聖諦迹後增進言顯從此後下中上品次第數習諸先所得後不現前於彼不生欽重心故以勝加行引此善根

故已得中不生欽重然此頂法雖緣四諦緣三寶信多分現行此頂善根下中上品漸次增長至成滿時有修所成順決擇分勝善根起名爲忍法是總緣共相法念住差别於四諦理能忍可中此最勝故又此位忍無退墮故名爲忍法世第一法雖於聖諦亦能忍可無間必能入見道故必無退墮而不具觀四聖諦理此具觀故偏得忍名故偏說此名順諦忍此忍善根安足增進皆法念住與前有别此與見道漸相似故以見道位中惟法念住故然此忍法有下中上下中二品與頂法同謂具觀察四聖諦境及能具修十六行相上品有異惟觀欲苦與世第一相隣接故由此義准煖等善根皆能具緣三界苦等義已成立無簡别故忍下中上如何分别且下品

忍具八類心謂瑜伽師以四行相觀欲界苦名一類心如是次觀色無色苦集滅道諦所如是觀成八類心名下品忍中忍減略行相所緣謂瑜伽師以四行相觀欲界苦乃至具足以四行相觀欲界道於上界道減一行相從此名曰中品忍初如是次第漸減漸略行相所緣乃至極少惟以二心觀欲界苦如苦法忍苦法智位齊此名爲中品忍滿上忍惟觀欲界苦諦修一行相惟一刹那此善根起不相續故上忍無間有修所成初開聖道門世功德中勝是總緣共相法念住差别順決擇分攝最上善根生此即說名世第一法此有漏故名爲世間是最勝故名爲第一有士用力離同類因引聖道起故名最勝是故名爲世第一法此如上忍緣欲苦諦修一行相

惟一刹那如是減略行相所緣如是如是漸近見諦故世第一惟緣欲苦修一行相惟一刹那謂無間入離生位故此位決定無相續理然色界繫有九善根下下下中下上名煖中下中中中上名頂上下上中名忍上上名世第一煖等四法以何爲體煖等自性皆慧爲體若幷助伴皆五蘊攝定俱必有隨轉色故然除彼得勿諸聖者煖等善根重現前故然已見諦不許煖等重現在前已見諦者加行現前成無用故此中煖法初安足時於三諦中隨緣何諦法念住現在修未來四隨一行相現在修未來四惟修同分非不同分緣滅諦法念住現在修未來一隨一行相現在修未來四非初觀蘊滅能修緣蘊道後增進位於三諦中隨緣何諦隨一念住現在修未來四隨一行相現在修未來十六緣滅諦法念住現在修未來十六此初安足惟修同分者先未曾得如是種性故於諸諦中行未廣故後增進位與此相違故彼能修同分異分頂初安足於四諦中隨緣何諦法念住現在修未來四隨一行相現在修未來十六後增進位於三諦中隨緣何諦隨一念住現在修未來四隨一行相現在修未來十六緣滅諦法念住現在修未來十六忍初安足及後增進於四諦中隨緣何諦法念住現在修未來四隨一行相現在修未來十六此依忍類總相而說差別說者略所緣時隨略彼所緣不修彼行相謂具緣四具修十六若緣三二一修十二八四世第一法緣欲苦諦法

念住現在修未來四隨一行相現在修未來四惟同分修無緣餘諦世第一法是故惟修爾所行相有餘師說近見道故似見道故惟修爾所謂苦法忍惟緣欲苦諦修四行相世第一亦然已辯所生善根相體今次應辯彼差別義頌曰

此順決擇分　四皆修所成　六地二或七
依欲界身九　三女男得二　第四女亦爾
聖由失地捨　異生由命終　初二亦退捨
依本必見諦　捨已得非先　二捨性非得

論曰此煖頂忍世第一法四殊勝善根名順決擇分由下中上及上上品分爲四種如前已說決謂決斷擇謂簡擇決斷簡擇謂諸聖道以諸聖道能斷疑故及能分別四諦相故分謂分段即是見道是決擇中一分攝故煖等爲緣引決擇分順益彼故得順彼名故此名爲順決擇分如是四種皆修所成非聞思所成遠決擇分故此四善根皆依六地謂四靜慮未至中間欲界中無闕等引故餘上地亦無見道眷屬故又無色界心不緣欲界故欲界先應徧知斷故於三界中彼最麤故此四善根能感色界五蘊異熟爲圓滿因不能牽引衆同分故極猒諸有欣圓寂故或聲爲顯二有異說謂煖頂二尊者妙音說依前六及欲七地對法諸師不許彼說非聞思所成順決擇分故此四善根依欲身起人天九處除北俱盧惟依欲九身容入離生故除增上忍世第一法餘三善根三洲初起後生天處亦續現前所除亦依天處初起有餘師說若於先時曾已修治此四加行彼於天處皆得

初起此四善根惟依男女前三男女俱通得二第四女身亦得二種勿後得男身不成煖等故依男惟得男身善根聖轉至餘生亦不爲女故煖頂忍位容有轉形故二依善根展轉爲因性世第一法依女身者能爲二因女得聖已容有轉得男身理故依男身者但爲一因已得女身非擇滅故聖依此地得此善根失此地時善根方捨失地言顯還生上地異生於地若不失但失衆同分必捨此善根異生於地若不失但失衆同分必捨此善根聖身見道力所資故此四善根無命終捨寧知命終捨性異生非聖以本論說卵胎中異生惟成就身不成身業故豈不異生先依下地起煖法等後生上地亦必定捨煖等善根無如是失以彼異生爾時捨善根由捨同分故謂住死有無聖道資捨諸善根非由上地中有等起若諸聖者住死有中由聖道資不捨煖等但由上地中有等起捨下善根捨時雖同而所由別是故異生無失地捨聖者必無由命終捨異生命終雖捨忍法而定無有墮諸惡趣得惡趣生非擇滅故身是忍法曾所居故能感惡趣諸業煩惱不復能在身中行故如師子窟雜獸不居初二善根亦由退捨如是退捨異生非聖後二異生亦無退捨依根本地起煖等善根彼於此生必定得見諦以根利故猒有深故依未至中間起煖等者於此生不必得入見諦有餘師言依根本定起煖等者此生必定得至涅槃猒有深故若先捨已後重得時所得必非先之所捨由先捨已後重得時亦大劬勞方得起故於先所捨不欽敬故如先已捨別解脫戒後重受

時得未曾得煖等亦爾後得非先若先已得煖等善根經生故捨遇了分位善說法師便生頂等若不遇者還從本修失退二捨非得爲性退捨必因起過而得失捨或有由德增進得此善根有何勝利頌曰

煖必至涅槃　頂終不斷善　忍不墮惡趣
第一入離生

論曰四善根中若得煖法雖有退斷善根造無間業墮惡趣等而無久流轉必至涅槃故若爾何殊順解脫分若無障礙去見諦近此與見道行相同故是等引攝勝善根故若得頂法雖有退等而增畢竟不斷善根觀察三寶殊勝功德爲門引生淨信心故若得頂已不斷善根如何經說天授退頂由彼曾起近頂善根依未得退密作退說若得忍法雖命終捨住異生位而增無退不造無間不墮惡趣然頌但說不墮惡趣言義准已知不造無間業造無間業者必墮惡趣故忍位無退如前已辯得忍不墮諸惡趣者已遠趣彼業煩惱故得惡趣生非擇滅故由下忍力已得一切惡趣無生由上忍力復得少分生等無生少分生者謂卵濕生由此二生多愚昧故等言爲顯處身有惑處謂無想大梵北洲無想大梵僻見處故北俱盧洲無現觀故身謂扇搋等多諸煩惱故有謂第八等聖必不受故惑謂見斷惑必不復起故得世第一法雖住異生位而能趣入正性離生頌雖不言離命終捨既無間入正性離生義准已成無命終捨何緣惟此能入離生已得異生非擇滅故能如無間道捨異生性故此四善根各有三

品由聲聞等種性別故隨何種性善根已生彼可移轉向餘乘不須曰

轉聲聞種性　二成佛三餘　麟喻佛無轉
一坐成覺故

論曰未植佛乘順解脫分依聲聞種性起煖頂善根容可轉生佛乘煖頂是經長時方能起義若起彼忍無向佛乘以聲聞乘加行最久經六十劫自果必成菩薩專求利他事故爲欲拔濟無邊有情弘誓莊嚴經無量劫故往惡趣如遊園苑若不爾者無成佛義起忍得一切惡趣非擇滅故起彼忍無向佛乘斷絕衆多利他事故若時菩薩已植佛乘順解脫分爲遮惡趣展轉堅攝施戒慧三爾時無勞起餘乘忍故聲聞煖頂可轉向佛乘起忍則無轉成佛義依聲聞種性起煖頂忍三皆可轉生獨覺乘道非聲聞種性忍法已生於獨覺菩提有能障義故起彼忍亦成獨覺此在佛外故頌言餘起獨覺乘種性煖頂爲有轉向餘乘理不然獨覺乘總有二種一麟角喻二先聲聞若先聲聞如聲聞說麟喻及佛俱不可轉以俱一坐成菩提故第四靜慮是不傾動最極明利三摩地故堪爲麟喻大覺所依故彼俱依第四靜慮從身念住至盡無生惟於一坐能次第起故麟角喻及佛種性煖等善根皆不可轉頗有初植順解脫分此生即能起順決擇分耶不爾云何頌曰

前順解脫分　速三生解脫　聞思成三業
植在人三洲

論曰順決擇分今生起者前生必起順解脫分諸有創植順解脫分極速三生方得解脫

謂初生植順解脱分次生成熟第三生起順決擇分即入聖道若謂第二生起順決擇分第三生入聖乃至得解脱彼言便與前説相違謂依根本地起煖等者彼必於此生得入見諦或彼應許極速二生謂第二生依根本地起煖等者彼於現生必入聖道得解脱故順解脱分聞思所成非修所成諸有未植順解脱分者彼不能植故順解脱分三業爲體最勝惟是意地意業此思願力攝起身語亦得名爲順解脱分有由少分施戒聞等便能種植順解脱分謂勝意樂至誠相續猒背生死欣樂涅槃與此相違雖多修善而不能植順解脱分由意業勝植此善根故惟人中三方能植猒離般若餘處劣故有佛出世若無佛時俱能種植順解脱分已因便説順解脱分入觀次第是正所論於中已明諸加行道世第一法爲其後邊應説從斯復生何道頌曰

世第一無間　即緣欲界苦　生無漏法忍　忍次生法智　次緣餘界苦　生類忍類智　緣集滅道諦　各生四亦然　如是十六心　名聖諦現觀　此總有三種　謂見緣事别

論曰從世第一善根無間即緣欲界苦聖諦境有無漏攝法智忍生此忍名爲苦法智忍寧知此忍是無漏攝從世第一無間而生以契經中言世第一無間入正性決定或正性離生爾時名超異生地故此忍既是決定離生一分所攝定是無漏從世第一無間而生説無漏言爲欲簡别世第一法所從世忍此無漏忍以欲苦法爲其所緣名苦法忍謂於

苦法無始時來身見所迷執我我所今創見彼惟苦法性忍可現前名苦法忍此能引後苦法智生是彼智生障之對治故復名曰苦法智忍即此名入正性決定亦復名入正性離生由此是初入正性決定亦如初入正性離生故經說正性所謂涅槃或正性言目諸聖道能決趣涅槃或決了諦相故諸聖道得決定名至得決定說名爲入若爾何緣於無漏慧惟初見諦得決定名以於爾時於諸諦理初得難毀決定見故或於爾時望餘位道有非一種決定相故煩惱名生如契經說何謂生臭謂諸煩惱見位初越故名離生有說生言目根未熟見位初趣故名離生至得離生說名爲入捨異生性諸說不同有言世第一有言苦法忍有言共捨由此二種如無間道解脫道故此忍無間即緣欲苦有法智生名苦法智於惟是苦法得決斷慧故應知此智亦無漏攝前無漏言徧流後故如緣欲界苦聖諦境有苦法忍苦法智生如是復於法智無間總緣餘界苦聖諦境有類智忍生名苦類智忍此忍無間即緣此境有類智生名苦類智最初證知諸法真理故名法智此後境智與前相似故得類名是後隨前而證境義或從前生故後得前類名如世間言子是父類即是從欲界苦決定覺所生餘界苦決定覺義如緣苦諦欲界及餘生法類忍法類智四緣餘三諦各四亦然即緣一一有四心義如是次第有十六心總說名爲聖諦現觀以於三界四聖諦境次第現前如實觀故初習業地於諸諦境多返旋環已淳熟故今於

此位能如是觀餘部有言惟頓現觀彼言旣總理或無違以諦現觀總有三種其三者何謂見緣事惟無漏慧於諸諦境如實覺了名見現觀是即由見分明現前如實而觀四諦境義即無漏慧幷餘相應同一所緣各緣現觀是即由見等心心所法同能取所緣四諦境義即諸能緣幷餘俱有同一事業名事現觀是即由見等心心所法幷餘俱有戒及生相等於諸諦中同所作義戒生相等是現觀因於現觀中彼有事用故亦於彼立現觀名如是應知不相應法惟一現觀除慧所餘心心所法有二現觀惟無漏慧具足有三諸說名爲頓現觀者謂於一諦得現觀時於餘諦中亦得現觀故於前說頓現觀宗應審推徵依何現觀若言依事應讚言善以於苦諦得現觀時於苦具三於餘惟事謂初觀見苦聖諦時盡煩惱故即名斷集得擇滅故即名證滅起對治故即名修道以見苦位於集等三有斷證修事現觀故約事現觀名頓無失若言依見應撥言非此現觀必漸諸諦相別故一見理無多行相故隨彼自相一一諦中世尊說言各別見故已辯現觀具十六心此十六心爲依何地頌曰

皆與世第一　同依於一地

論曰隨世第一所依諸地應知即此十六心依彼依六地如前已說謂四靜慮未至中間何緣必有如是忍智前後次第相雜而起頌曰

忍智如次第　無間解脫道

論曰十六心中四法類忍名無間道四法類

智名解脱道名如前說能忍可先來未見欲苦初念無漏慧名苦法忍以契經中世尊自說若於此法以下劣慧或增上慧審察忍可名隨信行隨法行故應知此忍即無間道何處說此無間道名經說一法難可通達名爲無間心等持故又世尊說有苦法智有苦類智乃至廣說非此二智同縁三界苦等境起如順理辯故於苦法忍所見欲苦中決斷解生名苦法智前忍能斷十煩惱得後智能與彼離繫得俱生經說智生隨於前忍故知後智名解脱道從此無間忍色無色未曾見苦第三刹那無漏慧生名苦類忍是見欲苦忍種類故次於苦類忍所觀上苦中決斷能生名苦類智忍智如次斷煩惱得名無間道離繫得俱名解脱道准前應說於餘三諦准苦應知故前八忍名無間道後之八智名解脱道復以何縁說斷對治名無間道說離繫得俱時起智名解脱道無間隔故名爲無間無間即道名無間道是無同類道能爲間隔令於解脱道不爲縁義諸無間道惟一刹那諸解脱道或相續故於自所治諸煩惱得已得解脱與彼斷得俱時起道名解脱道自所治言欲顯何義苦類忍等諸無間道亦與他所治離繫得俱生勿彼亦名解脱道故此十六心皆見諦理一切皆說見道攝耶不爾云何

頌曰

前十五見道　見未曾見故

論曰見未曾見四聖諦理名爲見道故於現觀十六心中前十五心是見道攝道類忍位於諸諦中見圓滿故至第十六道類智時雖

亦有一先未知諦而無一諦先未見者以一切忍皆見性故由此爾時不名見道豈不亦見曾未見諦謂道類智見道類忍相應俱有一念道故諸有惟見曾未見者名爲見道爾時通見曾未曾見故無此失或此約諦不約刹那非爾時觀未曾見諦非於一諦多刹那中未見一刹那可名未見諦如刈畦稻惟餘一科不可名爲此畦未刈故見未見名爲見道是見道相義善成立故我宗說現觀後邊道類智品是修道攝兼修異境智行相故

阿毗達磨藏顯宗論卷第三十

音釋

刈畦 刈牛例切割也畦戶圭切田區也

阿毗達磨藏顯宗論卷第三十一

尊者衆賢造

唐三藏法師玄奘奉詔譯

辯賢聖品第七之三

已辯見修二道生異當依此道分位差別建立衆聖補特伽羅且依見道十五心位建立衆聖有差別者頌曰

名隨信法行　由根鈍利別　具修惑斷一
至五向初果　斷次三向二　離八地向三

論曰見道位中聖者有二一隨信行二隨法行由根鈍利別立二名諸鈍根名隨信行者由先信敬力修習加行故諸利根名隨法行者由先樂觀察修習加行故諸有情類種性差別法爾先來如是安住於諸事業有不樂觀或有樂觀能不能轉即二聖者由於修惑具斷有殊立爲三向謂彼二聖若於先來未以世道斷修斷惑名爲具縛惑先已斷欲界一品乃至五品至此位中名初果向趣初果故言初果者謂預流果此於一切沙門果中必初得故若先已斷欲界六品或七八品至此位中名第二果向趣第二果故第二果者謂一來果徧得果中此第二故若先已離欲界九品或先已斷初定一品乃至具離無所有處至此位中名第三果向趣第三果故第三果者謂不還果數准前釋如是隨信隨法行者由先具縛斷惑有殊數別各成七十三種謂於欲界具縛爲初至斷九品以爲第十如是乃至無所有處地地各九爲七十三諸後具縛即前離九故後七地無別具縛次依修道道類智時建立衆聖有差別者頌曰

至第十六心　隨三向住果　名信解見至
亦由鈍利別
論曰即前隨信隨法行者至第十六道類智
心名爲住果不復名向隨前三向令住三果
謂前預流向令住預流果前一來向令住一
來果前不還向令住不還果阿羅漢果必無
初得異生無容離有頂故見道無容斷修惑
故至住果位捨得二名謂不復名隨信法行
轉得信解見至二名此亦由根鈍利差別諸
鈍根者先名隨信行今名信解由信增上力
勝解顯故諸利根者先名隨法行今名見至
由慧增上力正見顯故何緣先時斷修所斷
欲一至五或七八品初定一品廣說乃至無
所有處第九品惑至第十六道類智心但名
預流一來不還果非一來不還阿羅漢向頌
曰
諸得果位中　未得勝果道　故未起勝道
名住果非向
論曰依得聖道建立八聖故初得果位未得
勝果道以得果心於勝果道所對治惑非對
法故非非彼治現在前時得彼治道其理決
定又非得果時即有勝果道所斷煩惱離繫
得生道類忍不能斷彼繫得故若道力能斷
彼繫得此道引彼離繫得生可說此道能證
彼滅以得前果時未得勝果道故住果者乃
至未起勝果道時雖先已斷修所斷惑欲一
品等但名住果不名後向後於何時得先所
斷脩惑離繫無漏得耶於勝果道現前時得
爲諸先斷後修斷惑入離生位得前果已此
生定起勝果道耶理必應然以本論說聖生

第四靜慮以上無漏樂根定成就故彼障巳斷必欣彼故障巳斷道易現前故如是巳依先具倍離及全離欲入見諦者十六心位立衆聖別當約修惑辯漸次生能對治道分位差別頌曰

地地失德九 下中上各三

論曰失謂過失即所治障德謂功德即能治道如先巳辯欲修斷惑九品差別上四靜慮及四無色應知亦然生死無非九地攝故如所治障一一地中各有九品諸能治道無間解脫九品亦然失德如何各分九品謂根本品有下中上此三各分下中上別由此失德各分九品謂下下下中下上中下中中中上上下上中上上品應知此中下下品道勢力能斷上上品障如是乃至上上品道勢力能斷下下品障上上品等諸能治德初未有故此德有時上上品等失巳無故應知此中智雖勝惑未增盛故道名下品相續中惑雖極難斷細隨行故障名下品依如是理應立譬喻如浣衣位麤垢先除於後後時漸除細垢又如麤闇小明能滅要以大明方滅細闇失德相對理亦應然由此可言白勝黒劣以刹那頃能治道生拔無始來諸惑根故巳辯失德差別九品次當依彼立聖者別且諸有學修道位中總亦名爲信解見至隨位復有多種差別先應建立都未斷者頌曰

未斷修斷失 住果極七返

論曰諸住果者於一切地修所斷失全未斷時名爲預流生極七返七返言顯七往返生是人天中各七生義極言爲顯受生最多非

諸預流皆定七返故契經說極七返生是彼最多七返生義經說與此義無差別諸無漏道總名爲流由此爲因趣涅槃故預言爲顯最初至得彼預流故說名預流此預流名爲目何義若初得道名爲預流則預流名應目第八若初得果名爲預流則倍離欲全離欲者至道類智應名預流此預流名目初得果然倍離欲全離欲者至道類智不名預流約修惑斷立彼果故預流必依徧得果者初所得果以立名故一來不還非定初得唯有此果必初得故何緣此名不目第八未具得向果無漏道故未具得見修無漏道故未徧至得現觀流故八忍八智名現觀流道類智時皆具至得是故第八不名預流由此預流唯是初果彼從此後欲人天中各受七生應言十四何故說彼極受七生此責不然七數等故如七葉樹及七處善聖道力故不過七有中間雖有聖道現前餘業力持不證圓寂唯依佛出世有別解律儀故彼第七有若不遇佛法便在家得阿羅漢果既得果巳必不住家苾芻威儀法爾成就雖不會遇前佛所說而於餘命生極猒心不經久時便入圓寂若於人趣得預流果人中滿七天准應知非聖亦有極七返生相續成熟得涅槃義然非決定是故不說巳辯修惑都未斷者名果預流極七返生今次應辯斷位衆聖且應建立一來向果頌曰

斷欲三四品　三二生家家　斷五至二向
斷六一來果

論曰即預流者進斷修惑若三緣具轉名家

家一由斷惑斷欲修惑三四品故謂或於先異生位斷或今預流進修位斷二由成根得能治彼無漏根故謂已成就彼能治道三品四品無漏諸根三由受生更受欲有三二生故謂斷三品更受三生若斷四品更受二生此三二生由異生位造作及增長感三二生業非諸聖者於聖位中更能新作牽後有業以背生死向涅槃故由此契經說諸聖者唯受故業更不造新若三緣中隨闕一種闕二全闕不名家家何故成根頌中不說預流果後說進斷惑成能治彼無漏諸根義准已成故不具說若爾應不說三二生言說斷三四品義已成故謂已進斷三四品惑決定餘有三生二生故說家家家相不圓滿則應於頌更說等聲方可具收家家三相或應不說三二生言然頌中言三二生者以有增進於所受生或少或無或過此故應知總有二種家家一天家家謂欲天趣生三二家而證圓寂或一天處或二或三二人家家謂於人趣生三二家而證圓寂或一洲處或二或三若有七生生不滿七非家家位中間涅槃何類所攝攝屬七生七中極聲顯極多故由此已顯生未滿前得般涅槃亦是彼攝根最鈍者具經七生非諸利根生定滿七寧無斷五亦名家家以斷五時必斷第六非一品惑能障得果猶如一間未越界故即預流者進斷欲界一品修惑乃至五品應知轉名一來果向若斷第六成一來果彼往天上一來人間而般涅槃名一來果過此已後更無生故即由此義證家家中若天家家受三生者人間受二天

上受二受二生者人一天二如應例釋人中家家若謂不然彼一來果有何異彼二生家家彼貪瞋癡惟餘下品故即一來果名薄貪瞋癡已辯一來向果差别次應建立不還向果頌曰

斷七或八品　一生名一間　此即第三向

斷九不還果

論曰即一來者進斷餘惑若三縁具轉名一間一由斷惑斷欲界中修斷七品或八品故二由成根得能治彼無間解脫無漏根故三由受生更受欲有天或人中餘一生故若三縁中隨闕一種闕二全闕不名一間成無漏根頌中不說及應復說一生所因准家家中如應當釋所言間者是隙異名謂彼位中由有一隙容一生故未得涅槃或此間名目間隔義謂於彼位有餘一生爲間隔故不證圓寂有一間者說名一間如何有餘一品修或能爲障礙令受欲界生名爲一間未得不還果若斷此品便爲超越欲界所繫諸業煩惱異熟等流二果地故彼極爲礙容更受生斷六品時未越彼地故無斷五中間受生現身不能證一來果即斷修惑七八品者應知亦名不還果向先斷三四七八品惑入見諦者後得果時即名家家及一間不此未名曰家家一間未得治彼無漏根故初得果位果道現前爾時未修勝果道故要至後位起勝果道方得名曰家家一間治彼無漏根爾時方得故即先成就一來果者斷欲界惑九品盡時捨一來名得不還果必不還受欲界生故此惑名爲五下結斷此據集斷密作是說必

無五結俱時斷理或二或三先已斷故依不還位諸契經中以種種門建立差別今次應辯彼差別相頌曰

此中生有行　無行般涅槃　上流若雜修
能往色究竟　超半超徧殁　餘能往有頂
行無色有四　住此般涅槃

論曰此不還者總說有七且行色界差別有五一中般涅槃二生般涅槃三有行般涅槃四無行般涅槃五者上流此於中間般涅槃故說此名曰中般涅槃如是應知此於生已此由有行此由無行般涅槃故名生般等此上流故名為上流言中般者謂有一類補特伽羅已於生結得非擇滅起結不爾彼於欲界遇逼惱緣之所逼惱便能自勉修斷餘結殊勝加行加行未滿遇捨命緣遂致命終由起結力受色中有猒多苦故乘前起道進斷餘結成阿羅漢得般涅槃言生般者謂有一類補特伽羅由先具造順起生業及增長故欲界殁已受色界生由具勤修速進道故生已不久成阿羅漢盡其壽量方般涅槃約有餘依說為生般非纔生已便般無餘彼捨壽中無自在故言有行般無行般者謂有一類補特伽羅生已多時方成無學於中有一勇猛精進有一禀性慢緩懈怠如次名為有行無行謂若一類先欲界中依不息加行三摩地力斷五下分結成不還果後生色界經於多時還能進修前種類道成阿羅漢名有行般無行般者與此相違或色界生經多時已依止苦行解脫餘結名有行般以彼修習依功用道般涅槃故與此相違名無行般豈不

中般生般現般所依止行亦有此故應立有行無行般名無如是失此義雖等而彼各有差別位故謂中般等雖亦定依苦行樂行解脫餘結而彼各有分位不同對此名爲不共差別此無如是分位別故約道不同顯其差別如何以此例彼令同故於此中所辯無失由此有說二差別者由緣有爲無爲聖道如其次第得涅槃故應知亦無餘同此失然有經說無行在先亦有經中先說有行時旣無異隨說無違有行可尊故我先說言上流者謂有一類補特伽羅上流有增非初生處即證圓寂謂欲界歿往色界生未即於中能證圓寂要轉生上方般涅槃即此上流差別有二由因及果有差別故因差別者此於靜慮由有雜修無雜修故果差別者色究竟天及有頂天爲極處故謂若於靜慮有雜修者能往色究竟方般涅槃雜修能感淨居果故即此復有三種差別全超半超徧歿異故言全超者謂色界中從一處歿往色究竟由彼先在欲界身中已具雜修四種靜慮遇緣退失上三靜慮以初靜慮愛味爲緣命終上生梵衆天處由於先世慣習勢力復能雜修第四靜慮從彼處歿生色究竟以於色界十六處所最初處歿最後處生頓越中間是全超義言半超者謂色界中從初天等漸次而歿下至中間能越一處方能往趣色究竟天超而非全是半超義言徧歿者謂於色界愛味多故一切處生由彼徧於四靜慮第十六處所一一皆有下等愛味爲感生緣從梵衆天一一處所一生歿已至色究竟方般涅槃故名

徧歿由此義准初靜慮中大梵所居非是別處即是第二梵輔天攝若異此者大梵所居僻見處故一導師故必無聖者於中受生徧歿半超應無差別應知此謂二上流中由有雜修靜慮因故往色究竟般涅槃者餘於靜慮無雜修者能往有頂方般涅槃謂彼先無雜修靜慮由於諸定愛味爲緣此歿徧生色界諸處唯不能往五淨居天色界命終於三無色次第生已後生有頂方般涅槃二上流中前是觀行後是止行樂慧樂定有差別故二上流者於下地中得般涅槃亦不違理而言此往色究竟天及有頂天依極處說無不還者於已生處受第二生由彼於生容求勝進非等劣故惟欲界歿往色界生有中有中般涅槃者非色界歿生色界者以色界中無災害故若本有位有餘障緣不得涅槃中有亦爾中有薄劣非本有故又彼若有應屬上流中般上流應無差別謂定無有差別因緣可作是言惟欲界歿受色中有便般涅槃得中般名非色界歿何緣有學未離欲貪無中有中般涅槃者欲界中有依身微劣於多事業無堪能故住本有位於欲界法尚難越度況中有中能越欲界至得應果多事業者謂越三界及永斷除二種煩惱并得二三沙門果證住中有位無如是能又此有前未曾數習九品差別煩惱治故又不還果等非中有身得斷增上惑所證得故離三界染極爲難故無欲中有能般涅槃色界中有與此皆異故有於中得涅槃者又此地中有得般涅槃惟起此地中所有聖道初靜慮地中有位中

般涅槃者惟起自地根本靜慮聖道現前非未至中間難令現前故在中有位依身微劣要易起者方能現前此五名爲行色界者行無色者差別有四謂在欲界離色界貪從此命終生於無色此中差別惟有四種謂生般等有差別故此幷前五成六不還復有不行色無色界即住於此能般涅槃名現般涅槃幷前六爲七或應總立九種不還謂現涅槃分爲二種一於先位善辯聖旨二臨終時方能善辯於上流内亦分二種一行色界二行無色幷前四爲八足轉生成九言轉生者謂於前生已得預流或一來果於今生内方得不還前現般言惟目現世初得入聖至涅槃者或不還者由根差別隨其所應分成九種或行色界五不還中復有異門分成九種頌曰

行色界有九　謂三各分三　業惑根有殊
故成三九別

論曰即行色界五種不還總立爲三各分三種故成九種何等爲三中生上流有差別故云何三種各分爲三中般涅槃分爲三者初起至遠近當生處得般涅槃有差別故生般涅槃分爲三者纔生有行無行異故此皆生已得般涅槃是故並應名爲生般於上流中分爲三者全超半超徧殁異故然諸三種一切皆由速非速經久得般涅槃故分爲九種不相雜亂如是三種九種不還由業惑根有差別故有速非速經久差別且總成三由先所集順起生後業有異故如其次第下中上品煩惱現行有差別故及上中下根有異故

此三一一如其所應亦業惑根有差別故各有三別故成九種謂初二三由惑根別各成三種非由業異後三亦由順後受業有差別故分成三種故說如是行色行還業惑根殊成三九別若爾何故諸契經中佛惟說有七善士趣頌曰

立七善士趣　由上流無別　善惡行不行有往無還故

論曰中生各三上流爲一經依此立七善士趣何故前二各分爲三第三上流惟立爲一以上行故名爲上流由此義同但立爲一前之二種雖亦義同然爲其中別相難了欲令易了故各分三上流有三相別易了無煩於彼更別建立又前二別惟有爾所易顯示故各分爲三第三上流別義多種卒難顯示故總立一謂初中般惟在將生根惑品殊故分三種第二生般惟在已生亦根惑殊故分三種上流通有將生已生將生上流復有二種謂於靜慮雜不雜修已生上流分二亦爾復於如是二上流中若無雜修容生二界若有雜修唯生一界生一界者復分爲三全超半超徧歿果故於半超內差別有多由此上流別相煩廣若一一辯難可周悉故依等義總立上流中生位中差別義少易顯了故分之爲六雖彼一一亦有同義而等第三於上流中雖有異義而等前二爲相影顯故惟立七惟此已斷欲貪瞋等非善士法及與無學大善士果極相近故經惟說此名善士趣非謂預流及一來者都不可說名善士趣佛亦說彼名善士故如契經言云何善士謂若成就

有學正見乃至成就有學正定徃上名趣謂趣上果及趣上生故惟說七或惟此七皆能行善不行不善餘則不然又惟此七徃上界生不復還來餘則不爾故但依此立善士趣諸在聖位曾經生者亦有此等差别相耶不爾云何頌曰

經欲界生聖　不徃餘界生　此及徃上生　無練根幷退

論曰若在聖位經欲界生必不徃生色無色界由彼證得不還果已定於現身般涅槃故若於色界經生聖者容有上生無色界義然天帝釋作如是言曾聞有天名色究竟我後退落當生彼者由彼不了對法相故即此已經欲界生者及已從此徃上界生諸聖必無練根及退以曾經生於自相續蘊積聖道極堅牢故及得殊勝所依身故前說上流雜修靜慮爲因能徃色究竟天先應雜修何等靜慮由何等位知雜修成復爲何緣雜修靜慮頌曰

先雜修第四　成由一念雜　爲受生現樂　及遮煩惱退

論曰諸欲雜修四靜慮者必先雜修第四靜慮以彼等持最堪能故諸樂行中彼最勝故誰於靜慮能雜熏修惟諸聖者通學無學學位惟通信解見至於無學位通時非時必先三洲雜修靜慮退生色界亦能雜修退已練根成見至性從欲界歿生色界中乘前復能雜修靜慮故六種性皆有上流於雜修時作何方便彼必先入第四靜慮多念無漏相續現前從此引生多念有漏後復多念無漏現

前如是旋環後後漸減乃至最後二念無漏次引二念有漏現前無間復生二念無漏名雜修定加行成滿從此已後不由功力任運惟從一念無漏引起一念有漏現行無間復生一念無漏如是有漏中間剎那前後剎那無漏雜故名雜修定根本圓成如是雜修第四定已乘此勢力隨其所應亦能雜修下三靜慮雜修靜慮五蘊爲體然於此中諸世俗智是四法四類八智所雜修略有三緣雜修靜慮一爲受生二爲現樂三爲遮止起煩惱退諸不還中若見至性爲前二緣若信解性具爲三緣阿羅漢中不時解脫但爲現樂時解脫者爲後二緣若雜修靜慮爲生五淨居何緣淨居處惟有五頌曰

由雜修五品　生有五淨居

論曰由雜熏修第四靜慮有五品故淨居惟五何謂五品謂下中上上勝上極品差別故此中初品三心現前便得成滿謂初無漏次起有漏後起無漏第二中品六心現前方得成滿謂二有漏爲四無漏之所雜修如是所餘隨其次第有九十二十五念心如應現前方得成滿如是五品雜修爲因如次能招五淨居果如是十五有漏無漏心皆是先來未曾得今得有餘師說初五無漏是從先來未得今得餘十皆是曾所得心前五現前時已未來修故有不起定雜修成滿有要數起方得圓成有餘師言由信等五次第增上感五淨居諸感淨居由雜修力亦由業力相資助故然惟有漏感彼異熟非無漏力棄背有故經說不還有名身證依何勝德而立此名頌

曰

得滅定不還　轉名爲身證

論曰有滅定得名得滅定即不還者若於身中有滅定得轉名身證謂不還者由身證得似涅槃法故名身證如何說彼但名身證以無心故依身生故以身俱生得勢力故彼已滅位猶名得彼何緣佛說有學福田身證不還不預其數謂世尊告給孤獨言長者當知福田有二一者有學二者無學有學十八無學惟九何等名爲十八有學謂預流向果一來向果不還向果阿羅漢向隨信法行信解見至家家一間中生有行無行上流是名十八何等名爲九種無學謂退思護安住堪達不動不退慧俱解脫是名爲九理亦應說而不說者以佛觀見有學無學由斷及根有殊勝故能生勝果名爲福田然諸不還所得滅定是有漏故不可說言自性解脫故名清淨彼所依身猶有煩惱未永斷故不可說言相續解脫故名清淨故不約成彼立有學福田無學位中有漏功德雖非自性解脫所收相續解脫故名清淨由此亦能生殊勝果是故約定及根差別說九應果皆名福田已辯不還麤相差別若細分析數成多千此中且依行色界五約諸地等五門分別謂五約地數成二十四定地中各五種故五約種性數成三十六種性中各五種故五約生處數成八十十六處中各五種故五約種性根數成九十謂退法種性下中上根有差別故數成十五乃至不動種性亦然五約地種性數成百二十謂四地中各三十故五約地種性根數

成三百六十謂四地中各九十故五約生處種性數成四百八十謂十六處各三十故五約生處種性及根數成一千四百四十謂十六處各九十故五約離染處種性根積數總成一萬二千九百六十不還差别謂以離染九品不同乘前一千四百四十

阿毗達磨藏顯宗論卷第三十一 說一切有部

音釋

阿毗達磨 梵語也此云無比法毗頻脂切 補特伽羅 梵語也此云數取趣謂數數往來諸趣也伽求加切 浣 胡管切濯也 例 力制切凡例也 緩 胡管切舒也 慣 古患切習也 僻 芳辟切偏也

阿毗達磨藏顯宗論卷第三十二

尊者衆賢造

唐三藏法師玄奘奉詔譯

辯賢聖品第七之四

已辯第三向果差別次應建立第四向果頌曰

上界修惑中　斷初定一品　至有頂八品　皆阿羅漢向　第九無間道　名金剛喻定　盡得俱盡智　成無學應果

論曰即不還者進斷色界及無色界修所斷惑從斷初定一品爲初至斷有頂八品爲後應知轉名阿羅漢向即此所說阿羅漢向中斷有頂惑第九無間道亦說名爲金剛喻定此定堅銳喻若金剛無一隨眠不能破故先已破故不破一切實有能破一切功能雖見道中亦有能斷有頂煩惱無漏對治而見斷惑可爲一品頓斷九品勢力劣故又無事惑易可斷故能治不立金剛喻名此中所明金剛喻定能治一切有事惑中最後微微極難斷品故知能破一切隨眠由此力能一刹那頃證一切惑斷無漏離繫得如是所說金剛喻定唯與六智隨一相應謂四類智滅道法智緣四聖諦十六行相通依九地義准已成故此差別説有多種且未至攝有五十二謂苦集類智觀有頂苦集作非常等因等行相與彼相應差別成八滅道法智觀欲滅道作滅靜等道等行相與彼相應差別亦八滅類智於八地滅一一別觀作四行相與彼相應成三十二道類智於八地道一切總觀作四行相與彼相應差別成四以治八地類智品

道同類相因必總緣故滅唯別緣道則不爾於隨眠品已具成立如未至攝有五十二中四靜慮應知亦然空無邊處有二十八謂除滅道法智品八及除觀下四地滅諦各四行相相應十六以依無色必無法智及緣下滅類智品故緣下地道於理無遮道必總緣前已釋故餘如前故有二十八識無邊處有二十四無所有處惟有二十謂彼於前復除觀下滅聖諦境四八行相隨其次第准前應釋諸有欲令三無色地有緣下地滅類智者彼作是說空無邊處加行十六識無邊處加前二十無所有處加二十四如是總說依無色地金剛喻定七十二種惑復說有百三十二有餘師說道類智品於八地道亦各別觀故前六地各有八十空無邊處惟有四十識無邊處有三十二無所有處有二十四復有欲令滅類智品於八地滅有別緫觀故前六地中各百六十四空無邊處惟五十二識無邊處有三十六無所有處有二十四彼俱非理道必總緣滅唯別緣因有無故尊者妙音作如是說金剛喻定總有十三謂斷有頂見修斷惑無間道攝十三剎那此亦不然以四類忍前八無間道非極上品故此定旣能斷有頂地第九品惑能引此惑盡得俱行盡智令起金剛喻定是斷惑中最後無間道所生盡智是斷惑中最後解脫道故說此定所引生智與第九品盡得俱起或此盡言顯一切盡謂第九品及所餘惑皆得擇滅故名爲盡金剛喻定能引諸惑盡得俱行盡智令起此與一切煩惱盡得最初俱生故名盡智有餘師

説惑盡身中此最初生故名盡智如是盡智至已生時便成無學阿羅漢果已得無學應果法故爲得別果所應修學此無有故得無學名豈不無學亦希別果以無學者亦轉根故此難不然如先有學求得別果此不然故既説盡智至已生時便成無學阿羅漢果義准盡智未已生時前七聖者皆名有學爲得別果勤修學故住本性位何名有學學意未滿故學得常隨故何故無學名阿羅漢諸自利行修學已成惟應作他利益事故如契經説不自調伏能調伏他無有是處或是一切有學異生所應供養故名應果學法云何謂有學者無漏有爲法無學法云何謂無學者無漏有爲法諸無爲法雖是無漏而不名爲學無學法以有得者異生等身亦成就故若無得者都不繫屬學無學故如是有學及無學者總成八聖補特伽羅行向住果各有四故名雖有八事唯有五謂住四果及初果向以後三果向不離前果故此依漸次得果者説若倍離欲全離欲者住見道中名爲一來不還果向非前果攝修道既通有漏無漏何道能離何地染耶二道現前離諸地染各引幾種離繫得耶頌曰

有頂由無漏　餘由二離染　聖二離八修
各二離繫得

論曰有頂地中所有煩惱唯無漏道能令永離此於有漏勢力增强自上地等皆能治故唯於次上近分地中起世俗道能治下惑有頂地惑既無上地故無有漏能離彼染諸世俗道不治自惑是自隨眠所隨增故不治上

惑勢力劣故餘八地中所有煩惱通由二道能令永離皆有上邊世俗道故皆有自下無漏道故聖用有漏無漏二道離下八地修所斷時各具引生二離繫得有漏無漏二種斷道於八地中所作同故由此有學離八修斷世出世道隨一現前各未來修世出世道此總相說以無漏道離上七地前八品時不修上邊世俗道故唯有無漏一離繫得離第九品方可具二或應許得離道而修或應斷染時許依下修上既說聖者二離八修各能引生二離繫得准知聖者離有頂修及見斷時用無漏道唯引無漏離繫得生亦不未來修世俗道與世俗道不同事故異生離八用有漏道唯引有漏離繫得生亦不未來修無漏道未入聖故不說自成有餘師言以無漏道離下八地修斷染時何緣知亦生有漏離繫得有捨無漏得煩惱不成故謂有學聖以無漏道離彼染時若不引生同治有漏離繫得者則以聖道具離八地後依靜慮得轉根時頓捨先來諸鈍聖道惟得靜慮利果聖道上惑離繫應皆不成是則還應成彼煩惱然非所許故具二得此證不然不決定故如分離有頂得轉根時及異生上生不成惑故此二雖無煩惱斷得而勝進故遮惑得生彼亦應然故證非理由此但可作如是言二道於中所作同故隨一現起引二得生不可說言爲成斷故已辯離染由道不同今次應辯由地差別由何地道離何地染頌曰

無漏未至道　能離一切地　餘八離自上
有漏離次下

論曰諸無漏道通依九地謂四靜慮未至中間及三無色若未至攝能離欲界乃至有頂餘八地攝隨其所應各能離自及上地染不能離下未離下時上道必無現在前故諸有漏道一切惟能離次下地非自地等自地煩惱所隨增故勢力劣故先已離故諸依近分離下地染如無間道皆近分攝諸解脫道亦近分耶不定云何頌曰

近分離下染　初三後解脫　根本或近分上地惟根本

論曰諸道所依近分有八謂四靜慮無色下邊所離有九謂欲八定初三近分離下三染第九解脫現在前時或入根本或即近分上五近分各離下染第九解脫現在前時必入根本非即近分近分根本等捨根故下三靜慮近分根本受根異故有不能入轉入異受少艱難故離下染時必欣上故若受無異必入根本諸出世道無間解脫前既已說緣四諦境十六行相義准自成世道緣何作何行相頌曰

世無間解脫　如次緣下上　作麤苦障行及靜妙離三

論曰世俗無間及解脫道如次能緣下地上地爲麤苦障及靜妙離謂諸無間道緣自次下地諸有漏法作麤苦等三行相中隨一行相若諸解脫道緣彼次上地諸有漏法作靜妙等三行相中隨一行相約容有說二道各三非諸有情於離染位無間解脫皆各具三諸下地中由多掉舉寂靜微劣故名爲麤雖大劬勞暫令掉舉勢用微劣仍不能引美妙

樂生故名爲苦有極多種災害拘礙及能覆障令無功能見出離方故名爲障諸上地中不作功用掉舉微劣故名爲靜不設劬勞掉舉微劣引生勝樂故名爲妙於下地中所有災害能決定見心不生欣及能越彼故名爲離應知此中已兼顯示無間解脫行相各三相翻而生如其次第謂無間道緣不爲麤解脫道中緣上爲靜餘相翻起如次應知然離染時起則不定世俗無間及解脫道能離下等九品染故應知亦有九品差別此中異生離欲界染九無間道麤等三行隨一現前各未來修麤等三行八解脫道靜等三行隨一現前各未來修麤等六行後解脫道現在未來所修如前八解脫道與前別者復修未來初靜慮攝無邊行相如是乃至離無所有染無間解脫道所修應知若諸聖者以世俗道離欲界染九無間道麤等三行隨一現前各於未來修十九行謂麤等三有漏無漏十六聖行八解脫道靜等三行隨一現前各未來修二十二行謂前十九加靜等三後解脫道現在未來所修如前八解脫道與前別者復修未來初靜慮攝無邊行相離初定染九無間道麤等三行隨一現前各於未來修十九行謂麤等三及惟無漏十六聖行此十六行是下地攝以上地邊無聖行故後修聖行准此應知八解脫道靜等三行隨一現前各未來修二十二行謂前十九加靜等三後解脫道現在未來所修如前八解脫道與前別者復修未來二靜慮攝無邊行相如是乃至離無所有染無間解脫道所修應知有餘師言

異生聖者離欲無間解脱道中亦修不淨息念慈等離餘上地所修如前初靜慮邊善根廣故修如是行上諸定邊善根少故所修如前又欲界中有多煩惱爲欲斷彼修多對治上地不然故修治少離欲界染九無間道未來所修麤等三行惟緣欲界八解脱道未來所修麤等三行通緣欲界及初靜慮靜等三行緣初靜慮後解脱道未來所修麤等三行通緣三界靜等三行緣初靜慮乃至有頂離初定染九無間道未來所修麤等三行緣初靜慮八解脱道未來所修麤等三行緣初二定靜等三行緣第二定後解脱道未來所修麤等三行通緣三界靜等三行緣第二定乃至有頂離二靜慮三靜慮染隨其所應皆准前說離四定染九無間道未來所修麤等三行緣第四定八解脱道未來所修麤等三行緣第四定及緣空處然非一念以界别故靜等三行惟緣空處後解脱道未來所修麤等三行靜等三行皆緣空處乃至有頂離空處染九無間道未來所修麤等三行惟緣空處八解脱道未來所修麤等三行緣空識處靜等三行惟緣識處後解脱道未來所修麤等三行靜等三行俱緣識處乃至有頂離識處染無所有染隨其所應皆准前說何緣最後解脱道中未來所修麤等三行靜慮攝者通緣三界無色攝者惟自上緣諸靜慮中有徧緣智無色根本必不下緣故二所修所緣有别傍論已了應辯本義本説諸位善根相生前既已説金剛喻定無間必有盡智續生盡智無間有何智起頌曰

不動盡智後　必起無生智　餘盡或正見
此應果皆有

論曰先不動法諸阿羅漢盡智無間無生智起此智是彼本所求故必與盡智俱時而得謂彼求得順記所解若無便有入涅槃障諸阿羅漢共得智時即亦志求得無生智然其盡智理應先起是因位中先所求故先不動法金剛定後得無生智而未現前盡智無間方得現起除先不動餘阿羅漢盡智無間有盡智生或即引生無學正見非無生智後容退故謂若先是時解脫性雖於因位雙求二種而至極果容有退故金剛喻定正滅位中不得無生惟得盡智故盡智後盡智現前或即引生無學正見先不動法無生智後有無生智起或無學正見此無學見一切應果之所共有猶如盡智故金剛定正滅位中一切皆得無學正見然此正見非正所求故盡無生二智無間或有即起或未現前於此位中總略義者若先不動初起盡智惟一剎那次無生智亦一剎那或有相續若時解脫初起盡智或一剎那或有相續此二所起無學正見皆無決定剎那相續如前說彼非正求故如說沙門及沙門果何謂沙門性此果體是何果位差別總有幾種頌曰

淨道沙門性　有爲無爲果　此有八十九
解脫道及滅

論曰言沙門者能永息除諸界趣生生死魑魅或能勤勵息諸過失令永寂靜故名沙門如薄伽梵自作是釋以能勤勞息除種種惡不善法雜染過失廣說乃至故名沙門沙門

所有名沙門性此即沙門所修熏法熏是排遣生臭惑義即以無漏聖道爲體非世俗道以能無餘究竟靜息諸過失故由此異生雖能已斷無所有處染而非眞沙門以諸過失尚有餘故暫時靜息非究竟故既無漏道是沙門性通以有爲無爲爲果故沙門果體通有爲無爲此果佛説總有四種謂初預流後阿羅漢道類智品是謂有爲預流果體見斷法斷是謂無爲預流果體道類智品或離欲果第六無漏解脱道品是謂有爲一來果體見斷法斷及欲界繫修所斷中前六品斷是謂無爲一來果體道類智品或離欲界第九無漏解脱道品是謂有爲不還果體見斷法斷欲修斷斷是謂無爲不還果體盡智無生智無學正見品是謂有爲阿羅漢果體三界見修所斷法斷是謂無爲阿羅漢果體然薄伽梵於契經中但説無爲沙門果體如説云何名預流果謂斷三結乃至云何阿羅漢果謂已永斷貪瞋癡等應知斷言兼前斷説何緣於彼但説無爲以此無爲惟是果故謂諸擇滅惟沙門果道通沙門故略不説或以無爲法是果非有果道通二種故略不説或無爲法離有爲過爲令欣樂是故偏説或此惟説無爲果經是有餘言不應封執謂此惟説速迴轉精進能證無上菩提超段食想越諸色想没有對想非餘不然應知此經亦復如是如由别意惟説無爲爲沙門果亦由别意説沙門果惟有四種若廢别意直論法相即沙門果有八十九皆解脱道擇滅爲性謂爲

永斷三界煩惱有八十九無間道起見道所攝其數有八法類智忍各有四故修道所攝有八十一九地各九無間道故此八十九惟沙門性此沙門性無間所生八十九解脫道亦有爲沙門果是彼等流士用果故即諸無間所斷惑斷八十九諸擇滅惟無爲沙門果是彼離繫士用果故彼能斷此得障得故豈不沙門性亦攝解脫道諸無間道亦彼等流士用果故應無間道亦是有爲沙門果攝不爾且非諸無間道一切皆是解脫道果雖有是者而但可言無間道力解脫道起彼力能斷此起障故彼道無間此必生故非解脫道力引無間道起此不能斷彼起障故非此無間彼必生故謂雖亦有無間而生而不皆然及非此力謂有餘時餘加行力所引起故或有畢竟不復生故無相類失何故契經說沙門果非八十九惟說四耶豈不已言經有別意有何別意且有釋言惟四位中諸觀行者分明歡悅覺慧生故謂惟四位極可信非餘設有退失未死還得故有餘復言惟此四位如次能越惡趣彼因人天趣生所顯示故惟上中品貪等勢力往惡趣生非下品故或有本有二謂欲界有頂二越有頂二越欲界故惟立四爲沙門果或諸煩惱總有二類一者無記二者不善初越二種後越無記一來不還惟越不善以惡難越故惟立四有餘師言非薄伽梵於八十九不現證知然惟說四沙門果者頌曰

五因立四果　捨曾得勝道　集斷得八智　頓修十六行

論曰若斷道位具足五因佛於經中建立彼斷及與斷得俱時而生淨解脫道爲沙門果言五因者一捨曾道謂捨先得果向道故二得勝道謂得果攝殊勝道故三總集斷謂一果得總得先來所得斷故四得八智謂一時中總得四法四類智故五能頓修十六行相謂能頓修非常等故住四果位皆具五因餘位不然故惟說四若惟淨道是沙門性有漏道力所得二果如何亦是沙門果攝頌曰

世道所得斷　聖所得雜故　無漏得持故
亦名沙門果

論曰且無漏道所得擇滅沙門果攝其理極成得二果時諸世俗道所得擇滅體數甚少與多聖道所得擇滅總一得得共成一果是故於此以少從多俱說名爲沙門果體謂世俗道得二果時此果非惟以世俗道所得擇滅爲斷果性兼以見道所得擇滅於中相雜總成一果同一果道得所得故由此契經言云何一來果謂斷三結薄貪瞋癡云何不還果謂斷五下結故世俗道所得擇滅與無漏道所得雜故以少從多名沙門果又世俗道所得擇滅無漏斷得所任持故由此力所持退不命終故無漏斷得印所印故亦得名爲沙門果體如故人物王印所印不復名爲能集者物此亦應爾故亦名沙門果有餘師說此滅當爲金剛喻定眞沙門果故亦得立沙門果名此滅雖非彼離繫果是彼士用果名彼果無失有餘復說由此無爲因沙門性增上力得是故亦應名沙門果以世俗道斷煩惱時亦修治彼沙門性故如是已說依世俗

道斷修所斷得二果時所得擇滅名沙門果然沙門果酬沙門性此沙門性如前已說即此復有差別名耶亦有云何頌曰

所說沙門性　亦名婆羅門　亦名爲梵輪
眞梵所轉故　於中唯見道　說名爲法輪
由速等似輪　或具輻等故

論曰依世俗理則諸沙門異婆羅門如契經說應施沙門婆羅門等依勝義理則諸沙門即婆羅門如契經說此初沙門乃至第四在正法外無眞沙門及婆羅門乃至廣說以能遣除惡不善法與勤止息相極相似故沙門體即婆羅門如說能遣除惡不善法廣說乃至故名婆羅門即婆羅門性亦名爲梵輪是眞梵王力所轉故佛與無上梵德相應是故世尊獨應名梵由契經說佛亦名梵亦名寂靜亦名清涼寂默沖虛蕭然名梵佛具此德故立梵名既自覺悟爲令他覺轉此授彼故名梵輪即梵輪中惟依見道世尊有處說名法輪以阿若多憍陳那等五苾芻衆見道生時地空天神即傳宣告世尊已轉正法輪故如何見道說名爲輪以速行等似世輪故如聖王輪旋環不息速行捨取能伏未伏鎭壓已伏上下迴轉見道亦爾故名法輪謂聖王輪旋環不息見道亦爾無中歇故如聖王輪行用速疾見道亦爾各一念故如聖王輪取前捨後見道亦爾捨苦等境取集等故此則顯示見四聖諦必不俱時如聖王輪降伏未伏鎭壓已伏見道亦爾能見未見能斷未斷已見斷者無速退故如聖王輪上下迴轉見道亦爾觀上苦等已觀下苦等故由此見道

獨名法輪尊者妙音作如是說如世間輪有輻轂輞八支聖道似彼名輪謂正見正思惟正勤正念似世輪輻正語正業正命似轂正定似輞故名法輪毗婆沙師本意總說一切聖道皆名法輪以說三轉三道攝故於他相續見道生時已生轉初故名已轉然惟見道是法輪初故說法輪惟是見道諸天神類即就最初言轉法輪不依二道然諸師多說見道名法輪以地空天神惟依此說故曾無說三道皆名法輪故惟見道具前所說輪義故雖諸見道皆名法輪而憍陣那身中先轉故經說彼見道生時名轉法輪非餘不轉憍陣那等見道生時說名世尊轉法輪者意顯彼等得轉法輪本由世尊故推在佛令所化者生尊重故如是即說如來法輪轉至他身故

名爲轉若異此者天神應說菩提樹下佛轉法輪不應唱言世尊今在婆羅痆斯國轉無上法輪故轉授他此中名轉有說此教名爲法輪轉至他身令解義故此但方便非眞法輪如餘雜染無勝能故此中思擇四沙門果何沙門果依何界得頌曰

三依欲後三　由上無見道　無聞無緣下無猒及經故

論曰前三果但依欲界身得得阿羅漢果依三界身前之二果未離欲故非依上得理且可然第三云何非依上得已離欲者亦可得故由理教道且理云何依上界身無見道故非離見道已離欲者可有超證不還果義何緣上界身必不起見道且依無色無容聽聞無我教故離聞此教必定無容入見道故又

彼界生不緣下故見道先緣欲界苦故由此無色非見道依依色界身無勝猒故非離勝猒能入見道謂欲界中有諸苦受爲生少樂多藉劬勞人天中生壽量短促乏財多病親友乖離違境既多猒心增勝若生色界與此相違謂彼異生耽勝定樂長壽無病無貧無離違境既無猒心微劣非猒微劣能入見道能引見道勝猒無故依色界身不起見道不應言彼都無有猒以生彼者現有猒故如契經說勿怖大仙彼焰必無來近此理燒梵宮已於彼當滅此中怖聲惟自猒體又於餘處有伽他言

聞諸長壽天　具妙色令譽　而心懷怖猒
如鹿對師子

此怖猒言顯怖即猒實怖與猒相差別者謂矚彼相恐爲衰損心生驚怯故名爲怖若觀彼相心不欣欲情樂棄捨故名爲猒欲界具二上界惟一又此二體差別云何不審察爲先心驚掉名怖若審察爲先心不樂名猒或引愚癡心怯名怖若引棄捨心背名猒有餘師說恐爲衰損心欲捐捨是名爲怖欲捐捨故於彼境中心不生欣是名爲猒此經怖言是恐壞義如說擲來勿怖其破由此理證上界無見道教復云何由契經說故經言有五補特伽羅此處通達彼處究竟所謂中般乃至上流此通達言惟自見道是證圓寂初加行故經既不言彼處通達故知見道上界定無

阿毗達磨藏顯宗論卷第三十二　說一切有部

音釋

銳以芮切利也 掉徒弔切搖也 魑魅魑丑知切魅明祕切魑魅老精物也 勵力制切勉也 輻方六切車輻也 沖直弓切深也 轂輞轂古祿切輞文紡切 娑羅痆斯國梵語也此云鹿苑痆女黠切

阿毗達磨藏顯宗論卷第三十三

尊者衆賢造
唐三藏法師玄奘奉詔譯

辯賢聖品第七之五

已說學位預流果等有多差別爲阿羅漢亦有多種差別相耶亦有云何頌曰

阿羅漢有六　謂退至不動　前五信解生
總名時解脫　後不時解脫　從前見至生

論曰於契經中說阿羅漢由種性異故有六種一者退法二者思法三者護法四安住法五堪達法六不動法然餘經說無學有九謂初退法後俱解脫彼不退法此不動攝彼二解脫通此六攝故阿毗達磨唯說有六種言退法者謂彼獲得如是類根安住此根與退緣會便退所得無退緣者便般涅槃或有精勤進得勝性遇緣多退故名退法言思法者謂有獲得如是類根安住此根念力堅固多住猒觀恐失勝德爲自勵心多思害已故名思法言護法者謂有一類恒於時愛心解脫中繫念現前專精防護不放逸住故名護法安住法者謂離勝退緣雖不自防而亦能不退離勝加行亦不練根多住處中故名安住堪達法者謂性堪能好修練根速達不動能親證利故名堪達不動法者謂有一類根性殊勝志不怯弱所獲功德遇勝退緣亦必不退故名不動有餘復釋此六異相謂六種性先覺位中初二闕恒時及尊重加行然至無學思法少勤護法唯有恒時加行安住唯有尊重加行堪達具二而是鈍根不動具二而是利根有作是言退法必退乃至堪達必達

不動若不爾者立名唐捐彼執欲界具足有六色無色界中唯安住不動彼無退失自害自防及修練根故唯有二理實無定然退應果唯從先來退種性退乃至得不動唯堪達所能立退等名約容有說故六阿羅漢通三界皆有六中前五從信解生即此總名時愛心解脫以一切時愛心解脫故亦說名爲時解脫者謂待時處補特伽羅資具等合時方得解脫故以所依止功能薄劣要待勝時方解脫故或復一切勝定現前要待勝時是此時義離繫縛故名爲解脫此即待時及解脫義略初言故如言蘇瓶不動法性說名爲後即此名爲不動心解脫彼心解脫非惑所動故亦說名爲不時解脫以不待時得解脫故或復勝定隨處隨時隨所遇緣隨欲便起離繫縛故名爲解脫即不待時及解脫義有餘釋此二差別言以於暫時得解脫故名時解脫後容退故以能畢竟得解脫故名不時解脫後無容退故此從前位見至性生如是所明六阿羅漢所有種性爲是先有爲後方得不定云何頌曰

有是先種性　有後練根得

論曰退法種性必是先有思法等五亦有後得謂有先來是思法性乃至不動有先退法練根成思至不動等多種差別如理應思如是六種阿羅漢中唯前五種容有退義誰從何退爲性爲果頌曰

四從種性退　五從果非先

論曰不動種性必無退理故唯前五容有退義於中後四有退種性退法一種無退性理

由此種性最居下故五種皆有從果退理雖俱有退然並非先謂無學位中從退法種性修練根行轉成思等此四皆有退性果義退法種性雖必先得而是退法故容退果諸學位中從退法性修練根行轉成思等及得學果皆容退失諸無學者先學位中所住種性彼從此性必無退理學無學道所成堅故諸有學者先凡位中所住種性彼從此性亦無退理世出世道所成堅故二先位中住思等性必無有退此所得果此性二道所成堅故彼從思等修練根行轉得護等唯可退性轉所得性進得學果亦有退義由此種性非二道成不堅牢故若就四果辯退果義雖五種性皆可退果而先所得必無有退謂四果中先所得者即預流等前三隨一從此先果必

無退義是斷見惑所得果故聖斷見惑必無退故何緣見惑聖斷無退以彼不緣所執事故謂見所斷煩惱現行無不皆由我見勢力以彼煩惱起我見爲根故由此見惑不緣所執以所執事都無體故然有所緣諦爲境故彼所執事都無種子於所緣境極乖違故聖者相續眞無我解恒所隨故雖暫失念而必無容重執有我以見所斷依我事生故聖斷已必無退義修所斷惑雖顛倒轉而非無種有所執事謂於色等染著憎背高舉不了行相轉時於色等中非無少分淨妙怨害高下甚深故非境中極乖違轉由此聖者有時失念執淨妙等相退起修斷惑又見斷惑迷於諦理執我等相諦理中無理定可依聖見無退修所斷惑迷麤事生事變難依有失念退

又見斷惑要審慮生聖審慮時必不起惑修所斷惑非審慮生聖失念時容有退義由此無退先所得果此中無學退法有三一增進根二退住學三住自住而般涅槃思法有四三如前說更加一種退住退性餘三如次有五六七應知後後一一增故何緣練根成思等者退彼應果住學位時住先退性非所退者得思等道今已捨故豈不學位轉成思等得應果時雖捨所得學思等道而住應果思等種性此亦應然此例不齊以彼學道攝彼無學道爲等流果故非無學位所捨思等與此學道爲同類因可能引學思等種性故應退住先所捨者有餘於此別立證因謂若退住所退種性得勝種性故應是進非退此非證因若無二義可有是進非退過故然得勝性雖可名進而起惑故亦名爲退由此彼難於理無失又彼退起障涅槃法聖欣涅槃過於聖道設得勝性退涅槃故但應名退不應名進復以何緣諸阿羅漢等離有頂染同不受後生然於其中有於煩惱證不生法而非一切有說由根有差別故此釋非理以契經說退不退法根品同故如說五根增上猛利極圓滿故名俱解脫然有俱解脫是退種性故非根勝故證惑不生若爾由何種性別故六種種性唯應果有餘亦有耶修習練根唯無學位餘位亦有頌曰

學異生亦六　練根非見道

論曰有學異生種性亦六六種應果彼爲先故由所安住種性差別故有斷惑後生不生定於何時於所斷惑證不生法謂得能上此

類煩惱殊勝道時若爾此不生應是擇滅非非擇滅若是非擇滅則非擇滅應是道果如是便與聖教相違如說云何非果法謂非擇滅及虛空無爲此不生成擇滅失以勝道轉非爲此故既非所爲故非道果今詳由道所證不生定不由根皆應得故但由殊勝種性力得故不動者惑必不生非唯無學有增進根有學異生亦有此義唯非見道能修練根此位無容起加行故謂見道位速疾運轉無暇於中更修餘事唯於信解異生位中能修練根如無學位如說不動退現法樂如何不動法亦許有退義無相違過所以者何頌曰

應知退有三　已未得受用　佛唯有最後
利中後鈍三

論曰應知諸退總有三種一已得退謂退已得殊勝功德二未得退謂未能得應得功德三受用退謂諸已得殊勝功德不現在前三中前二非得爲體第三唯彼不現在前此三退中世尊唯有一受用退以有決定所作事業牽引其心雖有所餘無量希有不共佛法無暇起故除佛世尊餘不動法具有未得乃受用退謂於殊勝無諍定等應得功德未能得故有未得退有餘事業牽引其心已得功德無暇起故有受用退餘五種性容具有三亦容退失已得德故約受用退說不動法退現法樂無相違過諸阿羅漢既許退果爲更生不彼於退位帶惑命終應更受生諸住果時所不作事退時作不彼既起惑應有更爲果相違事無如是過所以者何頌曰

一切從果退　必得不命終　住果所不爲

慙增故不作

論曰無從果退中間命終退已須臾必還得故若有壽量將臨盡者必無退理無失念故要有餘壽方有退理退已不久必還證得如契經說苾芻當知如是多聞諸聖弟子遲失正念速復還能令所退起盡沒滅離若謂不然修梵行果應非安隱可委信處又住果位所不應為違果事業由慚增故雖暫失念煩惱現行如住果時必無作理如高族者暫失位時不等凡庸造鄙下業又誰有退誰無退耶修不淨觀入聖道者容有退失修持息念入聖道者必無退失尊重止觀無貪癡增如次應知有退無退何界何趣容有退耶惟欲界人三洲有退六欲天處得聖果者有說利根故無有退以有勝智能制伏心令背妙境入聖道故有說退者由闕資緣或所依身不平等故六欲天處二事並無雖有鈍根隨信行性生彼得聖亦無退理諸有退者為起惑退為先退已惑方現前或有欲令由起惑退品類足論當云何通如彼論說欲貪隨眠由三處起一欲貪隨眠未斷徧知故二順彼纏法正現在前故三於彼正起非理作意故乃至廣說無相違失所以者何煩惱現前略有二種已斷未斷有差別故此中偏說未斷起者又煩惱起略有二門染不染心無間起故此中偏說染無間者或煩惱起總有三緣然煩惱生所藉不定或有惟藉境界力生或藉境因或兼加行此約具者故說由三或起惑時三緣必具非理作意正起現前所斷隨眠必還成故何心無間起惑退耶且從無學起

惑退者若起色纏無色纏退惟從自地順退分定相應善心無間而起非住欲界有上地攝無覆無記心現在前惟除通果心然無從彼退豈不順退分各於自地離染時捨如何無學者未退起惑彼心現前理實如是然順住分品類有三一少順退二少順進三守自位前言自地順退分定即順住分中少分順退者少順退故得順退名然此定心與守自位多相涉故順住分攝諸有未失順退分者彼心無間煩惱現前若捨彼心從順住攝少順退者起煩惱退故於文義無所相違若起欲纏而退失者從自地善無覆無記二心無間皆容現前諸從學位起惑退者起色無色煩惱退時若先全離此地染者惟從此地順退分定相應善心無間而起若未全離此地染者從此地攝善及染汙二心無間皆容現前起欲界纏而退失者若先全離欲界繫染從自地善無覆無記二心無間皆容現前若未全離欲界染者從欲善染無覆無記三心無間皆容現前若未現前後得清淨靜慮無色必無能起色無色纏退失所得彼或從彼無間起故但起欲纏退失所得若現前得清淨靜慮猶未現前得淨無色必無能起無色纏退起欲色纏退失所得若已現前獲得清淨靜慮無色通起欲色無色界纏退失所得諸有退失先所得時若起上纏現在前退不失下善不成下惑若起下纏現在前退定失上善定成上惑復有欲令要先退已後時對境惑方現前施設足論當云何釋如彼論說無色三纏一一現起退無色盡住色盡中識

身足論復云何釋如彼論說無色界繫染心現前捨無學善續有學善退無學心住有學心此俱不相違依覺時說故謂先雖退而未覺知後起惑時方自覺退如有先誦四阿笈摩中廢多時雖忘不覺後誦不得方自知忘此亦應然故無違失住何心退後起惑耶住欲界中無覆無記威儀工巧異熟生心退已後時方能起惑然此欲界繫無覆無記心或有總違三界煩惱此心正起無有退得三界惑義或有但違欲色煩惱此心正起容有退得無色惑義或有但違欲界煩惱此心正起容有退得二界惑義或有不違三界煩惱此心正起容有退得三界惑義一切退已隨其所應起惑前心皆如上說於此二說前說為善如上所言有練根得今應思擇諸聖練根有幾無間幾解脫道用有漏道為無漏耶依何身依何地頌曰

練根無學位　九無間解脫　久習故學一
無漏依人三　無學依九地　有學但依六
捨果勝果道　唯得果道故

論曰求勝種性修練根者無學位中轉一一性各九無間九解脫道如得應果所以者何彼鈍根性由久慣習非少功力可能令轉學無學道所成堅故有學位中轉一一性各一無間一解脫道如得初果非久習故彼加行道諸位各一學無學位修練根時皆漸次修後後種性得勝種性方捨前劣故諸無學修練根時加行無間前八解脫如應皆是退法等收第九解脫是思法等諸有學者修練根時加行無間是退等攝解脫道時名思法等

我所承稟諸大論師咸言練根皆爲遮遣見修斷惑力所引發無覆無記無知現行故學位中修練根者正爲遮遣見惑所發無學位中修練根者正爲遮遣修惑所發如如斷彼能發惑時所起無間解脫多少如是如是斷彼所發無知現行道數亦爾是故無學修練根時用九無間九解脫道學位練根二道各一然見修惑所發無知隨所障殊有多品類故轉退等成思等時諸道現前各有所遣由此無有超得勝性有餘師說一切練根皆一加行無間解脫前說爲善理如前故如是無間及解脫道一切唯是無漏性攝聖者必無用有漏道而轉根理以世俗法體非增上無堪能故一切加行皆通二種如是所說但據現行兼未來修復有差別謂無學位修練根時加行未來亦通修二九無間道及八解脫未來所修亦唯無漏第九解脫未來修二兼修三界所有功德與初盡智所修同故若有學位修練根時加行未來亦通修二無間解脫未來所修亦惟無漏如得初果然無學位修練根時道數所修如斷有頂若有學位修練根時道數所修如斷上界見道所斷由彼但與隣得果時道相似故學無學位修練根時加行皆通曾未曾得無間解脫唯是未曾一切皆通法智類智修練根者唯人三洲唯依此身有怖退故以何等故名爲練根謂練諸根令增長故謂道力故令根相續捨下得中捨中得上漸漸增勝名爲練根故練根名目轉根義雖八解脫漸得勝根而由本心求勝性故未得勝性不捨前劣如得後果方捨

前向如在聖位種性有六能修練根於見道前煖等加行應知亦爾有差別者若聖位中得勝種性必捨前劣煖等位中修練根者但得勝性劣性不行名爲轉根非捨劣得無學練根通依九地謂四靜慮未至中間及三無色惟此九地有無漏道餘地無故有學練根惟依六地除三無色所以者何以轉根者容有捨果及勝果道所得唯果非勝果道心欣果故無有學果無色地攝故學練根但依六地設許學位依無色練根定是不還住勝果道位無不還果無色地攝故不依無色修練根得果以初二果惟未至攝不還惟通六地攝故有說惟有住果練根勿有捨多得少過故無如是過以練根者心期勝果不求多故由此學位修練根者若住果道加行等三皆果道攝若住勝道加行無間勝果道攝解脫道果道攝住無學位修練根者加行等三惟果道攝諸住果位修練根時捨果得果住勝道位修練根時捨二得果又諸聖位修練根時與本得果地同或異謂初二果依地必同彼此俱依未至地故不還應果依地不定或依本地或上或下有差別者若諸不還依下練根不得上果阿羅漢不爾如本得果故分斷有頂結練根得果時雖捨彼斷不成彼結如異生者生上七地隨應捨下斷而不成下結俱是進時非退時故諸無學位補特伽羅總有幾種由何差別頌曰

七聲聞二佛　差別由九根

論曰居無學位聖者有九謂七聲聞及二覺者退法等五不動分二後先別故名七聲聞

獨覺大覺名二覺者由下下等九品根異今無學聖成九差別有學無學補特伽羅一切總收無過七種一隨信行二隨法行三信解四見至五身證六慧解脱七俱解脱依何立七事別有幾頌曰

加行根滅定　解脱故成七　此事別惟六
三道各二故

論曰依加行異立初二種謂依先時隨信他語及自隨法能於所求一切義中修加行故立隨信行隨法行名依根不同立次二種謂依鈍利信慧根增如次名爲信解見至依得滅定立身證名由身證得滅盡定故依解脱異立後二種謂依惟慧離煩惱障者立慧解脱依兼得定離解脱障者立俱解脱此名雖七事別惟六謂見道中有二聖者一隨信行二隨法行此至修道別立二名一信解二見至此至無學復立二名謂時解脱不時解脱然惟應説有二聖者隨信隨法行有異故即此二種隨道差別雖立異名而無別體如是所説補特伽羅以根性道離染依別諸門分析數成多千且如最初一隨信行根故成三謂下中上性故成五謂退法等道故成十五謂八忍七智離染故成七十三謂具縛離八地染依身故成九謂三洲欲天若根性道離染依身相乘合成一億四萬七千八百二十五種隨法行等如理應思如是等門差別無量若欲委細一一分別施功甚多所用極少故我於此略示方隅有智學徒應廣思擇前說依解脱立後二種立後二種相由何應知頌曰

俱由得滅定　餘名慧解脫

論曰諸阿羅漢得滅定者名俱解脫由慧定力雙脫煩惱解脫障故所餘未得滅盡定者名慧解脫但由慧力於煩惱障得解脫故何等名爲解脫障體諸阿羅漢心已解脫而更求解脫爲解脫彼障謂於所障諸解脫中有劣無知無覆無記性能障解脫是解脫障體於彼彼界得離染時雖已無餘斷而起解脫彼不行時方名解脫彼有餘師說此解脫障即以於諸定不自在爲體有餘師說此解脫障即以諸定不得爲體有餘師說於彼加行不勤求故不聽聞故不數習故解脫不生即此名爲解脫障體初說應理所以者何必有少法力能爲障令彼於定不自在轉若不爾者彼有何緣於諸定中不得自在不得定者必有所因不可說言即因不得自體不應還因自故或煩惱障亦應可說即以應果不得爲性彼既不然此云何爾阿羅漢果亦由於加行不勤求等故體不得生豈便無別煩惱障體故後二說皆不應理又無漏心亦有從此名得解脫由約在身及約行世說解脫故謂要解脫解脫障時方起在身及行世故諸阿羅漢有名同者根亦同耶應作四句第一句者慧解脫中有時解脫不時解脫俱解脫中有二亦爾第二句者時解脫中有慧解脫有俱解脫不時解脫有二亦爾第三句者慧解脫中二時解脫自互相望二不時解脫俱解脫亦爾第四句者慧解脫中取時解脫俱解脫中不時解脫展轉相望與此相違應知亦爾如世尊說五煩惱斷不可牽引未名滿

學學無學位各由幾因於等位中獨稱爲滿

頌曰

有學名爲滿　由根果定三　無學得滿名
但由根定二

論曰學於學位獨得滿名要具三因謂根果定故見至身證獨得名爲滿少有闕者尚非滿學況一切闕而得滿名何等名爲少有闕者謂信解得滅定或見至不還未得滅盡定或見至未離欲或信解不還未得滅盡定何等名爲一切闕者謂信解未離欲有許少闕亦得滿名彼作是言有有學者但由根故亦得滿名謂諸見至未離欲染有有學者但由果故亦得滿名謂信解不還未得滅盡定有有學者由根果故亦得滿名謂見至不還未得滅盡定有有學者由果定故亦得滿名謂諸信解得滅盡定有有學者具由三故獨得滿名謂諸見至得滅盡定無有學者但由定故及根定故亦得滿名此不可依如何有學於諸有學勝功德中猶未具證而許名滿故如前說理定可依無學位中無非果滿故不由果建立滿名自位相望獨名滿者要具二種謂根與定故惟不時俱解脫者望餘無學獨得滿名隨闕一者尚非滿無學何況雙闕得滿無學名何等名爲隨闕一者謂時解脫得滅盡定或不時解脫不得滅盡定何等名爲雙闕二者謂時解脫不得滅定有許闕一亦得滿名此不可依理如前說如契經說二阿羅漢一具三明二不退法於前所說諸應果中二阿羅漢何應果攝且不退法攝在不動然此不動差别有二一者惟能不退應果

二者不退一切勝德此中第一但名不動如思法等由練根得仍有退失阿羅漢果此異彼故得不動名然於應果一切勝德猶可退失不名不退第二亦無退諸勝德故經於彼立不退名以不動中於勝功德有可退者是故契經於不動內立不退法具三明者有言此攝在慧解脫俱解脫中通未已得滅盡定故有言惟在俱解脫攝宿住死生明依本靜慮故起本靜慮者名俱解脫故今詳經意慧俱解脫若圓滿者其體各異未起根本已得滅盡爲懸隔故不圓滿者二體相雜隨說皆通然欲簡別令無雜者應就滅定未得得說以慧解脫無得滅定根本靜慮雖不現行然於去來必成就故由此可說具三明者理通攝在二解脫中廣說諸道差別無量謂世出世見修道等今應思擇於諸道中略說有幾可能徧攝頌曰

應知一切道　略說唯有四　謂加行無間解脫勝進道

論曰加行道者謂此無間無間道生無間道者謂此能滅所應斷障解脫道者謂已解脫所應斷障最初所生勝進道者謂除無間加行解脫所餘諸道何義名道謂尋求依依此尋求涅槃果故由此一切修苦智等無不皆爲尋求涅槃或此道名目涅槃路三乘賢聖涉此夷途速達二種涅槃界故道於餘處立通行名以於諦中能善通達復能速往涅槃城故此有幾種依何建立頌曰

通行有四種　樂依本靜慮　苦依所餘地遲速鈍利根

論曰經說通行總有四種一苦遲通行二苦速通行三樂遲通行四樂速通行此四通行有差別者依地依根建立異故云何依地建立差別謂依根本四靜慮中所生聖道名樂通行任運轉故如乘船筏任運轉者由此地中止觀雙行無增減故又此諸地所有等持攝受五支四支成故依餘無色未至中間所生聖道名苦通行雖道非苦苦受相應艱辛轉故亦名爲苦如依陸路乘馬等行艱辛轉者由此地中止觀雖具而增減故謂無色地觀減止增未至中間觀增止減又此諸地所有等持不攝五支四支成故有餘師說未至地道難可成辦故立苦名謂有先來都未得定多起功用方得現前此旣現前爲勝加行根本靜慮易起故樂靜慮中間同一地攝異心品滅異心品生極爲艱辛故亦名苦譬如以木析木極難謂二地中有尋有伺麤心品滅無尋惟伺細心品生多用功力諸無色定亦甚難成故亦名苦極微細故謂無色定行相眇然不易測量修難成辦又從靜慮起無色時五蘊定滅四蘊定起極爲難辦故立苦名云何依根建立差別謂卽苦樂二通行中鈍根名遲利根名速二行於境通達稽遲說名遲通翻此名速或遲鈍者所起通行名遲通行速此相違或趣涅槃有遲有速由根鈍利如後當辯此行五蘊四蘊爲性由依色定無色定別而名通者顯慧勝故如見道位雖見五蘊以慧勝故偏立見名如見道邊諸世俗智金剛喻定亦以五蘊四蘊爲體立智定名然有經中說四通行五根爲性亦就勝說

慧勝中勝故立通名雖有中根即利鈍攝以
利鈍中有非極故然向所言由根利鈍於趣
圓寂有速有遲此據等修勤加行說若不據
等則鈍利根趣向涅槃遲速不定又契經說
有現法遲身壞速等四句差別此約加行有
勤不勤不約轉根及有退說以諸聖者若已
經生不退不轉根不生上界故大覺獨覺到
究竟聲聞依何通行入聖證極果大覺惟依
樂速通行謂以第四靜慮爲依由極利根入
正決定證得無上正等菩提於獨覺中麟角
喻者如大覺說餘則不定於到究竟二聲聞
中舍利子依苦速通行及樂速通行入聖證
極果彼依未至入正決定依第四定得漏盡
故目連惟依苦速通行謂依未至入正決定
依無色定得漏盡故二聖先來樂慧樂定故
證極果依色無色許到究竟諸大聲聞法爾
惟應漸次得果故彼入聖道皆依未至地

阿毗達磨藏顯宗論卷第三十三 說一切有部

阿毗達磨藏顯宗論卷第三十四

尊者衆賢造

唐三藏法師玄奘奉詔譯

辯賢聖品第七之六

道亦名爲菩提分法此有幾種名義云何頌曰

覺分三十七 謂四念住等 覺謂盡無生 順此故名分

論曰經說覺分有三十七謂四念住四正斷四神足五根五力七等覺支八聖道支盡無生智說名爲覺隨覺者別立三菩提一聲聞菩提二獨覺菩提三無上菩提無智睡眠皆永斷故及如實知已作已事不復作故此二名覺三十七法順趣菩提是故皆名菩提分法此三十七體各別耶不爾云何頌曰

此實事唯十 謂慧勤定信 念喜捨輕安 及戒尋爲體

論曰此覺分名雖三十七實事唯十即慧勤等謂四念住慧根慧力擇法覺支正見以慧爲體四正斷精進根精進力精進覺支正精進以勤爲體四神足定根定力定覺支正定以定爲體信根信力以信爲體念根念力念覺支正念以念爲體喜覺支以喜爲體捨覺支以行蘊攝捨爲體輕安覺支以輕安爲體正語正業正命以戒爲體正思惟以尋爲體如是覺分實事唯十前五即是信等五根由境等殊分爲三十更加喜捨輕安戒尋戒分爲三復總成七幷前合成三十七種毗婆沙師說有十一身業語業不相雜故戒分爲二餘九同前念住等三名無別屬如何獨說爲

慧勤定頌曰

四念住正斷　神足隨增上　說爲慧勤定

實諸加行善

論曰四念住等三品善法體實徧攝諸加行善然隨同品增上善根如次說爲慧勤及定何緣於慧立念住名慧由念力持令住故何故說勤名爲正斷於正修習斷修位中此勤力能斷懈怠故或名正勝於正持策身語意中此最勝故何緣於定立神足名諸靈妙德所依止故何緣信等立根力名以增上故難屈伏故何緣此五先說爲根後名爲力由此五法依下上品分先後故又依可屈伏不可屈伏故下品信等勢用劣故猶爲所治同類屈伏上品翻此故得力名所說覺支爲有何義能覺悟義名爲覺支若爾覺支唯應有一不爾念等是擇法分皆順擇法從勝爲名或覺之支是覺支義若爾應許覺支唯六不爾擇法是覺亦覺支所餘六種是覺支非覺所說道支爲有何義尋求依義名爲道支若爾道支唯應有一不爾餘七是正見分皆順正見從勝爲名或道之支是道支義若爾應許道支唯七不爾正見是道亦道支所餘七種是道支非道當言何位何覺分增頌曰

初業順決擇　及修見道位　念住等七品

應知次第增

論曰初修業位說念住增謂此位中爲息顛倒由念勢力於身等境自相共相能審了知壞二種愚慧用勝故於煖法位說正斷增謂此位中見生死過涅槃功德遂能勇猛發勤精進不墜生死速趣涅槃勤用勝故於頂法

位說神足增謂此位中能制心識趣不退位終不匱乏信等善根定用勝故於忍法位說五根增謂此位中永息惡趣終不退墮速入離生增上義成根義勝故世第一位說五力增謂此位中不爲煩惱之所屈伏力義勝故雖忍位中亦容如是然非決定是故不說或此位中不爲一切餘異生法之所屈伏故於此位力義偏增修道位中近菩提位助覺勝故說覺支增或此位中斷九品惑數數覺故覺支義增見道位中所有道義皆具足故說道支增謂尋求依及通往趣二義具故說名爲道見道位中二義最勝謂見道位聖慧初生如實尋求諦理勝故又於此位不起期心能速疾行往趣勝故隨數增故於契經中先七後八非修次第有餘於此立次第言行者最初由慧勢力於身等境自相共相如實了知導起衆善如有目者將導衆盲是故最初說四念住由四念住了衆境已於斷惡修善能發起正勤故於第一說四正斷由正勤力令相續中過失損減功德增盛於殊勝定方能修習是故神足說在第三勝定爲依便令信等與出世法爲增上緣由此五根說爲第四根義既立能招惡趣惡業煩惱不能屈伏由此五力說爲第五力義既成能如實覺四聖諦境無疑慮故說七覺支在於第六既如實覺四聖諦境猒捨生死欣趣涅槃故說道支以爲第七於中一一辯其次第如釋經論應正思求今此論中思擇法相於次第理無勞煩述三十七覺分中幾唯無漏幾通二種頌曰

七覺八道支　一向是無漏　三四五根力
皆通於二種
論曰此中七覺八聖道支唯是無漏唯於修
道見道位中方建立故謂修道位七覺支增
隣近菩提謂治有頂故覺支體一向無漏一
切覺分皆助菩提唯此獨標覺支名者以最
隣近菩提果故由此理趣證七覺支應知但
依治有頂說此爲上首類治下地唯於無漏
立覺支名若不許然寧不通二或於一切菩
提分中依近菩提立覺支號道中修道位近
菩提性近菩提唯是無漏故無漏修道方立
覺支名見道位中八道支勝故此一向無漏
性攝雖正見等亦通有漏然彼不得聖道支
名聖道支名自無漏故又諸論者許覺分法
覺支後說定是無漏若說在前便通二種既
覺支後方說道支故八道支一向無漏所餘
通二義唯已成謂覺分中前位增者彼於後
位勢用亦增後位增者非於前位故毗婆沙
作如是說從初業位至盡無生念住常增乃
至廣說此三十七何地有幾頌曰
初靜慮一切　未至除喜根　二靜慮除尋
三四中除二　前三無色地　除戒前二種
於欲界有頂　除覺及道支
論曰初靜慮中具三十七於未至地除喜覺
支於下地法猶懷疑慮未能保信故不生喜
又未至定初現前時未能斷除下地煩惱後
雖已斷而類同前故起彼時皆無有喜有說
一切近分地道皆勵力轉故無喜義第二靜
慮除正思惟彼靜慮中已無尋故由契經說
彼地無尋彼上等持轉寂靜故由此二地各

三十六第三第四靜慮中間雙除喜尋各三十五前三無色除戒三支幷除喜尋各三十二欲界有頂除覺道支無無漏故各二十二如是諸地隨其所應覺分現前少多無定謂隨位別後必兼前可一體上義分多種故有多種俱時起義唯四念住必不俱生以約所緣分爲四故尚無二慧俱時而生況有一時四慧並起不可一慧約境分多以若總緣法念住攝必無一慧於一刹那緣四境生四行相故由此理趣初靜慮中總而言之具三十七然於一念頓現在前極多但容有三十四如是未至第二靜慮極多但容有三十三四中間極三十二前三無色極二十九欲界有頂極唯十九一切皆除三念住故其中滅者隨位應思何故心王不立覺分理亦攝在念住等中彼實攝諸加行善故然不別立如慧等者心於雜染清淨分中勢用均平無所偏黨覺分唯在清淨分中勢用增强是故不立有餘師說覺分多緣諸法共相心王多分緣自相生是故不立有餘復說修習覺分本爲對治一切煩惱然諸煩惱心所非心故能治法非心唯所障治相翻而建立故有說覺分輔佐於覺覺是心所慧爲體故不可心王輔佐心所如王不可輔佐於臣所以心王不立覺分有餘師說心導世間於界趣生輪迴無絕修習覺分爲斷生死由此心王不立覺分有餘師說無始時來心爲衆多煩惱雜染馳散諸境儱悷難調爲調伏心修習覺分非所調伏即是能調是故心王不立覺分何緣諸大心所法中唯立四法爲菩提分實總攝

在念住等中彼實攝諸加行善故然別建立念定慧者由此三種順清淨品勢用增强可立覺分想思觸欲於染分中勢用增强故不別立於假想觀勝解偏增覺分惟攝順眞實觀由此勝解非覺分攝有餘師説至無學位勝解方增經但立爲無學支故菩提分法有學位增由此爲因力能引起三菩提故所以勝解非覺分攝作意勢力能發動心令於所緣易脫不定覺分於境審諦觀察令心專一與彼相違是故作意非覺分攝若爾寧立尋爲覺分尋於境界雖策發心而欲令心推求至理非令於境浮飄易脫於諦觀察有策發能説此力能策正見故由此作意不可例尋有餘師言若染若淨初取境位作意力增説爲非理如理作意至境相續彼勢力微故不立爲煩惱覺分煩惱覺分要於至境相續位中方增盛故受於雜染清淨分中勢用俱增故立覺分由此流轉緣起支中立爲受支及於還滅菩提分中立喜覺支有餘師説受於雜染雖是增上而與淨品作饒益事亦有功能如旃茶羅性雖鄙劣能與豪族作饒益事故於靜慮爲饒益支菩提分中立覺支號何緣三受皆通無漏覺分惟喜非餘二耶覺分所爲行相猛利樂捨行相遲鈍故非有餘師言樂捨二受爲輕安樂行捨所覆相不明了是故不立何緣大善心所法中惟立四法爲菩提分實亦總是念住等攝彼實總攝加行善故然別立信勤安捨者由此四種順覺强故如何此四順覺用强發趣菩提信爲上首將修衆行信爲初基清淨果因以信爲本若

無信者修趣不成故立信根以爲覺分有餘師說如清水珠置濁水中水便澄潔令諸有目鑒衆色像如是以信置心品中能令俱生心品澄淨由此能見四聖諦理漸次增長成三菩提故信最應立爲覺分勤於衆行徧能策發令其速趣三乘菩提若無正勤雖已發趣中間懈廢終無所成是故立勤以爲覺分有餘師說無始時來所以不能見四聖諦都由懈怠不樂聽聞如理思惟四聖諦理勤能治彼令樂聽聞如理思惟四諦理故能見四諦速證菩提故勤亦應立爲覺分輕安息務令心調適行捨正直令心平等故能增長諸出世行令其速趣三乘菩提故立安捨以爲覺分有餘師說無始時來惛掉亂心不見諦理由此不證三乘菩提輕安捨惛行捨止掉由斯見諦速趣菩提故此亦應立爲覺分若爾慚愧自性善攝於衆善品得白法名亦應立爲菩提分法彼不應立以無慚愧惟與一切惡心相應於散戒中爲勝障礙於見諦理爲障力微與彼相違名爲慚愧自性善攝得白法名雖於散戒有勝功力而於定善爲助力微菩提分中取順定善助覺諦理故彼不立若爾應立無貪無瞋彼是善根自性善故亦不應立以諸貪瞋六識相應徧通五部是隨眠性廢麤惡業爲勝加行斷滅善根障散善强違見諦劣翻彼故立無貪無瞋得善根名自性善攝於散善業功力雖强助定善中勢用微劣菩提分法取順定善助覺諦理故彼不立若爾不放逸應立爲覺分不放逸故衆行皆成佛每勸令修不放逸亦不應立於

散位中放逸令心馳散五欲能違施等散善用强非定位中此障用勝翻對彼故立不放逸但於五欲能防護心令不馳散專修施等故於散善力用雖强助定善中勢用微劣菩提分法取順定善助覺諦理故彼不立若爾不害應立覺分害能逼惱無量有情墮三惡趣彼能治故亦不應立害緣事生惱諸有情障修散善不害翻此助定力微故亦不應立爲覺分有餘師說大善法中若所治强自性勝者立爲覺分餘則不然所治强者謂與一切染心相應自性勝者謂助見諦如先所說信勤安捨具足二義慚愧等六無具二者謂慚等五二義並無不放逸一種惟闕自性勝何緣欣猒非覺分耶理實亦是念住等攝彼實總攝加行善故然不別立爲覺分者由此二種行相相違俱不徧緣四聖諦境無一地位容恒現前心品狹少是故不立有餘師說夫欣猒者由慧觀境勢力引生覺分謂能順生覺慧義相違故不應別立何緣尋伺二種皆容有加行善及有無漏而於覺分一是一非實亦俱通義如前說然別立尋不立伺者尋於聖道策正見强由彼起時行相猛利尋求諦理有助見能立爲道支伺則不爾以行相起極微劣故有餘師說二俱行時尋行相麤麤映蔽於伺惟伺起位行相轉微故覺分中不別立伺策發正見自有正勤何更立尋以爲覺分勤策正見有異於尋故道支中應並建立謂勤策彼令速進修尋力策令速觀聖諦何緣表業不立覺分覺分惟是順定善法心俱無表有勝順能表業不然是故不立何

緣不立不相應行以爲覺分彼於助覺無別勝能不相應故非如無表雖不相應而於道輪有爲轂用故於覺分不別建立有餘師說二無心定能滅心故與覺相違四相及得於所相成有遷成用此於染淨起用平等菩提分法順淨用增故不別立何緣不立信爲覺及道支初發趣時信用增上已入聖位立覺道支信於爾時勢用微劣故不立在覺道支中何緣於覺支立喜輕安捨非亦立彼在道支中彼偏順覺不順道故云何順覺且修道中地地各修九品勝覺如如於諦數數覺悟如是如是發生勝喜由生勝喜復樂觀諦如人掘地獲寶生喜由生喜故復樂更掘故喜於覺隨順力增要由輕安息諸事務及由捨力令心平等方能於境審諦覺察故立安捨

在覺支中云何此三不順於道速疾運轉是聖道義此於速運少有相違並能令心安隱住故何緣於道立尋戒支於覺支中非亦立彼彼偏順道不順覺故云何順道且見道中尋策正見令於上下八諦境中速疾觀察戒能爲轂成見道輪令於諦中速疾迴轉故尋及戒俱立道支此復云何不順於覺且尋於諦不寂靜轉於聖諦理尋求相故覺巳見諦安靜而轉故尋於覺少有相違覺是相應有所緣境有依有行戒此相違故於覺支不建立彼通運名道不可爲例何緣覺分不攝聖種分別論者許覺分攝故彼宗建立四十一覺分我許攝在念住等中而不立爲別覺分者以諸覺分在家出家俱能受行及有欣樂聖種惟有諸出家人受行欣樂在家有樂必

無受行故不別立有餘師說若許聖種總是無貪如前已釋若許第四體即是勤在覺分中無勞徵詰何緣證淨非覺分攝實亦攝在念住等中而不立爲別覺分者以諸覺分進修義增數習方能證菩提故四種證淨證得義增見聖諦時漸頓得故由此證淨非覺分攝有餘師說此即信戒隨應亦在覺分中攝修覺分時必獲證淨此有幾種依何位得實體是何法有漏無漏耶頌曰

證淨有四種　謂佛法僧戒　見三得法戒
見道兼佛僧　法謂三諦全　菩薩獨覺道
信戒二爲體　四皆惟無漏

論曰經說證淨總有四種一於佛證淨二於法證淨三於僧證淨四聖戒證淨且見道位見三諦時一一惟得法戒證淨見道諦位兼得佛僧謂見苦時得聖愛戒及法證淨於何等法如何而得法證淨耶謂惟於苦達惟有法無實有情生決定信如是次第見集諦時亦惟如前得二證淨達惟集法能爲苦因無內士夫生決定信從此無間見滅諦時亦惟如前得二證淨達惟滅法是眞涅槃誠可遵求生決定信從此次後見道諦時兼於佛僧得二證淨於佛相續諸無學法得佛證淨於僧相續學無學法得僧證淨兼言爲顯見道諦時亦得聖戒及法證淨達惟道法是證滅因誠可遵求生決定信然所信法略有二種一別二總總通四諦別惟三諦全菩薩獨覺道菩薩道者惟有學法獨覺道者通學無學若無漏信緣別法生名不雜緣於法證淨若無漏信兼緣佛僧名爲雜緣於法證淨故見

三諦惟得二種見道諦時具足得四見道諦位爲於現前得佛法僧三證淨不非皆現得見道諦時現行總緣諸道諦故應知現在惟有雜緣一法證淨乘此勢力修得未來多剎那信於中有別緣佛法僧或有總緣二三寶者諸別緣者名三證淨諸總緣者法證淨攝道類智時修八智故亦得三諦法戒二種道法忍等三剎那中未來惟修道諦四種由所信別故名有四應知實事惟有二種謂於佛等三種證淨以信爲體聖戒證淨以戒爲體故惟有二若七支戒實惟一者如何覺分中實事有一一應惟有十種或十六或多以覺分中身語二業說有差別及相有異正命一種雖有別說離身語業無別體相依有別相前覺分中說言實事有十一種雖身語業一一有多然種類同故各立一如四念住前三證淨謂慧與信若不離緣隨所緣別雖有多種亦類同故各立爲一此亦應然今證淨中依身語業聖戒相等及契經中同說不缺不穿等故總立爲一隨身語業類別分二聖戒相同總立爲一故二與一無相違過爲依何義立證淨名如實覺知四聖諦理故名爲證正信三寶及妙尸羅俱名爲淨由證得淨立證淨名正信是心清淨相攝可名爲淨尸羅不是清淨相攝寧立淨名此四皆是清淨相攝離不信垢破戒垢故又此四種惟無漏故離垢無漏故立淨名此四何緣次第如是餘三以佛爲根本故佛於正說有功能故於彼證淨立在最初正說功能由悟法故於彼證淨立爲第二現觀法藏惟聖僧故於彼證淨

立爲第三觀法藏能依聖戒故於戒證淨立在最後有言佛是正説法師是故最初立佛證淨佛何所説愛盡涅槃是故第二立法證淨爲誰説法爲向果僧是故第三立僧證淨僧依聖戒而得建立是故第四立戒證淨有説此四猶如導師道路商侶及所乘乘故説此四次第如是經言學位成就八支無學位中具成就十學位亦成正脱正智何緣於彼不建立支正脱正智以何爲體頌曰

學有餘縛故　無正脱智支　解脱爲無爲
謂勝解惑滅　有爲無學支　即二解脱蘊
正智如覺説　謂盡無生智

論曰有學位中尚有餘縛未解脱故無解脱支非離少縛可名脱者非無解脱體可立解脱智故有學位不立二支謂立支名依勝助用在有學位既有餘縛雖有解脱無勝助用無勝解脱故彼勝智亦無故此二支非在有學無學已脱一切縛故依内解脱生二智故有勝助用理可立支有學不然故惟成八解脱體有二謂有爲無爲有爲解脱勝解爲體無爲解脱惑滅爲體前復有二謂學無學依七聖身説名爲學依第八聖立無學名惟有爲中無學解脱可得建立爲解脱支惑滅無爲無支用故支攝解脱復有二種謂時不時有差别故有説慧心有差别故應知此二即解脱蘊如是已説正解脱體正智體者謂離正見如前覺説即盡無生前名菩提今名正智所言無學心解脱者心於何位正解脱耶爲於未來現在過去頌曰

無學心生時　正從障解脱

論曰如本論說初無學心未來生時從障解脫且應思擇本論此文說未來言應成煩重說生時言義已顯故此責不然隨問答故謂先問者問無學心於何世中正得解脫是故今答言在未來恐彼謂通未來一切復爲簡別言是生時或但應言生時解脫然或有謂生時是現在爲遮彼故言未來生時現是已生非生時故或就相續立解脫名則一切未來皆名正解脫若就行世立解脫名則惟生時名正解脫爲別顯二義說未來生時諸煩重言必顯別義理應推究無容非撥依如是義故有頌曰

文於義已足　而復說餘言　非無義有文
應思求別義

雖於此位諸所有蘊皆得解脫而但說心然不可言有缺減失以心所等隨從心故染淨法中心爲主故雖無有我而可於心假說縛者脫者等故若已說勝義已說餘或於此中如舉喻法舉心一法令類思餘雖諸學心亦於生位從障解脫而論但說初無學心生時解脫者據無餘斷證解脫故又此惟說純解脫故此中有心是自性解脫非相續解脫應作四句有學無漏無學世俗無學無漏餘世俗心如次應知四句差別此中雖舉正生剎那而實未來皆得解脫與正生者生障同故依此勢力所修未來世俗善根亦得解脫依淨相續彼得生故爲重顯示初無學心未來生時從障解脫是故本論復作是言謂無間道現趣已滅及解脫道現趣已生爾時無學心名從障解脫無間道者謂金剛定幷定眷

屬臨過去位立以現名次後施設過去名故趣已滅者顯在正滅隣次必入已滅位故解脱道者謂初盡智幷智眷屬臨現在位立以現名次後施設現在名故趣已生者顯在正生鄰次必入已生位故言爾時者謂正滅生時無學心者初盡智俱起從障解脱者非惟煩惱障色無色界感生果業亦是爾時所脱障故此業亦障阿羅漢得由此古昔諸大論師咸作是言業於得忍不還應果極爲障礙作如是釋本論所言則已釋經心解脱義道於何位令生障斷頌曰

道惟正滅位　能令彼障斷

論曰惟言爲顯正滅非餘如生未生道俱解脱非滅已滅俱令障斷寧知正滅位能斷障非餘以説道正生正從障脱故道未生位未得解脱道已生位已得解脱俱不可立正解脱名若道正滅時不能斷障如何道生位得正脱名故正滅時道能斷障於前後位斷用定無如何未生亦名解脱與正生者生障同故如世現見開水路時近水遠水皆言離障如是既見能斷惑道身中已生亦應可説近心遠心皆得解脱或如正起初無學心有得正生名正解脱如是彼類未來所修無漏心等有得起故定不生法尚得名爲正得解脱況當生者此中所説正解脱言顯已解脱心令正得解脱如是所説豈不相違已解脱言據自性解脱令解脱言據從障解脱所望各異何義相違或已解脱言據本有解脱據在身行世説令解脱言由此所言無相違失諸行世者皆解脱耶不爾要動破生障者有餘

師說正解脫時亦得名爲心已解脫性是已捨煩惱障故理必應然以解脫道依無煩惱相續轉故已出障故名已解脫令行世故名令解脫由此所說互不相違經說心從貪令得解脫此所言解脫其義云何爲是令心與貪相離爲令貪性不復緣心心名有貪爲相應故爲所緣故爲得隨故若相應故應惟染心名得解脫便違自宗說離貪心得解脫故又若此法與彼相應必定無容令此離彼心應畢竟不解脫貪若所緣故應染汙心亦得解脫理不應說貪相應心名爲解脫又彼貪性若緣此心無暫不緣及餘緣義如何可說心脫彼貪若得隨故應有學心亦名有貪依止貪得所隨相續而現起故正理論者作如是言惟離貪心令得解脫何等名曰有貪離貪二種心相謂心若與貪相應者名有貪心若不相應亦不爲貪同類因者名離貪心乃至有癡離癡亦爾既說離貪心得解脫即立解脫惟不染心然不染心總有四種謂有漏中分善無記及無漏中分學無學言離貪心令解脫者令解脫有二謂行世相續諸有漏心一切皆有相續解脫加行得者亦許兼有行世解脫諸無漏心一切皆有行世解脫無學攝者亦許兼有相續解脫如契經中說有三界謂斷離滅於前所說二解脫中此何爲體如是三界差別云何頌曰

無爲說三界　離界惟離貪　斷界斷餘結

滅界滅彼事

論曰斷等三界即分前說無爲解脫以爲自體然三界體約假有異若就實事則無差別

云何名爲約假有異謂離貪結名爲離界斷餘八結名爲斷界滅餘一切貪等諸結所繫事體名爲滅界何緣三界如是差別謂有漏法總略有三一者能繫而非能染二者能繫亦是能染三者非二順繫染法斷此三法所證無爲如次名爲斷等三界有餘師說惟斷能繫別有無爲斷餘不爾彼說能繫有緣八結有緣愛結有緣餘事斷此三種所證無爲如次名爲斷等三界有餘師說惟斷能染別有無爲斷餘不爾彼師說愛有緣八結有緣愛結有緣餘事斷此三種所證無爲如次名爲斷等三界隨所繫事別得擇滅故三說中初說爲善准此已釋諸契經中斷離滅想三相差別或初業地我當斷想名爲斷想若離染地我正斷想名爲離想若已辨地我已斷想名爲滅想或於已受蘊重擔中見不捨過起欲捨想名爲斷想以捨與斷名差別故若於餘蘊不復生中見勝功德起欲求想名爲滅想不生與滅名差別故既得離染清淨相續於諸蘊法無所顧戀於般涅槃見靜妙想名爲離想無戀與離名差別故若事能猒必能離耶不爾云何頌曰

猒緣苦集慧　離緣四能斷　相對互廣狹故應成四句

論曰惟緣苦集所起忍智就名爲猒餘則不然四諦境中所起忍智能斷惑者皆得離名廣狹有殊故成四句有猒非離謂緣苦集不令惑斷所有忍智緣猒境故非離染故應知此中先離欲染後見諦者苦集法忍及見道中苦智集智但名爲猒緣猒境故忍不名離

惑先斷故智不名離非斷治故并修道中加行解脱勝進道攝苦智集智但名爲猒緣猒境故不名爲離非斷治故有離非猒謂緣滅道能令惑斷所有忍智能離染故緣欣境故應知此中未離欲染入見諦者滅道法忍及諸所有滅道類忍并修道中無間道攝滅智道智但名爲離是斷治故不名爲猒緣欣境故有猒亦離謂緣苦集能令惑斷所有忍智應知此中未離欲染入見諦者苦集法忍及諸所有苦集類忍并修道中無間道攝苦智集智有非猒離謂緣滅道不令惑斷所有忍智應知此中先離欲染後見諦者滅道法忍及見道中滅智道智并修道中加行解脱勝進道攝滅智道智

阿毗達磨藏顯宗論卷第三十四 說一切有部

音釋

筞 楚革切束勒使進也　匱 求位切乏也　數數 色角切頻數也　儱悷 儱力董切悷郎計切儱悷謂多惡不調也　鄙劣 鄙補美切陋也劣龍輟切弱也　惛 呼昆切不明了也　徵詰 徵陟陵切驗也詰去吉切問也　戀 力絹切慕也

阿毗達磨藏顯宗論卷第三十五

尊者衆賢造

唐三藏法師玄奘奉詔譯

辯智品第八之一

如是已依諸道差別建立賢聖補特伽羅所依道中作如是說正見正智名無學支故於此中應審思擇爲有慧見非智及有慧智非見而別建立見智二支亦有云何頌曰

聖慧忍非智　盡無生非見　餘二有漏慧
皆智六見性

論曰慧有二種有漏無漏唯無漏慧立以聖名此聖慧中八忍非智性所以者何非決斷性故唯決斷義是智義故如何八忍不能決斷自所斷疑得隨相續生故或求見境意樂止息加行奢緩說名爲智諸忍正起推度意樂加行猛利故非智攝而名見者推度性故盡及無生二智非見性推度意樂一向止息故所起加行極奢緩故而名智者決斷性故所餘皆通智見二性已斷自疑推度性故謂前八忍盡無生餘有學八智無學正見一一皆通見智性攝豈不忍餘諸無間道亦自所治惑得隨生無非正起推度意樂加行猛利應非智攝盡無生餘解脫道等此相違故皆應非見此難不然餘無間道無自品疑得隨相續生故有漏無間不行諦理與斷疑得非親違故又彼唯見曾所見境非如八忍極違智故餘解脫等非全息求所起加行非極奢緩以皆於後有所作故由此一切皆通二種並具推度決斷用故諸有漏慧皆智性攝於中唯六亦是見性謂五染汙見世正見爲六

有餘師説能發身語五識所引及命終時意識相應善有漏慧亦非見性外門轉故如能引故勢力劣故此亦不然不應許故非決定故契經説故謂不應許唯内門轉方是見性勿聖慧中外身念住非見性攝然契經説於外身循身觀是見性攝亦非決定如五識身所引意識如是性轉以彼善等所引意識有時亦是不善等故由此不應所引意識同能引五識是無分別性如契經説有命終時得正見俱善心心所故説所有意地善慧皆見性攝於理爲善如是所説聖有漏慧皆擇法故並慧性攝智有幾種相別云何頌曰

智十總有二　有漏無漏別　有漏稱世俗
無漏名法類　世俗徧爲境　法智及類智
如次欲上界　苦等諦爲境

論曰智有十種攝一切智一世俗智二法智三類智四苦智五集智六滅智七道智八他心智九盡智十無生智如是十智總唯二種有漏無漏性差別故如是二智相別有三謂世俗智法智類智前有漏智總名世俗瓶衣等物性可毀壞顯在俗情故名世俗此智多取世俗境故多順世間俗事轉故從多建立世俗智名非無取勝義順勝義事轉然是愛境無勝功能息内衆惑故非無漏或覆出世引發世間得世俗名體即無智智隨屬彼得彼智名意顯此名自有漏智有説諸趣名爲世俗此智多是往諸趣因從果爲名名世俗智有説此智無始時來生死身中顯現而轉由此故立世俗智名或諸有中隨流無絶名世俗智以一切時隨順諸有相續轉故或復

此智於一切境能徧映發得世俗名獨能徧緣一切法故後無漏智分爲二種法類二名所自別故此二名義如前已釋是名二智相別成三定心相應聖行相轉有漏無漏二智何別無漏於境行相明利彼有漏智與此相違如揭地羅餘木二炭於所燒煉勢用不同及勝劣香能熏用別炎鐵草火熱勢有殊二智相望差別亦爾或俗智後起增上慢無漏不然故有差別又世俗智與法類智境有寬狹故有差別謂世俗智徧以一切有爲無爲爲所緣境以契經說有善俗智能徧知苦廣說乃至徧知虛空非擇滅故亦有以非我行相總緣一切法爲境以契經說諸行非常一切法非我涅槃寂靜故法智但緣欲界四諦類智能通緣上二界四諦由此三智境有差別即於如是三種智中頌曰

法類由境別　立苦等四名　皆通盡無生初惟苦集類

論曰法智類智由境差別分爲苦集滅道四智何緣俗智亦緣苦等作苦等行相而非苦等智由彼先以苦等行相觀苦等已後時復容觀苦等境爲樂等故又得如是世俗智已後緣諦疑容現行故如是六智若無學攝非見性者名盡無生此二初生惟苦集類以緣苦集六種行相緣有頂蘊爲境界故金剛喻定若緣苦集與此境同緣滅道異若爾豈不至教相違如說於盡有初智生從此無間能自了達無違教失此於盡言是有第七聲非境第七故謂有煩惱無餘盡故有初智生非此智生緣盡爲境何所違害彼言意顯有惑

身中無此智生要有感盡於前所說九種智中頌曰

法類道世俗　有成他心智　於勝地根位
去來世不知　法類不相知　聲聞麟喻佛
如次知見道　二三念一切

論曰有法類道及世俗智成他心智餘則不然豈不道智離法類無應但言二成他心智理實如是爲顯他心智但知同類境故作是言謂爲顯成此法類智知他無漏心心所法是道智攝非苦集智以無漏智決定不能知他有漏心心所故他身無漏心心所法細故勝故非巳有漏他心智境其理可然何緣巳身無漏他心智不能知他有漏心心所於有漏境無漏智生行相所緣異此智故謂無漏智緣有漏時必是總緣猒背行相是故決定不能別緣他心心所成他心智以諸聖智緣有漏時必於所緣深生猒背樂總棄捨不樂別觀緣無漏時生欣樂故既總觀巳亦樂別觀如有見聞非所愛事總緣便捨不樂別緣於所愛中則不如是總見聞巳亦樂別緣是故於他有漏心等必無聖智一一別觀成緣有漏心無漏他心智以他心智決定於他心心所法別別知故豈不亦有三念住攝苦集忍智雖有而非但緣一法緣多體故又他心智有決定相謂不知勝去來二世并法類品不互相知勝復有三謂地根位地謂下地智不知上地心義惟能知自地下地根謂信解時解脫根智不知見至不時解脫心位謂不還聲聞應果獨覺大覺前前位智不知後後勝位者心義惟能知自下根位然他心智及

所知境根地既殊知亦有異所知有漏心心所法曾未曾得各有十五謂欲四靜慮各下中上根能知但除欲界三品曾未曾得各有十二所知無漏及彼能知皆除欲三各有十二且諸有漏曾未曾得下根所攝他心智生隨其所應能知下地三根心品自地下根中品亦知自地中品上品總了自下地三無漏下根他心智起惟知自地下地下根中亦知中上兼知上何緣有漏無漏智生知下地心多少有異有漏三品可一身成無漏隨根立聖者别尚無有一成二品根況有成三故有差别如何說一補特伽羅成九品道斷九品惑此道差别非根有異由因漸長後道轉增如次能令多品惑斷惑諸種性各有九品成一九品必不成餘故前後言無相違失故依上地起下根心有上根心依下地起地相互勝必不相知地位位根相對亦爾此他心智不知去來本爲知能緣心心所法故法類二品不互相知此二如次以欲上界全分對治爲所緣故此他心智見道中無總觀諦理極速轉故然皆容作他心智境三乘聖者起此智時中下二乘必須加行聲聞加行或上或中麟喻但須下品加行佛無加行隨欲現前若諸有情將入見道聲聞獨覺預修加行爲欲知彼見道位心彼諸有情入見道位聲聞法分加行若滿知彼見道初二念心若爲更知類分心故别修加行至加行滿彼已度至第十六心雖知此心非知見道是故說彼唯知二念麟喻法分加行若滿知彼見道初二念心若爲更知類分心故别修加行至加行

滿知彼第八集類智心有餘師言知第十五有說麟喻知四剎那謂初二心第八十四此言應理所以者何許從知初二念心已唯隔五念知第八心若復更修法分加行經五念頃加行應成何不許知第十四念有餘亦說知四剎那謂初二心第十一二佛於一切殊勝功德隨欲現前心自在故於十五念能次第知以佛世尊三無數劫精勤修習無量資糧故獲難思殊勝妙智具大勢用隨欲能知雖此智生亦知心所然修加行本爲知心如空處等名他心智脇尊者曰引此智生要先知心後方知所從初但立他心智名引此智時修何加行先應觀察身之顯形所樂言音表心差別謂彼行者初修業時爲欲審知他心差別先審觀察自身顯形所樂言音因何有別遂知顯等差別由心次復審觀他身顯等亦由心異有差別生由此後時離欲身意調柔清淨引勝定生依定發生有威德智此智眞實照見他心如明珠中種種色縷差別之相了然可得是名修世俗他心智加行若修無漏他心智時以觀非常等苦智爲加行此加行位通緣色心至成滿時緣心非色又加行位緣自他心至成滿時緣他非自盡無生智二相何別頌曰

智於四聖諦　知我已知等　不應更知等
如次盡無生

論曰如本論說云何盡智謂無學位若正自知我已知苦我已斷集我已證滅我已修道由此所有智見明覺解慧先觀是名盡智云何無生智謂正自知我已知苦不應更知廣

說乃至我已修道不應更修由此所有廣說乃至是名無生智由本意樂二智轉時力能引起如是解智非於無漏二智轉時作如是解無分別故謂出二智後德智中方作如是二類分別此二分別二智後生是盡無生力所引故此二俗智是彼士用果故舉二果表二智差別理必應然說由此故依爲此義說由此聲即是爲此所有智義不爾應言如是所有諸觀行者本修行時定起如斯要期意樂謂我當證阿羅漢時要應起此自審察智故今出觀此智必生爲令此生所起之智隨應建立盡無生名即後智生所依止義故言此釋理必應然如是十智互相攝者謂世俗智攝一全一少分法類智各攝一全七少分苦集滅智各攝一全四少分道智攝一全五少分他心智攝一全四少分盡無生智各攝一全六少分何緣二智建立爲十頌曰

由自性對治　行相行相境　加行辦因圓
故建立十智

論曰由七緣故立二爲十一自性故立世俗智以世俗智爲自性故二對治故立法類智全能對治欲上界故三行相故立苦集智此二智境體無別故四行相境故立滅道智此二行相境俱有別故五加行故立他心智非此不知他心所法本修加行爲知他心雖成滿時亦知心所而約加行故立他心智名加行如前已具分別六事辦故建立盡智事辦身中定初生故七因圓故立無生智一切聖道爲因生故謂有盡智非無生智爲因故生無無生智不以盡智爲因故起如上既言法

智類智全能對治欲上界法爲有少分治上欲耶頌曰

緣滅道法智　於修道位中　兼治上修斷類無能治欲

論曰修道所攝滅道法智兼能對治上界修斷望欲界法四諦法智全能對治於欲見斷法智亦爲持對治故能治所治皆得全名望上俱缺俱名少分何緣惟有滅道法智兼治上界非苦集耶所緣寂靜出離同故謂欲上滅及能治道展轉相望相無別故以諸擇滅皆善皆常一切聖道皆能出離所緣苦集欲上不同少多細麤上下別故又苦集智緣所猒境無容猒彼於此離貪理猒此地時斷此地煩惱若許異猒異離貪應異離貪異解脫若許不猒色無色界而能離彼界貪習猒離貪理則應壞滅道二智不緣猒境緣下治上亦無過失又如不淨觀及欣涅槃欲謂不淨觀緣欲界境惟能令心猒背欲界欣涅槃欲現在前時普能令心猒背三界如是緣欲苦集智生惟能令心離欲界染緣欲界法滅道智生普能令心離三界染故許滅道法智品增乃至得成金剛喻定由此大聖妙善了知依全治門立法類智法智少分有治上能類智必無能治欲界要於自界所作已周方可兼爲他界所作非諸類智已事成時他事未成有須助義故無類智治欲界法豈不第十六道類智生乘此便則能治欲界惑將斷欲惑類智不行設許現行由自界障所拘礙故必無勢力能助成他法智所作由此類智無能治欲於此十智中誰有何行相頌曰

法智及類智　行相俱十六　世俗此及餘
四諦智各四　他心智無漏　惟四謂緣道
有漏自相緣　俱但緣一事　盡無生十四
謂離空非我

論曰法智類智一一具有非常苦等十六行相十六行相後當廣釋世智有此及更有餘能緣一切法自共相等故謂世俗智或有具作十六行相如於煖頂忍等位中或有不具如世第一重三摩地及現觀邊世俗智等或有別作非聖行相如不淨觀息念慈等諸世俗智行相無邊苦等四智一一各有緣自諦境四種行相他心智中若無漏者唯有緣道四種行相此即道智一分攝故若有漏者取自所緣心心所法自相境故如境自相行相亦爾故此非前十六所攝如是二種於一切時一念但緣一事為境謂緣心時不緣心所緣受等時不緣想等若爾何故薄伽梵說如實了知有貪心等非俱時取貪等及心如不俱時取衣及垢如何他心智有行相所緣而說不觀所緣行相以不觀他心所緣行相故謂但知彼有染等心不知彼心所染色等亦不知彼能緣行相不爾他心智應亦緣色等又亦應有能自緣失無漏他心智應緣苦等境是則亦應許空無相相應既不許然知不觀二諸他心智有決定相謂惟能取欲色界繫及非所繫他相續中現在同類心心所法一實自相為所緣境空無相不相應盡無生所不攝不在見道無間道中餘所不遮如應容有盡無生智除空非我各具有餘十四行相由與出觀心轉相違故在觀中無二行相

謂從二智出觀後時必自了知我生盡等此中意說盡無生智雖是勝義而涉世俗我生盡等是世俗故空非我是勝義必涉勝義此觀後決了知空非我故由此二智離空非我爲有無漏越此十六更是所餘行相攝不頌曰

淨無越十六　餘說有論故

論曰對法諸師有一類說無越十六無漏行相離此所餘不可得故豈不有說盡無生智必自了知我生盡等此不相違前已說故謂前已說無漏觀後世俗智中作此行相非無漏智此行相轉由盡無生引起俗智推功於本言彼了知故許此智離空非我本意樂力令此二智後必引生我生盡等非由觀內此行相轉令於彼時起此行相我等行相觀內雖無而由不遇自證解脱義言此位必已應有我生盡等行相勢分由先世俗行相引生能引後時世俗行相故離十四無盡無生若謂此應言離十六無者此不應理除十四餘有盡無生非極成故謂離十四有依密說計我生盡等爲盡無生智遮彼故說離十四無餘不極成寧對遮此若爾既有無漏他心智應越十六有無漏行相謂他心智皆以一實自相爲境道等行相皆以聚集共相爲境彼此既殊知離十六決定別有無漏行相非定許故所難不然謂我所宗非決定許共相行相但緣聚集許有受心二念住故如觀一受體是非常此智生時以共相行相觀一實自相爲境極成如是寧不許無漏他心智以共相行相緣一實自相謂智他心是眞道等即

緣一實是道等相若謂應如受心念住總緣三世所有受心爲非常等共相行相無漏他心智亦總緣三世他無漏心等爲道等行相便違自宗他心智起唯緣現在一實自相此亦不然加行異故此智加行爲欲知他現能緣心有貪等別修非常等念住加行爲總猒背諸有漏法由前加行勢力有殊至成滿時現總緣別是故無有應相例過若謂非常非受自體故應觀受爲非常時非緣一實自相爲境寧可引此喻他心智則彼應許受非非常不應於受起非常觀如受與心其體各別必定無有觀受爲心雖即觀受以爲非常而無一物有多體過領納非常體無別故如損益等非離領納所餘行相餘法亦然若爾應與至教相違如說於身住循身觀應言法智乃至廣說又說觀老死應言是四智俱不相違且初所說非顯法智等離十六行相住循身觀觀身爲身但如實觀爲非常等我先已許共相行相亦以一實自相爲境故彼所說於我無違後老死聲總目取蘊觀五取蘊爲非常等是四智攝何所相違若爾如說受樂受時如實了知受於樂受如何是法類世俗道智攝此應思擇受現在時必不了知不自緣故亦不可說了知去來去來不名受樂時故而契經說受樂受時如實了知受於樂受故知此說別有密意釋此密意如盡無生謂出觀後時方起此行相故無漏行相越十六外無有一類言有越十六本論說故如本論言頗有不繫心能了別欲界繫法耶曰能了別謂非常故苦故空故非我故因故集故生

故緣故有是處有是事如理所引了別此證不成迷論意故論顯不繫行相衆多於中有緣欲界繫者依容有說有是處言有是事言顯無顛倒即由此故餘無此言謂彼論中復作是說頗有見斷心能了別欲界繫法耶曰能了別謂我故我所故斷故常故無因故無作故損減故尊故勝故上故第一故能清淨故能解脫故能出離故惑故疑故猶豫故貪故瞋故慢故癡故不如理所引了別除此無容有餘行相由此不說有是處言由皆顛倒轉不言有是事故淨行相無越十六理教無違不可傾動所言行相有十六者爲但名別實亦有異何謂行相能行所行頌曰

行相實十六　此體惟是慧　能行有所緣
所行諸有法

論曰有說行相名雖十六實事惟七緣苦諦境治四倒故名實俱四緣三諦境名四實一如是說者實亦十六所治所行相有別故言所對治相有別者爲治常見故修非常行相爲治樂諸行故修苦行相爲治我所見故修空行相爲治我見故修非我行相爲治無因論故修因行相爲治自在等一因論故修集行相爲治轉變因常因論故修生行相爲治知爲先能生論故修緣行相爲治歸自在爲涅槃論顯諸蘊永滅是涅槃故修滅行相爲治執自體所有解脫是雜染惑苦不正見故修靜行相爲治執涅槃如被呪詛遂致殄滅是弊壞論故修妙行相爲治執解脫還退見故修離行相爲治執無解脫道故修道行相爲治苦行是眞道見及謗眞道是邪論故修

如行相爲治不修道生死自淨及世間雜染是眞道故修行行相爲治嘗遭不永離染道所誑惑於眞聖道亦不敬故修出行相言所行境相有別者苦聖諦有四相一非常二苦三空四非我有生滅故非常逼迫性故違聖心故苦無主宰故空違我相故非我集聖諦有四相一因二集三生四緣能生法故因有多種故集恒孳產故生各別助故緣滅聖諦有四相一滅二靜三妙四離息衆苦故滅三有爲相三火滅故靜有餘師說衆苦息故靜如說苾芻諸行皆苦惟有涅槃最爲寂靜善故常故妙一切災患永解脫故極安隱故離道聖諦有四相一道二如三行四出能通尋求諸法性相至解脫故道無倒轉故如如實趣故行有餘師說定能趣故行如說此道能至清淨餘見必無至清淨理一向趣故決能至故出如是所治及所行境相有別故實有十六如是行相以慧爲體謂惟諸慧於境相中揀擇而轉名爲行相豈不心心所皆名有行相如是無慧與慧相應如何可言慧有行相非有行相惟慧相應心等皆名有行相者是心心所等於所緣品類相中有能取義若依惟慧得行相名則慧之餘心心所法與行相等名有行相如等漏故得有漏名是與漏體同對治義如是所餘心心所法等與行相行相所緣是俱時行無前後義或於心所有行相者多如已知根總名有行相或依無間亦說有聲如有所依故無有過謂如心心所皆名有所依意識相應諸心所法與所依識亦俱時生識之所依惟無間滅有行相理應

知亦然無間滅慧於現有能此於現有能如無間滅意若爾應受等得有受等名許亦無違然非所辯慧及諸餘心心所法有所緣故皆是能行此能行名應惟自慧行相體故餘心心所既非行相寧是能行若謂所餘名能行者以與行相相應起故是則慧等與受相應應名能受雖有此語而理不然謂慧異門稱爲行相能行即是取境別名非能行言徧爲詮慧寧以受等體非行相便作是難應非能行如於境中慧能揀擇便許說慧名爲能行既於境中想能取像識能了等寧非能行故能行名通目取境故應受等亦是能行所行名通一切有法若實若假皆所行故由此三門體有寬狹慧通行相能行所行餘心心所惟能所行諸餘有法惟是所行其理善成不可傾動已辯十智行相差別當辯性攝依身依地頌曰

性俗三九善　依地俗一切　他心智惟四

法六餘七九　現起所依身　他心依欲色

法智但依欲　餘八通三界

論曰如是十智三性攝者謂世俗通三性餘九智惟是善依地別者謂世俗智通依欲界乃至有頂他心智惟依四根本靜慮不依近分靜慮中間此智所緣極微細故彼地道力微劣不能了達他相續中現在微細心心所法亦不依無色無此加行故又通性故餘地非依五通所依止觀等故法智通以六地爲依謂未至中間四根本靜慮不依餘近分彼惟有漏故亦不依無色此緣欲界故所餘七智九地爲依謂下三無色及前說六地總說

如是然有差别謂此所說七種智中類智決定依九地起苦集滅道盡無生智苦法智攝六地爲依類智攝者通依九地依身别者謂他心智依欲色界俱可現前不依無色彼自無故不起下地他心智者此智隨轉色彼無容起故法智但依欲界身起非上二界入出此智諸有漏心惟欲有故又法智隨轉色所依大種惟欲繫故又此能治起破戒惑破戒惟欲非上界故餘八智現起通依三界身巳辯性地身當辯念住攝頌曰

諸智念住攝　滅智惟最後　他心智後三　餘八智通四

論曰滅智攝在法念住中他心智後三攝所餘八皆通四如是十智展轉相望一一當言幾智爲境頌曰

諸智互相緣　法類道各九　苦集智各二　四皆十滅非

論曰法智能緣九智爲境除類智類智能緣九智爲境除法智道智能緣九智爲境除世俗智非道攝故苦集二智一一能緣二智爲境謂世俗智及有漏他心智世俗他心盡無生智此四皆緣十智爲境滅智不緣諸智爲境惟以擇滅爲所緣故十智所緣總有幾法何智幾法爲所緣境頌曰

所緣總有十　謂三界無漏　無爲各有二　俗緣十法五　類七苦集六　滅緣一道二　他心智緣三　盡無生各九

論曰十智所緣總有十法謂有爲法分爲八種三界所繫無漏有爲各有相應不相應故無爲分二種善無記别故俗智總緣十法爲

境法智緣五謂欲界二無漏道二及善無爲類智緣七謂色無色無漏道言及善無爲法集智各緣三界所繫六滅智緣一謂善無爲道智緣二謂無漏道他心智緣欲色無漏三相應法盡無生智緣有爲八及善無爲頗有一念智緣一切法不不爾豈不非我觀智知一切法皆非我耶此亦不能緣一切法不緣何法此體是何頌曰

俗智除自品　總緣一切法　爲非我行相
聞思修所成

論曰以世俗智觀一切法爲非我時猶除自品自品謂自體相應俱有法何故不緣自體爲境諸對法者立此因言諸法必無待自體故即由此理不緣相應以與相應一境轉故許緣相應者便應許自緣亦不能緣俱有法者以俱有法極相近故如眼不見扶眼根色契經亦說一剎那智不能頓知一切法境如契經說無有沙門婆羅門等於一切法頓見頓知義准惟漸此智惟是欲色界攝無色界中雖有此類而緣法少非此所明此通聞思修所成慧皆能除自品緣一切法故已辯所緣復應思擇誰成就幾智耶頌曰

異生聖見道　初念定成一　二定成三智
後四一一增　修道定成七　離欲增他心
無學鈍利根　定成九成十

論曰諸異生位及聖見道第一剎那定成一智謂世俗智第二剎那定成三智謂加法苦第四六十十四剎那如次後後增類集滅道智諸未增位成數如前故修位中亦定成七如是諸位若已離欲各各增一謂他心智惟

除異生生無色者然異生位及見道中惟可成就俗他心智道類智時具成二種爾時初得不還果故兼得無漏以成果體餘修位中皆具成二生無色者便捨世俗謂時解脫定成九智謂加盡智不時解脫定成就十謂增無生

阿毗達磨藏顯宗論卷第三十五 說一切有部

音釋

推度 推昌垂切尋繹也 度徒各切量也 揭去謁切 麟力珍切仁獸也 呪詛 呪職救切願也 詛莊助切沮也 孳產 孳即移切生息也 產所簡切產業也

阿毗達磨藏顯宗論卷第三十六

尊者衆賢造

唐三藏法師玄奘奉詔譯

辯智品第八之二

於何位中頓修幾智且應思擇何謂爲修謂習善有爲令圓滿自在非染無記者無勝受果故非善無爲者不在相續故又無爲無果故已辯修義本問應答且於見道十五心中

頌曰

見道忍智起　即彼未來修　三類智兼修
現觀邊俗智　不生自下地　苦集四滅後
自諦行相境　惟加行所得

論曰見道位中隨起忍智皆即彼類於未來修然具修自諦諸行相念住何緣見道惟同類修所作所緣俱定別故有說此種性先未曾得故唯苦集滅三類智時能兼修未來現觀邊俗智於一一諦現觀後邊方能兼修故立斯號由此餘位未能兼修自諦所爲未圓滿故有言若此於法智位修應說名爲現觀中俗智經不應立現觀邊名三位所修何勝何劣若據相續後勝於前因增長身起彼得故若就界說上皆勝下故前所修色界繫者界勝身劣後位所修欲界繫者界劣身勝此有四句如理應思道類智時何不修此此智惟是見道眷屬彼修道攝故不能修此意說言修七處善爲種子故見道得生故見道生時說彼爲眷屬或世俗智從無始來於三諦中曾知斷證未曾修道故今不修或由今時見眞道故僞道羞避故非所修或現觀邊方修此智道無邊故此位不修謂三諦中依事

現觀容一行者總得其邊必無有能遍修道者異根性道不能修故於自根性雖容得修百千分中不起一故雖見道位未徧斷集未徧證滅而於當位斷集證滅其事已周道類智時迷道諦惑諸對治道亦不徧修以種性根有多品故由此於三諦世尊説邊聲如契經中説有身邊有身集邊有身滅邊曾無經説有身道邊無能修道至邊際故此世俗智是不生法於一切時無容起故此起依身定不生故謂隨信行隨法行身容有爲依引此智起在見道位此無容生故此依身住不生法依不生故此必不生若爾依何説有修義依得修故説名爲修謂於爾時起得自在餘緣障故體不現前即由此因説名爲得以證彼得起自在故以有諸法得即現前如盡智等或有諸法先得後現前如無生智等或有諸法得永不現前如此智等或有諸法不得而現前如外色等無有情數法不得而現前故雖不生而有修義隨於何地見道現前能修未來自地下地謂此俗智七地爲依即未至中間四靜慮欲界若依未至見道現前能修未來一地見道二地俗智至依第四見道現前能修未來六地見道七地俗智苦集邊修四念住攝滅邊修者惟法念住隨於何諦現觀邊修即以此行相緣此諦爲境謂若苦諦現觀邊修即以緣苦四種行相若欲界繫緣欲界苦色界繫者緣上苦諦若於集諦現觀邊修即以緣集四種行相若欲界繫緣欲界集色界繫者緣上集諦若於滅諦現觀邊修即以緣滅四種行相若欲界繫緣欲界滅

色界繫者緣上滅諦此世俗智惟加行得即由見道加行得故欲界攝者是思所成色界攝者是修所成非聞所成故微劣故智增故立智名若弁隨行以欲四蘊色界五蘊爲其自性次於修道離染位中頌曰

修道初刹那　修六或七智　斷八地無間
及有欲餘道　有頂八解脫　各修於七智
上無間餘道　如次修六八

論曰修道初念謂第十六道類智時現修二智謂道及類名異非體未離欲者未來修六謂法及類苦集滅道離欲修七謂加他心有頂治故不修世俗先已離欲入聖道者何緣見道中不修他心智以他心智遊觀德攝依容豫道方有修義見道位中爲觀諦理加行極速故不能修無間道中義亦同此今第十六道類智時容豫道收故修此智斷欲修斷九無間道八解脫道俗四法智隨應現修斷上七地諸無間道四類世俗滅道法智隨應現修斷欲加行有欲勝進俗四法類隨應現修此上未來皆修七智謂俗法類苦集滅道斷有頂地前八解脫四類二法隨應現修此於未來亦惟修七然除世俗加他心智斷有頂地九無間道四類二法隨應現修未來修法類苦集滅道六斷欲修斷第九解脫俗四法智隨應現修斷上七地諸解脫道四類世俗滅道法智隨應現修斷欲修斷第九勝進斷上八地諸加行道俗四法類隨應現修斷上七地有頂八品諸勝進道俗四法類及他心智隨應現修先所修通容現前故此上未來皆修八智謂俗法類四諦他心四類不能

斷欲界染苦集二法非上對治何緣起彼治此智未來修若許兼修非對治者離有頂染等應兼修世俗此難非理性同對治於未來修非所許故謂亦許有相屬故修如見道中修世俗智或由因力相資故修如斷欲時兼修四類斷上染位修苦集法若斷欲染不修類智斷上不修苦集二法則漸次得不還果者應無容起類智現前阿羅漢應無起苦集法智先所得者皆已捨故先未得者非所修故由約種類若先已得爲同類因力引等流智生此智由先彼智引故於彼智類復能爲因故此智生因力資彼雖非同治亦未來修次辯離染得無學位頌曰

無學初剎那　修九或修十　鈍利根別故
勝進道亦然

論曰無學初念謂斷有頂第九解脫苦集類盡隨應現修緣有頂故勝進九十隨應現修未來隨應修九修十謂鈍根者惟除無生利根亦修無生智故次辯餘位修智多少頌曰

練根無間道　學六無學七　餘學六七八
應八九一切　雜修通無間　學七應八九
餘道學修八　應九或一切　聖起餘功德
及異生諸位　所修智多少　皆如理應思

論曰學位練根諸無間道四法類智隨應現修未來修六四諦法類似見道故不修世俗能斷障故不修他心諸解脫道四法類智隨應現修未離欲者未來修六四諦法類已離欲者未來修七謂加他心有餘師言解脫道位亦修世俗諸加行道俗四法類隨應現修未離欲者未來修七已離欲八謂加他心諸

勝進道若未離欲俗四法類隨應現修未來亦七若已離欲俗四法類及他心智隨應現修未來亦八無學練根諸無間道四類二法隨應現修未來修七四諦法類盡不修世俗如治有頂故五前八解脫四類二法隨應現修未來修八四諦法類他心及盡四第九解脫苦集類盡隨應現修未來修九最後解脫苦集類盡隨應現修未來修十諸加行道現修如學未來修九諸勝進道鈍者九智隨應現修未來亦九利者十智隨應現修未來亦十學位雜修諸無間道四法類俗隨應現修未來修七諸解脫道惟四法類加行增俗諸勝進道又加他心隨應現修未來皆八無學雜修諸無間道現修如學未來所修鈍八利九諸解脫道惟四法類加行增俗隨應現修

未來所修鈍九利十諸勝進道與練根同學位修通五無間道現修俗智未來修七宿住神境二解脫道五加行道現修俗智他心解脫法類道俗及他心智一切勝進并苦集滅隨應現修此上未來皆修八智無學修通五無間道現修如學未來所修鈍八利九解脫加行現修如學未來所修鈍九利十諸勝進道與練根同天眼天耳二解脫道無記性故不名爲修聖起所餘四無量等修所成攝有漏德時現在皆修一世俗智有學未來未離欲七已離欲八無學未來鈍九利十除微微心此於未來惟修俗故若起所餘無漏功德靜慮攝者四法類智隨應現修無色攝者惟四類智隨應現修未來所修同前有漏異生離染現修俗智斷欲三定第九解脫及依根

本四靜慮定起勝進道離染加行未來修二謂加他心所餘未來惟修世俗修五通時諸加行道二解脫道現修俗智一解脫道現俗他心諸勝進道二隨應現未來一切皆修二種五無間道現未惟俗依本靜慮修餘功德皆現修俗未來修二惟順決擇分必不修他心以是見道近眷屬故依餘地定修餘功德皆惟世俗現未來修諸未來修爲修幾地諸所起得皆是修耶頌曰

諸道依得此　修此地有漏　爲離得起此

修此下無漏　惟初盡徧修　九地有漏德

生上不修下　曾所得非修

論曰諸道依此地及得此地時能修未來此地有漏謂依此地世俗聖道現在前時未來惟修此地有漏以有漏法繫地堅牢難修餘故隨依何地離下地染第九解脫現在前時亦修未來所得上地根本近分有漏功德離下地縛必得上故聖爲離此地及得此地時并此地中諸道現起皆能修此及下無漏謂隨何地有漏無漏加行等道正現在前爲欲斷除此地煩惱未來修此及下無漏下於上染同能治故雖下聖道斷煩惱時諸上地邊有能同治然由有漏繫地堅牢未離下時未能修彼有説亦修彼起彼斷得故隨依何地離下地染第九解脫現在前時亦修未來所得上地及諸下地無漏功德隨起此地世俗聖道現在前時未來皆修此及下地無漏功德惟初盡智現在前時力能徧修九地有漏意地所攝聞思修所成不淨觀等無量勝功德謂隨何地盡智現前通修未來自上下地

何縁惟此初盡智時力能徧修諸有漏德創能殄滅無始時來一切善根煩惱怨故如有摧伏國所共怨一切俱來慶賴稱善又煩惱縛斷無餘故如能縛斷所縛氣通又彼心王登自在位一切善法起得來朝譬如大王登祚灑頂一切境土皆來朝貢然此生上必不修下謂身在欲得阿羅漢通修三界九地善根至生有頂惟修一地初盡智言顯離有頂及五練根位第九解脫道皆捨前道創得果故於見道位三類智邊雖亦能修自下俗智先已說故此不復論諸所言修惟先未得今起今得是能所修謂若先時未得今得用功得者方是所修若法先時曾得棄捨今雖還得而非所修非設劬勞而證得故若於先時未得而起極用功起勢力勝故此方能修未來功德若先已得今起現前彼不能修未來功德非多功起勢力劣故修用止息故不能修未來若曾得現前能修未來者則薄伽梵得盡智時應未具修一切功德爲具證得應更進修便同二乘功德不滿爲惟約得說名爲修不爾云何修有四種一得修二習修三對治修四除遣修如是四修依何法立頌曰

立得修習修　依善有爲法　依諸有漏法
立遣修治修

論曰諸未曾得功德現前及得未來所餘功德雜修得故皆名得修曾得未曾功德現起現修習故皆名習修此二但依善有爲立未來惟得現具二修於身等法得能治故所治身等名對治修故於身等得對治時即說名爲修於身等餘有漏法類亦應然縁身等境

煩惱斷故說身等法名除遣修故緣身等煩惱斷時亦說名爲修於身等餘有漏法例亦應然此二但依有漏法立故有漏善具足四修無漏有爲餘有漏法如次各具前後二修有於此中約當修義分別諸法具修多少有法具四名爲當修有法具三有法具二有法具一有法全無謂善有漏未永斷時可得可生具足四種此未永斷故當具治遣修以可得故當具得修是可生故當具習修已得可生具三除得可得不生具三除習已得不生及不可得已生具二謂治遣修染及無記未斷亦爾若善有漏已永斷時可得可生具得習二可得不生具一謂得已得可生具一謂習有爲無漏應知亦爾除前所說皆是全無謂無漏法中已得不生等若不生法不住身中但由得故即名修者應許擇滅亦名爲修無差別故此難非理彼同類法住身中故謂不生法雖不住身同類住身名修無失又彼由得爲果住故謂未來世不生善法由令得生表爲果住義言我等闕緣不生非謂今時不蒙招引擇滅異此不可爲例又未來世不生善法亦有因力攝益現身擇滅不然故無修義又由擇滅惟是果故謂修本爲獲得勝果滅非有果故不應修又由擇滅無增減故謂可修法依下至中依中至上擇滅不爾於修無用故不可修如是已辯諸智差別智所成德今當顯示於中先辯佛不共德且初成佛盡智位修不共佛法有十八種何謂十八頌曰

十八不共法　謂佛十力等

論曰佛十力四無畏三念住及大悲如是合名爲十八不共法惟於諸佛盡智時修餘聖所無故名不共且佛十力差別云何頌曰

力處非處十　業八除滅道　定根解界九
徧趣九或十　宿住死生俗　盡六或十智
宿住死生智　依靜慮餘通　贍部界佛身
於境無礙故

論曰佛十力者一處非處智力具以如來十智爲性知一切法自性功能理定是有名爲處智知一切法自性功能理定非有名非處智此智通緣情非情境與一切智皆不相違恐於略說少功難悟故復此中析出餘九二業異熟智力八智爲性除滅道智謂善分別如是類業感如是類諸異熟果無罣礙智名業異熟智力或說名爲自業智力謂善分別如是類果是自所造業力所招非妻子等所能與奪如是類業必招自果不可貿易無罣礙智名自業智力三靜慮解脫等持等至智力四根上下智力五種種勝解智力六種種界智力如是四力皆九智性惟除滅智謂如實知諸靜慮等自性名得方便攝持味淨無漏順退住進決擇分等無罣礙智名靜慮等智力靜慮等相定品當辯若如實知諸有情類能逮勝德根品差別無罣礙智名根上下智力雖有中根而待勝劣是劣勝攝故不別顯此中根名爲自何法謂自信等斷善根者總相續中亦有去來信等善法或自意等若如實知諸有情類喜樂差別無罣礙智名種種勝解智力喜樂勝解名差別故若如實知諸有情類前際無始數習所成志性隨眠及

諸法性種種差別無罣礙智名種種界智力應知此中別如界與志性隨眠法性名之差別由是四力並緣有爲故十智中惟攝九智七徧趣行智力或聲顯此義有二途若謂但緣諸能趣道九智除滅若謂兼緣道所趣果十智爲性謂如實知生死因果及知盡道無罣礙智名徧趣行智力八宿住隨念智力九死生智力如是二力皆俗智性此二力相有差別故謂如實知自他過去宿住差別無罣礙智名第八力若如實知諸有情類於未來世諸有續生無罣礙智名第九力廣辯此二如六通中十漏盡智力或聲亦顯義有二途若謂但緣漏盡爲境六智除道苦集他心若謂兼緣漏盡方便十智爲性理應如是以辯相中言於盡及爲盡無罣礙智二種俱名漏盡智力此後三力即是三通以六通中此三殊勝在無學位立爲三明在如來身亦名爲力神境天耳設在佛身亦無大用故不名力且如天眼能見有情善惡趣中異熟差別由此能引殊勝智生亦止了知能感彼業由此建立死生智名神境天耳無此大用是故彼二不立爲力然不別說他心力者義已攝在根等力中以他根等中有心心所故又薄伽梵具一切智於工論等亦得自在而於佛事齊此已成餘智於中無別勝用是故雖有亦不別說惟依遍覺十種所知佛所應爲皆圓滿故何等名曰十種所知謂諸法中因非因義多分散地業果差別定地功德品類不同所化有情根解界異所治能治因果差別前際後際經歷不同離染不續方便有異但由

覺此佛事已成餘設有無不致益損故惟十種得名爲力又佛觀察所化有情設教應機惟須十智謂由初智觀所化生於諸乗中堪無堪異由第二智觀所化生於相續中業障差別由第三智觀所化生於靜慮等有味無味煩惱爲障輕重差別由知此二因亦知異熟障由第四智觀所化生趣清淨品功能差別由第五智觀所化生於證淨品加行差別由第六智觀所化生於證淨品禀志性別由第七智觀所化生諸所施爲有益無益種種差別正觀修止由第八智觀所化生過去世中所集差別由第九智觀所化生當來世中結生差別由第十智觀所化生所證解脫方便有異於此十智若隨闕一便不具足化有情事多復無用故不增減已辯自性依地別者第八第九依四靜慮餘八通依十一地起欲四靜慮未至中間并四無色名十一地諸勝德地總有爾所已辯依地依身別者皆依贍部男子佛身惟此堪爲力所依故如是十智二乗亦有何故在佛方受力名夫受力名謂無礙轉佛智於境無礙轉故得名爲力餘則不然以諸二乗尚不能見諸有情相續順解脫分善況復能知所餘染細如舍利子捨求度人不能觀知鷹所逐鴿前後二際生多少等大目揵連不能觀見業風所引諸鬼差別是故二乗天眼通等觀界遠近與佛有殊非無礙故不名爲力二乗與佛漏盡既同彼智何緣惟佛名力惟世尊有徧達有情一切漏盡別相智故謂薄伽梵於諸有情一切漏盡品類差別智無罣礙二乗不然是故力名

惟屬於佛又惟諸佛智猛利故如何猛利佛智力能速斷煩惱幷習氣故如强弱力補特伽羅執利鈍刀斬截草等諸有情類蘊相無别佛如何觀有種種界諸有情類蘊相雖同而於其中非無差别謂彼諸蘊體雖無異而有無量品類不同佛如量智都無罣礙故世尊得有種種界智力或諸如來名稱高遠希有智慧妙用無邊惟佛能知非餘所測於餘所了無别相中何怪如來能知别相已辯諸佛心力方隅當辯菩薩時亦所成身力頌曰

身那羅延力　或節節皆然　象等七十增
此觸處爲性

論曰佛生身力等那羅延有餘師言佛身支節一一皆具那羅延力理實諸佛身力無邊猶如心力能持無上正等菩提大功德故大覺獨覺及轉輪王支節相連如其次第似龍蟠結連鎖相鉤故三相望力有勝劣那羅延力其量云何十十倍增象等七力謂凡象香象摩訶諾健那鉢羅塞建提伐浪伽遮怒羅那羅延後後力增前前十倍有說前六十十倍增敵那羅延半身之力此力千倍成那羅延有餘師說此量如千藹羅伐拏天象王力此象王力其量云何三十三天將遊戲苑象王知已化作諸頭種種莊嚴往天宮所諸天眷屬數有多千乘已騰空如持樺葉速至戲苑隨意歡娛天大象王力勢如是此力千倍等那羅延於諸說中惟多應理如是身力觸處爲性此應總是諸觸差别有說惟是大種差别有說是造觸離七外有有說力是重劣者是輕如是名爲佛生身力佛四無畏相别

云何頌曰
四無畏如次　初十二七力
論曰佛四無畏如經廣說一正等覺無畏十智爲性猶如初力二漏永盡無畏六十智性如第十力三說障法無畏八智爲性如第二力四說出道無畏九十智性如第七力何緣諸佛無畏惟四但由此量顯佛世尊自他圓德俱究竟故謂初無畏顯佛世尊自智圓德第二無畏顯佛世尊自斷圓德此二顯佛自利德滿爲顯世尊利他圓德是故復說後二無畏第三無畏遮行邪道第四無畏令趣正道謂佛處處爲諸弟子說障法令斷除即是令修斷德方便又於處處爲諸弟子說出道令正行即是令修智德方便此二顯佛利他德滿但由此四隨其所應顯佛自他智斷圓德至究竟故惟立四種如何可說無畏即智應言無畏是智所成理實應然但爲顯示無畏以智爲親近因是故就智出無畏體夫無畏者謂不怯懼由有智故不怯懼他故智得爲無畏因性惟佛四妙智是四無畏因謂諸如來於一切法一切相妙智是初無畏因若諸如來一切煩惱幷習氣斷妙智是第二無畏因若諸如來知弟子衆有損有益妙智是後無畏因或無畏體即四妙智怯懼名畏此即於法無所了達懷恐怖義智於此畏有近治能與畏相違故名無畏豈不非無智即是畏體如何說智體即是無畏此責不然智與多法爲近治故如即無疑謂智如能近治無智亦於怖畏有近治能故得智名亦名無畏如治無智亦能治疑故得智名亦名決定所

治無智雖亦即疑而智無疑名二體一如是無智雖與畏殊而無畏名即自智體一善能斷多惡法故有說無智亦攝畏體故於此中不應爲難力與無畏有何差別此無差別體俱智故然於智體別義名力復依別義立無畏名謂不屈因説名爲力不怯懼因説名無畏或初安立説名爲力立已不動説名無畏或非他伏説名爲力能摧伏他説名無畏有餘師説譬如良醫徧達醫方説名爲力善療衆疾説名無畏有説驍健説名爲力勇悍不怯説名無畏如是二種義亦有別謂成辦事義是力義不怯憚義是無畏義佛三念住相別云何頌曰

三念住念慧　緣順違俱境

論曰佛三念住如經廣説諸弟子衆一向恭敬能正受行如來緣之不生歡喜捨而安住正念正知是謂如來第一念住諸弟子衆惟不恭敬不正受行如來緣之不生憂慼捨而安住正念正知是謂如來第二念住諸弟子衆一類恭敬能正受行一類不敬不正受行如來緣之不生歡慼捨而安住正念正知是謂如來第三念住雖有所化不敬受行而佛世尊亦雨法雨由此方便彼於餘時或餘有情入正法故非前説四今復説三可總説言念住有七今三攝在前四中故謂在緣外法念住攝然此三種體通念慧謂由安住正念正知於三境中不生歡慼不可見有諸大聲聞於三境中不生歡慼便謂此三種非佛不共法惟佛於此并習斷故善達有情種性別故或弟子衆隨屬如來有順違俱應甚歡慼

佛能不起可謂希奇非屬諸聲聞不起非奇特故惟在佛得不共名諸佛大悲云何相別頌曰

大悲惟俗智　資糧行相境　平等上品故異悲由八因

論曰如來大悲俗智爲性普緣一切有情爲境作苦苦等三行相故非無漏智有如是理此大悲名依何義立依五義故此立大名一由資糧故大謂大福德智慧資糧所成辦故二由行相故大謂此力能於三苦境作行相故三由所緣故大謂此總以三界有情爲所緣故四由平等故大謂此等於一切有情作利樂故五由上品故大謂最上品更無餘悲能齊此故有餘師說由大加行所證得故惟大士身所成就故入大功德珍寶數故能拔有情大苦惱故立大悲名悲與大悲有何差別此二差別由八種因一由自性無瞋無癡自性異故二由依身通餘惟佛依身異故三由行相一苦三苦行相異故四由所緣一界三界所緣異故五由依地通餘第四靜慮異故六由證得離欲有頂證得異故又悲爲先離染時得惟離染得有差別故七由救濟希望事成救濟異故八由哀愍平等不等哀愍異故有餘師說諸佛大悲遠細徧隨能普饒益聲聞等類所起悲心不能悲愍色無色界佛於上界起極悲愍心過於三乘悲愍無間獄已辯佛德異餘有情諸佛相望法皆等不頌曰

由資糧法身　利他佛相似　壽種姓量等諸佛有差別

論曰由三事故諸佛皆等一由資糧等圓滿故二由法身等成辦故三由利他等究竟故由壽種姓身量等殊諸佛相望容有差別壽異謂佛壽有短長種異謂佛生剎帝利婆羅門種姓異謂佛姓喬答摩迦葉波等量異謂佛身有小大等言顯諸佛法住久近等如是有異由出世時所化有情機宜別故諸有智者思惟如來三種圓德深生愛敬其三者何一因圓德二果圓德三恩圓德初因圓德復有四種一無餘修福德智慧二種資糧修無遺故二長時修經三大劫阿僧企耶修無倦故三無間修精勤勇猛剎那剎那修無廢故四尊重修恭敬所學無所顧惜修無慢故次果圓德亦有四種一智圓德二斷圓德三威勢圓德四色身圓德智圓德有四種一無師智二一切智三一切種智四無功用智斷圓德有四種一一切煩惱斷二一切定障斷三畢竟斷四并習斷威勢圓德有四種一於外境化變住持自在威勢二於壽量若促若延自在威勢三於空障極遠速行小大相入自在威勢四令世間種種本性法爾轉勝希奇威勢威勢圓德復有四種一難化必能化二答難必決疑三立教必出離四惡黨必能伏色身圓德有四種一具衆相二具隨好三具大力四內身骨堅越金剛外發神光踰百千日後恩圓德亦有四種謂令永解脫三惡趣生死或能安置善趣三乘總說如來圓德如是若別分析則有無邊惟佛世尊能知能說要留命行經多大劫阿僧企耶說乃可盡如是則顯佛世尊身具有無邊殊勝奇特因果

恩德如大寶山有諸愚者日乏衆德雖聞如是佛功德山及所說法不能信重諸有智者聞說如斯生信重心徹於骨髓彼由一念極信重心轉滅無邊不定惡業攝受殊勝人天涅槃故說如來出現於世爲諸智者無上福田依之引生不空可愛殊勝速疾究竟果故如薄伽梵自說頌曰

若於佛福田　能植少分善　初獲勝善趣
後必得涅槃

阿毗達磨藏顯宗論卷第三十六 說一切有部

音釋

豫羊恕切 牢盧高切固也 殄徒典切盡也 祚昨誤切位也 貿易貿莫候切貿易謂交互改易也 蟠薄官切屈也 鉤古侯切 譪猗亥切 樺胡化切木名 驍健驍古堯切武猛也健渠建切有力也 悍侯旰切有力也

阿毗達磨藏顯宗論卷第三十七

尊者衆賢造

唐三藏法師玄奘奉詔譯

辯智品第八之三

已説如來不共功德共功德今當辯頌曰

復有餘佛法　共餘聖異生　謂無諍願智

無礙解等德

論曰世尊復有無量功德與餘聖者及異生共謂無諍願智無礙解通靜慮無色等至等持無量解脱勝處徧處等隨其所應謂前三門唯共餘聖通靜慮等亦共異生雖佛身中一切功德行相清淨殊勝自在與聲聞等功德有殊然依類同説名爲共且共餘聖三功德中無諍云何頌曰

無諍世俗智　後靜慮不動　三洲緣未生

欲界有事惑

論曰有阿羅漢憶昔多生受雜類身發自他惑由斯相續受非愛果便作是念有煩惱身緣之起惑尚招苦果況離煩惱具勝德身思已發生如是相智由此方便令他有情不緣已身生貪瞋等此智但以俗智爲性緣他未來修斷惑故非無漏智此行相轉若無諍體是智所攝如何説習無諍等持此不相違一相應品有多功德隨説一故如一山中有種種物隨舉一種以標山名理應無諍是智所攝護他相續當來惑生巧便爲先事方成故然一切諍總有三種蘊言煩惱有差別故蘊諍謂死言諍謂鬬煩惱諍謂百八煩惱由此俗智力能止息煩惱諍故得無諍名此智但依第四靜慮違苦因故第四靜慮樂通行中

最爲勝故不動應果能起非餘餘尚不能自防起惑況能止息他身煩惱此唯依止三洲人身非比及餘性猛利故緣欲未起有事惑生勿令他惑緣我生故諸無事惑不可遮防内起隨應總緣境故已辯無諍願智云何頌曰

願智能徧緣　餘如無諍說

論曰以願爲先引妙智起如願而了故名願智此智自性他種性身與無諍同但所緣别以一切法爲所緣故如何願智能知未來審觀過現而比知故如觀稼穡有盛有微比知其田有良有薄若爾何故立願智名有學異生亦能知故不爾所知定不定故而聞傳説諸大聲聞記未來事有不定者非起願智有此謬知餘俗智觀所記别故或彼所記無不定失但觀於始不觀終故如先降雨未至地間爲羅怙羅之所承棄先所懷孕其實是男彼於後時轉形成女王舍城鬼初戰得勝後爲廣嚴諸鬼摧伏人欲相伐鬼先戰故或實願智方見未來然加行時先起比智觀過現世准度未來引願智生方能真見即由此故能知無色謂先觀彼因行等流有比智生引眞願智或觀欲色死生時心比度而知所生從處引生願智方能實知或比智知亦無有失以證比智所緣必同若比不知如何能證是則願智應不可言力能徧緣三界三世不時解脱諸阿羅漢欲於彼境正了知時先作要期願我知彼後入邊際第四靜慮以爲加行從此無間如先願力引正智起於所期境皆如實知邊際定言如後當釋此願智力能

知過去與宿住智差別云何願智通知自相共相諸宿住智知共非餘知共相中亦有差別願智明了宿住不然於現所緣對他心智辯差別相如理應思已辯願智無礙解云何

頌曰

無礙解有四　謂法義辭辯　名義言說道
無退智爲性　法辭唯俗智　五二地爲依
義十六辯九　皆依緣切地　但得必具四
餘如無諍說

論曰諸無礙解總說有四一法無礙解二義無礙解三辭無礙解四辯無礙解此四總說如其次第以緣名義言及說道不可退轉智爲自性謂無退智緣能詮法名句文身立爲第一趣所詮義說之爲名即是表召法自性義辯所詮義說之爲句即是辯了法差別義

不待義聲獨能爲覺生所依託說之爲文即是迦遮吒多波等理應有覺不待義聲此覺不應無所緣境此所緣境說之爲文文謂不能親目於義但與名句爲詮義依此三能持諸所詮義及執生解故名爲法即三自性說之爲身自性體身名差別故三與聲義極相憐雜爲境生覺別相難知故說身言顯有別體若無退智緣一切法所有勝義立爲第二義即諸法自相共相雖名身等亦是義攝而非勝義有多想故謂有如義有不如義有有義有無義有依假轉有依實轉了此無間或於後時諸所度量名爲勝義爲欲顯示義無礙解所緣之境非語及名故此所緣說爲勝義謂此但取依語起名名所顯義非取汎爾心之所行說名爲義若無退智緣諸方域俗

聖言辭立爲第三即能了知世語典語於諸方域種種差別若無退智緣應正理無滯礙說及緣自在定慧二道立爲第四即於文義能正宣揚無滯言辭說名爲辯及諸所有已得功德不由加行任運現前自在功能亦名爲辯此能起辯立以辯名了辯及因智名辯無礙解即前所說能正宣揚善應物機不違勝義所有言說名應正理即前所說無滯言辭不待處時及有情等辯析自在名無滯礙即上所言已得功德不由加行任運現前名爲自在定慧二道又能所詮相符會智名初二無礙解謂達此名屬如是義及達此義有如是名名能所詮相符會智達時作等加行言辭名第三無礙解達所樂言說及自在道因名第四無礙解又色等六所知謂義即此善等有爲無爲色非色等差別謂法即詮此二言說謂辭三智即前三無礙解即緣三種無罣礙智名第四無礙解又達世俗勝義二諦名初二無礙解此即行者自利圓德能善宣說如是二諦名第三無礙解於此善巧問答難通名第四無礙解此即行者利他圓德有說愚癡猶豫散亂是於宣辯有滯礙因由解脫此三得現法樂住及由此故利他行成此智名爲辯無礙解若得如是定能宣說符會正理無滯言辭及得現前自在功德又於名等勝義言辭無滯說中各得善巧如次建立四無礙解前三善巧說名爲因由境不同故有差別第四名果能說無滯又由四分利他事成謂巧於文了達於義妙閑聲韻定慧自在故無礙解建立有四此即總說無礙解

體兼顯四種所緣差別契經略舉此數及名諸對法中廣顯其相又經引此先義後法諸對法中先法後義此爲顯示二智生時或義因名或名因義故經與論作差別說謂聽法者先分別名既正知名次尋其義正知義已欲爲他說次必應求無滯說智依此次第故名在先然此四中義智最勝餘是助伴故義在先謂於義中若正了達次應方便尋究其名既已知名欲爲他說次應於說求巧便智是故此四次第如是辯無礙解若緣說時何異第三辭無礙解第三了達訓釋言辭如有變礙故名色等此達應理無滯礙說有說辭詮諸法自性辯能顯示諸法差別有說於法直說名辭展轉無滯分析名辯緣此二種三四有別四中法辭俗智爲性非無漏智緣名

身等及世言辭事境界故法無礙解通依五地謂依欲界四本靜慮上地中無名身等故彼不別緣下名等故辭無礙解唯依二地謂依欲界初本靜慮上諸地中無尋伺故彼地必無自語言故此因非理所以者何非發語智名無礙解勿無礙解定中無故由此不應作如是說無尋伺故上地中無無斯過失因義異故何謂因義謂此意言尋伺二法能發語故相不寂靜自性麤動上無此故寂靜微細辭無礙解緣外言辭亦不寂靜麤動類攝是故此解上地中無初靜慮中亦有尋伺故於定内亦有此解由此極成恒依二地義無礙解十六智性謂若諸法皆名爲義則十智性若唯涅槃名爲義者則六智性謂俗法類滅盡無生辯無礙解九智爲性謂唯除滅緣

說道故此二通依一切地起謂依欲界乃至有頂辯無礙解於說道中許隨緣一皆得起故通依諸地亦無有失然於其中但緣說者唯依二地與第三同有說盡無生非無礙解攝以無礙解是見性故彼說第二或四或八第四唯七准上應知此四應知如四聖種隨得一種必具得四非不具四可名爲得隨欲現起或具不具有餘師言有不具得無理得一必令得四有說此四無礙解生如次慣習筭計佛語聲明因明爲前加行若於四處未得善巧必不能生無礙解故理實一切無礙解生唯學佛語能爲加行要待前生久習名等四種善巧今乃能修無礙解名釋有多義謂於彼彼境領悟無礙名無礙解或於彼彼境決斷無礙名無礙解或於彼彼境正說無礙名無礙解有餘師說於境現前無顛倒智名無礙解此四依地自性所緣與無諍別前來已辯種性依身如無諍說謂不動種性依三洲人身如是所說無諍智等頌曰

六依邊際得　邊際六後定　徧順至究竟
佛餘加行得

論曰無諍願智四無礙解六種皆依邊際定得邊際定力所引發故邊際靜慮體有六種前六除辭餘五少分及除此外復更有餘加行所得上品靜慮名邊際定故成六種辭無礙解雖依彼得而體非彼靜慮所攝邊際名但依第四靜慮故此一切地徧所隨順故增至究竟故得邊際名由此不應亦通餘地云何此名徧所隨順謂正修學此靜慮時從初靜慮次第順入乃至有頂復從有頂次第逆

入至初靜慮從初靜慮次第順入展轉乃至第四靜慮名一切地徧所隨順云何此名增至究竟謂專修習第四靜慮從下至中從中至上如是三品復各分三上上品生名至究竟如是靜慮得邊際名此中三乘非無差别而各於自得究竟名此中邊名顯無越義勝無越此故名爲邊際言爲顯類義極義如說四際及實際言如是二言顯此靜慮是最勝類定中最極殊勝功德多此引生樂通行中此最勝故如是所說無諍智等除佛餘聖唯加行得非離染得非皆得故唯佛於此亦離染得諸佛功德初盡智時由離染故一切頓得後時隨欲能引現前不由加行以佛世尊於一切法自在轉故已辯前三唯共餘聖德於亦共凡德且應辯通頌曰

通六謂神境　天眼耳他心　宿住漏盡通
解脫道慧攝　四俗他心五　漏盡通如力
五依四靜慮　自下地爲境　聲聞麟喻佛
二三千無數　未曾由加行　曾修離染得
三身一餘三　一法後法四　天眼耳無記
餘四通唯善

論曰通有六種一神境智證通二天眼智證通三天耳智證通四他心智證通五宿住隨念智證通六漏盡智證通雖六通中第六唯聖然其前五異生亦得依總相說亦共異生如是六通解脫道攝慧爲自性如沙門果解脫道言顯出障義勝進道中亦容有故如是通慧無間道無此位定遮他心智故勿阿羅漢捨無間道即名亦捨漏盡通故除他心漏盡餘四俗智攝他心通五智攝謂法類道世

俗他心漏盡通如力說謂或六或十智由此已顯漏盡智通依一切地緣一切境前之五通依四靜慮不依無色近分中間彼無五通所依定故要攝支定是五通依非漏盡通亦不依彼諸地皆能緣漏盡故不待觀色爲加行故前三通境無色不能緣由此三通但別緣色故修他心通色爲門故修宿住通漸次憶念分位差別方得成滿於加行中必觀色故依無色地無如是能若爾中間及五近分亦容緣色應有五通不爾由前所說因故謂攝支定是五通依若不攝支等持劣故又彼止觀隨一減故若爾何緣有漏盡通樂苦遲速地皆能盡漏故五是別修殊勝功德要殊勝地方能發起修神境等前三通時思輕先聲以爲加行成已自在隨所欲爲諸有欲修他心通者先審觀己身心二相前後變異展轉相隨後復審觀他身心相由此加行漸次得成成已不觀自心諸色於他心等能如實知諸有欲修宿住通者先自審察次前滅心漸復逆觀此生分位前前差別至結生心乃至能憶知中有前一念名自宿住加行已成爲憶念他加行亦爾此通初起唯次第知慣習成時亦能超憶諸所憶事要曾領受憶淨居者昔曾聞故從無色歿來生此者依他相續初起此通所餘亦依自相續起如是五通境唯自下且如神境隨依何地於自下地行化自在於上不然勢力劣故餘四亦爾隨其所應是故無能取無色界他心宿住爲二通境即此五通於世界境作用廣狹諸聖不同謂大聲聞麟喻大覺不極作意如次能於一

二三千諸世界境起行化等自在作用若極作意如次能於二千三千無數世界如是五通若有殊勝勢用猛利從無始來曾未得者由加行得若曾慣習無勝勢用及彼種類由離染得若起現前皆由加行佛於一切皆離染得隨欲現前不由加行三乘聖者後有異生通得曾得未曾得者所餘異生唯得曾得約四念住辯六通者約境約體二義有殊有説二通即天眼耳所餘四種以慧爲性彼説眼耳通是身念住境餘四皆是法念住境然實六種皆慧爲性經説皆能了達境故由此皆是法念住境若約體辯則六通中前三唯身但緣色故謂神境通緣外四處天眼緣色天耳緣聲若爾何緣説死生智知有情類由現身中成身語意諸惡行等非天眼通能知此事有别勝智是通眷屬依聖身起能如是知是天眼通力所引故與通合立死生智名他心智通三念住攝謂受心法緣心等故宿住智通法念住攝雖契經説念曾領受苦樂等事是憶前生苦樂等受所領衆具即是雜緣法念住攝漏盡如力或法或四若約善等分别六通有餘師言六皆是善而實眼耳唯無記性餘之四通一向是善經主於此作是釋言天眼耳通無記性攝是眼耳識相應慧故此釋不然六通皆是解脱道攝眼耳二識是解脱道理不成故應作是説四静慮中有定相應勝無記慧能引自地勝大種果此慧現前便引自地天眼天耳令現在前爲所依根發眼耳識故眼耳二識相應慧非通但可説言是通所引如契經説無學三明彼於六

通以何爲性頌曰
第五二六明　治三際愚故　後眞二假說
學有闇非明
論曰言三明者一宿住智證明二死生智證明三漏盡智證明如其次第以無學位攝第五二六通爲其自性六中三種獨名明者如次對治三際愚故謂宿住通治前際愚死生智通治後際愚漏盡智通治中際愚是故此三獨標明號又宿住通憶念前際自他苦事死生智通觀察後際他身苦事由此猒背生死衆苦起漏盡通觀涅槃樂故唯三種偏立爲明又此三通如次能捨常斷有見故立爲明又此能除有有情法三種愚故偏立爲明有餘師言宿住能見過去諸蘊展轉相因次第傳來都無作者由此能引空解脫門死生能觀有情生死下上旋轉猶如灌輪故不希求三有果報由此能引無願解脫門猒離爲門歸無相法故起漏盡無相解脫門是故三通獨標明號此三皆名無學明者俱在無學身中起故於中最後容有是眞通無漏故餘二假說體唯非學非無學故由此最後得無學名自性相續皆無學故前之二種得無學名但由相續不由自性如施設論作如是言有等持相應無覆無記慧不由善故及無漏故得立聖名由聖身中此可得故說名爲聖此亦應爾故名無學有學身中有愚闇故雖有前二不立爲明雖有暫時伏滅愚闇後還被蔽不可立明要闇永無方名明故契經中說示導有三彼於六通以何爲性頌曰
第一四六導　教誡導爲尊　定由通所成

引利樂果故
論曰三示導者一神變示導二記心示導三教誡示導如其次第以六通中第一四六爲其自性唯此三種引所化生令初發心最爲勝故能示能導立示導名三示導中教誡最勝定由通所成故定引利樂果故謂前二導呪等亦能不但由通故非決定如有呪術名健馱梨持此便能騰空自在或有藥草具勝功能若服若持飛行自在復有呪術名伊刹尼持此便能知他心念或由觀相聽彼言音亦能了知他心所念教誡示導除漏盡通餘不能爲故是決定或前二導外道亦能第三不然故名決定又前二導有但令他暫時迴心不能引得畢竟利益及安樂果教誡示導亦定令他引當利益及安樂果以能如實方便說故由此教誡最勝非餘神境二言爲目何義頌曰
神體謂等持　境二謂行化　行三意勢佛
運身勝解通　化二謂欲色　四二外處性
此各有二種　謂似自他身
論曰神名所目唯勝等持由此能爲神變事故而契經說神果名神意爲舉麤以顯細故又顯勝等持是彼近因故然神變事體實非神諸神變事說名爲境此有二種謂行及化行復三種一者運身謂乘空行猶如飛鳥二者勝解謂極遠方作近思惟便能速至若於極遠色究竟天作近思惟即便能至本無來去何謂速行此實亦行但由近解行極速故得勝解名或世尊言靜慮境界不思議故唯佛能了三者意勢謂極遠方舉心緣時身即

能至此勢如意得意勢名如心取境頓至色究竟故於此三中意勢唯佛運身勝解亦通餘乘謂我世尊神通迅速隨方遠近舉心即至由此世尊作如是說諸佛境界不可思議如日舒光蘊流亦爾能頓至遠故說爲行若謂不然此沒彼出中間即斷行義應無或佛威神不思議故舉心即至不可測量故意勢行唯世尊有勝解兼餘聖運身幷異生化復二種謂欲色界若欲界化外四處除聲若色界化唯二謂色觸以色界中無香味故此二界化各有二種謂屬自身他身別故身在欲界化有四種在色亦然故總成八雖生在色作欲界化而無色界成香味失化作自身唯二處故有說亦化四如衣等不成非神境通能起化事要此通果諸能化心此能化心有幾何相頌曰

能化心十四　定果二至五　如所依定得
從淨自生二　化事由自地　語通由自下
化身與化主　語必俱非佛　先立願留身
後起餘心語　有死留堅體　餘說無留義
初多心一化　成滿此相違　修得無記攝
餘得通三性

論曰能變化心總有十四謂依根本四靜慮生初靜慮生唯有二種一欲界攝二初靜慮第二第三第四靜慮如其次第有三四五無上依下下地劣故上下地繫一靜慮果所依行等地有勝劣一地繫上下靜慮果地雖等所依行勝劣下繫上果下果上繫如次地劣勝所依行勝劣如得靜慮化心亦然果與所依俱時得故然得靜慮總有三時離染受生

加行異故謂離下染得上靜慮時亦得定所引化心果從上地歿生色界時及由加行起勝功德但有新得所依靜慮亦兼得彼所引化心依欲界身得阿羅漢及練根位得應果時十四化心一時總得乃至身在第四靜慮得阿羅漢得五化心無從化心直出觀義此從淨定及自類生能無間生自類淨定故唯從二生二非餘唯自地化心起自地化事化所發語由自下心謂欲初定化唯自地心語上化起語由初定心彼地自無起表心故若生欲界第二定等化事轉時如何起表非威儀路工巧處心依異界身而可現起彼必依止自界身故此無有過引彼界攝大種現前爲所依故謂引色界大種現前與欲界身容合而住依之起彼能發表心無定地表心依散地身過或起依定能發表心如依定生天眼耳識若一化主起多化身要化主語時諸化身方語言音詮表一切皆同故有伽他作如是說

一化主語時　諸所化皆語　一化主若默
諸所化亦然

此但說餘佛則不爾諸佛定力最自在故與所化語容不俱時言音所詮亦容有別若上三地所化語時初定表心現前發者此心起位已出化心應無化身化如何語由先願力留所化身後起餘心發語表業故無化語闕所依過非唯化主命現在時能留化身令久時住亦有令住至命終後即如尊者大迦葉波留骨鎖身至慈尊世唯堅實體可得久留異此飲光應留肉等有餘師說願力留身必

無有能令至死後聖大迦葉留骨鎖身由諸天神持令久住初習業者由多化心要附所依起一化事習成道者由一化心能不附所依起衆多化事總有二類能變化心一修所成二生得等所起化果亦如彼說修所成化攝處如前不能化爲有情身故生所得等於欲界中化爲九處色界化七依不離根言化九等理實無有能化作根修果無心餘化容有修果起表由化主心餘容自心起身語表修果飲食若爲資身必在化主身中消化若爲餘事吞金石等或即住彼化事身中或隨所宜置在別處餘化飲食隨住所依修果化心唯無記性餘通三性謂善惡等如天龍等能變化心彼亦能爲自他身化天眼耳言爲目何義爲目慧體爲目色根若慧不應名天眼耳若色根者不應名通此前已說前何所說謂說根本四靜慮中有定相應勝無記慧名爲天眼及天耳通此所引生勝大種果名天眼耳其體是何頌曰

天眼耳謂根　即定地淨色　恒同分無缺
取障細遠等

論曰此體即是天眼耳根謂緣聲光爲加行故依四靜慮於眼耳邊引起彼地微妙大種所造淨色眼耳二根見色聞聲名天眼耳如是眼耳何故名天體即是天定地攝故極清淨故立以天名由此經言天眼耳者無有皮肉筋纏血塗唯妙大種所造淨色然天眼耳種類有三一修得天即如前說二者生得謂生天中三者似天謂生餘趣由勝業等之所引生能遠見聞似天眼耳如藏臣寶菩薩輪

王諸龍鬼神及中有等修得眼耳過現當生恒是同分以至現在必與識俱能見聞故處所必具無漏無缺如生色界一切有情能隨所應取被障隔極細遠等諸方色聲故於此中有如是頌曰

肉眼於諸方　被障細遠色　無能見功用

天眼見無遺

前說化心修餘得異神境等五各有異耶亦有云何頌曰

神境五修生　呪藥業成故　他心修生呪

又加占相成　三修生業成　除修皆三性

人唯無生得　地獄初能知

論曰神境智類總有五種一修得二生得三呪成四藥成五業成曼馱多王及中有等諸神境智是業成攝有餘師說神境有四即前行三變化爲一言變化者如帋經言分一爲多乃至廣說他心智類總有四種前三如上加占相成餘三各三謂修生業除修所得皆通善等非定果故不得通名人中都無生所得者餘皆容有隨其所應本性生念業所成攝人由先業能憶過去於地獄趣初受生時唯以生得他心宿住知他心等及過去生苦受逼已更無知義彼憶過去以何證知如帋經言彼自憶念我等過去曾聞他說諸欲過失而不猒離故於今時受斯劇苦彼唯能憶次前一生餘趣隨應恒有知義傍生知過去如螺聲狗等鬼知過去如有頌言

我昔集衆財　以法或非法　他今受富樂

我獨受貧苦

天知過去如有頌言

我施逝多林　蒙大法王住　賢聖僧受用
故我心歡喜
又契經說諸生天者初生必起三種念言我從何歿今生何處乘何業故來生此間故知諸天能憶過去

阿毗達磨藏顯宗論卷第三十七 說一切有部

音釋

標 卑遥切表也　稼穡 稼古訝切種也穡所力切斂也　羅怙羅 梵語也此云執日　誡 古隘切警訓也　怙 侯古切

阿毗達磨藏顯宗論卷第三十八

尊者衆賢造

唐三藏法師立奘奉詔譯

辯定品第九之一

如是已辯諸智差別次當分別智所依定唯諸靜慮能具爲依故於此中先辯靜慮或於先辯共功德中已辯智所成無諍等功德餘所成德今次當辯於中先辯所依止定且諸定內靜慮云何頌曰

靜慮四各二　於中生已說　定謂善一境

幷伴五蘊性　初具伺喜樂　後漸離前支

論曰一切功德多依靜慮故應先辯靜慮差別此總有四種謂初二三四豈諸靜慮無如慈等不共名想而今但就初等四數建立別名此中非無不共名想然無唯徧攝一地名以諸靜慮各有二種謂定及生有差別故諸生靜慮如先已說謂第四八初二餘三無有別名總詮一地諸定靜慮總相無別謂此四體總而言之皆善性攝心一境性以善等持爲自性故若幷助伴五蘊爲性此二既同難知差別相雖無別而地有異爲顯地異就數標名故說爲初乃至第四此中經主自興問答何名一境性謂專一所緣彼答非理眼意二識若同一所緣應名一境性故於此處應求別理謂若依止一所依根專一所緣名一境性豈不一念無易所緣應一切心中皆有一境性理實皆有一一刹那心心所法一境轉故然非一切皆得定名以於此中說一境性但爲顯示由勝等持令善心心所相續而轉故若爾即心依一根轉別緣自境餘心續

生此即名爲心一境性應離心外無別等持此難不然前已說故謂先廣辯心所法中已辯等持離心別有謂若心體即三摩地令心作等亦應無別差別因緣不可得故如是等難具顯如前故非即心名三摩地依何義故立靜慮名由依此寂靜方能審慮故審慮即是實了知義如說心在定能如實了知審慮義中置地界故此論宗審慮定以慧爲體依訓釋理此是凝寂思度境處得靜慮名定令慧生無濁亂故有說此定持勝徧緣如理思惟故名靜慮勝言簡欲界徧緣簡無色如理思惟簡異顛倒能持此定是妙等持此妙等持名爲靜慮此言顯示止觀均行無倒等持方名靜慮若爾染汙寧得此名由彼亦能邪審慮故於相似處亦立此名如世間言朽敗種等故無一切名靜慮失若善性攝心一境性并伴立爲四靜慮者依何相立初二三四具伺喜樂建立爲初謂若位中善一境性具與尋伺喜樂相應如是等持名初靜慮頌中但說與伺相應已顯與尋亦相應義以若有伺與喜樂俱必無與尋不相應故爲顯第二除伺建立故頌但說具伺非尋異此應言具尋喜樂舉尋有伺不說自成漸離前支立二三四離伺有二離二有樂具離三種如其次第故一境性分爲四種已辯靜慮無色云何

頌曰

無色亦如是　四蘊離下地　并上三近分
總名除色想　無色謂無色　後色起從心
空無邊等三　名從加行立　非想非非想
昧劣故立名

論曰此與靜慮數自性同謂四各二生如前說即世品說由生有四定無色體總而言之亦善性攝心一境性依此故說亦如是言然助伴中此除色蘊無色無有隨轉色故雖一境性并伴無差離下地生故分四種謂若已離第四靜慮生空無邊處乃至已離無所有處生立非想非非想處離名何義謂由此道解脫下地惑是離下染義即此四根本并上三近分總說名爲除去色想空處近分未得此名緣下地色起色想故非緣下色想可立除色名若爾何緣大種蘊說除去色想是第四定彼緣欲界住自身中所有諸色漸除去故非無色界可有此想是除色想前加行故立根本名亦無有失依何義故立無色名依彼都無一切色義後殁生下色從心生現

見世間色非色法亦有展轉相依起故謂心異故色差別生色根有別識生便異故從無色將生下時順色生心相續而住由彼勢力引下色生然不可言唯從彼起亦以先世色俱行心相續爲緣久已滅色爲自種子今色方起許同類因通過現故諸阿羅漢般涅槃已諸蘊相續無餘斷故現無少分諸蘊生緣不可例同從無色殁如是已釋無色總名何故別名空無邊等且前三種名從加行修加行位思無邊空及無邊識無所有故若由勝解思惟無邊空加行所成名空無邊處謂若有法雖與色俱而其自體不依屬色諸有於色求出離者必應最初思惟彼法謂虛空體雖與色俱而持色無方得顯了外法所攝其相無邊思惟彼時易能離色故加行位思惟

虛空成時隨應亦緣餘法但從加行建立此名若由勝解思惟無邊識加行所成名識無邊處謂於純淨六種識身能了別中善取相已安住勝解由假想力思惟觀察無邊識相由此加行爲先所成隨其所應亦緣餘法但從加行建立此名若由勝解捨一切所有加行所成名無所有處謂見無邊行相麤動爲欲猒捨起此加行是故此處名最勝捨以於此中不復樂作無邊行相心於所緣捨諸所有寂然住故由想昧劣立第四名謂此地中想不明勝如無想故得非想名而想非全無故名非非想此地猶有昧劣想故此言顯示有頂地想非如下七地故得非想名非如三無心故名非非想豈不有頂加行位中諸瑜伽師亦作是念諸想如病如箭如癰無想天中如癡如闇唯有非想非非想天與上相違寂靜美妙寧此不就加行立名理實應然以觀行者必先猒想及無想故然或有問行者何緣修加行時作如是念必應舉此爲酬問因故說立名由想昧劣此四無色皆言處者以是諸有生長處故謂此四處爲有無有生長種種業煩惱故爲破妄計彼是涅槃故佛說爲生長有處已辯無色等至云何頌曰

此本等至八　前七各有三　謂味淨無漏
後味淨二種　味謂愛相應　淨謂世間善
此即所味著　無漏謂出世

論曰此上所辯靜慮無色根本等至總有八種於中前七各具有三有頂等至惟有二種此地昧劣建生死根在諸地邊無無漏故初味等至謂愛相應愛能味著故名爲味彼相

應故此得味名愛相應言依自性說此以等持爲自性故若幷助伴應作是言愛俱品法名味等至此但取愛一果品法淨等至名目世善定離惑垢故與無貪等諸白淨法共相應故此是善故與味有殊是有漏故與無漏別此即是前所味著境此無間滅彼味定生緣過去淨深生味著爾時雖名出所味定於能味定得名爲入諸從定出總有五種一出地二出刹那三出行相四出所緣五出種類從初靜慮入第二等名爲出地於同一地行相所緣相續轉位前念無間入於後念名出刹那從非常行相入苦行相等名出行相從緣色蘊入緣受等名出所緣從有漏入無漏從不染汙入染汙等名出種類依出種類此中說言從所味出入能味定豈不二言更相違反能味是愛非所入定所入是定不名能味如何可言入能味定無相違過現見相應隨舉一名說俱品故如勸長者作意記別互相雜故俱得二名由愛相應等持名味等持力故愛得定名故無二言更相違過有說定愛相續現前諸後刹那緣前爲境所味即是前滅刹那後生刹那說名能味此能味愛現在前時緣過去境不緣現在自性相應及俱有法以必不觀自性等故不緣未來未曾領故於所緣境專注不移方名爲定愛相應定亦專一境故得定名餘惑相應則不如是謂餘煩惱於自所緣不能令心專注如愛故三摩地若與愛俱專注一緣與善相似無漏定者謂出世定愛不緣故非所味著如是所說八等至中靜慮攝支非諸無色以諸無色極

寂靜故謂瑜伽師樂修善品若於廣大功德聚中别建立支精勤修習若諸無色寂靜增故心心所法昧劣而轉是故於彼不建立支或彼地中等持偏勝非一偏勝可立支名要多法增方名支故由此靜慮獨得立支定慧均行多法增故由此近分亦不立支色近分中惟慧增故有餘師說若諸地中有别心所無餘斷滅方於此地立支非餘初靜慮中憂苦斷滅第二靜慮尋伺無餘第三滅喜第四斷樂無色地中雖總漸減而無隨地無餘斷滅此釋未能遣他疑問何緣惟此方建立支是故應如前釋爲善於四靜慮各有幾支頌曰

靜慮初五支　尋伺喜樂定　第二有四支

內靜喜樂定　第三具五支　捨念慧樂定

第四有四支　捨念中受定

論曰惟淨無漏四靜慮中初具五支一尋二伺三喜四樂五心一境性心一境性是定異名定與等持體同名異故言定者即勝等持此中說爲心一境性第二靜慮惟有四支一內等淨二喜三樂四心一境性第三靜慮具有五支一行捨二正念三正慧四受樂五心一境性第四靜慮惟有四支一行捨清淨二念清淨三非苦樂受四心一境性何緣初三支各具五第二第四惟各四支各惟爾所堪立支故或由欲界多諸惡法及妙五欲難斷難捨第二靜慮有動地喜其相動涌喜中之極引五部受難捨難斷爲對治彼故初三各五支初三不然故餘各四或爲隨順超等至法謂最初起超等至時入異類難入同類易

然超等至初起位中或從初入三或從二入四故二第四各惟四支初及第三各具有五後起則易故上無支靜慮支名既有十八於中實事總有幾種頌曰

此實事十一　初二樂輕安　內淨即信根喜即是喜受

論曰此支實事惟有十一謂初五支即五實事第二靜慮三支如前增內淨支足前爲六第三靜慮等持如前增餘四支足前爲十第四靜慮三支如前增非苦樂支足前爲十一何緣心等非靜慮支此應准前菩提分辯有異彼者今略分別受中立三非憂苦者憂苦惟是欲界攝故三受隨地爲利益支順定用强故皆支攝何緣精進非靜慮支諸靜慮支順自地勝精進順上故不立支或靜慮支適分安樂精進求勝策勵疲苦尋伺二種能助等持制策於心令離麤細對治欲惡故並立支何緣無表非靜慮支諸靜慮支助定住境彼不緣境故不立支故靜慮支隨地差別雖有十八而於實事種類中求應惟九種然受相異故分十一由此故說有是初支非第二支應作四句第一句謂尋伺第二句謂內淨第三句謂喜樂等持第四句謂除前餘法餘支相對如理應思此中支名爲目何義目顯成義何所顯成謂顯成此是初靜慮乃至此是第四靜慮或此支名目隨順義如枸櫞等名爲餘支謂十八支各順自地或資具義說名爲支如祠祀支即牛馬等謂尋伺等展轉相資毗婆沙師顯靜慮地等持最勝故作是說三摩地是靜慮亦靜慮支尋伺等是靜慮

支非靜慮寧知靜慮地等持最勝耶以契經中作如是說於四靜慮應知定根然於相成及相防護義相似故作如是言如四支軍亦無有失如王與衆雖互相資而於其中王最爲勝豈不三定樂體是同則靜慮支應無十一第三定樂以受爲體初二靜慮樂即輕安故靜慮支實有十一輕安行捨徧四靜慮何緣初二惟立輕安後二地中惟立行捨以此於彼偏隨順故謂欲界中有諸惡法初靜慮地有尋伺想能逼惱心猶如毒箭初二離彼故輕安增第二靜慮喜極動涌第三靜慮樂受極增二俱能爲愛勝生處三四棄彼故行捨增或欲及初有色根識所引麤重甚於餘地初二離彼故輕安增三四地中離麤重遠寂靜轉勝故行捨增謂輕安樂如初捨擔若更易地氣分微薄故惟初二建立輕安三四地中任運而轉寂靜轉勝故立行捨或初二定有輕安緣善與輕安爲勝緣故如契經說喜故輕安三四定中無喜緣故輕安微劣不立爲支行捨輕安互相覆蔽若處有一第二便無輕安治沉其相飄舉行捨治掉其相寂止故安與捨互相覆蔽何理爲證知三樂支二是輕安第三是受已說於彼偏隨順故謂第三定樂非輕安安非彼支次前已說初二定樂必非樂受是身心受俱非理故謂初二樂必非身受正在定中無五識故亦非心受應即喜故要離喜受餘地心悅方可異前立爲樂受喜即喜受於一心中二受俱行不應理故若謂喜樂更互現起無斯過者理亦不然說具五支及四支故若謂五四約容有說

不必俱行亦不應理應有有尋無伺定故然經但說有三等持有尋有伺乃至廣說若靜慮支非必俱起何緣不說有有尋無伺定又於欲界初靜慮中亦應具有三三摩地是則違害契經所說今應思擇第三定中意地悅受既得喜相應名爲喜何故名樂此名爲樂亦有所因以諸喜根不寂靜故謂喜動涌擾亂定心如水波濤涌泛漂激初二靜慮意地悅受有如是相故得喜名第三定中此心悅受其相沉靜轉得樂名故此定中捨用增上棄捨喜故立行捨支第四定中復棄捨樂故彼行捨得名清淨何緣念慧諸地皆有而念惟在上二靜慮慧在第三定方得立爲支隨其所應偏隨順故謂喜與樂於三有中是諸有情極所躭味第三靜慮所味中極有生死

中最勝樂故理應立慧觀察猒捨若無慧者自地善根尚不能成況進求勝爲治如是自地過失第三靜慮立慧爲支餘地不然故不立慧第二靜慮有最勝喜輕躁撓亂如邏剎私第三定中有最勝樂如天妙欲極爲難捨第三四定由行捨支隨其所應雖已棄捨而恐退起立念遮防餘地不然故不立念然第三念勢用堅强非惟助捨亦能助慧通能防備自他地失第四不爾無自失故由此第四不立慧支或初二定尋喜飄動雖有念慧防照用微第四定中二捨所蔽順無明故慧用不增故慧惟三念通上二或第三定樂過甚微不立慧支無能照察若不照察則無猒求自地過患上地功德然下尋喜上色過麤雖照猒求未爲奇特故餘三地慧不立支以第

三定中樂過難覺故佛說聖者應說應知由此定中慧用最勝能知細過故立爲支雖第四邊慧亦能了而但總相未爲奇特謂彼與樂繫地不同是離染道總觀下過非如自慧同一繫縛能別觀失方謂希奇故自立支上慧不爾又諸已得第三靜慮於第四邊非皆自在故於將離樂受染時彼慧無容立爲支體故惟三定立慧爲支然正了時及初已離皆應防守須立念支何故輕安立爲支體以初二定輕安用增觸前所無殊勝位故由此勢用精勤不捨能令相續有所堪能資助等持令牽勝德有殊勝用故立爲支內等淨名爲目何法目尋伺息體即信根謂若證得第二靜慮則於定地亦可離中有深信生名內等淨故雖諸地皆有信根而可立支惟第二定以令創信諸定地法與散地法俱可離故又初靜慮尋伺識身如熱淤泥信不明淨後二靜慮行捨用增映奪信根故無內淨謂由警覺信力方增捨此相違故能映奪信是淨相故立淨名如清水珠令心淨故內心平等爲緣故生由此信根名內等淨或第二定所有功德平等爲緣引生此淨由此建立內等淨名非惟尋伺靜息爲體此等皆是心所攝故如受想思別有實體有餘部說喜非喜受喜是行蘊心所法攝三定中樂皆是喜受故喜喜受其體各異非三定樂可名喜受二阿笈摩分明證故如辯顛倒契經中說漸無餘滅憂等五根第三定中無餘滅喜於第四定無餘滅樂又餘經說第四靜慮斷樂斷苦先喜憂沒故第三定必無喜根由此喜受是喜

非樂如先所說八等至中前七各三第八有二諸染汙定如何知有此由契經及論說故謂契經說淨無漏定已猶言世尊未說一切定故知有餘染定未說本論亦說於諸靜慮自地一切隨眠隨增由此等文知有染定故說靜慮總有二種由定及生有差別故定復有二謂染不染不染復二種謂淨及無漏無漏復二謂學無學如是差別理有衆多染靜慮中爲有支不有非一切何定無何頌曰

染如次從初　無喜樂內淨　正念慧捨念
餘說無安捨

論曰且有一類隨相說言初染中無離生喜樂非離煩惱而得生故雖染汙定亦喜相應非因離生故非支攝此不惟說離欲生喜亦說因離自地染生以契經中先作是說離諸欲惡不善法已復作是言離生喜樂此中重說離生言者爲顯亦有喜離自地或生爲顯喜支惟是善性故薄伽梵與樂合說輕安相應必是善故由此染定必無喜支故初染支惟有三種第二染中無內等淨彼爲煩惱所擾濁故雖諸世間說有染信而不信攝故不立支樂是輕安惟善性攝例同初定故不重遮故此染支惟有二種第二染定許有喜支初染中無以何爲證以初定喜說從離生第二中無離生言故第三染中無正念慧彼爲染樂所迷亂故染汙定中雖有念慧而得失念不正慧名故此二支染中非有行捨惟是大善法攝例同第四故此不遮故此染支惟有二種第四染中無捨念淨彼爲煩惱所染汙故由此第四染惟二支有餘師說初二染

定但無輕安後二染中但無行捨大善攝故彼說染中喜信念慧皆是支攝皆通染故契經中說三定有動第四不動依何義說頌曰

第四名不動　離八災患故　八者謂尋伺四受入出息

論曰下三靜慮名有動者有災患故第四靜慮名不動者無災患故災患有八其八者何尋伺四受入息出息此八災患第四都無故佛世尊說為不動然經惟說第四靜慮不為尋伺喜樂動者經密意說論依法相以薄伽梵有處說言斷樂斷苦先喜憂沒具足安住第四靜慮又說彼定身行俱滅入息出息名為身行故知此定非惟獨免尋伺喜樂四動災患有餘師說第四靜慮如密室燈照而無動故名不動喻經說故尋伺何過而求靜息此能令心於定境界雖恒繫念而不寂靜如樹枝條依莖而住與風合故動搖不息諸瑜伽師雖不願樂於境行相心速易脫而尋伺力令彼馳流故於定中尋伺有過喜樂於定亦能鼓動惟此四種與定相應而能動心故經偏說然實二息憂苦二受亦能鼓動故論說八尋伺二法既有此過不應說在靜慮支中經但應言尋伺寂靜何容亦說有尋有伺為顯尋伺雖定相應而於定中能為災患不說不了故定應說或此於定初作資糧作欲惡尋遠分治故後於勝定方為災患故說尋伺功不唐捐捨有行儀方便法爾設是所捨初必應依如欲渡河先依船筏後至彼岸理應總捨故契經言依色出欲依無色出色依道出無色若得涅槃亦出聖道此二容有與

一心俱如勝劣風與一枝合若此二業謂能鼓動如何說此與定相應麤淺定心尋伺所策方能出離欲界麤染故此得與初定相應由此相應未爲清淨如燈與日俱見色緣燈細闇俱照不明了日光離闇照用分明如是應知初靜慮定雖作自事而尋伺俱未照而無動如第四靜慮若尋在定能動亂心無漏定俱亦爲災患何緣建立爲一道支已說彼能策正見故行者於定未慣習時不能了知此爲災患故於此地不欲猒捨若已慣習便能覺知初靜慮中有此災患如水澄淨便見池中潛蟲下魚能爲濁亂行者既見初靜慮中尋伺二法能爲動亂便於一地總生猒捨謂此麤淺理應捨故於初靜慮尋伺既然於上地中喜等亦爾如定靜慮諸受差別生亦爾不不爾云何頌曰

生靜慮從初　有喜樂捨受　及喜捨樂捨
惟捨受如次

論曰生靜慮中初有三受一者喜受意識相應二者樂受三識相應三者捨受四識相應第二有二謂喜與捨意識相應無有樂受無餘識故心悅麤故第三有二謂樂與捨意識相應第四有一謂惟捨受意識相應是謂定生受有差別上三靜慮無三識身及無尋伺如何生彼能見聞觸及起表業非生彼地無眼識等但非彼繫所以者何頌曰

生上三靜慮　起三識表心　皆初靜慮攝
惟無覆無記

論曰生上三地起三識身及發表心皆初定繫生上起下如起化心故能見聞觸及發表

此四惟是無覆無記不起下染已離染故不起下善以下劣故

阿毗達磨藏顯宗論卷第三十八 說一切有部

音釋

朽敗 朽許久切腐也敗薄邁切壞也

足前 足子遇切益也

枸櫞 枸俱羽切櫞與專切枸櫞樹名

漂激 漂紕招切浮也激古歷切疾波也

躁嬈 躁則到切不安靜也嬈而沼切亂也

淤 依據切澱泥也

阿笈摩 梵語也此云教法笈渠業切

阿毗達磨藏顯宗論卷第三十九

尊者衆賢造

唐三藏法師玄奘奉詔譯

辯定品第九之二

如是別釋靜慮事已諸等至得云何頌曰

全不成而得　淨由離染生　無漏由離染

染由生及退

論曰八本等至隨其所應若全不成而復得者諸淨等至由二因緣一由離染謂在下地離下染時二由受生謂從上地生自地時下七皆然有頂不爾唯由離染無上地故無從上地於彼受生此中但說本等至者以諸近分未離染時有全不成由加行得遮何故說全不成言爲遮已成更得少分如由加行得淨本等至及由退故得彼順退分即依此義作是問言頗有淨定由離染得由離染捨由退得由退捨由生得由生捨耶曰有謂順退分且初靜慮順退分攝離欲染時得離自染時捨退離自染得退離欲染捨從上生自得從自生下捨餘地所攝應如理思無漏但由離染故得謂聖離下染得上地無漏此亦但據全不成者若先已成餘時亦得謂盡智位得無學道於練根時得學無學餘加行及退皆如理應思雖有由入正性離生復得根本無漏等至而非決定以次第者爾時未得根本定故此中但論決定得者聖離下染必定獲得上地根本無漏定故染由受生及退故得謂上地沒生下地時得下地染及於此地離染退時得此地染無由離染及加行得如是二時能捨染故何等至無間有幾等至生

頌曰

無漏次生善　上下至第三　淨次生亦然
兼生自地染　染生自淨染　并下一地淨
死淨生一切　染生自下染

論曰無漏次生自上下善善言具攝淨及無漏極相違故必不生染然於上下各至第三遠故無能超生第四故於無漏七地等至中從初靜慮無間生六謂自二三各淨無漏無所有處無間生七謂自下六上地唯淨第二靜慮無間生八謂自上六并下地二識無邊處無間生九謂自下六并上地三第三四空無間生十謂上下八并自地二類智無間能生無色法智不然依緣別故從淨等至所生亦然而各兼生自地染汙故有頂淨無間生六謂自淨染下淨無漏從初靜慮無間生七無所有八第二定九識處生十餘生十一從染等至生自淨染并生次下一地淨定謂爲自地煩惱所逼於下淨定亦生尊重故有從染生次下淨極相違故不生無漏若於染淨能正了知可能從染轉生下淨是則此淨還從淨生以正了知是淨攝故非諸染汙能正了知如何彼能從染生淨先願力故謂先願言寧得下淨不須上染先願勢力隨相續轉故後從染生下淨定如先立願方趣睡眠至所期時便能覺寤如是所說淨染生染但約在定淨及染說若生淨染生染不然謂命終時從生得淨一一無間生一切染若從生染一一無間能生自地一切下染不生上者未離下故所言從淨生無漏者爲一切種皆能生耶不爾云何頌曰

淨定有四種　謂即順退分　順住順勝進
順決擇分攝　如次順煩惱　自上地無漏
互相望如次　生二三三一
論曰諸淨等至總有四種一順退分攝二順住分攝三順勝進分攝四順決擇分攝地各有四有頂唯三由彼更無上地可趣故彼地無有順勝進分攝於此四中唯第四分能生無漏所以者何由此四種有如是相順退分能順煩惱順住分能順自地順勝進分能順上地順決擇分能順無漏故諸無漏唯從此生有餘師言順退分者住彼可退順住分者住彼不退亦不勝進順勝進分者住彼能勝進順決擇分者住彼起聖道有言住彼順通達諦由此無間能入離生應知此中決定義者謂諸聖道必此無間生非此無間必能生聖道若異此者是則應說唯世第一法名順決擇分有餘師言順退分者與諸煩惱下上相雜染淨展轉現在前故順住分者能以種種麤等行相棄背下地靜等行相攝受自地順勝進分者觀自地過上地功德順決擇分者如煖頂忍世第一法無漏無間何分現前有說通三除順退分理實唯二謂後二種諸有修習超等至等唯順決擇最堅勝故諸瑜伽師作如是說若觀行者於自地定不善通達不恒安住於上地定不能欣求數數現行順下地想彼之等持名順退分或由自地離染退得名順退分成就此定補特伽羅名為退者如成牛行說名為牛凶勃難迴說名牛行於自地定躭著不捨於上地定不能欣求彼之等持名順住分於自地定雖能多住而

不耽著於上地定欣樂牽引彼之等持名順勝進分於自上定皆不耽著多住猒想爲欲令斷彼之等持名順決擇分諸有安住順退分者於廣大果心多繫縛諸有安住順住分者數住自定不能上求諸有安住順勝進者能展轉求所餘勝定然勝進分總有二種一者自地殊勝功德二者上地殊勝功德若能牽引彼名順勝進分此有二類或猒或欣諸有安住順決擇者樂斷諸有樂修無漏是名安住四分者別若順煩惱名順退分諸阿羅漢寧有退理非彼猶有順退分定可令現行離染捨故雖有此難而實無違謂順住中有順退者亦得建立順退分名從彼有退如先已說此四相望互相生者初能生二謂順退住第二生三除順決擇第三生三除順退分第四生一謂自非餘有說亦生順勝進分如上所言淨及無漏皆能上下超至第三行者如何修超等至加行成滿差別云何頌曰

二類定順逆　均間次及超　至間超爲成
二洲利無學

論曰本善等至分爲二類一者有漏二者無漏往上名順還下名逆同類名均異類名間相鄰名次越一名超謂觀行者修超定時先於有漏八地等至順逆均次現前數習次於無漏七地等至順逆均次現前數習次於有漏無漏等至順逆間次現前數習次於有漏順逆均超現前數習次於無漏順逆均超現前數習是名修習超加行滿後於有漏無漏等至順逆間超名超定成此中超者謂頓超二一者超地二者超法唯能超一故至第三

遠故無能超入第四修超等至唯欲三洲除北俱盧然通男女不時解脫諸阿羅漢要得無諍妙願智等邊際定者能超非餘定自在故無煩惱故時解脫者雖無煩惱定不自在諸見至者雖定自在有餘煩惱故皆不能修超等至勝解作意不能無間修超等至勢力劣故此諸等至依何身起頌曰

諸定依自下　非上無用故　唯生有頂聖
起下盡餘惑

論曰諸等至起依自下身依上地身無容起下上地起下無所用故自有勝定故下勢力劣故已棄捨故可猒毀故總相雖然若委細說聖生有頂必超無漏無所有處爲盡自地所餘煩惱自無聖道欣樂起故唯無所有最隣近故起彼現前盡餘煩惱離無漏道必無有能斷彼餘惑成阿羅漢是故有頂無漏無所有處依九地身有漏無所有處依八地身有漏無漏識無邊處依七地身空無邊處依六地身乃至初定依二地身謂自及欲若成就依有漏如起無漏一切依九地身諸等至中誰緣何境頌曰

味定緣自繫　淨無漏徧緣　根本善無色
不緣下有漏

論曰味定但緣自地有漏法以有漏法是所繫事故所繫言顯是三有攝不緣無漏法愛行相轉故若愛無漏應非煩惱不緣上地法愛界地別故不緣下地法已離彼貪故淨及無漏俱能徧緣自上下地有爲無爲皆爲境故有差別者無記無爲非無漏境唯有於法說能徧緣無非所緣前已說故根本地攝善

無色定不緣下地諸有漏法以下地法不寂靜故本善無色極寂靜故由此理故經於無色皆言超越一切下地於諸靜慮不如是說以本無色不緣下繫是故於下說超越言諸靜慮中有徧緣智故於下地不言超越既說超越色想等言故知但依超所緣說若此超越爲顯離繫應說超一切非唯色想等又靜慮中應言超越自上地法無不能緣雖亦能緣下地無漏而但緣類不緣法品以但能緣自全治故法非全治如先已說又法品道於無色界雖能對治是客非主亦不能緣下地法滅既遮無色根本緣下義唯近分有緣下能彼無間道必緣下故味淨無漏三等至中何等力能斷諸煩惱頌曰

無漏能斷惑　及諸淨近分

論曰諸無漏定皆能斷惑本淨尚無能況諸染能斷謂本淨定不能斷下已離染故不能斷上以勝已故不能斷自與自地惑同一縛故又自於自非對治故若淨近分亦能斷惑以皆能斷次下地故中間攝淨亦不能斷近分有幾何受相應於味等三爲皆具不頌曰

近分八捨淨　初亦聖惑三

論曰諸近分定亦有八種與八根本爲入門故一切唯一捨受相應作功用轉故未離下怖故此八近分皆淨定攝唯初近分亦通無漏皆無有味離染道故上七近分無無漏者於自地法不猒背故唯初近分通無漏者於自地法能猒背故此地極鄰近多災患界故以諸欲貪由尋伺起此地猶有尋伺隨故若爾何緣毗婆沙說諸近分地有結生心非無

染心有結生理故應近分有味相應今於此中遮有定染不遮生染故不相違或有餘師作如是說初近分定亦有定染未起根本亦貪此故由此未至具有三種中間靜慮與諸近分爲無別義爲亦有殊義亦有殊謂諸近分是離染道入根本因中間不然復有別義

頌曰

中靜慮無尋　具三唯捨受

論曰初本近分尋伺相應上七定中皆無尋伺唯中靜慮有伺無尋故彼勝初未及第二依此義故立中間名由此上無中間靜慮一地升降無如此故謂中間定初靜慮攝而有差別謂此滅尋上立中間滅何成異故中間定初有上無豈不契經說七依定寧知別有未至中間由有契經及正理故且有未至如契經言諸有未能入初定等具足安住而由聖慧於現法中得諸漏盡若無未至聖慧依何又蘇使摩契經中說有慧解脱者不得根本定豈不依定成慧解脱由此證知有未至定有中間定如契經說有尋伺等三三摩地經說初定與尋伺俱第二等中尋伺皆息若無中靜慮誰有伺無尋以心心所漸次息故理應有定有伺無尋又大梵王是世界主離中間定誰爲勝因由此證知有中間定然佛不數說有未至中間以二即初靜慮攝故說初靜慮即已說彼唯初近分名未至者爲欲簡別餘近分故非此近分乘先定起又非住此已起愛味依如是義立未至名非上定邊亦名未至皆乘先定勢力引生及住彼時已起味故毗婆沙者作如是說未至本地立未

至名是本地德未現前義此中間定具味等
三以別繫屬一生處故謂極修習中間定者
未來當在大梵處生故亦具三如根本定非
根本地起愛貪彼如所味有別能味亦別故
此有勝德可愛味故無漏定生亦漸減故此
亦一向捨受相應無三識身故無樂受無喜
受者已不共初然於初貪未能離故又由自
勉功用轉故由此說爲苦通行攝非憂苦者
已出欲故由此一向捨受相應此定能招大
梵處果多修習者爲大梵故已辯等至云何
等持經說等持總有三種一有尋有伺三摩
地二無尋唯伺三摩地三無尋無伺三摩地
如是三種相別云何頌曰
初下有尋伺　中唯伺上無
論曰前來因事屢辯此三今於此中略顯別
相有尋有伺三摩地者謂與尋伺相應等持
此初靜慮及未至攝無尋唯伺三摩地者謂
唯與伺相應等持此即中間靜慮地攝無尋
無伺三摩地者謂非尋伺相應等持此從第
一靜慮近分乃至非想非非想攝契經復說
三種等持一空三摩地二無願三摩地三無
相三摩地如是三種相別云何頌曰
空謂空非我　無相謂滅四　無願謂餘十
諦行相相應　此通淨無漏　無漏三脫門
論曰空三摩地謂空非我二種行相相應等
持故說空等持近治有身見身見亦有二行
相故謂空行相近治我所見非我行相近治
我見觀法非我名非我行相觀此中無我名
空行相由此空行相近治我所見以此中都
無我故此法非我所無相三摩地謂緣滅諦

四種行相相應等持涅槃離諸相故名無相緣彼三摩地得無相名相略有十謂色等五男女二種三有爲相或復相者是因異名涅槃無因故名無相或相謂世蘊上中下涅槃異彼故名無相無願三摩地謂緣餘諦十種行相相應等持十行相者謂苦非常因集生緣道如行出如是空等三三摩地三摩地相雖無差別而依對治意樂所緣如其次第建立三種由意樂故不願三有理且可然有過患故寧由意樂不順聖道以諸聖道依屬有故若爾何用修習聖道以是涅槃能趣因故非離聖道有得涅槃爲求涅槃故修聖道道如船筏必應捨故亦由意樂不願聖道故緣道行相亦得無願名以本期心猒有爲故空非我相非所猒捨以與涅槃相相似故由此二行相雖緣可猒法不取可猒相不得無願名此三等持通淨無漏世出世間等持攝故世間攝故通十一地出世攝者唯通九地上七定邊無勝德故於中無漏者名三解脫門能與涅槃爲入門故非諸有漏法是眞解脫門性住世間違解脫故三三摩地緣境別者若有漏空緣一切法若無漏空唯緣苦諦無願能緣苦集道諦無相唯緣滅諦爲境三三摩地念住別者無相唯法餘皆通四契經復說三重等持一空空三摩地二無願無願三摩地三無相無相三摩地如是三種相別云何頌曰

重二緣無學　取空非常相　後緣無相定
非擇滅爲靜　有漏人不時　離上七近分

論曰此三等持緣前空等取空等相故立空

空等名空空等持緣前無學空三摩地取彼空相空相順猒勝非我故謂彼先起無學等持於五取蘊思惟空相從此後起殊勝善根相應等持緣前無學空三摩地思惟空相於空取空故名空空如燒死屍以杖迴轉屍既盡已杖亦應燒如是由空燒煩惱已復起空定猒捨前空重空等持空行相後起即復還與空行相相應唯此最能順猒捨故非我行相則不如是見非我者於諸有爲法起猒背心不如見空故諸有已見諸法非我而於諸有猶生樂者以於諸行中不審見空故由此空定雖二行相俱而但名空不說爲非我空於猒捨極隨順故無願無願緣前無學無願等持取非常相謂彼先起無學等持於五取蘊中思惟非常相從此後起殊勝善根相應等持緣前無學無願三摩地思惟非常相於無願不願名無願無願舉喻顯示如前應知重無願等持非常行相後起即復還與非常行相相應唯此可能緣猒道故非苦行相能緣聖道聖道非苦趣苦滅故苦法不能趣苦寂滅亦非因等四能緣聖道以聖道不能令苦續故非道等四者此猒捨道故非欣行相能爲猒捨豈不如無願不願聖道而作道等四此亦應然此例不然無願正猒有兼於聖道起不願心故謂前無願正猒於有聖道依有故兼不願雖聖意樂說不願道而於聖道非正憎猒故亦能作道等四種無願無願正憎猒道故以非常觀道過失道等行相無容猒道是故於此不作彼四無相無相即緣無學無相三摩地非擇滅爲境以無漏法無擇

滅故但取靜相非滅妙離謂彼先起無學等持於擇滅中思惟靜相從此後起殊勝善根相應等持即緣無學無相三摩地非擇滅爲境思惟靜相於無相滅復觀爲無相名無相無相舉喻顯示如前應知重無相等持靜行相後起即復還與靜行相相應惟此能觀非擇滅故非妙行相境無記故非離行相以雖證得彼非擇滅猶縛隨故非滅行相以非擇滅非永解脫一切苦故又若觀滅濫非常故所言靜者唯顯止息故非擇滅得有靜相以修聖道經久劬勞於彼息中便生樂想故重無相取靜非餘重三等持唯是有漏以於聖道生猒捨故非無漏定猒捨聖道二緣聖道取空非常理可名爲猒捨聖道無相無相但緣無爲作靜行相何名猒道此欣無學無相等持不轉之因故名猒道謂彼定起義作是言無相等持不生爲善此既欣讚聖道不生如何不名猒捨聖道前無相定非此所緣如何此名無相無相或應許此定不緣非擇滅但緣無學無相不生此亦不然准前釋故謂緣無相之非擇滅此非擇滅亦離諸相緣無相無相故得無相無相名緣無相境作靜行相是故此定從境立名唯三洲人能起此定通依男女以依女身亦能自在延促壽故唯無學位以有學者但欣聖道未能猒故此亦非一切唯不時解脫以時解脫愛聖道故依十一地除上七邊以上七邊無勝德故若在欲界從未至攝聖道後起若在有頂無所有攝聖道後生餘皆自地聖道後起就總類說此從法類苦滅四智無間而生若就別說欲

界攝者非類後生上界攝者非法後起前二非滅後起第三非苦後生餘行相後起此定故應得此者皆盡智時由離染得後由加行方起現前唯我世尊不由加行順趣解脫起此現前於道尚猒豈欣諸有此後亦起聖道現前然猒道故非無間起欲界攝者是思所成餘修所成依定起故契經復說四修等持一爲住現法樂修三摩地二爲得勝知見修三摩地三爲得分別慧修三摩地四爲諸漏永盡修三摩地如是四種相別云何頌曰

爲得現法樂　修諸善靜慮　爲得勝知見
修淨天眼通　爲得分別慧　修諸加行善
爲得諸漏盡　修金剛喻定

論曰如契經說有修等持若習若修若多所作得現樂住乃至廣說善言通攝淨及無漏修諸善靜慮得住現法樂而經但說初靜慮者於中樂想最增盛故謂超欲界衆多過失故於此中樂想增盛如遊砂磧熱渴疲勞創飲濁水亦生勝樂或聖道樂此具有故謂具一切菩提分法四沙門果九斷徧知三界對治又諸定首諸定樂因是故偏說豈不經說如是苾芻住此先受離生喜樂後生梵衆受樂同此何故不言住後法樂詳此唯說現法樂者爲令棄捨喜樂現欲樂說現定樂令其欣樂或現樂住是後樂依但說所依能依已顯如契經說先住此間入諸等至後方生彼或現法樂三乘皆住後樂不定是故不說謂或退墮或上受生或般涅槃便不住故雖諸靜慮即現法樂依近分故說爲得言修近分力得根本故或即依現樂說爲得言如言石

子體故無有過有說此定佛依自說如說菩薩居贍部林起初世間似無漏定能引一切有情共樂由此不說後法樂住即由此故亦但說初菩薩爾時唯得初故若依諸定修天眼通便能獲得殊勝知見此依何義立知見名本靜慮中有徧照智此徧照故立以見名見體即知故名知見眼根名見世所極成爲簡異彼以知標見或即此見決斷所緣故名爲知即亦名見謂本靜慮是樂行道不多劬勞而現前故不劬勞故其體堅牢由體堅牢故用決定用決定故立以知名見義如前故名知見爲知爲見修此等持即是爲求決定照義此亦善逝依自而說謂爲顯佛以天眼通觀諸有情死生險難方爲拔濟起靜慮等故爲知見修天眼通有餘師言爲欲勝伏諸隨煩惱起勝知見起此勝知見不離光明想此光明想引天眼通由天眼通得勝知見若修三界諸加行善及無漏善得分別慧謂從欲界乃至有頂諸聞思修所成善法及餘一切無漏有爲總說名爲加行善法修此善法能引慧生於諸境中差別而轉故言修此得分別慧如說善逝住二尋思能如實知諸受起等此顯修善得分別慧說加行言爲簡生得非修習生得得未曾得故若修金剛喻定便得諸漏永盡謂若修習第四靜慮金剛喻定并隨轉法便能獲得諸漏永盡第四靜慮佛依自說無上菩提依此得故金剛喻定頓證漏盡引盡智生是故偏說有說一切有頂斷治第四靜慮皆此所攝此經所說若習若修若多所作義差別者爲欲顯示習修得修

所治更遠如其次第

阿毗達磨藏顯宗論卷第三十九説一切有部

音釋

屢良遇切頻數也　筏房越切𥴧也　磧七迹切沙漠曰磧　創楚亮切懲也　劬其俱切勤也

阿毗達磨藏顯宗論卷第四十

尊者衆賢造

唐三藏法師玄奘奉詔譯

辯定品第九之三

如是已辯所依止定當辯依定所起功德諸功德中先辯無量頌曰

無量有四種　對治瞋等故　慈悲無瞋性
喜喜捨無貪　此行相如次　與樂及拔苦
欣慰有情等　緣欲界有情　喜初二靜慮
餘六或五十　不能斷諸惑　人起定成三

論曰無量有四一慈二悲三喜四捨言無量者無量有情爲所緣故此四能引無量福故無量愛果此爲因故有說此能違無量戲論故貪等諸惑皆名戲論何緣無量四無增減對治四種多行障故如契經説若習若修若多所作慈能斷瞋悲能斷害喜斷不欣慰捨斷欲貪瞋故唯有四瞋謂心所欲殺有情欲惱有情心所名害躭著境界於諸善品不樂住因名不欣慰於妙欲境起染欣樂情無猒足名爲欲貪此中慈悲無瞋爲性若爾此二有何差別性雖無別然慈能對治殺有情瞋歡行相轉悲能對治惱有情瞋慼行相轉是謂差別如苦與樂領納雖同而損益殊故體有別苦樂體別如先已辯慈悲二種差別亦然有作是言悲是不害近治害故理實如是但害似瞋以瞋名說悲之行相亦似無瞋立無瞋名實是不害諸古師說喜即喜受何緣觀行者爾時喜受生若緣與樂與慈無異若緣拔苦應與悲同又契經言欣故生喜喜即喜受如先已辯此喜行相與彼欣同喜故生

喜義有何異若言下上義有異者輕安與樂義亦應然差別因緣不可得故又違本論云何名喜謂喜喜相應受想行識等此中意顯喜俱品法喜增上故總立喜名非受受俱其理決定若喜即喜受何言與受俱若言對法以理爲量應如無過誦本論文此亦不然理爲量論要有經證方可定文若與經違理必可壞不應隨意輒改論文是故此喜定非喜受以欣爲體或即無貪謂別有貪是惡心所於有情類作是思惟云何當令諸所有樂彼不能得皆屬於我喜能治彼故是無貪此與喜根必俱行故三地可得如悔憂俱喜亦無貪分明相者於他盛事心不貪著知他獲得深生欣慰心熱對治說名爲喜故知此喜亦無貪性捨無量體唯是無貪此與第三有差別者離愛恚相等緣有情如創入林等生樹覺平等行因說名爲捨若捨無量亦能治瞋寧唯無貪與慈何異又許此捨正治欲貪與不淨觀有何差別且捨與慈有差別者慈能對治瞋所引瞋無瞋爲體捨能對治貪所引瞋無貪爲體豈不如捨無貪爲性亦能對治貪所引瞋如是許慈無瞋爲性亦應能治瞋所引貪此難不然行相違故謂捨行相雙違貪瞋捨親非親差別相故從此愛恚俱不生故即由此故捨唯無貪正能治貪兼治瞋故慈之行相違瞋非貪於諸有情與樂轉故由此慈捨雖俱違瞋而慈順貪捨能違害是故此二極有差別或修捨者治非處瞋慈治處瞋故有差別不淨與捨如次能治婬貪餘貪故有差別此四無量非損益他何緣唯善非

無記性能近對治貪瞋等故愛非愛相不能引故力能令心自在轉故慈等體相已略分別此阿世耶有差別者觀有情類如已謂慈樂有情類離苦謂悲於他興盛欣慰謂喜於親怨相不思謂捨又不觀他有損有益等觀一切如友謂慈於遭苦者哀愍謂悲由勝解力想有情類得益離損欣慰謂喜於有情相等觀謂捨此四行相有差別者云何當令諸有情類得如是樂如是思惟入慈等至云何當令諸有情類離如是苦如是思惟入悲等至諸有情類得樂離苦豈不快哉如是思惟入喜等至諸有情類平等平等無有親怨如是思惟入捨等至如是所願竟無有成豈不唐捐修定功力能伏瞋等寧謂唐捐應是顛倒何能伏惑願得樂等寧謂顛倒謂此不言已得樂等但由勝解願諸有情當得樂等能伏諸惑故修此四功不唐捐於定蘊中說四行相云何令等具如前說言如是思惟入其等至者此言若就等無間緣慈等應無無間生理別別思惟所引起故若俱生者入言相違初業位中別加行引至成滿位亦有俱生定蘊就初說入無過且慈無量願得何樂有說願得第三定樂諸受樂中此最勝故若自未證由聞故知有說願得涅槃妙樂於諸樂中此最勝故有說願得阿羅漢樂此已解脫諸煩惱故初修業者未證此樂未現證故不能運心但緣已身隨所證樂及他所證現可知者願諸有情同證此樂故但緣現如理所生無染汙樂願他同受若於所受已捨惑設未獲得真實對治亦處空閑受遠離樂力

能映奪天帝等喜如五樂等伽他中說又住遠離勤修善者定有善得念念恒流如大海水徧滿相續喜輕安樂由此引生以無恚心緣如是樂願諸含識一切同受皆緣欲界有情爲境能治緣彼瞋等障故謂於欲界有怨親中三聚有情能生瞋等於中有捨怨親等相便能伏除瞋等煩惱是故此境惟欲有情必不能緣色無色界大悲體是無癡善根由此力能通緣三界若四無量惟緣有情何故經言思一方等此由勝解總緣器中一切有情故無有失此四通在欲色界繫以契經說無量能招梵釋輪王殊勝果故品類足論依修所成說七智知色界修斷及彼徧行隨眠隨增有餘師言此四無量加行通欲本惟色界此四無量依地別者若喜即喜惟修所成彼應說喜惟初二定以於餘地無喜根故若喜異喜通思所成彼應說喜通依七地與樂捨受亦相應故有餘說喜惟喜受俱彼應說喜惟通三地或應如頌惟二非餘慈悲捨三通依六地謂四靜慮未至中間或有欲令惟依五地謂除未至是容豫德已離欲者方能起故有說此四惟欲及初得無量名餘地不爾經說無量名梵住故又說修無量生梵世故又說招梵釋輪王果故有說隨應通依十地謂欲四本近分中間若悲亦依下三靜慮如何得與喜樂相應悲緣苦有情慼行相轉故此如無漏猒作意生是故通依下三靜慮彼眞實作意能順生欣喜樂相應可無有過此勝解作意不順生欣如何可言與彼相似疑是慼性不順生欣如何許疑喜樂俱起勝

解作意應與彼同然此於欣極相隨順力能引生眞作意故疑則不爾極違眞故彼尚相應此寧不許此勝解作意理應違欣有歡慼處中行相别故悲旣慼行相轉應非喜樂相應匆二行相俱時轉故若爾應不許與捨受相應捨受處中行相轉故旣非不許捨受相應與喜樂俱理定應許匆全不與受相應故雖言此四能治瞋等而不能斷諸煩惱得勝解作意相應起故眞實作意方能斷惑又此惟緣有情境故緣法作意方能斷惑又此惟緣現在境故通緣三世或緣非世方能斷惑又解脫道方可得故要無間道方能斷惑有作是說有漏根本靜慮攝故此因有失不應說三依六地故未至中間此應無故經何故說此斷瞋等亦不相違斷有二故或由此力引斷道故謂伏瞋等引斷道生是故經中說斷瞋等若爾何故契經中說田善修慈住不還果此中聖道以慈名說如於餘處說想名等或依聖者先得慈心後數修行得離欲說或依爲得修所成慈精進修行得離欲說有說此四依欲色身無色不緣怨親等故修此必應先緣彼故如實義者惟依欲身於欲界中喜受成一定成三生第三定等惟不成喜故惟人能起若說喜非喜成一必具四若喜即初欲引起四無量時先於有情分爲三品所謂親友處中怨讎三各分三謂上中下上親友者謂生法身賴彼重恩捨便難住中親友者謂財法交極相親愛下親友者謂唯財交亦相親愛上處中者謂於自昔曾不見聞中處中者謂雖見聞而不交往下處中者謂

雖交往而離恩怨上怨讎者謂奪名譽命及至親中怨讎者謂奪已身命緣資具下怨讎者謂奪親友命緣資具於諸有情分品別已初修慈者先於上親發起清淨與樂勝解若由無始數習所成惡阿世耶令心剛强少遭逼惱便懷深恨緣此還息與樂勝解復應策勵思其重恩於彼復生與樂意樂數習力故恨意永亡與樂勝解相續無替此既成已於中下親亦漸次修如是勝解於親三品既得等心次總於處中下中上怨所漸次修習與樂意樂乃至最後於上怨親得平等心都無昇降齊此名曰修慈成滿修悲及喜例此應說謂觀三苦徧逼有情不應於中復加以苦但應如已勤加濟拔漸次修習欲濟拔心乃至怨親等無昇降齊此名曰修悲成滿想諸有情得樂離苦深生欣慰如已無差齊此名曰修喜成滿初修捨者先捨處中非先捨怨親恚愛難捨故又處中品順捨力增於中如前先捨上品次捨中下及與怨親從下至中從中至上先捨怨者以親難捨故如契經說貪難斷非瞋如是漸次修習於捨至上親友等上處中普於有情捨差別相齊此名曰修捨成滿若於有情樂求功德彼於慈等能速修成非於有情樂求過者以斷善者有德可録麟喻獨覺有失可取先福罪果現可見故

已辯無量次辯解脫頌曰

解脫有八種　前三無貪性　二二一一定
四無色定善　滅受想解脫　微微無間生
由自地淨心　及下無漏出　三境欲可見
四境類品道　自上苦集滅　非擇滅虛空

論曰解脱有八一内有色想觀外色解脱二内無色想觀外色解脱三淨解脱身作證具足住四無色定爲次四解脱滅受想定爲第八解脱八中前三無貪爲性近治貪故然契經中説想觀者想觀增故如宿住念除去色想三中初二不淨相轉作青瘀等諸行相故第三解脱清淨相轉作淨光鮮行相轉故三并助伴皆五藴性初二解脱一一通依初二靜慮能治欲界初靜慮中顯色貪故初二通攝近分中間五地皆能起初二故欲及初定有顯色貪由眼識身所引起故爲解脱彼初二定中建立初二不淨解脱二三定中眼識無故亦無所引緣顯色貪故三四定中無不淨解脱初二解脱相似善根雖欲界中亦容得有而爲欲界貪所凌雜故不建立二解脱名三四定中雖亦得有去所治遠勢力微劣又樂淨伏故不得名第三解脱依後靜慮離八災患心澄淨故第四并近分立後靜慮名相似善根下地雖有非增上故不名解脱欲界欲貪所凌雜故初二定中不淨伏故第二定中樂所迷故又並八災所擾亂故次四解脱如其次第以四無色定善爲性非無記染非解脱故亦非散善性羸劣故彼散善者如命終心有説餘時亦有散善惟生得善無聞思故諸近分地九無間道八解脱道亦非解脱不背下地故緣下道雜故又未全脱下地染故契經説彼超過下故有説近分諸解脱道亦名解脱背下地故然於餘處惟説根本者以近分中非全解脱故第八解脱即滅盡定猒背受想而起此故或總猒背有所緣故

微微心後此定現前前對想心已名微細此更微細故曰微微次如是心入滅盡定謂有頂地心有三品即想微細及微微心由上中下品類別故要下品後滅定現前故次微微入滅盡定從滅定出或起有頂淨定心或即能起無所有處無漏心如是入心惟是有漏道從有漏無漏心出入中前三唯以欲界色處爲境有差別者二取不淨一取淨相違欲貪故雖倒而善或少稱境非顛倒攝緣少思多名假勝解引聖道故亦名眞實次四解脫各以自上苦集滅諦及一切地類智品道彼非擇滅及與虛空爲所緣境無色解脫棄背下地故並不緣下地苦集行相別者初二不淨第三惟淨俱非十六無色解脫攝本定故所作行相十六或非念住俱者初三解脫身念住俱次四解脫通四念住智相應者初三第七惟世俗智第四五六八智相應根相應者初三解脫喜捨相應次五解脫惟捨相應世差別者皆通三世緣世別者初三解脫已生可生各緣自世不生緣三次四解脫緣三非世三性別者皆惟善性緣性別者初三解脫通緣三性次四解脫緣善無記學等別者初三後三惟是俱非中三解脫皆通三種緣學等者初三解脫但緣俱非四緣三種見斷等者初三後二惟修所斷中三有漏修斷餘非緣見斷等者初三緣修斷次四解脫各通緣三緣自身等者初緣自他身次二緣他四緣三種得差別者第八第三惟未曾得餘六通二通二謂聖內法異生外法異生惟是曾得多因緣故得解脫名謂已解脫此方生故

或此力能引解脱故或是種種解脱性故或與解脱勝解俱故此諸解脱依男女身聖者異生皆能修起惟滅盡定但依聖身於聖身中通學無學此八解脱何有情起若於所緣恒求對治是貪愛行樂修多道如是有情能起解脱行者何爲修解脱等爲令煩惱轉更遠故爲於等至得自在故既得自在便能引發無諍等德及聖神通由此便能轉變諸境起留捨等種種事業已辯解脱次辯勝處頌曰

勝處有八種　二如初解脱　次三如第二後四如第三

論曰勝處有八内有色想觀外色少若好若惡於此諸色勝知勝見有如是相是名爲初内有色想觀外色多廣説乃至是名第二内無色想觀外色少廣説乃至是名第三内無色想觀外色多廣説乃至是名第四内無色想觀外色青青顯青現青光譬如烏莫迦華或如婆羅痆斯深染青衣於此諸色勝知勝見有如是想是名第五内無色想觀外色黄黄顯黄現黄光譬如羯尼迦華或如婆羅痆斯深染黄衣廣説乃至是名第六内無色想觀外色赤赤顯赤現赤光譬如槃豆時縛迦華或如婆羅痆斯深染赤衣廣説乃至是名第七内無色想觀外色白白顯白現白光譬如烏沙斯星或如婆羅痆斯極鮮白衣廣説乃至是名第八能制伏境故名勝處謂雖一切所緣色境清淨光華美妙具足而善根力悉能映蔽譬如僕隸雖服珍奇而爲其主之所映蔽或於是處轉變自在不隨起惑故名

勝處勝於處故立勝處名或此善根即名爲處處能勝故立勝處名前四勝處自性地等如次同前初二解脱謂初二勝處是初解脱果次二勝處是第二果彼爲資糧能入此故後四勝處自性地等應知如前第三解脱以淨解脱爲此四因彼爲資糧能入此故前三解脱於諸色中但能總取不淨淨相令入勝處於諸色中分別少多青等異相故前解脱但於色中棄背欲貪及不淨想令八勝處能於所緣分析制伏令隨心轉由此證知第三解脱總取淨相故立一名八勝處中從四勝處差別取故分爲四種若淨解脱亦差別緣取淨性同立爲一者後四勝處應亦立一差別因緣不可得故已辯勝處次辯徧處頌曰

徧處有十種　八如淨解脱　後二淨無色　緣自地四蘊

論曰徧處有十謂周徧觀地水火風青黄赤白及空與識二無邊處經於此處皆言一想上下及傍無二無量於一切處無間無隙周徧思惟故名徧處徧於處故立徧處名或此善根即名爲處行相徧故立徧處名此中地等顯示所緣所説徧言顯示行相行相雖等而所緣别是故徧處分爲十種經言一者顯此等至思惟一類境相現前想言顯是勝解作意若異此者應言一知上下傍言顯意流轉言無二者顯無間隙無量言顯勝解無邊由勝等持磨瑩力故令觀行者心自在生能於所緣周徧觀察何故惟十得徧處名此上更無徧行相故惟第四定空識無邊可得説有無邊行相前八徧處如淨解脱自性皆是

無貪善根若幷助伴皆五蘊性後四勝處加行引生故與彼同如淨解脫又如淨解脫依第四靜慮及緣欲界色處爲境如何地等亦名色處地地界等有差別故顯形名地等如先已說故說地等徧處不言地界等故前八種但緣色處風與風界旣無差別如何可言亦緣色處此難非理以諸世間亦說黑風團風等故由此前八緣色理成後二徧處如次空識二淨無色爲其自性各緣自地四蘊爲境此解脫等三門功德爲由何得依何身起

頌曰

滅定如先辯　餘皆通二得　無色依三界
餘唯人趣起

論曰第八解脫如先已辯以即是前滅盡定故餘解脫等通由二得謂由離染及加行得以有曾習未曾習故前八徧處初修習時皆以眼識爲其加行空處徧處初修亦爾以初必緣空界色故由勝解力後成滿時通緣自地四蘊爲境識處徧處初修習時但以意識爲其加行以初必緣識爲境故由勝解力後成滿時亦緣自地四蘊爲境四無色解脫二無色徧處一一通依三界身起然其初起多依下地依自下地皆容後起惟無所有亦依上地所餘一切依欲界身惟在人中三洲除北餘慧力劣無聖教故治欲貪故上二界無有說初起惟依人趣要由教力所引起故人中有教天趣中無設有著樂不能初起故人初起退生欲天由宿習力有後起義復以何緣第三靜慮有通無量等無解脫等耶無解脫緣前已具辯解脫無故勝處亦無解脫爲

門入勝處故勝處無故徧處亦無勝處爲門入徧處故又第三定躭著妙樂於生死中此樂勝故不能發起解脫等三此三皆欲背生死故通無量等隨順於樂故依此定亦能修起此解脫等三門功德若隨得一得一切不此不皆爾其義云何得後必前前非必後謂得徧處必具得三得勝處者必得解脫徧處不定或得或無若得解脫餘二不定以入徧處勝處爲門解脫爲門入勝處故此解脫等差别云何惟能棄背名爲解脫兼析所縁名爲勝處加無邊解得徧處名此三善根漸次修故有餘師說此三善根由下中上故有差别謂能棄捨勝伏所縁行相無邊有劣勝故有餘師說解脫惟因徧處惟果勝處通二今應思擇上二界中說者旣無何縁起定頌曰

二界由因業　能起無色定　色界起靜慮
亦由法爾力

論曰生上二界總由三縁能進引生色無色定一由因力謂於先時近及數修爲起因故二因業力謂先曾造感上地生順後受業彼業異熟將起現前勢力能令進趣彼定以若未離下地煩惱必定無容生上地故三法爾力謂器世界將欲壞時下地有情法爾能起上地靜慮以於此位所有善法由法爾力皆增盛故諸有生在上二界中起無色定由因業力非法爾力無雲等天不爲三災之所壞故生在色界起靜慮時由上二縁及法爾力若生欲界起上定時一一應知皆由教力由教力者謂人三洲天亦聞教微故不說前來分别諸勝法門皆爲弘持世尊正法何謂正

法當住幾時頌曰

佛正法有二　謂教證爲體　有持說行者

此便住世間

論曰世尊正法體有二種一教二證教謂契經調伏勝法證謂三乘諸無漏道若證正法住在世間此所弘持教法亦住理必應爾現見東方證法衰微教多隱沒北方證法猶增盛故世尊正教流布尚多由此如來無上智境衆聖摟宅阿毗達磨無倒實義此國盛行非東方等所能傳習此二正法依持者住持者謂何謂說行者若教正法依說者住證正法住惟依行者然非行者惟證法依教法亦應依行者故謂有無倒修行法者能令證法久住世間證法住時教法亦住故教法住由說行者但由行者令證法住故佛正法隨說行人住爾所時便住於世阿毗達磨此論所依此攝彼中眞實要義彼論中義釋有多途今此論中依何理釋頌曰

迦濕彌羅議理成　我唯依彼釋對法

或有差違是我失　判法正理在牟尼

論曰迦濕彌羅國毗婆沙師議阿毗達磨理善成立我惟依彼釋對法宗故於頌中自述本意謂依此國諸善逝子議對法理大毗婆沙發起正勤如理觀察爲令正法久住世間饒益有情故造斯論惟言爲顯更無異途一切皆依毗婆沙故然諸法性廣大甚深如實說者甚爲難遇自惟覺慧極爲微劣又惰脩求如實說者故於廣論所立理中或有差違是我過失諸法正理廣大甚深要昔曾於無量佛所親近修習眞智資糧方於智境一切

無惑麟喻獨覺尚於法相不能決判況諸聲聞彼所證法隨他教故由此決判諸法正理惟在真實大牟尼尊是故定知阿毗達磨真是佛說應隨信受無倒修行勤求解脫

大覺所行真妙義　唯隨對法正理鉤
諸善逝子能證知　定非自執所迷者
諸欲證知真妙義　要依正理了義經
非唯執教所堪能　應亦摽心於正理
故順佛言正理論　及順正理阿笈摩
足能為證妙義依　何用固求邪難論
智者但能依此教　可無損墜不由餘
故判法義真不真　唯大覺尊為定量

阿毗達磨藏顯宗論卷第四十 說一切有部

音釋

欣慰（欣許斤切喜也慰於胃切安也）慼（倉歷切憂也）怨讎（怨於袁切讎市流切）羸劣（羸力追切瘦也劣力輟切弱也）隙（綺戟切罅也）